# „CHIMINGA

(Chiemgau)

Hermann H. Weigand

# Chiemo

## Feuer über Tassilos Land

Verlag Anton Plenk
Berchtesgaden

MEINEN ELTERN UND SCHWIEGERELTERN
IN LIEBE, DANKBARKEIT UND ACHTUNG

Dein ist alles, was in Tal und Hügeln
lichtvoll sich in Dir kann widerspiegeln;
Dein der Himmel selbst und selbst die Sterne,
wenn du Glanz hast für den Glanz der Ferne.

Christian Wagner
schwäbischer Bauerndichter

Die deutsche Bibliothek - CIP-Einheitsaufnahme :
**Weigand, Hermann H.:**
Chiemo : Feuer über Tassilos Land / Hermann H. Weigand.
- Berchtesgaden : Plenk, 1997
ISBN 3-927957-04-6 Gb.

**Herausgeber:** Verlag Anton Plenk, Koch-Sternfeld-Str. 5, 83471 Berchtesgaden
**Gestaltung /Satz u. Lithos:** Text & Design, H. Nowak, 83471 Schönau am Königssee
**Druck:** Druckerei Plenk KG, Reichenbachstr. 8, 83471 Berchtesgaden
**Buchbindearbeiten:** Almesberger, Salzburg



Fotos Vorderseite: Florian Werner/LOOK; Rückseite: Anton Böld, Krypta Kloster St. Zeno in Isen
**Zeichnungen:** Hans Bresina

# EXPOSÉ

Man schreibt das Jahr 906. Das ostfränkische Reich leidet unter der schwachen Herrschaft Ludwig des Kindes. Das bayerische Stammland wird von Machtkämpfen erschüttert. Intrigen beherrschen das Hofleben und setzen sich fort in den Fehden des kleineren Landadels. Auch Marchward, der Verwalter eines Fronhofes, gerät in die Fallstricke der Mächtigen.

Da zieht eine neue Gefahr im Osten herauf: Ein Volk von Steppenreitern bricht über die fränkischen Grenzmarken herein. Marchward gelingt es, einen feindlichen Kundschafter gefangenzunehmen. Fasziniert von der Fremdartigkeit des Gefangenen, versucht Chiemo, Marchwards Sohn, die Freundschaft des Ungarn zu gewinnen. Niemand auf dem Fronhof versteht Chiemos Verhalten. Er hält zu dem Ungarn, auch als dieser schließlich flieht.

Mit Gewalt sucht Marchward die Starrköpfigkeit seines Sohnes zu brechen. Zusammen mit Weriga, einer Waisen aus der Grenzmark, überstellt er ihn dem Kloster Herrenwörth. Eine heimliche Liebe entbrennt zwischen den beiden, doch immer neue Hindernisse stellen sich ihnen in den Weg.

Das Schicksal führt Chiemo seltsame Wege. Auf dem Wörth wird er Schüler eines Klausners, der als ehemaliger Unterhändler im Ostland gute Kontakte zu den Ungarn unterhält. Diesem imponiert es, mit welch unbeugsamer Energie sich sein Schüler für mehr Gerechtigkeit und Menschlichkeit einsetzt und vermittelt ihm sein umfassendes Wissen.

Das Schicksal führt Chiemo schließlich an der Seite des späteren Herzogs von Bayern an die Fürstenhöfe der Feinde. Unter den Vornehmen des Landes trifft Chiemo Aitony, den ehemaligen Gefangenen seines Vaters. Durch ihn lernt er Sitten und Gebräuche der ungarischen Hirtennomaden kennen. Trotz wachsender Spannungen zwischen ihren Völkern vertieft sich ihre ungewöhnliche Freundschaft. Durch die hereinbrechenden Ereignisse wird sie auf eine harte Bewährungsprobe gestellt

# Inhalt

# VERSCHLEPPT

Wie ein Tier brach der Junge durch das Gestrüpp am Rande der Lichtung. Nur mühsam gelang es ihm, sich einen Weg durch Astwerk und frische Blatttriebe zu bahnen. Endlich hatte er die Lichtung erreicht. Fassungsloses Erstaunen sprach aus seiner Miene, und unschlüssig richtete sich sein Blick hinauf zu den Baumwipfeln, aus denen das Morgenlicht auf den laubbedeckten Boden fiel. Häherschreie zerrissen die Stille, und eine Schar Krähen flog krächzend über ihn hinweg, während er den Hang hinunterlief, wo nach den langen Wintermonaten Blumen den Boden mit üppigem Flor überzogen. Noch einmal zögerte er kurz und spähte hinüber in den Wirtschaftshof. Unruhig suchten die Augen des Jungen jeden Winkel der Koppel nach den beiden Hunden ab. Vor wenigen Minuten noch hatte er sich mit ihnen gebalgt und auf dem Boden herumgewälzt, als wäre er einer ihrer Artgenossen. Wütend stampfte er mit dem Fuß auf, und in seinem erhitzten Gesicht mischten sich ungläubiges Erstaunen und Ärger. Er führte die Finger zum Mund und stieß einen schrillen Pfiff aus, aber der Ausdruck in seinem Blick verriet, daß er selbst nicht daran glaubte, die beiden wertvollen Hetzhunde auftauchen zu sehen. Suchend glitten seine Augen den Zaun entlang und verharrten schließlich an einem Punkt auf der anderen Seite der Einfriedung.

„Hol euch der Teufel!“ stieß er hervor, während er auf die Stelle zuging. Mit offenem Mund starrte er auf das zerstörte Geflecht und rieb ein Büschel Haare zwischen den Fingern. „Hätte ich euch bloß nicht von der Leine gelassen! Die Peitsche sollte man euch zu spüren geben!“

Fluchend verließ er die Koppel und hieb in einem plötzlichen Anfall von schlechter Laune mit der Hand an einen Pfosten des Gatters. Enttäuschung, verratenes Vertrauen, Wut über sich selbst, alles lag in diesem Schlag.

„Haben sie deine Verspieltheit wieder einmal ausgenutzt und sich aus dem Staub gemacht?“ klang eine helle Stimme vom Wirtschaftsgebäude herüber. Der leise Spott des Mädchens war nicht zu überhören. „Möchte nicht in deiner Haut stecken, Chiemo, wenn Vater zurückkommt und das Fehlen der Hunde bemerkt! Du weißt genau, daß er uns strengstens verboten hat, sie von der Leine zu lassen und sie durch deine Spielereien zu verderben!“

„Verschone mich mit deinen Vorhaltungen, Sina!“ winkte der Junge ab. „Du redest schon daher wie Mutter. Hilf mir lieber, die beiden Bastarde zu finden, ehe Vater zurückkommt! Zuletzt hängt er mich noch einmal einen Tag lang an die Leine.“

„Ärgert mich heute noch, daß ich es versäumt habe, dich dabei ein wenig abzurichten“, krächzte eine Stimme von der Längswand der Ställe. „War wirklich eine selten gute Gelegenheit, dich ein wenig an die Kandare zu nehmen.“

Chiemo verzog das Gesicht, als habe er in einen saueren Apfel gebissen. Zögernd wandte er sich dem Alten auf der Bank zu.

„Fang du jetzt bloß nicht auch noch an zu unken!“ fauchte er. Langsam legte Rago, der Altknecht, das Saumzeug aus der Hand und klaubte ein paar Krümel aus seinem filzigen Bart.

„Diesmal wirst du nicht so ungeschoren davonkommen, wenn dein Vater davon Wind kriegt!“ Er beugte sich vor und kniff die Augen zusammen. „Ich bin gespannt, was er sich diesmal für dich ausdenken wird.“

„Hör schon auf, Rago, und spann mich nicht länger auf die Folter! Sag schon! Hast du die beiden Bastarde gesehen?“

„Gesehen nicht, Söhnchen. Du weißt ja, wie es um meine Augen bestellt ist! Aber gehört habe ich sie. Waren ganz aus dem Häuschen. Wahrscheinlich haben sie die Losung einer Wildkatze oder eines Luchses aufgenommen, so verrückt, wie sie sich aufgeführt haben.“

„Hättest du nicht versuchen können, die beiden zurückzurufen?“

Rago lachte. „Kannst du die Bahn der Sonne umkehren?“ Verärgert wandte sich Chiemo an Sina. „Kommst du mit? Vielleicht können wir mit Rajah die Spur aufnehmen.“ Er stieß einen schrillen Pfiff aus.

„He! Rajah, du Nichtsnutz! Wo steckst du denn? Schläfst wohl wieder den ganzen hellichten Tag, du faules Miststück?“

„Du willst dich doch wohl nicht allein mit Rajah auf die Suche machen?“

Rago starrte nachdenklich auf den Jungen, fuhr sich mit den Fingern beider Hände durch den Bart und rupfte an ihm, wobei er den Blick über Sina gleiten ließ. Sie war mit ihren siebzehn Jahren zwei Sommer älter als ihr Bruder, und er hatte sie schon beide als Säuglinge auf den Knien geschaukelt. Wie alle Kinder ihres Alters heckten sie ständig etwas Neues aus. Es verging kaum eine Woche, da sie nicht für irgendeine Aufregung sorgten, und meist war es Rago, den die Frauen dann verantwortlich machten.

„Wie soll ein blinder Maulwurf zwei wieselflinke Mäuse beaufsichtigen?“ versuchte er sich anfangs zu rechtfertigen. Aber die Tatsache, daß jede Kittelschürze seine Sehkraft auf wundersame Weise zu stärken schien, ließ sich nicht ableugnen, und so winkte er nur noch ab oder zuckte mit den Schultern, wenn sie wie schnatternde Gänse über ihn herfielen. Um so größer war seine Freude, die beiden wie junge, freilaufende Fohlen aufwachsen zu sehen, einzig zu bändigen durch die strengen Blicke Marchwards, ihres Vaters, aber ansonsten frei von jedem Zügel.

Obwohl Rago auch jetzt die Stirn mißbilligend runzelte und die buschigen Augenbrauen zusammenkniff, wußte er nur zu gut, daß er damit auf Chiemo nur wenig Eindruck machen würde.

„Ich habe wenig Lust, mir deinetwegen Grobheiten an den Kopf werfen zu lassen, nur weil du dich ständig wegen der Hunde irgendwo herumtreiben mußt! Nichts wird die beiden davon abhalten können, alles zu versuchen, die Katze zu stellen. Du mußt damit rechnen, daß sie sich meilenweit vom Hof entfernen, wenn du Pech hast, sogar mehrere Tage!"

„Ich könnte doch mitkommen!" versuchte Sina ihrem Bruder den Rücken zu stärken. „Zudem haben wir ja Rajah dabei. Mit seiner Hilfe können wir die Fährte auf meiner Stute in der Hälfte der Zeit abreiten."

„Rajah wird euch dabei wenig helfen können! Ein Wachhund taugt nicht zum Fährtensucher wie die beiden Hetzhunde."

Ragos Augen verengten sich, und eine steile Falte bildete sich auf seiner Stirn.

„Glaubt mir! Es ist nicht die Zeit für zwei Hänflinge wie ihr durch die Wälder zu streifen. Die Zeiten sind unsicher. Seit Wochen hat sich kein fahrender Händler sehen lassen. Ich spüre Unheil. Es liegt etwas in der Luft, und böse Vorzeichen häufen sich."

Chiemo lachte und zwinkerte dabei Sina zu. „Hast wohl wieder einmal zu tief in den Krug geschaut, Rago? Kein Wunder, daß du böse Omen und Geister siehst!"

„Sieh dich vor, Söhnchen!" Der Alte fuchtelte mit dem Zeigefinger vor Chiemos Nase herum, und sein Schnurrbart zitterte heftig.

„Schau hinauf zum Himmel! Seit Tagen ziehen die Krähen und Raben über die Felshänge und Schroffen und zerfressen einem die Nerven mit ihrem Geschrei. Selbst die Wölfe haben sich in die Berge verzogen. Nicht einmal die leichteste Beute vermag sie aus den Tälern zu locken, erzählen die Salzhändler, die von den Sudpfannen unten in Hall auf der alten Römerstraße vorbeikommen."

„Hast du nichts Besseres zu tun, als den Kindern mit deinem blödsinnigen Geschwätz Angst einzujagen?" schallte Walas scharfe Stimme herüber, die eine Handvoll Abfälle für die Hühner vor die Türe warf. Die Magd grub die Zehen in den mit Resten übersäten Boden, als könne sie so besseren Halt finden und baute sich herausfordernd vor dem Alten auf.

„Fressen, saufen und den Weibern nachstellen, das ist alles, was du noch kannst!“

Fluchend spuckte Rago vor ihr aus und beschimpfte sie, als sie furchtlos zurückkeifte. „Lacht nur über einen alten und scheinbar hirnlosen Esel! Aber glaubt mir, auch wenn alle über mich spotten! Meine Augen mögen manchmal ihren Dienst versagen, aber mit dem hier“ - er faßte sich an seinen mächtigen Zinken - „ kann ich jeden dieser stinkenden Steppenwölfe meilenweit gegen den Wind erkennen!“

Die Magd stieß einen spitzen Schrei aus

„Paßt nur auf, daß euch die Räuber der Steppe nicht in Stücke reißen, und du, daß dir keiner von ihnen unter die Röcke kommt!“ schrie Rago zur offenen Tür des Wirtschaftsgebäudes hinüber, aus der plötzlich heftiges Hantieren herüberklang. „Heilige Heerscharen des Himmels, steht uns bei, daß sie uns verschonen!“ klang dazwischen das Gestammel der Magd auf.

Anders als bei ihr, wirkte Chiemos Gesichtsausdruck noch immer belustigt. „Hast du sie schon mit eigenen Augen gesehen?“ fragte er, den Blick voll brennender Neugierde auf den Alten gerichtet.

„Das liegt schon Jahre zurück!“ winkte der ab. „Aber es juckt mich auf der Haut, wenn sich diese Teufel in der Nähe herumtreiben. Sie sind des Satans Pferdefuß. Ich fühle es, ich kann sie riechen!“

Gleich einem höhnischen Gelächter meckerte eine der Ziegen hell auf und stieß einer der Böcke mit den Hörnern gegen das Holz, daß die Schläge krachend über den Hofplatz schallten.

„Laßt die Ziegen aus dem Gatter und dann kommt! Ihr könnt mir drüben bei den Ställen helfen! Und du, glaub ja nicht, daß du dich heimlich aus dem Staub machen kannst! Ich gerb dir das Fell, wenn du nicht hierbleibst!“

Chiemo blickte mit einem Blinzeln hinüber zu Sina. Er machte ihr ein Zeichen und deutete zu den Büschen hinter den Ställen, während Rago bereits durch die Stalltüre verschwunden war. Unvermittelt sah Chiemo eine Möglichkeit, wie er sich dem Zugriff des Alten entziehen konnte. Seine Augen suchten das mächtige Gehörn des Leitbockes, der allen, die mit ihm zu tun hatten, das Leben schwer machte, und wenn es jemand gab, an dem er seine Hinterlist und seine überschüssigen Kräfte abreagierte, dann war es Rago. Die Frauen hatten ihm die wenig ehrenvolle Aufgabe übertragen, ihn aus den Gemüsefeldern zu verjagen. Das hatte zur Folge, daß sich der Bock angesichts der nachlassenden Sehkraft und Reaktionen seines Gegners bei jeder sich bietenden Gelegenheit für manch zurückliegende Abreibung rächte. Mit lockenden Rufen ging Chiemo den Ziegen entgegen. Sie hoben den Kopf und schoben sich aufgeregt um ihn, als er ihnen das Gatter öffnete, und sie hinüber zur Weidekoppel drängten.

„Na, du Satansbraten!" neckte er und schlug rasch das Gatter vor dem heransprengenden Bock zu. Den Kopf gesenkt, donnerte er heran, und krachend schlugen die Hörner an die Querstangen.

„Spar dir deine Kraft für Rago!" lachte Chiemo und neckte den Bock erneut, der unruhig stampfte und seine Augen verdrehte.

„Warte nur, Alter, ich krieg dich schon so weit, daß du ihm in die Quere läufst!"

Er kauerte sich hinter einen starken Zaunpflock und stieß einen markerschütternden Schrei aus.

„Was ist los, Chiemo? Hat dich der triefäugige Satan erwischt? Mein Gott, ich komm ja schon!"

Der Bock äugte in die Richtung, aus der Ragos Stimme herüberdrang, spreizte die Beine und brachte sich in Position.

„Wenn man nicht alles selber macht! He, wo ...?"

Jäh brach seine Stimme ab. Wie ein Rammwidder brach der Bock durch die oberste Bohle. Ehe Rago die Situation recht begriff, flog er mit gesenktem Kopf auf trommelnden Hufen heran. Der Alte wich ein paar Schritte zurück und sah sich nach einer schützenden Deckung um. Aber nichts war in der Nähe, hinter dem er sich hätte in Sicherheit bringen können. Schon bereute Chiemo seinen Entschluß, aber in dem Moment, als er mit zugekniffenen Augen den Aufprall erwartete, vollführte Rago einen Luftsprung, den ihm niemand mehr zugetraut hätte. Mit voller Wucht knallten die Hörner des Bocks gegen die Scheunenwand.

„Verfluchter Teufel! Jetzt sollst du mich kennenlernen!"

Erleichtert sah Chiemo, wie Rago einen Prügel aus einem Holzstoß zog und abschätzend in der Hand wog, während sich der Bock benommen aufrappelte. Er wandte sich ab und lief hinüber zu den Büschen, wo Sina schon mit ihrer Stute wartete. Sie mußte sich das Lachen verkneifen und nur mit Mühe gelang es ihr, ein krampfhaftes Prusten zu unterdrücken.

„Da hast du's, du Teufelsbraten!" hörten sie hinter sich Ragos Stimme. „Die Hörner schlag ich dir ab, du stinkendes Miststück!"

„Der ist die nächsten Minuten vollauf beschäftigt!" lachte Chiemo und schwang sich hinter Sina aufs Pferd. Vorsichtig warf er einen Blick zurück über die Schulter. Im allgemeinen Durcheinander schien niemand bemerkt zu haben, daß sie sich vom Hof entfernten.

„Danke, Sina, daß du mitgemacht hast!“ murmelte er leise. „Rago wird’s schon mit heilen Knochen überstehen, und eine Abreibung von ihm ist mir allemal lieber, als von Vater vorgeknöpft zu werden.“

„Ein bißchen Bewegung wird dem Alten nicht schaden!“ lachte Sina unbekümmert und reichte ihm, ohne anzuhalten, Köcher und Bogen. Den kurzen Jagdspeer hielt sie mit dem Zügel quer über dem Sattel.

„Dachte mir, es kann nichts schaden, wenn wir Bogen und Speer dabeihaben. Am besten verlassen wir uns erst einmal auf Rajahs Nase. Sie scheint eine Spur aufgenommen zu haben, die nach Nordosten über den Teisenberg führt.“ Noch einmal vergewisserte sich Chiemo, ob sie nicht doch jemand erspäht hatte, doch nichts deutete darauf hin.

Nach einer halben Stunde lag der Hof wie eine hellgrüne Insel im dichten Gestrüpp unter ihnen. Eine schmale Fahrstraße tauchte hinab in das Tal, wo sich die alte Salzstraße zwischen den Hügeln dahinwand und sich draußen im diffusen Licht über der Ebene verlor. Wie eine Quelle brach sie im Süden aus einer mächtigen Bergkette, deren Gipfel im Morgenlicht schimmerten. In der klaren Luft wirkten sie ganz nahe und waren doch unwirtlich und dem Zugang der Menschen entzogen.

Auf einem kleinen Hochplateau, den flachen Talhang nach Westen beherrschend, hatten die Neusiedler vor drei Generationen einen Platz gewählt, wo der Waldwuchs nicht so undurchdringlich war, und sie weniger Mühe hatten, die Pflanzenwelt für die eigenen Bedürfnisse zu verändern. Der lokkere Boden war ertragreicher als drunten in der feuchten Talsenke und vor allem leichter zu bearbeiten.

Selbst jetzt zeichneten sich noch überall deutlich die Spuren des Überlebenskampfes der Generationen ab, mit dem die Menschen der Wildnis anfangs nur mit bloßen Händen der Natur ihren Lebensunterhalt abtrotzen mußten. Deutlich hob sich der als Viehweide genutzte Waldbestand mit seinem lichteren Geäst und fehlenden Unterholz von dem Baumbestand der weiteren Umgebung ab. Hier weideten die Viehherden im Schutz des Hofes vom Frühling bis zum Herbst, sammelten die Mägde Brennholz, pflückte Richardis, Chiemos Mutter, Beeren und Früchte, und schlugen die Männer das Knüppelholz zum Anfertigen von Zäunen und Werkzeugen, aber auch große Stämme zum Bau von Häusern und Stallungen. Hecken und Einfriedungen schützten das bestellte Land zum Wald hin vor Schäden durch Wild und Weidevieh und markierten gleichzeitig die Grenzen der Hofmark. Den ältesten Teil bildete das Gartenland, welches den Hof umschloß und das mit festen Zäunen geschützt war. Der Hof selbst gab auch jetzt noch beredtes Zeugnis für die Angst, mit der die Menschen hier anfänglich gelebt hatten. Die Wildheit, die in der Seele des Landes zu stecken schien, spiegelte sich in den Geschichten und Liedern der Alten wider, und jeder, bis hin zum kleinsten Kind, kannte sie. Mit dem Niedergang der Staatsmacht war das Land unsicher geworden. Flüchtlinge, Ausgestoßene und plündernde Soldaten hatten in den Wäldern Zuflucht gesucht. Darum waren die Gebäude in einem offenen Viereck um einen Hofplatz gebaut und mit einer durchgehenden Außenmauer aus lose gefügten Felsbrocken umgeben. Sie war eineinhalb Manneslängen hoch und wies, bis auf das aus massiven Pfahlhölzern bestehende Einfahrtstor, weder Türen noch Öffnungen auf. Generation für Generation hatten Chiemos Urgroßvater, sein Großvater und sein Vater die einzelnen Phasen der Rodung und der Erschließung auf dem Balken festgehalten, der die Decke des Haupthauses trug. Er war größer, als daß er ihn noch hätte umfassen können. Wie oft hatte Marchward seinem Sohn diese Schnitzwerke erklärt und mit ihm darüber gesprochen, wie er den Hof zu erweitern gedenke. Früher als die meisten Bauern der Umgebung hatte er neben dem Anbau von Feldfrüchten der Aufzucht von Arbeitstieren einen angemessenen Platz eingeräumt und sich damit der Meinung der meisten widersetzt, die in Haustieren eine Konkurrenz und damit eine Gefahr für das eigene Überleben sahen. Jetzt erst, in der dritten und vierten Generation, war es gelungen, die Nutzflächen auf die erforderliche Größe auszudehnen, die eine ausreichende Nahrungs- und Futterbasis für Mensch und Tier bot, gleichzeitig aber die Möglichkeit der Regeneration des Ackerbodens zuließ und dennoch gute Erträge garantierte.

Zentral plaziert, zwischen den großen Domänen und Klostergütern von Salzburg und rund um die Seenplatte westlich davon, hatte das Freigut Marchwards die Aufmerksamkeit mächtiger Grundherren auf sich gezogen, die mit allen erlaubten und unerlaubten Mitteln die Unabhängigkeit der Sippe zu beschneiden und einzuschränken versuchten. Nur der Umsicht des Großvaters und seines Vaters war es zu verdanken, daß sich das Freigut bis jetzt zwischen den großen Grundherrschaften hatte behaupten können. Im Gegenteil: Seit Marchwards Bruder bei den Mönchen auf der Insel mit dem Amt des Zellerars bedacht worden war, bestanden zwischen dem Abt des Klosters von Herrenwörth und seinem Vater nicht nur freundschaftliche, sondern auch enge wirtschaftliche Beziehungen, und die kräftigen Zugtiere Marchwards waren nicht nur auf den Klostergütern gefragt. Mit dem Erlös aus den Fuhr- und Spanndiensten für die Sudpfannen in Hall hatte sich Großvater vom Kloster St. Peter in Salzburg das Recht für den Betrieb einer Mühle am Rettenbach erwerben können. Der dadurch bedingte ständige Kontakt mit den Bauern aus der näheren Umgebung hatte in seinem Vater den Plan reifen lassen, eine Gilde ins Leben zu rufen, in dem sich die Mitglieder durch Eid zu gegenseitiger Hilfeleistung verpflichteten und sich zum Kampf gegen allzu besitzhungrige Grundherren organisierten. Nicht zuletzt die Umsetzung dieser Idee hatte das Ansehen Marchwards in weitem Umkreis begründet. Selbst hohe Herren begegneten ihm mit anerkennendem Respekt.

Wie immer erfüllte Chiemo auch jetzt Stolz beim Anblick des elterlichen Anwesens, aber der Gedanke an die Strenge, die Vater bei Nichtbeachtung seiner Anweisungen an den Tag legen konnte, lenkte seine Gedanken zurück auf die Geschehnisse der letzten Stunde.

Noch ganz in Gedanken, klammerte er sich krampfhaft mit Knien und Schenkeln an die Flanken des Pferdes, das jetzt auf dem Höhenrücken in eine schnellere Gangart fiel. Vergebens suchten seine Augen nach Rajah.

„Bestimmt wird die Katze durch den Auwald nach Norden hinüber ins Ried gewechselt sein, um ihre Verfolger abzuschütteln. Was meinst du, ob es Sinn hat, die Spur bis hinüber nach Öd zu verfolgen?“

Sina zuckte mit den Schultern. „Vater würde es nicht gerne sehen, daß wir uns auf dem Gebiet des Nußdorfers am Lenzin herumtreiben. Laß uns lieber umkehren!“

Nach einem Orientierungspunkt suchend, glitt ihr Blick über die dunkle Mauer des Auwaldes. Bedrohlich hob er sich von dem Halbdunkel der Buchenbestände ab, das vom Moder einer dicken Laubdecke durchzogen war. Unschlüssig ließ die Stute den Kopf hängen und zog den schimmligen Geruch, der aus den Pfützen aufstieg, prüfend durch die Nüstern. Der Ruf der Rohrvögel schallte aus dem Ried zwischen Birken und Erlen herüber, während ein Schwarm Wildenten mit sausendem Flügelschlag auf die Auwässer einfiel.

„Laß uns wenigstens bis hinüber nach Bucheck reiten!“ drängte Chiemo und trieb die Stute die Böschung hinunter durch den Talgrund. Es war nicht leicht, sich in den sperrigen Auwäldern mit dünnem Stangenholz zurechtzufinden. Zum Ried hinüber wurden die Hänge flacher. Das Dickicht zog sich in einem Gewirr von Büschen, Schilf und Binsen bis zu den Feuchtniederungen.

Plötzlich zerrte Sina energisch am Zügel und dirigierte die Stute nach Osten den Augrund entlang.

„Laß uns lieber bei der Mühle nachsehen! Die Hunde sind den Weg gewöhnt, und wenn sie die Jagd aufgeben, werden wir sie dort am ehesten finden, wenn sie nicht schon längst zu Hause sind."

Chiemo beugte sich, wenn auch nur widerwillig, der logischen Folgerung seiner Schwester. Er mußte sich über sich selbst ärgern, daß ihm diese Idee nicht schon früher gekommen war. Erst einige Zeit später befielen ihn Zweifel, ob Sina mit ihrem Vorschlag nicht auch eigennützige Gedanken verfolgen könnte. Argwöhnisch neigte er sich vor und musterte sie von der Seite. Sina errötete unter seinem Blick und verstärkte Chiemos Verdacht zur Gewißheit.

„Mir scheint, da bin ich dir ordentlich auf den Leim gegangen!"

Sinas Gesichtsausdruck verhärtete sich, aber ihre Antwort klang reichlich unsicher.

„Keine Ahnung worauf du anspielst!"

„Der Teufel soll mich holen, wenn uns der Weg nicht zu Enno, dem Sohn des Müllers, führen soll! Genießt der Mehlsack zur Zeit wieder einmal den Vorzug?"

Chiemo warf seiner Schwester einen schmachtenden Blick zu und grinste dümmlich.

„Halt dein freches Maul im Zaum und stecke deine Rotznase nicht in Dinge, die dich rein gar nichts angehen!" fauchte sie in gespielter Empörung.

Einen Augenblick ritten sie wortlos. Plötzlich bemerkten sie beide, daß irgend etwas nicht stimmte. Chiemo hob prüfend den Blick. Das helle Blau des Himmels war dunkelgrau geworden, und der Wind trieb dicke Wolken aus Westen heran. Der Duft von frischem Farn mischte sich mit dem Moder der Auwässer. Unheimliche Stille lag über dem Mühlengrund. Sina zügelte die Stute und richtete sich im Sattel auf. Sie sagte nichts, als sie sich umwandte, aber aus ihrem Blick und ihrer Haltung sprach Unschlüssigkeit und nervöse Unruhe.

„Fällt dir nichts auf?" fragte sie.

„Was?" Chiemo lauschte angespannt. „Du hast recht! Eigenartig, daß das Mahlwerk nicht läuft!"

Sina sah Chiemo fragend an. „Bleib hier!" flüsterte sie, als er sich vom Pferd gleiten lassen wollte. „Wir wollen nicht voreilig und unbesonnen handeln!"

Die Schreie eines Falkenpaares und der Ruf eines Hähers über dem dunklen Waldmassiv des Schwarzenberges ließen ihre Blicke auffahren.

„Zum Teufel!" entfuhr es Chiemo. „Jemand muß sie aufgeschreckt haben! Ob die Hunde ...?"

Ein Stoß von Sinas Ellenbogen ließ ihn verstummen. „Die Hunde können warten! Laß uns erst einmal hier nach dem Rechten sehen!"

Chiemo nickte wortlos. Vorsichtig dirigierte Sina die Stute durch die Büsche. Vergebens wehrte er sich dagegen, daß ihn angesichts des düsteren Talgrundes Angst und ein Gefühl von Verlassenheit befiel. Unvermittelt tauchten die Umrisse des Hofes aus dem lichter werdenden Buschwerk auf.

„Sieh doch!" flüsterte Sina und deutete nach oben.

Sein Blick folgte überrascht ihrem Arm, der über die Erlen und Birken hinauf gegen den sich verdüsternden Himmel wies. Weiter draußen über dem Talgrund, wo sich zuvor Dunstschleier wie Schatten über das Moor geschoben hatten, stieg feiner Rauch auf, der in kurzer Zeit zu einer dicken, schwarzen Wolke anschwoll. Schnell wuchs sie wie ein riesiger Pilz über den Baumkronen empor. Als könne er seinen Sinnen nicht trauen, kniff Chiemo die Augen für einen Moment zusammen und zog prüfend die Luft durch die Nase. Es gab keinen Zweifel. Die Stute, schon durch die Schreie der Vögel beunruhigt, schien jetzt auch den Rauch zu wittern und ließ sich nur mit Mühe besänftigen.

„Die Mühle! Sieh doch! Sie brennt!" schrie Sina.

Chiemo sprang vom Pferd und preßte Hände und Ohren an den Boden. Ihm war, als liefe ein leises Zittern durch die Erde unter ihm. Ein dunkler Schatten zog über sein Gesicht. Als er sich wieder aufrichtete, hörte er deutlich das Trommeln von Pferdehufen in Richtung Bucheck, begleitet vom hellen Geklirr von Waffen. Mit einem Fluch schwang sich Chiemo hinter Sina auf die Stute. Sie starrte ihn an, und Verzweiflung sprach aus ihrem Gesicht.

„Was sollen wir jetzt tun?" fragte sie von wachsender Angst getrieben.

Kurz entschlossen riß er die Zügel an sich und trieb das Pferd an. Besorgt suchten seine Augen das Buschwerk ab. Er wußte nur zu genau: Zu zweit waren sie wehrlos. Dennoch war er entschlossen, trotz der drohenden Gefahr hinüber zur Mühle zu reiten. Er mußte sich zwingen, die panische Angst, die ihn befallen hatte, niederzukämpfen und ihre Lage ruhig zu überdenken.

„Laß uns erst einmal hier im dichten Unterholz abwarten!" drängte Sina. „Hier im Gebüsch sind wir am sichersten aufgehoben. Vielleicht hat außer uns noch jemand das Feuer bemerkt."

„Wir können uns hier nicht versteckt halten! Was ist, wenn jemand unsere Hilfe braucht", gab Chiemo schroff zurück.

Sina verlegte sich aufs Bitten. „Ich habe Angst, Chiemo!"

„Es ist für uns ebenso gefährlich, jetzt durch den Wald zu reiten", unterbrach er sie. „Wir müssen uns erst vergewissern, was an der Mühle passiert ist. Keine Angst! Ich paß schon auf!“

Er sprang hinter Sina auf die Kruppe der Stute und richtete sich vorsichtig auf, aber ehe er noch die helle Brandlohe wahrnehmen konnte, zerrissen Schreie die Stille. Eine rote Feuersäule schoß empor und durchbrach das Laubdach mit anschwellendem Brausen. Beißender Rauch erfüllte die Luft, und ein Regen aus Funken und glühender Asche ging rings um die Feuersäule nieder. Eine schreckliche Vorahnung befiel ihn. Als die Büsche am Rande der Lichtung den Blick auf die Mühle und den Bachlauf freigaben, sah er seine schlimmsten Befürchtungen bestätigt. Chiemo fühlte sich in einen Wirbel des Grauens hineingerissen und Eiseskälte kroch in ihm hoch. Die Leichen von drei Müllerburschen baumelten an einem Obstbaum. Jeder der Hauptäste trug einen der Knechte. Aus ihren Gesichtern sprach noch nackte Angst. Die Augen hingen ihnen weit aus den Höhlen, entstellt, wie Masken des Grauens.

„Oh mein Gott!“ schrie Sina hysterisch und starr vor Schrecken.

Wie als Antwort begann erneut eine Männerstimme gellend zu schreien, und die Schmerzenslaute ließen Chiemo und Sina das Blut gefrieren. Kurz darauf schien das Rieddach der Mühle förmlich zu explodieren, und das brausende Tosen und Knistern der Flammen erstickte die Schreie der Todesqual. Überall schossen Feuerlohen aus den Wänden hoch. In das Gebrüll halb wahnsinniger Tiere aus den Stallungen mischten sich Salven krachender Balken und berstender Wände.

An Sina vorbei, die sich die Hände gegen die Ohren preßte, jagte Chiemo zu den Stallungen hinüber, wo die Hitzewände noch nicht so intensiv waren, wie in der Nähe des Haupthauses. Aber auch hier wuchsen jetzt die Flammen unter knallendem Gedröhn an. Mit einem mächtigen Stoß schob er den Sperriegel zur Seite und warf die Torflügel auf. Nichts mehr konnte die vor Angst halb verrückten Tiere halten, die, in dichte Qualmwolken gehüllt, die Türöffnung zu sprengen schienen und in Panik an ihm vorbeijagten. Torkelnd warf sich Chiemo zur Seite, um nicht zertrampelt zu werden und rang nach Luft. Noch ehe er wußte, wie ihm geschah, fühlte er triefendes Sackleinen auf Nacken und Schultern.

„Los! Weg hier!“

Kaum hatte ihn Sina einige Schritte von der Stallwand weggeschleift, stürzte diese mit gewaltigem Getöse ein und überschüttete sie mit einem wahren Regen glühender Funken. Als er Sekunden später die Augen hob, starrte er in das tränen- und rußverschmierte Gesicht seiner Schwester, die neben ihm am Boden kauerte und nach Luft japste.

„Noch einmal Glück gehabt!“ keuchte er und schob sich auf Händen und Füßen weiter aus der Gefahrenzone. Noch immer preschten Kühe und Schweine aus dem Chaos von Rauch und Flammen hervor.

„Ich hatte schon Angst, sie würden dich überrennen oder du würdest unter der brennenden Wand begraben“, ächzte Sina und half ihm, sich aufzurichten. Die Ausdünstung verbrannten Fleisches nahm ihnen fast den Atem.

Als sie sich dem Hauptgebäude näherten, mußten sie sich die nassen Säkke vor die Nase halten, um sich vor Übelkeit nicht zu übergeben. Dort, wo sich die Schwaden hoben, bot sich ein Bild des Grauens. Sie hatten in ihrem jungen Leben schon manche schrecklichen Dinge gesehen, aber das hier war schlimmer als alles andere, und es schien erst der Anfang hereinbrechender, dunkler Ereignisse zu sein.

Berstend und krachend lösten sich große Wandteile und stürzten langsam nach innen, wobei der Blick auf das Innere der Mühle freigegeben wurde. Beide standen sie wie vom Schlag gerührt und kämpften gegen den stechenden Geruch und das Würgen im Hals an. Verkohlte Gliedmaßen ragten aus den qualmenden Trümmern. Flammen hatten das Fleisch zu dunklen Strängen verbrannt.

„Was für Bestien!“ stieß Chiemo in stummer Wut hervor und schlug beide Hände vors Gesicht.

„Laß uns gehen!“ drängte Sina. „Hier ist keiner mehr lebendig herausgekommen.“

Sie wandte sich ab, während Chiemo noch zögerte, unschlüssig, ob er sich noch weiter vorwagen sollte. Schließlich sah er die Sinnlosigkeit seines Unterfangens ein und folgte ihr. Sina war schon am Mühlbach, wohin sich die Stute in Sicherheit gebracht hatte, als sein Blick auf die Reste der Mahlstube fiel. Ohne daß er es hätte sagen können, hatte etwas im Unterbewußtsein seine Aufmerksamkeit erregt. Auch hier war das Dachgebälk eingestürzt, und der Boden war übersät mit geschwärzten Trümmern des Mahlwerkes. Unwillkürlich fiel sein Blick auf die Reste der schulterhohen Mauer. Dort, wo sich sonst die Achse für das Mühlrad gedreht hatte, klaffte ein großes Loch, während rundherum das Mauerwerk noch intakt war. Hätte sich das Mühlrad durch den Brand aus seiner Verankerung gelöst, dann nur, wenn auch die Mauer geborsten wäre.

Chiemo blieb stehen. Für einen flüchtigen Moment glaubte er, sich getäuscht zu haben. Über Schutt und Trümmer kroch er, über rauchende Reste, aber es bestand kein Zweifel. Unmittelbar unter der Maueröffnung lag eine kräftige Eisenwelle, und die Spuren herausgebrochener Steine gaben eindeutig zu erkennen, daß jemand mit Gewalt das Wasserrad aus seiner Verankerung gerissen hatte. Wut und Zweifel ließen ihn einen kurzen Blick durch die Bresche in der Mauer werfen. Wo früher das Wasser über das Mühlrad gelaufen war, übersäten unzählige Trümmer die Staukammer unterhalb des Wehres. Die aberwitzigsten Gedanken schossen durch seinen Kopf. Daß Plünderer oder Raubgesindel ein einsames Anwesen überfielen, kam schon einmal vor. Aber welches Interesse konnten sie daran haben, einen Hof niederzubrennen, ein Mahlwerk auf diese Weise zu zerstören und dann mögliche Zeugen auf so abscheuliche Weise zu töten? Immer neue Fragen stürzten auf ihn ein, schneller, als er eine passende Antwort zu finden vermochte.

„Hast du etwa geglaubt, daß jemand das Feuer in der eingestürzten Mahlkammer überlebt haben könnte?" rief Sina ungeduldig. „Jetzt komm endlich! Machen wir, daß wir hier wegkommen!"

Angstvoll richtete sie den Blick nach Westen, als fürchte sie, die Reiter könnten jeden Moment wieder in den Mühlengrund hereinpreschen. „Wenn wir vor Einbruch der Dunkelheit zu Hause sein wollen, müssen wir uns beeilen!"

Sofort fiel ihr der veränderte Gesichtsausdruck ihres Bruders auf.

„Was ist los mit dir? Hast du eine Spur gefunden?"

Chiemo zuckte unschlüssig mit den Schultern und beschloß, seine Entdekkung erst einmal für sich zu behalten. Besorgte Gedanken gingen ihm durch den Kopf und drängten sich durcheinander wie die Rauchschwaden hinter ihm. Zum erstenmal in seinem jungen Leben verspürte er in sich eine angespannte innere Unruhe, die sich nicht wie sonst nach einer Weile einfach wieder verdrängen ließ. Was immer er auch versuchte, er konnte seine Gedanken nicht mehr von den Vorgängen um die Mühle lösen. Schwer wie ein Felsbrocken hockte ein Gefühl von Furcht in seiner Magengrube, und immer stärker festigte sich in ihm die Überzeugung, daß mit den Toten in der Mühle unruhige Zeiten über sie alle hereinbrechen werden. Was Vater wohl dazu sagen wird? Er war nicht so recht davon überzeugt, daß diese Ereignisse die Sache mit den Hunden so einfach vom Tisch fegen werden. Der Gedanke, wie sein Vater wohl reagieren wird, ließ Chiemo wieder in die Realität zurückfinden.

Als er einen Blick hinter sich warf, sah er die Sonne gerade hinter dem Laubwald versinken. Unbemerkt von ihnen war die Dämmerung gekommen, und das Tageslicht begann überraschend schnell zu schwinden. Mit großer Erleichterung erkannte er vor ihnen die Lichtung, die von alten Steineichen umsäumt war und deren Zentrum von einem mächtigen Steinblock beherrscht wurde. Die meisten Menschen in der Umgebung mieden den Ort, weil sie noch immer die Augen der Dämonen auf sich zu spüren glaubten. Auf Chiemo aber hatte die alte Kultstätte, seit er denken konnte, einen magischen Zauber ausgeübt. Für ihn war dieser Ort wie der Schoß einer Mutter. Stets, wenn einschneidende Erfahrungen seine Kinderseele zu erschüttern drohten, hatte er hier unter dem dichten Laubdach der Bäume seine Ängste und Sorgen ausgeatmet und in der friedlichen Stille seinen Geist beruhigt. Die Klarheit, mit dem sich dieser Wandel vollzog, hatte ihn oft selbst befremdet, und auch den Erwachsenen war seine Fähigkeit zur tiefen Innenschau nicht verborgen geblieben, mit der er mit jungen Jahren bereits alles Neue aufgenommen hatte. Heute jedoch spürte er nicht dieses seltsam prickelnde Gefühl. Vielmehr beschlich ihn die Vorstellung, als schließe eine unsichtbare Mauer diesen Ort ein und als habe er sich einer Prüfung zu stellen. Er verspürte einen unerklärlichen Anflug von Traurigkeit und eine Spannung, die ihn zu einer Wahrnehmung mit allen Sinnen zugleich zu befähigen schien. Es war wie das Zerbrechen einer Hülle, die bis heute seine Kindheit schützend umschlossen und ihn bisher vor der Konfrontation mit bösen Mächten bewahrt hatte.

Den tief stehenden Bogen der Sonnenscheibe zur Rechten, ließ Sina die Stute bergab in einen schnellen Trab fallen. Die flachen Strahlenbündel des letzten Tageslichtes erzeugten zwischen den Hochstämmen der Eichen und Buchen eine Atmosphäre wie in einer dunklen Kathedrale. Der weiche Boden, Moos und Laubwerk dämpften den Hufschlag des Pferdes, und die lastende Stille trug wenig dazu bei, Chiemos Stimmung zu heben. Sie durchritten gerade eine Senke, als ein entferntes Geräusch ihn aus seinen trüben Gedanken riß. Sina drehte sich fragend zu ihm um, und beide erkannten sie am Ohrenspiel der Stute, daß sie sich nicht getäuscht hatten. Steil stellte das Tier die Ohren auf und hob prüfend die Nüstern, als verspüre auch es die Gegenwart einer drohenden Gefahr.

„Vielleicht suchen sie uns schon", flüsterte Chiemo, bemüht, sich die Unruhe nicht anmerken zu lassen.

„Es war unvorsichtig, uns auf der Suche nach den Hunden so weit von zu Hause zu entfernen", unterbrach sie ihn.

Chiemos Blick verfinsterte sich. Der bittere Klang ihrer Stimme verriet ihm mehr als die Worte selbst, wie sehr sie sich ängstigte. Freilich, er konnte nicht ausschließen, daß sich nicht noch einige der Männer hier in der Nähe herumtrieben, die am Mittag die Mühle überfallen und niedergebrannt hatten. Ein böser Verdacht keimte in ihm auf. Männer vom Hof hätten sie auf alle Fälle beim Namen gerufen. Für ihn stand jetzt außer Zweifel, daß sie sich vorsehen mußten. Gegen Wegelagerer, wenn sie auch nicht beritten waren, mochten sie eine, wenn auch kleine Chance haben. Im weiten Umkreis gab es nicht wenig Gesindel, das nicht einen Moment zögern würde, für ein gutes Reitpferd ohne mit der Wimper zu zucken zwei Halbwüchsige zu überfallen. Mancher wehrfähige Mann war schon aus viel geringerem Anlaß gestorben, und für eine Handvoll Kerle war es ein leichtes, ein Pferd zu Fall zu bringen, ohne es ernstlich zu verletzen, vor allem, wenn das Überraschungsmoment auf ihrer Seite war.

Sein Herz begann rasend zu schlagen und seine Kehle war wie zugeschnürt. Die Zeit schien stehenzubleiben und irgendwo, tief drinnen, fragte er sich für Sekundenbruchteile, was dieser Tag an bösen Überraschungen für sie noch bereithalten würde. Waren sie nur Steine, hin- und hergeschoben auf dem Spielfeld böser Mächte? Lautlos sprang er zu Boden und drängte die Stute in dichtes Buschwerk.

„Hier, nimm du die Zügel und versuche, sie ruhigzuhalten! Wenn sie uns noch nicht bemerkt haben, dann haben wir im tiefen Unterholz eine Chance!"

Chiemo gab seiner Stimme einen Anflug von Zuversicht, obwohl Zweifel und Ängste seine Sinne folterten. Er durfte jetzt auf keinen Fall den Kopf verlieren, sondern mußte die Ruhe bewahren und Sina Mut machen.

Anschwellender Hufschlag ließ sie beide zusammenzucken. Auf allen Vieren schoben sie sich durch die Büsche, den Blick auf den Hügelkamm über ihnen gerichtet. Eine Bewegung am Rande des Blickfeldes ließ Chiemo aufschrecken. Fremdländische Laute, die er nicht verstehen konnte, drangen an sein Ohr. Urplötzlich brachen zwischen den dunklen Stämmen drei Reiter durch das niedere Buschwerk. Anfangs nur Schemen, zeichneten sich ihre Umrisse immer deutlicher gegen den Abendhimmel ab. Nacktes Entsetzen packte ihn. An der Hügelkante verhielten sie die Pferde. Die Männer mußten von weit her sein. Ihre Kleidung war fremdländisch, ihre Hautfarbe dunkel, und das lange Haupthaar trugen sie streng nach hinten gebunden zu einem kurzen Zopf, was den stechenden Blick ihrer Augen noch stärker hervorhob. Die Männer waren zweifellos Krieger. Sie trugen nur leichte Rüstungen - einen dicken Lederkoller, mit Eisenbändern verstärkt - und leichte Schwerter und Dolche in ihren Gürteln. Die Beine steckten ungeschützt in einer dicken Filzhose, und die Tierfelle an Armen und Schultern ließen erkennen, daß sie unter dem Koller einen ledergegerbten Kaftan trugen. Der kräftigere der Männer deutete herüber in Richtung des Mühlgrundes und stieß einen Schwall unverständlicher Worte hervor. Alles deutete darauf hin, daß sie von den Geschehnissen an der Mühle Kenntnis zu haben schienen, denn der Anführer malte mit ausgestreckter Hand die Umrisse einer Rauchwolke in die Luft und tippte sich kurz an die Nase.

Chiemo hatte genug gesehen. Im ersten Moment war er vor Schreck wie gelähmt und überzeugt, ein Trugbild zu sehen, doch dann schob er sich auf allen Vieren tiefer in die Büsche. Es gelang ihm nicht, die panische Furcht, die in ihm aufstieg, niederzukämpfen. Der Gedanke allein, von den fremden Kriegern entdeckt zu werden, war so furchterregend, daß sein Herz erneut wild zu schlagen begann. Fast hätte er aufgeschrien, als ihn Sina mit festem Griff zu sich zog.

„Ungarn!" flüsterte er, während er sie gleichzeitig derb auf den Boden hinunterdrückte. Sina preßte die Fäuste vor den Mund. Flach auf den Boden gepreßt lagen sie im Laub, unschlüssig, was sie anfangen sollten.

„Tu doch etwas!" stammelte sie mit vor Angst zitternder Stimme. „Wir können doch nicht warten, bis sie uns hier entdecken!"

Noch ehe Chiemo etwas erwidern konnte, entstand Unruhe über ihnen auf dem Hügel. Die Pferde der fremden Krieger schienen die Stute zu wittern und gebärdeten sich plötzlich unruhig. Chiemo richtete sich vorsichtig auf und zog das Tier mit dem Zügel näher zu sich.

„Wir haben nur eine einzige Chance!" flüsterte er. „Wenn die Fremden den Hang herunterreiten, werden sie uns früher oder später entdecken. Sowie sie sich nähern, werde ich versuchen, ihnen auf dem Pferd zu entkommen. Sie wissen nicht, daß wir zu zweit sind. Ich bin leicht, und die Stute ist schnell. Allein habe ich eine echte Chance. Bleib du hier in Deckung und verhalte dich ruhig, was immer auch passiert!"

Es mochte Wahnsinn sein, was er vorhatte, aber es war der einzige, wenn auch verzweifelte Ausweg. Mit einem leisen Wimmern preßte Sina beide Fäuste gegen die Lippen und schüttelte wie in Trance den Kopf. Halb wahnsinnig vor Angst verfolgte sie, wie Chiemo nach dem Zügel griff und die Stute an der hangabgewandten Seite aus den Büschen drängte. Vorsichtig schob er sich in den Sattel. Gleichmäßiges Rascheln zeigte ihm, daß die Fremden ihre Tiere ruhig hangabwärts dirigierten.

Er konnte nicht länger warten, ohne daß seine Chancen, zu entkommen, immer aussichtsloser wurden.

Sina mußte sich Gewalt antun, um nicht loszulaufen, als er der Stute plötzlich die Hacken in die Weichen schlug. Nur für wenige Augenblicke hatte Chiemo das Moment der Überraschung auf seiner Seite. Äste, Wurzeln und Dornen nicht achtend brach er durch die Büsche, immer der gleichen Höhenlinie des Hanges folgend. Aus den Augenwinkeln heraus sah er, wie die kleineren Tiere der Ungarn erschrocken aufstiegen und ihre Reiter für Sekunden alle Hände voll zu tun hatten, sie wieder unter ihre Kontrolle zu bringen, ehe sie aus seinem Blickfeld verschwanden. Tief nach vorne gebeugt hieb er mit der flachen Hand auf den Hals des Pferdes, daß es aufwieherte und sich streckte und förmlich über den Waldboden dahinflog.Immer wieder trat er ihm in die Flanken und spornte es zu einem rasenden Lauf an. Erst als er den Hochwald erreicht hatte, warf Chiemo einen raschen Blick über die Schulter zurück und bemerkte mit Entsetzen, daß sich die drei Verfolger getrennt hatten. Er hatte damit gerechnet, daß sie versuchen würden, durch einen schnellen Ritt talwärts ihm den Weg abzuschneiden. Jetzt aber verriet das Knacken brechender Zweige über ihm, daß es einem von ihnen gelungen war, hangaufwärts zu ihm aufzuschließen. Wie aus dem Nichts tauchte er plötzlich über ihm auf und trieb sein Pferd in wilden Sprüngen über Felsbrocken und modernde Baumstämme. Chiemos verzweifelter Blick irrte nach allen Seiten. Mit der Zielstrebigkeit von Wölfen kreisten ihn die Verfolger immer enger ein. Ihre geschmeidigen Bewegungen verrieten durchtrainierte Körper, aber ihre Gesichter wirkten grausam, und gnadenlose Mordlust blitzte in ihren Augen auf. Aus den Augenwinkeln heraus sah Chiemo, wie der Reiter hinter ihm sein Pferd neben die Stute dirigierte, und die Hand des Kriegers an den Knauf seiner Waffe fuhr. Einer plötzlichen Eingebung folgend, zügelte er sein Pferd mit kurzem Ruck, um es sogleich hart am Zügel nach rechts zu reißen und, den Schwung hangabwärts nutzend, in die Flanke des herangaloppierenden Tieres zu treiben. Diese Reaktion kam für den Reiter völlig unerwartet, und noch ehe er die Waffe ziehen konnte, stieß ihn die größere Stute förmlich aus dem Sattel. Unter der Wucht des Aufpralls wieherte das kleinere Tier hell auf. Die Fesseln verfingen sich in dürren Ästen, und mit dumpfem Aufprall kippte sein Körper talwärts, wobei die Beine wild in die Luft schlugen.

Chiemo widerstand der Versuchung, sich umzuschauen und wendete das Pferd auf der Hinterhand, da beide Reiter in einer Zangenbewegung versuchten, ihn in die Enge zu treiben. Ohne sich um die Vorgänge in seinem Rücken zu kümmern, jagte er in gestrecktem Galopp den Weg zurück. Todesangst ergriff sein Herz, denn inzwischen hatte er erkannt, daß es vermessen war, sich gegen die flinken kleinen Pferde der fremden Krieger auch nur den Hauch einer Chance auszurechnen. Zudem versetzte ihn die Tatsache, daß sie ihn in die Richtung zurücktrieben, wo sich Sina versteckt hielt, in eine verzweifelte Lage. Chiemo griff nach dem Bogen. Das stoßweise Keuchen seines Atems unterdrückend versuchte er, mit hastigen Bewegungen einen Pfeil einzulegen. Doch bevor er die Sehne loslassen konnte, um den Pfeil abzuschnellen, traf ihn ein mit einem Bogen geführter, wuchtiger Hieb an Schulter und Kopf. Pfeil und Sehne entglitten seinen Händen, und mit einem erstickten Stöhnen sank er vornüber auf den Hals der Stute.

„Nein! Ihr dürft ihn nicht umbringen!" Sinas heller Schrei brachte ihn wieder zur Besinnung und als er den Kopf hob, sah er sie mit fliegenden Haaren auf sich zustürmen.

„Lauf!" keuchte er heiser. „Schnell, zurück ins Unterholz!"

Die beiden Verfolger hatten zu ihrem Opfer aufgeschlossen. Einer von ihnen versuchte, Chiemo abzudrängen, der andere nahm Sinas Verfolgung auf. Sich seiner Beute sicher, stürmte der Ungar heran und holte Sina zwischen den Bäumen ein. Weit beugte sich der Reiter vor, und unter der grob zupackenden Faust zerriß der Stoff ihrer Gunna. Sina strauchelte. Noch ehe sie sich aufrappeln konnte, hatte der Ungar sein Pferd gewendet und ließ sich aus dem Sattel auf sie fallen. Er begrub sie förmlich unter sich. Sina schrie und versuchte, sich aufzubäumen.

„Nein!"

Chiemos gellender Schrei ließ die Pferde aufscheuen und mit letzter Kraft trieb er die Stute an. Wie durch einen Schleier sah er die Umrisse der beiden Gestalten am Boden. Eher werde ich euch beide niederreiten, um ihr und mir diese Schande zu ersparen, fuhr es ihm durch den Kopf. Zu spät sah er den Schlag von der Seite kommen. Hart wurde er im Nacken getroffen und zu Boden geschleudert. Einen Augenblick noch verspürte er einen unsäglichen Schmerz, dann schwappte eine Welle der Dunkelheit über ihn hinweg.

# Die Bauerngilde

Chiemo lag noch im Kampf mit seinen Erinnerungen. Zweifel und Ängste folterten ihn, als das Echo von Schritten in sein Bewußtsein drang. Er brauchte geraume Zeit, bis er begriff, wo er war. Eine bleierne Leere legte sich auf seine Brust. Immer wieder warf er im Fieber den Kopf hin und her, als könne er sich dadurch von einer inneren Qual befreien. Wie durch einen Schleier nahm er nach und nach die Gesichter und Umrisse wahr, die hinter einer kräftigen Männergestalt den Türrahmen füllten und reglos wie Statuen aus dem Hintergrund die Szene verfolgten.

„Laßt uns mit ihm allein!" winkte Marchward mit einer gebieterischen Handbewegung. Das Gesinde wich zurück. Nur Richardis blieb abwartend neben der Türe stehen und wischte verlegen mit den Händen über die Schürze.

„Wie konnte das nur geschehen?" hörte er die Stimme seines Vaters. Er wandte den Kopf und sah in sein vor Kummer und Schmerz verdüstertes Gesicht. Bemüht, seine Angst und seine Schuldgefühle zu verbergen, blickte er an ihm vorbei hinüber zur Mutter. Marchward umklammerte das Handgelenk seines gesunden Armes, daß es unter seinem Griff anschwoll.

„Du mußt uns alles sagen!" drängte er, während sich seine Züge weiter verhärteten.

„Wo ist Sina?" fragte Chiemo und fühlte dabei sein Herz bis zum Hals klopfen. „Lebt sie?"

Der Blick, den Vater zu Mutter hinüberwarf, und die beklemmende Stille sagten ihm alles.

„Seit dem frühen Nachmittag, als die Hunde ohne euch zurückkamen, haben wir eure Spur verfolgt", brach Vater schließlich das Schweigen. „Eine Wegstunde von hier entfernt sind wir auf die Ungarn gestoßen. Sie hatten euch in ihrer Gewalt, aber du warst ohne Besinnung und auf ein Pferd gebunden. Dich konnten wir befreien, aber einer von den dreien konnte mit Sina entwischen. Wie aber konnte es nur so weit kommen?"

„Wir wollten doch nur nach den Hunden suchen", sagte Chiemo schluchzend. Mit Tränen in den Augen berichtete er von den Geschehnissen des Vortages.

„Du weißt selbst am besten, daß du für deinen Ungehorsam bestraft werden mußt“, unterbrach ihn sein Vater. „Für deine Dummheit und deinen Leichtsinn gibt es keine Entschuldigung, das weißt du selbst am besten! Es fällt mir schwer, einzusehen, daß du schon halb erwachsen bist, wenn man dich nicht einmal eine Minute unbeaufsichtigt lassen kann.“

Während Marchward sich erhob, glitt Chiemos Blick hinüber zu seiner Mutter. Er dachte daran, welchen Schmerz sie fühlen mußte und daß er allein die Schuld daran trug. Das Blut hämmerte bei dem Gedanken daran in seinem Kopf, und er vermochte es einfach nicht zu ertragen, sie so leiden zu sehen. Chiemo wandte sich ab, krampfhaft darum bemüht, den besorgten und fragenden Blicken seiner Eltern auszuweichen. Er wußte, daß er für seinen Ungehorsam würde büßen müssen und hätte sich am liebsten in eine Ecke verkrochen wie ein getretener Hund. Urplötzlich war es mit seiner Beherrschung vorbei. Er kam sich wie ein Dummkopf und ein Versager vor. Tränen schossen ihm in die Augen. Aber als er den Mund öffnen wollte, um seinem Vater zu sagen, wie sehr er unter Sinas ungewissem Schicksal litt, hob er nur die Hand und gebot ihm Schweigen.

„Wir werden alles daransetzen, um Sina zu finden oder sie gegen den Gefangenen freizutauschen. Aber für dich ist es in Zukunft mit deinen Freiheiten und der ewigen Nachsicht vorbei! Sobald du wiederhergestellt bist, wirst du zukünftig bei der Arbeit zur Hand gehen! Dabei wirst du nicht mehr so leicht auf dumme Gedanken kommen. Und wenn du diesmal nicht hören kannst, steck ich dich zu meinem Bruder ins Kloster!“

„Droh ihm nicht damit!“ mischte sich Mutter aus dem Hintergrund ein, während Marchward sich zum Gehen anschickte. „Das Kloster würde schrecklich für ihn sein. Ebenso könntest du versuchen, eine Wildkatze einzusperren!“

„Darüber reden wir zu gegebener Zeit!“ sagte Marchward, wobei er mit einer schnellen Handbewegung andeutete, daß die Sache damit für ihn erledigt war. Richardis wollte ihm etwas erwidern, zog es aber vor, zu schweigen. Sie wußte nur zu gut, wie wild und roh Marchward mitunter sein konnte, auch wenn sie ein andermal wieder eine unergründliche Sanftmut an ihm entdeckte. Er hatte sich überhaupt sehr gewandelt, seit er sich als Anführer für die Sache der Bauern eingesetzt hatte. Anfänglich war er stolz gewesen über das kindliche Ungestüm seines Sohnes und oft hatte er lachen müssen, wenn Chiemo als Kind mit roten Backen und leuchtenden Augen über den Hof gestürmt war. Als sich jedoch das eigensinnige Verhalten mit zunehmenden Jahren immer mehr verstärkt hatte, und Chiemo immer öfter und länger in den Wäldern verschwand, war sein väterlicher Stolz in unerbittliche Strenge umgeschlagen. Meist stellte sich heraus, daß entweder die Hunde oder ein Pferd aus dem Stall fehlten. Wenn er dann Stunden später auf dem Hof erschien, dann meist mit irgendwelchen Beulen oder sonstigen Blessuren, das Haar zerzaust und die Tunika zerrissen. Richardis hatte dann meist alle Hände voll zu tun, Marchward zu besänftigen, damit die Abreibung für ihren Sohn nicht gar zu hart ausfiel.

Als sie endlich allein waren, fand sie anfänglich keine Worte, um ihren Sohn zu trösten. Sie legte ihm die Hand auf die Schulter und beugte sich zu ihm herunter.

„Du mußt Vater verstehen! Er meint es nicht so!" flüsterte sie und strich ihm durch die Haare. „Er wollte dich nicht verletzen!"

Zärtlich zog sie ihn an sich. Chiemo ließ es geschehen. Er zitterte wie ein verängstigter junger Hund, und trotz ihrer Nähe senkte sich dumpfe Kälte über ihn. „Wie ist es nur möglich, daß Sina nicht mehr da ist?" schluchzte er.

„Du brauchst jetzt Ruhe!" Richardis verstand nur zu gut, warum kein Trost zu seinem Herzen vorzudringen vermochte. Er hätte sich nicht schuldiger fühlen können, wenn er persönlich jemanden umgebracht hätte.

„Versuche zu schlafen und wieder zu Kräften zu kommen!" murmelte sie und ließ seinen Kopf auf das Kissen zurücksinken. „Zerfleische dich nicht mit Selbstvorwürfen!" Sie machte eine Pause, als müsse sie Kraft schöpfen.

„Du bist trotz allem ein guter Junge!" rang sie sich ein schmerzliches Lächeln ab. Sie neigte sich vornüber und gab ihm einen Kuß auf die Stirn.

Trotz ihres Trostes fühlte Chiemo immer deutlicher, daß es für ihn keine letzte Sicherheit und keine Zuflucht mehr gab. Geheime Mächte bewegten die Geschicke der Menschen und drängten sie auf Wege, wo Leid und Prüfung auf sie warteten. Kräfte, außerhalb ihrer selbst, lenkten sie nach einem dunklen Gesetz. Je länger er darüber nachdachte, desto deutlicher spürte er ihre Gegenwart, und nur zu gern hätte er sich hinübergleiten lassen in eine friedliche, immerwährende Besinnungslosigkeit. Aufs neue trieben Bilder der gestrigen Ereignisse durch seine aufgewühlten Sinne, als plötzlich ein Laut die Mauer seines Schmerzes durchdrang. Die dicken Fellbehänge schwangen zur Seite, und ein Schatten huschte lautlos in den Raum. Schwielige Finger tasteten in der Finsternis nach seiner Hand.

„Wie geht es dir?" flüsterte eine Stimme.

Überrascht und ungläubig wandte Chiemo den Kopf und richtete den Blick auf den dunklen Schattenumriß.

„Du, Rago?“

Mühsam holte er Atem und unterdrückte einen Seufzer, als er versuchte, sich auf dem Lager aufzurichten.

„Schone deine Kräfte! Du hast Schreckliches erlebt!“ machte Rago den Versuch, ihn zu trösten, als er merkte, wie der Junge erschüttert die Hände vors Gesicht schlug. Der Anblick rührte ihm ans Herz.

„Mir ist, als liege ein Fluch auf mir!“ stöhnte Chiemo auf. „Gestern haben wir noch gelacht und dich einen alten Narren geheißen, der zu tief in den Krug geschaut hat, und nun ist es tatsächlich so gekommen, wie du es vorausgesehen hast. Es wäre alles nicht passiert, hätten wir nur auf dich gehört!“

„Quäle dich nicht weiter!“ unterbrach ihn der Alte. „Es ist nun einmal geschehen. Ihr habt einen hohen Preis für eure Unbesonnenheit bezahlt. Mitunter wird ein Mensch vom Schicksal besonders hart auf die Probe gestellt, aber es liegt an jedem selbst, ob er den Schlägen standhält. Nicht das, was uns trifft macht unser Leben aus, sondern wie wir auf das Geschehen antworten. Was in uns ist und geschieht, ist wichtiger als die Ereignisse außer uns. Wir können, was passiert ist, nicht ungeschehen machen. Aber du mußt Frieden schließen mit dir und deinem Schicksal! Ich weiß, es ist kein leichter Weg, aber nur so wirst du die Dunkelheit um dich her auflösen können und in deinem Herzen den Frieden finden. Aber erst einmal mußt du zu Kräften kommen! Im Augenblick bist du viel zu sehr erschöpft. In ein paar Tagen wirst du dich schon wieder besser fühlen, und wie ich dich kenne, wirst du es nicht erwarten können, die Beute zu sehen, die dein Vater und deine beiden Brüder gemacht haben.“

„Welche Beute?“ Ungeduldig versuchte Chiemo, sich erneut im Bett aufzurichten.

„Nur mit der Ruhe!“ beschwichtigte Rago. „Hat dir dein Vater nichts davon erzählt? Dann ist es besser du schweigst dich ihm gegenüber aus und stellst dich dumm! Weißt du, die Hunde haben grausame Rache an einem der Krieger genommen und ihn bis zur Unkenntlichkeit zerfleischt. Den anderen, wahrscheinlich ihren Anführer, hat dein Vater zusammen mit Sieghart und Aidulf gefangengenommen und in Ketten gelegt. Einzig der Krieger, der Sina entführt hat, konnte entkommen. Du kannst dir nicht vorstellen, was bei uns auf dem Hof los ist! Die Bauern aus der Umgebung kommen von überall her, um den Gefangenen zu sehen, und wenn dein Vater nicht dazwischen gegangen wäre, hätte nicht viel gefehlt, daß sie ihn für den Totschlag an dem Müller und seinen Leuten sowie für die Zerstörung der Mühle an den nächsten Baum geknüpft hätten. Nur dem Auftreten deines Vaters hat er sein Leben zu verdanken."

„Willst du damit sagen, daß der Ungar bei uns auf dem Hof gefangen gehalten wird?"

Erwachender Lebensgeist sprach unüberhörbar aus Chiemos Frage.

„Langsam, langsam!" bremste Rago. „Du bekommst ihn und die zwei Pferde, die sie erbeutet haben, schon noch früh genug zu sehen. Ich habe sowieso schon mehr erzählt, als ich eigentlich hätte sagen sollen. Außerdem kann ich nicht länger bleiben. Ich wollte nur einmal kurz nach dir schauen, weil ich nicht viel Lust hatte draußen bei dem Weibervolk zu sitzen."

„Geh noch nicht!" bettelte Chiemo. „Ich möchte dich noch um einen Gefallen bitten. Auch ich habe eine Entdeckung gemacht, aber Vater gab mir keine Gelegenheit, mit ihm darüber zu sprechen. Du mußt unbedingt mit ihm reden! Auf dich wird er bestimmt hören! Glaube mir, es ist äußerst wichtig!"

Überrascht blickte Rago auf.

„Du hast doch gerade selbst gesagt, daß alle der Meinung sind, daß die feindlichen Krieger die Mühle niedergebrannt und den Müller und seine Leute umgebracht haben. Ich bin mir da nicht so sicher. Als Sina und ich drüben am Rettenbach waren, hörten wir den Müller inmitten der Flammen in Todesangst schreien und konnten doch nichts mehr tun, um ihm zu helfen. Es stand alles schon lichterloh in Flammen, als wir hinkamen."

Er machte eine Pause. Rago sah selbst im Halbdunkel des Raumes das Grauen erneut in Chiemos Gesicht aufbrechen.

„Du mußt jetzt nicht darüber sprechen!" wollte er ihn beruhigen. „Sieghart und Aidulf haben uns davon erzählt. Sie waren nach euch an der Mühle und waren ebenso entsetzt über das Ausmaß an Grausamkeit, mit der die Ungarn dort gewütet haben. Es muß fürchterlich für euch gewesen sein!"

Als wehre er sich selbst gegen die Ungeheuerlichkeit seines Gedankens, schüttelte Chiemo leicht den Kopf. „Mich läßt der Gedanke nicht los, ob die Dinge nicht anders liegen könnten als wir alle glauben", sagte er nachdenklich und noch immer voller Selbstzweifel.

Mit offenem Mund starrte Rago ihn an. „Habt ihr jemand an der Mühle beobachtet? Nun sag doch schon!"

„Wir hatten Angst, entdeckt zu werden, und hielten uns im Buschwerk des Auwaldes versteckt."

„Habt ihr keine Stimmen gehört?"

„Sie hatten ihr Vernichtungswerk bereits getan und wußten, daß das Feuer alle Spuren beseitigen würde, aber wir hörten eine größere Schar Berittener, die nach Bucheck hinüber davonsprengten. Womit sie jedoch nicht rechnen konnten, war der Umstand, daß die Mahlkammer durch das Feuer nicht völlig zerstört würde. Zwar wurde sie und der Mehlboden mit dem gesamten Holzwerk ein Opfer der Flammen, aber die Mauer mit dem herausgebrochenen Mühlrad blieb ziemlich intakt. Warum, Rago, sollten sich die Plünderer die Mühe machen, sich mit dem Herausbrechen eines Mühlrades aufzuhalten, wenn sie es nur auf schnellen Raub und Zerstörung abgesehen hatten? Die Aufhängung des Rades aus der massiven Mauer herauszubrechen, ist selbst für kräftige Männer eine schweißtreibende und zeitraubende Arbeit. Könnte es nicht sein, daß der Brand nur dazu gelegt wurde, um von den eigentlichen Absichten abzulenken?"

Rago wirkte fassungslos. Als habe ihn der Schlag gerührt, starrte er Chiemo entsetzt und ungläubig an. Es dauerte einen Augenblick, bis er die Tragweite des Gesagten begriff.

„Bist du dir dessen, was du da behauptest, absolut sicher?" sagte er. „Sieghart und Aidulf haben auf der Suche nach euch auch die Trümmer der Mühle durchsucht, aber von einem herausgebrochenen Mühlrad haben sie nichts erwähnt. Wir fürchteten eher einen Zusammenhang zwischen eurem Verschwinden und dem Brand in der Mühle. Aber wenn es stimmt, was du sagst, dann wirft das auf die ganze Sache natürlich ein anderes Licht! Nur, wer von unseren Nachbarn wäre bereit, für die Zerstörung der Mühle ein solches Verbrechen zu begehen und den Müller mit all seinen Knechten umzubringen? Es gibt nur einen, dem unsere Mühle schon lange ein Dorn im Auge war und der aus ihrer Zerstörung unmittelbar profitieren würde. Das Dumme ist nur, daß wir nicht den geringsten Beweis für deinen Verdacht in Händen haben. Aber die Wahrheit ist mitunter ein verschlungenes Rätsel und erfordert manchmal verschlungene Wege, um bis zu ihrem Kern vorzudringen", murmelte er nachdenklich.

„Wenn mich mein Gefühl nicht trügt, dann könnte es gut sein, daß jemand tatsächlich versucht, uns als Konkurrenten auszuschalten."

Rago machte eine Pause, als habe er Angst davor, den Namen auszusprechen.

„Wahrscheinlich sitzt er jetzt auf seiner Veste am Lenzin und überschlägt den Zehent, den die Bauern der Umgebung in Zukunft bei ihm als Mahlpacht zu entrichten haben. Er weiß genau, daß er mit der Zerstörung der Mühle unseren Lebensnerv treffen würde, und daß wir keine Beweise haben und auch nicht die Macht, es mit ihm aufzunehmen."

„Du hegst also auch einen Verdacht gegen den Nußdorfer?“ fragte Chiemo, und es war, als halle mit der Nennung dieses Namens eine Drohung durch den Raum. Er richtete sich ächzend auf. Mit einemmal war ihm klar, warum sein Vater dem Nußdorfer nie über den Weg getraut hatte. Schon seit Jahren hatte er insgeheim etwas Derartiges vermutet. Wie die Dinge jetzt lagen, schien die Zeit der Zurückhaltung vorbei, und gab der Nußdorfer nun zu erkennen, daß er zu allem bereit und fähig war. Rago schwieg und runzelte nachdenklich die Stirn. Er wußte nur zu genau, was im Kopf des Jungen vor sich ging. Der unerwartete Angriff, die Brutalität des Überfalls und das Auftauchen der fremden Kundschafter, das alles ließ nichts Gutes für die Zukunft erahnen.

„Was hast du jetzt vor, Rago ?“ drängte Chiemo.

„Ich werde deinem Vater von unserem Verdacht erzählen. Wenn er dir und mir Glauben schenkt, dann wird er alles daransetzen, Beweise für eine Anschuldigung gegen den Nußdorfer zu finden.“ Er biß sich auf die Lippen und kratzte sich am Kopf.

„Ich bin neugierig darauf, was er unternehmen wird, wenn sich unser Verdacht als gerechtfertigt herausstellt. Gut möglich, daß er versuchen wird, gegen den Nußdorfer beim Bischof Anklage zu erheben. Rückblickend betrachtet, ist es ja nicht das erste Mal, daß er versucht, uns durch Anwendung von Gewalt um unsere eingetragenen Rechte zu betrügen. Sicher gibt es noch eine ganze Reihe von Untaten, deren Enthüllung er fürchten muß. Aber es wird wohl ganz darauf ankommen, auf wessen Seite sich Bischof Theotmar schlägt, wenn es zu einer Anklage kommt. Sollte mich nicht wundern, wenn der Metropolit den Aussagen des Nußdorfers Glauben schenken würde, um sich seiner Verbundenheit zu versichern“, schloß Rago resignierend. „Aber warten wir es erst einmal ab, wie sich dein Vater zu der ganzen Angelegenheit äußert. Bis dorthin verlierst du am besten kein Wort mehr darüber und behältst die Sache für dich. Dein Vater wird schon wissen, was er zu tun hat und wie er zu seinem Recht kommt.“

Rago erhob sich.

„Wenn ich Genaueres weiß, werde ich es dich wissen lassen. Jetzt ruhe dich aus und sieh zu, daß du möglichst rasch wieder zu Kräften kommst und hör auf, dir Gedanken zu machen über Dinge, die geschehen und nicht mehr rückgängig zu machen sind!“

Als sich die Felle hinter Rago geschlossen hatten, sank Chiemo erschöpft zurück und starrte stumm in das Dunkel. Lange noch konnte er keinen Schlaf finden, bis er endlich in eine Art Dämmerzustand verfiel, in dem sich Kummer und innerer Aufruhr zu wirren Traumbildern vermischten. Chiemo wußte nicht, wie lange er geschlafen hatte, als ihn klamme Kälte und laute Stimmen aus seinem Halbschlaf rissen. Gleichermaßen verwirrt und neugierig hob er den Kopf. Angestrengt lauschte er auf den Wortwechsel der Männer nebenan. Es dauerte eine Weile, bis er begriff, daß sich der Rat der Bauerngilde auf Marchwards Hof versammelt hatte. Zweifellos ging es um den Überfall auf die Mühle, soviel konnte er aus den bruchstückhaften Zwischenrufen entnehmen. Ächzend richtete er sich auf seiner Strohschütte auf, neugierig, Einzelheiten der Unterredung zu erfahren. Zögernd schob er die Felle ein wenig zur Seite. Rauchschwaden zogen unter den Balken des Dachgerüsts durch die Giebelluken, und das offene Herdfeuer warf ein unruhiges Licht in den nur spärlich ausgeleuchteten Raum. Chiemo ließ seinen Blick in die Runde schweifen. Er studierte die Gesichter der Männer. Instinktiv begriff er, daß ihre Blicke nichts Gutes verhießen. Erregt debattierten sie miteinander. Marchward beendete gerade eine Unterredung mit einem Nachbarn und wartete, bis sich der allgemeine Lärm gelegt hatte. Erwartungsvoll richteten sich die Blicke der Anwesenden auf ihn.

„Ihr alle seid inzwischen über die Vorgänge am gestrigen Tag informiert“, begann er. „Sicher haben die verschiedenen Gerüchte bis in den letzten Weiler die Runde gemacht!“

„Stimmt es, Marchward, daß der Nußdorfer mit seinen Waffenknechten die Mühle überfallen und den Müller mit seinen Leuten erschlagen hat?“ unterbrach ihn einer der Bauern, und sogleich brandete erneut Unruhe und Empörung auf.

„Weg mit diesem Saukerl und Leuteschinder!“ schrie eine rauhe Stimme aus dem Hintergrund.

„Bei den Leichen der Erschlagenen! Es gibt nur eine Antwort! Feuer über die Veste am Lenzin!“ brüllte ein zweiter, begleitet von zustimmenden Rufen. „Das beste Argument für einen Mann ist noch immer die Faust! Das ist eine Antwort, die jeder versteht!“

Chiemo bemerkte, wie Zornesröte in das Gesicht seines Vaters stieg.

„Ruhe!“ schrie er plötzlich in den tumultartigen Lärm. „Zum Teufel, Ruhe! Wir müssen einen klaren Kopf behalten! Wir werden keine Gewalt anwenden! Zu den Waffen zu greifen ist langfristig keine Lösung und brächte uns in jeder Hinsicht in eine schlechtere Lage als die, in der wir uns gegenwärtig befinden. Glaubt ihr wirklich ernsthaft, etwas gegen die erfahrenen Kriegsknechte des Nußdorfers ausrichten zu können? Glaubt mir, ihr hättet nicht die geringste Chance! Und zudem: Jemanden des Raubes und des Totschlags zu bezichtigen ist eine Sache, unwiderlegbare Beweise dafür beizubringen eine andere!“

„Laßt Marchward doch erst einmal zu Wort kommen“, begehrte Rudprecht, der Schmied, auf, „bevor ihr alle gleich nach Gewalt und Blut schreit!“

„Hört mich an!“

Marchward hatte eine erstaunlich ruhige Stimme.

„Es ist richtig, daß sich Ragos und Chiemos Verdacht bestätigt hat. Wir waren gestern noch einmal mit den Hunden drüben an der Mühle und haben die Spuren untersucht und verfolgt. Es ist tatsächlich so, daß jemand das Mühlrad mitsamt der Nabe aus der Mauer herausgebrochen hat, und es hat sich bestätigt, daß die Hufabdrücke nicht die von den Pferden der fremden Kundschafter waren. Die Spuren stammen von schweren Schlachtrössern mit deutlich größeren Abdrücken, als sie die leichteren Pferde der Ungarn verursachen. Zudem haben die Hunde die Fährte bis hinauf durch die Weingärten am Lenzin verfolgt. Natürlich lassen sich daraus klare Schlüsse ziehen, aber wir haben für den Überfall keine wirklichen Zeugen! Was also können wir tun, wenn man eindeutige Beweise von uns fordert? Laßt uns ganz nüchtern überlegen! Was aller Wahrscheinlichkeit nach passiert ist, wissen nur wir, und wenn die Spuren in wenigen Tagen verwischt sind, stehen wir mit leeren Händen da und machen uns nur lächerlich, sollten wir uns zu einer Klage entschließen.“

„Aber wenn wir uns nicht zur Wehr setzen, dann rauben sie uns morgen unsere Rechte, übermorgen unsere Höfe und schließlich unsere Freiheit“, begehrte jemand auf.

„In Ordnung!“ stellte Marchward sachlich fest. „Jetzt kommen wir der Sache schon ein wenig näher! Damit hast du genau den wunden Punkt getroffen!“ Betretenes Schweigen erfüllte den Raum, und eine Weile sprach keiner ein Wort.

„Sollte es wirklich so weit kommen, dann werden und müssen wir uns zur Wehr setzen. Glaubt mir! Wenn mich nicht alles täuscht, braut sich ein blutiger Sturm über der Ebene zwischen Salzburg und der Donau zusammen. Verzweifelte Flüchtlinge und Händler berichten von kleinen Horden kriegerischer Kundschafter, die die Gegend durchstreifen und Höfe überfallen. Das alles sind jedoch nur kleine Wespenstiche, und doch versetzt es das Land in Angst und Schrecken. Nun glauben einige der Herren auf den Burgen, die Zeit nutzen zu müssen, um uns Gemeinfreie um unseren Besitz und unsere Rechte bringen zu können, ehe der große Sturm losbricht. Ihr alle kennt mich und ihr wißt nur zu gut, daß ich nicht die Hände in den Schoß legen und zusehen werde, wie einige Kleinvasallen versuchen, uns in Abhängigkeit und Unfreiheit zu drücken, denn das ist einzig und allein ihre Absicht. Zeitlebens haben wir Bauern darum kämpfen müssen, unsere Rechte zu behaupten. Es geht nicht nur um die Mühle, begreift ihr das jetzt endlich? Man will uns zu Unfreien und Grundhörigen machen! Wir sollen unser Korn in den Mühlen der Grundherren mahlen und unseren Zehent dafür entrichten. Was dann auf jeden von uns zukommt, wißt ihr nur zu gut! Ihr werdet betrogen, ihr kommt mit euren Abgaben in Verzug und wenn ihr die Feud nicht mehr aufbringen könnt, dann müßt ihr Schar- und Spanndienste leisten, ausgesetzt der Willkür der Großen! Seht ihr jetzt, worauf das alles hinausläuft?"

Betroffenes Schweigen breitete sich unter den Männern aus. Nachdenklichkeit machte sich auf ihren Gesichtern breit.

„Mag sein, daß du Recht hast, Marchward, aber betrachten wir die Sache auch einmal in anderem Licht! Der Boden, den unsere Väter einst urbar gemacht haben, ist Königsland, das durch Schenkung an das bischöfliche Kloster in Salzburg gekommen ist. Unser Besitz und unsere Freiheit sind verbrieft. Wen also sollen wir fürchten? Sollen wir vor jedem kleinen Vasallen buckeln oder gar den Kopf einziehen? Hast du nicht ebensoviel Grund und Boden wie der Nußdorfer und bist du als Amtmann über unsere Gemarkung nicht mit mindestens den gleichen Rechten ausgestattet wie dieser aufgeblasene Landedelmann?"

„Du Narr, du verdammter Narr! Nichts, aber auch gar nichts hast du begriffen!" unterbrach ihn Marchward, und beißende Schärfe lag in seiner Stimme. „Wie lange glaubst du reicht deine Kraft, um gegen einen reißenden Strom schwimmen zu können? Eine Woche, einen Monat, ein Jahr? Genauso schnell wird es die meisten von uns wegreißen, wenn der Ungar ins Land bricht! Wer, glaubst du, bestellt deine Felder, wenn du mit deinen Söhnen vom Bischof zum Heerbann aufgeboten wirst? Wohin bringst du die Erträge deiner Felder, wenn deine Familie das unwahrscheinliche Glück haben sollte, daß dein Boden in Zeiten der Kriegsnot überhaupt einen Ertrag abwirft? Deine Familie wird wählen können, wohin sie das Korn bringt - in die Mühlen des Klostergutes oder in die eines adeligen Grundherren. Ein Zehntel wird beim Mahlen verloren gehen, ein Zehntel wird dir als Nutzungspacht einbehalten und für ein weiteres Zehntel mischen sie dir Holzmehl unter dein Brotmehl. Deine Familie wird ihr Saatgetreide opfern müssen, um zu überleben! Die Verwalter der Meierhöfe machen gute Geschäfte und mästen sich die Bäuche. Wenn du dann kriegsmüde heimkommst, dann wirst du bei ihnen oder beim Kloster vorstellig werden müssen, um Saatgetreide zu erhalten. Du wirst so lange Schulden machen, bis du einen ihrer Verträge unterschreibst, in dem du dich freiwillig ihrer Schutzherrschaft unterstellst. Niemanden interessiert dann mehr, ob du ein ehemaliges Königsgut besitzt oder nicht. Sieh dich um, wie die Besitzer der Großgüter die Gemeinfreien niederdrücken und wie Kirchen und Klöster immer größere Besitzungen zusammenraffen! Wir teilen nun einmal das Los der Bienen, die Stäubchen um Stäubchen zusammmentragen, bis dem Bären das Wasser im Maul zusammenläuft und er ihren Stock aufbricht, um sich seinen Anteil an der Beute zu holen. Was macht es da für einen Unterschied, ob der Bär sich hinter frommen Sprüchen verbirgt oder ob er voller Zerstörungswut über den Stock hereinbricht? So oder so wirst du mit deinem Stachel nichts gegen ihn ausrichten!"

Während alle betreten den Blick zu Boden schlugen, sprang der Schmied auf, die Fäuste in wütender Verzweiflung geballt.

„Halt uns nicht länger hin, Marchward, und ihr hört auf mit eurem hochmütigen Stolz und Trotz!" wandte er sich an die Männer reihum.

„Bisher haben wir nur dummes Gerede aus unseren Reihen zu hören bekommen! Du, Marchward, kommst viel herum, und bisher waren wir mit deinen Vorschlägen stets gut beraten. Sprich frei und offen! Was sollen wir tun?"

Marchward kannte die Gedanken nur zu gut, die hinter dieser Mauer aus verschlossenen Mienen umgehen mochten und beinahe empfand er Mitleid mit ihnen, daß er ihnen keine bessere Zukunft in Aussicht stellen konnte. Ruhig und besonnen legte er ihnen seine Gedanken dar und eindringlich führte er ihnen Schritte und Maßnahmen vor Augen, wie sie der wachsenden Bedrohung von außen würden begegnen müssen. Chiemos Herz füllte sich mit Stolz, angesichts des Vertrauens, mit dem sich die Männer der Autorität und der Urteilsfähigkeit seines Vaters überantworteten. Alle akzeptierten sie ihn als einen schweigsamen und strengen Mann, der es verstand, unter einer ruhigen Oberfläche sein Wissen aus unzähligen Quellen zu speisen und dann, wie von einer höheren Warte aus, ein sicheres Urteil zu fällen. Ja, Chiemo bewunderte seinen Vater, wie er aufrecht vor den Mitgliedern der Schutzgilde stand, ein Führer, groß und kräftig.

Erst als Marchward geendet hatte, merkte Chiemo, daß ihn seine Worte wie in einen Zustand der Trance versetzt hatten, weit entrückt all seiner Sorgen und Ängste. Trotz der tiefen Erschöpfung, die ihn befiel, verspürte er in seinem Geist Ruhe und Zuversicht und lange noch fühlte er die Kraft seiner Worte in sich nachwirken, bis er erneut auf seinem Lager einschlief.

In weniger als einer Woche war Chiemos Genesung so weit fortgeschritten, daß sich Mutters sorgenvoller Blick etwas zu lichten begann.

„Na, wie lange dauert es wohl noch, bis du uns Haus und Hof wieder unsicher machst? Fast habe ich das Gefühl, es stimmt etwas nicht, ohne daß nicht eine der Mägde oder Rago zu mir kommt und sich über eines deiner Schelmenstücke beschwert.“

Jetzt erst, im weichen Licht des Herdfeuers, sah Chiemo, wie sehr die letzten Tage seiner Mutter zugesetzt haben mußten. Für einen flüchtigen Moment glitt ein bitteres Lächeln über ihr blasses Gesicht, jedoch las er in den dunklen Schatten um ihre Augen, daß Leid und Qual deutliche Spuren an ihr hinterlassen hatten. Dennoch genoß sie es für einen Augenblick, ihn mit einer komischen Grimasse auf- und abmarschieren zu sehen, um das Blut in seinen steifen Gliedern wieder in Zirkulation zu bringen. Das Bewußtsein, daß er endlich seine Gesundheit wiedererlangt hatte, verdoppelte ihre Freude. Allerdings nur für kurze Zeit, denn sie hatte alle Mühe, ihn daran zu hindern, gleich auf den Hof hinauszulaufen.

„Ich weiß, wie sehr du dich darauf freust, an die frische Luft zu kommen und die Sonne wieder auf deiner Haut zu spüren. Aber du wirst dich schon noch ein, zwei Tage gedulden müssen, ehe du dich wieder draußen herumtreibst!“ erwiderte sie mit leisem Bedauern in der Stimme. Sie wußte nur zu gut, daß Untätigkeit und der Mangel an Bewegung sich für ihn in den nächsten Tagen zu einer harten Prüfung auswachsen würden.

Die Nachricht von Chiemos Gesundung verbreitete sich unter dem Gesinde wie ein Lauffeuer, und während der nächsten Stunden steckte einer nach dem anderen den Kopf herein, um sich nach seinem Befinden zu erkunden.

„Wo sind eigentlich Vater, Aidulf und Sieghart?“ drängte Chiemo im Laufe des Tages, als ihm bewußt wurde, daß er sie noch nicht zu Gesicht bekommen hatte.

„Sie sind drüben in Bucheck, um mit den Leibeigenen und Knechten die Aufräumungsarbeiten so schnell wie möglich voranzubringen und Bauholz für den Neubau zu schlagen, ehe die Saat ausgebracht werden muß“, erklärte Richardis. „Wenn die Witterung auch weiterhin so naß und kalt bleibt, wollen sie nächste Woche Laubhütten und Kobel errichten, um ohne Unterbrechung den Wiederaufbau der Mühle voranzutreiben. Marchward hat vom Erzdiakon in St. Peter die Zusage erhalten, daß sie uns die Pacht bis zum Jahreswechsel stunden, und die Bauern haben mit Vater ein Abkommen getroffen, daß sie zusammen so lange gemeinsam unsere Abgaben an das Kloster tragen, bis die Kosten für den Neubau der Mühle dadurch abgedeckt sind."

Nur zu gut kannte Chiemo das Netz der gegenseitigen Abhängigkeiten und Verpflichtungen innerhalb der Grundherrschaft. Die umliegenden Hütten gehörten allesamt zu den Liegenschaften des Verwalters. Mit den Grundhörigen und Leibeigenen waren eine Vielzahl von Bauern zu festen Abgaben oder zur Zwischenpacht verpflichtet, die von den Bewohnern größtenteils in Form von Naturalien abgeleistet wurden.

„Was ist eigentlich mit dem Gefangenen, von dem Rago erzählt hat?" fiel Chiemo plötzlich seiner Mutter ins Wort und wechselte das Thema. Nur mit Mühe konnte er der Versuchung widerstehen, gleich zur Türe zu laufen.

„Du wirst ihn schon noch früh genug zu sehen bekommen!"

Der Gedanke an den Fremden beschleunigte Chiemos Herzschlag, und als Mutter abwehrend die Hände hob, versuchte er vergeblich, ihre Miene zu enträtseln. Wieso nur hatte sich ihr Blick derartig verfinstert, als er sich nach dem Gefangenen erkundigt hatte? Eine Zeitlang konnte sie den bohrenden Fragen ihres Sohnes ausweichen. Plötzlich aber stand er auf, trat an eine der Wandöffnungen und schob den Fellbehang zur Seite. Seine Augen suchten den Hof ab. Richardis wußte genau was in ihrem Sohn vorging.

„Komm ja nicht auf die verrückte Idee, dich in seine Nähe zu wagen!" hörte er plötzlich ihre Stimme mit deutlicher Schärfe hinter sich. Sie hatte ihn am Oberarm gefaßt und versuchte, ihn von der Öffnung wegzuziehen. Chiemo stand wie angewurzelt und starrte hinüber auf die zusammengekauerte Gestalt unter dem Vordach des Wirtschaftsgebäudes. Obwohl er es sich nicht eingestehen wollte, befiel ihn lähmende Angst. Die Erinnerung an die Ereignisse nach dem Überfall erschütterte ihn noch immer zutiefst und ließ sein Herz schneller schlagen. Zwar gelang es ihm, seinen inneren Aufruhr niederzukämpfen, aber dennoch fühlte Richardis deutlich, wie er erschauderte. Sein Gesicht war fahl und angespannt.

„Es muß schrecklich für dich gewesen sein," flüsterte sie.

„Was haben sie mit ihm vor?" versuchte Chiemo auszuweichen und wandte sich mit einem Ruck um.

„Vater will ihn als Faustpfand hierbehalten für den Fall, daß sich eine Spur von Sina findet oder es noch einmal zu einem Zusammenstoß mit feindlichen Kundschaftern kommt. Aber ich habe keine Ruhe, seit der Fremde da draußen sitzt. Er kauert dort unter dem Dach wie ein unheilvoller Todesbote. Anfänglich hatten ihn die Männer in der Zelle im Wehrturm eingesperrt. Aber er hat sich aufgeführt wie ein wildes Tier und stundenlang geschrien und um sich geschlagen. Erst als sie ihn an Händen und Füßen an den Querbalken der Dachstützen gefesselt haben, hat er sich wieder beruhigt. Seitdem sitzt er dort draußen unter seiner Decke und starrt jeden mit haßerfüllten Augen an."

Chiemo wollte gerade versuchen, ihre Ängste und Befürchtungen zu zerstreuen, als plötzlich Hufschlag von draußen hereinklang. Kurz darauf erschien Marchward in der Türe, gefolgt von einer dunklen Gestalt im Habit der Mönche, und Rago, der seine Arbeit drüben in den Ställen beendet hatte. Beide waren bis auf die Haut völlig durchnäßt und von oben bis unten mit Schlamm bespritzt. Richardis brachte ihnen warmes Wasser von der Feuerstelle, damit sie sich wenigstens Hände und Gesicht waschen konnten und stellte einen Krug mit Apfelwein auf den Tisch, während Chiemo die Umhänge neben der Feuerstelle an einem Gestell ausbreitete. Der Mönch trat neben ihn ans Feuer, um sich die klammen Finger über der Glut zu wärmen. Er war von mittlerer Gestalt, kräftig, aber schlank, mit dunklen, wachsamen Augen.

„Willkommen bei uns, Bruder Markus!" grüßte Richardis und bot dem Mönch Platz an, während sich Marchward das Gesicht trockenrieb. Es drängte sie, Fragen zu stellen. Dennoch schwieg sie, füllte die beiden Becher mit Wein und stellte Brotfladen und Käse auf den Tisch. Obwohl der Mönch kaum zwei Wegstunden entfernt eine kleine Zelle bei Höglwörth im Osten des Teisenberges führte, kam es selten vor, daß sie ihn auf Vochenwald zu Gesicht bekamen und wenn, dann waren es stets wichtige Anlässe, die ihn auf den Hof des Verwalters führten. Er war ein Vertrauter des Archidiakons von St. Peter, und die Nachrichten vom Kloster liefen meistens mittels eines Boten über ihn.

„Wirklich, einen guten Wein habt Ihr da, Marchward!" hob der Mönch den Becher, leerte ihn in einem Zug und stellte ihn hart auf den Tisch zurück. „Wie lange wollt Ihr eigentlich diesen Werwolf da draußen noch als Hofhund halten?" fragte er dann in deutlich ernsterem Ton. „Die ganze Gegend spricht schon darüber. Was hat Euch nur dazu bewegt, sein Leben zu schonen?" Der Mönch krauste unwillig die Stirn.

„Fürchtet Ihr nicht", begann er vorsichtig, „der Himmel könne Euch und uns zerschmettern, wenn wir die Feinde des Christentums schonen? Mit solchen Dingen spaßt man nicht und fordert Gottes Strafe nicht heraus!"

„Wollt Ihr härter sein als Christus, Bruder Markus? Wo hat er ein Schwert ergriffen, um einen Ungläubigen zu bekehren oder gar zu erschlagen?"

Trotz und Ironie lagen in Marchwards Stimme.

„Aber es ist unsere heilige Pflicht, diese Ungläubigen mit ihren verderbten Göttern und ihrem frevlerischen Zauber aus unserem Land zu vertreiben!“ begehrte der Mönch auf.

„Da pflichte ich Eurem Wunsch gerne bei“, bestätigte Marchward. „Auch ich sehe den drohenden Sturm über uns allen heraufziehen, und wenn er kommt, dann werden auch wir hier das Grauen des Krieges zu spüren bekommen. Bis heute war unser Tal vom Glück begünstigt, denn bis auf die Ereignisse der vergangenen Wochen blieben ihm weitere Schrecknisse erspart, wie sie andere Orte und Weiler über sich ergehen lassen mußten. Was aber den Gefangenen angeht, kann ich Eurem Wunsch nicht folgen. Mir ist er zu wertvoll als Faustpfand für das Leben meiner Tochter und für den Fall, daß wirklich feindliche Truppen über unser Land hereinbrechen. Sorgen bereitet mir nur, daß ich gegenwärtig so gut wie keine Männer auf dem Hof habe. Die Arbeiten an der Mühle beanspruchen zur Zeit jede Hand.“

„Ich hörte von dem Überfall und von dem Mord an dem Müller und seinen Leuten“, unterbrach ihn Bruder Markus. „Übrigens kursieren die wildesten Gerüchte, wer hinter dem Anschlag stecken könnte. Der Archidiakon hat mich aufgefordert, ihn sorgfältig über den Stand der Dinge zu unterrichten. Seid Ihr in dieser Angelegenheit schon vorangekommen?“

Als fürchte er sich vor dem, was kommen könnte, flog sein Blick unruhig zwischen Marchward und Richardis hin und her. Wie eine Drohung lag das Schweigen im Raum.

„Glaubt Ihr, daß Ihr die Mühle bis zum Sommer wieder in Gang bringen könnt?“ machte der Mönch einen neuerlichen Versuch, um die Pause zu überbrücken und dem Gespräch eine andere Richtung zu geben.

„Gegenwärtig räumen wir die Trümmer weg und binden das Holz für das Dach und das Mahlwerk ab. Wir hoffen, daß wir drei bis vier Wochen nach der Aussaat mit dem Wiederaufbau beginnen können. Wenn alles gut geht, können wir im Herbst wieder Mehl nach St. Peter liefern.“

„Das geht ja lobenswert schnell voran!“ erwiderte der Mönch. „Und über den Hergang der Vorfälle habt Ihr wirklich noch keinen konkreten Verdacht?“

Wieder glaubte Marchward skeptischen Argwohn aus der Frage herauszuhören. Jeder im Raum verspürte eine gewisse Spannung in der Luft. Marchward nahm sich im stillen vor, auf der Hut zu sein. Es war durchaus möglich, daß der Mönch den Auftrag hatte, herauszufinden, inwieweit konkrete Verdachtsmomente existierten, die eine Anklage, gegen wen auch immer, gerechtfertigt erscheinen ließen. Nur zu gut wußten auch die kirchlichen Lehensherren, daß die weltlichen Grundherren alles daransetzten, das Getreidemahlen ihrer Pächter mit kleinen Handmühlen aus Stein notfalls mit Gewalt zu unterbinden, indem sie die Benutzung solcher Mühlen unter Strafe stellten und bei Zuwiderhandeln die kostbaren Steinmühlen kurzerhand zerstörten. Recht oft kam es dabei zu Übergriffen, und mancher der Pächter wurde dabei derart zugerichtet, daß er als ausgestoßener Krüppel ein Bettelleben auf der Straße führen mußte. Nur durch strenge Kontrollen und unter Anwendung von Gewalt konnten die Bauern anfangs dazu gebracht werden, ihr Getreide in die Wassermühlen der Grundherren auf den großen Gütern zu bringen und die übliche Mahlpacht zu entrichten.

Als einer der wenigen hatte Marchward die Zeichen der Zeit erkannt. Da er durch den Verkaufserlös für die Zugochsen über genügend Geldmittel verfügte, und die Grafen anfangs noch zögerten, in einem so dünn besiedelten und abgelegenen Gebiet eine Wassermühle zu errichten, hatte er den Abt des Klosters Herrenwörth von der Notwendigkeit einer solchen Mühle überzeugen können. Durch dessen Fürsprache beim Bischof hatte er als Amtmann schließlich das verbriefte Recht zum Bau und Betrieb einer solchen erwerben können und entfachte dadurch einen Sturm der Entrüstung unter den Grafen und Landedelmännern. Einzig Graf Adalbert vom Kalsperg hatte ihn zu seinem Weitblick beglückwünscht und seine Eigeninitiative und seine Tatkraft nicht nur toleriert, sondern auch respektiert. Zwar haderten die anderen zu Recht mit der Entscheidung des Bischofs als dem zuständigen Lehensherrn, wußten sie doch nur zu genau, daß die Bauern einem aus ihren Reihen eher trauten, als einem Mann des Adels. So hatte sich Marchward bisher über Mangel an Arbeit nie beklagen können, noch dazu, wo er eine deutlich niedrigere Abgabe verlangte, als die Grundherren auf ihren Gütern. Der Neid der anderen focht ihn nur wenig an. Wichtig war für ihn einzig und allein sein vom Bischof verbrieftes Recht, und er hütete diese Urkunde wie seinen Augapfel.

„Ihr scheint Euch nicht recht in die Karten schauen zu lassen“, holte ihn Bruder Markus in die Wirklichkeit zurück.

„Ihr müßt entschuldigen!“ lenkte Marchward ein. „Jemand zu beschuldigen ist eine, aber hieb- und stichfeste Beweise dafür vorzubringen eine andere Sache. Zunächst war es für uns das Naheliegendste, die Ungarn für den Überfall verantwortlich zu machen, haben sie doch in unmittelbarer Nähe fast zum gleichen Zeitpunkt meine Tochter und beinahe auch unseren jüngsten Sohn verschleppt. Chiemo war es auch, der eine größere Reiterschar in der Nähe der Mühle bemerkt hatte und uns dazu drängte, noch einmal mit den Hunden die Spuren zu verfolgen. Es steht außer Zweifel, daß es nicht die ungarischen Kundschafter waren, die den Müller umbrachten und seine Knechte erhängten. Die Hufabdrücke waren eindeutig von schwereren Rossen und nicht von den kleinen Steppenpferden der Ungarn. Zudem konnten wir die Spuren bis hinauf zu den Weinbergen am Lenzin verfolgen, unweit der Veste des Nußdorfers. Für mich steht eindeutig fest, aus welcher Ecke der Überfall kam und welchen Zweck er verfolgte. Zieht Ihr daraus Eure eigenen Schlüsse!"

„Dann stimmt es also wirklich?" Ehrliche Betroffenheit machte sich in der Miene des Mönches breit. „Dennoch ist für Euch unter den gegebenen Umständen das Risiko zu groß, den Nußdorfer als Urheber oder Mitschuldigen an dieser Mordtat zu bezichtigen, denn wenn sich auf eine öffentliche Untersuchung hin Eure Vorwürfe als haltlos erweisen sollten, so würdet Ihr als Verleumder dastehen. Glaubt mir, wenn die Schuld zweifelsfrei erwiesen wäre, würde Euch der Bischof unverzüglich Gerechtigkeit widerfahren lassen. Das würde Euch zwar eine neue Mühle bringen, den Nußdorfer aber lediglich ein Sühnegeld kosten. Sollte sich jedoch seine Unschuld herausstellen, so würde sich der Bischof nicht nur öffentlich von Euch distanzieren, es könnte Euch darüber hinaus sogar Eure Stellung als Verwalter der Klostergüter kosten. Ihr braucht schon handfeste Beweise, insbesondere deshalb, weil der Bischof die ganze Angelegenheit seinem Erzdiakon übertragen hat, der folglich mit allerhöchster Autorität ausgestattet ist. Nun weiß ich nicht, wie Ihr das anstellen wollt, aber so viel scheint festzustehen: So wie die Dinge liegen, wird das keine leichte Sache für Euch!"

„Ich bewundere Euren Scharfsinn Bruder Markus!" wandte sich Marchward an den Mönch. „Ihr seid genau zu dem gleichen Schluß gekommen wie ich. Genau darauf scheint es der Nußdorfer mit dem Mord an dem Müller abgesehen zu haben. Er möchte damit erreichen, mich aus der Reserve zu locken und ihn öffentlich anzuklagen oder eine andere Unüberlegtheit zu begehen. Aber wenn mich auch meine Bauern noch so sehr dazu drängen, diesen Gefallen werde ich ihm unter keinen Umständen erweisen! Vor seinen Augen werde ich die Mühle neu errichten und diesmal werde ich wissen, welche Vorkehrungen ich zu treffen habe, um meinen Besitz und das Leben meiner Leute zu schützen. Sollte er es wirklich noch einmal wagen, dann wird er auf keinen Fall ungeschoren davonkommen! Diesmal werde ich ihn mit seinen eigenen Waffen schlagen, und dann wird er sich nicht mehr auf einen Mangel an Beweisen berufen können!"

„Ich bete zu Gott, daß sein Segen auf Eurem Vorhaben ruhen möge!"

Der Mönch machte eine kleine Pause. „Ich habe aber in diesem Zusammenhang noch etwas in Erfahrung bringen können, das Eurer Sache von Nutzen sein könnte.“

Marchward blickte erstaunt auf.

„Habt Ihr Euch schon einmal mit dem Gedanken befaßt, daß jemand aus der Familie des Müllers den Überfall überlebt haben könnte?“

„Natürlich haben wir daran gedacht!“ erwiderte Marchward nach einem kurzen Moment der Überraschung. „Aber ich hielt es später für ziemlich abwegig. Wir haben alles abgesucht, und warum sollte sich jemand bis zum jetzigen Zeitpunkt versteckt halten, ohne sich uns gegenüber zu offenbaren?“

Markus schüttelte den Kopf und bedachte Marchward mit einem fragenden Blick.

„Ihr wißt doch selbst, wie oft die Söhne des Müllers unterwegs waren, um die Pacht nach St. Peter zu bringen. Einer der Fuhrknechte sprach jedenfalls vorige Woche noch davon, daß der jüngste Sohn des Müllers mit einem Ochsengespann eine Wagenladung Mehl nach Salzburg gebracht und die Absicht geäußert habe, auf dem Rückweg in den Sudpfannen in Hall Salz zu laden und hinüber nach Burg Kalsperg zu bringen. Gut möglich, daß er jetzt auf dem Rückweg nach Vochenwald ist.“

Marchward war plötzlich bestürzt aufgesprungen.

„Das würde ja bedeuten, Otilo hat keine Ahnung von dem, was hier vorgefallen ist!“ rief er.

„...und ist sich der Gefahr, in der er schwebt, nicht im entferntesten bewußt!“ pflichtete Bruder Markus ihm bei.

„Könntet Ihr nicht zwei Männer abstellen, die ihn warnen, bevor er auf das Gebiet des Nußdorfers kommt?“

„Ihr habt recht! Irgendeine Teufelei heckt er bestimmt aus, wenn er davon Wind bekommt. Das Problem ist nur, daß ich zur Zeit keinen meiner Männer entbehren kann, wenn ich den Termin für den Baubeginn der Mühle nicht von Anfang an verzögern will.“

„Du hast mich vergessen!“ meldete sich Rago aus dem Hintergrund zu Wort.

„Hast du deinen Verstand endlich total versoffen“, begehrte Marchward ärgerlich auf. „Du magst vielleicht noch manchen Rockzipfel erwischen, aber glaubst du allen Ernstes, daß du noch aus eigener Kraft in den Sattel kommst? Und überhaupt. Ich kann ja nicht einmal eines der Pferde entbehren!“

„Was heißt hier kein Pferd?“ brummte Rago und stieß die Luft aus wie ein

Blasebalg. „Hast du nicht zwei schnelle Steppenpferde im Stall? Wäre wahrlich an der Zeit, daß sie einmal bewegt würden!“

„Hört nicht auf ihn!“ wandte sich Marchward dem Mönch zu und winkte ab. „Mitunter hat er einen Wurm im Hirn. Da brechen alte Erinnerungen in ihm durch, und er glaubt dann, er könne noch Bäume ausreißen. Vergeßt einfach den Unsinn, den er daherredet!“

„Unsinn, nennt er es“, keifte Rago. „Hast du das gehört, Richardis? Daß mich gleich der Schlag trifft! Ich bin schon im Sattel gesessen, als du dir noch die Waden vollgepinkelt hast! Unter Zeugen! Schlag ein! Dein Wort, daß ich reite, wenn ich schneller im Sattel sitze, als ein Topf Wasser zum Kochen braucht!“

„Mein Wort unter Zeugen!“ lachte Marchward. „Aber denke daran, Rago! Den Frühling zu riechen, bedeutet noch nicht, daß überall gleich frische Säfte steigen! Sieh dich vor, daß du nicht schneller in einer Heuraufe liegst, als du in einem Sattel sitzt! Besser wäre es, du würdest dir einen alten Esel satteln! Aber du sollst deinen Willen bekommen! Nur verlaß dich nicht auf mein Mitgefühl, wenn die Sache anders ausgeht, als du dir das vorstellst!“

Rago blinzelte ihn schweigend an. „Es wäre gut um uns bestellt“, sagte er nach einer Weile, „wenn du keine anderen Sorgen hättest, als deine Bedenken, daß ich noch einmal in den Sattel kommen könnte! Sieh nur zu, daß nicht dich jemand hinterrücks aus dem Sattel wirft!“

Er erhob sich mit steifem Rücken, um sich noch kurz die Hände am Feuer zu wärmen, und Licht und Schatten huschten über sein Gesicht, als er Chiemo heimlich zuzwinkerte.

„Sieh zu, daß du mit dem Essen fertig wirst, Marchward, und daß du den Krug leerst, denn in wenigen Minuten sitze ich draußen im Sattel!“

„Oder auf deinem Hintern!“ lachte Marchward.

Rago wandte sich wortlos zum Gehen, und noch ehe Richardis ihren Sohn daran hindern konnte, war auch Chiemo zur Türe hinausgeschlüpft.

„Vielleicht wäre das gar nicht einmal die schlechteste Lösung“, sinnierte der Mönch plötzlich vor sich hin. „Jeder Eurer Männer, der über das Gebiet des Nußdorfers reitet, würde sich sofort verdächtig machen und die Aufmerksamkeit der Waffenknechte auf sich lenken. Nicht so jedoch ein alter Mönch! Ihn würden sie ungehindert an den Brücken passieren lassen.“

„Von welchem Mönch sprecht Ihr?“ fragte Marchward erstaunt.

„Stellt Euch Rago in einem fleckigen, braunen Habit vor! Ich bin mir sicher, selbst Ihr würdet auf diese Täuschung hereinfallen und nie und nimmer einen Boten in ihm vermuten!“

„Verflucht, Ihr habt recht!“ stieß Marchward verblüfft hervor. „So könnte es tatsächlich gehen!“

„Es käme auch meinen Plänen sehr entgegen“, pflichtete Bruder Markus bei. „Ein alter Überwurf von einem Eurer Grundhörigen oder Knechte wäre genau die richtige Tarnung für meinen Antrittsbesuch im Miesenbachtal am Rauchenperch.“

Erstaunt musterte Marchward den Mönch. „Wie? Ihr wollt noch hinüber in die Bergtäler, jetzt, wo die Bäche Hochwasser führen und die Saumpfade durch grundtiefen Morast kaum passierbar sind?“

„Ja, Marchward“, griff Markus das Wort auf. „Die großen Herren planen weiter als das gemeine Volk zu schauen in der Lage ist. Auch wir haben unsere Kundschafter ausgeschickt, und was sie melden, gibt zu wenig Hoffnung Anlaß. Die Stämme des Ostens bedrängen die pannonische Mark und wälzen sich wie eine Flut über die Ebenen zwischen Donau und Drau nach Westen. Viele Orte nördlich der Drauwälder liegen bereits in Schutt und Asche, und wenn die Großen des Reiches ihren Zwist nicht schnellstens begraben, dann wird diese Flut bis Ablauf des Jahres auch an unsere Grenzen schwappen. Daher trägt sich das Kloster mit der Absicht, das „eiserne Vieh“ von allen Fronhöfen und selbst das aus den großen Gütern im Falle einer unmittelbaren Bedrohung hinein in die unzugänglichen Bergtäler zu treiben. Zu diesem Zweck müssen größere Rodungs- und Weideflächen für die Sommerweide geschaffen werden sowie geschützte Unterstände. Die Erträge der auf den Höfen bestehenden Weiden könnten dann für die Winterfütterung eingebracht werden. Zudem hat mich der Erzdiakon beauftragt, mich nach der vor zwei Jahren aufgegebenen Zelle umzusehen, von der aus die Siedler betreut werden könnten, die schon längere Zeit in diesem abgelegenen Tal Zuflucht genommen haben. Wie mir einer unserer Brüder berichtete, hängen noch viele der Bewohner den alten, heidnischen Bräuchen nach und glauben sich durch teuflischen Zauber besser schützen zu können, als durch Gebet und den Segen der Kirche. Meine Aufgabe ist es nun, die Lage vor Ort in Augenschein zu nehmen und dem Bischof darüber zu berichten. Eure Aufgabe hingegen soll es sein, gemeinsam mit dem Edlen, Graman von der Achen, konkrete Schritte in die Wege zu leiten und alle erforderlichen Maßnahmen zu treffen, damit wir in spätestens einem Jahr das Vieh vor einem möglichen Einfall der Invasoren drüben im Miesenbachtal vor dem Zugriff der Feinde in Sicherheit bringen können.“

Unmut ließ Marchwards Adern an den Schläfen anschwellen, doch Markus fiel ihm sogleich ins Wort, als er empört aufbrausen wollte.

„Ich weiß schon, was Euch beschäftigt, Marchward! Ihr sollt in Ruhe Eure Mühle fertig bauen und Ihr braucht keinen Eurer Männer in den nächsten Wochen von der Arbeit abzuziehen. Das Kloster stellt Euch die für die Arbeit erforderlichen Kräfte; nur sollt Ihr Werkzeug und Gespanne bereitstellen und gemeinsam mit Graman den Stand der Arbeit überwachen und beaufsichtigen.“

Marchward wußte, wann er sich zu fügen hatte. Das Angebot des Bischofs war, so mußte er offen zugeben, entgegenkommend und großzügig, und so verflog sein Unmut genauso rasch wie er gekommen war, jedoch fühlte er eine beklemmende Unruhe in sich aufsteigen.

„Haltet Ihr die Gefahr für so groß, daß das Kloster so weitreichende Maßnahmen erwägt?“

Aber noch ehe der Mönch darauf antworten konnte, wieherte draußen ein Pferd hell auf und krächzend ließ sich Ragos Stimme vernehmen: „Ich hoffe, Marchward, du hast deinen Becher geleert! Ich für meinen Teil habe den vierbeinigen Teufel fest am Zügel. Als Marchward, begleitet von dem Mönch, über die Schwelle trat, ließ er das drahtige Tier tänzeln, und es war, als sei die Glut eines längst erstorbenen Feuers noch einmal in ihm aufgelodert. Triumph und Stolz funkelte aus seinen Augen, als er dem Tier die Hacken in die Weichen schlug und es aus dem Stand zu einem schnellen Gallopp antrieb. Sein Rücken spannte sich rund, wenn auch nicht mehr in jugendlicher Geschmeidigkeit. Deutlich hörbar ließ er die Zügel auf den Pferderücken klatschen. In einer wirbelnden Spritzfontäne verschwand das Pferd hinter den Ställen, um gleich darauf mit peitschenden Hufschlägen auf das Haupthaus zuzusprengen.

„Los, beweg dich, du lahmarschiger Bock!“ schrie er und jagte heran, als sei der Teufel hinter ihm her. „Von wegen keinen Saft mehr!“ brüllte er Marchward zu, als er das Vorratsgebäude passierte.

Wahrscheinlich hätte Rago im Zustand der Begeisterung selbst ein geschlossenes Scheunentor niedergeritten. An vieles dachte er, nur nicht daran, daß das Pferd auf den Befehl eines anderen reagieren könnte. Als er den gellenden Pfiff seitlich aus dem Schatten neben dem Vorratsgebäude hörte, bemerkte er nur noch, wie sich die Hufe des Tieres immer tiefer in den Morast gruben, und wie ihn eine ungeheuere Kraft aus dem Sattel über den Hals des Pferdes riß. Der Übergang vom stürmischen Ritt in eine glitschige Rutschfahrt erfolgte für seine alternden Sinne einfach zu schnell. Keine drei Schritte vor Marchward und dem Mönch endete seine Demütigung in einem Schwall von Schlamm und Unrat. In der Miene des Amtmannes machte der

Schrecken einem unterdrückten Lachen Platz, als Rago sich, scheinbar ohne ernsthaft Schaden genommen zu haben, aufrappelte und sich den Schmutz von Gesicht und Schultern wischte.

„Du stinkendes Stück Dreck!“ keuchte er und hielt sich den rechten Oberarm. „Du Höllenmißgeburt!“ schrie er außer sich und ballte die Fäuste, ließ sie jedoch sogleich wieder sinken, als er den unschuldigen Blick des Tieres auf sich gerichtet sah. Jetzt erst, als das Tier den Kopf hinüber zu dem Gefangenen wandte, verstand er den Hergang der Ereignisse.

„Auf mein Wort!“ lachte Marchward. „Bruder Markus ist Zeuge. Wenn du dich bis morgen mit dem braunen Satan wieder versöhnt hast, dann kannst du in aller Frühe aufbrechen und versuchen, Otilo zu warnen. Jetzt aber laß dir von Chiemo einen Zuber Wasser herrichten und spüle dir den Dreck ab! Bei Gott! Du hattest sowieso schon seit Wochen ein Bad nötig. Kein Wunder, daß die Ziegen- und Schafböcke nicht gut auf dich zu sprechen sind und dir den Leithammel streitig machen.“

Brummend entfernte sich der Alte.

„Ihr scheint Euch über Mangel an Unterhaltung auf Eurem Hof nicht beklagen zu können?“ lachte Markus. „Sollte es den Bischof einmal nach Abwechslung und Zerstreuung verlangen, werde ich ihn an Euch weiterempfehlen.“

# Der Gefangene

In den nächsten Tagen klarte das Wetter auf. Jeder auf dem Hof ging seiner gewohnten Arbeit nach. Die Wälder um den Vochenwald hallten wieder von den Axtschlägen und dem Rumpeln der Stämme, die von den Ochsengespannen zu den Stapelplätzen geschleift wurden. Wie ein gleichmäßiges Echo schallte das Klatschen der schweren Holzschlegel über die Hofstatt, mit denen die Frauen und Mägde die Pfähle für die Viehkoppeln in den aufgeweichten Boden schlugen. Seit Rago sich gestern auf die Suche nach Otilo gemacht hatte, war Chiemo mit Ausnahme der jüngeren Söhne einiger Grundhöriger die einzige männliche Arbeitskraft. Seine Genesung war rasch vorangeschritten. Zwar war er durch das Fieber geschwächt und die gesunde Farbe aus seinem Gesicht gewichen, aber die Wunde an seiner Schulter hatte sich schnell geschlossen und heilte sauber ab. Wo immer sich auf dem Hof Gelegenheit bot, packte Chiemo nach Tagen der Untätigkeit kräftig mit an. Die Arbeit ging ihm gut von der Hand und zunehmend gelang es ihm, seinen inneren Aufruhr zu besänftigen. Dennoch drängte sich immer häufiger das Gesicht des Gefangenen ungerufen vor seine Augen. Lähmende Angst hatte ihn anfangs jedesmal befallen, wenn ihn der Weg an dem Ungarn vorbeiführte.

„Komm ja nicht auf die verrückte Idee, dich in seine Nähe zu wagen!“ hatte ihn Marchward unter Androhung von Strafen noch mehrmals gewarnt. Deutlich sah er das zornige Gesicht seines Vaters vor sich, als er ihm etwas hatte entgegnen wollen.

„Ich habe dir befohlen, ihm aus dem Weg zu gehen! Also gehorche!“

So sehr ihn anfänglich die Angst über das schreckliche Erlebnis stets erneut in Bann geschlagen hatte, so ertappte er sich jetzt immer häufiger dabei, wie er den Gefangenen mit wachsender Neugierde beobachtete, während die Frauen, wenn sie gezwungenermaßen an ihm vorbei mußten, einen weiten Bogen um ihn machten und ihn höchstens mit einem kurzen, ängstlichen Blick streiften. Wenn ihn Chiemo nach getaner Arbeit oft stundenlang von der Schwelle des Haupthauses aus beobachtete, saß er meist regungslos auf den Boden gekauert. Mitunter schien es, als zögen Bilder vor seinem

Geist vorüber, wenn seine Augen den Horizont absuchten und sein Blick wie aus weiten Fernen zurückkehrte. Eine seltsame Art von Vertrautheit lag in den Augen des Fremden, wenn sich ihre Blicke mitunter für eine kurze Zeitspanne begegneten.

Immer stärker befiel Chiemo in letzter Zeit das Gefühl, daß sich das Leben auf Vochenwald seit dem Überfall auf die Mühle einschneidend verändert hatte. Er konnte es nicht recht erklären. Es war nicht greifbar und dennoch war es nicht mehr wie früher. Er hatte das Gefühl, als schiebe sich eine unsichtbare Wand zwischen ihn und die Mitglieder seiner Sippe. Wie so oft, wenn er auf der Schwelle des Hauses saß, glitt sein Blick hinüber zu den Hügeln, auf deren Kuppen die schwarzen Konturen vereinzelter Tannen durch den Dunstschleier am Fuße der Schneeberge aufstiegen, und an deren Wänden tagsüber Adler kreisten und nachts die Wölfe heulten. Sonst liebte er diesen Blick auf die Berge, wenn das Licht zu schwinden begann und die Gipfel für kurze Zeit zu glühen schienen, während sich auf die Landschaft ringsum Schatten senkten.

Das Klirren der Ketten des Gefangenen brachte ihn wieder zurück in die Realität. Zunächst konnte er sich auf dessen Treiben keinen rechten Reim machen. Chiemo runzelte die Stirn. Von weitem sah es aus, als wenn ein Kind versuche, mit einem Stock Linien in den feuchten Boden zu zeichnen. Immer wieder glitt der Blick des Fremden über die Baulichkeiten des Hofes und sein Interesse schien dabei besonderen Details zu gelten. Prüfend tasteten seine Augen über die dunklen Linien der in den Boden gerammten Stützpfähle, deren geglättete Rundungen die Seitenwände in gleiche Wandflächen teilten. Sie bestanden aus stabilem Weidengeflecht , das mit einer dicken Lehmschicht verschmiert war und vor Wind und Wasser schützte. Besonders die Verbindung der Giebeldreiecke mit dem Firstbalken sowie den Längsträgern schien seine Aufmerksamkeit besonders zu fesseln. Immer wieder kehrte sein Blick zurück zu der kleinen dreieckigen Öffnung in der Giebelwand, aus der der Rauch abziehen konnte, und die den Blick auf die Dachkonstruktion freigab. Die Dachauflage aus geflochtenem Riedstroh, die ebenfalls mit einer Lehmschicht wasserdicht gemacht worden war, schien ihn hingegen nicht weiter zu interessieren. Als müsse er all diese Details besonders intensiv in sein Gedächtnis einprägen, ritzte er mit einem kurzen Stock stets von neuem eine Reihe von Linien in den Staub, prüfte und verwarf seinen Entwurf, bis er schließlich zu einer befriedigenden Lösung gekommen zu sein schien. Als könne er seiner Erinnerungsfähigkeit nicht trauen, verwischte er nach einiger Zeit die Linien mit der Hand, um gleich darauf die Prozedur von neuem zu beginnen, bis er sicher sein konnte, daß sich jede Einzelheit seinem Gedächtnis eingeprägt hatte.

Plötzlich dämmerte Chiemo, was in dem Fremden vor sich ging. Längst war er davon überzeugt, es bei dem Gefangenen nicht mit einem gewöhnlichen Krieger zu tun zu haben. Weniger seine Kleidung, als mancher Wesenszug in seiner Haltung deutete darauf hin. Aber dennoch schienen ihm Baulichkeiten wie auf Marchwards Hof nicht bekannt zu sein. Im Nähergehen fand denn auch Chiemo seine Vermutung bestätigt. Auf Anhieb erkannte er die winkelgetreue Widergabe eines Querschnittes des Haupthauses und die Verbindung der wichtigsten Tragebalken. Der Gefangene bewies tatsächlich Talent. Chiemo war jetzt bis auf zwei, drei Schritte außerhalb der Reichweite der Ketten heran, als der Fremde unvermitttelt den Blick hob. Es war, als wenn die kindliche Offenheit den Haß und das Mißtrauen in dem fremden Krieger durchbrochen hätten. Fast körperlich spürte er, wie die Augen des Gefangenen über sein Gesicht glitten und in ungläubigem Erstaunen merkte er, wie die Züge des Fremden nach und nach ihren drohenden und verschlossenen Ausdruck verloren und einer wachen Aufmerksamkeit wichen. Nie zuvor in seinem Leben hatte Chiemo bei einem Menschen solche Augen gesehen. Sie waren hell, wie aus Bernstein. Sie hatten ihren gefährlichen Glanz verloren und schienen tief in seine Seele zu schauen. Reglos standen sie beide einander gegenüber und doch aufs höchste erregt, als wüßten sie, daß in Kürze ihre Völker im Sturm der Geschichte in voller Wucht aufeinanderprallen würden. Wie unter einem inneren Zwang hob Chiemo den Arm, um dem Fremden einen Apfel zu reichen, den er noch immer in der Rechten hielt. Es war eine kindliche Geste, einfach und dennoch kraftvoll. Langsam richtete der Gefangene sich auf und es war, als scheue er davor zurück, die Frucht zu berühren. Wie eine Vision überfiel den Krieger die Vorstellung, daß die Götter vor Ausbruch des blutigen Sturmes in der Geste ein Zeichen zukünftiger Versöhnung setzen wollten.

Überall gibt es Menschen, die auf Grund ihrer natürlichen Veranlagung oder auch ihrer Tätigkeit von einer rastlosen Unruhe umhergetrieben werden und die, wo immer sie auch hinkommen mögen, ihre Nase in Angelegenheiten stecken, die sie eigentlich gar nichts angehen. Jede Art von Tratsch und jedes Gerücht ist für sie ein gefundenes Fressen, und nicht selten verwechseln sie die in den Bierstuben und Garküchen erlauschten Neuigkeiten mit höherem Wissen und leiten sich davon das Recht ab, über alles und jeden ein allgemeingültiges Urteil fällen zu können und anderen bei jeder sich bietenden Gelegenheit in die Suppe zu spucken. Für Fuhrknechte mag wohl beides zutreffen und die meisten von ihnen waren von der Sorte, die der Volksmund gemeinhin als Stänkerer umschreibt, die einem Mitmenschen selbst den leisesten Darmwind mißgönnen können. Wie ein Windstoß flog dank ihrer kräftigen Mithilfe die Neuigkeit von dem Gefangenen auf Vochenwald bis in die hintersten Weiler, vom Chiemsee bis hin zu den Bergen, und natürlich waren sie die ersten, die die Sensation gleich bei nächstbester Gelegenheit aus der Nähe begutachten wollten.

Zwei Tage schon hatte Chiemo nach Rago und Otilo Ausschau gehalten und auch heute hatte er Mutter so lange genervt, bis sie einwilligte, daß er zusammen mit der Stallmagd Anna Arno, den Gerber, am Hof ablösen könne. Bis auf ihn und zwei Mägde war alles draußen auf den Feldern damit beschäftigt, die Äcker für die Aussaat vom Unkraut zu befreien und größere Steine aus dem Boden der neuen Rodungsflächen zu graben.

„Du kommst gerade zur rechten Zeit“, empfing ihn Arno unter dem Tor.

„Lauf die Senke hinunter, Chiemo! Wenn mich nicht alles täuscht, kommt ein Wagen drüben an den Maueräckern den Hang herauf. Sollte mich nicht wundern, wenn Rago und Otilo es geschafft hätten, den Nußdorfer und seine Männer zum Narren zu halten!“

Einen Augenblick nur zögerte Chiemo, ehe er wie ein übermütiges Kalb den Hang hinunterstürmte, wo eine tief gefurchte Fahrstraße sich aus dem Tal zu den Weilern im Vochenwald heraufwand. Der frische Hauch des Frühlingstages stand über dem Hang und schwebte zwischen den jungen Trieben, als das Rumpeln der Räder immer deutlicher an sein Ohr drang und die Rufe des Fuhrmannes sich mit dem dumpfen Gebrüll der Ochsen mischten. Chiemo konnte es kaum erwarten, bis der Wagen endlich um die Biegung holperte, und er auf dem Aufbau drei junge, kräftige Burschen miteinander feixen und gestikulieren sah. Schon aus der Ferne erkannte er die Fuhrknechte von den Sudpfannen an ihrer Aufmachung, und aus den Gesprächen des Gesindes wußte er, daß ein Besuch dieser rauhen Burschen in der Regel meist mit Handgreiflichkeiten oder gar Schlimmerem endete. Es waren Kerle, bei denen nur Gewalt und Verschlagenheit zählen und für die es nichts Schöneres gab, als andere zu drangsalieren und sich auf ihre Kosten zu unterhalten.

Gern hätte Chiemo sich aus dem Staub gemacht, aber dazu war es bereits zu spät. Mit zusammengekniffenen Augen beobachtete er, wie sie sich gegenseitig anstießen, verstohlen mit den Köpfen in seine Richtung nickten und einander lachend zuflüsterten.

Es kostete ihn ein Menge Überwindung abzuwarten, bis der Karren heran war und vor die drei Burschen hinzutreten. Chiemo musterte sie voller Mißtrauen. Kaum denkbar, daß sie ohne feste Absicht den weiten Weg hier heraufgekommen waren.

„Was führt Euch zu uns herauf?" fragte er barsch, und zu seinem Ärger klang seine Stimme eher kindlich verlegen, denn befehlend.

„Ein reichlich unfreundlicher Empfang für Männer, die eigens den Weg von der Salzstraße heraufgekommen sind, um sich den neuen Hofhund einmal anzusehen, den sich der Verwalter auf Vochenwald da zugelegt hat!" lachte der Anführer der Gruppe mit breitem Grinsen. „Sag bloß nicht, du willst ihn uns vorenthalten, wo wir uns eigens deshalb die Mühe gemacht haben! Das wäre wirklich kein feiner Zug von dir!" sagte er mit ungebührlich lauter Stimme, in der ein leicht bedrohlicher Ton mitzuschwingen schien.

Chiemo fühlte, wie ihm das Blut ins Gesicht schoß.

„Ohne Vaters Einverständnis haben Fremde auf dem Hof nichts verloren! Wenn ihr unbedingt darauf besteht, den Gefangenen zu sehen, dann müßt ihr euch schon gedulden, bis er von Bucheck herüberkommt!"

Im selben Augenblick erkannte er, daß er einen schweren Fehler begangen hatte. Wenn es etwas war, das die Fuhrknechte von ihrem Vorhaben hätte abbringen können, dann der Respekt vor Marchwards Ansehen und allseits anerkannter Autorität.

„Oho! Seht ihn euch an! Noch keine Sporen, der kleine Hahn und versucht schon zu krähen!" lachte der Anführer seinen Begleitern zu, und der Spott in seiner Stimme war nicht zu überhören. „Das ist wahrlich keine nette Art, uns einfach die Türe zu weisen! Was spricht dagegen, daß wir einen kurzen Blick auf den Gefangenen werfen?"

Chiemo wußte nicht, wie er sich verhalten sollte. Er betrachtete sie aufmerksam und versuchte, aus ihren Mienen auf ihre Gedanken und Absichten zu schließen. Er mußte damit rechnen, daß sie die Frechheit besaßen, sich notfalls auch gewaltsam Zutritt zu verschaffen. Gerade bei ihnen ließ sich nicht ausschließen, daß sie nur darauf aus waren, Unfrieden zu stiften. In ihren Augen lag ein Funkeln, das nichts Gutes verhieß. Er zögerte und warf einen besorgten Blick in den Hof, als sie die Einfahrt erreicht hatten. Es war Nachmittag, aber noch hell, und mit Ausnahme einiger Mägde im Wirtschaftsgebäude und bei den Ställen war niemand innerhalb der Einfriedung zu sehen. Deutlich sah er die Umrisse des Ungarn, der wie gewöhnlich unter dem Vordach auf dem Boden kauerte. Chiemo wußte nur zu genau, daß er wenig Chancen hatte, wenn er sich allein mit so rauhen Kerlen anlegte.

„He, Arno!" schrie er plötzlich laut, einem spontanen Impuls folgend. Zu seiner Überraschung erschien tatsächlich der Kopf des Gerbers. Verdutzt musterte er die drei Burschen.

„Sie möchten den Gefangenen sehen!"

Chiemo hoffte inständig, er möge ihnen dieses Ersuchen abschlagen.

„Laß mich nur damit in Frieden!" brummte der Gerber. „Als wenn ich nichts anderes zu tun hätte, als jedem Gaffer den Ungarn wie einen Tanzbären vorzuführen!" und schon war er wieder im Vorratsgebäude verschwunden. „Kümmere dich selbst darum!" hörte er ihn poltern. „Sitzt ja eh die meiste Zeit bei ihm und bildest dir ein, du könntest den Teufel aus diesem Ungläubigen vertreiben."

„Na, da hast du's gehört, du aufgeblasener, kleiner Furz! Verschwinde besser und überlasse den Ungarn uns! Wir wissen schon, wie wir mit ihm umzugehen haben. Haben ja schließlich alle Tage Umgang mit störrischen Ochsen!" Krachend ließ einer der Fuhrknechte die Ochsenpeitsche gegen die Stiefel schlagen, während die beiden anderen hämisch grinsten.

„Laßt ihn in Ruhe!" begehrte Chiemo auf. „Er soll in den nächsten Tagen zum Vogt des Bischofs nach Salzburg überstellt werden, und es könnte euch schlecht bekommen, wenn man danach fragen würde, warum der Gefangene mißhandelt wurde!"

Verzweifelt suchte er nach einem Ausweg.

„Glaubst du wirklich, daß der Vogt etwas dagegen einzuwenden hätte, wenn wir ein wenig Spaß mit diesem Hund haben? Was wäre passender, als ihm ein paar Purpurstreifen mit der Peitsche zu verpassen?"

Die anderen lachten über die Schlagfertigkeit ihres Kameraden, und grausame Vorfreude sprach aus ihren Blicken. Chiemos anfänglicher Unmut wandelte sich mehr und mehr in verzweifelte Wut, und wäre er größer gewesen, er hätte jedem von ihnen die Peitsche über die Mäuler gezogen. Nur allzugern wäre er bereit gewesen, den Burschen für ihr schändliches Vorhaben die Hunde auf den Leib zu hetzen. Er hätte sie foltern und umbringen können und er erschrak doch selbst über die für ihn völlig neue Erfahrung, Landsleute für jemanden zu hassen, dem er eigentlich den Tod hätte wünschen müssen.

Der Ungar schien die Bedrohung zu spüren und richtete sich mit klirrenden Ketten auf.

„Was habt ihr mit ihm vor?" schrie Chiemo.

„Halt dich da raus, Hosenscheißer!"

Plötzlich war es mit Chiemos Selbstbeherrschung vorbei und er stürzte nach vorn, um sich mit hämmernden Fäusten auf den Anführer zu werfen.

„Oh, das Wölfchen knurrt und fletscht die Zähne!“ Mal sehen, ob es wirklich beißt?“

Chiemo trieb der Mut der Verzeiflung. Er stürzte auf ihn zu, aber der Fuhrknecht ließ ihn ins Leere laufen. In seiner Wut übersah Chiemo das ausgestellte Bein und schlug kopfüber zu Boden. Weniger aus Schmerz, als aus Zorn über seine Ungeschicklichkeit, füllten sich seine Augen mit Tränen. Als er sich aufzurappeln versuchte, gab ihm einer der drei einen kräftigen Tritt, und Chiemo ruderte wild mit den Armen, um nicht erneut im Staub zu landen. Zutiefst erniedrigt spürte er Mordgedanken in sich aufsteigen. Ohne sich weiter um ihn zu kümmern, bauten sich die Fuhrknechte vor dem Gefangenen auf. Wie erstarrt stand Chiemo, unfähig sich zu rühren, und Wut und Scham trieben ihm das Blut ins Gesicht. Der Wortführer ließ die Peitsche ausrollen, und mit einem Knall explodierte der Schlag nur wenige Handspannen vor dem Gesicht des Ungarn. Ohne die geringste Reaktion stand der mit leicht gespreizten Beinen und blickte dem Angreifer herausfordernd und furchtlos in die Augen.

„Wir werden gleich sehen, wie lange du stillhältst!“

Der Oberkörper des Anführers spannte sich, als er mit der Ochsenpeitsche zu einem Fesselschlag ausholte, wobei sich der Riemen um den Hals des Ungarn wickelte.

„Du wirst schon sehen, wie schnell wir dich so weit haben, daß du den Mund aufmachst!“ stieß er gepreßt aus.

Mit beiden Fäusten packte er die Peitsche und zog den Gefangenen so weit zu sich, als es die Reichweite der Ketten erlaubte. Zutiefst befriedigt spannte er den Riemen mit hämischem Grinsen, bis das Gesicht seines Opfers dunkelrot anlief und die Adern an Hals und Schläfen deutlich hervortraten.

„Gleich wird er nach Luft schnappen wie ein Fisch auf dem Trockenen!“ höhnte er zu den hinter ihm Stehenden. Weiter kam er nicht mehr. Urplötzlich, genau in dem Augenblick, als der Fuhrknecht einen kleinen Schritt auf den Ungarn zumachen wollte und sein Gewicht verlagerte, sprang der Gefangene nach hinten und riß den Peiniger, noch ehe der zu einer weiteren Reaktion fähig war, ein Stück nach vorn.

Ein stechender Schmerz warf ihn zurück. Der Himmel über ihm schien sich zu verdunkeln, und der Boden um ihn begann sich zu drehen. Dann spürte er, wie eine Druckwelle aus seinem Unterleib den Rücken entlang bis in sein Hirn raste und ihn wie einen gefällten Baum zu Boden gehen ließ. Er heulte wie ein angeschossener Wolf und wälzte sich im Staub.

„Oh“, keuchte er. „Du heimtückischer Bastard! Ich bring dich um, du drekkiger Hund!“

Noch immer schienen Wogen dumpfen Schmerzes seinen Körper zu durchrasen. Der Tritt des Ungarn mit den kettenbewehrten Fesseln in den Unterleib des Fuhrknechtes mußte mörderisch gewesen sein. Schlagartig war das Gejohle der beiden anderen erstorben. Ungläubig starrten sie auf ihren am Boden liegenden Kameraden, der beide Hände auf sein Geschlecht drückte und mit verzerrtem Gesicht versuchte, sich aufzurichten. Für einige Augenblicke schien es, als sei ihre Angriffslust erloschen. Doch dann löste sich die Erstarrung der beiden Fuhrknechte, für die der Angriff so schnell erfolgt war, daß sie keinerlei Reaktion gezeigt hatten.

„Schlagt diesem verfluchten Hund den Schädel ein! Verrecken soll er, hier und jetzt!“

Der Angegriffene bemühte sich noch immer vergeblich, auf die Beine zu kommen.

„Worauf wartet ihr denn?“ fuhr er sie an.

Die Augen des Nächststehenden verengten sich bedrohlich.

„Oh nein, das wäre zu einfach! Zerfleischen will ich ihn, diesen Teufel!“ Fast war es, als spucke er die Worte aus. Mit bebender Hand wischte er sich über den Mund. Er hob die Peitsche auf und ließ sie durch die Luft zischen.

„Ich werde dafür sorgen, daß er sich nichts sehnlicher wünscht, als sterben zu können, diese verfluchte Drecksgeburt!“

Als überschlage er stumm die Länge des Riemens, ließ er die Lederschnur langsam durch die Finger gleiten. Auf einmal wurde Chiemo klar, was der Kerl im Schilde führte. Die Hunde loslassen, dachte er in einem Anflug panischen Entsetzens. Sein Blick flog hinüber zu dem Gefangenen und er spürte, wie sich seine Kehle dabei zuschnürte.

„Nicht!“ schrie er , als er sah, wie der Fuhrknecht die Peitsche hob. Die beiden ersten Schläge erfolgten ohne Ansatz. Zwei kurze Hiebe, begleitet von dem hellen Pfeifen der Schnur und dem trockenen Klatschen der Treffer. Mit einem erstickten Aufschrei riß der Ungar beide Hände vor die Augen. Seine Beine begannen zu zittern und laut aufstöhnend vor Schmerzen fiel er ächzend auf die Knie. Als könne er es noch immer nicht fassen, fuhr er sich mit zuckenden Händen über die Augen, ehe sich seine Verzweiflung und Qual in einem wie in Todesangst ausgestoßenen Schrei Bahn brach. Eine milchig klebrige Masse quoll durch seine Finger, gefolgt von einem Schwall dunklen Blutes. Mit einem Arm auf den Boden gestützt, mit der anderen nach einem festen Halt tastend, versuchte sich der Ungar langsam hochzustemmen.

Sein Atem ging kurz und stoßweise, und selbst unter Aufbietung der letzten Willenskräfte war es ihm einfach unmöglich, sich aufzurichten und seine Muskeln anzuspannen. Erneut knickte er in den Knien ein und sank gegen einen der Stützpfosten.

„Na, was ist?“ spottete der Fuhrknecht. „Willst du dich gar nicht mehr zur Wehr setzen?“

Das böse Glitzern in seinen Augen verstärkte sich, und wie um sich an der Angst des Gegners zu weiden, ließ er erneut die Peitschenschnur mit einem leisen Knall ausrollen, um zu einem neuen Schlag auszuholen. Unwillkürlich war der Ungar bei dem Geräusch zusammengezuckt.

„So ist's richtig! Auf die Knie mit dir! Du sollst um dein Leben winseln, ehe ich dich auseinandernehme, du stinkendes Ungeziefer!“

Sein Arm holte erneut aus. Was folgte, war ein wahrer Hagel von Schlägen. Über Kopf und Nacken zischte das Leder, über Oberarme und Schultern, und wo die Lederschnur eine ungeschützte Stelle traf, zerschnitt sie die Haut, und wölbten sich gleich darauf dunkle, stark blutende Striemen.

„Laß die Peitsche fallen!“ brachte urplötzlich eine kalte Stimme das Klatschen der Schläge und das Pfeifen des Riemens zum Verstummen. „Ich sage es nur einmal! Mit den nächsten Schlägen ist dein Leben nur noch die Luft wert, die du ausatmest.“

Die beiden Fuhrknechte fuhren herum und starrten auf das kalte Glitzern der eingelegten Pfeilspitze, die auf sie gerichtet war.

„Verdammt!“ entfuhr es dem Nächststehenden.

„Du Rotzjunge wagst es, uns mit einer Waffe zu bedrohen? Warte, du kriegst einen Tritt in den Hintern, daß der Stiefel stecken bleibt!“

Für einige Augenblicke belauerten sie Chiemo, schätzten seine Haltung kritisch ab und versuchten, bei ihm ein Zeichen von Schwäche zu entdecken. Widerwillig mußten sie sich eingestehen, daß Chiemo kein kraftloser Junge mehr war, und offen arbeitete die Frage in ihren Blicken, ob er fähig sein würde, den Bogen bis zum Anschlag zu spannen. Chiemo hielt den Pfeil nur eingelegt, die Sehne des Bogens in einem stumpfen Winkel nur leicht gestrafft. Als er die Beutewaffe des Ungarn gewählt hatte, war er sich selbst nicht klar darüber, ob er ihn würde spannen können, aber eine instinktive Eingebung hatte ihn erkennen lassen, daß er die Männer nur mit einer vollwertigen Waffe würde beeindrucken können. Eine seltsame Ruhe durchlief ihn, als er sah, wie der Arm des Fuhrknechtes erneut zu einem Schlag ausholte. Kalt und glatt lag die Biegung des Bogens in seiner Hand, und die Spannung der Sehne schien sich auf Arme und Sinne zu übertragen. Irgendwie verwunderte es ihn selbst, wie die rechte Hand gelöst und locker die Sehne spannte, wie sich die Linke gegen den Zug des Bogens stemmte und die Pfeilspitze beinahe gleichzeitig mit der Ausholbewegung der Peitschenschnur langsam rückwärts glitt und sich auf die Schulter des Angreifers ausrichtete. Als habe er diesen Bewegungsablauf schon unzählige Male mit einer so schweren Waffe ausgeführt, konzentrierte Chiemo sich einzig auf die entscheidenden Sekundenbruchteile, in denen er die Spannkraft des Bogens nahe am Körper in einem festen Punkt fixieren mußte. Das Zucken in der Schulter des Mannes löste den Schuß wie von selbst aus. Mit einem seltsam befreienden Gefühl registrierte er den leichten Rückstoß des vibrierenden Bogens. Während er die Umrisse seines Gegners noch immer unbewußt in sich aufnahm, verfolgte er die leicht gebogene Flugbahn des Pfeiles. Deutlich war das Sirren zu hören, wie der kurz geführte Schnitt einer Sichel, gefolgt von dem scheußlichen Laut, mit dem Stahl in Fleisch drang. Als er den Punkt genau fixierte, sah er das Geschoß, das fest und unbeweglich aus der Schulter des Mannes ragte. Die Hand um den Stoff geklammert, taumelte der Fuhrknecht zwei, drei Schritte zur Seite, ehe er in die Knie brach und einen seltsam gurgelnden Laut ausstieß. Schon lag der zweite Pfeil auf der Sehne und visierte den zweiten Eindringling an, der erschrocken und ungläubig hinter seinen am Boden liegenden Gefährten zurückgewichen war. Auch der Anführer war inzwischen, noch immer schmerzhaft verkrümmt, auf die Beine gekommen und warf einen haßerfüllten Blick auf Chiemo.

„Verlaßt sofort den Hof!"

Es war, als habe das unfaßliche Ereignis, auf einen Menschen zu schießen, seine Stimme in Sekunden altern lassen.

„Glaubt mir, der Schuß war nur eine Warnung! Wenn ihr mich zwingt, schick ich mit dem nächsten Pfeil einen von euch in die Hölle! Los auf euren Wagen und dann schaut, daß ihr weiterkommt!"

Zögernd nahmen die beiden ihren Gefährten in die Mitte. Erst als sich die Pfeilspitze erneut auf sie ausrichtete, setzten sich die drei humpelnd und stolpernd in Bewegung. In diesem Moment stieß einer der Hunde ein rauhes, kehliges Geheul aus und gleich darauf sah Chiemo zwei Ochsengespanne, begleitet von Knechten und Mägden, den Hang herunter auf den Hof zurollen. Das anschwellende Geschrei des Gesindes und das aufgeregte Gebell der Hunde ließen die Fuhrknechte ihre Schritte beschleunigen, und gleich darauf setzte sich draußen der Wagen rumpelnd in Bewegung.

„Dafür kommst du uns nicht ungeschoren davon!“ schrie der Anführer in den Hof, als er den Wagen wendete.

Chiemo nahm die Drohung schon gar nicht mehr wahr. Ohne die Folgen seines Tuns abzuwägen, ließ er Köcher und Bogen fallen, riß aus seinem groben Leinenrock am unteren Saum einen breiten Streifen heraus und tauchte ihn in die Viehtränke neben den Ställen. Als er sich umwandte, sah er den Gefangenen noch immer in der gleichen Haltung, den Kopf weit in den Nakken geworfen, das Gesicht vor Schmerz verzerrt. Beruhigend sprach Chiemo auf ihn ein. Noch immer hielt der Ungar die Linke deckend über beide Augen. Die Striemen waren unförmig angeschwollen, seine Felljacke blutgetränkt, und dunkelrote Rinnsale zogen sich über Hals und Schulteransatz. Vorsichtig berührte Chiemo die schützend vor das Gesicht geschobene Hand, und ein leises Zucken durchlief den Oberkörper des Mannes, als er sie behutsam zur Seite schob. Ächzend lehnte er sich zurück, und Chiemo mußte alle Kraft aufbringen, das Zittern seiner Hände zu unterdrücken, als er die zerfetzten Augenlider und die leeren, blicklosen Augenhöhlen sah. Im nächsten Moment schon kniete er neben ihm und kühlte mit dem Tuchfetzen sein Gesicht und tupfte vorsichtig über den Ansatz der Wangen am Jochbogen. Innerlich schüttelte ihn ohnmächtige Wut, und dennoch zwang er sich, weiter ruhig auf den Ungarn einzureden, der mehrmals bei einer ungeschickten Berührung dumpf aufstöhnte.

Nichts außer dem geschundenen Gesicht nahm Chiemo mehr um sich wahr, bis der spitze Schreckensschrei einer Frauenstimme wie aus weiter Ferne an sein Ohr drang. Erst als er sich langsam umdrehte, sah er in die vor Schreck erstarrten Gesichter seiner Mutter und der Knechte und Mägde. Noch ehe er etwas hervorbringen konnte, hatten ihn derbe Männerfäuste gepackt und aus der Reichweite des Ungarn gezogen. Chiemo wehrte sich verzweifelt und begann, um sich zu schlagen.

„Seht ihr denn nicht?“ schrie er. „So helft ihm doch endlich!“

„Mein Gott!“ stammelte Richardis. „Was waren das für Bestien? Wie konnte so etwas nur passieren?“

„Schnell, Mutter! Richte ein paar Tücher und etwas von deinen Kräutern und Salben her! Zuerst müssen wir seine Augen und seine Wunden versorgen! Erzählen kann ich euch noch lange genug, was vorgefallen ist!“

Schon war Richardis verschwunden und begann heftig im Haus zu hantieren, während die Knechte und Mägde noch immer den Ungarn umstanden. Chiemo machte sich mit einem entschlossenen Ruck frei, als er merkte, daß die Anwesenheit einer Vielzahl von Menschen den Gefangenen verunsicherte.

„Nehmt ihm endlich die Ketten ab!“ forderte er entschieden. „Ich glaube nicht, daß sich jemand im Augenblick vor ihm zu fürchten braucht!“

In der Menge erhob sich entsetztes Gemurmel, als er einen der Knechte aufforderte, den Ring, der die Ketten zusammenhielt, aufzubiegen.

„Tut, was er sagt!“ war Richardis Stimme aus dem Hintergrund zu vernehmen. „Chiemo hat recht. Ich glaube auch nicht, daß wir gegenwärtig etwas von ihm zu befürchten haben.“

Sie hielt Chiemo die Schale mit der Salbe und die Tücher hin und tauchte die Tuchstreifen in das Gefäß und ließ sie sich kurz vollsaugen, ehe er sie herausnahm und sie, vom Nasenrücken ausgehend, zu beiden Seiten an die Schläfe führte und sanft andrückte. Richardis verfolgte besorgt jede der Bewegungen ihres Sohnes. Als Chiemo jedoch schließlich dem Gefangenen eine Deckbinde über die Augen angelegt hatte, entspannte sich ihre Miene, und etwas wie Stolz schien ihr Gesicht zu erfüllen. Langsam löste sich die Spannung unter den Umstehenden, und von allen Seiten wurde Chiemo nun mit Fragen bestürmt.

# Die Intrige

Die Arbeiten an der Mühle nahmen alle Kräfte in Anspruch. Obwohl sich die Ereignisse auf Vochenwald in Windeseile herumgeprochen hatten, fand Marchward erst zwei Tage später Zeit, sich um die Angelegenheiten auf dem Hof zu kümmern. Am frühen Nachmittag des übernächsten Tages galoppierte er in Begleitung zweier Bauern auf den Hof und polterte mit finsterem Gesicht in die Stube.

„Ist denn wirklich niemand auf dem Hof in der Lage, für Ruhe und Ordnung zu sorgen, kaum daß man euch einmal den Rücken zuwendet?“ machte er seinem Unmut Luft.

Schon auf dem ganzen Ritt herüber war Ärger über die Ereignisse in ihm hochgestiegen. Die Tatsache, daß Richardis und Chiemo die Zurechtweisung dazu veranlaßte, den Blick zu senken und ihn nicht anzusehen, steigerte nur seinen Groll.

„Du, Chiemo, hast wohl völlig den Verstand verloren!“ polterte er weiter. „Ich habe dir unmißverständlich verboten, dich mit dem Gefangenen abzugeben. Es wäre wirklich besser, du würdest langsam anfangen, dir Gedanken über die Folgen deines Tuns zu machen!“

Noch immer wich Chiemo dem Blick seines Vaters aus und starrte, nach einem kurzen Seitenblick hinüber zu seiner Mutter, weiter stumm vor sich auf den Boden.

„Hör auf, deinen Groll an dem Jungen auszulassen! Ihn trifft doch nicht die geringste Schuld!“ fiel ihm Richardis energisch ins Wort und ergriff demonstrativ für ihren Sohn Partei. „Was kann er für den Brand in der Mühle und dafür, daß uns die Arbeit und die Probleme gegenwärtig über den Kopf wachsen? Oder willst du ihn gar für das Vorgehen der Fuhrknechte gegen den Gefangenen verantwortlich machen? Was er getan hat, war nichts als Christenpflicht, und wie er den Ungarn verteidigt und für ihn gesorgt hat, verdient jedermanns Anerkennung, auch die deine!“

„Das rechtfertigt noch lange nicht, daß er bei erstbester Gelegenheit zur Waffe greift und sich wie ein Büttel des Vogtes aufführt, anstatt einen der Knechte zu Hilfe zu holen. So sehr mir dein Mut imponiert, so ändert es dennoch nichts an der Tatsache, daß du dich über mein Verbot hinweggesetzt hast!“

Chiemo öffnete den Mund, um zu antworten, schwieg jedoch und preßte trotzig die Lippen aufeinander, mühsam nach Beherrschung ringend. In unversöhnlicher Stimmung nahm Marchward am Tisch Platz. In seiner ohnehin schon gereizten Laune fand er sich nicht bereit, vor Richardis seinem Sohn gegenüber einzulenken, und die Erkenntnis der Haltlosigkeit seiner Vorwürfe kochte bitter wie Galle in ihm auf.

„Wenn ich nur endlich wüßte, was Rago ausgerichtet hat“, versuchte er schließlich dem Gespräch eine andere Richtung zu geben. „Keiner der Grundhörigen oder der Fuhrknechte hat etwas von ihm gehört, geschweige gesehen. Zur Zeit ist es wirklich, als hätte sich alles gegen uns verschworen!“

Marchward wandte sich mißmutig dem Essen zu. Eine Zeit lang blieb Chiemo ohne ein Wort zu verlieren neben Richardis stehen, biß sich auf die Lippen und schluckte zähneknirschend seinen Trotz hinunter. Krampfhaft bemüht, sich seine wahren Gefühle nicht anmerken zu lassen, wollte er sich gerade zum Gehen wenden, als er glaubte, draußen das Wiehern eines Pferdes zu hören. Überrascht wandte er sich um, senkte aber gleich wieder den Kopf, als er sah, daß weder Vater noch Mutter auf das Geräusch zu reagieren schienen. Erleichtert atmete er auf, als mit dem Zufallen der Türe auch die Spannung wich, die ihm in der Stube fast den Atem abgeschnürt hatte. Eine leichte Abendbrise kühlte seine Stirn, und tief sog er die frische Luft ein, während seine Augen hinüber zu der Einfriedung aus lose aufgeschichteten Feldsteinen wanderten, in der die Pferde ihren Auslauf hatten. Sein Blick glitt weiter hinüber zu den farblosen, verblaßten Lehmhütten der Leibeigenen und wanderte weiter entlang der eingesunkenen Strohdächer mit den filzigen Moospolstern und verdorrten Gräsern. Plötzlich warf der Hengst in der Koppel den Kopf hoch und blies unruhig die Luft durch die Nüstern. Hinter dem Haus schlug gleich darauf Rajah an. Es klang so laut und zerriß so plötzlich die Stille, daß Chiemo heftig erschrak. Er fuhr auf und lauschte angestrengt in die Dämmerung. Kein Zweifel! Wenn auch mit kleinen Pausen, so hörte er doch ab und zu Hufe auf den steinigen Untergrund des Fahrweges schlagen. Aber irgend etwas stimmte nicht. Kein Pferd ging unter einem Reiter so langsam. Chiemo rannte los und blieb atemlos und mit vor Erregung klopfendem Herzen am Tor stehen. Immer deutlicher zeichnete sich der Umriß des Pferdes, das von einem Mönch geführt wurde, und die Konturen seiner beiden Begleiter ab. Erst jetzt erkannte er, daß die schlanke Gestalt auf dem Pferderücken ein Mädchen war.

„Rago?“ fragte er zögernd und in unsicherem Tonfall und faßte die Gestalt genauer ins Auge, die mit ihrer braunen Kutte fast mit der Dämmerung verschmolz.

„Jetzt sagt mir bloß, daß das derselbe Bengel ist, der noch vor wenigen Tagen kaum aus seiner Strohschütte hochgekommen ist?“ krächzte eine rauhe Stimme.

„Erkennen kann ich dich nicht, aber riechen kann ich dich immer, Rago“, lachte Chiemo befreit.

Der Alte warf die Ärmel der Kutte über die Unterarme zurück und spuckte sich in die Hände.

„Endlich kann ich dir die schuldige Tracht Prügel verabreichen, ohne fürchten zu müssen, daß du mir gleich auseinanderfällst. Aber erst einmal laß dich ansehen!“ Er schüttelte Chiemo in einer Welle von Wiedersehensfreude, umfaßte seine Schultern und zog ihn an sich. „So wie ich dich hier draußen herumschleichen sehe, würde es mich nicht wundern, wenn du schon wieder etwas ausgefressen hättest.“

Chiemo machte sich lachend frei und wandte sich zur Seite.

„Willkommen auf Vochenwald, Otilo!“ sagte er. Angesichts der düster gesenkten Stirn und der trotzigen Wildheit des jungen Burschen gefror das Lachen in seiner Miene. Trotz seiner jugendlichen und kräftigen Statur, wirkte sein Gesicht alt unter der starren Unbeweglichkeit seiner Gesichtszüge.

„Tut mir leid, was mit deinen Leuten passiert ist!“ sagte Chiemo und fühlte, wie seine Stimme während der letzten Worte heiser wurde. „Muß schlimm sein, mit einem Schlag die ganze Familie auf so grausame Weise zu verlieren. Ich hoffe, du wirst erst einmal bei uns bleiben? Vater hat so gehofft, daß Rago dich wohlbehalten findet!“

Langsam schüttelte der junge Müllerbursche den mächtigen Kopf und preßte die Hände so heftig ineinander, daß die Fingergelenke knackten.

„Warte ab, bis du gehört hast, was Rago deinem Vater mitzuteilen hat, dann wirst du verstehen, daß ich andere Pläne habe!“

Zögernd ergriff er Chiemos dargebotene Rechte. „Hab dennoch Dank!“ Ich weiß, was ich deinen Eltern und deinen Brüdern schulde.“

„Jetzt laßt uns erst einmal ins Haus gehen!“ unterbrach Bruder Markus, der unter dem Überwurf eines Leibeigenen den schäbigsten Eindruck von allen machte. „Ich kann es gar nicht erwarten, an ein wärmendes Feuer zu kommen!“

Im Licht der Kienfackeln, die die Knechte entzündet hatten, musterte Chiemo die Fremde erneut. Er glaubte zu erkennen, wie tiefe Röte ihr Gesicht färbte, als sich die Blicke der Männer auf sie richteten. Er spürte ihre großen Augen auf sich ruhen, und der leidgeprüfte Ausdruck rührte ihm ans Herz. Starr und ohne jede Gemütsbewegung hing ihr Blick an ihm. Je länger er sie anstarrte, desto mehr hatte er den Eindruck, sie mustere ihn mit wachsender Feindseligkeit, bis er merkte, daß es nicht das, sondern Argwohn und eine tief in ihrem Leben verwurzelte Angst war. Es wird lange dauern, ihr Vertrauen zu gewinnen, dachte er bei sich und sah zu, wie sie anmutig vom Pferderücken glitt, vorbei an Otilos geöffneten Armen. Irgendwie waren sie sich ähnlich in ihrer Art. Aber im Gegensatz zu Otilos aggressiver Verschlossenheit wirkte das Mädchen gelassen und von einer gefestigten Selbständigkeit, die Chiemo beunruhigte und dennoch reizte.

„Vater ist im Haus. Geht nur schon vor!“ sagte er mehr in Gedanken und nahm Rago die Zügel ab. „Ich will nur noch schnell das Pferd versorgen.“

Für einen kurzen Moment fiel matter Lichtschein durch die Tür, um gleich darauf wieder zu erlöschen. Chiemo führte das Pferd hinüber zur Tränke. Freundschaftlich fuhr er ihm mit der Hand über die weichen Nüstern und tätschelte ihm den Hals. Plötzlich konnte er der Versuchung nicht widerstehen und schwang sich, die Mähne zum Schwungholen fest umklammert, auf den Rücken. Mit einem unterdrückten Aufschrei trieb er das Pferd über den Hof und jagte dann im Galopp die Einfriedungsmauer entlang. Es reagierte willig auf jeden Schenkeldruck, und Chiemo genoß den kurzen Ritt mit allen Sinnen, ehe er es vor der Koppel schnaubend zum Stehen brachte. Freudig rieb das Tier die Nüstern an seiner Halsbeuge, als wolle es auf diese Weise seinen Anspruch auf eine Belohnung unterstreichen.

„Hab dich schon verstanden!“ scherzte er und kraulte dem Tier die Mähne, ehe er ihm den Hafersack umhängte und das Gatter schloß. Breitbeinig stellte er sich neben den Pfosten, während seine Hand zwischen Hose und Leinenkittel fuhr, um Wasser abzuschlagen.

„Nicht daß du glaubst, ich möchte mich an deiner Männlichkeit berauschen!“ sagte eine weiche Stimme hinter ihm, und als sich Chiemo mehr überrascht als verlegen umwandte, bemerkte er zum erstenmal einen Anflug von spöttisch kühler Heiterkeit in den Zügen des Mädchens, die aber von einem Augenblick zum anderen wieder wie weggewischt war. Dennoch hielten ihre Augen an ihm fest. Sie stieg neben ihm auf den Steinwall der Koppel, legte die Arme auf die Querholme und senkte das Kinn auf die Handfläche. Ihr Rücken spannte sich zu einem leichten Bogen. Chiemo musterte sie von der Seite und zerbrach sich den Kopf darüber, was an diesem Mädchen vom ersten Moment an eine besondere Anziehungskraft auf ihn ausübte. Ihre

Schönheit war nicht fraulich, eher die eines windzerzausten Baumes, wie sie auf einsamen Bergrücken zu finden waren, widerstandsfähig und stark und dennoch von seltsamem Reiz. Wieder hatte sie ihn überrascht, indem sie ohne eine Spur von Verlegenheit die Initiative ergriffen und ihn in einer Situation angesprochen hatte, wo jede andere Jungmagd höchstens gekichert oder gealbert hätte. Nachdenklich betrachtete sie die Pferde, deren Konturen sich nur noch verschwommen in der Dämmerung abzeichneten. Für einen kurzen Moment wandte sie sich ihm zu und versuchte, ihren wilden Haarschopf mit den Fingern zu glätten.

„Was willst du noch hier draußen?" fragte Chiemo ungeduldig und brachte seine Kleider in Ordnung. „Kannst du den Mund nicht aufmachen?" Leichte Gereiztheit war aus seiner Stimme zu hören.

„Wie kommt es, daß ihr kleine Pferde aus der Steppe reitet?" fragte sie nach einer längeren Pause, ohne ihn mit einem weiteren Blick zu bedenken und auf seine Frage einzugehen.

„Der Hengst dort drüben ist wunderschön, und doch hatten wir zu Hause bei uns in der Mark schönere und vor allem..."

Mitten im Wort hörte sie auf zu sprechen, und Chiemo sah, wie ihre Lippen und Wangenmuskeln zuckten.

„Darf ich?" fragte sie und unterbrach erneut, als fiele es ihr schwer, die Bitte auszusprechen.

Sekundenlang wartete Chiemo, ob sie die begonnene Frage aussprechen würde. Als sie jedoch stumm blieb, nickte er nur kurz. Kindliche Freude zeichnete sich in ihrem Gesicht ab, und Chiemo genoß es doppelt, sie, wenn auch nur für einen kurzen Moment, glücklich zu sehen. Leicht, fast spielerisch, sprang sie vom obersten Holm in das Innere der Koppel und ging mit federnden Schritten auf den Hengst zu. Neugierig richtete Chiemo sich auf und verfolgte, wie der Hengst auf die Anwesenheit einer Fremden reagieren würde. Sie flüsterte eine Folge für ihn fremdartig klingender Laute, und in seinen Ohren klang es fast wie Musik. Ruckartig flog der Kopf des Hengstes in die Höhe, und fast schien es, als sprühe ein Glanz feurigen Erkennens in seinen Augen. Verwundert beobachtete Chiemo wie der Hengst plötzlich erregt den Kopf hin- und herwarf und schnaubend näher stelzte. Etwas wie Eifersucht regte sich in ihm, als das Mädchen die Arme um den Nacken des Pferdes schlang und seine Nüstern an den Ansatz ihrer Brüste drückte und ihn mit der Rechten an einer bestimmten Stelle zwischen Auge und Ohr kraulte. Es war, als sauge der Hengst den Geruch des Mädchens in sich auf, während ihre Hände die sehnige Säule des Halses nachfuhren.

„Wenn man euch beide so sieht, könnte man nie auf den Gedanken kommen, daß das Tier jemals einem anderen gehört hat. Wo hast du gelernt, so mit Pferden umzugehen? Fast einen Tag hat es mich gekostet, bevor es sich von mir auch nur einmal berühren ließ."

„Du hast mir meine Frage über die Herkunft der Pferde noch nicht beantwortet", wich sie aus.

„Na gut", sagte Chiemo. „Komm mit, wenn es dich schon so brennend interessiert!" und hörte sie gleich darauf hinter sich über die Holme steigen und zu Boden springen, während er schon auf dem Weg zum Vorratsgebäude war. Grunzend wühlten einige Schweine im Unrat nahe der Ställe, und erst, als er auf wenige Schritte heran war, nahm der düstere Schatten an der Wand langsam Konturen an und wurde einem Menschen ähnlich. Nichts an der reglosen Gestalt rührte sich, die zusammengekauert mit dem Rücken an der Wand lehnte, und noch immer verlief eine feste Fessel vom linken Arm zu einem der Stützpfosten. Erst als der Gefangene Chiemos Stimme erkannte, richtete er sich auf, und deutlich waren unterhalb der Augenbinde und auf den Unterarmen die Striemen der Mißhandlung zu sehen. Abgemagert und entstellt, war er nur noch ein Zerrbild des einst kämpferischen Kriegers.

„Weißt du jetzt?" wandte sich Chiemo um und erstarrte, als er panisches Entsetzen in den Augen des Mädchens aufleuchten sah. Der Anblick ihrer angstverzerrten Miene ließ ihn schlagartig verstummen. Wie von einem plötzlichen Schmerz getroffen zuckte sie zusammen und stieß einen spitzen Schrei aus. Als trieben ihre Sinne ein grausames Spiel mit ihr, schüttelte sie sich wie eine Besessene und wich ein paar Schritte zurück. Grauen spiegelte sich in ihrem Blick und plötzlich, fast ohne Übergang, funkelte blanker Haß in ihren Augen. Es war, als zerbreche ihre Stimme, als sie dem Gefangenen einen Schwall von Flüchen und scheinbar gehässigen Beschimpfungen in einer für Chiemo nicht verständlichen Sprache ins Gesicht schleuderte und ihren Schmerz herausschrie. Schon fürchtete er, sie wolle sich auf ihn stürzen, als plötzlich, wie aus dem Nichts, der Mönch hinter sie trat und sie an den Schultern zu sich drehte.

„Was immer sie dir und deiner Familie an Schmerz und Leid zugefügt haben mögen, von dem hier hast du nichts mehr zu befürchten!"

Noch immer standen grenzenloser Haß und Angst in ihrem Gesicht geschrieben, aber langsam schien, ausgelöst durch die ruhige Stimme des Mönches, Klarheit in ihr Gehirn zu sickern, und wie ein kleines Kind ließ sie sich von ihm mit tastenden Schritten hinüber zum Haupthaus führen, wo Rago schon Ausschau nach ihnen hielt. Wie ein Schlag hatte Chiemo die

Verwandlung des Mädchens getroffen, und er brauchte eine Weile, bis er am Tisch Ragos Erklärung über ihr seltsames Verhalten folgen konnte.

„Schlimme Zustände müssen im Grenzland herrschen", nahm Rago das Wort wieder auf, „seit die Ungarn dort eingefallen sind. Luitbrand, der Händler, erzählte auf Kalsperg von Hunderten schwankender Planwagen, die auf holprigen Saumpfaden nach Westen rollen. War ein kurzer Traum von Freiheit im Markland. Nimm ihre Eltern!" sagte er und nickte hinüber zum Feuer, wo sich das Mädchen zwischen Herdsims und Wand niedergekauert hatte. „Vor gut zwanzig Jahren haben sie alles aufgegeben und sind dem Ruf König Arnulfs gefolgt, das Ostland zu besiedeln. Von Passau sind sie donauabwärts gezogen bis nach Pengersdorf, um sich in der Nähe des Neusiedlersees eine neue Existenz zu schaffen, bis die Ungarn vergangenes Jahr über die Theißebene hereingebrochen sind und alles in Schutt und Asche legten, was die Menschen dort in einer Generation aufgebaut haben. Ihre ganze Familie haben sie ausgerottet. Ihre Eltern erschlagen, Haus und Hof niedergebrannt und ihre Geschwister verschleppt. Weriga selbst wäre mit großer Wahrscheinlichkeit im Troß der Ungarn verkommen, wenn nicht der Pelztierhändler auf der Rückfahrt von der Mark Pitten sie zuerst nach Salzburg und von dort nach Kalsperg gebracht hätte. Grauenhaft sind die Ereignisse, von denen er berichtet. Überall sind ihm Landsleute auf der Flucht vor dem Steppenspuk begegnet, und immer mehr verdichtet sich die Kunde, daß der Ungar bereits das untere Ennstal überrannt hat und es nur noch eine Frage der Zeit ist, bis er, dem Oberlauf der Enns folgend, ins Salzachtal einfallen und die Ebene bis hinüber zum Inn unsicher machen wird."

„Wenn es stimmt, was der Händler erzählt", unterbrach ihn Marchward nachdenklich und wandte sich an den Mönch, „dann steht uns ein schlimmes Jahr bevor. Wie soll ich den Bau der Mühle vorantreiben, wenn feindliche Kundschafter schon bis an die Salzach vorgedrungen sind, wenn Landgraf Luitpold und der Metropolit die Freien und Edlen des Landes in Kürze zum Heerbann rufen werden, und das Kloster St. Peter alle freien Kräfte durch die Neurodung im Miesenbachtal bindet, während der Nußdorfer nur darauf wartet, mir bei nächstbester Gelegenheit erneut einen Schlag versetzen zu können?"

Bruder Markus hob beschwichtigend die Hände. „Ich verstehe Eure Sorgen und Bedenken, Marchward! Aber bis zur Aufbietung eines Heerbanns habt Ihr von St. Peter völlig freie Hand, und bis dahin können leicht noch Monate vergehen. Ehe der Feind nicht Aussicht auf reiche Beute hat, und die Ernte noch nicht eingefahren ist, wird der Ungar noch auf sich warten lassen! Zudem ermächtigt Euch der Vogt, Eure beiden Söhne und zwei weitere Knechte zum Waffendienst abzustellen. Eure Erfahrung und Eure Kenntnisse hier vor Ort sind dem Kloster wichtiger als Euer Schwertarm."

„Ihr Kuttenträger seid schon wahrhaft ein erstaunliches Volk!" brummte Marchward. „Graf Adalbert hat Euch wirklich treffend gekennzeichnet, als er Euch mit Spinnen verglich. Überall webt Ihr Euer Netz. Was immer auch passiert, für alles habt Ihr einen festen Plan. Zieht Sturm auf, seilt Ihr Euch ab in den Schutz Eurer Klöster und hinter den Schild des Gebetes, und ist der Donner verebbt, dann taucht Ihr wieder auf und sammelt, was Euch der Sturm an Beute ins Netz getrieben hat."

Erschrocken starrte Richardis ihren Mann an und schlug die Hände vor den Mund. Auch sie war innerlich aufgewühlt durch die Ereignisse der letzten Tage.

„Versündige dich nicht der Gotteslästerei, Mann! Unter dem Segen von St. Peter ist uns bisher alles gut gediehen!"

„Und St. Peter mit den Abgaben von unseren Höfen!" ergänzte Marchward bitter. „Wir führen den Pflug und die Axt und Ihr die Federn in Euren Ertragsbüchern!"

„Jetzt lauft Ihr Gefahr, Euch zu vergessen!" mahnte Markus, und die Schärfe in seiner Stimme ließ erkennen, daß er nicht gewillt war, das Gespräch auf dieser Ebene weiterzuführen. „Demut ist keine Übung, die sich nur für Mönche ziert! Ich gebe Euch den guten Rat: Sprecht nie so zu einem der Ordensoberen und beschränkt Euer Reden und Denken auf Eure Probleme. Auch Ihr habt, wie mir scheint, im Laufe der Jahre Euren Einfluß und Euren Besitzstand wohl zu verwalten und zu mehren gewußt! Ohne den Einfluß und die Segnungen der Klöster würde die Mehrzahl der Menschen noch heute wie die wilden Tiere in den Sümpfen und Wäldern hausen."

Marchward blickte auf. Die Augen des Mönches waren wach und klug. Das Gesicht verriet Entschlossenheit, und der unwillige Zug in seiner Miene ließ es ihm geraten erscheinen, seine Antwort besser hinunterzuschlukken. Er wußte nur zu gut, wie sehr er in den kommenden Wochen und Monaten auf das Wohlwollen der Mönche angewiesen sein würde, waren doch die Aussichten für die nächste Zeit alles andere als vielversprechend.

„Übrigens", lenkte er das Gespräch in eine andere Richtung. „Ihr habt noch gar nicht davon gesprochen, wie sich der Edle Graman zum Ansinnen des Klosters für eine neue Allmendeweide im Miesenbachtal geäußert hat!"

„Nun, er zeigt Verständnis für die angespannte Situation, in der Ihr Euch gegenwärtig befindet."

Marchward zögerte einen Moment. „Heißt das, er ist damit einverstanden, daß wir ihm Klosterknechte von St. Peter schicken, um die Rodungsarbeiten voranzubringen?“ fragte er mit leichtem Zweifel in der Stimme.

Er musterte Markus voller Skepsis. Der Mönch nickte fast unmerklich.

„Im Grunde war er damit einverstanden. Er bestand nur auf einem Mann aus Eurer Familie. Bei unserem Gespräch vorhin ist mir jedoch eine Lösung eingefallen, die für alle Beteiligten nur von Vorteil wäre. Ihr sagtet, es fehle Euch gegenwärtig an Zeit und Gelegenheit, Euch, den Erfordernissen entsprechend, um die Angelegenheiten auf dem Hof und um Euren jüngsten Sohn zu kümmern. Er ist in dem Alter, wo er ein sinnvolles Betätigungsfeld braucht, um seine überschüssigen Kräfte vorteilhaft einsetzen zu können. Gebt einem jungen Burschen wie ihm eine angemessene Aufgabe, dann schlägt er auch nicht mehr so leicht über die Stränge!“

Chiemo hob überrascht den Kopf, und sein Herzschlag beschleunigte sich.

„Wollt Ihr damit sagen...?“ stotterte er ziemlich aufgeregt.

„Was hindert Euch also“, fuhr der Mönch zu Marchward gewandt fort, „Chiemo und Otilo zusammen mit Bruder Meginhard in diesem Sommer ins Miesenbachtal gehen zu lassen? Sie könnten gut am Aufbau der Zelle und bei den Arbeiten auf der Neurodung mithelfen.“

Marchward nickte überrascht. Er musterte Otilo und mußte eingestehen, daß der trotz seiner siebzehn Jahre an Kraft leicht einen erwachsenen Mann ersetzen konnte. Er war ein fähiger Bursche, der mit beiden Beinen im Leben stand.

„Das ist auf jeden Fall ein guter Vorschlag“, sagte er. „Graman wird wahrscheinlich um jede zusätzliche Kraft froh sein. Aber ob er auch zustimmen würde, wenn ich ihm Chiemo schicke? Er ist noch sehr jung!“

„Ach was!“ winkte Marchward ab. „Das laßt nur meine Sorge sein! Junge Burschen brauchen eine Aufgabe, an der sie sich messen können. Wenn Bruder Meginhard einverstanden ist, dann könnte der junge Wildfang hier für die Zelle den Haushalt führen. An Arbeit wird es gewiß nicht mangeln!“

Das Mädchen ließ nicht die geringste Reaktion erkennen. Zu tief noch saß ihr der Schock über die Begegnung mit dem Gefangenen in den Gliedern.

„So wie Ihr es sagt, klingt das recht vernünftig!“ brummte Marchward. Er sah den Mönch an und eine gewisse Anerkennung lag in seinem Blick.

„Nutzt die Gelegenheit, die Anlagen Eures Sohnes zu fördern!“ setzte Markus nach. „Sorgt dafür, daß er sich zu einer kraftvollen Persönlichkeit entwickelt! Ich könnte mir dazu keinen besseren Lehrmeister als Graman vorstellen, außer Euch selbst. Was zögert Ihr noch? Ihr habt meine Zusage, daß Chiemo und Otilo eine solide Ausbildung erfahren und sinnvoll beschäftigt sind, und zudem wärt Ihr die Sorge um die Kleine los. Ihr werdet sehen, bis zum Herbst wird sie ihre Eigenarten abgelegt und sich mit den beiden zusammengelebt haben, als wären sie Geschwister. Und obendrein hättet Ihr dem Wunsch des Grafen entsprochen, Euch um Weriga anzunehmen. Ihr könnt davon ausgehen, daß er sich bei passender Gelegenheit erkenntlich zeigen wird!"

Marchward grübelte darüber nach, welch seltsamen Verlauf die Dinge an diesem Abend genommen hatten. Eigentlich, so dachte er, müßte er den Vorschlag gutheißen, bot dieser ihm doch einen Ausweg aus seinem Dilemma. Außer den Bedenken und der Sorge, die aus Richardis Miene sprachen, und der Tatsache, daß sie sich bisher mit keinem Wort an der Unterredung beteiligt hatte, fand er kein stichhaltiges Argument, das gegen den Vorschlag des Mönches gesprochen hätte.

Markus erhob sich und leerte den Rest des Bechers.

„Wir sind uns also einig?" sagte er, und es klang mehr wie eine Feststellung denn wie eine Frage. „Dann werde ich mich jetzt zurückziehen. Die letzten Tage waren anstrengend, und Ihr habt Gelegenheit, mit Eurer Frau und den beiden Jungen über meinen Vorschlag zu sprechen. Wie es scheint, braucht es bei Chiemo nicht viel Überredung, eher schon bei Otilo und Eurer Frau Richardis. Und zerstört nicht mein fein gesponnenes Netz!" sagte er mit vielsagendem Lächeln, ehe er den Raum verließ und die Türe hinter sich leise schloß.

„Ein geriebener Fuchs!" sagte Rago anerkennend und sah von einem zum anderen. „Er versteht es wirklich gut, eine Sache für alle gewinnbringend darzustellen und dabei die eigenen Vorteile mit keinem Wort zu erwähnen! Dennoch finde ich seinen Vorschlag gut, Chiemo und Otilo mit einer solchen Aufgabe zu betrauen. Du scheinst noch nicht recht angetan davon zu sein?" wandte er sich an Richardis, die verlegen im Hintergrund hantierte.

„Du magst die Idee gut finden", sagte sie zu Marchward, „weil sie dich aus einer gewissen Verlegenheit befreit. Was Otilo und Weriga angeht, so sind sie halbwegs erwachsen, um längere Zeit für sich selbst sorgen zu können, vorausgesetzt, sie sind überhaupt damit einverstanden. Aber was Chiemo angeht, bedenke, er ist doch noch ein halbes Kind!"

Chiemo konnte seine Erregung kaum mehr verbergen und riskierte einen Seitenblick auf Otilo, ehe er Luft holte, um lauthals zu protestieren.

„Junge Pferde brauchen straffe Zügel!" fiel ihm Marchward ins Wort,

„und was die beiden bei den Mönchen und bei Graman diesen Sommer lernen können, wiegt die beste Klosterschule auf.“

In dem Wissen, daß es besser war, seine wahren Gefühle nicht zu zeigen, unterdrückte Chiemo nur mit Mühe einen Freudenschrei. Er strahlte, das ließ sich nicht vermeiden, und mit dem Knie versetzte er Otilo unter dem Tisch einen freundschaftlichen Stoß.

„Was mich angeht, wäre ich mit dem Vorschlag des Mönches mehr als einverstanden, und Euch, Richardis, versichere ich, daß ich auf Chiemo strenger achten werde als seine eigenen Brüder.“

Er verspürte erneut einen Stoß an seinem Oberschenkel, diesmal jedoch bei weitem nicht mehr so freundschaftlich. Seine Augen blieben an Richardis haften, und im Geist schoben sich die Züge seiner Mutter über ihr Gesicht. Wie oft hatte sie ihn mit einem ähnlichen Ausdruck gemustert. Betroffen wurde ihm bewußt, wie schnell das Gespräch unter den Männern ihn all die Grausamkeiten an seiner Familie, wenn auch nur für kurze Zeit, hatten vergessen lassen, und wie sehr die Ereignisse der letzten Tage all seine Lebenspläne durcheinandergewirbelt hatten. Noch vor einer Stunde war er von dem brennenden Wunsch beseelt gewesen, sich bei Graf Adalbert als Kriegsknecht andienen zu dürfen, und nun hatten die Ereignisse ihn einfach überrumpelt und war es Marchward und dem Mönch mit ihrem Vorschlag gelungen, seine Gedanken in völlig neue Bahnen zu lenken. Er schüttelte die Mutlosigkeit ab, die ihn von neuem zu befallen drohte, und als er den Blick hob, fühlte er die Augen des Verwalters auf sich gerichtet.

„Die Zeit, das Schwert zu führen, wird schneller kommen, als uns allen lieb ist“, sagte er, als habe er Otilos Gedanken erraten. „Bis dahin halte ich es für segensreicher, die Mönche in ihrer Arbeit zu unterstützen, Neuland im Miesenbachtal zu roden und für den Winter provisorische Behausungen zu errichten, damit im kommenden Jahr zügig mit dem Bau fester Häuser für Grundhörige begonnen werden kann. Noch vor Jahreswechsel kannst du dann frei über deine weitere Zukunft entscheiden. Aber du sollst wissen, daß du dich zu jeder Zeit um Rat und Hilfe an mich wenden kannst! Dann sind wir uns also einig“, fügte er hinzu und warf einen fragenden Blick zu Richardis. „Alles weitere können wir morgen bereden. Schütte Otilo für heute ein Lager auf, und du, Richardis, bringe Weriga hinüber ins Gesindehaus zu den Mägden! Wir beide füllen uns noch einen Krug und setzen uns ans Feuer! Du schleppst doch den ganzen Abend schon etwas mit dir herum, was dich bedrückt. Du hast kaum zwei Sätze gesprochen, und das will etwas heißen, wenn es dir einmal die Sprache verschlägt! Also heraus damit!“

Rago starrte in seinen Becher und es fiel ihm sichtlich schwer, einen Anfang zu machen.

„Nun, was ist?“ fragte Marchward ungeduldig. „Stimmt etwas nicht?“

„Ich fürchte, wir gehen einer äußerst stürmischen Zeit entgegen“, begann Rago zögernd. „Immer häufiger kommen mir Zweifel, ob du gut beraten bist, den Bau der Mühle mit solcher Dringlichkeit voranzutreiben.“

Marchward runzelte die Stirn.

„Woher zum Teufel glaubst du, daß wir unsere Einnahmen beziehen? Wahrscheinlich rätst du mir noch, mein Getreide drüben in der Klostermühle am Högl mahlen zu lassen?“

„Warum nicht? Wäre vielleicht nicht der schlechteste Vorschlag!“

„Bist du jetzt völlig von Sinnen?“

Rago ließ sich nicht von seiner Meinung abbringen.

„Du gibst doch zu, daß wir dieses Jahr die Äcker vernachlässigen und die Aussaat durch die Frauen nur schleppend vorankommt.“

„Notgedrungen, ja.“

„Hast du dir schon einmal überlegt, was auf uns zukommt, wenn der Ungar noch dieses Jahr ins Land einfällt und uns vielleicht Haus und Hof mitsamt der Mühle über dem Kopf anzündet? Dann hättest du, wenn wir es überleben, doppelten Verlust und niemand würde sich darum kümmern, woher du die Mittel nehmen würdest, um die Mühle zum dritten Male wieder aufzubauen.“

Marchward konnte Ragos Argumenten eine gewisse Logik nicht absprechen.

„Aber sagtest du nicht, der Ungar stünde noch an der Enns? Glaubst du wirklich, die Grafen und Herzöge würden tatenlos zusehen, wie der Feind unser Land überrennt und alles mordet und niederbrennt?“

„Was aber, wenn der Feind an mehreren Fronten zugleich losschlägt? Was, wenn er im Norden, Osten und Süden, an Drau, Salzach und Inn entlang vorrückt?“

„Steht es wirklich so schlimm? Nun rede endlich! Du verheimlichst mir doch etwas!“

„Nicht ich, aber möglicherweise der Mönch! Entweder er ist selbst nicht über den Gang der Ereignisse unterrichtet oder er verschweigt dir absichtlich den Stand der Dinge. Du kennst doch Graf Adalbert genau! Hältst du ihn für einen Mann, der sein Handeln an Gerüchten ausrichtet?“

„Ich kenne keinen Mann, der sich nicht eingehender mit eigenen Augen von den Vorgängen um ihn her überzeugt, ehe er seine Entscheidungen trifft.“

„Warum wohl verlegt ein solcher Mann seine Truppen auf die Stammburg seiner Familie nach Beuern und verstärkt mit den anderen Gaugrafen die befestigten Orte bis hinunter nach Hall am Inn, wenn es nicht zwingende Gründe dafür gäbe?“

Zum ersten Mal an diesem Abend war Marchward um eine Antwort verlegen. Wenn sich die Befürchtungen Ragos bewahrheiteten, konnte sich diese Entwicklung auch für die Region um den Teisenberg zu einer bedrohlichen Gefahr auswachsen. Dennoch wollte er sich noch nicht mit der Ausweglosigkeit der Situation abfinden.

„Du wirst mir doch nicht weismachen wollen, daß dir der Graf all diese Einzelheiten anvertraut hat?“

„Der Graf nicht“, antwortete Rago zögernd. „Aber Egbert, der Vogt des Grafen, der mich irrtümlich für einen Mönch aus St. Peter hielt und mich über die Sicht des Bischofs zur gegenwärtigen Entwicklung aushorchen wollte. Ich sah keinen Grund, ohne danach gefragt zu werden, das Geheimnis meiner Person zu lüften. Nur Gräfin Rihina, die mich bat, Weriga wohlbehalten zu dir zu bringen, gab ich mich zu erkennen und so wurde ich ungewollt zum Mitwisser. Aber auch ohne diese Maskerade hätte es genügend Hinweise dafür gegeben, daß sich an unseren Grenzen ein Sturm zusammenbraut. Kriegerische Geschäftigkeit erfüllte während all der Tage die Mauern von Kalsperg. Der Schmiedeofen glühte Tag und Nacht, wohin man sich auch wandte, überall wurden Schwerter und Schilder poliert, Sättel und Saumzeug ausgebessert, und auch die fieberhafte Eile, mit der die Befestigungen der Burganlage ausgebessert wurden, ließ deutlich erkennen, daß allerorten Vorkehrungen für den Fall getroffen werden, daß der Feind in den nächsten Monaten in unser Land einfallen könnte. Alles deutet darauf hin, daß nach Zurückweisung der impertinenten Forderungen der feindlichen Unterhändler durch Herzog Luitpold eine kriegerische Auseinandersetzung unausweichlich ist, damit dem Steppenspuk ein Ende gesetzt wird.“

„Dann rechnet Graf Adalbert also ernsthaft mit einem Einfall in das Inntal?“

Marchward schaute Rago fragend an. Der nickte bestätigend.

„Nicht nur er. Auch die Händler treffen Vorkehrungen, um ihre Waren im Ernstfall schnell flußabwärts in die befestigten Städte bringen zu können, und zu Dutzenden liegen große Pletten in Hall an der Lände. Du weißt wie ich, daß die Geldsäcke die letzten sind, die auf bloße Gerüchte hin in Panik verfallen.“

„Da magst du recht haben!“ stieß Marchward bitter aus. „Wie die Ratten verlassen sie als letzte ein brennendes Haus und dennoch sind sie die ersten, die sich in schützenden Schlupflöchern in Sicherheit gebracht haben, während die Flut der heranbrausenden Feinde alles mit sich fortreißt."

Verächtlich spuckte er auf den Boden.

„Aber eine andere Sache bereitet mir fast noch mehr Sorge als die allgemeine Kriegshysterie", fuhr Rago nachdenklich fort.

Marchwards dunkle Miene wurde noch um eine Spur sorgenvoller. Ein seltsames Gefühl machte sich in ihm breit und es war ihm, als fühle er eine massive Bedrohung auf sich zukommen, als er Rago gedankenschwer ins Feuer starren sah. Endlich überwand er seine Sprachlosigkeit.

„Wenn ich die Sache richtig begreife, dann ist man dabei, dir eine Falle zu stellen."

„Sprich nicht in Rätseln!"

Mit einem Satz sprang Marchward auf die Füße, als sei er soeben aus einer Erstarrung erwacht.

„Nun sag doch schon endlich, was du so Wichtiges in Erfahrung gebracht hast, daß du daran würgst wie ein Kauz, wenn er kröpft!" Unruhig ging er um den Tisch herum.

„Man will einen Keil zwischen dich und die Mitglieder der Gilde treiben! Man wird dich zwingen, dich offen auf die Seite der großen Grundherren oder auf die Seite der Freisassen zu schlagen, und wenn du nicht höllisch aufpaßt, dann ist dein Untergang bereits beschlossene Sache!"

Marchward trafen Ragos Worte wie der Blitz aus heiterem Himmel.

„Hast du Beweise für das, was du da behauptest? Sieh mich an, Mann!" herrschte er ihn an, völlig am Ende seiner Geduld.

Rago strich sich nachdenklich übers Kinn und starrte auf den Grund des leeren Bechers vor sich.

„Was ich gesehen habe, ist eindeutiger als jede Urkunde, selbst wenn sie vom Bischof persönlich unterzeichnet und gesiegelt worden wäre. Peitsche und Ketten sprechen ihre eigene Sprache. Zu Dutzenden haben die Adeligen die Bauern in Fesseln legen lassen, weil sie sich geweigert haben, ihre Handmühlen herauszugeben und ihr Korn in den Wassermühlen der Herren mahlen zu lassen. Haben sie sich bisher oft nachgiebig gezeigt, so scheinen sie jetzt mit unnachsichtiger Härte durchgreifen zu wollen, und selbst die geistlichen Herren schrecken vor harten Strafen nicht zurück. Sie rechtfertigen ihre Vorgehensweise damit, daß sie Notvorräte anlegen müssen, für den Fall, daß die Ungarn das Land ausrauben und plündern. Deshalb sollen die

Bauern per Verordnung gezwungen werden, ihr Korn nur noch auf den Meierhöfen zu mahlen."

„Natürlich, und sie setzen dafür die Abgaben fest und verkaufen Mehl und Brot für teures Geld oder vermischen es mit minderwertigem Mahlschrot", lachte Marchward bitter auf. „Wirklich, ein perfekter Plan, ebenso verschlagen wie einfach."

„Und Vogt Egbert hat mir, dem vermeintlichen Mönch, einen guten Ratschlag an dich mitgegeben, du mögest dich in der Sache schnell und richtig entscheiden, damit niemand Hoffnung schöpfen könne, die Verordnung in irgendeiner Weise zu unterlaufen!"

„So also weht der Wind!" Marchward schlug mit der Faust in die offene Hand. „Das kann doch nicht sein!" stieß er gepreßt hervor.

„Wenn du dich gegen sie entscheidest, bietest du ihnen die Gelegenheit, in aller Öffentlichkeit gegen dich vorzugehen und dich zu beseitigen. Schlägst du dich aber auf ihre Seite, werden die Bauern dich als einen Verräter an ihrer Sache sehen und dir jede Unterstützung verweigern! Glaube mir! Die großen Herren beobachten dich schon lange wie die Katze die Maus. Vielleicht ist der Überfall auf die Mühle gewollt herbeigeführt, um die Notwendigkeit deiner Entscheidung zu beschleunigen. Du solltest wenigstens einmal über diese Möglichkeit nachdenken!"

Marchward fröstelte, doch nicht vor Kälte. Unbehagen machte sich in ihm breit. Konnte das wirklich sein? dachte er verzweifelt. Gingen die Ränke der Großen wirklich so weit? Immer deutlicher wurde er sich der Tragweite des Gesagten bewußt. Wie oft hatte er insgeheim unter dem Mantel seiner unerschütterlichen Zuversicht versucht, diese nagenden Zweifel weit von sich zu weisen, und nun war es da, dieses fehlende Glied in seiner Gedankenkette. Sie wollten ihn also isolieren. Auch Rago war zu dem gleichen Schluß gekommen. Er musterte den Alten aufmerksam. Er war bei weitem nicht der Dummkopf, für den er sich so gerne ausgab, und er hatte mit seiner Feststellung genau den Nerv seiner eigenen Ängste getroffen. Marchward fühlte sich hilflos. Er war nur der Verwalter eines klösterlichen Zentralgutes. Er konnte sich nicht einbilden, sich einfach über die Verordnungen der Grafen und des Bischofs hinwegsetzen zu können, ohne daß sie ihm nicht Scherereien machen würden. Der Bischof war von ebenso listigen wie skrupellosen Leuten umgeben, die nach Macht und Einfluß gierten. Bisher hatte er sich aus diesem Spiel höfischer Ränke mit Erfolg heraushalten können und es stets verstanden, zwischen dem Standpunkt der Mächtigen und der freien Bauern in seinem Verwaltungsbereich zu vermitteln. Aber wenn sie ihn nun zwangen, angesichts bevorstehender Notzeiten hart durchzugreifen, dann würde es unweigerlich zu erbitterten Auseinandersetzungen kommen. Schmerzhaft wurde ihm klar, daß nicht nur alle Verbesserungen, die er in kleinen Schritten eingeführt hatte, auf dem Spiel standen, sondern sogar der Fortbestand der Gilde, dem einzigen Mittel, mit dem sich die Bauern bisher erfolgreich gegen willkürliche Übergriffe der benachbarten Grundherren hatten zur Wehr setzen können.

Es mußte doch einen Ausweg geben! Er durfte jetzt nicht einfach zurückweichen oder gar kapitulieren, ohne jede Möglichkeit ausgeschöpft zu haben, die ihm eine Flucht nach vorne ermöglichte und es ihm erlaubte, das Gesicht zu wahren. Sollte wirklich alles umsonst gewesen sein? All die persönlichen Opfer, die er in den zurückliegenden Jahren erbracht hatte, um Mitgliedern der Gilde zu helfen, wenn sie durch mißliche Umstände unverschuldet in Not geraten waren? Hatte Rago recht, wenn er auf die Gefahr hinwies, in die er alle Mitglieder brachte, die ihm die Mittel und ihre Arbeitskraft für den Wiederaufbau der Mühle zur Verfügung gestellt hatten und die bei einer erneuten Zerstörung infolge von Krieg und Plünderung Gefahr liefen, ihr Höfe zu verlieren? Die Entscheidung versetzte ihn immer mehr in eine verzweifelte Lage. Gab es denn wirklich gar keine Möglichkeit, auf diesen Vorstoß gegen die Gilde zu reagieren?

Marchward begann unruhig auf und ab zu laufen. Er fühlte sich ausgeliefert und benutzt, eine Figur, hin- und hergeschoben im Spiel der Mächtigen. Plötzlich blieb er wie angewurzelt zwischen Tisch und Feuer stehen und starrte auf die große Handmühle in der Ecke des Raumes. Für einen Freisassen war und blieb sie der wertvollste Besitz einer Familie. Auch sein Vater und Großvater hatten das Mehl für das Brot auf diese Weise gewonnen, bis zu dem Zeitpunkt, als sie mit dem Bau der großen Wassermühle begonnen hatten. Nachdenklich musterten seine Augen das Gerät, das für viele Menschen die Grundlage ihrer Existenz darstellte: Die Handmühle. Zwei große, flache Steine, von denen der obere auf dem unteren um eine Nabe rotierte und die von zwei Männern betrieben wurde. Anfänglich waren sie kleiner gewesen, so daß sie auch von einer Frau bewegt werden konnten. Aber nachdem eine Sippe auf einer Neurodung erst einmal seßhaft geworden war, war es vorteilhafter, zusammen eine der großen Handmühlen zu betreiben, die von allen Mitgliedern der Sippe gemeinsam genutzt werden konnte.

Rago starrte Marchward eine Zeitlang schweigend an. „Was wirst du tun?" fragte er nach einer Weile.

„Wer sagt eigentlich, daß wir sie zerstören müssen? Ja, natürlich, das wäre eine Möglichkeit! Mein Gott! Daß ich nicht schon früher darauf gekommen bin!“

Rago war sehr verwundert über den plötzlichen Stimmungswandel. Marchwards Tonfall klang mit einemmal unbeschwert, und dennoch spürte er darin eine unterschwellige Spannung.

„Was hast du vor, Marchward? Gerade noch hast du...“

„Sachte, sachte!“ unterbrach er entschieden. „Ich habe doch ein verbrieftes Recht, Getreide zu mahlen, erworben mit dem Bau der Mühle und belegt mit festgesetzten Abgaben an das Kloster, richtig?“

„Ja, aber was soll das?“

„Man hat mir meine Wassermühle zerstört und nun will man mich zwingen, in meinem Verwaltungsbereich alle Handmühlen einzuziehen und zu zerstören, da es den Bauern untersagt ist, ihr eigenes Korn zu mahlen. Du hast mich auf die Idee gebracht, Rago, als du mich auf das Risiko für den Wiederaufbau der Mühle aufmerksam gemacht hast, angesichts der drohenden Übergriffe durch die Ungarn. Vielleicht hast du recht, und alles, was in den vergangenen Wochen passierte, ist nur Teil eines raffinierten und gut inszenierten Planes meiner großen Nachbarn. Der Nußdorfer hat wahrscheinlich nur die Dreckarbeit gemacht, und die anderen decken ihm den Rücken. Und nun glauben sie, mich in die Enge getrieben zu haben und mir den entscheidenden Stoß versetzen zu können. Was aber, wenn wir den Spieß umdrehen und sie mit ihren eigenen Waffen schlagen?“

„Wie...? Du willst...?“

Marchward grinste hinterhältig und nickte. „Ja, wir werden die großen Handmühlen einziehen und die kleinen öffentlich zerschlagen lassen. Laut und vernehmlich sollen die Bauern ihren Protest hinausschreien. Aber dann werden wir mahlen, in ständigem Wechsel, mit den großen Handmühlen, Tag und Nacht! Wir haben das verbriefte Recht dazu, und niemand kann mir vorschreiben, womit ich mahle, solange es uns gelingt, die Abgaben an das Kloster zu entrichten. Bis sie dahinterkommen, ist das Jahr vorbei. Wir werden den Nußdorfer dazu provozieren, erneut zuzuschlagen und dann schleppen wir den Aufbau der Mühle bis Anfang nächsten Jahres hinaus. So zwingen wir ihn vielleicht zu einer unüberlegten Handlung, und uns bleibt inzwischen Zeit, mit größter Sorgfalt unsere Äcker zu bestellen und uns bis zum Spätsommer und Herbst mit allem Notwendigen einzudecken, um eine Zeit der Besetzung durch die Ungarn zu überstehen. Der Nußdorfer wird es sich nicht erlauben können, uns bis dahin offen anzugreifen und wenn, dann werden wir auf der Hut sein und ihn des Landfriedensbruches überführen. Na, was sagst du dazu?“

Rago lachte verschmitzt.

„Wirklich, du bist mit allen Wassern gewaschen! Einer, der es immer wieder schafft, seinen Kopf aus der Schlinge zu ziehen.“

„Von wegen aus der Schlinge ziehen“, lachte Marchward hart auf. „Du wirst es sehen. Ich werde meinen Kopf durchsetzen und sie mit ihren eigenen Waffen schlagen! Es wird langsam Zeit, daß sie einmal zu spüren bekommen, mit wem sie es zu tun haben!“

# Neuland

In der aufbrechenden Wärme der ersten Sonnenstrahlen folgten sie der alten Römerstraße nach Süden. Überall kündigte sich der Frühling an, aber noch dämpften Dunstschleier die Farben der frischen Triebe. Mit saftigem Grün schoben sich erste Gräser durch die verfilzte Grasdecke wie durch den Pelz eines großen, schmutzigen Tieres. Chiemo ging mit Otilo an der Spitze der Gruppe. Während sie den Weg zum Achener Ried einschlugen, glitt sein Blick vom Schwarzenberg über den Falkenstein sehnsüchtig hinauf zu den noch schneebedeckten Gipfeln. Überall an den Hängen stürzten die Schmelzwasser durch steile Rinnen über die Felsen zu Tal, und Adler schwangen sich an den steil abfallenden Wänden in die Luft. Ehrfurcht und Freude durchströmten ihn. Weniger denn je hätte er sich vorstellen können, an irgendeinem anderen Ort der Welt geboren zu sein oder leben zu müssen.

Die Tatsache, daß er Marchward dazu hatte überreden können, ihm für die nächsten Monate den Hengst des Ungarn und ebenso seine Waffen zu überlassen, erfüllte ihn mit heimlichem Stolz. Trotzdem hielt er es für angemessen, wie alle anderen zu Fuß zu gehen und den Hengst am Zügel zu führen. Einzig Weriga hatte er das Vorrecht eingeräumt, zu reiten. Mehrmals hob er den Blick zu ihr auf und ließ das Tier so nahe zu sich aufschließen, daß ihr Unterschenkel seine Schulter berührte. Ihre Nähe machte ihn glücklich. Umso mehr litt er darunter, daß sie ihn mit keinem Blick würdigte. Mehrmals schon in den letzten Tagen hatte er sich gefragt, warum sie sich ihm gegenüber so abweisend benahm, ja ihm sogar aus dem Weg zu gehen schien. Es schmerzte ihn doppelt, war er doch gewohnt, daß ihm, Marchwards Sohn, alle mit Wohlwollen und Achtung begegneten. Hatte sich Weriga von Anfang an an Chiemos vertrautem Umgang mit dem Gefangenen gestoßen, so hatte der Vorfall am gestrigen Tag die unheilvolle Atmosphäre erst heraufbeschworen. Er hatte sie gebeten, dem Gefangenen in slawischer Sprache seine Abwesenheit für die Dauer der nächsten Monate zu erklären. Aber sie hatte sich geweigert und war wie eine Furie auf ihn losgegangen.

„Du machst dich noch zum Gespött des ganzen Hofes mit deiner ewigen Fürsorge für diesen Wilden!“ hatte sie ihn angeschrien, und Vater hatte ihr darin noch recht gegeben und ihren Angriff auf ihn amüsiert verfolgt. „Sag es ihm doch selbst, du Jammerlappen!"

Sie hatte ihm ihre ganze Verachtung und ihren Zorn vor aller Augen ins Gesicht geschleudert. „Du kannst mir befehlen, die Ställe auszumisten, ich werde mich nicht weigern. Du kannst mir jede Drecksarbeit auftragen, ich werde sie ohne Widerrede verrichten, aber du kannst mich nie und nimmer dazu zwingen, etwas für eine von diesen Bestien zu tun, weder durch Zureden, noch durch Befehle! Bei uns in der Mark hätten wir mit so etwas wie dem kurzen Prozeß gemacht!"

Völlig außer sich hatte sie schließlich vor dem Ungarn auf den Boden gespuckt. Wären sie alleine gewesen, hätte Chiemo ihr schon etwas darauf zu entgegnen gewußt. In Gegenwart des jungen Mönches und im Beisein mehrerer Klosterknechte jedoch, hatte er ihren Wutausbruch stumm über sich ergehen lassen. Fast den ganzen Tag hatte er gebraucht, um seine innere Fassung wiederzugewinnen. Dennoch mußte er sich jetzt eingestehen, daß er sich in ihrer Nähe wie betäubt fühlte und ihr im Innersten schon längst verziehen hatte. Nichts jedoch schien Weriga davon abbringen zu können, das Schweigen zu brechen und den starr zu Boden gerichteten Blick zu heben. Unvermittelt ließ sie sich plötzlich vom Pferd an Otilos Seite gleiten und setzte sich gleich darauf gemeinsam mit ihm an das Ende der Gruppe.

Als Chiemo sich wenig später umwandte und die Männer überblickte, die ihm folgten, bemerkte er, daß der junge Mönch neben dem Hengst zu ihm aufgeschlossen hatte. Er war von mittlerer Gestalt, kräftig, und selbst durch die weite Kutte zeichnete sich ein durch Arbeit und Entbehrungen gestählter Körper ab. Die scharf geschnittenen Züge sowie die hellen, durchdringenden Augen verliehen seinem Gesicht einen wachsamen Ausdruck, und Chiemo war es, als sähe er sich dem Blick eines Falken ausgesetzt.

„Die kriegerische Stimmung im Land scheint wirklich alle anzustecken!" sagte er in scherzhaftem Ton.

Chiemo nickte nachdenklich und zog es vor, sich mit seiner Meinung zurückzuhalten.

„Manchmal ist es von Vorteil, die Beweggründe zu bedenken, die Menschen anders reagieren lassen, als wir es uns erwarten", fuhr er fort und wartete auf ein Zeichen, ob Chiemo nichts gegen seine Anwesenheit einzuwenden habe.

Mehr aus Höflichkeit hob dieser den Blick. „Ich trage Weriga ihr Verhalten weiter nicht nach. Im Grunde kann ich ihren Haß und ihre Verbitterung verstehen nach dem, was sie alles mitgemacht hat."

„Trotzdem sollst du wissen!" unterbrach ihn Meginhard, „daß ich deine Haltung dem Ungarn gegenüber verstehe und respektiere. Manchmal kostet es mehr Kraft, einem Feind zu vergeben, als ihn zu bekämpfen. Nicht selten erreichen Menschen mit einer Geste der Versöhnung mehr als mit tausend Schwerthieben."

„Kriege lassen sich aber nun einmal nicht vermeiden!"

„Dennoch führen sie immer nur zu kurzfristigen Lösungen. Brich wilden Ackerboden mit der Pflugschar um, stets hast du nur für wenige Wochen ein bestelltes Feld, ehe binnen kurzem überall erneut das Unkraut aufbricht. Nur geduldige, jahrzehntelange Arbeit ringt der Wildnis wirklich fruchtbaren Boden ab. Genauso ist es, wenn man glaubt, durch Krieg Veränderungen herbeiführen zu können. Es mag uns gelingen, in diesem oder im nächsten Jahr die Ungarn im Kampf zu schlagen, langfristige Grenzsicherung und anhaltenden Frieden erreichen wir nur durch Geduld, Nachsicht und Gebet. Im Kampf gegen die Feinde unseres Landes ehren wir das Andenken derer, die ihr Leben vor Generationen für die Freiheit hingegeben haben. Durch die Versöhnung mit unseren Feinden hingegegen ehren wir Gott, und glaube mir, letzteres wiegt mehr! Und genau aus diesem Grund brauchst du dich deiner Haltung nicht zu schämen!"

Chiemo spürte die Leidenschaft in den Worten des Mönches.

„Ihr sprecht wie ein weiser Abt und doch seid Ihr gerade erst im Mannesalter. Wie kommt es, daß man einen so jungen Bruder mit dem Aufbau und der Führung einer neuen Zelle betraut?"

„Meine Worte mögen vielleicht weise geklungen haben, aber ein weiter Weg ist es, bis das Fleisch dem Weg des Geistes zu folgen gelernt hat. Stolz ist für einen jungen Mann von Adel stets das größte Hindernis. Unser Novizenmeister in St. Peter war wohl der Meinung, daß diese Aufgabe in der Wildnis mir dazu dienlich sein könne, Demut zu üben. Stolz hat viele Gesichter, und oft ertappe ich mich dabei, daß er sich in schöngeistige Worte kleidet. Wer weiß, ob ich noch so zu argumentieren in der Lage wäre, wenn Gott mir die Schicksalsbürde dieses Mädchens auferlegt hätte."

„Wie kommt es, daß Ihr als Sohn eines Edelmannes den Habit an Stelle des Schwertes gewählt habt?" fragte Chiemo erstaunt. „Ihr erweckt so gar nicht den Eindruck, als wenn Ihr Euch nicht gut darauf verstehen würdet, Euch Eurer Haut zu wehren?"

„Da magst du wohl recht haben!" lachte Meginhard. „Meine Entscheidung entsprang auch weniger einer inneren Berufung als dem Wunsch meines Vaters, der sich aus reinem Zweckdenken dazu gezwungen sah, seinen jüngsten Sohn in den Dienst des Herrn zu stellen. Für einen Landadeligen ist es unmöglich, jeden seiner Söhne mit Besitz und Titel zu versehen. So überschrieb mein Vater einen Hof zu Berchtolding dem Kloster St. Peter, um mir wenigstens ein gesichertes Auskommen in mönchischer Armut zu ermöglichen, und ausgestattet mit dieser Schenkung, erwirkte er so meine Aufnahme in das Kloster."

Erstaunt hob Chiemo die Augen, und offen begegnete sein Blick dem Meginhards. „Kein leichtes Los! Und trotzdem ist Euer Denken und Handeln frei von Groll."

Mit einem gelösten Lächeln wandte Meginhard sich ihm zu.

„Glaube nicht, ich hätte mich kampflos in mein Schicksal ergeben! Gott möge mir einst meinen Starrsinn nachsehen und meinen Oberen den geduldigen Zuspruch lohnen, mit dem sie meiner Aufsässigkeit begegneten. Wie sehr habe ich mich aufgelehnt gegen mönchische Zucht, erfüllt von der Lust am Leben. Ich war wahrlich kein Segen für die Gemeinschaft der Brüder zu der Zeit, als meine Seele noch nicht gerüstet war."

„Dennoch hat sich Euer Denken und Tun, wie es scheint, gewandelt?"

„Der Mensch mag gehen, wohin er will", sagte Meginhard. „Irgendwann begegnet er Gott auf einem einsamen Pfad seines Herzens und dann, wenn er verstehen will, gelangt er zum Glauben durch göttliche Kraft. Mein Vater fiel in einer Blutfehde mit einem benachbarten Grafen, meine zwei ältesten Brüder auf einem Feldzug gegen die Karantanen und meine jüngste Schwester starb mit siebzehn Jahren im Kindbett. Heute erst sehe ich, wie sehr mir das ungestüme Jagen nach materiellen Werten den Blick für das Wesentliche verstellt hat. Heute, frei von all dieser Last, hat Gott mich tausendfältig mit tieferem Glauben und reicherem Verstehen belohnt."

Chiemo vermeinte, ein Aufleuchten in Meginhards Zügen zu spüren, gleich dem Aufleuchten kindlichen Glückes und tiefen inneren Seelenfriedens.

„Wollt Ihr damit sagen, der Mensch sei fähig, jeden Schmerz in eine läuternde Kraft zu verwandeln?"

„Solange der Mensch gewillt ist, diese Kraft zu suchen, ja! Es gibt kein Verstehen ohne Schmerzen!"

Für einen Moment verspürte Chiemo den Wunsch, sich der Führung dieses Mannes anzuvertrauen und in Gedanken sah er sich umgeben von schützenden Klostermauern und den dichten Reihen der Mönche, an deren Gebet und Gesang sich das laute Weltgeschehen brach. Schweigend gingen sie nebeneinander her, und für eine Weile war nichts zu hören außer dem Schnauben des Pferdes. Selbst der Hufschlag des Tieres wurde durch den weichen

Boden verschluckt. Seit sie den Bach überquert hatten, war der Weg beschwerlicher geworden. Dichteres Unterholz überwuchs und überwucherte den Pfad, aber trotz aller Hindernisse brachte sie das Pferd mit dem sicheren Instinkt für die Wege des Menschen immer wieder auf den kaum mehr sichtbaren Pfad. Fährten von Hirsch und Eber zogen von den Hängen des Rauchenberges her hinunter in die Feuchtauen. Überall stießen sie auf Spuren, wo die Schwarzkittel den tiefen Waldboden auf der Suche nach Eicheln umgepflügt hatten. So wohl sich Chiemo auf dem weichen Untergrund und unter dem lichtdurchlässigen Laubdach fühlte, so sah er sich dennoch ein wenig beengt durch die fehlende Weite, wie er sie von den Hängen des Vochenwaldes gewohnt war. Ihn verlangte danach, aus der Halbdämmerung der Bäume herauszukommen. Als wolle die Natur seinem Wunsch entsprechen, lichtete sich das Dickicht zu einem lockeren Bestand von Eschen und Buchen, und Chiemo war es, als wehe von Westen her der kräftige und vertraute Geruch beackerten Bodens. Ohne Zweifel, sie mußten in der Nähe einer Rodungssiedlung sein, denn nur zu gut kannte er den fetten Duft offener, von der Pflugschar aufgeworfener Erde. Sie waren auf dem höchsten Punkt des Hügelrückens angelangt, und vor ihnen schien das Gelände sich in einer breiten Zunge in einen Talboden zu ergießen.In einem weiten Oval zeichneten sich in größerer Entfernung die Spitzen mehrerer Bergkegel ab, die das Tal wie einen Ring umschlossen. Noch konnte Chiemo die sanft geschwungenen Hügel mit ihren dunklen Kammlinien nur erahnen und ihm war, als senke sich der Pfad hinab in das aufschäumende Grün von Bäumen und Büschen. Immer stärker begann das Gelände abzufallen. Ahorn und Kiefern mischten sich unter knorrige Eichen, und plötzlich öffnete sich vor ihnen eine von dunklen Bergen begrenzte Tallandschaft, die unter dem schräg einfallenden Sonnenlicht zu erstrahlen schien. Fast fühlte sich Chiemo erdrückt von dem Farbenspiel des Bildes, das sich vor ihm auftat. Auch Meginhard neben ihm schien geblendet von dem heiteren Glanz und der Stille über der menschenleeren Talsenke.

„Als habe sich Gott ein Stück Paradies erschaffen wollen, abgetrennt durch die Berge von der lauten Welt draußen in der Ebene", murmelte er beinahe andächtig. „Wer da draußen käme auf die Idee, einen solchen Ort hier in der rauhen Wildnis der Berge zu vermuten?"

Unfähig, etwas zu antworten, stand Chiemo wie in traumhafter Benommenheit. Nur zögernd erfaßte das Auge die bunte Fülle der Landschaft. Nach und nach unterschieden sich die lichtübergossenen Südhänge mit ihrem frischen Lärchenkleid von den Schattenhängen mit ihrem dunklen Baumbewuchs.

Einer zitternden Wolke gleich staute sich die flimmernde Luft zwischen den Bäumen, und nur ab und zu streifte ein Föhnwirbel von Süden her über den Hang und brachte mit seinem von Eis und Schnee gekühlten Lufthauch angenehme Kühlung. Dem Arm Meginhards folgend wanderten Chiemos Augen über die Kammlinien eines flachen Hügelrückens, der mit seinen beiden Kuppen den Talboden wie ein Schiff von Süden nach Norden durchschnitt. Eine feine Rauchsäule stieg über der nördlichen Anhöhe in dünnen Fäden in den tiefblauen Mittagshimmel, das einzige Anzeichen dafür, daß bereits Menschen in die Abgeschiedenheit dieses Talbodens vorgedrungen waren und sich seßhaft gemacht hatten.

„Noch gibt die Rodung den Blick nicht frei auf Gramans Hof“, erklärte Meginhard, „aber von der Rauchsäule bis zu den Südhängen des Adlerhügels ist ringsum sein Besitz. Alles andere diesseits und jenseits des Achenbaches ist Sumpf und Ödland. Nur auf dem Rücken, dort wo die Buchen besonders hoch wachsen, findest du bebaubares Land.“

Chiemo bedeckte seine Augen mit der Hand. Sein Blick folgte suchend einem weiteren Austreifen, der das Tal vor ihnen von Süden nach Norden durchschnitt und sich dort nahe an die lichtbeschienenen Lärchenhänge heranschob. Meginhard lachte und musterte ihn.

„Du hast einen guten Blick für das Land. Siehst du die kleine Lichtung am Fuße des Südhanges?“

Chiemo nickte. Deutlich war von weitem der üppige Pflanzenbewuchs in dem lockeren Lärchenbestand zu erkennen und die dichten Blütenballen, gelb wie das starke Sonnenlicht, das sie erstrahlen ließ.

„Die Bäume sind immer ein gutes Zeichen“, fuhr Meginhard fort. „Dort unten zwischen Auwald und dem Südhang werden wir um die Zelle die Rodung für die Viehweiden anlegen.“

„Wird ein schönes Stück Arbeit!“ sagte einer der Knechte, die inzwischen zu ihnen aufgeschlossen hatten. „Aber der Platz ist vortrefflich gewählt!“

Es entstand ein Schweigen, in dem man die Eichhörnchen und Vögel im Unterholz lärmen hörte.

„Es wird das beste sein, du nutzt den Rest des Tages, um Graman von unserer Ankunft zu unterrichten“, schlug Meginhard vor. „Vielleicht wäre es gut, wenn du dich auf seinem Hof erst einmal in Ruhe umsiehst und dir ein Bild machst vom Miesenbachtal. Es wird so und so noch zwei bis drei Tage dauern, bis wir mit dem Einschlag beginnen.“

Chiemo hakte seinen Schultersack aus grobem Leinen vom Sattelknauf und warf ihn sich über.

„Bestelle Graman die besten Grüße und den Segen von St. Peter!“ rief ihm der Mönch zu.

„Bis bald!“

Chiemo stieg auf sein Pferd und dirigierte es durch das Buschwerk den Hang hinunter. „Ich komme zu Euch, so bald ich kann!“

Zwischen Steinwällen hindurch schlängelte sich eine Wildfährte hinunter zur Talsohle. Kühler strich die Luft um seine Stirn, und je tiefer er kam, desto intensiver schien sich Feuchte über dem Boden zu lagern. Ein Raunen erfüllte allmählich anwachsend die Luft. Chiemo lauschte. Das Wasser eines Wildbaches erfüllte den ganzen Talboden mit dem Orgelton seines Rauschens. Die Spuren der Tiere über dem feuchten Grund zeigten ihm den kürzesten Weg zum Wasser. Eine Zeitlang folgte er dem Bachlauf abwärts, bis er eine seichte Kiesbank im groben Geröllbett gefunden hatte. Je näher er dem Hügelrücken in der Mitte des Talbodens kam, desto zahlreicher wurden die Spuren menschlicher Gegenwart. Er trieb das Pferd über eine steile Böschung hinauf auf eine breite Schotterbank, die weniger üppig bewachsen war, und folgte der Flanke des Hangrückens nach Norden zu einer Stelle, wo sich wie eine offene Wunde ein breiter Rodungsstreifen von der Talsohle im Norden durch den hohen Baumbestand nach Süden zog. Dahinter dehnten sich weite, hellgrüne Freiflächen. Immer besser lernte Chiemo die Sprache der Landschaft zu verstehen. Die Siedler hatten die Rodung wohlbedacht angelegt, indem sie die Flanke des Rückens nach Osten und Süden hin geöffnet hatten, geschützt durch den niedrigen Baumbestand hangabwärts und durch eine massive Buchenwand unterhalb der jenseitigen Kammlinie, exakt so angelegt, daß der Hügelrücken im Windschatten der dichten Laubkronen lag und dennoch ganztags von der Sonne beschienen wurde. In einer Senke, etwas abgesondert von den Hütten der Grundhörigen, ragte der Giebel eines stattlichen Herrenhofes auf, und im Näherkommen bemerkte Chiemo verwundert das Fehlen jeder schützenden Einfriedung. Nur ein leichter Zaun trennte die Hofstatt von den umliegenden Feldern, Wiesen und dem Brachland. Die ganze Siedlungsanlage schien wohl durchdacht und genau geplant. Die Katen der Leibeigenen weiteten sich zu einem sich keilfömig verbreiternden Anger, über dem das stattliche Herrenhaus den Mittelpunkt der halbovalen Hofmark bildete, umringt von Stallungen und Scheunen. Selbst in dem umgebenden Obstgarten mit seinen gepflegten Apfel-, Birnen- und Pflaumenbäumen schien sich das gleiche Ordnungssystem widerzuspiegeln. Deutlich konnte Chiemo die Dreigliederung der Feldflur erkennen, und von dem Buchenwald herunter drang immer deutlicher das Gegrunze und Gequietsche großer Schweineherden aus den Mastrevieren. Nur flüchtig streifte sein Blick die Schafe und Ziegen in den Weidekoppeln, als plötzlich eine Rotte von Hunden aus dem roh gefügten Torjoch hervorfuhr. Erst als der Hengst langsam austrabte und auf der Stelle tänzelte, verharrten sie und sprangen wild kläffend vor ihm auf und ab. Wie auf ein geheimes Zeichen hin drängten plötzlich aus allen Türen Kinder und wenig später Knechte und Mägde, und schließlich näherte sich, noch kauend, die gedrungene Gestalt eines Mannes, umgeben von einem ganzen Schwarm von Gesinde. Musternd blieb er vor ihm stehen und wischte sich mit dem Handrücken über die fettigen Lippen.

„Willkommen auf meinem Hof! Du mußt Chiemo sein, Marchwards Sohn!"

Jetzt erst wich das Mißtrauen aus den Augen der Knechte und staunend drängten sie sich um den sehnigen, schlanken Hengst und betasteten fachmännisch Flanken und Fesseln.

„Du kommst gerade zur rechten Zeit! Wer etwas auf sich hält, kommt immer dann, wenn die Schüsseln auf dem Tisch dampfen."

Er lachte lauthals.

„Entschuldige den frostigen Empfang!" fuhr er fort. „Man hört in letzter Zeit von allerhand Raubgesindel, das sich draußen im Hügelland herumtreibt. Bis jetzt sind wir hier verschont geblieben. Nun aber komm und leiste mir beim Essen Gesellschaft! Ich bin neugierig zu hören, wie es Marchward und seiner Sippe seit dem Zwischenfall an der Mühle ergeht und was es Neues gibt, das sich da um uns herum zusammenbraut!"

Es waren unterhaltsame Stunden, ehe Chiemo anderntags aufbrach.

Die Mönchsklause wirkte zunächst ernüchternd, ja beinahe abstoßend auf Chiemo. Gegenüber der weiträumigen und großzügigen Halle auf Gramans Hof war Meginhards Zelle nicht mehr als eine düstere Höhle, die das Tageslicht nur durch die Türe oder aus einer winzigen Luke in der talseitigen Längswand empfing. Tische und Bänke waren aus Stämmen gehauen und mit Zweigen und Binsen umflochten, und die Bettlager voll Reisig und Moos wollten ihm passender für ein Tier als für einen Menschen erscheinen. Plötzlich verfinsterte sich die Zelle bis auf das Licht, das durch die Luke auf den Boden fiel. Chiemo schrak in seinen Gedanken auf. Meginhard stand, von der Prim kommend, in der Türe.

„Es wird Zeit, daß du dich wieder an ein kargeres Leben gewöhnst!"

Er stellte einen Krug mit schäumender Morgenmilch auf den Tisch und legte ein Stück Ziegenkäse daneben.

„Greif ordentlich zu, wenn du noch nichts gegessen hast!“ sagte er und reichte einen Brotfladen herüber. „Heute abend wirst du wie ein Holzstock auf dein Lager fallen und nicht einmal mehr die Kraft haben, dein Essen hinunterzuschlingen.“

Mehr aus Höflichkeit brach sich Chiemo ein Stück aus dem Fladen. „Kommt ihr gut voran mit eurer Arbeit?“ fragte er neugierig.

„Du kannst mich gleich hinüberbegleiten zum Einschlag und dir selber ein Bild davon machen.“

Sie redeten nur wenig beim Essen, und immer deutlicher verspürte Chiemo eine wachsende Erregung. Es würde heute sein erster Tag werden hier an der Zelle, und er wollte ihnen schon zeigen, aus welchem Holz er geschnitzt war, auch wenn sich Sehnen und Muskeln der anderen im Verlauf der beiden vergangenen Tage bereits an die harte Arbeit gewöhnt hatten. Für die nächsten Monate würde er nun endgültig hier leben und mithelfen, das Land um die Zelle urbar zu machen, die Mönche vor wenigen Jahrzehnten hier mitten in die Wildnis gestellt hatten.

„Machen wir uns an die Arbeit!“ sagte Meginhard, und Chiemo glaubte, Herausforderung in seiner Stimme zu hören.

Er folgte ihm über die noch taunasse Lichtung nach Süden, von wo Axtschläge und das Knarren von Zuggeschirren zu ihnen herüberdrangen. Immer deutlicher hörte man die helleren Axthiebe und den im gleichbleibenden Rhythmus wiederkehrenden Hall dumpfer Schläge, mit denen die Keile in die Bäume getrieben wurden. Krachend schlugen die Kronen auf den weichen Boden, und sofort machten sich mehrere Männer daran, die Stämme mit kurzen, kräfteschonenden Schlagfolgen zu entasten.

Ohne daß jemand weiter Notiz von ihnen nahm, mischten sich Meginhard und Chiemo unter die Männer, und fast verspürte er einen Anflug von Freude, als er den Zug der scharfen Axt in seinen Händen spürte. Schnell und gleichmäßig schnitten die Schläge durch die Luft, und in wenigen Minuten glitschte der Holm durch seine schweißnassen Hände. Er achtete nicht darauf, daß die Handflächen zu brennen begannen und sich rote Schwielen an den Fingeransätzen bildeten. Bis Mittag konnte er mühelos mit dem Mann mithalten, der mit ihm die Stämme auf der anderen Seite bearbeitete. Otilo und Weriga bekam er erst während der Essenspause zu Gesicht, als diese aus einem Kessel einen Eintopf aus Gemüse, Kräutern und dem Fleisch von Wildvögeln, die einer von ihnen mit Schlingen gefangen hatte, an die Männer verteilte und dazu grobes Brot aus Getreide und Hülsenfrüchten reichte, das den Magen füllen sollte.

Als Weriga zum zweiten Mal die Runde machte, um noch einen Nachschlag zu geben, packte sie einer der Männer am Handgelenk.

„Was ist denn mit der Fleischeinlage?“ lachte er hämisch grinsend und zog sie unter dem Gelächter der anderen immer weiter zu sich, bis der Ausschnitt ihrer Gunna den Blick auf den Ansatz ihrer Brüste freigab.

Weriga wehrte sich heftig, und die Empörung trieb ihr das Blut ins Gesicht.

„Freunde, ich sage euch, das Beste wird uns wie immer vorenthalten! Weißt du, ich kann so schnell nicht genug kriegen!“

Die Männer brüllten und johlten vor Lachen.

„Paß auf, Mädel!“ schrie einer von ihnen. „Tagino ist ein ausgesprochener Feinschmecker! Wenn der erst einmal zu naschen anfängt, bleibt nichts mehr übrig!“

Chiemo warf einen Blick zu Otilo hinüber, der das ganze Geschehen eher unbeteiligt verfolgte. Gerade wollte er wutentbrannt auf die Beine springen, als Tagino versuchte, unter dem Gelächter seiner Freunde Weriga an den Busen zu fassen. Plötzlich jedoch erstarrte er überrascht in seiner Bewegung. Der kochendheiße Inhalt der großen Schöpfkelle ergoß sich über das Gesicht des jungen Burschen auf Wangen und Nacken und ließ das Grinsen zu einer schmerzverzerrten Grimasse erstarren.

„So, jetzt kannst du naschen!“ hörte er Werigas Stimme, die in ihrem Zorn für Chiemo eine fast noch größere Anziehungskraft ausübte. „Und ihr, die ihr über solche Pöbeleien nur dumm lachen könnt, schöpft euch euer Essen in Zukunft selbst heraus! Von mir aus schlagt euch die Köpfe ein, wer die besten Brocken bekommt! Ich jedenfalls werde mich in Zukunft nur noch aufs Kochen beschränken!“

„Was fällt dir ein?“ schrie einer der Knechte wutentbrannt. „Wer glaubst du eigentlich, wer du bist? Man wird doch wohl noch einen Spaß machen dürfen?“

„Wenn dir danach ist, komm nur her!“ fauchte Weriga herausfordernd, und ihre Stimme bekam einen stählernen Klang. „Jeder, der will, kann den gleichen Nachschlag bekommen!“

Der Angesprochene holte tief Luft, sah jedoch ein, daß der Schlag ertragen werden mußte, vor allem auch deshalb, weil sich Meginhard bedrohlich neben dem Mädchen aufgebaut hatte.

„Ich danke Euch für Euren Beistand, aber ich weiß mich schon meiner

Haut zu wehren!“ sagte Weriga. „Aus dem Alter, da ich mich hinter einem Rock versteckte, bin ich wahrlich schon heraus!“ Die Männer konnten sich nur mit Mühe ein Grinsen über ihre vorlaute Anspielung dem Mönch gegenüber verkneifen, aber jeder von ihnen wußte, daß Weriga ihnen klar eine Grenze gezogen hatte, ab der niemand mehr mit Schonung rechnen konnte.

Gemeinsam mit den anderen machten sich Chiemo und Otilo wieder an die Arbeit. Wer vormittags mit den Ochsengespannen gearbeitet hatte, griff jetzt zu Säge und Axt und umgekehrt, und so machten sie sich daran, die Stämme zu den Stapelplätzen zu ziehen und die Wurzelstöcke aus dem Boden zu reißen. Bis zum Abend klang das Rasseln der Sägen, das Klirren der Ketten und das Schlagen der Zugscheite über die Rodung. Alle Arbeiten griffen in planvoller Ordnung ineinander, und immer länger wurde der Weg zu den Stapelplätzen.

In gleichbleibend wiederkehrendem Rhythmus vergingen die nächsten Tage und Wochen. Immer weiträumiger wurde die Rodungsfläche südöstlich der Zelle, die nun von einem Fahrweg in zwei Teile geschnitten wurde. Die Zäune um die aus rohen Steinen gefügte Zelle waren ausgebessert, einfache Hütten aus Holz, Lehm und Schilf boten den Männern auch bei schlechtem Wetter Schutz, und ein schmuckloses Gebäude mit nach Osten und Süden hin offenen Wänden und mit selbstgefertigten Tischen und Bänken diente als eine Art Schenke. Mit umso größerer Sorgfalt hatten geschickte Hände abgelagerte Stämme zugeschlagen und ein solides Balkengefüge für eine Kapelle aufgerichtet. Noch stand vorerst nur das Gerippe der Stützbalken und die kunstvoll gefügte Konstruktion für den kurzen, nur angedeuteten Turm, aber die harmonischen Proportionen ließen das spätere Aussehen für einen Betrachter leicht erahnen.

Chiemo, der bisher keine größeren Holzverbundarbeiten hatte beobachten können, interessierte sich für jedes Detail, und bereitwillig gaben ihm die Männer Auskunft und erklärten ihm die unterschiedlichen Arten, mit denen die Balken ineinander gefügt waren, und welche Funktion jedes Teil in dem Gesamtgefüge hatte.

Die Arbeit an der Kapelle ging nur langsam voran, denn es konnte pro Tag nur ein bis zwei Stunden an ihr gearbeitet werden und das nach der schweißtreibenden Schinderei auf den Rodungsflächen. Meistens wechselten sich die Männer von Tag zu Tag in zwei Schichten ab, und Meginhard ließ sie gewähren, wenn sie sich ein- oder zweimal die Woche in der Schenke austobten. Nie zuvor hatte Chiemo eine so aufregende Zeit erlebt und trotz der für einen Halbwüchsigen kräfteraubenden Arbeit war er fasziniert von der Vielfalt der auf ihn einströmenden, neuen Erfahrungen und den von Tag zu Tag neu anfallenden Problemen. Für ihn war alles interessant, und nie hätte er sich zu Anfang des Jahres das Leben so aufregend vorstellen können.

Zwischen den Bewohnern der Zelle hatte sich ein fester Tagesrhythmus eingependelt. Für Chiemo war unbegreiflich, woher Meginhard die Energie und die Kraft nahm, sich mitten in der Nacht zur Matutin zu erheben und nach nur drei bis vier Stunden Schlaf als erster zur Laudes zu gehen, die er meistens nur in Gemeinschaft mit einer Handvoll Klosterknechten abhielt. Weriga, die alles, was mit der Kirche zu tun hatte, mied wie der Teufel das Weihwasser, bereitete dann meist in der Schenke für die Männer das Frühstück. Es gab für sie keine andere Möglichkeit, als sich mit dem Mönch, Otilo und Chiemo die nicht gerade geräumige Zelle zu teilen. Um ihre Sicherheit zu garantieren, mußte Meginhard sie ständig im Auge behalten, nicht gerade eine leichte und angenehme Aufgabe für ihn, der sich manche Zoten von den Männern gefallen lassen mußte. Der fehlende Umgang mit Frauen wuchs sich derart zum Problem aus, daß selbst der nichtigste Anlaß den Anstoß dazu geben konnte, einen Sturm unter den Männern zu entfachen, den schließlich niemand mehr hätte unter Kontrolle halten können. Die Tatsache, ständig den zudringlichen Blicken ausgesetzt zu sein, trug nicht gerade dazu bei, Werigas Stimmung zu heben, zumal die Beengtheit in der Zelle ständig zu kleineren Reibereien führte.

Am beschaulichsten noch waren die Abendstunden, wenn Weriga draußen vor der Türe im letzten Tageslicht die Töpfe in einem großen Bottich blank scheuerte, und Chiemo verfolgen konnte, wie Meginhard im Schein einer Kerze Skizzen anfertigte und Berechnungen über das eingeschlagene Holz anstellte, während sich Otilo entweder an der Kapelle nützlich machte oder sich mit den Knechten in der Schenke aufhielt. Wie ein Klosterschüler ließ sich Chiemo von Meginhard die Bedeutung der Zeichen auf den Skizzen und Schriftblättern erklären und im Laufe der Zeit gelang es ihm, ihren Sinn zu erfassen und sie, wenn auch stockend, zu lesen. Staunend erfaßte er, daß sich mit den Zahlen und Zeichen eine neue Welt öffnete, daß Dinge planbar wurden, die in Wirklichkeit noch gar nicht existierten, und daß sich Ergebnisse vorausberechnen ließen, deren Ursachen und Abläufe noch gar nicht in Gang gesetzt waren. Allmählich erfaßte Chiemo das Geheimnis, aus dem das weltliche Geistesleben der Mönche seine Kraft schöpfte und den Klöstern zu Macht und Ansehen verhalf.

„Hast du nicht genug mit Säge, Hacke und Schäleisen zu tun, daß du dich für den Rest des Tages mit derlei Unsinn abgibst?" stellte ihn Otilo eines Tages zur Rede, als Meginhard gerade den Stand der Arbeiten an der Kapelle inspizierte. „Glaubst du vielleicht, das Korn wird deshalb mehr, wenn du es zählen kannst, oder glaubst du, eine Kuh gibt deshalb mehr Milch, weil du das Wort Zitze buchstabieren und schreiben kannst? Du treibst es noch so weit, daß du eines Tages als Novize in einem Kloster landest!"

Chiemo machte gar nicht erst den Versuch, ihn von dem Sinn seiner Bemühungen zu überzeugen.

„Ich weiß, was du denkst", entgegnete er. „Du bist der Meinung, daß der Mensch bleiben muß, was er nun einmal ist und an dem Platz, wo Gott ihn hingestellt hat. Aber gerade Meginhard zeigt uns doch, daß wir Menschen wandlungsfähig sind, daß es auch für uns ungeahnte Quellen gibt, aus denen wir Kraft schöpfen können."

„Für dich mag das stimmen", unterbrach ihn Otilo mit einer abwertenden Geste. „Ja, du bist wandlungsfähig wie Meginhard und offen für jede Veränderung. Ihr habt die Fähigkeit, zu vergeben und zu glauben, zu glauben an ein besseres Morgen und sogar an ein besseres Ich. Aber du mußt auch wissen, daß ihr einfach die Augen vor den Schattenseiten dieses Daseins verschließt. Für euch überdeckt ein kleiner Lichtstrahl all das Dunkel, das diese Welt regiert. Im Gegensatz zu dir und Meginhard ist mein Gedächtnis mit all dem Leid belastet, in das man mich und meine Familie gestoßen hat, und für mich bringt es keinen Nutzen, daß ich den Schmerz, den ich in mir fühle, buchstabieren kann. Für mich gibt es nur ein Mittel, diese Pein zu lindern und das ist der Haß und das Schwert. Ich mache mir keine Gedanken über das Morgen oder die Zukunft und ich habe so viel Leid und Qual in unserer Zeit erlebt, daß ich keine Angst mehr vor der Hölle habe. Vielleicht bin ich einmal wieder wertvoller Gefühle fähig, wenn ich mir diesen Schmerz aus der Brust gerissen habe."

Chiemo empfand Mitleid mit ihm, als er unter seine Decke kroch.

„Du bist nicht das, wofür du dich selber hältst, denn wenn es so wäre, würde mich nicht so eine tiefe Freundschaft mit dir verbinden."

Otilo ließ sich zurücksinken und starrte, die Arme unter den Kopf geschoben, mit düsterem Blick in die unruhig flackernde Flamme der Kerze. Lähmendes Schweigen machte sich breit, und Chiemo war froh, als Weriga durch die Felle am Eingang in die Zelle schlüpfte. Der Lärm rauher Männerstimmen drang für einen Moment deutlich von der Zelle herüber.

„Was ist los?" fragte Chiemo. „Feiern sie heute einen besonderen Anlaß, daß sie gar so ausgelassen sind?"

Weriga schüttelte den Kopf. „Nicht heute! Morgen feiern sie die Johannisnacht, und Graman hat ihnen ein Schwein und ein Faß Bier versprochen, um dem Kloster und den Männern seinen Dank unter Beweis zu stellen. Sie freuen sich wie die Kinder, nach all den Wochen wieder einmal ein saftiges Stück Fleisch auf dem Teller zu haben."

Weriga öffnete ihre Haare und ohne jede Scheu schlüpfte sie aus der Gunna und setzte sich auf ihre Strohmatte. Irgendwie erschien sie Chiemo seit zwei, drei Wochen verändert. Ihre Figur war rundlicher, fraulicher geworden, und deutlich zeichneten sich ihre festen Brüste unter dem groben Leinenhemd ab. Auch Meginhard schien ihren Wandel zu einem fraulicheren Aussehen bemerkt zu haben, denn des öfteren hatte er beobachtet, wie die Augen des Mönches flüchtig ihre Formen abtasteten, ohne daß er Begehrlichkeit in seinem Blick hätte erkennen können.

Während beide schon schliefen, saß Chiemo noch lange Zeit auf seinem Schemel und las in einer Abhandlung über den Landbau aus dem Kloster St. Gallen, während Meginhard über seinen Skizzen und Aufstellungen brütete. Weit nach Mitternacht, als das Licht schon lange verloschen war, hing er seinen Gedanken nach wie schön es wäre, sich mit Weriga ungezwungen zu unterhalten und die Mauer der Zurückgezogenheit abzutragen, die sie in letzter Zeit immer stärker zwischen sich und ihrer Umgebung errichtet hatte. Die langsameren Atemzüge verrieten ihm, daß alle in tiefem Schlummer lagen, als plötzlich Weriga sich auf dem Strohlager hin- und herzuwälzen begann. Ihr Mund formte leise wimmernde Laute. Immer schneller ging ihr Atem, und ihr Kopf rollte von der einen auf die andere Seite. Einmal schlug ihre Hand mit dumpfem Laut auf den Boden als wolle sie etwas verjagen, das sie ängstigte, und schließlich fuhr sie mit einem schrillen Schrei in die Höhe. Ihr Oberkörper war vornübergebeugt und ihr Atem ging laut und heftig. Chiemo richtete sich auf und faßte sie an den Unterarmen. Sie war verschwitzt und zitterte am ganzen Körper.

„Was ist?" fragte er besorgt. „Es war doch alles nur ein böser Traum!"

Eine Weile sprach keiner von beiden ein Wort. Nur Werigas stoßweiser Atem war zu hören.

„Ich habe den Vogel des Todes gesehen!" keuchte sie plötzlich, und Chiemo fühlte erneut, wie sie erschauerte. „Es war kein Traum! Es war ein Gesicht! Die Vierung der Mauern war offen und ohne Dach, und ein Rabe mit rotem Schnabel saß auf dem Sims mit blutigen Flügeln."

„Dummer Aberglaube und Weibergeschwätz!" klang die Stimme Meginhards aus der Ecke neben dem Tisch. „Nichts als Bildfetzen aus den Tiefen des Unterbewußtseins, verworren und ohne Zusammenhang!"

Erneut entstand eine Pause.

„Ihr Mönche mit euren Büchern glaubt das Wissen gepachtet zu haben! Ihr glaubt an Wunder und Zeichen nur dann, wenn sie in euer Konzept passen, und alles andere tut ihr als Magie und Aberglaube ab. Die offenen Mauern bedeuten ein Grab und der Rabe mit blutigen Flügeln den Tod. Noch diese Woche werdet Ihr in geweihtem Boden ein Grab schaufeln und einen aus unserer Mitte zur letzten Ruhe tragen! Deutlich sah ich das Blut!"

Spannungsvolle Stille trat ein. Weriga hatte sich zurücksinken lassen und kurze Zeit später hörte Chiemo ihre gleichmäßigen Atemzüge. Lange fand er keine Ruhe und vergeblich versuchte er, Geister und Wahngebilde aus seinen Gedanken zu bannen. Bis gegen Morgen fühlte er in sich das Erschauern vor den Mächten der Nacht, begleitet vom fernen Heulen der Wölfe in den Sumpf- und Moorauen.

Eine Stunde vor Sonnenaufgang wurde Chiemo von den kehligen Schreien eines Eulenpaares geweckt. Sie hatten in den frühen Morgenstunden in den angrenzenden Sumpfflächen und Wäldern gejagt und begrüßten nun den Tag mit ihren Rufen, die rhythmisch anschwollen, ehe sie mit einem gezogenen Klagelaut erstarben.

# Johanni

Chiemo rollte sich von seinem Lager und tastete sich schlaftrunken durch die Dunkelheit. Auch Meginhards Schlafstelle war bereits verlassen. Neben sich hörte er Otilos und Werigas gleichmäßige Atemzüge. Bald würden Stimmen den neuen Tag beleben und die Natur mit Vogel- und Tierlauten wecken. Er schob die Felle zur Seite und achtete darauf, die anderen nicht zu wecken. Auch nach einer so kurzen Nacht genoß er es, den Tag anbrechen zu sehen, wenn die Schatten vor dem ersten Licht zurückwichen und die Dunkelheit wegfloß wie eine zurückweichende Flut. Drüben zwischen den Balkengerippen der Kapelle sah er die Umrisse Meginhards im matten Schein eines Talglichtes. Seit es wärmer wurde, verrichtete er oft seine Morgengebete hier im Freien, um die anderen nicht um den Schlaf zu bringen.

Chiemo schlug die entgegengesetzte Richtung ein und stieg durch den noch dunklen Laubwald über der Zelle immer weiter den Hang hinauf, bis nach Süden und Westen zu die nebelgefüllten Täler zwischen den Steilhängen unter ihm lagen. Am Rande einer Baumkanzel lehnte er sich an den Stamm einer Kiefer und sah hinunter auf das Land zu seinen Füßen. Wohin er auch blickte, überall war das dunkle Dickicht in Bewegung, durchbrochen von Birken und Erlen. Dahinter lag ein Streifen undurchdringlichen Knüppel- und Stangenbewuchses, der sich an den steil abfallenden Wänden und Schotterbändern des Rauchenberges entlangzog. Riesige Steinblöcke mußten vor langer Zeit an mehreren Stellen tiefe Rinnen durch die Strauchwälle gerissen haben. Die ungeheuere Stille ließ seinen Blick aufwärts steigen, wo sich die grauen Wände langsam aus dem Schein der Morgendämmerung abhoben und dünne Lichtbänder sich über die Felsspitzen schoben. Still saß er da und lauschte den erwachenden Stimmen, die der Wind zu ihm trug. Er spürte etwas von der unfaßlichen Kraft, die das Leben antrieb und ewig neue Werke schuf, vor denen der Mensch staunend steht.

Glockenschlag von der Zelle her zeigte ihm, daß das Leben drunten in der kleinen Siedlung erwacht war. Rasch, wie sie gekommen war, verflog seine innere Schau, und gleich darauf hatte ihn wieder der schnelle Rhythmus des Alltags erfaßt. Er warf einen letzten Blick empor zu den Felswänden, ehe er in großen Sätzen den Hang hinunterflog auf die Lichtung zu, wo sich die Männer gerade um den Brunnen scharten. Zusammen mit ihnen wusch er sich in dem eisigen Wasser, das aus einer langen, hölzernen Rinne in einen ausgehöhlten Baumstamm floß. Gelächter stieg auf, derbe Späße flogen zwischen den Männern hin und her, und eine besondere Erregung schien alle erfaßt zu haben. Nach altem Brauch ruhte am Vortage von Johannis die Arbeit, selbst das Vieh blieb von jeglichem Spanndienst verschont.

Bis auf Weriga, die mit ihren Kesseln hantierte und mit einem neuen Besen die alte Streu aus der Schenke kehrte, versammelten sich an diesem Morgen nach dem Frühstück alle in der Kapelle, galt doch der Johannissegen als sicherer Schutz vor Siechtum und bösen Geistern.

„Das soll heute ein verdammt fröhlicher Tag werden!“ rief einer der Männer, als sie sich nach der Morgenandacht um die Schenke drängten.

„Wartet erst einmal, bis die Mägde von Gramans Hof am Nachmittag herüberkommen! Heute werden keine Bäume gefällt, aber wenn mich nicht alles täuscht, wird heute noch manch wohlbehütete Festung fallen!“

Gelächter und Geschrei erfüllte den Platz, und das Blut der Männer schien von Minute zu Minute mehr aufzuschäumen wie junger, gäriger Wein. In weniger als zwei Stunden waren Werkzeuge und Geräte aufgeräumt und der Platz hergerichtet wie zu einem Empfang.

Schon am Vorabend hatten die Männer einen riesigen Vorrat an Stangen- und Astholz herangeschleppt, das im Verlauf des Vormittags zu einem turmhohen Kegel aufgerichtet wurde. Einige der Knechte holten aus dem Bach große, flache Kieselsteine, die ins Feuer gelegt und auf denen später die Fleischstücke in der Glut gegart würden, da an diesem Abend sich kein Gegenstand außer dem Feuerrad drehen durfte, nicht einmal ein Spieß, an dem man normalerweise ein Schwein über dem Feuer briet. Mit all diesen Verrichtungen verging die Zeit wie im Flug. Bald schon liefen die letzten Vorbereitungen. Es war ein heißer Tag, und die Sonne hatte ihren Zenit schon lange überschritten, als einer der jüngeren Knechte atemlos in die Schenke gestürzt kam.

„Sie kommen! Graman und seine Leute! Und Mädchen, sage ich euch!“ Er schwärmte und verdrehte die Augen wie ein balzender Hahn.

„He, Weriga!“ rief Tagino zum Freigatter hinüber, wo das Mädchen gerade die Schweine für die Nacht zusammentrieb. „Willst du dich nicht waschen und umziehen, sonst kennen sie dich am Ende gar nicht weg von dem Borstenvieh?“

„Du hast es gerade nötig, du stinkender Dachs! Hätte ich dir vor ein paar

Wochen nicht die Kelle mit dem kochenden Eintopf über den Kopf geschüttet, dann säße der Grind wohl jetzt noch an Hals und Ohren!"

„Sieh dich vor!" warnten ihn seine Kameraden. „Mit ihr ist nicht gut spaßen! Die hat Haare auf den Zähnen!"

„Wie wärs, wenn wir beide zusammen ein Bad nehmen würden?" Tagino verzog seine Lippen zu einem zweideutigen Grinsen. Brüllendes Gejohle stieg um die Schenke auf. Tagino fühlte sich durch die Zurufe in seiner Männlichkeit herausgefordert.

„Komm mein kleiner Wildfang!" lachte er, „ich bin dir gerne beim Waschen ein wenig behilflich bis wir beide wieder appetitlich aussehen wie zwei junge Ferkel!"

Grinsend öffnete er die Schnur an seiner Hose, wobei er sie mit einem unverschämten Blick aus seinen Schweinsaugen musterte. „An mir soll es nicht liegen, daß wir unseren Spaß miteinander haben!" Er tat so, als wolle er tatsächlich seine vor Schmutz starrende Hose abstreifen.

Weriga hatte den Eimer aufgenommen. Nichts an ihr ließ erkennen, wie sie die gaffenden Blicke und den beißenden Spott aufnahm. Die Scham über ihr verwahrlostes Äußeres schmerzte sie mehr als die Grobheit der Männer. Sie wußte selbst nur zu gut, daß sie mit ihrer vergilbten und fleckigen Gunna in ihrem jetzigen Zustand nicht gerade anziehend wirkte. Dennoch warf sie stolz den Kopf in den Nacken, auch wenn sich ihr Herz inwendig verkrampfte.

„Na, wie wärs mit uns beiden?" ließ Tagino nicht locker, zupfte das Hemd aus der Hose und versperrte Weriga mutwillig grinsend den Weg. Die anderen Männer um sie herum drängten sich zu einer dichten Gasse. Von allen Seiten sah sich Weriga hämischen Gesichtern, Pfiffen und zudringlichen Händen ausgesetzt. Angestachelt von dem Gebrüll seiner Kameraden machte Tagino den Fehler, nach Werigas Arm zu greifen. Im gleichen Augenblick klatschte ihm der Holzzuber samt Inhalt mit voller Wucht gegen den Unterleib. Da er mit einer Hand seine Hose zusammenhalten mußte, verlor er das Gleichgewicht und kugelte triefend naß über den Boden.

„Das hält die Lenden kühl und macht den Kopf wieder klar!" sagte Weriga sarkastisch.

Ohne Tagino eines Blickes zu würdigen, wollte sie sich zum Gehen wenden, aber noch ehe sie den ersten Schritt gemacht hatte, fühlte sie sich am Handgelenk gepackt und roh herumgerissen.

„Das sollst du mir büßen, du Luder!" schrie er völlig außer sich. „Noch ehe du bis drei zählen kannst, habe ich dich auf dem Rücken liegen!"

Weriga stöhnte auf unter dem brutalen Griff des Knechtes. Das Gefühl seiner rohen Kraft und ihrer eigenen Ohnmacht erfüllte sie mit tiefer Verzweiflung.

„Du wirst besser tun, es nicht darauf ankommen zu lassen!" hörte sie plötzlich neben sich eine vertraute Stimme.

Der bedrohliche Klang ließ Tagino herumfahren.

Chiemo und Otilo schlossen hinter ihm die Lücke in der Gasse, die die Männer in seinem Rücken gebildet hatten.

„Laß sie auf der Stelle los, oder ich breche dir das Genick, wie diesen beiden Vögeln!" sagte Otilo mit eisiger Schärfe und schleuderte Tagino zwei Wildenten ins Gesicht, die er drüben am Bach mit einer Steinschleuder erlegt hatte.

„Hört euch den Kerl an!" schnaufte Tagino verächtlich. „Glaubt, weil er zwei Vögeln den Garaus gemacht hat, er könne gleich einen Stier bei den Hörnern packen."

„Du hast eher etwas von einem schuppigen Eber denn von einem Stier!" konterte Otilo den Versuch des Knechtes, die erste Runde doch noch für sich zu entscheiden.

Mitten in dieses Wortgefecht, noch ehe sich der Streit zu einer handfesten Keilerei auswachsen konte, ritt Graman auf den Platz vor der Zelle.

„Hier scheint ja schon allerhand in Gang zu sein!" sagte er leichthin und nahm die enttäuschten Mienen der Männer, die sich um eine Unterhaltung ganz nach ihrem Geschmack betrogen sahen, nur nebenbei zur Kenntnis.

Seine Augen musterten flüchtig die Mädchengestalt am Ende der Gasse. Unter dem abschätzigen Blick wurde sich Weriga allzu schmerzlich ihrer Lumpen und ihres Schmutzes bewußt Mit aller Kraft mußte sie den Drang bekämpfen, sich abzuwenden und einfach davonzulaufen. Zum Glück trat Meginhard aus der Zelle, ehe ihr die Verlegenheit allzu deutlich im Gesicht zu lesen stand. Er begrüßte Graman wie einen vertrauten Bekannten.

„Ihr seid also doch gekommen! Ich glaubte schon, Ihr würdet am Ende der Feier fern bleiben. Ich kann Euch gar nicht sagen, wie sehr mich Eure Anwesenheit erleichtert. In Eurem Beisein wird sich der Überschwang der Männer ein wenig in Grenzen halten. Vor allem aber ist es eine große Ehre für mich, daß Ihr mit uns feiert."

„Schon gut!" winkte Graman ab. „Es ist wohl eher so, daß ich in Eurer und des Klosters Schuld stehe, wenn ich sehe, welche Fortschritte Eure Arbeit hier um die Zelle gemacht hat, und was Ihr alles zum Lobe Gottes und zum Wohl der Menschen in diesem Tal bewirkt."

Sein Blick blieb bewundernd an dem aus schweren Eichenstämmen zusammengefügten Gerippe der Kapelle hängen.

„Wie findet Ihr nur neben all der schweren Arbeit noch die Kraft und die Zeit, die Männer zum Bau dieses Gotteshauses zu gewinnen? Bei allem, was ihr Mönche in die Hand nehmt, glaubt man den Hauch der Ewigkeit zu spüren. Geht man davon aus, daß dieses Bauwerk einmal so lange Bestand haben kann, wie die Zeitspanne, die die Stämme zu ihrem Wachstum brauchten, wie winzig nehmen sich daneben ein paar Generationen und wie verschwindend klein ein einzelner Mensch aus. Was Ihr hier beginnt, wird selbst noch in Jahrhunderten Zeugnis von Eurem Schaffen ablegen."

„Gebe Gott, daß Ihr recht behaltet, Graman! Lieber wäre es mir gewesen, wenn ich Mauern aus festen Steinen hätte aufführen können. Doch wißt Ihr selbst, wie beschwerlich und zeitraubend es ist, so ein Bauwerk auszuführen, von den Kosten ganz zu schweigen. Doch wenn es recht ist, darf ich Euch jetzt als Gast in meine Zelle bitten."

„Lange genug bin ich nicht mehr hier gewesen", sagte Graman und folgte Meginhard über die Schwelle.

Die plumpen, einfachen Möbel und das schwache Licht gaben dem Raum ein schweres, fast düsteres Gepräge. Alles jedoch war peinlich sauber aufgeräumt und jeder Gegenstand an seinem gewohnten Platz. Lediglich ein paar Sträuße aus Feldblumen brachten etwas Farbe in die Strenge und Nüchternheit der Zelle.

„Hier lebt Ihr also mit den beiden Burschen und dem Mädchen? Ich glaube, die Kleine hat es gewiß nicht leicht unter all den rauhen Burschen?"

„Sie hat es wohl noch nie leicht gehabt", zuckte Meginhard mit den Schultern. „Ich wollte, sie hätte ein wenig mehr Frohsinn und wäre nicht von so verschlossener Natur. Sie schadet sich selbst mehr, als es einer der Männer je tun könnte. Mitunter habe ich den Eindruck, als zehre sie der Schmerz und das Leid, das sie und ihre Familie erfahren mußten, von innen her aus. Nur ein Mensch mit viel Geduld wird diese Wunden einmal heilen können. Grobheiten gegenüber weiß sie sich sehr wohl zur Wehr zu setzen, da braucht Ihr Euch nichts zu denken! Was mir Kopfzerbrechen macht ist, daß sie sich jeder Art von Freundschaft und Zuwendung gegenüber verschließt und sich und ihre Gefühle selbst lebendig einmauert. Es ist, als trage sie an einer schweren Last. Niemandem will und kann sie sich anvertrauen."

In diesem Augenblick klangen Schritte über die Schwelle.

„Herr, sie warten schon auf Euch und darauf, daß Ihr das Fest eröffnet!" So schnell, wie sich das jugendlich erhitzte Gesicht der Magd in der Türe gezeigt hatte, ebenso rasch war es wieder verschwunden.

„Dann wollen wir sie nicht länger warten lassen und ihnen Gesellschaft leisten!" Graman erhob sich. Geschmeidig wirbelte das Mädchen vor ihnen über den Platz.

„Das wilde Feuer der Jugend!" murmelte Graman, und der Blick, mit dem er die verführerischen Bewegungen der Magd verfolgte, ließen Meginhard erkennen, daß sein Blut trotz des reifen Alters noch lange nicht abgekühlt war.

Drüben an der Schenke schlug ihnen lauter Stimmenlärm entgegen. Die Männer saßen lachend um ein kleineres Feuer, über dem ein mächtiger Braukessel auf drei steinernen Stelzen aufgebockt war. Es regte sich in der Menge, als Graman und der Mönch in ihren Kreis traten, und die Frauen klatschten und gackerten aufgeregt, während sie die Speisen auf den Plankentischen zurechtrückten. Graman tauchte die Kelle in den Kessel und vergoß etwas von dem Inhalt über die Glut.

„Möge das Feuer euch vor dunklen Mächten bewahren und möge der heiße Trunk Krankheit und Siechtum von euch fernhalten!"

Die Worte entsprachen einer festen Formel, und nach einer kurzen Pause sprach Meginhard den Segen über Feuer und Speisen.

„Möge das Licht des Feuers segensvoll leuchten über das Werk unserer Hände und Beistand leisten dem Licht unserer Herzen, damit das Dunkel aus ihm weiche! Ich danke Euch für das, was ihr bisher geleistet habt, und ich bin stolz darauf, mit euch zu beenden, was wir gemeinsam begonnen haben."

Männer und Frauen setzten sich an die Tische. Einer der Knechte hob seinen Becher und brachte einen Trinkspruch auf Graman und seine Leute aus, der sich mit Meginhard an der Schmalseite eines der Tische niedergelassen hatte. Alle hoben die Trinkschalen auf das Wohl seines Hauses. Schüsseln und Krüge machten die Runde, nachdem man Graman und Meginhard die besten Stücke Fleisch aufgetragen hatte. Wie alle anderen bediente sich auch Chiemo an den gebotenen Köstlichkeiten und aß mit großem Appetit. Fasziniert genoß er das Gefühl der Geborgenheit in einer so großen Gemeinschaft und verfolgte, wie manche der Männer versuchten, mit frechen Sprüchen die Aufmerksamkeit der Mägde auf sich zu ziehen. Begehrliche Blicke wechselten über die Tische. Je öfter der Krug mit dem Bier die Runde machte, desto rascher verflog die anfängliche Zurückhaltung der Mädchen, während in gleichem Maße die Zudringlichkeit der Burschen wuchs. Einzig Otilo beschränkte wie gewöhnlich seine Unterhaltung auf das Notwendigste und war vollauf damit beschäftigt, die verschiedensten Leckerbissen zu kosten. Bei Chiemo hingegen wollte sich so recht keine Festtagsstimmung einstellen. Zu sehr noch stand er unter dem Eindruck des Vorfalls, als Tagino Weriga wegen ihres ungepflegten Aussehens zum Gegenstand des allgemeinen Spotts gemacht hatte. Noch immer brannte die Schmach darüber wie eine offene Wunde in ihm. Auch jetzt führte Tagino wieder das große Wort, wobei er versuchte, mit derben Scherzen und kräftigen Zoten die Lacher auf seine Seite zu ziehen.

„Paß auf, Benjamin!“ schrie er. „Du bist mit deinem Freund, dem Ochsentreiber, dafür verantwortlich, daß uns der Gerstensaft nicht ausgeht! Ich ernenne euch hiermit für heute abend zu Mundschenken an unserem Tisch!“

Das Gelächter und Gekicher der Mägde brachte Tagino erst richtig in Fahrt.

„Daß ihr mir den Jungen nicht in Verlegenheit bringt mit euren schmachtenden Blicken, sonst müssen wir ihn hinterher noch in den Brunnen legen, um sein Fieber zu kühlen, wenn ihn eine von euch gar zu herzhaft ansieht!“

„Ich könnte ihm die Zähne einzeln einschlagen!“ stieß Otilo wütend aus, während sich alle vor Lachen bogen, aber Chiemo packte ihn am Arm und zog ihn zu sich herunter.

„Fang keinen Streit an vor Meginhard und dem Herrn!“ raunte er ihm zu.

„Willst du ihm vielleicht in den Hintern kriechen?“ fauchte Otilo und ballte verbissen die Fäuste.

„Na, muß ich euch beiden erst Beine machen?“ Bedrohlich richtete sich Tagino auf.

„Ich werde euch gleich Anstand beibringen!“

Schon hielt Chiemo eine Handgreiflichkeit für unausweichlich, als es der Sohn des Müllers sich plötzlich anders überlegt zu haben schien und die Krüge aufnahm, die Tagino über den Tisch zu ihnen heruntergestoßen hatte. Verblüfft folgte ihm Chiemo, während Tagino in ihrem Rücken seinen Triumph auskostete.

„Ich weiß etwas Besseres als Schläge!“ machte Otilo seinem Zorn Luft. „Pisse soll er saufen, das Großmaul!“

Tatsächlich riß er, als sie aus unmittelbarer Sichtweite waren, seine Hose auf und schlug sein Wasser in einen der Krüge ab, ehe er ihn mit den anderen mit Bier füllte. Mürrisch reichte er Tagino den Krug, und voller Befriedigung sahen sie beide zu, wie der Knecht, schon leicht benebelt, den Inhalt in großen Zügen leerte.

Langsam senkte sich Abenddämmerung auf die Lichtung. Das klagende Lied einer Tonflöte schien die Burschen und Mägde immer mehr in ihren

Bann zu ziehen. Paar um Paar folgte dem Befehl der Musik. Die Körper der Tänzer bogen sich rhythmisch im Takt, und bald schon perlten Schweißtropfen auf den Gesichtern der Mädchen, deren lockende Blicke und Gesten das Blut der Männer schneller kreisen ließen. Immer wilder steigerte sich der Rhythmus, und wer nicht tanzte, der stampfte mit den Füßen und klatschte mit den Händen den Takt. In rasendem Wirbel pflügten die Paare jetzt durch den Sand, den man eigens dazu ausgebracht hatte. Staub wirbelte auf, und süßlicher Schweißdunst trieb zu Chiemo herüber, der vom Tisch aus das Treiben verfolgte. Mehrmals hörte er von einem der Mädchen seinen Namen rufen, aber er gab ihnen keine Antwort. Während sich alle vergnügten, sah er hinüber zur Schenke, wo Werigas Schatten hin und her lief, pausenlos mit irgendwelchen Verrichtungen beschäftigt. Niemand schien sie wahrzunehmen, geschweige denn sich um sie zu kümmern. Unbeweglich, wie erstarrt, saß Chiemo da, die Augen halb geschlossen, den Blick unverwandt auf Weriga gerichtet.

„Warte!“ flüsterte er. „Die Köpfe soll es ihnen herumreißen nach dir! Aus der Hand sollen sie dir fressen! Schlange werden sie stehen und dich um einen Tanz bitten.“

Er stieß sich vom Tisch ab. Getrieben von stiller Vorfreude, eilte er um den Platz hinüber zur Zelle. Einige Paare saßen abseits der Tanzfläche zusammen und riefen ihm scherzend zu.

„Na Chiemo! Macht sich das Fieber schon bemerkbar oder verträgst du etwa das Bier nicht?“

„So wie es oben hineinläuft, so will es eben anderweitig wieder heraus“, ging Chiemo zum Schein auf ihren Scherz ein und bog um die Schenke, darauf bedacht, daß niemand ihn bemerkte. Die Türe zur Zelle war wegen der Abendwärme nicht verschlosssen. Auch im Dämmerlicht fand er den Weg zu seiner Strohschütte, stieg auf die Pfosten an der Kopfseite und zog ein kleines Bündel aus der Nische zwischen Dach und Mauer. Unsicherheit befiel ihn, ob Weriga das Geschenk erneut abschlagen würde, das ihr Richardis wenige Tage nach ihrem Eintreffen auf Vochenwald angeboten hatte. Er schlug das Tuch auseinander, und versonnen fuhren seine Finger über das weiche Wildleder von Sinas Gunna. Als er das Gewand an seine Lippen führte, war ihm, als hafte ihm noch der Duft seiner Schwester an, und plötzlich fraß sich Wehmut in sein Gemüt.

„Ich bin sicher, du würdest nichts dagegen haben, einem Menschen wie Weriga eine kleine Freude zu machen“, flüsterte er leise vor sich hin.
Beinahe andächtig breitete er das Kleidungsstück auf Werigas Lager aus.

Der Schein des Feuers tanzte auf der Mauer, als er sich vorsichtig im Dunkel zur Türe tastete. Was soll ich sagen, wenn Weriga plötzlich auftaucht? fuhr es ihm durch den Kopf.

Vor der Zelle war weit und breit niemand zu sehen. Alles drängte sich drüben zwischen Tanzplatz und der Schenke. Das Lachen der Mädchen, das selbst die Musik übertönte, klang über den Platz. Chiemo wandte den Blick nach Westen. Die rote Scheibe der Sonne war hinter den Kämmen der Berge versunken und tauchte die Felsspitzen in rötlichen Schein. Bald würde das große Feuer entfacht, wenn „Johanni" im Blumengewand seinen Zaubersegen bringen würde. Mit klopfendem Herzen drängte er sich durch die aufgewühlte Menge.

„Es wird Zeit, die Maske zu bringen!" raunte er Meginhard ins Ohr. Schickt Weriga, sie für den Blumenreiter zu holen!"

„Genug jetzt, du Küchenschabe!" rief Meginhard scherzend in die Schenke, wo Weriga mit hochrotem Kopf die gesäuberten Kessel verstaute. „Hol mir die Birkenmaske, die die Männer für den Johanni-Reiter angefertigt haben, und dann leiste uns ein wenig Gesellschaft! Das ist ein Abend, an dem jedermann seinen Gefühlen ein wenig freien Lauf lassen und sich nicht hinter Kesseln und Töpfen verschanzen soll!"

Als sie davonwirbelte, spürte Chiemo, wie sein Blut siedend heiß durch die Adern pulsierte. Einerseits hatte er den törichten Wunsch, ihr Gesicht sehen zu können, zum anderen spürte er Zweifel und Ungewißheit, ob sie das Geschenk nicht erneut zurückweisen und ihn gar der Lächerlichkeit preisgeben würde.

„Nimm es an! Bitte nimm es an!" Jeder Schritt, mit dem er sie heranfliegen sah, hämmerte ihm den Satz vor. Noch konnte er ihr Gesicht nicht erkennen, dennoch entwarf sein Geist das Bild der Überraschungsfreude auf ihren Zügen.

Schwer atmend lief sie herzu, die Maske vor sich haltend und das Gesicht halb verdeckt. Sie überreichte Graman die Birkenholzmaske des Johanni und als sie sich umwandte, blickten ihn ihre unergründlich dunklen Augen mit einem warmen Lächeln an, und ihm war, als könne sie ihm tief bis in den hintersten Winkel seiner Seele schauen. Auch Meginhard und Graman bemerkten den eigenartigen Wandel, aber noch ehe sie fragende Blicke wechseln oder gar das Wort an sie richten konnten, war sie schon hinter der Schenke verschwunden.

Die Musik setzte aus. Stimmen flogen von der Seite her über den Platz. Die Paare faßten sich an den Händen und stellten sich zu einer breiten Gasse auf. Gleich würde der Blumenreiter heranjagen, um die Geister zu bannen und die Fackel zu bringen, mit der das große Feuer entzündet würde. Die Mädchen kicherten und flüsterten sich scherzend die Wünsche zu, die sie aussprechen würden, wenn es ihnen gelänge, mit ihrem Partner ein Büschel Johannisblumen aus dem Gewand des Maskenreiters zu reißen. Das Trommeln der Hufe klang immer deutlicher an Chiemos Ohr. Vor ihm in der Gasse setzte ein letztes Gerangel um die bessere Position unter den Paaren ein. Als aller Augen auf den heranfliegenden Reiter gerichtet waren, nützte Chiemo die günstige Gelegenheit, um sich davonzuschleichen. Seine ganze Glückseligkeit gipfelte in dem Gedanken, der erste zu sein, der sich am Anblick ihres Erscheinens weiden durfte, und diese Freude wollte er mit niemandem, nicht einmal mit Otilo teilen.

Nach einer Deckung suchend, näherte er sich der Zelle. Stein- und Holzstapel boten ausreichend Gelegenheit, sich zu verbergen. Schon wollte sich Chiemo hinter einen schulterhohen Holzstoß kauern, als der matte Schein einer Kerze in der schmalen Wandöffnung unruhig aufflackerte. Er konnte dem Drang nicht widerstehen, hinüberzulaufen und einen Blick in die Zelle zu werfen. Das dumpfe Klappern eines Kruges schallte durch die Luke, und gleich darauf hörte er, wie Weriga Wasser in eine Schüssel goß, um sich zu waschen. Darauf bedacht, keinerlei Geräusch zu verursachen, richtete Chiemo sich auf. Die Mauerkante gab den Blick auf einen Teil ihres Rükkens frei. Sie öffnete die Verschnürung ihres Kleides und zuckte mit den Schultern, bis ihr die Gunna in lockeren Falten auf die Hüften fiel. Verführerisch nackt kam ihr Schulterblatt zum Vorschein. Chiemos Blick wanderte die Grenzlinie entlang, wo sich die sonnengebräunte Haut von der weißen trennte. Er sah ihre runden und festen Brüste, deren Warzen sich versteiften, als kaltes Wasser über sie spritzte. Er war vollständig in den Bann des Bildes vor ihm geschlagen und betrachtete sie, berauscht und gefangen von ihrer Schönheit. Mehr denn je erkannte er, daß sie eine faszinierende junge Frau war, ohne jede Spur von Kindlichkeit mehr. Chiemo war erregt und verwirrt zugleich, insbesondere über die Art und Weise, wie sein Körper reagierte. In seinen Lenden verspürte er ein merkwürdiges Spannen und Pochen, wie es ihm bisher völlig unbekannt gewesen war. In seinen Ohren rauschte sein heißes Blut und sein Herz hörte nicht auf, sich wie toll zu benehmen. Als Weriga ihm den Rücken zuwandte, schloß er für einen Moment die Augen und stellte sich vor, wie es sich anfühlen mochte, ihre Brüste zu berühren. Gewissensbisse plagten ihn und dennoch befiel ihn gleichzeitig eine Scheu, sie weiter anzustarren.

Schritte ließen ihn in die Realität zurückfinden. Weriga war gerade dabei, sich das lederne Kleid über den Kopf zu ziehen, wobei das zarte Licht der Kerze die Schönheit ihres Körpers wie einen hellen Schatten abzeichnete und den Schwung des Bauches zum Schoß als zarte Linie nachzeichnete. In geschmeidigen Bewegungen wanden sich ihre Hüften, bis die fleckige Gunna um ihre Knöchel zu Boden fiel. Das Leder war weicher und glatter als das grobe Leinen und schmiegte sich bei jeder Bewegung an. Als sie mit ihren Händen durch das Haar fuhr und das buntgeblümte Band um die Stirn führte, bog sie den Rücken durch, und unter dem weichen Leder drückten sich ihre Brustspitzen wie kleine, harte Punkte ab. Chiemo konnte an nichts anderes mehr denken. Er hörte wie sie mit kräftigem Atem die Kerze ausblies und blickte sich rasch nach einer Deckung um. Als kurz darauf Weriga vor die Zelle trat, wirkte sie wie verändert und von einer Schönheit, die von innen her zu strahlen schien. Der Gedanke an einen etwaigen Beobachter schien ihr so fern zu liegen, daß sie sich nicht einmal umsah, sondern an dem lauten und bunten Treiben drüben am Feuer vorbei auf die Moorauen im Süden zuhielt.

Hell loderten die Flammen aus dem mächtigen Holzstoß, und fast schien es, als wollten sie das diffuse Restlicht der Abenddämmerung in sich aufsaugen. Wer von den Paaren dem Blumenreiter ein Büschel hatte entreißen können, warf den Strauß in die Flammen und ließ seinen Wunsch in den sternenübersäten Himmel hinauftragen. Fast war Chiemo ein wenig enttäuscht, von Weriga um die Überraschung ihres Erscheinens am Feuer gebracht worden zu sein. Unschlüssig stand er, ob er ihr folgen oder sich zu den anderen gesellen sollte. Eigentlich hätte ich es mir denken können, fuhr es ihm durch den Kopf, daß sie das Gewand nicht annimmt, um sich darin vor den anderen zur Schau zu stellen. Ihr eigenartiges Verhalten steigerte nur noch seine Achtung, aber auch sein Verlangen. Er gestand sich ein, daß es ihn geschmerzt hätte, die begehrlichen Blicke der anderen auf sie gerichtet zu sehen. Nur widerwillig hätte er es ertragen, die Freude mit jemand anderem als ihr zu teilen.

Er merkte sich den Punkt, wo ihr Schatten in den Aubüschen verschwunden war und hielt es für besser, sich erst einmal unter die anderen zu mischen, ehe ihr beider Fehlen auffallen konnte. Einige der Burschen waren gerade damit beschäftigt, eine mächtige Baumscheibe eine Schneise hinaufzurollen, die ein großer Felsbrocken vor langer Zeit in den Baumbestand über der Zelle gerissen hatte. Abfließendes Wasser hatte einen kleinen Graben in die Oberfläche des Steilhanges gefressen, so daß man es wagen konnte, die brennende Scheibe zu Tal sausen zu lassen, ohne Gefahr zu laufen, den Wald in Brand zu setzen. Um völlig sicher zu gehen, hatten etliche der Knechte Jungstämme als hölzerne Leitschienen an den Stämmen befestigt, um zu verhindern, daß die Scheibe, abgelenkt durch einen Stein, plötzlich im Wald verschwinden konnte. Zudem war das trockene Astholz und dürres Buschwerk entfernt worden, hing doch der Ausgang der Johannisnacht wesentlich davon ab, daß die brennende Scheibe den Talboden erreichte, denn dann verhieß sie allen eine glückbringende Jahreshälfte und reiche Ernte. Laut hörte man den keuchenden Atem und die Anfeuerungsrufe der Männer, die die mit Baumpech beschmierte Scheibe an einer durch den Stammkern getriebenen Stange den Hang hinaufwuchteten, angefeuert von den hellen Stimmen der Mädchen. Minuten später flammte am oberen Ende der Schneise ein helles Feuer auf. Mit wachsendem Interesse verfolgte Chiemo, wie die Burschen die Scheibe in dem Brandherd hin und her rollten, bis helle Flammen rundum aufloderten. Ein letztes Ausrichten, ein paar kurze Kommandos, dann setzte sich die Scheibe unter dem Beifallsgeschrei der Zuschauer in Bewegung. Anfangs gleichmäßig, dann in unruhigen Schwüngen rollte sie zu Tal. Funken stoben auf, und immer heller und länger wurde der Feuerschweif, den sie wie ein Komet hinter sich herzog. Polternd und krachend donnerte das Rad über Gräben und Steine. Wilder und weiter wurden die Sprünge, begleitet von einem wirbelnden Funkenregen. Plötzlich wurde der Feuerball am Ende des Steilhanges durch ein Hindernis in die Höhe katapultiert. Wirbelnd drehte sich das Feuerrad hoch in die Luft und zerstob Sekunden später mit einem ungeheueren Aufprall an einem mächtigen Findling, den nicht einmal mehrere Ochsen hatten wegbewegen können. Das Ächzen und Bersten des Holzes ging unter in dem enttäuschten Aufschrei der Menschen. Wie ein Schwall ergoß sich eine Glutwelle aus dem Steilhang zu Tal. Fasziniert hatte Chiemo mit den anderen das Schauspiel verfolgt und schon wollte er mit ihnen hinüberlaufen, wo die Glutbrocken bis in die Nähe des ersten Feuers torkelten, als er urplötzlich Taginos Fehlen bemerkte. Unter den Männern droben am Hang hatte er ihn Minuten vorher nicht bemerkt. Auch unter den Paaren am Feuer konnte er seine kräftige Gestalt nirgends ausmachen, entdeckte aber dafür Otilo, den eine der Mägde mit sich zu ziehen versuchte.

„Habt ihr Tagino gesehen?“ rief er ihnen zu, und deutlich hörte Otilo die Besorgnis aus Chiemos Stimme.

Noch ehe jemand etwas fragen oder ihm nachrufen konnte, war er schon drüben an der Schenke. Auch hier war außer zwei Mägden, die sich mit zwei Burschen amüsierten, niemand zu sehen. Beklemmende Unruhe stieg in Chiemo auf. Das Verschwinden Werigas, das Bersten des Feuerrades und jetzt das Fehlen Taginos, das alles versetzte seine Sinne in Aufruhr. Drohend erschien ihm plötzlich die dunkle Wand des Austreifens. Die Angst, Weriga könnte etwas zustoßen, erwürgte ihn fast. Behutsam und lautlos, wie er es schon seit seinen Kindertagen auf seinen Streifzügen durch die Wälder gelernt hatte, glitt er durch die Büsche. Frösche quakten in den Niederungen, Haselmäuse raschelten im Laub. Langsam erstarb der Lärm hinter ihm, und seine Sinne registrierten die Geräusche der anbrechenden Nacht. Chiemo blieb stehen und lauschte. Für einen Moment glaubte er, ein Stück vor sich kurzes Rascheln zu hören. Noch war er sich nicht sicher, ob ihn nicht das nahe Wasser eines Bachlaufes narrte, als plötzlich gut hundert Meter vor ihm Nachtvögel flatternd und kreischend aus den Birken und Erlen aufstiegen. Kein Zweifel! Irgend jemand vor ihm mußte sie aufgeschreckt haben. Er schlug einen Bogen nach links, wo sich der jüngste Einschlag in das Augehölz gefressen hatte und die gefällten Stämme ihre Äste geisterhaft in den Himmel streckten. Allmählich gewöhnten sich seine Augen an das Dunkel und immer deutlicher nahm er die Schatten der größeren Bäume wahr. Erleichtert wollte er sich aufrichten, als er Vieh zwischen den freien Flächen grasen sah. Gerade als er aus der Deckung heraustreten wollte, bemerkte er, daß sich ein Schatten unter einem der Bäume bewegte, dessen Äste auf einem Felsblock aufzuliegen schien. Er hatte den Umriß anfangs nicht wahrgenommen, weil eines der Zugtiere unweit daneben stand und sich Rücken und Flanken an den Ästen rieb. Genüßlich wetzte das Tier Kiefer und Hals an einem der abgebrochenen Strünke und stieß die Luft aus den Nüstern. Der Schatten zwischen den Ästen rührte sich nicht und schien etwas auf der anderen Seite zu fixieren. Ein seltsames Knirschen und Rauschen ließ die Gestalt plötzlich auffahren. Krachend schlug die Krone über ihr zusammen, noch ehe sie sich zur Gänze aufzurichten vermochte.

Der Schrei eines Menschen gellte über die Rodung und sank zu einem erstickten Stöhnen ab. Erleichtert, daß es sich um eine Männerstimme handelte, stürzte Chiemo herbei. Er wand sich durch die Äste der Baumkrone, bis er plötzlich schwer atmend und entsetzt über dem Körper des Mannes stand. Er stöhnte. Seine Hände umklammerten einen pfahlartigen, starken Ast, der sich in seinen Unterleib gebohrt hatte. Blut färbte Hosen und Wams, und keuchend rollte der Kopf des Mannes mit vor Schmerz aufgerissenem Mund von einer Seite auf die andere. Chiemo legte ihm die Hand auf die Brust.

Erschrocken fühlte er, wie sie in eine Lache warmen Blutes tauchte, als sie von den Rippenbögen abwärts fuhr. Eine Stimme hinter ihm ließ ihn plötzlich herumfahren.

„Wer ist da? Was ist passiert?"

„Gott sei Dank!" kam es erleichtert über Chiemos Lippen. „Ich dachte schon, es könnte dir etwas zugestoßen sein, Weriga! Es ist Tagino! Er muß dir nachgeschlichen sein, als du dich vom Feuer entfernt hast", sagte er und fühlte erneut, wie nagende Schuldgefühle in ihm aufstiegen und ihm für Sekundenbruchteile das Bild von der Zelle in den Sinn schoß.

„Lauf auf Umwegen zurück!" flüsterte er ihr zu. „Ich will nicht, daß du mit diesem gräßlichen Unfall hier in Verbindung gebracht wirst! Ich gehe sofort los und hole Hilfe, obschon man die Schreie bis hinüber ans Feuer gehört haben dürfte. Los, mach rasch! Ich erkläre dir alles später. Halt dich nach Westen, sonst läufst du den anderen geradewegs in die Arme!"

Chiemo beugte sich noch einmal kurz zu Tagino hinunter. In einem letzten Aufbäumen spürte er, wie sich die Hand des Mannes um seine Knöchel spannte. Ein leises Röcheln entrang sich seinen Lippen, und es war, als wollten sie stumme Worte formen. Plötzlich öffneten sich seine Finger, und der Kopf rollte kraftlos zur Seite. Chiemo sprang auf und brach durch das Astwerk. Schon hörte er Schritte und Rufe näher kommen.

„Hierher!" schrie er und lief auf die aufgeschreckten Männer zu.

„Rasch, holt Seile und fangt zwei Zugochsen! Tagino ist unter eine einbrechende Krone geraten. Er muß darunter hindurchgeschlüpft sein, als die Äste unter ihrem Gewicht nachgegeben haben. Rasch, beeilt euch, sonst geht es zu Ende mit ihm", log er, um Zeit für Weriga zu gewinnen.

Einige der Männer sprangen davon, während andere sich neugierig um ihn scharten.

„Hat es ihn so schwer erwischt?" fragte einer.

„Ich glaube nicht, daß er mit dem Leben davonkommt! Ein Ast hat sich mit dem ganzen Gewicht der Krone in seinen Bauch gebohrt. Wenn wir den Baum mit den Ochsen nicht bewegen können, müssen wir ihn mit der Axt freischlagen!" erklärte Chiemo.

Männer mit Fackeln liefen herbei, leuchteten zwischen die Äste und wandten sich entsetzt ab. Auch Graman und Meginhard trafen an der Unglücksstelle ein und nahmen die Bergung Taginos in ihre Hände. Ketten wurden klirrend um die stärkeren Äste geschlungen, und die Ochsen mit ihren Zuggeschirren an die Stelle dirigiert, wo der Knecht lag. Die Seile strafften sich. Alle packten mit an. Plötzlich sah Chiemo die vertrauten Umrisse von

Weriga neben sich, die sich mit verzerrtem Gesicht gegen einen der Äste stemmte. Nichts mehr von fraulicher Zartheit war an ihr. Muskeln und Sehnen traten an ihren Armen hervor und beinahe entstellend hoben sich die Halswirbel und Schlagadern von der Halsbeuge ab. Pfeifend mischte sich ihr Atem mit dem Chiemos, aber so sehr sie sich auch mühten, die Äste spreizten das gesamte Gewicht wie Streben nach oben ab und rührten sich nicht von der Stelle.

„So hat es keinen Sinn!" rief Graman ungeduldig.

„Nehmt eine Axt und schlagt ihn heraus! Anders bekommen wir ihn nicht frei! Wenn er noch bei Bewußtsein ist, so versucht ihn zu schonen so weit es geht!" Zweifel über seine Vermutung klang aus seiner Stimme.

„Was in Christi Namen hatte er hier nur verloren?"

Während dumpfe Axtschläge die Äste erzittern ließen, nahm er einem der Männer die Fackel aus der Hand und untersuchte die Schleifspuren weiter oben am Stamm. Deutlich waren die frischen Hufabdrücke der Tiere und die Spur zerriebenen Bastes auf dem Felsen zu erkennen.

„Wahrscheinlich hat eines der Tiere den Stamm auf dem Stein ins Rutschen gebracht", grübelt er. Aber was bei allen Heiligen hat Tagino hier gesucht?"

Niemand der Anwesenden wußte eine plausible Erklärung, und der, der sie hätte geben können, schwieg. Endlich kam Taginos Körper frei, aber selbst der Ast, der ihn aufgespießt hatte, konnte nur durch die Zuggeschirre der Ochsen aus dem weichen Boden gezogen werden. Der entstellte Leichnam des Toten wurde so lange von dem abgeschlagenen Strunk mitgeschleift, bis einer der Knechte die Tiere zum Stehen gebracht hatte. Betroffen standen die Männer um ihren Kameraden. Mit Entsetzen mußten sich die meisten der Mädchen abwenden. Schlagartig war aller Frohsinn verflogen und hatte Betroffenheit und Schmerz Platz gemacht. In drückendem Schweigen trugen sie Taginos Leichnam hinüber zur Schenke, und auf dem Weg dorthin sah Chiemo des öfteren fragende und vorwurfsvolle Blicke auf Weriga gerichtet. Erst im Lichtkreis des Feuers bemerkte er, daß ihre Gunna an Bauch und Schoß getränkt war von Taginos Blut und betroffen blieb sein Blick an den dunklen Flecken haften.

„Du Teufelin!" zischte eine der Mägde neben ihnen. „Du hast ihn umgebracht! Du hast einen Zauber über ihn geworfen und Fluch über uns alle und die Zelle gebracht!"

Verächtlich spuckte sie vor Weriga aus und starrte sie an. Wie die anderen stand auch sie noch unter dem Eindruck des unfaßlichen Geschehens und schwieg. Die Männer, die Taginos Leichnam trugen, waren inzwischen an der Schenke angelangt. Vorsichtig, als könne er noch etwas spüren, legten sie seinen Körper auf einen der Tische. Kein einziges Wort fiel. Grauen und Angst hatte sie alle gepackt. Es war, als kämpften sie gegen die Schrecken der Finsternis und das, was sich in ihr barg.

Taginos Tod lag wie eine dunkle Drohung über ihnen, aber Chiemo wußte, daß sie ausging vom Haß und von der Angst der Menschen, von Gefühlen, die ihnen so unbewußt waren wie das Atmen. In diesem schrecklichen Augenblick begriff er das ganze ungeheure Ausmaß der dunklen Mächte, die die Menschen antrieben und das Böse, mit dem der Teufel seinen Samen unter die Menschen in der Zelle gesenkt hatte.

Einige Mädchen bekreuzigten sich, als Weriga wie in Trance über den Platz ging. Sie machte keinen Umweg, sondern ging an den anderen vorbei geradewegs auf die Zelle zu. Ihr war, als brenne das Blut Taginos unter ihren finsteren und vorwurfsvollen Blicken wie Schandmale auf ihrer Haut. Als Chiemo ihr zögernd folgte, sah er, wie sich Mägde und Knechte wie aufgescheuchte Hühner um Graman sammelten und mit gesenkten Häuptern den Platz vor der Zelle verließen, und niemand von ihnen drehte sich um oder winkte zum Abschied. Der Rest umstand noch immer mit Meginhard Taginos entsetzlich entstellten Leichnam. Einige stierten betroffen vor sich hin, andere schluchzten.

Chiemo kümmerte sich nicht weiter darum und betrat die Zelle. Weriga hatte das blutverschmierte Kleid bereits mit ihrer alten Gunna vertauscht. Unbeweglich saß sie auf ihrer Pritsche, das Kleid wie in stummer Anklage vor sich auf den Knien. Chiemos Augen tasteten fragend über ihre Züge und glitten zu dem blutgetränkten Kleid in ihrem Schoß. Er schwieg eine Weile und wartete darauf, daß sie anfinge zu sprechen. Etwas in ihrer Miene hielt ihn zurück. Weriga stieß den Atem aus. Es klang wie ein gepreßter Seufzer.

„Du begehst einen schrecklichen Fehler!“ begann er schließlich, „wenn du so tust, als seist du schuld an Taginos Unglück. Laß nicht zu, daß er im Tod erreicht, was er im Leben nicht geschafft hat, nämlich dich unterzukriegen! Es könnte gefährlich für dich werden!“

Die Zurechtweisung veranlaßte sie, den Blick zur Seite zu wenden und starr auf den Boden zu richten. Die Worte schienen wie aus weiter Ferne an ihr Ohr zu dringen, ohne daß sie das Gehirn aufnahm und verarbeitete. Sie hob zaghaft das blutbefleckte Kleid.

„Du hast es gut gemeint, Chiemo, aber es hat nur Unglück über uns alle gebracht“, sagte sie mit tonloser Stimme. „Das ist erst der Anfang! Bald wirst du sehen und erleben, wozu Menschen in der Lage sind“, sagte sie, ohne ihn anzusehen, und ihr Ausdruck verhärtete sich. „Ich habe schon so viel Angst und Leid erfahren, daß mich selbst das nicht mehr schrecken kann. Ich habe verlernt, was Zutrauen und Wärme ist. Ich weiß es nicht, was es ist, das mich überhaupt noch am Leben hält.“

Sie verstummte, und überrascht sah Chiemo, wie sie plötzlich mit leerem Blick das Kleid gegen ihren Schoß preßte.

„Blut, Blut... immer nur Blut!“ stammelte sie. „Das Leben ist schon mit Blut besudelt, wenn es noch nicht einmal das Licht der Welt erblickt hat.“

Chiemo verstand den Sinn ihrer Worte nicht, aber noch ehe er fragen konnte, öffnete sich die Türe der Zelle und Meginhard betrat den Raum. Prüfend musterte er Weriga und seine Augen verengten sich unter den buschigen Brauen. Sein Arm, den er verborgen hinter seinem Rücken hielt, schob sich nach vorne und er legte ihr einen großen Bund Johannisblumen in den Schoß.

„Todesblumen“, sagte er nur und seine Stimme schien von einer seltsamen Härte. „Blumen, die ein Mädchen einem Mann bringt, der keiner mehr Bräutigam werden darf. Es ist doch dein Strauß?“ fragte er bohrend. Du hast ihn drüben am Einschlag vergessen!“

„Woher wißt Ihr das?“ fragte sie ruhig, ohne jedes erkennbare Anzeichen von Erregung.

Meginhard ging nicht auf ihre Frage ein.

„Welche Sünde beging er oder einer von uns, daß Gott so erzürnte und uns allen mit dem Tode Taginos ein Zeichen setzte? Welchen Verlockungen des Teufels ist er erlegen, daß er so enden mußte? Und warum schickte dir der Himmel dieses Gesicht in der Nacht und bist du gezeichnet von Taginos Blut?“

Mit irrem Lachen sprang Weriga auf, so plötzlich, daß Meginhard erschrocken einen Schritt zurückwich.

„Dort wo ich herkomme, bringen die Menschen am Vorabend von Johannis den Göttern ein Blutopfer. Bei uns ist es meist nur ein Fohlen. Es scheint, daß euer Gott habgieriger ist als die Götter der Steppe! Chiemo bemerkte plötzlich ein leichtes Flackern in ihren Augen, als Meginhard zu ihr trat und ihr sein Brustkreuz vor den Mund hielt.

„Antworte mir und schwöre auf das Kreuz, daß du nichts mit dem Tode Taginos zu schaffen hast!“

Eine tiefe Leere lag in ihren Augen, als sie die Lippen bewegte.

„Ich schwöre es bei Eurem und meinem Gott! Aber Ihr sollt wissen, mehr noch als Euer Zorn schmerzt mich die Tatsache, daß Ihr dem Gerede der anderen so bereitwillig Glauben schenkt! Gott weiß, daß mich keine Schuld trifft, aber er weiß auch, daß Ihr mich für einen Dämon des Teufels haltet! Sieh her, Mönch! Das Feuer des Blutes Christi möge meine Lippen verbrennen, wenn ich lüge!" und sie berührte mit dem Mund das Kreuz. „Aber was für ein erbärmlicher Diener müßt Ihr selbst sein, wenn Ihr Euch dazu ermächtigt fühlt, der göttlichen Gerechtigkeit als Werkzeug dienen zu können! Ihr Gottesmänner glaubt Euch durch das Zeichen eures Gottes über die anderen erhaben und doch seid ihr es, die ihr mit eurem Dämonenwahn das schärfste Gift unter die Menschen speit!"

Sie stieß einen verächtlichen Laut aus, und noch ehe Meginhard etwas darauf entgegnen konnte, lief sie aus der Zelle, und die Nacht verschluckte ihren Schatten. Zorn hatte die Adern an Meginhards Stirn anschwellen lassen, aber sein Blick drückte Schuld und Betroffenheit aus.

„Der Herr verzeih mir, wenn ich dir Unrecht getan habe!" flüsterte er mit tonloser Stimme und ließ betroffen die Hand mit dem Kreuz sinken.

Chiemo warf sich auf sein Lager. Lange Zeit lag er regungslos da. Als Otilo wortlos die Zelle betrat, drehte er sich auf den Rücken, schob die Arme unter den Kopf und starrte empor in die Dunkelheit über sich. Auf dem Dach stieß ein Nachtvogel seinen kehligen Schrei aus. Plötzlich überfiel ihn eine schreckliche Vision: Er sah Weriga, wie sie den Versuch machte, zu ihm zu gelangen, aber wo immer sie auch erschien, schlugen ihr anklagende Blicke und Worte des Hasses entgegen. Überall sah er sie von Düsternis umgeben. Solche Bilder quälten und verfolgten ihn noch, als die Morgendämmerung bereits die Schatten der Nacht vertrieb.

# Die Heimkehr

Chiemo erwachte, geweckt durch den monotonen Klang einer Stimme. Verwundert öffnete er die Augen, denn er glaubte nichts anderes, als daß seine Sinne ihn getäuscht hätten. Leise erhob er sich und wie gewöhnlich fand er Meginhards Lager verlassen, aber zu seinem Erstaunen war auch Werigas Pritsche noch völlig unbenutzt. Eigenartig berührt trat er vor die Zelle und bemerkte im ersten Licht Meginhards Gestalt drüben bei der Kapelle. Sein weit herabwallender Habit schwang rhythmisch hin und her. Verwundert über die Worte, die an sein Ohr drangen, ging er näher, aber er war noch zu sehr überrascht, um nach ihrem Sinn zu fragen. So viel jedoch konnte er aus den bruchstückhaften lateinischen Formeln heraushören, daß es sich um einen Bannspruch gegen Geister des Unheils handeln mußte. In einem großen Geviert um den Vorplatz der Kapelle waren geschmiedete Handkreuze in die Erde gesteckt, deren Spitze und Querbalken mit einem Kranz von Misteln umwunden waren.

Sie sollten die Menschen vor den Geistern der Toten schützen. Chiemo begann zu ahnen, daß die Erhabenheit des Glaubens der Mönche nicht so unerschütterlich war, wie es nach außen hin den Anschein erweckte, sondern daß auch ihr Leben bedroht schien von furchtsamen Vorstellungen, und daß sie sich nicht scheuten, sich mit Zeichen und Formeln aus ältester Zeit vor Geistwesen zu schützen. Der Mönch bückte sich gerade, um vor jedem der Kreuze ein Stück Harz zu entzünden, das einen stechenden, aromatischen Duft über den Platz um die Kapelle verbreitete.

Der rhythmisch monotone Klang der Stimme ließ Chiemo noch näher treten und ihn den Wunsch verspüren, den Sinn von Meginhards Handlungsweise zu verstehen.

„Ein seltsamer Segen, den Ihr über diesen Ort sprecht!"

Überrascht wandte der Mönch sich um.

„Dieser Platz hier ist noch nicht durch die Reliquie eines Heiligen vor den Mächten des Bösen geschützt. Aus diesem Grund habe ich den Boden hier mit dem Zeichen des Kreuzes gesegnet und mit dem Siegel Salomons versehen, dem geheiligten Pentagramm, das den unnennbaren Namen Gottes symbolisiert. Es bannt die Brücken, auf denen die Geister der Toten zurückkehren können zum Od des Lebens.“

Er deutete auf drei übereinanderliegende Wellenlinien, die er in den Boden geritzt hatte.

„Ich habe Wasser, Luft und Boden mit dem Zeichen versiegelt. Den Weg des Lichtes wird das Haus Gottes selbst verwehren, wenn sein Schatten auf Taginos Grab fällt.“

Er deutete zur Seite, und erst jetzt bemerkte Chiemo die Stelle, wo die Männer in der ersten Morgenstunde Taginos Grab ausgehoben haben mußten. Der Ort war so gewählt, daß die geschnitzten Bannköpfe an den Balken der Westseite genau auf diesen Platz zu starren schienen, und daß der Schatten des Daches darauf fallen mußte, wenn die Sonne am höchsten stand. Stimmen veranlaßten Chiemo, den Blick zu heben. Drüben in der Schenke hatten sie Taginos Leichnam in ein sauberes Tuch geschlagen, und als die Strahlen der Sonne sich über die Spitze der Berge tasteten, geleiteten sie ihn stumm zu seiner letzten Stätte.

Vorsichtig, als könne er noch etwas fühlen, legten sie seinen starren Körper vor die Öffnung der Grube. Ringsum am Grabrand standen die Männer, den Blick starr zu Boden geschlagen. Meginhard legte ein breites Kreuz aus Blattgold über die Brust des Toten und sang einen lateinischen Psalm. Chiemo hörte nicht die Worte des Totengesanges. Es war, als folgten seine Gefühle dem Auf und Ab der Stimme. Nur die letzten gesprochenen Sätze nahm er bewußt wahr.

„Gott ist unser richtiger Vater. In seinem Haus wirst du wohnen und glücklich sein.“

Schließlich hörte er, wie die Männer mit dumpfem Dröhnen die Erde in die Grube warfen und mit den Füßen über dem Grab feststampften.

Je länger der Tag fortschritt, desto stärker wuchs Chiemos Sorge um Werigas Verbleib. Ruhelos trieb es ihn umher, obwohl er sich bemühte, den anderen gegenüber seine Unruhe nicht zu erkennen zu geben. Infolge des kirchlichen Festtages, aber auch wegen der schrecklichen Ereignisse der vergangenen Nacht, ruhte jegliche Arbeit, so daß er Zeit fand, überall in der näheren Umgebung nach Weriga zu suchen.

„Lauf nicht herum wie ein aufgeregter Gockel!“ versuchte Otilo ihn zu beruhigen. „Sie braucht ganz einfach ein wenig Zeit für sich und ein wenig Abstand zu dem, was sich gestern ereignet hat. Sie ist kein kleines Kind, das beschützt werden muß! Komm! Hast du nicht Lust, mich zum Entenfang zu begleiten? Das würde dich schnell auf andere Gedanken bringen!“

Chiemo schüttelte stumm den Kopf. Nachdenklich kratzte er mit den nackten Zehen im Sand.

Otilo zuckte mit den Schultern. „Na dann nicht! Mit der Zeit wirst du genauso seltsam wie Weriga!“ sagte er kopfschüttelnd.

Chiemo hob den Blick und sah ihm nach, wie er, ausgerüstet mit Steinschleuder und Vogelschlingen, im Buschwerk verschwand.

Gegen Mittag hielt es ihn nicht mehr länger. „Du machst dir wohl ernsthaft Sorgen um sie?“ hörte er plötzlich Meginhards Stimme neben sich. Er führte Chiemos Pferd am Zügel. „Ich helfe dir, sie zu suchen,“ sagte er, noch ehe er sich weiter darüber wundern konnte. „Zu zweit werden wir sie bestimmt schneller finden.“

Sie liefen über die Lichtung hinüber zu den Bachauen, wo das Wasser die Uferstreifen mit dumpfem Murmeln erfüllte. Die Moorauen im Süden hatte er vorher schon ergebnislos abgesucht und so wandten sie sich nach Norden in Fließrichtung des Baches. Hier und da machte üppig wuchernde Vegetation richtigem Laubwald Platz, ein andermal versperrten Moortümpel und dichtes Stangengehölz den Weg. Über verfaulte Baumstümpfe und durch ein Gewirr von dornigen Ranken suchten sie sich einen Weg entlang der Uferböschung, bis sich der Seitenarm der Achen mit einer geröllübersäten Landzunge in das schäumende Bett des Miesenbaches schob. Auf einer Sandbank entdeckten sie schließlich eine zusammengekauerte Gestalt. Als sie sich auf Hörweite genähert hatten, hob Weriga angespannt und argwöhnisch den Kopf.

„Ihr braucht gar nicht erst versuchen, mich zu überreden, zu den anderen in die Zelle zurückzukehren, auch nicht nach Vochenwald!“ kam sie Meginhard zuvor. Trotz und Verbitterung klangen aus ihrer Stimme.

„Du selbstüberhebliches und törichtes Weib!“

Chiemo war überrascht über die Schärfe in Meginhards Stimme.

„Glaubst du, man hat dich nach Vochenwald gebracht, damit du so einfach bei erstbester Gelegenheit davonläufst? Du solltest froh sein, die Gastfreundschaft einer achtbaren Familie für dich in Anspruch nehmen zu können, vor allem nach den Ereignissen, die in den letzten Stunden und Tagen geschehen sind. Glaube mir! Dir bleiben nur zwei Wege: Entweder du bleibst auf Vochenwald und genießt weiter den Schutz Marchwards und seiner Sippe oder du wirst binnen kurzem jämmerlich verkommen. Wohin willst du gehen, wenn du Vochenwald verläßt?“

Deutlich war ihr die Verlegenheit anzusehen, und der Blick ihrer Augen wirkte ratlos, fast kindlich hilflos.

„In einem hast du recht! In der Zelle kannst du nicht mehr länger bleiben.

Einige der Männer sind so gegen dich aufgebracht, daß ich um dein Leben fürchten müßte."

Chiemo ballte die Fäuste im Protest und wollte Meginhard ins Wort fallen, aber dieser kam ihm zuvor.

„Dasselbe gilt auch für dich, Chiemo! Fuhrknechte aus den Salinen in Hall sind auf Gramans Hof aufgetaucht und haben sich nach Marchwards Sohn erkundigt. Sie hätten dir eine Nachricht zu überbringen, behaupten sie, aber ich habe das Gefühl, man kann diesen Kerlen nicht trauen. Es geht mich nichts an, was für einen Handel du mit ihnen offen hast, aber ich kenne die Menschen. Diese Sorte Männer lacht einem ins Gesicht, obwohl Verschlagenheit und Gewalttätigkeit aus ihrem Blick spricht. Es tut mir leid für dich, Chiemo! Ich sehe keine andere Möglichkeit, als dich nach Hause zu schikken, wenn ich verhindern will, daß du nicht früher oder später an einen dieser rauhen Kerle gerätst. Und das beste wird sein, du nimmst Weriga gleich mit. Auch für ihre Sicherheit kann ich nicht länger garantieren."

„Aber..."

„Keinen Widerspruch! Haltet den Mund! Alle beide! Ich bin noch nicht fertig."

Der merkwürdige Unterton in der Stimme des Mönches ließ in Chiemo ein beklemmendes Gefühl aufsteigen.

„Es ist doch nichts passiert? Stimmt etwas nicht auf Vochenwald? Mein Gott, so sagt doch!"

Meginhard drehte sich zur Seite und streifte die Kapuze seiner Kutte herunter. Chiemo blickte in die Augen des Mönches und er sah, wie sich Angst und Trauer in ihnen spiegelten.

„Die Dinge stehen schlecht für unseren Gau! Männer graben ihre Waffen aus und schleifen die Klingen. Aufrührer haben die Bauern aufgewiegelt, sich gegen die Edelleute zu erheben. Der Nußdorfer hat Schweinerotten in die Felder der Bauern treiben lassen und große Teile der Ernte verwüstet. Auch euch und eure Sippe haben sie nicht verschont. Dein Vater versucht alles, um die aufgebrachten Bauern zu beruhigen und eine bewaffnete Auseinandersetzung zu verhindern. Er ist nach Salzburg geritten, an den Hof des Bischofs, um sich um eine Audienz zu bemühen. Aber nicht genug damit. Krieg droht auch an den Grenzen. Der Ungar ist nach Böhmen eingefallen und bedroht auch unser Land."

„Gibt es Krieg?"

Chiemos Stimme bebte.

„Hat er gar schon begonnen?"

„Noch nicht," antwortete Meginhard. „Aber vielleicht schon bald. Ein Geruch von Blut liegt in der Luft", murmelte er düster, und seine Augen richteten sich in die Ferne."

„Was ist mit meinen Brüdern?"

Langsam fanden die Augen des Mönches in die Wirklichkeit zurück.

„Sie wurden zum Heerbann aufgeboten und mußten sich beim Vogt zu den Waffen melden."

Es dauerte einen Augenblick, bis Chiemo die Tragweite des Gesagten begriff. Er konnte vor der erbarmungslosen Wahrheit die Augen nicht verschließen und wußte, daß ihm nichts anderes übrig blieb, als sich zu fügen.

„Ihr dürft keine Zeit verlieren!" drängte er. „Achte auf Weriga und bestell deiner Mutter Grüße. Ich überlasse es dir, sie darüber in Kenntnis zu setzen, warum ich Werigas Anwesenheit in der Zelle nicht länger gutheißen kann. Paßt auf und haltet euch abseits der Wege, damit ihr den Fuhrknechten nicht doch noch in die Arme lauft! Ich werde mit den anderen so lange als möglich hier im Miesenbachtal bleiben. So Gott will, sehen wir uns im Herbst auf Vochenwald wieder."

Es war Mittag, als sie die Ausläufer des Teisenberges erreichten. Schon beim Näherkommen fielen Chiemo und Weriga die Veränderungen auf Vochenwald auf. Bewaffnete und berittene Posten kontrollierten die Hänge rund um den Verwalterhof. Die Männer, denen sie begegneten, grüßten sie meist nur stumm mit einem kurzen Kopfnicken und setzten ihren Kontrollritt ohne Unterbrechung fort.

Aus ihren Gesichtern sprach wilder, entschlossener Ernst, das Leben ihrer Familien mit allen Mitteln vor weiteren Überfällen zu schützen, und Chiemo fühlte sich ihnen in ihrer Sorge verbunden. Langsam ritten sie die Hügelflanke bergan. Überall auf den Feldern sahen sie Spuren der Verwüstung und Zerstörung und Hörige, die damit beschäftigt waren, die kargen Reste der Ernte zu sichern. Angesichts des ganzen Ausmaßes wurde sich Chiemo des Grimms bewußt, mit dem die Bauern darauf brannten, es dem Nußdorfer mit gleicher Münze heimzuzahlen.

Auf dem Weg neben den Maueräckern stießen sie auf einen weiteren Posten. Gerade passierten sie die Stelle mit den Grabhügeln seiner Ahnen, als die klagenden Töne einer Flöte an seine und Werigas Ohren drangen. Chiemo lauschte. Es war eine Melodie, wie er sie noch nie zuvor gehört hatte. Wehmut klang aus dem Spiel, das der Wind zu ihnen herüberwehte. Ernst, beinahe beschwörend, flossen die Töne ineinander über. Der Ungar, schoß es

Chiemo durch den Kopf und wußte sofort, daß nur er es sein konnte, der die Flöte mit solcher Hingabe spielte. Auch Weriga schien es zu ahnen, obwohl sie ihn nicht sehen konnte, denn Chiemo verspürte, wie sich ihr Rücken plötzlich versteifte. Sie ritten am Schafpferch vorbei, als plötzlich der Hengst ein helles Wiehern ausstieß. Schlagartig verstummte das Spiel der Flöte.

„Chiemo?" hörte er zum erstenmal fragend seinen Namen aus dem Mund des Gefangenen, noch ehe er seine Gestalt und das leuchtend braune Oval seines Gesichtes vor dem Wirtschaftsgebäude ausmachen konnte. Langsam richtete er sich auf, als sie auf den Hof ritten, breit in den Schultern wie ein kräftiger Baum, und tastete mit der Hand nach einer der Stützsäulen

Erst als Weriga spitz aufschrie, fiel Chiemo auf, daß der Ungar frei von jeder Fessel war. Sie ließ sich aus dem Sattel gleiten und lief hinüber vor das Haupthaus, während der Hengst erregt auf den Blinden zutrabte und ihn schnaubend begrüßte. Voll Zuneigung fuhr ihm der mit der flachen Hand über die Nüstern, und Chiemo fühlte die leeren Augenhöhlen auf sich gerichtet. Er spürte, wie eine sehnige Faust seine kräftigen Finger samt Zügel umschloß und glaubte, ein leises Zittern zu spüren, als sich ihre Hände berührten.

Der Ungar trat einen Schritt zurück, als Chiemo sich aus dem Sattel gleiten ließ und federnd zu Boden sprang.

„Die Bercht soll dich holen!" hörte er in diesem Augenblick die aufgebrachte Stimme seiner Mutter von der Türschwelle herüberschallen, als er gerade im Begriff war, den Hengst in die Koppel zu führen.

„Sind das die Sitten, die du bei uns gelernt hast, daß ein dahergelaufener Wilder mehr gilt, als die eigene Mutter?"

„Ist das die Art einer Mutter, ihren Sohn zu begrüßen, der drei Monate von Zuhause weg war, rief er neckend und umarmte sie herzlich.

„Gero, versorge das Pferd, und ihr beide kommt ins Haus!" kommandierte Richardis in ihrer gewohnten Art.

„Groß bist du geworden mein Junge und kräftig, fast schon ein erwachsener Mann!"

Für einen Augenblick bekamen ihre Augen einen warmen Glanz. Sie liebte ihren Sohn über alles, weil sich in ihm frauliche Feinfühligkeit mit der geistigen Schärfe und der schmiegsamen Kraft Marchwards mischten.

„Ich bin froh, daß ihr beide wieder auf dem Hof seid, angesichts der Wirren und Unruhen, die unserem Land drohen. Ihr bleibt doch, oder? Sag bloß nicht, daß du wieder hinüber mußt in die Zelle!"

Chiemo schüttelte den Kopf.

„Jetzt kommt erst einmal ins Haus und setzt euch! Ihr werdet sicher Hunger haben. Reden können wir noch lange genug!

Der Nachmittag verging, bis jeder dem anderen die letzten Neuigkeiten erzählt hatte. Nach einiger Zeit wurde es draußen auf dem Hof lebendig. Als Chiemo vor die Türe trat, sah er einige Dutzend Frauen und Mägde und unter ihnen eine säbelbeinige Gestalt in Hosen. Angesichts der Tatsache, daß ausschließlich Frauen die schwere Feldarbeit verrichteten, wurde ihm erneut bewußt, wie ernst die Lage für das ganze Anwesen sein mußte. Wo sonst Späße die Runde machten, konnte Chiemo nur ernste und erschöpfte Gesichter ausmachen.

„Du hier?" hörte er Ragos rauhe Stimme.

„Na, hast wohl genug vom Roden und Schwenden? Glaubst wohl, du könntest dich hier zu Hause ein wenig erholen? Aber wie du siehst, haben wir hier nicht unbedingt die kleineren Probleme."

Müdigkeit und Resignation lagen in der Stimme des Alten.

„Versorgt das Vieh und dann euch selbst!" herrschte er die Mägde an und setzte sich ächzend neben Chiemo in den Schatten. Er verzog das Gesicht und scheuerte sich den Rücken an einem Pfosten.

„Na, wohl wieder etwas ausgefressen, daß du vor der Zeit zurückgekommen bist?"

Chiemo schüttelte den Kopf.

„Wir haben durch einen Boten vom Kloster von den Vorgängen hoch oben an den Grenzen erfahren. Wie es scheint, ist Meginhard überzeugt, daß meine Anwesenheit hier dringender gebraucht wird, als drüben an der Zelle, vor allem auch, weil meine Brüder zum Heerbann gerufen wurden und befürchtet wird, daß die Ungarn auf dem Rückweg aus Böhmen in die Gaue südlich der Donau einfallen könnten."

Chiemo hielt es für besser, jede weitere Erklärung für sich zu behalten.

„Was weißt du von Vater, und wie steht die Sache mit dem Nußdorfer?" wechselte er rasch das Thema.

„Wie es aussieht, hat er uns ganz schön zugesetzt!"

Rago spuckte verächtlich aus.

„Der hinterhältige Teufel wagt noch immer nicht, uns offen anzugehen. Aber wie es scheint, locken wir ihn seit dem Scheitern seiner Pläne mit der Mühle immer weiter aus der Reserve."

Rago blickte sich vorsichtig nach einem möglichen Lauscher um und dämpfte seine Stimme.

„Dein Vater hat einen gewagten Plan entworfen. Was er genau vorhat, hat er niemanden wissen lassen. Aber so viel habe ich herausbekommen, daß er den Bischof in dieser Angelegenheit mit ins Vertrauen ziehen möchte. Er führt etwas im Schilde, denn er hat geäußert, daß, wenn sein Verdacht sich bestätigt, es gelingen könnte, den Fuchs in seine eigene Falle tappen zu lassen. Auch wenn ich mir nicht vorstellen kann, wie dein Vater das bewerkstelligen will, so weiß ich doch, daß es ein Spiel mit dem Feuer sein wird. Und bei aller Zuversicht, die dein Vater an den Tag legte, so dürfen wir dabei eines nicht vergessen: Wenn der Ungar über die Grenzen hereinbricht, dann fürchte ich, werden wir alle , Grafen wie Bauern, über kurz oder lang ganz andere Probleme haben!"

Rago hatte die letzten Sätze zunehmend lauter gesprochen und ihm war, als habe der Ungar bei den letzten Worten den Kopf leicht gehoben und angespannt zu ihnen herübergelauscht.

„Ich kann mir nicht helfen", brummte Rago, „aber mitunter habe ich das Gefühl, als verfüge der Kerl über einen besonderen Sinn. Es ist, als könne er die Nähe seiner Landsleute fühlen. Trotz seiner Blindheit wäre mir wohler, er wäre wieder in Ketten."

„Du siehst Gespenster, Rago! Bisher sind das doch alles bloß Gerüchte!"

„Erinnerst du dich? Das hast du schon einmal gesagt."

„Aber die Ungarn haben sich doch, wenn die Nachrichten aus Sankt Peter stimmen, noch gar nicht aus Böhmen in Marsch gesetzt! Nirgendwo in unseren Gauen weiß man von Kämpfen mit diesem Raubgesindel, und bis sie über die Donau gelangen, können noch gut und gern Wochen vergehen!"

Rago blickte düster zu Boden.

„Ich wünschte sehr, du hättest recht. Nur wegen der Tributzahlungen haben sie bisher unser Land verschont. Aber wenn sie merken, daß die Führer des Landes untereinander zerstritten sind, wird diese Wölfe nichts davon abhalten, leichte Beute zu machen! Du kennst sie nicht, diese fliegenden Reiterscharen! Glaube mir! Der Sturm bricht mitunter los, ehe sich noch das erste Blatt rührt. Wenn sie wollen, sind sie selbst im Truppenverband schneller als jeder berittene Bote, und ehe du dich versiehst, fallen sie über dich her und reißen alles in Stücke. Die Zeit wird zeigen, was uns auf Dauer mehr schwächt, das ständige Machtgerangel und die unaufhörlichen Kleinfehden oder der Kampf gegen den uns allen gemeinsam bedrohenden Feind. Bisher war es ein Kampf um Rechte und Tribute an fremde Invasoren. Nun aber steht uns eine neue Art der Auseinandersetzung bevor, ein Kampf für unser Land, für unsere Kinder und Kindeskinder gegen Unterdrückung und Versklavung eines ganzen Volkes."

Die ernste Stimme des Alten bewirkte, daß Bilder des Schreckens vor Chiemos Augen aufstiegen.

„Diesen Unsinn habe ich schon oft gehört!" hörten sie Richardis plötzlich hinter sich sagen.

Ohne daß sie es bemerkt hatten, war sie aus dem Haus getreten, um nach ihnen zu sehen.

„Männer kämpfen immer für Ehre, für ihre Männlichkeit und für ihren Stolz! Aber die Witwen und Waisen, die Verstümmelten und die Toten, die sehen sie nicht! Sie zu beklagen, ist Sache der Frauen!"

Schon hatte sie erregt wieder die Türe hinter sich zugeworfen und sich ihrer Arbeit zugewandt.

„Laß uns ins Haus gehen und ihr Gesellschaft leisten!" forderte Chiemo Rago nach einem Augenblick des Schweigens auf. „Du weißt, wie sehr sie unter der Abwesenheit meines Vaters und meiner Brüder leidet und wie sehr sie alles verabscheut und ablehnt, was auch nur entfernt mit Krieg oder Gewalt zu tun hat."

# Die Falle

Für Marchward waren die Dinge zunächst anders verlaufen als ursprünglich erwartet. Seit den letzten Übergriffen des Nußdorfers und seiner Männer lag unerträgliche Spannung und Aufruhr in der Luft, und die Zahl derer, die dazu rieten, zu den Waffen zu greifen, wuchs von Tag zu Tag. Es bedurfte nur mehr eines kleinen Funkens, um einen Aufstand wie einen Sturm losbrechen zu lassen. Die Zeit trieb Marchward, zu handeln. Er war voller Unruhe und niedergeschlagen und mehr und mehr spürte er, wie ihm die Fäden zu entgleiten drohten. Auch Richardis hatte die wachsende Verbitterung ihres Gatten zu spüren bekommen, aber sie verbiß es sich, auf seinen Groll mit scharfen Entgegnungen zu antworten. Sie wußte um die Bürde seines Amtes und die Verantwortung, die ihn belastete. Von einem Tag zum anderen jedoch war kurz nach Johannis die dumpfe Benommenheit von ihm gewichen und es schien, als ob ihn ein Einfall mit neuer Kraft beseelt hätte. Tags darauf war er mit Aidulf und Sieghart aufgebrochen, um seine Söhne zum Heerbann zu geleiten und die Gelegenheit zu nutzen, beim Bischof in Salzburg um eine Audienz zu ersuchen. Erst auf dem Weg dorthin weihte er Aidulf und Sieghart in seine Pläne ein und beriet sich mit ihnen, welchen Verlauf die Dinge in der nächsten Zeit nehmen könnten.

Gegen Mittag endlich lag die Stadt vor ihnen, und im hellen Licht sahen sie die mächtigen Türme des Virgildomes vor sich aufragen, ein gewaltiges Bauwerk, das sich mit den größten Kathedralen des Abendlandes messen konnte und in seinen Ausmaßen selbst die Königskirche von St. Denis noch übertreffen sollte. Unweit der Aumühle überquerten sie die Salzstraße, die von Hall kommend dem Flußlauf folgend nach Norden führte. Unter dem ohrenbetäubenden Lärm der Hufschläge passierten sie die erste Brückenwache und ritten auf der Handelsstraße, die nach Wels weiterführte, von Nordwesten her in die Stadt.

Reges Treiben herrschte auf der Straße und längs der Flußlände. Wohin man auch schaute, überall war ein Kommen und Gehen. Der Platz zwischen Kai und Nordtor hallte wider von den Rufen und Flüchen der Fuhrknechte, die Mühe hatten, ihre Ochsengespanne durch die engen Straßen zu dirigieren und die Waren durch ein Nebentor von den Kähnen auf dem kürzesten Weg von der Flußlände ins Kloster zu bringen.

Es dauerte geraume Zeit, bis sie die Reihen der wartenden Händler passiert und die Porta im Norden der Stadt erreicht hatten. Während sich diese eingehende Kontrollen und mürrisch gegebene Befehle gefallen lassen mußten, wurden Marchward und seine Söhne von den Wachhabenden ehrerbietig gegrüßt. Nachdem sie das enge Tor passiert hatten, fanden sie sich eingekeilt in ein Gewimmel von Menschen und tauchten ein in das Gewirr der Straßen und Gassen. Vorbei am Waagplatz mit seinen Warenstapeln und an der alten Pfalzkirche suchten sie sich den Weg hinüber zum Burgberg. Dicht drängten sich die Häuserzeilen links und rechts der Straßen. Außer den Kirchen und dem Kloster gab es nur wenige Bauwerke aus Stein. Selbst die Häuser der angesehenen Händler waren überwiegend aus Holz, jedoch daran zu erkennen, daß sie auf einem erhöhten steinernen Sockelfundament aufbauten. Am südlichen Hang des Burgberges standen die Holzhäuser und Hütten der Grundhörigen dicht an dicht, und bettelnde Kinder und Krüppel prägten das Bild der Gassen. Überall ergossen sich kleine Abflüsse aus den Wänden, und der herausgespülte Dreck verwandelte den Fahrweg in eine Kloake aus Schlamm und Unrat. Wo sich eine noch nutzbare Nische anbot, traf man allerorten auf einen Pferch mit Gänsen, Ziegen oder einen Schweinekoben, und der Lärm der Tiere und die Schreie und Rufe der Kinder füllten die Straßen des Viertels.

Endlich waren sie heraus aus dieser Wolke von Gerüchen aus Kot und Unrat und erleichtert genossen sie es, das Auge wieder in die Weite schweifen lassen zu können. Tief atmeten sie die würzige Luft der Hangwiesen ein. Im hellen Schein des Tageslichtes musterte Marchward seine Söhne, aus deren Augen kampfbereiter Geist blitzte und jugendliches Abenteurertum.

„Es ist noch nicht so lange her, daß eure Mutter und ihr mir zugewunken habt, wenn mich der Heerbann des Königs oder des Bischofs zu den Waffen rief. Heute reitet ihr an meiner Stelle. Ich sollte mir eigentlich Sorgen machen, aber ich weiß, daß, was immer auch geschieht, uns durch Gottes Willen auferlegt ist. Eines aber laßt euch von jemand aus langjähriger Erfahrung sagen! Setzt eure Gesundheit und euer Leben nicht durch leichtsinniges Ungestüm aufs Spiel! Wenn das Land aber unsere Hilfe braucht, dann seht zu, daß es sie bekommt!"

Er drängte sein Pferd zwischen sie und umfaßte zuerst Aidulf und dann Sieghart an den Schultern.

„Nun geht mit Gott und kommt mit seinem Segen wohlbehalten zurück!"

„Wir versprechen es, Vater!“ rief Aidulf. „Mach dir keine unnötigen Sorgen! Das Wenige, was uns noch an Erfahrung fehlt, wird sich von selbst einstellen!“

Ein Trupp Berittener sprengte talwärts heran, und eine Staubwolke entzog die beiden seinem Blick. Nur das gleichmäßige Klirren der Kettenbänder und das Klatschen der Schwertscheiden gegen die Sättel war zu hören, und so sehr er sich auch dagegen wehrte, setzte sich das Bild wie ein böses Vorzeichen in seinem Kopf fest. Er fühlte, wie ihn die Angst erfaßte, daß er keinen seiner Söhne mehr wiedersehen könnte.

„Mein Gott, wenn es mir nur möglich wäre, mit ihnen zu reiten!“ murmelte er vor sich hin.

Noch einmal suchten seine Augen den Bergrücken ab, ehe er sein Pferd nach Westen wandte. Erst nach und nach wich die beklemmende Niedergeschlagenheit und es gelang ihm, sich auf sein eigentliches Anliegen zu besinnen. Von neuem verschlang ihn der Lärm und das laute Treiben der Stadt, und unvermittelt fand er sich wenig später an der großen Südmauer, die den Klosterbezirk im Südosten zur Stadt und zum großen Markt hin abschirmte. Als er aus einer schmalen Gasse herausritt auf den großen, mit spärlichem Gras und wilden Kamillen bewachsenen Platz, schlug ihm ohrenbetäubender Lärm entgegen. Aus den offenen Hütten der Steinmetze hallte der helle und rhythmische Klang der Eisenmeißel, und ein Stück weiter wurde an den Ständen gefeilscht und gestritten und überboten sich die Marktschreier gegenseitig, wenn sie ihre Waren anpriesen.

Wie eine Pflugschar die Erdkrume, so schien das Pferd die Menschenmenge vor ihm zu teilen. Fast von alleine lenkte der Wallach den Schritt in den Schatten der mächtigen Kathedrale. Beim Anblick der gewaltigen Steinmassen wurden Marchward die Triebkräfte bewußt, die den Bischofssitz in den letzten Jahrzehnten und Jahrhunderten zum geistigen Mittelpunkt des Königreiches gemacht hatten. Die Sicherheit hinter mächtigen Mauern sowie die geistige Ausstrahlung von St. Peter zog die Menschen der ganzen Umgebung in ihren Bann. Gerade vor dem Festtag St. Peter lockte die Verehrung der Reliquien und die Mildtätigkeit der Mönche gegenüber den Armen alljährlich Scharen von Pilgern in die Stadt.

Vom Westturm der Kathedrale aus lenkte Marchward sein Pferd über den Platz vor der Basilika, wo im Norden von St. Peter der Bischof seinen Sitz hatte. An ihn schloß sich zum Mönchsberg hinüber auf dem ältesten Siedlungsgebiet der Stadt der eigentliche Klosterbezirk an. Marchward empfand die Ruhe dieses Areals wie die angenehme Stille in einer Grotte. Vor dem

Bischofspalast, der von Wirtschaftsgebäuden und Stallungen flankiert war, überließ er sein Pferd einem Stalljungen und blieb, als zögere er noch, vor den Stufen des Portals stehen. Was, wenn der Bischof nicht erreichbar war, fuhr es ihm plötzlich durch den Kopf. An wen sollte er sich dann mit seinem Anliegen wenden? Er ging entschlossen die Stufen hinauf und schob das schwere Tor des Hauptportals auf. Durch einen Korridor gelangte er in eine gräumige Vorhalle, in der bereits mehrere Bittsteller warteten. Schon am Aussehen und an der Art ihres Auftretens waren die Edelleute und Ritter von den Pächtern und einfachen Leuten in ihren groben, oft mehrfach geflickten Wämsern aus grobem Tuch zu unterscheiden. Ein Bediensteter, der Marchward schon von früher kannte, erhob sich und ging auf ihn zu.

„Willkommen, Marchward vom Vochenwald! Gott zum Gruß! Was führt Euch zu dieser Zeit hierher an den Bischofssitz, wo jede Hand, die das Schwert führen kann, zum Kampf gegen die Ungläubigen rüstet?"

„Nicht der Heerbann ruft mich in die Bischofsstadt. Pachtangelegenheiten sind es, die mich veranlassen, beim Bischof in seiner Eigenschaft als Vorsteher des Klosters um eine Audienz zu ersuchen."

Der Mann zuckte verlegen mit den Schultern.

„Es wird Zeit erfordern, wenn Ihr Euer Anliegen persönlich vortragen wollt!"

Er deutete an, ihm zu folgen und führte ihn in eine kleine Schreibstube, wo er sich kurz im Flüsterton einem Mönch mitteilte, ehe er den Raum verließ.

„Ist Eure Angelegenheit so wichtig, daß Ihr Euch vier Tage gedulden werdet, ehe Ihr Euer Anliegen beim Bischof vortragen könnt?"

Marchward hob erstaunt den Blick.

„Der Bischof weilt zur Zeit auf seinem Sommersitz in Laufen. Wir erwarten ihn erst gegen Ende der Woche in der Stadt zurück."

Marchward zögerte kurz. Für den Rückweg und die erneute Anreise würden wieder zwei Tage verstreichen, und zudem lag ihm daran, daß die Angelegenheit so schnell wie möglich entschieden wurde.

„Ihr könnt Euer Anliegen natürlich auch mit dem Erzdiakon besprechen!" schlug der Mönch vor, als er Marchwards kurzes Zögern bemerkte.

Je weniger es sind, die von meiner Entscheidung wissen, umso besser, wog Marchward ab.

„Könnt Ihr mir ein Zimmer anweisen lassen und mich zu einer Audienz vormerken, so ziehe ich es vor, in der Stadt zu bleiben."

In seiner Eigenschaft als Verwalter eines Zentralgutes des Klosters konnte er dieses Recht jederzeit für sich beanspruchen.

„Ich schicke gleich nach dem Zellerar. Der wird sich Euer annehmen und alles weitere veranlassen. Habt Ihr sonst noch einen Wunsch, womit ich Euch behilflich sein kann?“

Marchward schüttelte verneinend den Kopf. Er bedankte sich bei dem Mönch und verließ den Raum. Draußen in der Halle kamen die Leute und gingen, Palastgesinde, Edelleute und einfache Bauern. Für einen kurzen Augenblick überlegte er, ob er sich sofort hinüber zum Kloster begeben sollte, verwarf jedoch den Gedanken sogleich wieder. Eine Bischofsstadt war nicht nur eine Drehscheibe als Umschlagplatz für Waren, Arbeitsplatz für viele Handwerker und Bauern oder Zentrum geistiger Studien, hier liefen vielmehr auch über die Händler die neuesten Nachrichten aus dem Grenzland und dem ganzen Reichsgebiet zusammen. Natürlich hätte er auch im Palast die wichtigsten Neuigkeiten aus dem Grenzland in Erfahrung bringen können, aber aus langjähriger Erfahrung wußte er, daß man sich aus den unterschiedlichen Berichten der Händler und aus einer eingestreuten Frage hier und da ein wesentlich klareres und vor allem wahrheitsgetreueres Bild von der Lage an den Grenzen machen konnte.

Marchward verließ den Bischofssitz, überquerte den Platz und tauchte nach wenigen Schritten wieder ein in das geschäftige Treiben auf den Straßen. Es war inzwischen bereits später Nachmittag, und seine Überlegung ging dahin, daß während der nächsten Stunde die letzten Händler und Fuhrleute an der Porta eintreffen würden, ehe die Wachen die Stadttore für die Dauer der Nacht schließen würden. Marchward ließ sich Zeit auf seinem Gang hinüber zum Nordwestviertel der Stadt. Wie eine Herde Schafe strömten und drängten die Menschen an ihm vorbei durch die engen, verstopften Gassen. Vor den Garküchen schlug sich beißender Rauch aus Türen und Luken nieder und mischte sich mit dem Geruch gebratenen Fleisches. In den Schenken saßen die ersten Säufer, und auch ältere Huren inspizierten die Reihen der Tische auf mögliche Kunden. Als er schließlich den Waagplatz erreichte, herrschte dort emsiges und geschäftiges Treiben.

„Da haben wir für heute noch einmal Glück gehabt!“ sagte einer der Händler, und kaum daß er die Worte gesprochen hatte, schloß sich hinter ihm rasselnd das Tor für die Nacht.

Marchward folgte ihnen und erreichte einen von hohen Mauern umgebenen Hof, wo sich die Werkstätten der Wagner und Zäumer befanden und wo gleich um die Ecke der Umspann war, eine Station mit Essens- und Schlafgelegenheiten für die einfachen Fuhrleute. Die unterschiedlichsten Gerüchte und Spekulationen über das weitere Vorgehen der Ungarn machte unter den

Männern die Runde, und Marchward grübelte über die spärlichen Informationen nach, die er soeben aufgeschnappt hatte. Gerade wollte er sich mit zwei Händlern aus dem Grenzland in ein Gespräch einlassen, als er wie vom Schlag gerührt stehen blieb und überrascht auf einen Mann starrte, der, sein Sattelzeug geschultert, Ausschau nach einem Quartierplatz zu halten schien. Marchward war sich sicher, das Gesicht schon einmal unter den Männern des Nußdorfers gesehen zu haben. War es Zufall oder ein Spiel des Teufels, daß ihm der Mann hier über den Weg lief? Er hatte nicht vor, die Antwort darauf dem Zufall zu überlassen. Seine Augen verengten sich.

„Ihr überwacht mich also! Na warte, du Hundesohn!" murmelte er gepreßt und verließ den Hof in entgegengesetzter Richtung. Er wußte, er konnte sich Zeit lassen, denn der Spitzel würde mit dem Sattelzeug auf der Schulter in dem Gedränge nicht so leicht vorankommen. Bewußt wählte er den Weg so, daß es aussah, als habe er sich entschlossen, zu seinem Quartier ins Kloster zurückzukehren. Das würde seinen Verfolger in Sicherheit wiegen, und ihm ersparen, sich ständig zu vergewissern, ob ihm der Mann auch folgen würde. Langsam ebbte das Treiben ab, und an einer Wegkreuzung sah er im Schein eines Feuers oder einer Lampe, der aus einer offenen Türöffnung fiel, den Umriß seines Schattens. Marchward wählte eine unbelebte Seitengasse und drängte sich in eine Türöffnung. Deutlich hörte er die Schritte näher kommen und an der Ecke unschlüssig verharren. Zögernd setzte der Mann seinen Weg fort und stieß plötzlich einen Fluch aus. Die letzten Worte erstarben in einem Schmerzensschrei, als ein harter Schlag laut gegen sein Kinn krachte. Ein zweiter Hieb trieb ihm die Luft aus den Lungen. Verblüfft starrte er auf den Schattenumriß an der Wand, verdrehte die Augen und fiel, mit dem Kopf die Mauer schleifend in die Gosse, den Oberkörper unter dem Sattelzeug begraben. Ohne sich weiter um den Mann zu kümmern, setzte der Verfolgte seinen Weg fort.

Marchward hatte das Glück, gleich am Morgen des vierten Tages zur Audienz gerufen zu werden. Die Schlange der Bittsteller und der Mütter, die ihre Neugeborenen segnen lassen wollten, war an diesem Morgen größer als an den anderen Tagen; also mußte sich die Ankunft des Metropoliten schon in der Stadt herumgesprochen haben. Man führte ihn in einen Raum, dessen starke Mauern nur von zwei kleinen Fensteröffnungen durchbrochen waren, und es dauerte einige Zeit, bis er in dem düsteren Licht Einzelheiten erkennen konnte. Eine einfache Bank war das einzige Mobiliar, und die Türe war mit einem schweren Schloß gesichert, das nur von der anderen Seite aus zu öffnen war.

Marchward war nicht zum erstenmal hier, trotzdem trat er unruhig von einem Fuß auf den anderen. Mit leisem Knarren öffnete sich die Türe, und ein Bediensteter forderte Marchward auf, näher zu treten. Der Saal war groß und geräumig und mit kostbaren Wandbehängen ausgestattet. Auf einem reich verzierten Stuhl saß der Metropolit über einige Papiere gebeugt. Er hatte breite Schultern und sehnige Hände, die eher zu einem Bauern gepaßt hätten als zu einem Mann der Kirche. Langes, an den Schläfen stark ergrautes Haar, buschige Brauen und helle, wache Augen. Marchward ging es wie jedem, der diesen Raum betrat, und wurde klein und für einen kurzen Moment unsicher. Doch dann verbeugte er sich tief und ruhig. Langsam senkte der Bischof das Blatt und hob den Blick.

„Gott zum Gruß, Amtmann! Ich hoffe, es geht dir gut und deine Geschäfte florieren?“

„Gottes Segen und Eure schützende Hand lagen bisher auf unserer Hände Arbeit“, erwiderte Marchward.

„Das höre ich gerne!“ Mit einer einladenden Handbewegung forderte er den Verwalter auf, Platz zu nehmen.

„Man hat mir gesagt, Ihr wärt gekommen, um Euch in einer wichtigen Angelegenheit mit mir zu besprechen?“

Groß und fragend fühlte Marchward den Blick des Metropoliten auf sich gerichtet.

„Ist es die Sorge über die Unruhe unter den Bauern, die Euch hierhertreibt?“ Er machte eine Pause, als wolle er zu erkennen geben, wie richtig er die Situation eingeschätzt hatte. „Ihr seid offensichtlich nicht der einzige, der sich über die Zustände unter den Bauern beunruhigt!“

Marchward blickte überrascht auf.

„Bruder Markus hat mich schon über die drohende Gefahr eines Aufruhrs in Kenntnis gesetzt.“

„Noch ist es nicht soweit, Exzellenz!“ unterbrach Marchward.

„Das will ich hoffen! Ihr wart doch bisher immer Herr der Lage! Ihr seid ein kluger Kopf, Marchward! Ich schätze Euer überlegtes Vorgehen, und gerade wegen dieser Eigenschaft habe ich Euch für die Position eines Amtmannes ausgewählt.“

„Ich tue mein Bestes, Exzellenz!“

Der Bischof winkte ab.

„Zur Sache! Uns haben erschreckende Gerüchte erreicht, daß sich die Bauern erdreisten, sich gegen die Anordnungen der Obrigkeit aufzulehnen und trotz des Verbotes weiterhin ihr Korn mit ihren Handmühlen mahlen.“

Marchward sah seine Pläne gefährdet und ging über den versteckten Vorwurf hinweg. Zornesröte schoß ihm angesichts dieser einseitigen Schuldzuweisung an die Adresse der Bauern ins Gesicht, und er glaubte zu spüren, aus welcher Ecke der Wind wehte. Er mußte sich beherrschen, daß seine Hände nicht vor Wut zu zittern begannen, als er zu sprechen anfing.

„So mag es scheinen aus der Sicht der Grafen und Edelleute, Exzellenz! Ihr müßt auch die Lage der Bauern sehen und verstehen! Für sie wird der Platz immer enger, und die Mißachtung ihrer Rechte durch die adeligen Grundbesitzer wächst von Tag zu Tag. Nicht genug, daß sie rundherum Wege- und Brückenzoll bezahlen müssen an Plätzen, die einst ihre Vorfahren der Natur abgerungen haben. Jetzt treibt man ihnen auch noch das Wild in ihre Felder, zerstört Zäune und Hütten und raubt ihnen das Vieh. Wie Ihr wißt, hat man sich nicht einmal davor gescheut, meinen Müller und seine Familie umzubringen und meine Mühle niederzubrennen, die ihre Abgaben stets vorschriftsgemäß an das Kloster entrichtet hat."

„Seid vorsichtig, Marchward!" fiel ihm der Bischof ins Wort. „Ihr wißt selbst zu gut, welche Folgen es haben kann, jemanden zu verdächtigen, ohne handfeste Beweise dafür zu haben!"

„Euer Exzellenz! Ihr wißt so gut wie ich, wer hinter diesen Anschlägen steckt und welches Ziel er damit verfolgt! Das Problem liegt darin, daß solche Übergriffe stillschweigend geduldet werden, insbesondere, weil sie Liegenschaften betreffen, die Euch und dem Kloster gegenüber in Grundhörigkeit stehen. Wenn die einfachen Menschen sehen, daß ihnen selbst die Kirche keine Gerechtigkeit widerfahren läßt und solcherlei Unterdrückung einfach duldet, wer kann es ihnen dann verdenken, daß sie keinen anderen Ausweg sehen und zu den Waffen greifen?"

„Befleckt Eure Hände nicht mit Blut, Marchward! Ihr geltet als Anführer der Gilde, und ich müßte Euch für bewaffneten Aufruhr mit zur Rechenschaft ziehen! Bisher habt Ihr es immer verstanden, Euren Einfluß geltend zu machen. Sprecht mit den Leuten! Auf Euch werden sie hören! Ich lege die Angelegenheit in Eure Hände. Ihr könnt mit meiner Unterstützung erst dann rechnen, wenn sich Eure Vorwürfe, gegen wen auch immer, als eindeutig gerechtfertigt erweisen!"

Der Erzbischof lehnte sich zurück, legte die Hände aneinander und berührte damit seine Lippen, während er sein Gegenüber dabei unverwandt anstarrte.

„Nun Marchward, was habt Ihr darauf zu entgegnen?" setzte er nach, als er merkte, daß dieser zögerte.

„Wenn Ihr es wünscht, werde ich es versuchen.“

„Den Unruhen muß ein Ende gemacht werden, ehe sie weiter um sich greifen und möglicherweise noch unsere Klostergüter in Mitleidenschaft ziehen!“ warf der Metropolit unwirsch ein.

Marchward hielt die Zeit für gekommen, sich auf neues Terrain vorzuwagen.

„Ich kann zwar nicht garantieren, daß sich die Bauern nicht in einem wilden Aufbäumen gegen die ihnen von den Landbesitzern auferlegten Zwangsmaßnahmen mit Waffengewalt zur Wehr setzen, aber ich glaube, es gäbe ein Mittel, das sie ihr Vorhaben noch einmal überdenken ließe.“

Überrascht hob der Bischof den Blick.

„Ich wußte doch, daß Euch auch diesmal eine Lösung einfallen wird! Sprecht offen und frei heraus!“ forderte er ihn auf. „Was ratet Ihr?“

Marchward war auf die Frage vorbereitet.

„Ich für meine Person weiß,“ begann er ruhig, „daß die Mühle, die mein Großvater mit der Zustimmung eines Eurer Vorgänger gebaut hat, vielen Grafen in der Umgebung ein Dorn im Auge ist. Was zu ständigen Unstimmigkeiten und Streitigkeiten führt, ist die Tatsache, daß viele der Bauern, auch Grundhörige der Grafen, ihr Korn lieber in meiner Mühle mahlen ließen, was verständlicherweise viele meiner Nachbarn gegen mich aufbringt. Um nun zu verhindern, daß die Mühle den Anlaß für eine bewaffnete Auseinandersetzung bietet, wäre ich bereit, diese an das Kloster zu verkaufen, wenn Ihr mir das Recht beurkundet, im Miesenbachtal, in der Nähe der Zelle, eine neue Mühle bauen zu dürfen. Nur sollte der Kauf vorerst noch vertraulich behandelt werden, damit es mir möglich ist, die Mühle als Druckmittel gegen die Bauern einzusetzen.“

Der Bischof erhob sich von seinem Stuhl und schritt nachdenklich durch den Raum.

„Klingt vernünftig, nur paßt es so gar nicht zu Euch, daß Ihr eine fette Gans auslaßt, um Euch mit einer unsicheren Beute zu begnügen. Füchse und Wölfe gibt es nicht nur am Teisenberg, sie werden sich früher oder später auch im Miesenbachtal einstellen!“

Marchward konnte das seltsame Gefühl nicht loswerden, als durchschaue sein Gegenüber all seine Pläne und Absichten. Der Metropolit blickte durch das offene Fenster hinunter in den Garten der bischöflichen Residenz.

„Man müßte...“ begann er nachdenklich.

Er wandte sich gedankenverloren um und starrte an seinem Amtmann vorbei. Er hatte die hohe Stirn in Falten gelegt, und gerne hätte Marchward gewußt, was hinter ihr vor sich ging.

„Wie weit habt Ihr die Mühle wiederhergestellt?"

„Der Bau ist abgeschlossen, nur das Mühlrad und das Mahlwerk fehlen noch!"

Der Bischof zögerte noch einen Augenblick.

„Gut!" sagte er schließlich.

„Ich nehme Euer Angebot an, vorausgesetzt, Ihr akzeptiert die gleichen Bedingungen wie in Eurem alten Vertrag. Ich werde eine Urkunde ausfertigen und Euch die benötigten Teile in den nächsten Tagen zukommen lassen. Vorläufig wissen nur wir beide und ein verläßlicher Schreiber von dem Handel. So habt Ihr den Bauern gegenüber freie Hand."

„Ich bin Euch zu großem Dank verpflichtet!"

„Nur eines noch! Erfüllt Eure Vertragspflicht bis zum Ende des Jahres und sorgt dafür, daß die Bauern und auch das Kloster ihr Mehl erhalten! Das wird die Gemüter beruhigen und uns erlauben, für den Fall eines Krieges mit den Ungarn vorzusorgen."

Überrascht hob Marchward den Kopf.

„Habt Ihr Anzeichen dafür, daß sich der Ungar trotz der riesigen Tributzahlungen nicht an die Abmachungen halten wird?"

„Gott möge uns davor bewahren! Aber die Zeit wird unausweichlich kommen, wenn sie die Ostgaue bis aufs Blut ausgeplündert haben, wo sie sich mit unseren Tributzahlungen nicht mehr zufriedengeben werden und sich holen, wonach ihnen der Sinn steht. Ich hoffe nur, daß wir dann stark genug sind, uns gegen sie zu behaupten. Ich jedenfalls hielt es für ratsam, Kloster- und Kirchenschatz sowie einen Großteil der Folianten nach Absdorf bringen zu lassen. Gebe Gott, daß sie in Böhmen reiche Beute gemacht haben und sich damit begnügen, da und dort ein paar Weiler niederzubrennen. Bis jetzt haben sie es noch nie gewagt, eine befestigte Stadt anzugreifen."

Es klopfte an der Türe, und ein junger Mönch, allem Anschein nach ein Sekretär des Bischofs, näherte sich dem Metropoliten und wechselte mit ihm halblaut einige Worte, worauf sich dieser Marchward zuwandte.

„Es tut mir leid,"sagte er und hob leicht die Arme.

„Viele dringliche Angelegenheiten haben sich während meiner Abwesenheit angehäuft. Mein Sekretär wird alles weitere mit euch regeln. Bleibt gesund Marchward und vor allem sorgt dafür, daß die Bauern Ruhe bewahren! Es ist genug, daß die Feinde wie Wölfe unser Land durchstreifen. Tut, was ihr könnt, damit sich die eigenen Landsleute nicht gegenseitig anfallen!

Es wär ein entsetzlicher Fehler, nicht alles getan zu haben, um dem vorzubeugen. Gott mit Euch!"

Nach Erledigung der Vertragsformalitäten ging Marchward durch die Vorhalle und plötzlich drängte es ihn, fortzukommen. Er hatte seine Fäden gesponnen, auch wenn sich der Metropolit nicht geneigt gezeigt hatte, etwas wegen der Übergriffe zu unternehmen und ihm die gesamte Last der Verantwortung aufgebürdet hatte, ohne sich selbst in irgendeiner Form auf eine bestimmte Handlungsweise festzulegen.

Es war schon Mittag, als er durch die Porta nach Norden ritt.

„Schaut zu, daß nicht zu viele Schmeißfliegen in die Stadt gelangen!" scherzte er mit den Wachen an der Brücke. Er war erleichtert, die Stadt mit ihrem Lärm und Gestank hinter sich zu lassen und in Kürze wieder die reine Luft der Wälder zu atmen.

„Wollt Ihr nicht lieber warten, bis eine Gruppe Händler nach Westen fährt und Euch ihnen anschließen?" fragte einer der Männer.

„Es ist nicht unbedingt ratsam, alleine durch die Gegend zu reiten! Die Wälder draußen um die Moore wimmeln nur so von Raubgesindel, und sie machen sich über jeden her, der alleine und ohne Schutz unterwegs ist. Erst vergangene Woche hat man einen Säumer erschlagen aufgefunden, ausgeplündert bis auf die Haut. Tragetier, Traglast, Kleider - nichts außer dem Toten haben sie zurückgelassen!"

„Pah! Mit mir würden sie wahrlich keinen fetten Fang machen!" versuchte Marchward zu beschwichtigen und seine Bedenken zu zerstreuen.

„Eure Stiefel, Herr, Mantel, Waffe und Euer Pferd wären jedes für sich schon allein ein Grund, um die Begehrlichkeit dieser Schurken zu wecken! Unterschätzt die Gefahr nicht! Wäre schade um Euch und um das schöne Tier!"

„Habt Dank für euren gutgemeinten Rat!" rief Marchward und trieb das Pferd über die Brücke, und das Klappern der Hufe auf den Bohlen verschluckte die Worte, die einer der Wachen ihm nachrief.

Schon nach wenigen Minuten verschlang die düstere Unwegsamkeit der Wälder und Hochmöser Weg und Reiter. Stechend fraß sich die Sonne mit Glutbündeln durch die Baumkronen und Scharen surrender Mücken erhoben sich aus den Büschen. Der Duft wilder Blumen mischte sich mit dem Moder der Moore, aber Marchward hatte keinen Blick für das abwechslungsreiche Farbenspiel der Landschaft. Ohne die ärmlichen und windschiefen Hütten einer Köhlersiedlung abseits des Weges wahrzunehmen, waren seine Gedanken vorausgeeilt zu den nun vor ihm liegenden Aufgaben. Er durchritt gerade vom Achtal kommend den Höhenwald, als sein Blick auf einen Schwarm aufgeschreckter Vögel fiel, die laut schreiend über ihm nach Westen flogen. Fast im gleichen Moment wußte er, daß die regungslose Gestalt gut zwei Steinwürfe vor ihm zwischen den Stämmen die Ursache dafür war. Marchward zügelte das Pferd und blickte sich sichernd nach allen Seiten um. Überrascht registrierte er, wie sich von beiden Seiten mit Gabeln und Knüppeln bewaffnete Lumpengestalten näherten und versuchten, ihm den Weg zu verstellen. Es waren finstere Gesichter, aus denen Hunger und bittere Entschlossenheit sprachen, Menschen, fast schon Tiere, die Not und Verzweiflung zu einer Zweckgemeinschaft zusammengeschweißt hatte. Die meisten von ihnen waren vor dem Zugriff der Büttel oder vor plündernden Feinden in die Wälder geflohen, und ausgesetzt der Düsternis und der Armseligkeit des Ödlandes waren sie selbst ein Teil davon. Arbeit fanden sie keine und so schwärmten sie tags über das Land aus, legten Schlingen und Fallen oder waren ständig auf der Suche nach einer leichten und einträglichen Beute. Die Menschen der Umgebung distanzierten sich von ihnen und begegneten ihnen mit Verachtung. Während ihr Leben geprägt war von einer festen Ordnung, von Arbeit und von Kampf, sich die Natur nutzbar zu machen, lebten jene wie Parasiten nur auf Kosten anderer. Sie hatten kein Heim, keinen Besitz, nicht einmal Werkzeuge, höchstens eine behelfsmäßige Waffe, mit der sie sich gegenseitig auf Distanz hielten. Nur selten durchbrachen sie die Mauer aus Armseligkeit und Not, wenn sie durch seltenes Glück leichte Beute gemacht hatten, wenn sie einem Bauern ein Schwein gestohlen oder ihnen auf einem ihrer Raubzüge ein Faß Wein in die Hände gefallen war. Dann hörte man es an dem Lärm und dem Gebrüll der berauschten Männer und dem schrillen Lachen der Frauen und an den wüsten Flüchen, die ihr Fest begleiteten. So lebten sie außerhalb der Gesetze, und ihre Streitigkeiten schlichteten sie in ihrer Verbitterung und Unbeherrschtheit nicht selten mit Mord. Wie ein Rudel Wölfe hatte inzwischen die Schar der Männer dicht gedrängt einen Halbkreis um Marchward gezogen, wobei sie sich nur mit Blicken und Gesten untereinander verständigten. Er wußte, daß sein Leben keinen Pfifferling mehr wert war, wenn es ihnen gelang, den Ring um ihn zu schließen. Er mußte es fertigbringen, für kurze Zeit ihr Interesse von sich abzulenken. Zwar überlegte er für einen Augenblick, ob er zwei oder drei von ihnen nicht einfach umreiten sollte, aber die Gefahr war zu groß, daß es einigen dabei gelingen könnte, das Pferd zu verletzen, und so verwarf er den Gedanken gleich wieder. Statt dessen löste er mit raschem Griff seine Geldkatze von den Hüften.

„Das ist es doch wohl, hinter dem ihr her seid!"
Er hielt sie für alle sichtbar in die Höhe.
„Ich habe gute Geschäfte gemacht in Salzburg. Hier! Ihr könnt sie haben!"
Mit mächtigem Schwung schleuderte er sie über die Köpfe der Männer. Während ihr Anführer wie ein lauerndes Tier regungslos verharrte, fielen die Nächststehenden wie ausgehungerte Hunde über die Beute her. Marchward nutzte die Gunst des Augenblicks und trieb das Pferd zu einem mächtigen Sprung an.
„He, paßt auf! Er versucht zu entkommen!"
Aber schon flog der Wallach in einem mächtigen Satz über das Knäuel aus Menschenleibern hinweg und stürmte den Hang hinauf. Mit einem Ausdruck ungläubiger Verblüffung auf dem narbigen Gesicht warf sich ein Mann, dem die Waffe entglitten war, zur Seite, um sich vor den wirbelnden Hufen in Sicherheit zu bringen. Marchward hörte hinter sich den Anführer fluchen.
„Ihr Idioten! Laßt euch übertölpeln wie kleine Kinder! Die Strohköpfe sollte man euch einschlagen!"
In vollem Galopp stürmte er den Hügel hinauf und erst als er bemerkte, daß er die Verfolger endgültig abgeschüttelt hatte, und daß kein weiterer Hinterhalt auf ihn lauerte, löste sich langsam die Anspannung angesichts des mit berechnender Grausamkeit geführten Überfalls.
Die Sorge über die Tatsache, daß das Raubgesindel seine Streifzüge so weit nach Westen ausdehnte, trieb ihn voran. Er durchritt auf Umwegen die Talauen. Wenig später lag bereits die Hälfte des Weges über den Nordhang des Teisenberges hinter ihm, als das Gelände sich leicht nach Westen zu neigen begann und er vor sich den Wolfsberg und weiter im Norden den Lenzin vor sich liegen sah. Erst jetzt ließ er das Pferd in eine langsamere Gangart fallen. Von weitem konnte er bereits hangabwärts die Umrisse des Gutshofes unter sich ausmachen und er wunderte sich bereits, daß er noch auf keine der Wachen gestoßen war, die auf sein Geheiß hin das Gelände hinüber zur Veste des Nußdorfers im Auge behalten sollten. Das Bild, das sich ihm kurz darauf bot, ließ eine schreckliche Ahnung in ihm aufsteigen. Stimmen, Zurufe und Hundegebell drangen an sein Ohr. Irgend etwas schien die Menschen auf dem Hof in helle Aufregung versetzt zu haben. Knechte suchten das Gelände außerhalb der Mauern mit Hunden ab und Mägde drängten sich auf dem Platz zwischen Haupthaus und Wirtschaftsgebäude. Marchward sprengte vorwärts. Aber selbst als er schon auf Rufweite heran war, konnte er aus dem aufgeregten Geschrei nicht recht schlau werden.
„Seid ihr denn alle verrückt?" fuhr er den erstbesten der Knechte an.

„Was ist denn in euch gefahren, daß ihr herumrennt wie aufgeschreckte Hühner?“

Angst sprach aus den Augen des Angesprochenen.

„Der Ungar, Herr!“ stammelte er. „Der Ungar – er ist geflohen!“

Die Worte trafen Marchward wie ein Blitz.

„Wie konnte das geschehen?“ schrie er wutentbrannt und packte den Knecht am Wams und schüttelte ihn kräftig.

„Und du getraust dir, mir das einfach so ins Gesicht zu sagen?“

„Ich wollte, es wäre nur das! Das Schlimmste wißt Ihr noch gar nicht!“

„Was denn noch?“ polterte Marchward.

„Nun rede endlich oder soll ich dir die Worte einzeln herausprügeln?“

„Euer Sohn, Herr!“

„Was ist mit ihm?“

„Er ist ihm gefolgt und er hat es sich in den Kopf gesetzt, den Ungarn zu schützen. Auch Weriga ist nach einem heftigen Wortstreit zwischen den beiden verschwunden.“

Marchward spürte, wie sich die Worte wie scharfes Eisen in sein Innerstes bohrten.

„Chiemo - hier? Und niemand von euch hat ihn und das Mädchen daran hindern können?“

Schuldbewußt senkte der Knecht den Blick.

„Wir haben die ganze Umgebung nach den dreien abgesucht. Aber trotz der Hunde haben wir ihre Spuren verloren.“

Was folgte, war ein Ausbruch, den jeder aus dem Gesinde schon kommen gefühlt hatte, als Marchward wie ein Sturm in den Hof gefegt war. Rasend vor Wut sprang er vom Pferd. Wie ein Besessener rannte er über den Hof, packte Knechte und Mägde, riß sie an sich und überschüttete sie mit Vorhaltungen.

„Wofür steht eigentlich eine Wache am Tor?“ schrie er außer sich.

„Ist denn die ganze Welt verrückt, daß ein Blinder am hellen Tag das Tor passiert und verschwindet?“

Seine Stimme bebte vor Zorn. Der erneute Ungehorsam seines Sohnes steigerte seine Wut ins Unermeßliche.

„Sie können sich doch nicht alle einfach in Luft aufgelöst haben!“

Vergeblich versuchte Richardis, ihren Gatten, der wie ein Wahnsinniger von einem zum anderen rannte, zu besänftigen. In seinen Augen flackerte es düster auf, und sie wußte nicht, war es Wut, Zorn oder eine tief in seinem

Innnersten verborgene Angst. Richardis bemerkte, wie er bereit war, auch sie vor aller Augen wütend anzufahren.

„Nimmt dieser Narr denn nie Vernunft an? Ich werde ihm zeigen, wohin er mit seiner Verstocktheit kommt! Ich habe ein für allemal genug! Sowie er wieder auftaucht, überstelle ich ihn nach Herrenwörth zu meinem Bruder ins Kloster! Dort kann er Gehorsam lernen bis an sein Lebensende!"

Erschrocken schlug Richardis die Hände vor den Mund.

„Nein! Nicht!" schrie sie und brach in Schluchzen aus.

„Du weißt nicht, was du sagst!" Sie rang die Hände. „Das kannst du doch nicht tun! Weißt du, was du ihm damit antust? Er würde zerbrechen daran!"

Marchward schnitt ihre Worte mit einer resoluten Handbewegung ab.

„Rechne nicht damit, daß du mich umstimmen kannst! Nichts und niemand wird mich dazu bringen, mein Wort zurückzunehmen."

Im gleichen Moment wurde er sich bewußt, daß seine Worte unbedachtem Zorn entsprungen waren. Zudem trat ihm deutlich die Gefahr vor Augen, in der Chiemo und Weriga schwebten. War er nicht gerade erst kaum eine Stunde entfernt mit knapper Mühe einem Anschlag auf sein Leben entkommen? Gab es für dieses Raubgesindel eine leichtere Beute, als einen Blinden und zwei Halbwüchsige, deren Weg geradewegs in Richtung der Moore zu führen schien? Kalte Angst stieg in Marchward auf. Schlagartig veränderte sich der Ausdruck seiner Augen, und seine Gesichtszüge erstarrten.

„Sie müssen noch irgendwo in der Nähe sein! Holt die Hunde!" befahl er. „Und haltet euch bereit! Wir brechen sofort auf!"

Die Männer rannten davon und taten wie geheißen. Marchward warf einen prüfenden Blick zum Himmel. Er wußte, daß nur wenig Aussicht bestand, noch vor Einbruch der Dämmerung auf eine Spur zu stoßen.

„Beeilt euch! Wir haben keine Zeit zu vertrödeln!" schrie er und saß schon wieder im Sattel.

Mit tränenfeuchten Wangen schob sich Richardis neben ihn.

„Find ihn und bring ihn wohlbehalten zurück!" stammelte sie und wischte sich mit dem Handrücken über die Augenwinkel. „Über deine Drohung können wir später reden!"

Wortlos trieb Marchward sein Pferd an und sprengte in einer Staubwolke vom Hof. Starr schaute Richardis ihm und den Männern nach, und ihr Blick haftete noch am Tor, als die Männer schon lange im nahen Wald verschwunden waren.

## Verliebt

Mit finsterer Miene suchte Weriga den Waldboden nach Spuren ab. „Dickschädel, verdammter!“schimpfte sie vor sich hin. Seit Mittag hatte sie der Fährte nachgespürt, ohne zu wissen, ob es der Ungar oder Chiemo war, dessen Spur sie verfolgte. Sie wußte selbst nicht, was sie dazu trieb, entgegen ihrer innersten Überzeugung Chiemo nachzujagen. Was hatte sie ihm im ersten Zorn nicht alles an den Kopf geworfen, als sie sich über sein unsinniges Verhalten klar geworden war.

„Hast du denn völlig den Verstand verloren?“ hatte sie ihn angeschrien. „Auslachen wird man dich! Für einen Idioten wird man dich halten! Hast du denn gar keine Ehre im Leib? Wie kannst du nur für eine dieser Bestien eintreten?“

Alles war zwecklos gewesen. Er hatte ihre Vorwürfe und Beleidigungen wie Wassertropfen an sich abprallen lassen und sie schließlich, ohne weiter von ihr Notiz zu nehmen, zur Seite geschoben. Nicht einmal Richardis, die Herrin, hatte ihn zur Vernunft bringen können. Erneut fühlte Weriga heißen Zorn in sich aufsteigen.

Obwohl der Abdruck an der Böschung ihre Vermutung bestätigte, zeigte sie sich doch überrascht, so hoch über dem Talboden wieder auf die gesuchte Fährte zu stoßen. Wenn Chiemo wenigstens eines der Pferde seines Vaters geritten hätte, so wäre es ihr ein leichtes gewesen, festzustellen, auf wessen Fährte sie ritt. So aber wußte sie nicht, wen sie vor sich hatte.

„Gerissener, verdammter Fuchs!“ murmelte sie anerkennend. „Aber selbst du kannst dich nicht einfach wie ein Waldvogel in Luft auflösen!“

Ihr Blick glitt hinaus über die Hügel und folgte der kaum sichtbaren Schneise, auf der die Salzstraße von Westen kommend die Baumwüste nach Osten durchschnitt, gesäumt von den kleinen Siedlungsflächen, die die Menschen dem Wald in mühsamer Arbeit abgerungen hatten. Die Natur um sie her schien den Atem anzuhalten. Weriga ließ sich aus dem Sattel gleiten und band das Pferd an langem Zügel an einen Strauch, damit es grasen konnte. Dann löste sie ihren Proviantsack vom Sattel und ließ sich auf einem Felsplateau nieder. Der Platz war gut gewählt, denn er bot einen guten Überblick und würde es ihr ermöglichen, den Platz auch gegen größere Raubtiere zu verteidigen. Sie warf den Sack vor sich auf den Boden und holte Trockenfleisch und ein Stück Brot hervor. Trotz des nagenden Hungers aß sie langsam, jeden Bissen zerkauend, während ihre dunklen Augen ins Weite starrten. Irgendwo hörte sie geraume Zeit später weit über sich schauriges Heulen aus den Felsen, und dieser dunkle Ruf aus kaum noch bewußten Urtagen rief ihr plötzlich mit Schrecken in Erinnerung, daß die Natur mitunter den Jäger zum Gejagten bestimmte.

Ein kaum hörbares Geräusch ließ sie plötzlich auffahren. Ein Schwarm schwarzer Vögel löste sich rechts unter ihr aus den Baumkronen und flog krächzend hangaufwärts. Irgend etwas mußte sie aufgeschreckt haben. Weriga sprang auf, ihr Körper straffte sich, und angespannt lauschte sie hinaus in die wieder einsetzende Stille.

„Dort also hockst du!“ murmelte sie.

Das Pferd hinter ihr gebärdete sich unruhig. Weriga bemerkte, wie es erregt den Kopf aufwarf, wie sich die Nüstern blähten und sich die Ohren in angespanntem Spiel bewegten. Allem Anschein nach schien die Stute eine fremde Witterung aufgenommen zu haben. Beruhigend tätschelte Weriga den Hals des Tieres und fuhr mit der anderen Hand liebkosend über seine Nüstern.

„Schon gut! Sei still! So leicht kann uns keiner zum Narren halten!“

Weriga hielt den Atem an und lauschte erneut in die anbrechende Nacht. Ganz deutlich glaubte sie die Nähe eines Menschen zu fühlen, aber aus dem dunklen Schatten der Bäume war kein Laut zu hören, nicht einmal mehr Tierstimmen durchbrachen die gespenstische Stille. Sie erkannte, daß ihr nur noch wenig Zeit blieb, ehe das Dunkel alle Spuren für die Dauer der Nacht endgültig verwischte. Nach einem kurzen Versuch, die Verfolgung fortzusetzen, mußte sie schließlich einsehen, daß es besser sein würde, sich nach einem sicheren Platz für die Nacht umzusehen. Im Schutze eines Felsens scharrte sie einen Haufen trockenen Laubes zusammen, zog sich eine Decke um die Schultern und erwartete, an die wärmende Flanke des Pferdes gelehnt, das Aufgehen des Mondes. Vergeblich versuchte sie, die aufsteigende Müdigkeit und Erschöpfung in sich niederzukämpfen.

„Törichte Närrin!“ schalt sie sich selbst, als sie sich schließlich wie ein Tier zusammenkauerte und in einer unbewußten Bewegung das Messer unter der Schulter hervorzog. Im Schein des Mondlichtes betrachtete sie die matt schimmernde Schneide. Gegen alles kannst du dich damit zur Wehr setzen, nur nicht gegen Erschöpfung und Schlaf, waren die letzten Gedanken, ehe die Müdigkeit und die Anspannung des hinter ihr liegenden Tages sie doch übermannte. Sie wußte nicht, wie lange sie so gelegen oder ob sie gar geschlafen hatte, als sie plötzlich erschrocken hochfuhr. Irgend ein Geräusch ganz in ihrer Nähe hatte ihre Sinne in höchste Wachsamkeit versetzt. Jetzt war es wieder still. Nicht einmal die Richtung, aus der das Geräusch gekommen war, hatte sie feststellen können. Ein kalter Schauer überlief sie und sie spürte, wie das Blut durch ihre Adern jagte. Vorsichtig stützte sie sich auf, ohne jedoch verhindern zu können, daß das Laub unter ihr raschelte. Sie glaubte das Knistern groben Tuches zu hören und hielt, während sie sich aufrichtete, die Klinge schützend vor sich. Wäre es ein Raubtier gewesen, das Pferd hätte sich viel nervöser verhalten. Weriga fühlte mit der Linken, wie sich seine Halsmuskeln spannten und es prüfend die Luft durch die Nüstern zog.

„Chiemo?“ flüsterte sie leise und spürte wie ihre Stimme zitterte.

Sie wußte nicht, was sie härter traf, der Stoß einer Astgabel an ihrer Schulter, der sie taumeln ließ oder die Worte in fremder Sprache.

„Rühr dich nicht von der Stelle! Laß die Klinge fallen!“

Auch ohne den Druck des Holzes, das sie an den Fels preßte, wäre Weriga nicht in der Lage gewesen, einen Stoß mit dem Messer zu führen, so sehr war ihr der Schreck in die Glieder gefahren, daß es jemand vermochte, sich ihr unbemerkt bis auf Armweite zu nähern. Ungläubige Verblüffung erstickte jeden Laut in ihr.

„Die Nacht bringt für einen Blinden mehr Vorteile als für einen Sehenden“, hörte sie die Stimme des Ungarn unmittelbar vor sich. „Du hättest besser daran getan, still liegen zu bleiben. So aber war die Überraschung auf meiner Seite.“

„Du warst es also, dessen Spur ich bis Einbruch der Dunkelheit folgte“, keuchte Weriga unter dem nicht nachlassenden Druck an ihrer Schulter.

Langsam wich die Erstarrung von ihr, aber noch ehe sie sich rühren konnte, schlossen sich kräftige Finger um ihre Hand und entwanden ihr das Heft der Klinge, deren Stahl noch die Wärme ihres Körpers hatte. Der Druck des Holzes auf ihren Oberkörper ließ nach, und gleich darauf zwang sie ein harter Griff um ihren Oberarm auf die noch warme Decke. Tastend glitten die Hände über sie auf der Suche nach weiteren Waffen. Wortlos ließ es Weriga geschehen.

„Als ich merkte, daß ich es mit zwei Verfolgern zu tun hatte, war ich mir sicher, daß Haß und frauliche Intuition die Sinne mehr schärfen würden als der sachliche Verstand eines Mannes“, brach der Ungar erneut das Schweigen. „Allerdings bin ich mir noch nicht darüber im klaren, was dich dazu trieb, meiner Spur zu folgen?“

Weriga schwieg, als fühle sie sich in ihren innersten Gedanken ertappt.

„War es nur Haß oder auch der Stolz, sich mit einem Feind zu messen? Du betrachtest mich doch als deinen Feind?“

Weriga fühlte, wie seine Hände nach den ihren tasteten und sich seine Finger wie Klammern um ihre Gelenke schlossen. War sie im ersten Schreck wie gelähmt gewesen, so stachelte jetzt der schmerzliche Griff mehr und mehr ihre Wut an. Ekel schnürte ihr die Kehle zu.

„Bestie!“ zischte sie und versuchte sich frei zu machen. „Das Blut meiner Familie und meiner Freunde klebt an den Händen deiner Landsleute und an dir!“ Sie fühlte die Wunden schmerzhafter Erinnerung erneut in sich aufbrechen. Bilder des Massakers stiegen vor ihren Augen auf, und nur mit Mühe gelang es ihr, einen Schrei und das Zittern ihrer Hände zu unterdrücken.

„Der Krieg macht alle Menschen zu Bestien!“ sagte er hart, „euch ebenso wie uns. Wir erobern und plündern, um zu überleben. Uns treibt die Not, das Elend und der Hunger aus den Steppen in die fruchtbaren und ertragreichen Gebiete. Selbst Tiere töten, um zu überleben. So gesehen, magst du recht haben, in mir eine Bestie zu sehen. Wie aber nennst du die, die aus purer Besitz- und Machtgier, nicht aus Not sondern aus purer Abenteuerlust oder unter dem Deckmantel der Bekehrung Tausende und Abertausende abschlachten, nur weil sie sich nicht zu eurem Glauben bekennen? Wie nennst du die, die ihre eigenen Landsleute und Nachbarn überfallen und aus purer Besitzgier umbringen? Oder die, die Hand an einen Gefangenen legen und ihm aus Mutwillen und Niedertracht das Augenlicht rauben? Ohne Chiemos Eintreten wäre ich längst nicht mehr am Leben. Sie hätten mich erschlagen wie eine Ratte! Fühlst du die Narben auf meinem Gesicht?“

Weriga zuckte schmerzlich zusammen, als er ihre Finger zwang, die leeren Augenhöhlen zu berühren, aber sie machte keine Anstalten mehr, sich zu befreien. Urplötzlich spürte sie ihren Haß und auch ihre Angst schwinden, und als fühle er ihre Gedanken, fuhr er fort.

„Vielleicht hat uns das Schicksal zusammengeführt, um mitzuhelfen, die jahrhundertealte Kluft aus Vorurteilen zwischen unseren verfeindeten Völkern zu überwinden. Ist das, was dich und mich trennt nicht der eigentliche Fluch, der die Menschen entzweit? Wer von uns hätte gestern dem anderen die Hand gereicht? Und doch hat es das Schicksal gefügt, daß deine Hände in meinen liegen.“

Der Griff seiner Finger öffnete sich und bot ihr in einer spontanen Bewegung die Freiheit. Unfähig sich zu rühren, verharrte Weriga in Schweigen. Sie fühlte, wie sich ihre Sinne verwirrten. Zu schnell, beinahe unbegreiflich erschien ihr der Wandel.

„Vielleicht war der Verlust meines Augenlichtes der Preis dafür, den Weg zu erkennen, auf den uns Chiemo führte? Jetzt ist es an uns, diesen Pfad zu beschreiten, auch wenn es so scheinen mag, daß unüberwindbare Hindernisse uns den Weg verstellen."

Sie fühlte, wie er mit der Rechten die Waffe in ihre Hand zurücklegte.

„Hier, wenn du es fertigbringst, kannst du mein Leben auslöschen, aber der Preis, den du dafür zu bezahlen hättest, wäre der Tod deiner eigenen Seele."

Weriga war, als stürze sie in einen Abgrund. Sie fühlte ihren Geist durch eine wüste Leere taumeln, in der sie bekannte und unbekannte Gesichter in einem schwindelnden Reigen umringten, und inmitten dieses Tumultes sah sie eine vertraute Gestalt, bewegungslos, kräftig, alles überragend. Ein seltsamer Schmerz befiel sie, und plötzlich verwandelte sich ihre Angst und ihre tief verwurzelte Bitterkeit in friedliche Ruhe.

„Vielleicht hast du recht, mit dem was du sagst."

Das unruhige Pochen ihres Herzens klang noch durch ihre Stimme.

Plötzlich, frei von Haß, fühlte sie sich auf einmal fähig, trennende Abgründe zu überwinden.

„Ich will dir vertrauen!" stieß sie aus der Fassung gebracht hervor", auch wenn ich selbst nicht weiß, wie mir geschieht. Aber wie stellst du dir dein weiteres Schicksal vor? Glaubst du allen Ernstes, allein auch nur einen Tagesritt weit zu kommen, ohne entdeckt zu werden?"

„Wenn es mir bei Tag gelungen ist, mehrere Stunden unentdeckt zu bleiben und sogar dich zu narren, warum sollte es mir nicht gelingen, des nachts unbemerkt voranzukommen, während ich mich tagsüber verborgen halte und ausruhe? Das Wetter ist günstig, und der Wald bietet mir im Sommer mit seinen Früchten alles, was ich zum Überleben brauche. Was ich mit Händen und Ohren nicht wahrnehme, sieht Rihza."

Als habe er die Worte verstanden, blähte der Hengst schnaubend die Nüstern.

„Was du vorhast ist Wahnsinn!" unterbrach sie ihn.

„Ohne daß dich jemand führt, hast du nicht den Hauch einer Chance!

Soll ich dich nicht wenigstens zwei oder drei Tagesritte begleiten?"

Der Ungar richtete sich auf.

„Glaube mir! Allein ist es ungefährlicher für dich und für mich! Ich muß allein weiter! Die Zeit drängt, denn in wenigen Tagen werden meine Landsleute den Salzfluß aufwärts in ihre Heimatgebiete zurückreiten.“

Ein seltsames Geräusch ließ sie auffahren. Zögernd tasteten ihre Finger über das glatte, gewölbte Metall, das ihr der Ungar im Dunkeln anbot.

„Hier, nimm diese Armspange und gib sie Chiemo von mir als Geschenk! Erhalte dir seine Freundschaft und achte sie nicht gering! Du wirst kein lohnenderes Ziel für dein noch junges Leben finden! Jetzt ruh dich aus und sorge dich nicht um mich! Über mich hält die Nacht ihren Mantel!“

Als Weriga die Hände hob, tasteten sie ins Leere und gleich darauf hörte sie das Klirren des Zaumgeschirrs. Sie sprang auf, aber noch ehe sie die Richtung recht ausmachen konnte, hatten Zweige und Laub im fahlen Mondlicht seinen Schatten verschlungen.

Sie erwachte am Morgen des nächsten Tages und fühlte sich doppelt verwirrt über das unsichere Schicksal des Ungarn und den ungewissen Verbleib Chiemos. Sie wußte, daß er alles daransetzen würde, den Gefangenen vor den Männern seines Vaters aufzuspüren und das Schlimmste von ihm abzuwenden. Nur allmählich gelang es ihr, die Gedanken an die wachsende Bedrohung für beide abzuschütteln und versuchte, ihre Gefühle zu beruhigen. Sicher würde Chiemo versuchen, den Ungarn vor Erreichen der Moore einzuholen und aufzuspüren. Als sich nahe der Zelle am Högl das Surtal vor ihr öffnete, trieb sie die Stute zu einer schnelleren Gangart an. Eingeengt zwischen üppig bewachsenen Ufern, folgte sie dem rauschenden Bachlauf. Auf halbem Weg hinüber nach Mühlreit stieß sie plötzlich auf Spuren im niedrigeren Bewuchs der Moorauen. Es war keine zufällig gelegte Fährte, sondern ein durch ständigen Gebrauch ausgetretener Pfad. Bewußt hatte sie auf dem Weg durch das Surtal jeden Weiler und selbst jede Hütte in großem Bogen umritten, um nicht entdeckt zu werden, aber hier, in den Niederauen, war sie seit längerer Zeit auf keine Ansiedlung mehr gestoßen. Was also hatten die Spuren zu bedeuten? Köhler mieden diese Gegenden. Waren es Hörige, die im Sommer Torf stachen und ihn vor Einbruch des Winters ins Kloster oder auf die Vogteihöfe fuhren oder entflohene Leibeigene, die sich vor der darbenden Fron auf den Höfen der Reichen hierher in die Moore geflüchtet hatten, wo sie ein Leben wie die Tiere führten, bedroht von ständiger Verfolgung und gequält vom Hunger? Die Geschichten, die ihr zu Ohren gekommen waren, belebten ihre Vorstellung und schärften ihre Vorsicht. Erst allmählich wurde sie sich der Gefahr bewußt, wenn ihre letztere Vermutung zutraf. Ein Reittier war eine begehrte Beute solcher Banden und ein junger Frauenkörper nicht weniger. Das Gefühl, der Begierde ausgehungerter Galgenvögel zum Opfer zu fallen, jagte ihr Schauer über den Rücken, und wie um ihre Angst noch zu steigern, flatterte plötzlich ein Rohrvogel mit grellem Schrei über sie hinweg.

Erst glaubte sie sich zu täuschen, doch dann drang von Süden her anschwellender Lärm über das Auwasser zu ihr. Der Boden dort war morastiger, und Dunstschwaden dämpften jeden Laut wie dicker Nebel. Nach einem Augenblick angespannten Lauschens wurden die Rufe immer lauter und deutlicher. Waffen klirrten. Plötzlich wieherte schrill ein Pferd auf wie in einem Aufschrei in Todesqual. Der Ungar! schoß es Weriga durch den Kopf. Sie verwarf den Gedanken jedoch gleich wieder. Selbst am Tage hätte ihn sein Weg nie durch diese Gegend geführt und zudem hätte er sich wohl kaum ein so gefährliches Versteck als Bleibe gesucht, wie das Moor. Jäh kam ihr zu Bewußtsein, wie schnell die Lage auch für sie gefährlich werden konnte. Sie gab sich keinen Illusionen hin, was geschehen würde, wenn man sie erwischte.

Vorsichtig trieb sie die Stute in die Richtung, aus der der Lärm zu ihr herüberdrang. Mit größter Behutsamkeit, den Dolch stoßbereit in der Hand, bewegte sie sich durch das Gebüsch. Waffenlärm drang an ihr Ohr. Stahl klirrte.

„Ergib dich Junge! Ohne Pferd hast du nicht die geringste Chance!“

Wie Gebell zerriß die scharfe und kalte Stimme das dumpfe Lärmen.

Surrend durchschnitt ein Pfeil die Luft, gefolgt von dem dumpfen Aufschlag und dem grellen Aufschrei eines Getroffenen.

„Da habt ihr meine Antwort!“

Die Stimme ließ sie hochfahren.

„Chiemo!“

Fast hätte sie aufgeschrien. Angst und Verzweiflung ließ sie alle Vorsicht vergessen. Einer kleinen Bodenerhebung folgend, trieb sie das Pferd durch verkrüppeltes Moorgehölz.

„Los, bewegt euch endlich, ihr feigen Hunde! Wollt ihr vielleicht vor einem Halbwüchsigen kneifen? Macht schon! Zieht den Kreis enger!“

„Probiert es nur! Kampflos bekommt ihr mich nicht! Ehe es mit mir aus ist, werden einige von euch vor mir zur Hölle fahren!“

Erneut zerriß der dumpfe Ton einer Bogensehne die Luft, gefolgt von dem schrillen Schmerzensschrei des Getroffenen.

Diesen Moment des totalen Durcheinanders nutzte Weriga, um sich aus der Deckung der Büsche heraus ein Bild von der Lage zu machen. Ein knappes Dutzend Männer hatten auf Wurfweite vor ihr einen Kreis um eine freistehende Sumpfkiefer gezogen, an deren Stamm Chiemo gelehnt stand, um sich so wenigstens den Rücken decken zu können. Nur wenige Schritte vor ihm versuchte das kleine Steppenpferd auf die Vorderbeine zu kommen, knickte aber immer wieder ein und fiel hilflos zur Seite. Blut lief über Brust und Vorderläufe. Scheinbar waren Muskeln und Sehnen durch einen Hieb oder Stich verletzt worden. In wilden Zuckungen versuchte es immer wieder den Kopf zu heben und den Hals zu strecken, bäumte sich wiehernd auf und fiel doch stets erneut kraftlos zur Seite. Schaum flockte ihm ums Maul und röchelnd stieß es die Luft durch die geblähten Nüstern.

Wilden Hunden gleich schoben sich die Männer vorsichtig näher. Sie steckten in zerfetzten Lumpen, und Grausamkeit und Gemeinheit sprach aus ihren Gesichtern. Nur die wenigsten trugen eine Waffe oder einen Knüppel. Die Mehrzahl hielt einfach einen gut faustgroßen Stein in jeder Hand und wartete auf eine passende Gelegenheit, daß er sein Ziel finden würde. Weriga erkannte sogleich, daß nicht die Zeit war, lange Überlegungen anzustellen. Jedes Zögern würde einen nicht wieder gutzumachenden Nachteil oder gar den Tod für Chiemo bedeuten. Sie entschloß sich, alles auf eine Karte zu setzen. Sie würde gezwungen sein, in den Kreis der Angreifer einzudringen, um eine Bresche in den Ring zu schlagen. Es mußte ihr gelingen, das Überraschungsmoment für sich zu nutzen. Es war ein kühnes Unterfangen, dessen war sie sich bewußt, aber es war die einzige Möglichkeit für sie, zusammen mit Chiemo zu entkommen. Ihnen würde ein harter Kampf bevorstehen, daran gab es keinen Zweifel.

Obwohl sie Angst in sich aufsteigen fühlte, war jeder Gedanke an ihre eigene Sicherheit vergessen. Mit einem schrillen, fremdartigen Schrei trieb sie die Stute an und stürmte nach vorn. Überrascht fuhren die Männer herum und starrten sie für einen Moment unbeweglich wie eine Erscheinung an.

„Halt dich bereit Chiemo!“ war alles was sie schreien konnte.

Im gleichen Moment sprang sie ein junger, pockennarbiger Bursche von der linken Seite her an und versuchte, sie am Bein zu fassen und aus dem Sattel zu reißen. Weriga versetzte ihm mitsamt dem Steigbügel einen so wuchtigen Fußtritt, daß er hart zurückgeschleudert wurde und mit gebrochenem Kiefer auf dem Boden aufschlug. Den Schwung des Ansturms nutzend wandte sie das Pferd nach rechts und ritt einen Galgenvogel nieder, der gerade mit seinem Knüppel zum Schwung ausholen wollte. Der Mann wurde von dem Anprall zur Seite geschleudert und blieb, den Schlagarm gegen Schlüsselbein und Schulter gepreßt, ächzend am Boden liegen.

Trotz ihres unverhofften Auftauchens hatte Chiemo die Situation sofort erfaßt. Schon schrie ein weiterer Halunke auf und umfaßte den Pfeilschaft, der aus seiner Schulter ragte.

„Ihr verfluchten Hornochsen! Schließt den Keis und schneidet ihnen den Weg ab!"

Die Stimme des Anführers überschlug sich vor Wut und seine Schreie und Flüche brachen den Bann, der über seinen Männern zu liegen schien.

„Los beeil dich!"

Gepreßt stieß Weriga die Worte aus.

„Mach schon! Schnell! Es geht um unser Leben!"

Sie parierte die Stute. Der Raum für ihr Mannöver war denkbar eng. Überall um sie herum herrschte Verwirrung und wildes Geschrei. Chiemo hatte den Bogen weggeworfen und zum kurzen Wurfspieß gegriffen. Sie streckte die Linke aus, um ihn beim Schwung auf das Pferd zu unterstützen und im gleich Augenblick schon spürte sie seinen Körper an ihren Rücken gepreßt.

„Was auch geschieht, Weriga, reite zu!" schrie er ihr ins Ohr. „Ich werde versuchen, sie uns vom Leibe zu halten!"

„Ihr hirnlosen Idioten! Ich lasse euch vierteilen, wenn sie uns entwischen!"

Die Stimme war gefährlich nahe, aber Weriga konzentrierte sich nur darauf, den Männern vor ihnen weit genug auszuweichen. Eine Bewegung neben sich ließ Chiemo herumfahren. Geistesgegenwärtig gelang es ihm noch, die Lanzenspitze auf den heranfliegenden Schatten zu richten, als sich eine knochige Faust um seinen Gürtel krallte und ihm ein brennender Schmerz vom Schenkel durch den ganzen Leib fuhr. Das Angriffsgeschrei des Anführers schlug um in dumpfes Geheul. Ungeachtet seiner Verletzung klammerte sich Chiemo an Weriga und versuchte, sich verzweifelt von dem Griff frei zu machen, der ihn vom Pferd zu reißen drohte. Fassungslose Verwunderung trat in die Augen des Mannes, und im gleichen Moment spürte Chiemo, wie sich sein Griff lockerte. Vom Hinterhuf getroffen, wurde der Angreifer in seltsamer Verrenkung zur Seite geschleudert. Noch im Fallen versuchte er, sich abzurollen, um zu verhindern, daß ihm der Schaft der Jagdlanze den Körper vollends durchstieß.

Chiemo sah nicht mehr, wie der Mann taumelte und dabei mit beiden Händen den Schaft umspannte. Er fühlte, wie eine Welle der Dunkelheit sich über seine Sinne legte und in einem Reflex klammerte er sich an Weriga, die die Stute entschlossen vorwärts trieb. Trotz der doppelten Last schien das Pferd förmlich über den tiefen Boden zu fliegen und brachte sie in wenigen Augenblicken außer Reichweite von Steinen und anderen Wurfgeschossen. Nur von dem Gedanken beseelt, sie beide in Sicherheit zu bringen, jagte sie das Pferd durch die Büsche, über Baumstümpfe und Moorgräben. Zweige schlugen ihnen über Gesicht und Arme und rissen ihre Kleidung in Fetzen und Dornen Wunden in ihre Schenkel. Langsam verebbte hinter ihnen das wüste Geschrei, und schließlich entzog sie die Deckung der Bäume den Blicken ihrer Verfolger.

Bilder der zurückliegenden Sekunden und Minuten jagten durch Werigas Gehirn, als sie plötzlich Chiemos Rechte kraftlos auf ihren Schoß fallen fühlte. Die taumelnde Bewegung hinter ihr riß sie aus dem wilden Gedankenwirbel und brachte sie wieder zur Besinnung. Nur mit Mühe konnte sie verhindern, daß er das Gleichgewicht verlor und vom Pferd stürzte. Sein Kopf stieß hart an ihre Schulter und sein schmerzliches Stöhnen machte ihr mit Erschrecken klar, daß sie noch keineswegs außer Gefahr waren. Im allerletzten Moment gelang es ihr, seinen anderen Arm mit der Rechten über die Schulter zu ziehen und so sein Gewicht zu fixieren.

Weriga war sich bewußt, in welch großer Gefahr sie sich noch immer befanden. Ihre Gedanken überschlugen sich. Was war passiert? Wie schwer war Chiemo verletzt? War der Abstand schon groß genug, den sie zwischen sich und ihre Verfolger gebracht hatten? In Gedanken überschlug sie die Entfernung. Hatten die Mordbrenner die Verfolgung wirklich aufgegeben? Panische Angst um Chiemo schnürte ihr die Kehle zu. Die Erleichterung, dem Raubgesindel entkommen zu sein, zerrann angesichts der neuen Gefahr.

„Mein Bein!" stöhnte Chiemo. „Mein Gott! Es brennt wie die Hölle!"

Weriga zügelte die Stute. Sie wandte sich im Sattel um, und helle Angst sprang in ihre Augen, als ihre Hand seinen Schenkel streifte, und sie unter ihren Fingern warmes, klebriges Blut fühlte, das aus einer klaffenden Wunde am Oberschenkel quoll. Im ersten Moment war sie wie gelähmt vor Schreck. Wieder stöhnte Chiemo dumpf auf. Sein Gesicht war bleich. Mit schmerzverzerrter Miene zog er pfeifend die Luft durch die Zähne.

„Wir müssen weiter, Weriga! Jedes Zögern bringt uns und dein Leben in größte Gefahr!"

Noch ehe sie antworten konnte, spürte sie, wie er den Halt verlor. Blitzschnell ließ sie sich aus dem Sattel gleiten, und beinahe hätte er sie umgerissen, als sie versuchte, sein Gewicht an den Schultern abzufangen. Im Fallen sah sie den Schmerz in seinen aufgerissenen Augen. Ein Schauer lief durch seinen Körper, und Weriga fühlte, daß er mit letzter Willenskraft dagegen ankämpfte, ohnmächtig zu werden. Mit einer ärgerlichen Handbewegung verjagte sie die Fliegenschwärme, die sich auf dem gerinnenden Blut niedersetzten. Vorsichtig tastete sie das Bein ab und löste die vor Schmutz starrenden und blutverkrusteten Lumpen ab, während er keuchend atmete und mit beiden Händen den pochenden Schenkel umklammerte. Sorge verdüsterte ihr Gesicht. Sie senkte den Blick, um sich ihre Verzweiflung nicht anmerken zu lassen.

„Wie schlimm sieht es mit dem Bein aus?“

Mutlosigkeit wollte sie befallen, aber dennoch bemühte sie sich, Zuversicht in ihre Stimme zu legen.

„Die Wunde muß versorgt werden, so schnell wie möglich! Aber als erstes werde ich dir das Bein abbinden müssen, um den Blutverlust zu stoppen. Ich werde vorsichtig sein, aber ganz ohne Schmerzen wird es dabei nicht abgehen!“

Schon hatte sie mit dem Messer zwei Streifen aus dem Saum ihrer Gunna geschnitten und verzwirbelte sie mit geschickten Bewegungen auf ihrem Schenkel zu einem festen Band.

„Du brauchst auf schnellstem Wege sachkundige Hilfe, wenn du nicht Gefahr laufen willst, daß das Bein in den nächsten Tagen zu schwären beginnt!“

„Keine Sorge! Ich mache schon nicht schlapp, ehe wir Vochenwald erreicht haben!“

Weriga hob den Blick und schüttelte den Kopf.

„Nein Chiemo! Das Risiko ist zu groß. Wir müssen uns beeilen! Die Stadt und das Kloster liegen näher. Ich bringe dich auf dem schnellsten Weg dorthin!“

„Aber...!“ versuchte er aufzubegehren, doch Weriga half ihm schon auf das gesunde Bein und führte seine Hände zur Mähne der Stute.

„Spar dir deine Widerrede und sieh zu, daß du hinaufkommst! Oder willst du, daß sie uns doch noch erwischen?“

Der Schmerz durchlief ihn bis in die Zehenspitzen, als er versuchte, sich mit ihrer Hilfe auf den Rücken der Stute zu ziehen. Chiemo keuchte vor Anstrengung, fassungslos, daß er dazu nicht mehr die Kraft hatte. Eine plötzliche Schwäche ließ ihn abermals innehalten.

„Nein!“ stieß er hervor und rang nach Atem, „So geht es nicht!“

Weriga griff zu. Ihr war, als müsse sie eine Zentnerlast aufheben, aber schließlich stemmte sie ihn hinauf, so daß er quer über dem Rücken des Pferdes zu liegen kam.

„Bevor du losreitest, laß mich wenigstens wissen, ob wir Freunde sind oder ob du mir die Sache noch immer nachträgst?“ versuchte er die Mißlichkeit seiner Lage zu überspielen.

Statt einer Antwort trieb Weriga die Stute an, und die Stöße, die seinen Körper durchjagten, ließen Chiemo verstummen und in wenigen Augenblikken besinnungslos werden.

Gut eine Stunde später erreichte Weriga das Kloster. In wenigen, abgehackten Sätzen berichtete sie dem Mönch, der sie zur Krankenstube begleitete, über die verhängnisvollen Geschehnisse.

„Holt einen Zuber und warmes Wasser aus der Küche!“ forderte er einige Knechte auf und trug Chiemo mit Hilfe eines Stallburschen in ein Nebengebäude. Dort holte er Wasser und saubere Wundtücher und begann, die blutverkrusteten Lumpen vorsichtig abzulösen, ehe sie ihn gemeinsam aufhoben und badeten. Die Hände im Schoß gefaltet und erschöpft verfolgte Weriga mit unbewegtem Gesicht, wie ein heilkundiger Mönch die Wunde auswusch, sie mit einer talgigen Salbe, in die er eine Kräuteressenz mischte, bestrich und mit feinem Linnen verband. Schließlich richtete er sich mühselig auf, stützte die Hände gegen den steifen Rücken und musterte Weriga mit einer Miene, die sie wieder Hoffnung schöpfen ließ.

„Er wird schon wieder in Ordnung kommen! Das hat er dann wohl dir zu verdanken, daß ihm das Bein nicht abgenommen werden muß?“

Weriga war zu erschöpft, um ihrer Freude darüber Ausdruck geben zu können.

„Kann ich die ersten Tage bei ihm bleiben und ihn versorgen?“ war alles, was sie hervorbrachte.

Der Mönch nickte.

„Sprich mit ihm! Laß ihn deine Nähe fühlen! Es wird ihm helfen, gegen das Fieber anzukämpfen. Wenn er das überwunden hat, wird er rasch wieder auf die Beine kommen! Ich lasse dir etwas zu essen bringen und einen Strohsack, auf dem du schlafen kannst.“

„Habt vielen Dank!“ stammelte Weriga ohne sich zu erheben.

Als sich die Türe hinter dem Medicus geschlossen hatte, rückte sie näher an das Lager, auf das man Chiemo gebettet hatte. Die Veränderung in seiner Miene ließ sie erschrecken. Sein Gesicht war leichenblaß und es war, als habe der hohe Blutverlust seinen Körper in wenigen Stunden altern lassen. Seine Züge waren eingefallen, und als sie ihre Hand auf seinen fiebrig erhitzten Oberkörper legte, spürte sie kaum das schwache Heben und Senken seiner Brust. Mitunter bewegten sich seine Hände in einem unbewußten Reflex zu seinem angeschwollenen Bein, das von dicken Bandagen umschlungen, sich erneut vom Blut zu röten begann. In einem Zustand wachsender Erschöpfung legte sie die Hand an seine Wange und wachte über jeden Laut und jede Regung seines ausgezehrten Körpers. Nach und nach erst verarbeitete ihr Geist, was sie in den letzten Stunden durchlebt hatte. Als die Glokken zum Gebet läuteten, forderte die Müdigkeit und die Erschöpfung auch von ihr Tribut.

In den nächsten Tagen durchlief sie alle Phasen der Sorge bis hin zur Mutlosigkeit. Ununterbrochen wachte sie an Chiemos Lager, wusch ihm den Fieberschweiß vom Gesicht und pflegte und beruhigte ihn, wenn sich sein Körper im Fieber aufbäumte und sein Kopf in Phasen des Deliriums stöhnend von einer Seite zur anderen rollte. Unablässig wechselte sie die Kompressen, sprach beruhigend auf ihn ein und achtete sorgfältig darauf, ob sich das Umfeld der Wunde verfärbte oder ob die Schwellung nachzulassen begann. Was ihr zusätzlich Sorge bereitete, war die Tatsache, daß das Kloster einen Knecht nach Vochenwald geschickt hatte, um Marchward zu benachrichtigen. Wie würde er auf die Vorfälle reagieren? Wie würde er sich Chiemo gegenüber wegen seines Ungehorsams verhalten und inwieweit würde er auch ihr an der Flucht des Ungarn und an dem Zwischenfall Schuld geben? Es stimmte sie nachdenklich, daß Marchward nach Ablauf von vier Tagen nicht schon längst im Kloster eingetroffen war, um sich nach dem Befinden seines Sohnes zu erkundigen.

Am Abend des gleichen Tages spürte sie, daß sich der Zustand Chiemos einer entscheidenden Phase näherte. Sorge wechselte mit Zuversicht, und mehr und mehr war ihr in den vergangenen Tagen bewußt geworden, wie sehr ihrer beider Leben durch die Ereignisse der vergangenen Wochen und Monate miteinander verwoben war. Mitfühlend legte sie zum wiederholten Male die Hand auf seine fiebererhitzte Stirn und, wie die Tage zuvor, beobachtete sie besorgt, wie der Medicus mit einer schmalen Klinge das Ende der Wunde öffnete, um das purpurverfärbte, dunkle Blut mit den darin enthaltenen Giften in eine kleine Schüssel abfließen zu lassen, ehe er die Tücher wechselte und die Wunde neu verband.

„Du mußt den Jungen sehr mögen, daß du dich so um sein Leben sorgst?" hörte sie den Mönch plötzlich neben sich sagen.

Es erfüllte sie mit Betroffenheit, daß ein Fremder ihre geheimsten Empfindungen an ihr offenlegte, ehe sie noch selber willens war, sich diese Tatsache einzugestehen.

„Denk bei aller Fürsorge für andere auch einmal an dich selbst! Der Verlauf der Krise nähert sich einer kritischen Phase, und du wie er werdet beide jedes Quentchen Kraft brauchen! Ich wünsche dir von Herzen , daß er heute über den Berg kommt", sagte er und wandte sich dabei zum Gehen.

Wie recht er hat, fuhr es Weriga durch den Kopf, als er die Türe hinter sich geschlossen hatte.

Ihr Blick fuhr erneut über Chiemos fiebergerötetes Gesicht.

„Was habe ich dir in den vergangenen Wochen nicht alles an den Kopf geworfen? Wie sehr muß ich deine Gefühle verletzt haben und nun vermag ich nichts für dich zu tun. Ich kann dir nicht einmal sagen, wie sehr ich dich brauche und wie sehr mir die Angst und die Sorge um dich das Herz zerreißt."

Verzweifelt beugte sie sich über ihn, als sich seine Lippen im Fieber bewegten und zusammenhanglose, wirre Wortfetzen formulierten. Sie wußte nicht, was es war. Sie fühlte plötzlich in sich den Drang, seinem ausgezehrten Körper neue Lebenskraft einflößen zu müssen. Mit einemmal konnte sie es nicht mehr tatenlos mitansehen, wie er sich wand und stöhnte. Wortfetzen schossen ihr durch den Kopf, die sie als junges Mädchen bei heilkundigen Frauen aufgeschnappt hatte, wenn sie bei Kranken das Fieber besprachen oder heimlich getuschelte Ratschläge austauschten, womit die Hitze aus einem geschwächten Körper gezogen werden könne.

„Man muß das Fieber ersticken,... bedecken mit zarter Haut!"

Sie hatte den Sinn dieser Worte nie verstanden, so sehr sie sich damals auch den Kopf darüber zerbrochen hatte, was sie damit wohl meinen könnten. Nun glaubte sie, die Lösung zu kennen, und sie war fest dazu entschlossen, es umgehend in die Tat umzusetzen. Rasch legte sie den Riegel vor die Türe, begann sich auszukleiden und schob Chiemo das Hemd bis zu den Schultern hoch. Ohne jede Scheu schlüpfte sie unter die Decke und legte sich, mit den Schenkeln sein unverletztes Bein umschließend über seinen Oberkörper und barg den Kopf an seiner Halsbeuge, seine erhitzte Wange an ihrer Schläfe. Sie flüsterte, stammelte zärtliche Worte in sein Ohr und strich mit ihren Lippen liebkosend über seinen Hals. Zuversicht und Freude erfüllten sie und es war ihr, als registriere er ihre Berührung und als lindere es seinen Schmerz. Mehrmals hörte sie ihn ihren Namen stammeln und sie fuhr fort, ihn zu liebkosen und ihn ihre Zärtlichkeit und Zuneigung spüren zu lassen, erfüllt von der verwirrenden Gewißheit, zu lieben, und getragen von diesem neuen Gefühl schlief sie schließlich ein.

Sie fühlte sich umfaßt, als sie erwachte, und ihr Gesicht lag noch immer an seiner Brust, während seine Hände durch ihr Haar fuhren. Sie spürte seinen Mund an ihrer Wange, auf ihrem Hals, an ihrer Schläfe, und sie getraute sich nicht, sich zu rühren, aus Angst, der Taumel ihrer Gefühle könne sich als Täuschung erweisen. Als sie schließlich den Kopf hob, sah sie dicht vor sich in Chiemos noch immer schmerzlich verzogenes Gesicht, aber aus seinen Augen sprach schon wieder Lebensmut und Zuversicht.

„Du bist mir noch eine Antwort schuldig!" flüsterte er ihr zärtlich ins Ohr.

Sie blickte ihn erstaunt an.

„Freund oder Feind?"

Der Schalk blitzte aus seinen Augen.

„Dickschädel verdammter!" lachte sie und versetzte ihm einen liebevollen Klaps auf die Backe.

„Ich bin dir also doch nicht ganz gleichgültig? Hast du dich wirklich um mein Leben gesorgt?"

Statt einer Antwort schmiegte sie sich an ihn, zitternd, überwältigt von ihren eigenen Gefühlen und der Flut ihrer plötzlichen Leidenschaft.

Die nächsten Tage vergingen für beide in einem Taumel des Glücks. Chiemos Genesung machte gute Fortschritte, und Weriga versorgte ihn mit vor Freude glänzenden Augen.

„Das Fieber ist gebrochen!" sagte sie triumphierend zu dem Mönch, als er an der Türe erschien, und klatschte in unbändiger Freude in die Hände.

„Es ist weg! Verflogen wie Rauch!"

Freudesprudelnd griff sie nach einem Wasserkrug, wirbelte an dem erstaunten Mönch vorbei zur Türe hinaus, aus Angst, er könne ihrer beider Glück zu deutlich aus ihrem Gesicht lesen und hüpfte übermütig in einen Schwarm Gänse, daß sie laut kreischend auseinanderstoben. Auf dem Platz draußen am Brunnen herrschte reges Treiben. Plötzlich blieb sie wie angewurzelt stehen. Bildete sie es sich ein oder stand dort drüben wirklich Marchward mit seinem Altknecht bei einem der Mönche?

„Wo ist er?" hörte sie ihn grollend nach Chiemo fragen.

Der harte Klang seiner Stimme riß sie aus ihrer Erstarrung, zumal der Mönch zur Krankenstube herüberdeutete. Weder Marchward noch Rago schienen sie im allgemeinen Gedränge erkannt zu haben. Sie wirbelte herum und drängte sich durch die Menge. Obwohl Chiemo und sie seit Tagen mit Marchwards Erscheinen gerechnet hatten, verspürte sie nun einen Schrekken. Sie kannte inzwischen Marchwards Strenge nur zu gut und wußte beinahe instinktiv, daß es so oder so für Chiemo ohne Strafe nicht abgehen würde, auch wenn Marchward angesichts der Umstände zunächst wohl würde Milde walten lassen. Sie wußte nicht warum, aber sie glaubte die dunklen, unberechenbaren Kräfte zu fühlen, die Menschen wachriefen, wenn sie sich in ihrem Ansehen und ihrem Stolz verletzt fühlten.

„Dein Vater ist hier!" fegte sie wie ein Wirbelwind in den Raum.

Chiemo richtete sich auf.

„Ich bitte dich! Zeige dich einsichtig und fordere den Zorn deines Vaters nicht grundlos heraus!“ flüsterte sie neben ihm.

Beinahe fluchtartig verließ hinter ihr der Mönch die Krankenstube. Weriga glaubte einen kalten Luftzug zu verspüren, als von der Tür her Marchwards Schatten auf den Boden fiel. Einen Augenblick wußte sie nicht, was tun. Dann strich sie sich hastig die Haare aus dem Gesicht, nahm schnell das Eßgeschirr und schlüpfte an ihm vorbei hinaus. Ihr Herz klopfte ungestüm. Marchward trat an das Lager seines Sohnes und starrte auf den dicken Verband.

„Was macht das Bein, Chiemo?“ fragte er mit unbewegtem Gesicht.

„Schon gut Vater! Es wird schon wieder werden!“

Chiemo zwang sich, seinem Vater dabei offen in die Augen zu sehen. Marchward stand regungslos wie eine Statue.

„Entschuldige, daß ich nicht schon früher nach dir sehen konnte! Aber ich hatte in den letzten Tagen ständig wichtige Entscheidungen zu treffen und tausend Dinge zu erledigen. Noch heute reite ich zum Bischof und zum Vogt, um den Nußdorfer des Landfriedensbruchs zu bezichtigen. Diesmal wird er sich nicht wieder herauswinden können!“

„Ist er erneut gegen dich und die Bauern vorgegangen?“ unterbrach ihn Chiemo voll brennender Neugier.

„Weit schlimmer! Diesmal hat sich der Fuchs in seiner eigenen Falle gefangen! Zwei Klosterknechte haben den Tod gefunden. Die Leute des Nußdorfers haben eine Brücke am Rettenbach zum Einsturz gebracht, als die Männer vom Kloster das Mahlwerk zur Mühle bringen wollten. Einer der beiden wurde vom Fuhrwerk erschlagen, der zweite von einem Zugochsen im Wasser erdrückt. Diesmal ist es der Bischof selbst, der gegen den Nußdorfer Anklage erheben wird!“

Chiemo lehnte sich erleichtert zurück. „Dann werden wir endlich wieder unsere Ruhe vor dem Nußdorfer haben! Ich kann es schon kaum mehr erwarten, heimzukommen nach Vochenwald!“

Marchward schwieg, und plötzlich erfüllte eine seltsame Spannung den Raum. „Daraus wird wohl nichts werden!“

Chiemo spürte, wie die Freundlichkeit in der Stimme seines Vaters verflog, und wie sich ein Ausdruck verhaltenen Zorns in seine Augen schlich.

„Was willst du damit sagen, Vater?“ fragte er verblüfft und spürte die Mauer, die sich zwischen sie beide geschoben hatte.

„Wie oft habe ich an deine Vernunft appelliert, Chiemo? Wieviel Nachsicht habe ich dir immer entgegengebracht? Heute zeigt es sich, daß es ein Fehler war, dir ständig mehr Freiheiten einzuräumen als deinen Brüdern. Ich wollte Söhne, die fühlen und denken wie ich, die sich von gesundem Verstand leiten lassen und nicht von irgendwelchen vagen Gefühlsregungen. Du hast durch dein eigenmächtiges und unüberlegtes Vorgehen mit dem Ungarn mein Ansehen und meine Autorität untergraben!"

„Ich wüßte nicht, welches Unrecht ich begangen habe?" begehrte Chiemo auf.

„Warum widersetzt du dich ständig meinem Willen und meinen Anordnungen?"

Marchwards Stimme schwoll an. Deutlich hörte Chiemo die Schärfe in seinen Worten.

„Warum nimmst du nicht wenigstens Rücksicht auf deine Mutter? Du weißt genau, du bist für sie Herz und Seele zugleich! Aber das alles wird mich nun nicht mehr davon abhalten, die Entscheidungen zu treffen, die notwendig sind!"

„Wenn du es willst, werde ich mich dafür bei dir und Mutter entschuldigen", versuchte er einzulenken.

„Daran hättest du früher denken sollen, bevor du dich über meine Anordnungen hinweggesetzt hast! Nun aber läßt du mir keine andere Wahl mehr!"

Chiemo war verzweifelt. Seine Gedanken überschlugen sich. Was hatte das zu bedeuten?

„Ich habe alle Vorbereitungen für deine weitere Zukunft getroffen!" hörte er seinen Vater sagen, und Eiseskälte kroch in ihm hoch.

„Bis zu deiner Gesundung wirst du dich von hier nicht mehr wegbegeben und anschließend wirst du als Novize nach Kloster Herrenwörth zu meinem Bruder gebracht werden!"

Wie Schläge trafen Chiemo die Worte seines Vaters. Er fühlte, wie sich alles um ihn herum drehte und ihn in einen Abgrund zu reißen drohte. Die Entscheidung seines Vaters warf nicht nur alle seine Pläne über den Haufen, sondern brachte seine ganze Welt zum Einsturz. Von klein auf war es ihm selbstverständlich erschienen, daß sein Leben eingebunden war in die Geschehnisse in und um Vochenwald. Nun sollte er nicht nur das verlieren, sondern auch Werigas Zuneigung und Nähe. Welche Zukunft blieb ihm noch? War es dann nicht besser gleich zu sterben?

Ein Angstschauer lief ihm über den Rücken. Leer blickten seine Augen zur Decke, und so fand ihn Weriga, als sie nach Marchwards Weggang die Krankenstube betrat. Als habe er einen erneuten Schwächeanfall erlitten, lag er mit leichenblassem Gesicht in den Kissen, und kein Lebenszeichen rührte sich an ihm.

„Chiemo!" rief sie bestürzt.

Erst der Klang ihrer Stimme löste den Bann, der auf ihm lastete. Verwirrt sah er sie an.

„Chiemo! Was ist passiert? Du siehst aus, als sei dir der Leibhaftige begegnet."

„Es ist weit schlimmer!" hörte sie seine erstickte Stimme aus dem Kissen. „Man hat soeben beschlossen, mich lebendig zu begraben."

Ein spitzer Schrei kam über Werigas Lippen. Sie sah, daß er bei klarem Verstand war, aber den Sinn seiner Worte konnte sie nicht enträtseln. Er umklammerte ihre Hand.

„Gerade erst habe ich deine Liebe gewonnen und schon habe ich sie auch wieder verloren! Ich wollte dich glücklich sehen und stoße dich doch nur in einen neuen Abgrund!"

„Wovon sprichst du?" drängte sie nach einer Pause angespannten Schweigens.

„Vater hat mich den Mönchen nach Herrenwörth überantwortet. Ich kehre von hier nicht mehr nach Vochenwald zurück! Schon in den nächsten Tagen wird sich das Tor zur Freiheit für immer hinter mir schließen!

Es dauerte eine Zeit, bis die volle Tragweite des Gesagten gänzlich in sie drang. Chiemo richtete sich mühsam auf.

„Wie soll ich leben, ohne dich zu sehen und dich berühren zu dürfen?"

Schmerz lag in ihren Augen, als sie sich vorbeugte und seinen Mund mit ihren Fingerspitzen verschloß.

„Hör auf, dich zu quälen und dich anzuklagen! Was uns verbindet, wird nichts und niemand zu trennen vermögen, kein Abt, keine Kutte und kein Gelübde!"

# Der Klausner

Flache Wellen klatschten an die Planken der großen Plätte. Die Füße über den Bootsrand baumelnd, saß Chiemo im Bug und betrachtete verdrossen sein Spiegelbild im Wasser. Die kühlen Fluten, die seine Beine umspülten, vermochten den brennenden Trotz in seiner Brust nicht zu lindern. Sollte diese Fahrt wirklich den Beginn seiner letzten Lebensetappe darstellen, und alles, was bisher sein Leben ausgemacht hatte, in einem Nichts zusammenstürzen? Mit starrem Blick sah er auf zu dem Klosterhügel über dem Uferhang. Immer schärfer und bedrohlicher schoben sich die Türme des Klosters über dem schützenden Ringwall empor. In seiner Wehrhaftigkeit erinnerte es mehr an eine Burg als an eine Stätte des Gebets. Was mochte ihn dort hinter den Mauern erwarten? Jeden Ruderschlag, der ihn näher an das Kloster brachte, empfand Chiemo wie einen Hieb. Bilder strömten aus seiner Erinnerung zusammen und zerflossen wieder, wie sein Abbild vor ihm in den Wellen.

So sehr er sich auch bemühte, an etwas anderes zu denken, es gelang ihm nicht. Immer wieder spürte er den Schmerz, mit dem sich zwei schwarze Augen in seine Seele bohrten. Immer wieder bestürmte ihn das gleiche Bild, der gleiche Blick. Angst schnürte ihm die Kehle zu. Angst um ihrer beider Schicksal und Angst um das Leben Werigas. Die quälende Ungewißheit steigerte seine innere Aufruhr. Er hätte schreien können, aber er zerbiß den Schrei zwischen zusammengepreßten Kiefern und grub die Finger in das harte Holz der Bootsplanken, daß seine Finger bluteten. Für einen Moment durchfuhr ihn der Gedanke, sich einfach fallen zu lassen, einzutauchen in den dunklen Rachen des Sees und den pochenden Schmerz zu ersticken. Sogleich aber gewann der jugendliche Trotz in ihm wieder Oberhand. Niemand würde ihre Liebe aufhalten können, auch wenn sie versuchten, ihn in einen stinkenden Habit zu stecken. Nein er würde nicht zitternd warten, bis sie ihm das Haar schnitten und ihn in eine dunkle Zelle sperrten. Keiner sollte die Genugtuung haben, ihn schwach zu sehen, und nichts, weder Einschüchterungen noch Zwangsmaßnahmen sollten ihn von dem Vorsatz abbringen können.

Chiemo kostete es unglaubliche Überwindung aufzublicken, als er plötzlich den Schatten seines Vaters neben sich auf das Bootsdeck fallen sah. Ihre Augen begegneten sich kurz. Aus dem Blick Marchwards sprach harte Entschlossenheit.

„Uns bleibt nicht mehr viel Zeit", sagte er knapp, mit einer Stimme, in der Drohung mitschwang und die verriet, daß jeder Versuch, ihn umzustimmen, nutzlos sein würde.

„Zum letzten Mal. Ich möchte jetzt deine Entscheidung hören!"

Chiemo schüttelte trotzig den Kopf.

„Ich habe nichts zu sagen!"

„Ist das dein letztes Wort?"

„Ja!"

Wie eine unüberwindliche Mauer schob sich jene spürbare Spannung zwischen sie, die Chiemo seinem Vater in den letzten Wochen immer weiter entfremdet hatte. Stumm und angespannt spürte er, wie sich die Atmosphäre zwischen ihnen zusehends verdichtete.

„Treib deinen Starrsinn nicht auf die Spitze und sieh zu, daß es mich nicht reut, sechs Hufen Land und fünf gute Mastochsen den Mönchen gegeben zu haben, damit sie dich in ihrer Zucht unterweisen!"

Chiemo starrte an seinem Vater vorbei aufs Ufer. Nur noch ein paar Ruderschläge trennten sie von der Insel.

„Wie du willst! Die Maßnahmen, zu denen du mich nun zwingst, hast du selbst zu verantworten!"

Knirschend glitt die Plätte auf den Ufersaum. Marchward sprang auf den weichen Grund, während hinter ihm Klosterknechte die Fesseln der Ochsen in den Ringen lockerten und die Tiere über wacklige Planken an Land trieben. Chiemo sah nicht die Kinder der Grundhörigen, die an den Stegen spielten, und hatte kein Auge für die Schönheiten der Insel. Auf einem Bündel von Netzen hockte ein älterer Fischer. Bis jetzt hatte er ihnen keine Aufmerksamkeit geschenkt, aber als sie an Land gingen, legte er seine Arbeit zur Seite und musterte die Ankömmlinge mit neugierigem Interesse. Seine Haut war wettergegerbt, und bittere Furchen zogen sich um seine Mundwinkel. Chiemo spürte den Blick des Alten auf sich ruhen.

„Die Ochsen scheinen ihr Schicksal gleichmütiger zu tragen als du, junger Freund. Wollen wohl ein Mönchlein aus dem jungen Farren machen?"

Chiemo glaubte Mitleid in seiner Stimme mitschwingen zu hören, aber er quittierte die Worte des Fischers nur mit einem finsteren Blick. Noch ehe er weiter darüber nachdenken konnte, bemerkte er zwei Mönche, die sich ihnen vom Kloster herunter näherten. In einem erkannte er den Zellerar des Klosters, den Bruder seines Vaters. Er ging auf Marchward zu und umarmte ihn brüderlich.

„Es freut mich, euch auf dem Wörth bei uns willkommen zu heißen."

Chiemo ignorierte den freundlichen Blick seines Onkels und scharrte, die Augen zu Boden gesenkt, mit den Zehen im Sand.

„Hast du das Sprechen verlernt?" fragte Reinhard, wie er im Kloster genannt wurde, und fuhr ihm durch den Haarschopf.

„Du bemühst dich umsonst, Bruder", brummte Marchward.

„Stures Hornvieh versteht nun einmal nur eine Sprache!"

Er schlug mit der Ochsenpeitsche gegen seine Schenkel.

„Junge Gerten soll man biegen, nicht brechen", versuchte Reinhard die angespannte Situation zu entschärfen.

„Gib dir keine Mühe! Ihr habt euere Art, junge Menschen in der Zucht zu unterweisen, ich die meine, nur daß letztere schneller zum Ziel führt. Lange genug habe ich seine Aufsässigkeit und seinen Trotz ertragen, aber jetzt ist Schluß damit! Heute noch zwing ich ihn mit eigener Hand in die Klausur!"

Wieder war es Reinhard, der versuchte, die Situation zu retten.

„Bis jetzt war ich fest davon überzeugt, einen jungen Mann vor mir zu haben, der seine Pflicht seinem Vater wie auch seiner Kirche gegenüber kennt", sagte er zu Chiemo gewandt. „Ich habe stets geglaubt, daß aus dir eines Tages ein Mann des Geistes werden könnte."

Chiemo schwieg hartnäckig und blieb ein paar Schritte hinter seinem Onkel und seinem Vater zurück. Zwischen beiden entwickelte sich ein lebhafter Disput. Zwar konnte Chiemo nur einige Wortfetzen verstehen, aber so viel konnte er heraushören, daß es um sein zukünftiges Schicksal ging. Als suche er nach einem Ausweg, warf er einen Blick zurück hinunter zur Lände. Ein ums andere Mal mußten die Fischer mit den Zillen und Plätten von den Ufergestaden auf der anderen Seite zur Insel überholen, um die angehenden Scholaren, prächtig gekleidete Adelssöhne, mit ihrer Beigabe überzusetzen. Sein erster Impuls war, hinunterzulaufen und in eines der ablegenden Boote zu springen; aber er verwarf den Gedanken sogleich wieder. Rufe hallten über das Wasser. Schaulustige drängten sich an den Anlegestegen, und die Hufe der Rosse trommelten unruhig auf die Planken. Eine vage Hoffnung keimte in ihm auf. Angesichts der kostbaren Lasten fragte er sich, ob die Mastochsen die Mitgift der Edlen aufwiegen konnten, und ob ihn der Abt überhaupt in den Kreis der Zöglinge aufnehmen würde. So wie er gekleidet war, kam er sich neben den Neuankömmlingen wie ein Bettler vor.

Neugierig musterte Chiemo die jungen Edelleute. Zöglinge der Schule kamen ihnen entgegen oder säumten weiter oben zu beiden Seiten den Weg. Mit wachsendem Unbehagen bemerkte er die schattenförmigen Gestalten der Kuttenträger. Die jugendlichen Gesichter standen in merkwürdigem Kontrast zu dem einfachen, dunklen Habit, und es schien ihm, als gleiche die kreisrunde Tonsur auch die Züge der Klosterschüler einander an. Chiemo spürte wachsende Nervosität in sich aufsteigen. Um sich abzulenken, versuchte er, den einen oder anderen Wortschwall aufzuschnappen, aber es gelang ihm nur bruchstückhaft, das Gewirr aus schwäbischen, fränkischen und norischen Wortbrocken zu verstehen. Noch ehe er über ihre Bedeutung nachdenken konnte, packte ihn eine Hand energisch an der Schulter.

„Es wird Zeit."

Reinhards Stimme klang weich, aber doch bestimmt.

„Komm! Du mußt dich noch umziehen für das Aufnahmeersuchen vor dem Abt!"

„Für die hier mag es eine Ehre sein", sagte Chiemo und nickte mit dem Kopf in Richtung der jungen Edelleute, „für mich ist sie es nicht."

Er machte keinerlei Anstalten, Reinhards Aufforderung zu folgen.

„Wenn ich dir einen freundschaftlichen Rat geben darf: Fordere den Unmut deines Vaters nicht weiter unnötig heraus! Dein Starrsinn könnte sonst nicht nur für dich weitreichende Folgen haben."

Chiemo hob verwundert den Kopf, denn er glaubte, eine gewisse Schärfe aus den Worten seines Onkels herauszuhören.

„Wo ist Vater ?" fragte er verwundert.

„Drüben in der Klosterkanzlei, um noch einige Rechtsgeschäfte zu erledigen." Reinhard schien in Gedanken versunken.

„Warum bist du eigentlich auf uns Mönche so schlecht zu sprechen?" wechselte er das Thema. „Wahrscheinlich bist du wie viele der irrigen Meinung, daß unser Tagesablauf nur mit Buße, Beten und Fasten ausgefüllt ist. Aber du weißt doch so gut wie ich: Mit Beten allein bringt man die Menschen hier auf der Insel nicht satt. Wie die meisten beschäftigen auch wir uns tagsüber hauptsächlich mit weltlichen Angelegenheiten."

Wie zur Bestätigung seiner Worte klangen Hammerschläge hell und rhythmisch zu ihnen herüber.

„Nimm Bruder Rupert dort drüben! Er ist zwar Mönch und nicht der Frömmsten einer, und wenn du ihn schimpfen hörst, glaubst du oft, es eher mit einem Fuhrknecht oder mit einem Hörigen zu tun zu haben, aber du wirst weit und breit keinen kundigeren Glockengießer finden als ihn. Wenn du willst, können wir später auch einmal bei Bruder Konrad, dem Drechsler, vorbeischauen. Er hat mehr Leute durch Lachen zu Gott bekehrt als durch Gebet. Er kennt so viele Kunststücke und Kniffe, daß er gut auf einem Jahrmarkt auftreten könnte."

„Gib dir keine Mühe!" unterbrach Chiemo seinen Onkel. „Deine ganze Überredungskunst wird mich nicht dazu bringen, freiwillig beim Abt um Aufnahme zu ersuchen."

„Du bist jung, und in deinen Adern pulsiert heißes Blut, das nach Freiheit drängt. Aber wir Menschen haben Pflichten, Pflichten gegenüber Gott, gegenüber uns selbst und unseren Nächsten. Richte dein Augenmerk nicht so sehr auf die Vergangenheit und auf das, was du aufgeben und zurücklassen mußt, sondern blicke nach vorn und nutze die Möglichkeiten, die dir das Kloster bietet, um dich weiterzubilden! Erweitere deinen Horizont, um Zusammenhänge zu erfassen, von denen du auf Vochenwald nichts erfahren würdest! Betrachte es als eine Art geistiger Lebensschule und mache das Beste daraus! Es sind nicht die schlechtesten Voraussetzungen für ein Weiterkommen im Kloster, wenn es jemand versteht, theoretische Kenntnisse aus den Schriften mit konkreter Lebenspraxis zu verbinden."

Chiemo wollte etwas entgegnen, aber Reinhard brachte ihn mit einer Handbewegung zum Schweigen.

„Was hier zählt ist Fleiß, Können und klarer Verstand. Letzteres scheint seit Generationen ein Wesenszug unserer Familie zu sein, und zu ersterem muß sich jeder selbst anhalten. Du weißt, was Arbeit ist und kennst den Umgang mit dem Pflugsterz und mit der Axt. Damit hast du den anderen vieles voraus, wenn es dir gelingt, deinen Trotz und die Einsicht aufzugeben, daß du hier gezwungenermaßen und zur Strafe deine Zeit abzuleisten hast. Habe den Mut, dich der Führung Gottes anzuvertrauen und den Weg zu gehen, der dir vorbestimmt ist, ohne dir ständig die Frage zu stellen, ob du zum Mönch taugst! Das werden andere nach Ablauf eines Jahres entscheiden."

Widerstrebend folgte Chiemo Reinhard zum Klosteranger. Reges Treiben herrschte auf dem Platz. Überall wimmelte es von Geschorenen in schwarzen Kutten. Alle Bewohner der Insel schienen herbeigeströmt zu sein und standen zu beiden Seiten der Klosterpforte. Noch einmal glitt Chiemos Blick die Außenmauern entlang, ehe er mit den anderen das Tor durchschritt. Er war froh, als ihn Reinhard durch eine Türe schob, und der Lärm hinter ihm verebbte. Verwirrt stand er da, starrte in die dämmrige Kammer und fühlte weiche Binsen unter seinen Füßen. Allem Anschein nach war es ein Raum für das Gesinde. Ihm blieb nicht lange Zeit, darüber nachzudenken, denn sein Onkel drängte ihn, sich Hände und Gesicht in einer Schüssel zu waschen und einen hellen Überwurf mit weiten Ärmeln und breit gestickter Borte anzulegen. Wieder im Hof, erfüllte Duft von Räucherwerk die Luft, und in freudigem Durcheinander tönten helle und tiefe Glockenstimmen über den Platz. Reinhard schob ihn in den Kreis der Bewerber, und schon schloß sich die Mauer der Gaffer hinter ihm.

Erwartung und eine spürbare Feierlichkeit lagen über dem Klosterhof. Chiemos Sinne registrierten nicht die Stimme des Zeremonienmeisters, als er das Kommen des Abtes ankündigte. Alles, was er sah, war ein hoher Ring dunkler Mauern, der mit den Wohn- und Wirtschaftsgebäuden ein großes Geviert bildete. Alles was er fühlte war Beklemmung und Angst. Klein und winzig nahmen sich die Menschen vor der Basilika aus, einem gewaltigen, gedrungenen Bauwerk, das die ganze Nordseite der Klosteranlage beherrschte. Nur ein offener Kreuzgang mit gedeckten Arkaden lockerte die strenge Fassade auf und bildete einen schwungvollen Kontrast zu dem mächtigen Mauerwerk. Daneben der Pallas des Abtes, ein schönes Steinhaus, dessen starke Mauern nur durch zwei schwere Türen unterbrochen wurden, und daran anschließend der Turm des Klosters mit der über dem Sagran gelegenen Bibliothek, in der die wertvollen Folianten aufbewahrt wurden.

Gefangen in einer riesigen Zelle, fuhr es Chiemo durch den Kopf, eingemauert in Gebets- und Schreibstuben. Erneut zog der Zeremonienmeister mit feierlicher Stimme die Aufmerksamkeit der Versammelten auf sich. Der Lärm im Hof erstarb.

„Neigt euer Haupt und tretet vor! Nennt eueren Namen und euer Begehren, damit der Vater euch segne und eure Bitte um Aufnahme für gottgefällig befinde!“

Einer nach dem anderen traten die Bewerber vor, um vor dem Abt um Aufnahme in das Kloster zu bitten. Jeder bekreuzigte sich, küßte den Bischofsring und berührte mit der Stirn den Boden zu Füßen des Abtes, während dieser den Segen über den Bewerber sprach. Nun war die Reihe an Chiemo.

„Wer bist du? Was begehrst du?“ begleitete die Stimme des Zeremonienmeisters seinen Kniefall. Er hielt den Blick gesenkt.

„Chiemo vom Vochenwald“, kam es stockend über seine Lippen.

Seine Stimme erstarb, und lähmendes Schweigen machte sich breit.

„Was begehrst du?“ wiederholte die Stimme ungehalten.

Chiemo fühlte die Blicke der Umstehenden auf sich gerichtet. Er glaubte zu spüren, wie ihn die Mönche ungläubig, ja empört anstarrten. Wie versteinert kniete er da und ihm war, als versinke er in eine bodenlose Leere. Die Hand des Abtes berührte leicht seinen Scheitel.

„Der Eintritt ins Kloster wird nicht leichtfertig gewährt. Niemand kommt zu uns, ohne sich für den Dienst an Gott berufen zu fühlen. Prüfe dich und bete! Klopfe beharrlich an, und man wird dich einlassen! Bitte Gott um die Weisheit, die deinem Leben nützt!"

Der Abt gebot ihm aufzustehen. Chiemo vermochte kein Wort hervorzubringen. Seine Kehle war wie zugeschnürt. Alles in ihm war taub. Er fühlte nicht mehr die Schwere seines Körpers, sah nicht mehr die Menschen um sich herum, nur nebelhafte Gestalten. Mit erschreckender Deutlichkeit wurde ihm bewußt, daß er durch sein stummes Aufbegehren nichts erreicht hatte. Weder war er von der Insel verwiesen noch als untauglich für den Klosterdienst erklärt worden. Vielmehr hatte man ihm befohlen, sich einer Prüfung zu unterziehen, die ihm wahrscheinlich nur den Spott der Mitbewerber einbringen würde.

Ohne daß Chiemo sich der Zeit und der Vorgänge um ihn her bewußt geworden wäre, hatte sich die Menge plötzlich verlaufen. Unschlüssig stand er auf dem Klosterhof und sah sich um. Zwei Schatten lösten sich aus den Arkaden des Kreuzganges, und die kurzen, lebhaften Bewegungen seines Vaters gaben Chiemo zu erkennen, daß er Zeuge des Vorfalls gewesen war. Mit einer Handbewegung bedeutete er ihm, ihnen zu folgen. Zorn und Empörung sprachen aus seinem Blick und seiner ganzen Haltung.

Sie hatten die Pforte durchschritten. Ohne Rücksicht auf die Menschen auf dem Anger fuhr sein Vater plötzlich herum.

„Ich hätte es mir denken können! Aber die Folgen deines Tuns hast du dir selbst zuzuschreiben. Hier lies es ihm vor und dann bring ihn fort, ehe ich mich vergesse!"

Er reichte seinem Bruder ein Schriftstück mit dem Siegel der Klosterkanzlei. Erstaunt blickte Reinhard auf, nachdem er den Wortlaut kurz überflogen hatte.

„... wird mit Beginn des neuen Jahres die Waise Weriga dem Kloster als Leibeigene überstellt."

Jedes Wort traf Chiemo und durchbohrte ihn wie der Stich mit einem harten Stahl. „Nein! Nicht das! Warum Weriga? Was kann sie dafür? Sie trifft keine Schuld!"

„Du hast es nicht anders gewollt!" war alles, was Marchward sagte, ehe er sich ohne Gruß zum Gehen wandte.

„Warum tust du so etwas Ungeheuerliches?"

Chiemo ballte die Fäuste, und hätte ihn Reinhard nicht zurückgehalten, hätte er sich auf seinen Vater gestürzt. Plötzlich hielt er inne und hob jäh den Kopf.

„Weißt du, daß ich dich dafür hasse?“ Seine Stimme wurde kalt und schneidend. „Ich werde beten! Ja ich werde beten dafür, Tag für Tag, daß Gott dich büßen läßt für das, was du mir und Weriga antust!“

Der Herbst hatte bereits eingesetzt, und die Blätter begannen sich gelb zu färben. Auf den Stufen der Klosterpforte schälte sich Chiemo aus seinem klammen Umhang und genoß die wärmenden Sonnenstrahlen auf seiner Haut. Fast zwei Wochen war er nun bereits auf der Insel. Noch immer saß er tagsüber auf der breiten Treppe vor dem Portal, wo man ihm unter einem kleinen Vordach einen Platz zugewiesen hatte. Morgens brachte ihm der Pförtner eine Schale Milch und ein Stück Brot, und nach einer Woche hatte ihn der Zuchtmeister der äußeren Schule täglich aufgesucht und immer wieder die gleiche Frage an ihn gerichtet:

„Was begehrst du? Warum bist du hier?“

Immer ohne Ergebnis. Seit dem Bruch mit seinem Vater hatte Chiemos Leben jeden Inhalt und Sinn verloren. Das Warten, die Aussichtslosigkeit hatten ihn völlig verändert. Nichts vermochte ihn abzulenken von jener düsteren Welt, in der er sich zu verlieren begonnen hatte, gequält von dunklen Gedanken, die sein Innerstes stets von neuem aufwühlten.

Noch steif von der Morgenkälte richtete Chiemo sich an der Mauer auf und rieb sich Arme und Beine, um das Blut in Bewegung zu setzen. Ein paar Jungen jagten über den Vorplatz hinunter zu den Hütten der Fischer, gefolgt von einem kläffenden Hund. Plötzlich beugte er sich vor und lauschte. Schritte näherten sich den Weg herauf, der vom Meierhof im Süden die Außenmauer entlang zur Pforte führte. Füße raschelten im Laub, das den Pfad mitsamt dem Anger bedeckte. Als Chiemo leicht den Blick hob, sah er die sehnigen Beine eines jungen Fischerknechtes und die auffällig kräftige Gestalt eines ergrauten Mönches im Habit. Wärmer noch als die Sonne erschien ihm der Blick, mit der ihn dieser mit einer Vertrautheit musterte, die ihn seltsam berührte.

„Das ist er“, sagte der Knecht und nickte in seine Richtung. Chiemo wußte nicht, war es Spott oder Mitleid, das er in seinem Gesicht zu lesen glaubte. „Selten hat es einer fertiggebracht, so lange vor der Pforte auszuharren.“

Verärgert und abweisend erwiderte Chiemo seinen Blick. Unbeeindruckt davon fixierte ihn der Alte, als suche er in seinem Gesicht zu lesen.

„Du bist also der eigensinnige junge Bock. Hab davon reden hören." Wie er es sagte, klang es frei von jedem Vorwurf, fast wie eine Anerkennung. Überhaupt waren seine Worte so gar nicht nach der Art der Sprache in den Klosterstuben, eher urwüchsig, fast derb, wie die der heimischen Fischer und Bauern.

„Bist gar schon etwas groß für einen aus dem Nest gefallenen Hänfling. Mal sehen, was man in der Sache tun kann."

„Alles, was Ihr wollt! Aber ins Kloster bringt mich keiner!"

Erregt war Chiemo aufgesprungen. Der Mönch machte einen Bogen um ihn und musterte ihn erneut, als könne er hinter der Fassade des Trotzes noch etwas anderes entdecken. Er zog die Augenbrauen zusammen und schien zu überlegen.

„Weiß sich wenigstens klar auszudrücken", meinte er leicht erheitert zu dem Fischer.

„Weißt, ich mag Menschen, die nicht katzbuckeln und sich nicht unterkriegen lassen. Sieh mich an! Selbst nach sechzig Jahren fiele es mir noch schwer, mich den strengen Vorschriften im Kloster zu unterwerfen. Kann's verstehen, wenn ein Bursch, der mit beiden Beinen fest im Leben steht, sich nicht einfach fügen mag, wenn er von heut auf morgen ein Leben zwischen Studierstube und Klosterzelle führen soll. Findest es wirklich gar so widerwärtig?"

Chiemo zögerte, seine Frage zu bejahen.

„Aber trotzdem, s'ist kein Gewinn für dich, den Rest des Lebens vor der Klosterpforte absitzen zu wollen wie ein streunender Hund."

Er trat dichter an ihn heran.

„Sag, magst mit mir in meine Klause drunten am See kommen? Könnt über den Winter gut eine kräftige Hand brauchen?"

Chiemo sah den Mönch verständnislos an. Er hatte nichts begriffen.

„Ihr macht Euch einen Spaß mit mir!" war alles, was er hervorbrachte.

„Annehmlichkeiten kann ich dir freilich keine bieten, aber schlechter als jetzt geht es dir auch nicht."

Trotz der Morgenfrische wurde Chiemo heiß vor Erregung. Er zögerte noch immer, das Angebot anzunehmen. Er hatte keine Lust, sich dem Unbekannten anzuschließen, aber noch größer war die Furcht in ihm, doch noch hinter jenen Mauern zu landen. Ohne seine Antwort abzuwarten, war der Mönch zur Pforte gegangen und forderte Einlaß.

„Da werd ich wohl ein Wörtl mit dem Abt reden müssen", hörte Chiemo ihn sagen.

„Wird ein schönes Stück Arbeit werden, ihn davon zu überzeugen." Noch einmal wandte er sich kurz um, dann fiel die Tür quietschend hinter ihm ins Schloß.

Chiemo stand da, regungslos, stumm wie eine Tonfigur.

„Hast einen guten Fürsprecher beim Abt", sagte der Fischerknecht in das Schweigen.

Chiemo zögerte.

„Wer war das?"

„Wigbert, der Einsiedler von der Klause drunten am See. Wirst ihn schon noch kennenlernen. Ist wie einer von den Ferchen im See, die ihre eigenen Wege gehen, keiner von den dickleibigen Karpfen, die die Köpfe nur in den Schlamm stecken. - Aber jetzt muß ich weiter."

Nachdenklich blickte Chiemo dem Knecht nach, wie er mit dem Netzbündel auf eine der Fischerhütten zuging. In seinem Kopf arbeitete es fieberhaft. Er war verwirrt und überrascht zugleich. War es Zufall oder ein Spiel des Teufels, daß dieser Mönch sich seiner annehmen wollte? Eines stand jedenfalls fest: Der Mann hatte recht. Er konnte nicht bis in den Winter vor der Pforte ausharren.

Glockenschläge schallten plötzlich vom Turm herüber. Es war kein Gebetläuten. Zu sehr hatte er sich bereits an den Rhythmus der Gebetszeiten der Brüder gewöhnt. Überrascht schaute Chiemo auf und zu seiner Verwunderung sah er, wie sich die große Plätte des Klosters der Insel näherte. Ein Reiter stand im Bug. Er schien es eilig zu haben, denn er hatte das Pferd nicht angebunden, sondern hielt die Zügel unruhig in der Hand. Noch ehe das Boot angelegt hatte, war er bereits ins knietiefe Wasser gesprungen und gleich darauf hörte er ihn den Klosteranger heraufgaloppieren. Als er das Pferd vor der Pforte verhielt, erkannte Chiemo das Wappen des Erzbischofs auf seinem Rock. Erstaunt über den Besuch, erschien der Pförtner mit einem Pferdeknecht unter dem Tor. Auf jede Förmlichkeit verzichtend, warf der Reiter dem Stallburschen die Zügel zu.

„Versorg es gut!"

Im selben Atemzug zog er eine Schriftrolle aus der Satteltasche und hielt dem Mönch das grellrote Siegel vor.

„Rasch, es eilt! Bringt mich zum Abt! - Ein schändlicher Verrat, der den Babenberger den Kopf gekostet hat! Nichts ist mehr heilig! Selbst Bischöfe halten sich nicht mehr an ein gegebenes Wort! Jetzt wird der Konradiner zusammen mit Bischof Hatto und Salomo ein neues Spiel mischen, und ich zweifle, daß Friede sein wird im Land."

Kurze Zeit noch hörte Chiemo die aufgeregten Fragen des Pförtners, bis drinnen eine Tür zuschlug. Er konnte sich keinen Reim darauf machen, was er eben gehört hatte und so kauerte er sich wieder auf seinen Platz und verfolgte das Treiben auf dem Klosteranger. So ruhig er nach außen dabei wirkte, im nervösen Spiel seiner Hände zeigte sich seine innere Erregung.

Endlich schwang das Tor auf, und Wigbert erschien mit einem Napf und einem Stück Brot in der Hand.

„Da nimm! Iß dich erst einmal tüchtig satt!"

Er setzte sich neben ihn auf die Stufen und beobachtete aufmerksam, wie er die Grütze und das Stück Brot verschlang.

„So, wir können gehen", sagte Wigbert, als er fertig war.

„Magst? - Da! Kannst dich nützlich machen!"

Er nahm eine Ledertasche von der Schulter, aus der zwei dicke Folianten herausschauten.

„Hast eh nicht viel zu tragen!" lachte er.

Zu Chiemos Überraschung war das alles, was er sagte. Schon war er aufgestanden und ging über den Klosteranger. Chiemo nahm den Tragriemen auf und beeilte sich, zu ihm aufzuschließen. Schweigend folgte er dem Mönch. Er fühlte sich überfahren und wußte nicht recht, was er von der ganzen Sache halten sollte. Er warf einen flüchtigen Blick auf die Bücher.

„Kannst lesen und schreiben?" fragte der Alte, als er bemerkte, daß Chiemo versuchte, den Titel eines Buches zu entziffern.

„Lesen schon, schreiben nur wenig."

„Latein auch?"

„Verstehen kann ich es zum Teil"; antwortete Chiemo zögernd.

„Weißt wovon das Buch handelt?"

„Von der Natur der Dinge."

„Wirst heute gleich beginnen, darin zu lesen! Aber erst einmal wollen wir schauen, daß wir den Weg nicht ganz umsonst machen. Er bückte sich und begann dürres Astholz aufzulesen. Chiemo beeilte sich, es ihm gleichzutun, auch wenn ihn die Tasche dabei behinderte. Zu seiner Verwunderung hörte er Wigbert lateinische Verse sagen. Es wurde ein kurzweiliger Weg. Als sie beide ein ordentliches Bündel zusammen hatten, blieb Wigbert schnaufend stehen.

„Ohne Leibgurt geht sich's leichter."

Er öffnete den Strick seiner Kutte und schnürte das Holz zu einem festen Bund. Es war eine gehörige Last.

„Wer macht den Esel von uns beiden?" lachte er schallend.

Chiemo hatte die Tasche bereits abgesetzt und ließ sich den Packen auf die Schultern laden.

„Jetzt ist das Gewicht gerecht verteilt", sagte Wigbert schmunzelnd und faßte sich mit beiden Händen an den Bauch.

Chiemo sah nicht mehr das fröhliche Leuchten im Blick des Mönches, mit dem er ihn von der Seite musterte, und aus dem jeder hätte lesen können, daß er den Jungen vom ersten Moment an ins Herz geschlossen hatte.

Ein kunstvoll versteckter Weg nahm sie auf. Sie gingen in einem mit natürlichen Laubbäumen überdachten Gang, der nach Süden führte und nach einer Weile in eine künstliche Lichtung mündete. Vor ihnen lag eine große freie Fläche, leicht zum See hin geneigt, und in der Mitte die Klause, eine aus losen Steinen aufgeschichtete Erdhütte, mit Moos und niedrigem Gestrüpp überwuchert. Chiemo setzte seine Last auf einem ungefügen Tisch ab, der so neben dem Eingang plaziert war, daß den ganzen Tag die Sonne darauffiel. Kritisch musterte er sein neues Zuhause, ehe er Wigbert in die Zelle folgte. Schwelle und Sturz waren sorgfältig aus Stein gehauen, mit einer Führung, in der sich zwei als Türe dienende Planken verschieben ließen, um vor Wind und Kälte zu schützen. Das Innere selbst war gut sechs mal vier Schritte groß, daneben, in einen Erdhügel gegraben, ein Vorratsraum, gefüllt mit vielerlei Holz- und Tongeschirr, Werkzeugen, alles sauber gearbeitet und genau geordnet. Jeder Gegenstand schien mit Liebe und sorgfältiger Hingabe gemacht. In einer Nische unter dem Kreuz brannte ein heiliges Licht, ein mit Öl gefülltes rotes Glas und darin ein Docht, der von einem Schwimmer gehalten wurde.

Chiemo schlug wie Wigbert ein Kreuz.

„Ich hoffe, du fühlst dich wohl", sagte der Klausner und ging zu der aus Stein geschichteten Feuerstelle, um die Glutreste vom Morgen neu zu entfachen.

Im Licht des aufflackernden Feuers entdeckte Chiemo viele Gemeinsamkeiten mit der Zelle Meginhards und doch empfand er sein Leben jetzt völlig anders. Nichts mehr von jugendlichem Überschwang, keine Entdeckerfreude und keine Gleichaltrigen, denen er sich hätte mitteilen können, nur der alte Mönch, eine fast bedrückende Stille und große Einsamkeit.

„Warum so wortkarg?" riß ihn Wigbert aus seinen Gedanken.

Er stellte sich unter die Tür.

„Weißt, ist halt alles noch ein wenig fremd für dich. Wär mir nicht anders ergangen, früher. Aber müßt ich heut weggehen von hier, der Blick auf den See, die Insel, die Berge, wie würde mir das alles fehlen! Für mich ist dieses Land ein heiliger Ort und meine Klause ein Überbleibsel aus der Zeit, als die Insel noch wild und unwirtlich war. Wieviel mehr wärs an den ersten Mönchen gewesen, verzagt zu sein, als sie diesen Ort auswählten, um das Wort zu den Menschen zu tragen. Sie haderten nicht mit den Widrigkeiten, und was immer sie in Angriff nahmen, sie taten es mit ganzem Herzen. Mit der Zeit änderten sie nicht nur das Land, sondern mit ihm auch die Menschen. Sie verstanden sich als Werkzeug Gottes und schufen etwas, in dem Gott seine Größe zeigen konnte.

Wigbert wandte sich um und setzte sich. Lange Zeit schwiegen sie.

„Wer war der Bote heute an der Pforte, und was hat es auf sich mit dem Verrat am Babenberger?“ fragte Chiemo.

Trotz des Halbdunkels sah er, wie sich eine steile Falte auf Wigberts Stirn bildete.

„Hast es also mitbekommen?“ sagte er, den Blick starr auf das Feuer gerichtet. „Die Zeiten sind böse geworden“, fuhr er fort, ohne direkt auf Chiemos Frage einzugehen. „Die Mächtigen im Land verhalten sich wie die wilden Tiere. Ihr Handeln wird bestimmt von niedrigen Trieben, von Blutgier und hinterhältigem Raub. Geschlechter von hohem Geblüt, einst die Stütze der Kaiser und des Reiches, haben sich entzweit und bekämpfen einander in einer Welt ohne Ordnung und sichtbaren Sinn. Was einst Grundlage für das Zusammenleben der Menschen war, haben sie mutwillig zerschlagen, was einst das Höchste und Heiligste, sie haben es leichtsinnig zerstört. Nicht einmal dem Wort eines Bischofs kann man mehr trauen. Der Babenberger hat seinen Glauben an Recht und Ordnung mit seinem Kopf bezahlt. Wollt es nicht glauben, daß sie auch ihresgleichen anfallen und reißen, wenn einer dem Rudel nicht folgt und eigene Wege geht. Der königliche Rechtskodex hat ihn nicht zu schützen vermocht. Aber es gibt noch ein anderes, höheres Recht. Geschrieben steht: Richte nicht, damit du nicht selbst gerichtet wirst!“ Halblaut hatte der Mönch die letzten Worte gesprochen. Er lächelte schmerzlich.

„Kaiser Arnulf und König Árpád waren Männer mit Weitblick. Bei allem Machtstreben verloren sie nie das Wohl ihrer Völker aus dem Auge. Immer waren sie sich ihrer Verantwortung bewußt. Jetzt aber sind Kinder Könige, geführt von Männern, die nichts kennen als Machtgier und schnellen Reichtum.“ Wigbert hatte sich ans Feuer gesetzt und starrte gedankenverloren in die Glut. Bilder seiner eigenen Kindheit wurden in ihm wach, Szenen, die genauso bewegt waren wie die Zeit, in der er geboren war.

# Kindheitserinnerungen

Man schrieb das Jahr 842. Seinem Vater Ratbod, einem Grafen aus dem Geschlecht der Huosi, war es in der Zeit der Umgestaltung und des Aufbaus der Grenzmark im Osten gelungen, das Vertrauen des Königs Ludwig des Deutschen zu gewinnen. Dieser hatte ihn im Jahre 838 über alle Grafen gestellt und als Ostmarkpräfekten mit der Oberleitung der Grenzgebiete betraut. Die Berufung in dieses Amt galt als höchster Vertrauensbeweis, setzten Kaiser und Könige doch nur ihre engsten und verläßlichsten Vertrauten als königliche Statthalter in den Grenzmarken ein. Die vielfältigen und schwierigen Aufgaben der Vermittlung zwischen den Volksstämmen schienen Ratbod jedoch nicht davon abgehalten zu haben, trotz seiner Ehe mit einer fränkischen Gräfin, mit der Tochter eines mährischen Fürsten, ihn, einen nachgeborenen Bastard, zu zeugen.

Es gab nicht viel, das Wigbert an seine früheste Kindheit zu erinnern vermochte, aber eine Begebenheit hatte sich unauslöschlich in sein Gehirn eingebrannt. Den Anlaß zu jenem Ereignis bot 845 die Taufe 14 böhmischer Häuptlinge in Regensburg, ein Vorgang, mit dem die slawischen Volksstämme noch stärker dem bayerischen Einfluß und bayerischer Obhut unterstellt werden sollten.

Schreiend waren wenige Wochen darauf seine Stiefbrüder über den Anger der väterlichen Burg an der Traisen gestürmt. In Handfesseln hatten sie ihn, Wigbert, damals vorgeführt, und er, der Bastard, mußte sich vor ihnen als böhmischer Fürst auf den Boden werfen, um die „Taufe" von einem seiner Stiefbrüder zu empfangen. Nicht, daß sie ihn einfach in das Wasser des Flusses getaucht hatten, vielmehr war es ihre Absicht gewesen, ihm, dem ungeliebten Kegel, einen Denkzettel zu verpassen, und beinahe wäre er dabei von ihnen ertränkt worden. Was sich aber wie ein Schandmal in sein Herz gebrannt hatte, war die Tatsache, daß sie ihm als äußeres Zeichen der Unterwürfigkeit das Haar geschnitten und ihn zum Gegenstand des allgemeinen Spotts und Gelächters gemacht hatten. Noch heute glaubte Wigbert, die Scham und den Zorn zu spüren, die er damals empfunden hatte. Es war eines der letzten Male gewesen, daß sie ihren Spott mit ihm getrieben hatten, denn dann war seine Familie selbst zwischen die Mahlsteine neidischer Nachbarn und aufständischer Volksstämme im Osten geraten.

Man schrieb das Jahr 848. Unruhen brachen über die Ostmark herein, die das Land über Jahrzehnte nicht mehr zur Ruhe kommen lassen sollten. Ludwig, dem durch Interessen- und Machtkonflikte innerhalb des Reiches die Hände gebunden waren, schloß mit dem slawischen Vasallen Rastiz ein Bündnis und setzte seinen Vater zum Fürsten über Mähren ein. Ratbod, sein Ostmarkpräfekt, erhielt vom König den Auftrag, die überall aufschwelenden Konflikte zwischen den konkurrierenden Slawenfürsten als Statthalter des Königs unter Kontrolle zu halten. Der Posten seines Vaters war umso bedeutender, als er nicht nur engster Vertrauter des Königs war, sondern zugleich auch die Person, die über die größte Kriegserfahrung verfügte und in dessen Hand sich die größten militärischen Machtmittel vereinigten. Was seinen Vater bewogen haben mochte, diese Macht zu seinem eigenen Vorteil zu nutzen, konnte Wigbert zeitlebens nie in Erfahrung bringen.

Von diesem Zeitpunkt an begegnete er seinem Vater nur noch selten, dafür sah er sich erneut den wilden Attacken seiner Brüder ausgesetzt. Zuhause, auf der Burg, spielten sie die Kriege nach, die ihr Vater erfolgreich gegen die Bulgaren im Süden führte, um ihrem Vordringen über die Drau Einhalt zu gebieten. Immer war dabei Wigbert die Rolle des Besiegten zugefallen, von dem seine Brüder mit grausamen Strafen Unterwerfung forderten.

Zwei Jahre später drangen die Sorben gegen Thüringen vor und überzogen das ganze Grenzland mit Aufruhr und Brand. Immer neue Truppenkontingente wurden in das alte Castrum der Römer an der Enns beordert. Die Ereignisse begannen sich zu überschlagen, und wie Flächenbrände überzogen die Kriegsschauplätze das Land. Gemeinsam mit Rastiz und dem König ging Ratbods Heer gegen den Mährerherzog Moymir vor. Getrieben von der Idee eines großmährischen Reiches, hatte dieser Fürst Pribina aus seinen Stammesgebieten an der Drau vertrieben und das Gebiet um Neitra in Schutt und Asche gelegt. War es der Übermut des Sieges, war es das Bündnis mit Rastiz oder ganz einfach die Machtmittel, über die Ratbod plötzlich verfügen konnte, die seinen Vater bewogen hatten, eigene Wege zu gehen? War es der Neid aufstrebender Grafen oder der Zorn des Königs über die Eigenmächtigkeit seines Statthalters, die seinen Vater in Ungnade fallen ließ? Wer hätte es zu sagen gewußt?

Wigbert hatte an jenem Tag an der Traisen geangelt, als plötzlich unter dem Wappen des Königs zwei Hundertschaften unweit der Stelle, wo er seine Weidenrute ausgelegt hatte, eine flache Furt durchquerten. Zunächst hatte er sie für ein Truppenkontingent zur Verstärkung der Grenzmark gehalten. Sie trugen schwere Rüstung, Langschwert und Schild und hielten die Lanzen aufrecht in den Bügel gestellt. Plötzlich sprengten sie ohne Vorwarnung auf die Weiler unterhalb der Burg zu. Von Ferne sah Wigbert, wie sie Feuer in die Hütten der Leibeigenen seines Vaters warfen und wahllos die Menschen umritten und niederstachen, wie sie das Vieh abschlachteten und die habselige Ernte der Bauern auf den Feldern verwüsteten. Zwölf Männer nahmen sie als Geiseln und schleppten sie in Fesseln vor die Burg. Wigbert war um sein Leben gerannt, aber das Tor war bereits geschlossen.

Er hatte nie eine besondere Freundschaft zu seinem Vater empfunden, eher Bewunderung für einen Kriegsmann, aber seit dem Augenblick, als er ihn als Geisel in die Hände der Soldaten hatte fallen lassen, hatte er ihn nur noch gehaßt. Tiefer noch traf ihn, daß die Männer des Königs seinen Vater des Aufruhrs und des Landesverrats beschuldigten und ihn dazu aufforderten, die Burg kampflos zu übergeben.

Sie hatten ihn in die Reihen der Geiseln gestellt, und als sein Vater zögerte, begannen sie damit, dem ersten Gefangenen den Kopf abzuschlagen. Nach der Hinrichtung von zwei weiteren Geiseln war Wigbert schon der Meinung gewesen, daß sein Vater sich weigern würde, die Burg zu übergeben. Er hatte bereits mit seinem Leben abgeschlossen, als Ratbod bei der Hinrichtung der sechsten Geisel doch kapitulierte. Noch am gleichen Tag war er all seines Besitzes und seiner Ämter enthoben worden, seine Geliebte hatte man außer Landes gejagt und Wigbert zusammen mit seinen Brüdern in die Obhut von Mönchen gegeben.

Es waren nicht wenige Söhne aus Fürstenhäusern, die gegen ihren Willen in eine Zelle gesteckt worden waren und Samt und Seide mit dem härenen Stoff eines groben Habits vertauschen mußten. Ein Jahr später bereits war ihm im Alter von knapp fünfzehn Jahren im Kloster St. Peter das Weihegelübde abgenommen worden. In den darauffolgenden Jahren arbeitete er sich durch die sprachlichen Lehrfächer und studierte die freien Künste. Die Nächte waren kurz, die Tage lang, ausgefüllt mit Studium, Gebet und harter Arbeit. Im Gegensatz zu vielen anderen und trotz seiner hohen Abstammung, hatten ihn selbst niedrigste Arbeiten mit Freude und Befriedigung erfüllt, solange es ihm nur möglich war, etwas dazuzulernen und seine Fähigkeiten zu vervollkommnen. Er hatte Bäume gefällt, sie zugeschlagen und gezimmert, gerodet, Mauern aufgeführt und Felsklausen in die Steinwände des Mönchsberges gebrochen. Schließlich hatte man ihm höhere Aufgaben übertragen. Er wurde Zuchtmeister der inneren Schule mit der Aufgabe, angehende Novizen mit Rat und Strenge auszubilden. In dieser Zeit gelang es ihm, Altfrid als Freund und Gönner zu gewinnen, eine Begegnung, die sein Leben noch lange und nachhaltig beeinflußt hatte. Als einer der wenigen beherrschte Altfrid die slawische Sprache und verschiedene Dialekte, in denen er Wigbert in der wenigen zur Verfügung stehenden Zeit unterrichtete. So dauerte es naturgemäß nicht lange, bis seine Ordensoberen sie beide zusammen mit dem Mönch Rihpald an den Hof des Fürsten Pribina befahlen, um Pannonien zu missionieren.

Solange ihn sein Weg durch Ostmarkgebiet führte, öffnete ihm der Schutzbrief des Metropoliten Hände und Türen, und meist fand er ein Unterkommen bei einem Presbyter oder einem Burgvogt. Jenseits der befestigten Plätze aber verspürte er den rauhen Atem des Grenzlandes. Riesige Waldgebiete bildeten den letzten Sperriegel gegen plündernde Ungarnhorden.

Bist du verrückt, Bruder?" warnten ihn die Leute und schüttelten den Kopf.

„Keiner ist mehr zurückgekehrt aus den Weiten der Wälder und Sümpfe."

Er aber hatte die Warnungen in den Wind geschlagen, im Vertrauen auf Gott und darauf, sich mit den Reiterhorden verständigen zu können. Nichts konnte ihn aufhalten, weder die Bakony Sümpfe, wo er auf Mönche aus dem Kloster Niederaltaich stieß, noch die weiten Steppengebiete. In diesen Jahren hatte er gelernt, auf sich allein gestellt zu überleben. Monate später war er gefangen genommen und vor Fürst Árpád, den berühmten Heerführer aus dem Gyulageschlecht geschleppt worden. Man hatte ihn gefoltert, verhört, aber mit seinem Mut und seiner Willensstärke hatte er sich schließlich die Achtung der Feinde errungen.

Ausgestattet mit einem persönlichen Schreiben Fürst Árpáds war er beauftragt worden, mit Arnulf, dem damaligen Ostmarkpräfekten, in Verhandlungen zu treten. Mit dem Wissen, durch einen Friedensvertrag zwischen beiden Völkern die Geschicke des Reiches mitbestimmen zu können, hatte er Arnulf, dem späteren König und Kaiser, mehrere Jahre als Unterhändler und Vertrauter gedient, ehe er sich als Klausner auf die Au zu den Mönchen vom Wörth zurückzog, da Papst Johannes IX. 889 den bayerischen Bischöfen den Lehrauftrag in den Ostmarkgebieten entzog und dort eigene Metropoliten einsetzte.

Wigbert hob den Blick und sah, daß Chiemo neben ihm eingeschlafen war. Er holte ein Fell und deckte es über ihn. Freude über die Anwesenheit des Jungen erfüllte ihn, und dennoch beunruhigte ihn die Frage, was die Zeit für dieses junge Leben bereithalten würde.

# Der Stiftstag

Der warme Hauch des Herbstes verflog, und die Menschen um den See beeilten sich, die notwendigen Vorkehrungen für den Winter zu treffen und die Äcker durch Pflügen für die Aussaat von Roggen und Spelz vorzubereiten.

So wie die Bauern ihre Ernten einbrachten, machten sich auch die Mönche daran, Zins und Stift von ihren Schuldnern einzufordern. Zahllose Grundhörige schuldeten der Kirche den kleinen eingefriedeten Hof, den sie bewohnten. Es war nicht einfach, von dem wenigen zu leben, das der Boden hergab und noch weniger von dem, was ihnen das Kloster von dem kargen Ertrag ließ. Das Nutzrecht für Felder, Wald und Brachland mußte von den Mönchen Jahr für Jahr durch das Zahlen von Abgaben neu erworben werden, meist durch mehrere Scheffel Korn, Vieh oder Fleisch bis zum Wert von einem Solidus, sowie Hühner, Eier und Käse. Dazu kam noch die Pflugarbeit, die sie auf dem Herrenland zu leisten hatten.

All das war genau in Büchern festgehalten und wurde an zwei festgesetzten Tagen im Jahr abgegolten oder unter Androhung von Strafen angemahnt. Auf diese Weise füllten sich die Brüder für den langen Winter ihre Speicher, Keller und Kammern mit Vorräten.

Aber nicht nur für die Mönche, auch für Ortnid, den Verwalter vom Heißenanger, war dieser Tag am Ende des Erntemonats von Bedeutung. Sein Großvater war als Minderfreier zum Vollfreien aufgestiegen. In der Zeit der Fremdverwaltung durch die Kuratoren von Metz war das Kloster mehr schlecht als recht geführt worden. Der allgemeine Niedergang zeigte sich in dem teilweise schlechten Zustand der Baulichkeiten und darin, daß die wirtschaftlichen Erträge immer mehr zu wünschen übrig ließen. Nicht nur, daß der benachbarte Wasen der ehrwürdigen Frauen die Au an Bedeutung weit überflügelt hatte, auch die Inhaber der umliegenden Grafschaften sowie aufstrebende Freisassen und Barschalken versuchten nicht selten, sich aus der Abhängigkeit vom Kloster zu lösen.

So hatte Ortnids Großvater es verstanden, den Heißenanger gegen Tausch eines Fischrechtes auf Silberlachse in der Achen vom Kloster zu Eigen zu erhalten und sogar Teile des Grundeigens an andere Hintersassen vergeben zu können. Es war ein schöner Besitz, ein Gestütsplatz des Klosters, auf dem Herrenpferde gehalten und Minderpferde für Saumtiere aufgezogen wurden. Ortnid hatte ihn von seinem Großvater übernommen, als sein Vater bei den ersten Ungarnkämpfen gefallen war. Umgeben von Ackerfluren entlang des Erlbichls lag der Hof auf dem gewölbten Sattel des Hügelrückens, geschützt vor den Wassern der Achen, eines rauhen Gebirgsbaches, der in regelmäßigen Abständen die flachen Moorauen überflutete.

Ortnid führte den Heißenanger mit der gleichen Härte wie sein Großvater. Ehrgeizig und machthungrig hatte er wie dieser zwei Laster: Geschäfte und Frauen. Männer begegneten ihm mit Angst und Respekt. Sie fürchteten seine berechnende Kälte und seine kühnen, rücksichtslosen Geschäfte. In seiner Habgier schreckte er nicht einmal davor zurück, aus der Not der anderen für sich und den Hof Kapital zu schlagen. Vertrautheit mit Nachbarn war ihm fremd, und die Menschen um ihn her waren für ihn nur dazu da, um sie zu täuschen oder zu übervorteilen, leichte Opfer für einen Mann, der mit den Mitteln der Mächtigen den Besitz seiner Nachbarn an sich zog und verschlang. Niemand getraute sich, es offen zu sagen, aber hinter vorgehaltener Hand kursierten Gerüchte, er hätte des Nachts Unkraut in die Saat seiner Konkurrenten gestreut. Kurzum - er war ein Mensch, der auch nicht entfernt daran dachte, auf jemanden Rücksicht zu nehmen.

Er machte aus seiner Einstellung kein Geheimnis: „Sollen sie sich ruhig die Mäuler zerreißen und mir scheele Blicke nachwerfen, ich halte sie alle auf Trab. Ja, ich weiß, daß sie mir am liebsten den Hals umdrehen würden, wenn sie es nur könnten. Sie ballen die Fäuste hinter meinem Rücken, und Widerstand regt sich in ihren Blicken, aber sobald ich mich umdrehe, machen sie sich in die Hosen."

Nicht wenigen Frauen konnte er damit imponieren, andere gab es, die seine Zudringlichkeiten ohnmächtig erdulden mußten. Vielleicht wäre manches Leid und manche Ungerechtigkeit nicht geschehen, wenn Ortnids Frau nicht vor zwei Jahren vor Gram und Verzweiflung gestorben wäre. Die Leute zerredeten sich die Mäuler über das Ableben der Heißenbäuerin, denn wo liebten die Armen und Ausgebeuteten es nicht, die schwachen und dunklen Seiten eines einflußreichen Mannes in die Öffentlichkeit zu zerren?

Ortnid selbst wußte nur zu genau, daß seine Härte und Maßlosigkeit keine Folge, sondern wesentlich auch Ursache für den Tod seiner Frau gewesen war. Andere vermuteten es, aber nur er wußte es mit letzter Gewißheit. Dennoch fühlte er nicht unbedingt einen besonderen Schmerz als sie starb, ja nicht einmal ein Gefühl von Reue. Außer seiner Frau hatte es keinen Menschen, kein eigen Fleisch und Blut gegeben, an dem er sich hätte erwärmen können. So war seit ihrem Tod alles nur noch schlimmer geworden. Wenn es ihn nach einer Frau verlangte, fand er rasch eine Magd, die gerne für eine Nacht das Bett mit ihm teilte, und so tröstete er sich mit schnellen, flüchtigen Liebschaften.

Ortnid hatte keinen Blick für die Menschen oder den Himmel, als er über den Hof stapfte. Wem er begegnete, senkte den Blick vor dem Feuer, das seine Augen versprühten.

„Hol mir den leichten Kastenwagen und spann ein!“ schrie er einem grobschlächtigen Roßknecht zu.

„Den Schecken oder den Fuchs?“

„Beide, hirnloser Esel!“

Ortnids Stimme klang scharf und gereizt, und sein Tonfall ließ erkennen, daß er an widerspruchslosen Gehorsam gewöhnt war. Der Knecht beeilte sich, dem Befehl nachzukommen, um sich nicht dem Risiko auszusetzen, daß weitere Beschimpfungen auf ihn einhagelten. Kurz darauf rumpelte der Wagen über den holprigen und von Regenbächen zerfurchten Pfad in die Niederauen hinab. Ein fester Fahrweg führte hinunter zur Aumühle am Moosbach und von dort im Osten an den Mösern vorbei, um den See herum und hinüber zur großen Straße, die Salzburg mit den Handelszentren im Westen verband.

Ortnids Laune besserte sich allmählich. Bereits am Morgen vor dem angesetzten Zinstag strömten die Hintersassen und Barschalken aus entfernter gelegenen Weilern über die Pfade der Ufergestade, um dem Kloster die schuldige Stift zu entrichten. Die meisten trugen ihre Abgaben in Kraxen oder zu Bündeln verschnürt, andere trieben fluchend das Vieh vor sich her.

Die Menschen glichen einander. Es waren magere, ausgezehrte Gestalten mit kurz geschorenen Bauernschädeln. Überall die gleichen, ausdruckslosen Gesichter, in denen die ganze Trostlosigkeit ihres Lebens geschrieben stand. Mancher kam mit leeren Händen, sich der Ohnmacht seiner ausweglosen Situation bewußt, denn nicht immer war es möglich, die gesetzten Fristen einzuhalten. Oft blieb nur die Aufgabe des Hofes und Knechtschaft für alle Angehörigen als einziger Ausweg.

In Gedanken ging Ortnid die Gesichter der Grundhörigen durch, die ihm eiligst den Weg frei gaben, sobald sie das Fuhrwerk hinter sich hörten und ihn erkannten. Schon manchem von ihnen hatte er gegen die Verpflichtung zu Scharwerks- und Spanndiensten ein Schaf oder ein Schwein vorgestreckt und es so verstanden, für sich einen Vorteil herauszuholen, ohne daß ihn das Kloster des Wuchers bezichtigen konnte.

Eine Mädchengestalt am Wegrand riß ihn aus seinen Gedanken. Sie ging barfuß und trug das einfache Kleid einer Magd. Er konnte ihr Gesicht nicht sehen, denn es verbarg sich unter der Kapuze ihres Schultertuches. Der Wind blies dunkle Haarsträhnen aus ihrem Gesicht, und Ortnid versuchte, ihre Züge zu erahnen. Ihre Gunna war vom Staub der Straße überzogen, und unter dem taufeuchten Tuch zeichnete sich ein schlanker Körper ab. Ortnid bewunderte ihren selbstsicheren, federnden Gang, der sich bis in die Arme fortsetzte. Eine wohlbekannte Erregung erfaßte ihn, während seine Augen dem Schwung ihrer Linien folgten. Eine Jungmagd, dachte er, keine zwanzig. Er wunderte sich, denn nur selten wagte sich eine Frau ohne Begleitung auf eine belebte Fernstraße, wo sich allerlei Gesindel herumtrieb.

Das Mädchen schien ihn noch nicht bemerkt zu haben. In Gedanken vertieft, hielt es den Kopf gesenkt. Erst als die Magd das Poltern der Räder aus kurzer Entfernung hinter sich hörte, zuckte sie zusammen und hob überrascht den Kopf. Auf gleicher Höhe mit ihr, ließ er die Pferde in eine langsamere Gangart fallen. Ein seltsamer Glanz trat in Ortnids Augen, und ein Lächeln spielte um seine Mundwinkel, als das Mädchen den Kopf zu ihm herumwarf und ihn unerschrocken anblickte. Was bei Männern seine Wut angestachelt hätte, war für ihn ein besonderer Reiz an einer Frau.

„Warum so eilig, Kleine?“ Seine Stimme klang spöttisch. „Wenn du wie die anderen unterwegs zum Kloster bist, dann ist es besser, du gehst langsamer. Brauchst dich nicht abzuhetzen! Das Leben läuft dir schon nicht davon, noch nicht“, fügte er mit einem Blick an, der zu erkennen gab, daß sie ihm gefiel.

Sie sagte nichts und blickte ihn nur kurz geradeheraus aus dunklen Augen an und setzte dann ihren Weg fort. Ortnid drängte die Pferde dichter an sie heran, so daß sie mit ihm auf gleicher Höhe ging. Er grinste genußvoll.

„Redst wohl nicht mit jedem? Bist nicht von hier, oder?“

„Was kümmerts Euch?“ antwortete sie kurz. Ein Ton von Auflehnung und Trotz klang aus ihrer Stimme.

„Wo kommst denn her?“

„Weriga heiß ich und von da komm ich und dorthin geh ich“, sagte sie kurz angebunden und nickte leicht mit dem Kopf.

Ortnid lachte auf.

„Jetzt weiß ich aber viel! Hast vielleicht gar einen Kummer, weil du so kratzbürstig bist?“

Sie blieb plötzlich stehen und hob den Kopf, als habe sie etwas herausgefordert, sich mit der zwingenden Kraft seiner Augen zu messen.

„Was wollt Ihr? Hab Euch nicht gerufen! Starrt mich nicht so an! Macht, daß Ihr Eures Wegs kommt und laßt mich in Frieden!“ sagte sie grob.

„Wenn du ins Kloster willst, ist's noch ein gutes Stück Weg.“ Ortnid deutete zum Himmel. „Wird nicht mehr lange dauern und es fängt an zu regnen. Hab nur gemeint, ich könnte dir einen Gefallen damit tun, und du mir ein wenig Gesellschaft leisten. Wärst ein guter Unterhalter mit deiner flinken Goschen. Na was ist?“

Sie zögerte. Seine Unbefangenheit gefiel ihr. Ortnid wußte nur zu genau, daß es nur wenige Frauen gab, die dem Feuer seiner Augen widerstehen konnten. Manche unterwarfen sich sofort, anderen gefiel es, sich mit der Kraft zu messen, die von ihnen ausging.

Er reichte ihr die Hand und sie ergriff sie. Über Ortnids Gesicht zog ein zufriedenes Lächeln. In bester Laune trieb er die Pferde zum Galopp an. Sie überholten eine Gruppe von Bauern. Erschrocken sprangen sie zur Seite und trieben hinter ihnen fluchend das Vieh aus den Büschen auf den Fahrweg zurück.

Eine Zeitlang schwieg Ortnid. Dann musterte er Weriga von der Seite. Sie saß steif wie ein Stock neben ihm. Der Fahrtwind hatte ihr die Kapuze vom Kopf gerissen, und was er sah, war vielversprechend. Sie war schlank und doch kräftig, mit Reizen ausgestattet, die in einem Mann Leidenschaften zu wecken vermochten.

„So eine wie du geht freiwillig zu den Mönchen? Was für ein Leben! Mahlen, putzen und auf den Feldern arbeiten – zum Kotzen!“

Weriga schwieg.

„Da wüßt ich etwas besseres für eine, die so aussieht wie du!“

„Hab keine große Wahl!“

„Ein Mädchen wie du könnte mehr vom Leben haben als sich für andere abzurackern.“ Ortnid wußte, wie er bei Frauen vorgehen mußte. „Könntest es wahrlich schöner haben. Keine Schwielen vom Drehen der Handmühlen, keine wundgescheuerten Hände!“

Wasservögel flogen mit lautem Geschrei an ihnen vorbei. Werigas Blick folgte ihnen.

„Ich hab keine großen Wünsche und Ansprüche.“
Sie nickte in Richtung der Vögel. „Gern würde ich mit einem von ihnen tauschen. Wie sehr ich sie um ihre uneingeschränkte Freiheit beneide!“

„Hast wohl nicht die besten Erfahrungen hinter dir?“ riß Ortnid sie aus ihren Gedanken. „Vergiß, was war! Lache und genieß das Leben. Wenn du ein Stück von ihm erhaschen willst, mußt du dich sputen!“

Klatschend ließ er die Zügel auf die Kruppen der Pferde fallen und trieb sie zu schnellem Galopp an.

„Lauft! Zeigt, was in euch steckt!“ Er lachte rauh auf. Ein spöttischer Zug lag um seinen Mund.

„So mußt es in die Hand nehmen, das Leben, und ihm deinen Willen aufzwingen, wenn es bockt und sich aufbäumt!“

Steine spritzten auf. In wilden Sprüngen jagte der Wagen über Fahrrinnen und Löcher. Die Stöße trafen Weriga mit voller Wucht und warfen sie auf dem Sitzbock hin und her, daß sie Mühe hatte, nicht das Gleichgewicht zu verlieren.

Wild schrie Ortnid auf die Tiere ein. Er wandte sich kurz um und sah, daß sich die Gruppe der Bauern in den Staubwolken hinter ihm aufgelöst hatte. Amüsiert beobachtete er Werigas verzweifeltes Bemühen, das Gleichgewicht zu halten.

„Mußt die Beine spreizen und die Füße gegen das Bodenbrett stemmen! So!“ Sein rechter Arm faßte sie kräftig um die Hüfte und zog sie enger an sich. Weriga spürte die Kraft seiner Muskeln und den Druck seiner Finger auf ihrem Schenkel.

„Was soll das?“ fuhr sie ihn an. Sie fühlte, daß sich der Druck seiner Hand verstärkte.

Er grinste nur spöttisch, als sie versuchte seine Hand wegzuschieben.

„Mit Frauen ist es wie mit den Pferden! Sie beißen und bocken, aber sie lieben eine feste Hand, auch wenn sie das Gegenteil behaupten.“

Erst jetzt bemerkte Weriga die ungezügelte Begierde in Ortnids Augen, die mehr von seinen Absichten verriet als die Anspielungen in seinen Worten. Für einen Augenblick war sie wie erstarrt, unfähig, sich zu rühren. Ortnid nutzte ihr Zögern und lenkte die Pferde von der Straße zwischen mannshohes Eichengebüsch. Die Unverfrorenheit und Kaltblütigkeit seines Vorgehens riß Weriga aus ihrer Erstarrung. Die Vorstellung, von Ortnid überwältigt zu werden, erfüllte sie mit panischer Angst, aber auch wilder Entschlossenheit. Ekel stieg in ihr auf.

„Was fällt Euch ein!“
Sein rohes Gelächter gab ihr zu erkennen, daß er sich wenig um ihre Gefühle scherte. „Ihr wollt doch nicht ...?“

„Warum nicht? Was spricht dagegen, daß wir ein wenig Spaß miteinander haben?“

Weriga riß sich mit einem kräftigen Ruck von ihm los. Im gleichen Moment, als Ortnid die Zügel fallen ließ, schlug ihm ihre Rechte klatschend ins Gesicht.

„Widerliches Ekel!“ fauchte sie. Noch ehe sie vom Wagen springen konnte, fühlte sie sich erneut gepackt. Sie stöhnte auf unter dem Druck seiner Finger, während er sie zu sich zog. Das Grau seiner Augen funkelte kalt. Weriga schrie, schlug heftig um sich und bäumte sich auf.

„Laßt mich! Glaubt Ihr, Ihr könnt jede Frau bespringen wie ein brünftiger Bock?“

Sie bemerkte nicht, daß sie mit ihrem heftigen Widerstand Ortnids Begierde nur noch mehr anstachelte.

„Schön zu hören, daß du deine scharfe Zunge noch nicht verloren hast! Ich mag es, wenn eine Frau Temperament hat. Es macht mehr Spaß als mit den anderen breithüftigen Kühen!“ Seine Linke glitt unter ihrem Kleid über den weichen Flaum ihrer Schenkel.

„Warum zierst du dich so? Tu nicht so, als ob es dir keinen Spaß machen würde! Nach ein paar Wochen im Kloster wirst du es nicht erwarten können, einen richtigen Mann zwischen die Schenkel zu bekommen!“

Er näherte sein Gesicht, bis sie seinen Atem auf ihrer Haut verspürte und lachte widerlich. Erneut versuchte sie, seiner Umklammerung zu entkommen, während seine Finger an ihrem Schenkel hochglitten. Sie gebärdete sich wie eine Furie, aber sie mußte einsehen, daß seine Kraft nach Belieben mit ihr spielte.

„Ihr seid ein Scheusal!“ fauchte sie. „Ohne jede Skrupel!“

In wilder Verzweiflung spie sie ihm voller Verachtung ins Gesicht.

„Du verfluchtes Aas! Ich werde dir zeigen, wie man den Widerstand einer jungen Stute bricht!“

Grob fuhr seine Hand in ihr Haar. Er riß sie nach hinten auf den Wagenboden und warf sich mit seinem ganzen Gewicht auf sie. Weriga schlug hart mit dem Kopf auf. Sie spürte den Aufprall bis in die Haarspitzen und stöhnte laut. Brutal zog Ortnid ihren Kopf an den Haaren zu sich. Ihre Brüste drückten sich durch das verschwitzte Kleid, und sie spürte den Druck seines muskulösen Oberkörpers auf ihnen. Stöhnend rang sie nach Luft und verschloß ihren Schoß, indem sie die Beinmuskeln anspannte und ihre Schenkel zusammenpreßte. Schlagartig wurde sie sich der bedrohlichen Situation bewußt. Wie oft hatte sie sich in den letzten Wochen gewünscht zu sterben, aber nicht so, nicht so! Es gelang ihr, einen Arm frei zu bekommen. Mit seinem ganzen Gewicht drückte Ortnid ihren sich aufbäumenden Leib nieder. Sein Knie stieß zwischen ihre Schenkel und spreizte mit kräftigem Druck ihre Beine. Wie in einem wilden Ausbruch entfesselte sich seine lang angestaute Begierde. Er nahm nicht wahr, daß sich Werigas Gesicht vor Abscheu verzog, als er seine Lippen auf ihre Halsbeuge preßte. Sein Atem ging heftig und keuchend. Für den Bruchteil eines Augenblicks hob er seinen Körper, um seinen Unterleib auf ihre Lenden zu pressen und sich auf ihrem Körper zu wälzen. Sein einziges Bestreben war, diese Frau zu besitzen. Er fühlte nicht, wie Weriga mit einer kleinen Drehung der Hüfte ihr Bein frei brachte. Noch im gleichen Augenblick durchfuhr ihn ein dumpfer Schmerz, der ihn wie ein Feuer durchjagte.

Mit einem verzweifelten Stoß, in den sie all ihre Kraft gelegt hatte, war Werigas Knie nach oben gezuckt und hatte ihn dort getroffen, wo ein Mann am empfindlichsten ist. Ortnid grunzte wie ein Eber und verzog das Gesicht. Sein Griff, der ihren Arm wie eine Zange umschlossen gehalten hatte, lokkerte sich, während er seine freie Hand auf den Unterleib preßte. Sein Körper schien in sich zusammenzusinken, und in einem wilden Aufbäumen gelang es Weriga, unter ihm frei zu kommen. Noch im Aufspringen zuckte ihre Hand unter die Schulter. Selbst wenn Ortnid diese Bewegung wahrgenommen hätte, er wäre nicht in der Lage gewesen, zu sagen, wie das Messer in ihre Faust gekommen war. Die Klinge, zwei Handbreit vor seinen Augen, ließ ihn den Schmerz vergessen und machte seine Sinne wieder klar.

„Du verfluchtes Aas!“

Mühsam kam er auf die Beine. Er mußte einsehen, daß zu wenig Raum für einen Angriff da war, ohne sich der Gefahr auszusetzen, ins offene Messer zu laufen. Er wischte sich mit dem Handrücken über den Mund, um seine Unentschlossenheit zu überspielen. Kalter Haß sprühte aus seinen Augen, die jede Bewegung der Messerklinge verfolgten.

„Das wirst du bereuen, du hinterhältiges Miststück!“ Seine Stimme war kalt und schneidend.

„Ihr wollt von Hinterhältigkeit reden! Ihr? Ich hasse Euch so sehr, daß ich Euch bei der ersten Bewegung das Messer bis ans Heft in den Bauch stoße! Versucht es und kommt einen Schritt näher!“

Ein gefährliches Funkeln stand in ihren Augen, und Ortnid zweifelte nicht einen Augenblick, daß sie ihre Drohung ernst meinte und entschlossen war, mit der Waffe auf ihn loszugehen. Als ob ihm der Tag nicht schon übel genug mitgespielt hätte, hörte er plötzlich hinter sich Geräusche von Bewegungen und Stimmen vom Fahrweg her.

„He, Ortnid! Wie's scheint, hast du diesmal eine recht widerspenstige

Eroberung gemacht! Hast wohl Ärger mit ihr gehabt?“ Der spöttische Ton in der Stimme war nicht zu überhören. Ortnid schoß das Blut in den Kopf. Ausgerechnet vor den Männern von einer Frau in die Schranken gewiesen zu werden, empfand er als besonders schmerzlichen Schlag. Mit verkniffener Miene wandte er sich um und starrte in die schadenfrohen Gesichter der Männer. Wut kochte in ihm hoch, umso mehr, als einige von ihnen zu seinen Schuldnern zählten.

„Was willst du mit deiner Anspielung sagen, Odo?“ fuhr er den Sprecher der Gruppe an.

„Nichts! Wir dachten nur ... als wir dich den Wagen neben das Mädchen lenken sahen ...“

„Das Denken überlaßt denen, die sich darauf verstehen!“ fuhr er sie grob an, und seine Stimme machte deutlich, daß er nicht gewillt war, ihre Anspielungen widerspruchslos zu akzeptieren. „Ich bin doch kein Narr, mich mit einer dahergelaufenen Straßendirne ...“ Verdutzt hielt er inne, als er sich umwandte und sah, daß das Mädchen sich hinter seinem Rücken davongemacht hatte. Wütend ballte er die Fäuste und hatte Mühe, sich zu beherrschen.

„Verfluchtes Rabenaas!“ brummte er. „Das soll dich teuer zu stehen kommen! In die Hölle sollst du dich wünschen, wenn du mir das nächste Mal über den Weg läufst!“

Weriga erwachte vom hellen Klang einer Glocke. Zunächst wußte sie nicht, wo sie sich befand und hatte jeden Begriff für Ort und Zeit verloren. Nur nach und nach lösten sich ihre Gedanken aus der Benommenheit des Schlafes. Allmählich wurde sie sich der Vorgänge des gestrigen Tages bewußt. Der bloße Gedanke daran ließ ihr Herz schneller schlagen.

Als sie von den Bauern entdeckt worden waren, hatte sie nur den Drang verspürt, wegzulaufen und war erst wieder stehen geblieben, als ihr die Puste ausgegangen war, und ihre Füße begonnen hatten zu schmerzen. Ein harter Weg war es gewesen, über grobes Ufergeröll, durch mannshohes Ried und dichtes Gestrüpp. Völlig am Ende ihrer Kräfte, war sie in Sichtweite des Klosters am Ufer zusammengesunken. Einen Augenblick war sie versucht gewesen, die Stellung im Kloster nicht anzutreten und sich auf eigene Faust durchzuschlagen. Dann aber hatte, angesichts des bevorstehenden Winters, ihre Vernunft gesiegt, und die Aussicht auf ein warmes Essen und einen trockenen Schlafplatz hatten sie veranlaßt, sich doch zur Insel übersetzen zu lassen. Lange noch war ihr Gesicht gezeichnet von der überstandenen Angst und der Anstrengung.

„Was ist dir?“ hatte der Fischerknecht sie besorgt gefragt, aber sie hatte sich nur in abweisendes Schweigen gehüllt.

Für den Bruder Schaffner war ihre Ankunft keine Angelegenheit von großer Bedeutung gewesen und er hatte sie kurzerhand an die Obermagd verwiesen, die sie überrascht in ihre Obhut genommen hatte. Ihre Musterung war kurz und bündig verlaufen: Hände, Zähne und ein paar allgemeine Ratschläge, vor allem was den Umgang mit den Knechten betraf. Weriga hatte zu alledem nur kurz genickt.

„Bist eine der wenigen, die meine Anordnungen unwidersprochen hinnehmen“, hatte sich Liutrada, die Obermagd, gewundert. „Oder bist am Ende gar eine von denen, die sich vor ihresgleichen mit dem Mäntelchen der Scham umkleiden, um dann umso schneller vor jedem Zipfel den Rock zu heben?“

Die Deutlichkeit ihrer Ansprache hatte nichts zu wünschen übrig gelassen. Auch die Fragen zu ihrer Person hatten sich auf das Wesentlichste beschränkt.

„Weriga also heißt du? Ein ungewöhnlicher Name... Auf dem Meierhof beim Amtmann vom Vochenwald warst...? Schon mal eine Mühle gedreht...? Aber nicht im Mahldienst oder? Das ist eine andere Arbeit, als du sie gewohnt sein wirst.“

Sie hatte sie zuerst einmal in die Klosterküche gesteckt. Im allgemeinen Trubel der Vorbereitungen war sie nicht weiter aufgefallen, denn die anderen Mägde waren ebenso schmutzig und unterschieden sich nur durch eine Schürze von ihr, die sie über den fleckigen Kleidern trugen. Die Zeit war wie im Flug vergangen, und nach den Vorbereitungen für den darauffolgenden Tag hatte sie sich mit den anderen in den Gesindeschlafsaal begeben, einen dunklen Holzbau, dessen gestampfter Boden mit einer dicken Auslage Stroh bedeckt war, und wo es von den Stallungen und der nahen Latrine herüber nach Exkrementen, abgestandenem Schmutz und nach Ausdünstungen zusammengepferchter Menschen roch.

Weriga starrte auf die matten Lichtstreifen in den Wandluken und lauschte auf die Geräusche im Gesindehaus. Von irgendwoher drangen dunkle Männerstimmen in den Raum, ein Choralgesang, der vom Kreuzgang zu kommen schien. Ob Chiemos Stimme auch darunter war? Wie es ihm wohl ging? Ob er etwas von ihrer Anwesenheit ahnte oder spürte?

Sein Gesicht zeichnete sich vor ihr im Dunkel ab, und das Wissen um seine Nähe gab ihr ein wenig Trost. Vielleicht waren es nur wenige Meter, die sie von ihm trennten. So sehr verdichtete sich das Traumbild vor ihren Augen, daß sie glaubte, seine Haut berühren und den Duft seines Körpers einatmen zu können. Wie sehr hatte sie sich in den letzten Wochen danach gesehnt, seine Nähe zu spüren und sich in seine Arme schmiegen zu können. Wehmut überkam sie. Lautes Pochen an der Tür riß sie aus ihren Gedanken. Die kräftige Stimme der Obermagd, die das Gesinde in die Küche rief, hatte den seligen Zauber mit einem Schlag vertrieben.

„Los, beeil dich!" rüttelte sie eine der Mägde auf. „Je kräftiger wir zupacken, desto schneller kommen wir hinaus auf den Anger. Das wird bestimmt ein aufregender Tag!"

Kindliche Freude und Überschwang klang aus ihrer Stimme, und schon war sie mit den anderen draußen. Auf dem Wirtschaftshof herrschte trotz des frühen Morgens bereits reges Treiben. Mägde trugen Milchkübel und Butterfässer hin und her, andere waren mit der Zubereitung von Käselaiben beschäftigt, Knechte schleppten Heuballen aus den Scheunen herbei, Kühe schrien in den Ställen, und Hühner und Gänse stoben mit Gackern und Schnattern über den Hof.

In der Küche bereiteten Klosterbedienstete das Frühstück für das Gästehaus vor und trugen zubereitete Speisen hinüber ins Novizenhaus. Anspannung und Aufregung sprach allenthalben aus den Gesichtern der Menschen. Alles schien von einer wirbelnden Unruhe erfaßt. Überall waren Mägde damit beschäftigt, Gemüse zu putzen und Hülsenfrüchte auszupellen. Töpfe, an schwenkbare Haken gehängt, blubberten über großen Feuern, und ständig flogen neue Anweisungen von einer Ecke zur anderen. Was Liutrada sagte, galt und duldete keinen Widerspruch.

„Tragt mir die Abfälle hinüber zu den Schweinekoben!" herrschte sie zwei zerlumpte Buben an. „Macht bloß, daß ihr rauskommt und laßt die Finger von den Pasteten!" fauchte sie und drohte den beiden Kobolden mit der Schöpfkelle, was die jedoch kaum zu beunruhigen schien. „Himmel, laßt die Milch nicht überkochen! Wenn man seine Augen nicht überall hat!..."

Wie um Liutradas Worte zu bestätigen, verschwand eine Pastete unter den Lauchblättern, und die Art und Weise, wie es geschah, ließ Übung erkennen.

„Ah! Dacht ich mir's doch! Verdammtes Lumpenpack! Die sieben Plagen Ägyptens waren nichts gegen euch!" keuchte Liutrada und schleuderte ein Holzscheit nach den Buben. Ihre Reaktion vorausahnend, hatten die beiden die Köpfe eingezogen, und krachend donnerte das Scheit gegen die Türe, genau in dem Moment, als sich diese nach innen öffnete. Der vordere der beiden prallte auf die kräftige Gestalt eines Seeknechtes, der ein Netz frisch gefangener Fische hereinschleppte. Ihre Leiber zappelten noch immer in den Maschen.

„Seit wann nehmen zwei Junghechte Reißaus vor einem alten Mooskarpfen?“ lachte er und gab den beiden die Türöffnung frei.

„Ich geb dir gleich einen Mooskarpfen!“ fauchte Liutrada und stemmte herausfordernd die fleischigen Arme in die Hüften, während ihr das Blut vor Empörung ins Gesicht schoß.

Die anderen Mägde begannen zu kichern und zu feixen. Der Kleinkrieg zwischen der Obermagd und dem Fischerknecht schien zu einem gewohnten Ritual zu gehören. Der Knecht rieb unbeeindruckt die Hände aneinander und hielt sie übers wärmende Feuer.

„Verflucht! Draußen friert man sich den Hintern ab!“ Er begann genüßlich zu grinsen und hob schnuppernd die Nase.

„Steck deinen Zinken zwischen deine Fischschwänze, aber nicht in meine Kochtöpfe!“ fauchte Liutrada. „Überhaupt, Regino, warum bringst du die Fische erst jetzt? Bestimmt warst die längste Zeit hinter einem Rockzipfel her, und ich kann jetzt schauen, wie ich die Zeit finde, sie auszunehmen und den Sud zuzubereiten.“

Regino, sich seiner Wirkung auf Frauen bewußt, kniff eine der Mägde vertraulich ins Hinterteil.

„Weißt du, mit den Fischen ist es wie mit den Frauen! Man muß eben warten bis sie anbeißen.“

Die Mägde prusteten über seine Schlagfertigkeit, während Liutrada nach Luft schnappte. Bedrohlich baute sie sich vor Regino auf und verschränkte beide Arme unter dem mächtigen Busen.

„Nimm deine Finger aus meinen Töpfen und von meinen Mägden, du ungehobelter Klotz, oder ich gieß dir eine Kelle kochender Brühe über den Balg!“

„Ach, weißt du, Liutrada“, konterte Regino in vertrautem Ton, „eigentlich haben wir beide doch sehr viel gemeinsam.“

„Und das wäre?“

„Deine Kunst füllt den Bauch - meine auch.“

Liutrada schien zu explodieren. „Ersticken sollst du an deinen Fischschwänzen! Kastriert gehört ihr alle, sonst nehmt ihr überhand wie die Karnickel! Ihr seid eine Bedrohung für alles, was einen Rock trägt!“

„Sieh nur zu, daß du nicht zu kurz kommst!“ höhnte Regino, und schallendes Gelächter aus der Küche war die Antwort.

Liutrada tobte. Die Wut erwürgte sie fast. Wieder einmal hatte Regino einen überzeugenden Sieg davongetragen und auch Liutradas ohnmächtiger Zorn und ihre wüsten Beschimpfungen vermochten an der Tatsache nichts zu ändern. Sie revanchierte sich auf ihre Art und trieb die Mägde umso schärfer zur Arbeit an.

Nach und nach beruhigten sich die Gemüter. Hatte der Zweikampf zwischen Liutrada und Regino Weriga für kurze Zeit aus ihren trüben Gedanken gerissen, ja sogar ein wenig erheitert, so überschattete mehr und mehr ein besorgter Zug ihren Blick. Erneut wurde sie sich ihrer gegenwärtigen Situation bewußt, und die Frage um ihre weitere Zukunft beschäftigte sie immmer stärker. Geistesabwesend sah sie zu den Luken hinaus, wo der Morgen langsam die Nebel lichtete. Sie hatte, wie befohlen, Blattkräuter verlesen. Liutrada war mit dem Abschmecken von Speisen beschäftigt, und niemand der übrigen Mägde schien sie zu beachten. Weriga raffte die Abfälle zusammen und verließ die Küche mit entschlossenen Schritten. Links begrenzte ein Backhaus den Wirtschaftshof, entgegengesetzt lagen eine Reihe von Vorratsräumen, aus denen Stimmen zu ihr herüberdrangen. Undeutlich zeichneten sich eine Wurfweite entfernt mehrere Grubenhütten im Dunstschleier ab, die dem männlichen Gesinde als Unterkunft dienten. Schweine stoben quiekend auseinander, als Weriga die Reste unter sie warf, um sich gleich darauf grunzend und schmatzend über die Abfälle herzumachen. Vorbei an der Schmiede und zwei Gerberhütten, ging Weriga auf eine schmale Pforte in der Hofmauer zu. Niemand achtete auf sie. Als sie die Türe aufschob, sah sie den äußeren Hofbereich vor sich, an den im Süden die Hütten der Hörigen angrenzten. Selbst im Grau des Morgennebels wurde sich Weriga schlagartig des Gegensatzes zwischen klösterlicher Welt und bäuerlichem Alltag bewußt. Drinnen Sicherheit, Planmäßigkeit, Ordnung, draußen Schmutz, Armut und Verfall. Hier feste Mauern und sorgfältig gefügtes Gebälk, mit Holzschindeln gedeckt, dort oft nur behelfsmäßige Unterkünfte oder Grubenhütten, in denen Hörige wie Tiere hausten, nur durch Wandgeflecht vor Wind und Wetter geschützt, mit einem Rieddach, das nur notdürftig Regen und Schnee abhielt und mit immer neuen Lagen Schilf nachgebessert und ergänzt werden mußte.

Weriga war erleichtert, auf keinen der Bewohner zu stoßen und bog um die Ecke der Außenmauer im Osten. Langsam begannen sich die dünnen Herbstnebel zu lichten und gaben den Blick auf den See frei. Zillen und Flöße setzten einen nicht enden wollenden Strom von Menschen vom Ufergestade zur Insel über. Stimmen und Lärm drangen zu ihr herüber. Als sie den Blick zur Seite wandte, stellte sie überrascht fest, daß der Klosteranger mit seinem leicht nach Osten abfallenden Gelände im Vergleich zum Vortag ein völlig verändertes Bild bot. Wo gestern Kühe gegrast und Kinder gespielt hatten, reihten sich Karren und Stände in mehreren Gassen innerhalb des Dorfetters, der den Weiler mit den Hütten der Hörigen umschloß. Zumeist bestanden die Ladentische aus einem einfachen Weidengeflecht. Eingespannt in einen Holzrahmen, konnte es einmal als Auslage und später wieder als Kastenaufbau für den leichten Karren dienen. Andere Stände waren mit einem zeltartig aufgespannten Tuch überdacht, um Kundschaft und Waren vor Sonne und Regen schützen zu können. Da stapelten sich Lederwaren, Felle und Tuchballen, Töpfer- und Holzwaren von Drechslern und Löffelschneidern, allerlei irdenes Gut und Hausrat sowie Kufen mit eingesalzenem Kraut und Rauchfleisch.

In mehrfacher Hinsicht brachte dieser Markt dem Kloster Gewinn, denn es war zu einem Zehent am Verkaufserlös beteiligt, von dem Verkauf eigener Produkte ganz abgesehen, und zudem mußten die Händler für den Aufbau der Stände eine nicht unerhebliche Bodenpacht an das Kloster entrichten.

Ein Mönch, begleitet von zwei Novizen, zog Werigas Aufmerksamkeit auf sich. Er schien die Berechtigungstafeln der Händler zu kontrollieren und trieb sie zur Eile an, denn eine Stunde vor Beginn des Gottesdienstes mußte jegliche Arbeit eingestellt werden. Eingehend musterte Weriga ihre Gesichter. Ihr Blick glitt weiter zu den Gruppen von Menschen, die sich seit den frühen Morgenstunden im Laub der Bäume rund um den Anger lagerten. Ein lautes Durcheinander menschlicher und tierischer Stimmen lag über dem Platz, ein Rufen, Schreien, Muhen und Meckern. In dieses Wirrwar schob sich ständig ein endloser Zug grauer, geduckter Menschen vom Ufer herauf. Verbissener Ernst sprach aus ihren Gesichtern, gezeichnet von harter Arbeit und einem Leben voller Entbehrungen. Erschöpft und apathisch trugen die Menschen ihre Lasten oder trieben mit kurzen Zurufen ihr Vieh vor sich her. In kurzer Zeit war der ganze Platz vor dem Kloster mit lärmenden Menschen angefüllt, die sich vorbeischoben an den Buden und sich vor einer kleinen Pforte drängten und stießen, wo Mönche und Novizen Schalen mit Suppe und Brotfladen an Frauen und Kinder verteilten.

Weriga beobachtete das Treiben und wartete. Worauf? Sie wußte es selbst nicht genau. War es die Hoffnung, in einem der Klosterschüler Chiemo zu erkennen? Ob er ebenso fühlte wie sie, oder ob die Erinnerung an sie bereits verblaßt war? In Gedanken versunken, lehnte sie sich an die Mauer, als ob sie nach Halt suche. Sie wußte nicht, wie lange sie mit leerem Blick auf das Treiben vor sich gestarrt hatte, als die Menschen plötzlich auf ein Glockenzeichen hinüber auf den Vorplatz der Kirche strömten. Der Lärm der Menge verebbte, und Weriga hörte den Gesang der Mönche, die, den Blicken der Menschen entzogen, durch den Kreuzgang Einzug in die Kirche hielten. In dichtgedrängten Haufen umstanden die Dienstleute des Klosters das offene Portal, aus dem dicke Weihrauchwolken emporstiegen. Manche standen in stummes Gebet versunken, andere waren zu Gruppen geschart und sprachen flüsternd zueinander mit gedämpften Stimmen. Weriga gelang es nicht, sich auf den Sprechgesang der lateinischen Liturgie zu konzentrieren, der aus dem Hauptschiff der Basilika auf den Platz drang. Zu unruhig war sie in ihrem Inneren und zu angespannt, in der bangen Hoffnung, Chiemo irgendwo im Dunkel der Kirchenhalle zu wissen. So sehr war ihre Aufmerksamkeit darauf konzentriert, einen Blick über die Köpfe der Betenden hinweg in das Innere der Kirche zu werfen, daß sie den Mönch nicht sah, der sich in Begleitung eines jungen Burschen unter die Schar der Gläubigen mischte, und der von allen Umstehenden ehrerbietig gegrüßt wurde. Von allen Seiten drängten und schoben sich die Menschen an ihn heran, als verschaffe es ihnen Erleichterung und Trost, diesen Mann zu berühren. Dennoch geschah das alles so lautlos und ruhig, daß niemand dabei die heilige Handlung störte.

Schließlich war der Gottesdienst vorbei. Die Mönche verließen in feierlicher Prozession die Kirche durch das Innnere des Klosterhofes, wo sie den Blicken der Menge entzogen waren. Nur kurze Zeit später öffnete sich das große Hauptportal neben der Kirche. Ein Stimmengewirr und Raunen lief durch die Menge, als der Abt in Begleitung des Schaffners und eines Amtmannes, flankiert von einer Schar Fronschergen, durch das Portal trat.

Die Menschenmauer auf dem Anger teilte sich, und der Zug schritt durch die Gasse hinüber zur großen Linde. Nur mit Gewalt gelang es den Schergen, die Hörigen von dem Platz unter der mächtigen Krone zurückzudrängen. Es waren großgewachsene, kräftige Männer, die mit mannshohen Stökken ihren Worten Nachdruck verliehen. Sie trugen leichte Lederkoller und einen langen Dolch am Gürtel. Ihre Aufgabe war es, darauf zu achten, daß den Anweisungen des Abtes und des Amtmannes Folge geleistet wurde.

Pulte für die Schreiber wurden herbeigetragen sowie Pergament und Federkiele. Ein Raunen durchlief die Menge, als einer der Waffenknechte die Bänder der beiden Schandblöcke öffnete, einer Vorrichtung aus zwei breiten Balken, mit Öffnungen für Hals und Arme. Die Bauern fürchteten die Strafen der Kirche und die Macht ihrer Vertreter, von Sündenschuld freizusprechen oder zu verdammen, aber ebensosehr schreckten sie davor zurück, als säumige Pächter in schweren Fällen zu aller Gespött in den Schandblock geschlagen zu werden. Es war, als scharten sich die Menschen enger zusammen angesichts der Zurschaustellung klösterlicher Macht.

Verängstigt schlugen einige der Frauen den Blick zu Boden. Manche der Männer aber ballten trotzig die Fäuste. Sie quälten sich tagaus tagein auf den Feldern und wußten doch, daß sie und die Ihren nie das haben würden, was sie zum Leben brauchten, ohne Aussicht auf eine bessere Zukunft. Selbst den einfachsten und unwissendsten unter ihnen blieb der Wandel nicht verborgen, mit dem aus Arbeitermönchen, die den Menschen mit Rat und Hilfe zur Seite gestanden, Verwalter und Eigentümer geworden waren, die das Leben einer geschlossenen Kaste führten, geschützt hinter wehrhaften Mauern und in der Sicherheit voller Keller und Speicher. Jeder auf dem Platz spürte die Spannung, die jetzt über der dicht gedrängten Menschenmenge lag. Selbst die Kinder unterbrachen ihr Spiel und hörten auf zu schreien. Mit lauter Stimme gebot der Amtmann Ruhe, und nach einem uralten überlieferten Zeremoniell begann der Akt der Steuererhebung. Die Reihenfolge der Zinsenden war genau festgelegt. Ein Schreiber verlas sie von einer Pergamentrolle, auf der die Hufen und Höfe des Klosters verzeichnet waren. Den Anfang machten die Besitzer der Freigüter. In mehrfacher Hinsicht unterschieden sie sich von der Masse der Hörigen. Aufrecht war ihr Gang, und stolz trugen sie das lange Haar der Freien. Sie hatten den Bauernrock gegen eine knielange Tunika vertauscht und trugen darüber die scharlachrote Jacke der Freisassen. Fast alle zahlten den fälligen Zins in Silbermünzen. Ein Mönch zählte den Betrag auf einem Rechenbrett nach und verwahrte ihn in einer eisenbeschlagenen Truhe.

„Ihr habt gesehen, wie die Freien dem Kloster entboten haben, was nach Recht und Brauch für Hofstatt und Flur als Zins gesetzt", ergriff der Abt das Wort. „Bevor ich euch, die Dienstleute des Klosters, aufrufen lasse, frage ich dich, Amtmann, auf deinen Eid, ob es Zeit ist und Weil und Jahr und Tag, daß meine Herren, die Dekane, freie Stift erhalten von ihren Dienstmannen?"

„Auf meinen Eid, Herr!"

„Zum anderen Male, Amtmann, frage ich dich, ob allen meiner Herren Forderung kundgetan wurde durch dich und deine Boten und ob auch keiner die Stift versäumt, der heute nicht persönlich hier erschienen ist?"

„Auf meinen Eid , Herr!"

„Zum dritten Male, Amtmann, frage ich dich, ob einer der Dienstleute, die auf kleineren Gütern sitzen, an unsere Herrengnade appelliert hat, auf ein größeres Gut eingestiftet zu werden?"

„Drei Dienstleute, Herr, haben ein Ersuchen gestellt."

„So nennt uns nun die säumigsten Pächter und laßt uns Recht fordern und prüfen, ob jemand Land und Hof verwirkt."

Der Amtmann deutete auf einen Hörigen, der es widerstandslos über sich ergehen ließ, daß er von zwei Schergen gepackt und vor den Abt gezerrt wurde. Es war ein hagerer Mann, knapp fünfzig Jahre vielleicht, mit stark gebeugten Schultern.

„Warum verweigerst du dem Kloster deine Untertanenpflicht, Adalhard? Wir fordern dich hiermit auf, vor allen Anwesenden zu erklären, ob du unabwendbare Hinderungsgründe vorbringen kannst, die deine Weigerung entschuldigen, zumal wir dir nach alter Rechtsgewohnheit bereits Stift und Mahlpacht ausgesetzt haben!"

„Drei Monde lang, Herr, hat mich der Rottenmeister von der Bruck verpflichtet, die Schäden zu verwerchen, die das Hochwasser der Achen im Frühjahr in die Ufer gerissen und den Saumpfad hab ich verschlagen und abgraben müssen von der Pidmarch bis hinauf zum Streichen. Fast ein viertel Jahr mußt ich auf des Klosters Geheiß den Pflugsterz mit dem Kreuzhaken vertauschen. Woher hätte ich die Zeit nehmen sollen, Gerste und Spelz auf den Klosteräckern zu säen?"

„Für dich und die Deinen hast du die Zeit wohl gefunden, Adalhard! Zudem weißt du, daß nur Gottesgewalt und unvorhersehbare Ereignisse dein Säumen entschuldigen. Uns ist nicht zu Ohren gekommen, daß deine Felder durch Wasser, Gestein oder durch Bergrutsch Schaden genommen haben."

Unvermittelt war die Stimme des Amtmannes kalt und schneidend geworden.

„Habt Nachsicht mit uns, hohe Herren!" schrie eine Frau und streckte flehend die Hände dem Abt entgegen. „Ihr kennt die Not der Armen nicht. Wildschweine haben unsere Felder umgepflügt und das bißchen Saat übel zugerichtet, und als sei das nicht genug, hat uns ein Blitzschlag zwei der besten Kühe über die Wand geworfen. Wie sollen wir da noch die Stift aufbringen? Wir haben selbst nicht genug zu beißen!"

„Seid ihr nicht Leut genug? Hättet halt besser nach der Saat und nach dem Vieh schauen sollen!" Keinerlei Mitleid klang in der Stimme des Amtmannes.

„Der Herr, in seiner Weisheit, schickt uns Prüfungen und stellt unseren Glauben auf harte Proben", ergriff der Abt das Wort.

„Er selbst legt das Maß fest und straft die, die sich seinem Willen widersetzen. Über uns allen steht eine feste Ordnung und ein strenges Gesetz. Nur wer sich einfügt in den Willen Gottes, dem gibt er Anteil an seinem Segen, den anderen verwehrt er seine Hilfe, so sehr sie sich auch mühen und streben, im Vertrauen auf die eigenen Kräfte. Nicht des Menschen Wunsch bestimmt den Lauf der Welt. Was er für wichtig hält, verweht der Wind wie Staub, wenn Gottes Segen fehlt!"

Ein Zug wilder Entschlossenheit sprang in das Gesicht der Frau. „Ein Unrecht ist's, was uns Armen abgepreßt wird mit der Verheißung auf ewigen Lohn und mit der Androhung von Höllenqualen! Ihr laßt Euch den himmlischen Trost teuer bezahlen, mit dem Ihr uns Leibeigene willfährig macht und anleitet zu Gehorsam und Gebet!"

Der Zorn sprang über auf die Gesichter der Umstehenden.

„Sei ruhig, Weib!" fuhr Adalhard seine Frau an.

„Ich lasse mir von niemand das Wort verbieten, auch nicht von dir! Da schaut! Seht her, was wir noch haben!" Sie bückte sich und griff eine Handvoll Sand vom Boden und warf ihn in die Luft. „Das ist alles, was wir Euch und unseren Kindern geben können!"

„Du gottvergessenes Weib!" schrie der Amtmann und seine Stimme zitterte vor Zorn.

„Oh ja! Ihr tut so, als habe Gott die Sätze für Zins und Ungeld in die heiligen Bücher geschrieben, aus denen Ihr dem Volk vorlest!"

„Wahr ist's!" riefen etliche Stimmen erregt aus der Menge.

„Gerechte Forderungen sind es, die ihr als Unrecht bezeichnet!" übertönte der Amtmann die Rufe. „Die Pflicht meines Amtes zwingt mich, euch zu ermahnen! In freiem Entschluß habt ihr euch durch Vertrag an das Kloster gebunden!"

Wieder erhob der Abt die Stimme. „Wir haben den Samen der Kultur in die Furchen des Neulandes gestreut und dadurch euer wie unser Leben sicherer gestaltet. So ist es nur recht und billig, daß wir das, was wir zum Wohl der anderen einsetzten, im Namen Gottes auch wieder zurückfordern. Habt ihr euch nicht stets gerne der Verbundenheit des Klosters versichert, wenn ihr Rat und Hilfe brauchtet? Zweimal bereits haben wir Fron und Scharwerk gemildert, aber Zins und Stift wird das Kloster nicht erlassen!"

„Bis heute hast du der Mönche Nachsicht erfahren, aber nun sollst du auch ihre gerechte Strenge zu spüren bekommen! Schlagt Adalhard in den Block!" wandte sich der Amtmann an die Schergen.

„Ein blutig Unrecht ist's, die zu strafen, die mit ihrem Schweiß und Blut der Herren Felder düngen!" brach es wild aus der Frau hervor. Ersticken sollt Ihr an Euerem Blutgeld!" Wütend ging sie mit bloßen Händen auf einen der Waffenknechte los.

„Laß ab, Weib, oder du kommst zu deinem Alten in den Block! Packt sie und jagt sie weg! Ihn aber schlagt in den Pranger!"

Dumpfes Murren erhob sich aus der Menge. Plötzlich entstand Bewegung in der Mauer aus Menschenleibern. Ein Mann im dunklen Habit trat vor und verschaffte sich mit lauter Stimme Gehör. Schlagartig verstummte aller Lärm, auch das Schreien und Toben der Frau.

„Brauchst dir keine Sorgen zu machen, Weib, aber für deine Verwünschung rat ich dir, beim Abt und beim Amtmann Abbitte zu tun! Den Adalhard aber laßt frei und erspart ihm die Schande!“ wandte er sich an letzteren. „Ich selbst habe mich davon überzeugt, und er hat es mir auf Ehr und Seligkeit versichert, daß es Gottesgewalt war und nicht eigene Schuld und Versäumnis, daß er die Stift nicht aufzubringen vermag. Ich bürge mit meinem Wort für ihn und das, was er dem Kloster schuldet, wenn Ihr ihm die Frist bis Lichtmeß verlängert. Also laßt aus!“

Wortlos wichen die Schergen zurück und gaben Adalhard auf ein Zeichen des Abtes frei.

„Möge Gott es Euch danken, Bruder Wigbert!“ stammelte der immer wieder und preßte seine Lippen auf die Hände des Mönches.

Das Zinsen und Steuern aber ging weiter, und die Dienstleute schleppten herbei, was sie dem Kloster schuldeten: Kälber, Ziegen, Ferkel, Gänse und Hühner, Körbe mit Käselaiben, Butterballen und Eier, Säcke voll Getreide und Ballen von Tuch. Alles wurde sorgsam notiert und eingetragen in die Holdenbücher und Abgabenregister, ehe es in den Ställen oder Vorratskellern des Klosters verschwand.

Chiemo stand noch immer benommen und gerührt von dem, was er soeben gesehen und erlebt hatte. Er konnte und wollte nicht verstehen, daß die Menschen die Armut ertrugen wie einen Fluch, wehrlos und verzweifelt, weil es Gott nach Meinung der Mönche so für sie bestimmt hatte. Er spürte Wigberts Hand an seinem Arm, und gemeinsam bahnten sie sich einen Weg durch die Menge, vorbei an Ständen, leeren Körben und Kraxen.

„Ich finde es schrecklich, daß Mönche so profitbesessen und hartherzig sein können.“ sagte Chiemo. Noch immer spiegelte sich Betroffenheit in seiner Miene. „Wie vereinbart sich das mit dem christlichen Glauben und der christlichen Demut, die sie ständig auf den Lippen führen? Ist das der Trost, den sie den Menschen zusprechen sollen? Es ist, als verlange jemand die Hand zu küssen, die einen schlägt.“

„Ich achte deinen aufrichtigen Sinn, Chiemo“, sagte Wigbert und legte ihm versöhnlich die Hand auf die Schulter. „Auch Mönche sind nur Menschen. Aber du hast recht. Seit die Kirche einen Bund mit der weltlichen Macht geschlossen hat, sind ihre Diener unglaubwürdig geworden, denn sie predigen den Segen von Armut und Entsagung und erliegen doch selbst den Versuchungen der Macht. Vielleicht verstehst du nun, warum ich lieber in meiner Klause bin."

Das Steuerritual war beendet. Knechte schleppten auf Anweisung des Abtes und des Schaffners dampfende eiserne Kessel heran. Mit allen möglichen Gefäßen zogen die Menschen daran vorbei und bekamen eine große Kelle voll Suppe und ein Stück Brot. Dann hockten sie sich irgendwo auf den Boden, schlürften das Essen und verschlangen hastig ihren Brotkanten. Auch Dünnbier und Wein wurde an die Männer ausgeschenkt, und die Klosterschergen hatten alle Hände voll zu tun, denn nicht wenige Bettler und allerlei zwielichtiges Gesindel hatte sich unter die Menge gemischt.

Eine nicht weniger große Zahl junger Burschen zog es zum Stiftstag auf die Insel, Einzelgänger, die sich kurze Zeit unters Volk mischten, aber auch solche, die nach einer heiratswilligen Magd Ausschau hielten und nach erfolgloser Werbung ihren Kummer mit Dünnbier oder sauerem Klosterwein hinunterspülten. Manche Liebesbande wurden an einem solchen Tag gesponnen, Leidenschaften geboren und Eifersuchtshändel ausgetragen, und je länger sich der Tag hinzog, umso rauhbeiniger ging es zu. Schon der geringste Anlaß reizte die Burschen, und grobe Worte und wüste Beschimpfungen waren die Folge. Brüllendes Gelächter erhob sich von einem der Tische. Wigbert bemerkte Ortnid, der mit ein paar Freisassen abseits einer lärmenden Gesellschaft junger Burschen saß.

„Halt's Maul, Kerl!" fuhr er einen von ihnen wütend an, als der versuchte, ihn durch beißenden Spott herauszufordern.

Ortnid schien gereizt, versuchte jedoch, sich zu beherrschen.

„Einer wie du kann es sich gut einrichten", begann der andere erneut. „Während die Männer bei ihm Schardienste leisten, besucht er ihre Frauen und legt seine Eier in fremde Nester wie ein Kuckuck."

Schon wollte Ortnid aufspringen, als plötzlich das Lachen aufhörte und er einen Mönch auf sich zukommen sah. Seine Anwesenheit ließ die Spötter verstummen. Sofort stellte sich Respekt ein, und manche von ihnen murmelten achtungsvoll einen Gruß. Ortnid versuchte, sich seine Wut nicht anmerken zu lassen.

„Oh, der Wohltäter der Menschheit! Nehmt Platz, Bruder Wigbert, und auch Euer Famulus! Einen Schluck Wein? Es ist zwar kein Valteliner, wie sie ihn drüben auf dem Wasen bevorzugen, aber ich kann mir den Luxus leisten, jeden, den ich will, zu einem guten Trunk einzuladen", bemerkte er mit einem Seitenblick.

Wigbert wehrte ab. „Hätt mit dir was zu reden."
„Wegen der Schandmäuler?" fragte Ortnid und nickte hinüber zum Nachbartisch. „Ihr wißt doch selbst, es wird furchtbar viel getratscht! Wer ein bißchen Verstand besitzt weiß, wie unsinnig ihre Behauptungen sind!"
„Nicht das Geschwätz ist's, worüber ich mit dir zu reden habe. Dem Adalhard wegen ist's."
„Hätt es mir doch denken können, daß Ihr mich deshalb angehen wollt! Wüßt nicht, was ich damit zu schaffen hätt!"
„Er ist dein Nachbar!"
„Mir bricht das Herz!"
„Für dich wär's ein leichtes und ein gutes Werk obendrein."
„Glaubt Ihr, ich hätte etwas zu verschenken?" fragte Ortnid rauh.
Im Gegensatz zu ihm, klang Wigberts Stimme immer noch versöhnlich.
„Schau, du hast alles und freust dich doch an nichts. Alles unterwirfst du dem Jagen nach Besitz und doch findest keine Befriedigung und verzehrst dabei nur deine besten Kräfte, weil nichts dich rühren kann, weder Glück noch Unglück, nicht eigenes und noch weniger fremdes. Die Menschen sind dir zuwider, und manchmal scheint mir, ist dir selbst das Leben verhaßt."
„Mich braucht Ihr nicht zu bedauern!"
„Jeder braucht einmal den anderen im Leben!" fuhr Wigbert unbeirrt fort. „Du solltest aufhören, ein unstetes und unsolides Leben zu führen! Bist in den besten Jahren - hast eigentlich nie wieder daran gedacht, dir eine Frau zu nehmen? Allein hat man es schwer; man kann die Last und die Freuden des Lebens mit niemandem teilen."
„Von daher weht der Wind! Glaubt Ihr wirklich, ich habe nichts anderes zu tun als hinter Röcken herzulaufen?"
Ortnid starrte in seinen Becher, und plötzlich änderte sich der Ausdruck in seinen Augen. Die Erinnerung an die Magd vom Vortag kam ihm in den Sinn, und deutlich sah er ihr Bild vor sich. Ein Schatten lief über sein Gesicht und unvermittelt verspürte Ortnid den übermächtigen Wunsch, sie zu verletzen und demütigen zu können. Nachdenklich spielte er mit dem Becher.
„Vielleicht habt Ihr gar nicht so unrecht, Mönch!"
Überrascht hob Wigbert den Kopf.
„Woher der plötzliche Sinneswandel?"
Ortnid stürzte den Inhalt seines Bechers hinunter und schien es auf einmal eilig zu haben. „Entschuldigt mich!" sagte er und erhob sich.
„Was ist mit Adalhard?" machte Wigbert einen letzten Versuch.

„Er soll mir bis Sonnwend seinen Buben schicken zur Kletzenfron! Hab mir sagen lassen, der Gero sei recht geschickt im Umgang mit dem Beil. Wenn's so ist, dann laß ich mit mir darüber reden. Jetzt aber will ich Euch nicht länger aufhalten und nichts für ungut!" Schon war er in Richtung Kloster in der Menge verschwunden.

Zusammengekauert saß Weriga auf ihrem Lager und starrte apathisch in das Halbdunkel des Raumes. Enttäuscht, nirgendwo eine Spur von Chiemo entdeckt zu haben, hatte sie sich von dem lauten Treiben draußen auf dem Anger hierher zurückgezogen, wo sie ungestört ihren Gedanken nachhängen konnte. Sie hörte Türen schlagen, irgendwo lachten Frauenstimmen und jemand forderte ein Schaff aus der Küche. Plötzlich rief die Stimme der Obermagd laut ihren Namen.

„Hat jemand von euch die neue Magd gesehen? Na, die kann was erleben! Kaum da und treibt sich stundenlang irgendwo herum wie eine streunende Katze!"

Schritte kamen näher, und gleich darauf wurde die Türe aufgerissen.

„Hier steckst du also! Und ich such dich schon überall auf dem ganzen Hof!" Liutradas Stimme klang äußerst gereizt. „Bruder Schaffner hat nach dir geschickt. Du sollst dich sofort an der Klosterpforte bei ihm melden! Er scheint nicht besonders gut auf dich zu sprechen zu sein. Und mir spielst du die Folgsame vor! Hast mich ganz schön zum Narren gehalten!"

Weriga zog die Augenbrauen hoch und sah die Obermagd ungläubig an, ohne auf ihren Vorwurf einzugehen. Was hatte das zu bedeuten?

„Nun mach schon und schau mich nicht an wie eine Kuh, die kalbt!"

Weriga ahnte nichts Gutes, als sie über den Wirtschaftshof lief. Wenn es sich lediglich um die Tatsache handelte, daß sie am Vormittag die Gesindeküche ohne Erlaubnis verlassen und sich auf dem Anger umgesehen hatte, dann wäre das eine Angelegenheit der Obermagd gewesen. Sollte jemand vom Vochenwald ...?

Der Pförtner hieß sie in einer kleinen Stube warten. Vermutungen wirbelten ihr durch den Kopf; ein kleiner Funke Hoffnung keimte in ihr auf. Ob Chiemo ...?

Die Tür ging knarrend auf, und Weriga war enttäuscht, nur den Schaffner eintreten zu sehen.

„Ihr habt nach mir verlangt?" Ihre Stimme zitterte leicht vor Anspannung. Weriga spürte, wie es sie heiß überlief, während der Mönch sie eingehend musterte, ohne daß seine Miene verraten hätte, was hinter seiner Stirn vorging.

„Ich habe dich rufen lassen, um dir zu sagen, daß du deine Sachen packen sollst.“

Ihr Herz begann wild zu schlagen, und sie spürte Übelkeit in sich aufsteigen. Es dauerte einige Augenblicke, bis sie sich wieder gefaßt und unter Kontrolle hatte. „Was hat das zu bedeuten?“ stammelte sie. „Warum? Sagt mir in Gottes Namen, warum?“

„Beruf dich nicht auf Gott! Nicht du!“

Eine plötzliche, lähmende Angst durchlief sie und sie hatte das Gefühl, vor einem Abgrund zu stehen.

„Du willst wissen, warum? Ganz einfach! Du paßt nicht zu uns! Eine Frau, die sich auf der Straße anbietet und andere mit der Waffe bedroht!“

Weriga glaubte, den Boden unter den Füßen zu verlieren.

„Dieser gemeine, hinterhältige Hund!“ brach es aus ihr hervor. „Ich hätte es wissen müssen, daß er dahintersteckt!“

„Du gibst also zu, daß du ihn kennst?“

„Es sind Lügen, ganz gemeine Lügen, die er Euch aufgetischt hat!“

„Es steht dein Wort gegen seines, das einer Unfreien gegen das eines dominus und mehrerer Zeugen. Willst du immer noch bestreiten, daß du ihn mit einer Waffe bedroht hast?“

„Zur Wehr gesetzt habe ich mich!“ fauchte Weriga aufgebracht.

Mißtrauen sprach aus den Augen des Mönches.

„Nimm dein Schultertuch ab!“

Weriga zögerte. Sie fühlte sich plötzlich in die Enge getrieben. Langsam ließ sie das Tuch von den Schultern gleiten.

„Heb die Arme!“

Weriga war wie betäubt. Schlagartig wußte sie, daß es sinnlos war, auch nur ein weiteres Wort zu verschwenden.

„Wie schlecht du lügen kannst!“ sagte der Mönch kalt. Jedes Wort traf sie wie ein Faustschlag. „Das allein schon ist Grund genug, warum ich dich aus dem Kloster verweise.“ Die Worte des Mönches klangen entschieden und endgültig.

„Du wirst nicht länger auf der Insel bleiben! Und nun pack deine Sachen! Der Bauer vom Heißenanger holt dich in wenigen Minuten. Zwar kann ich ihn nicht verstehen und ich habe ihm von seinem Vorhaben abgeraten, aber schließlich hat er die doppelte Anzahl Silbermünzen für dich bezahlt.“

„Beeil dich - und laß die Waffe besser da, in deinem eigenen Interesse!“

Nur nach und nach begriff Weriga den Sinn seiner Worte. Verkauft wie ein gemeines Stück Vieh. Beinahe mechanisch öffnete sie die Verschnürung und ließ die Waffe polternd zu Boden fallen und verließ wie betäubt an dem Mönch vorbei den Raum.

Sie hatte das Tuch über den Kopf geschlagen, als ihr der Pförtner das kleine Tor öffnete. Lässig an die Mauer gelehnt nahm Ortnid sie in Empfang, indem er sie erwartungsvoll von oben bis unten studierte und genüßlich an einem Grashalm kaute. Sein Gesicht verzog sich zu einem grausamen Grinsen. Voller Haß starrte Weriga ihn an.

„Ich hätte es wissen müssen, daß Ihr Eure dreckigen Hände dabei im Spiel habt!“

Ihre Worte gaben ihrer ganzen Verachtung Ausdruck.

„Ich fühle mich nun einmal für dich verantwortlich!“ Ortnids Grinsen wurde noch um eine Spur breiter, während sie um den Anger herum hinunter zur Anlegestelle gingen. Seine Augen zeigten einen verschlagenen Ausdruck. „Du hast noch eine Schuld bei mir offen, und ich bin gekommen, sie einzufordern. Was ist, hat es dir die Stimme verschlagen? - Ich hätte es mir leicht machen können“, sagte er mit seltsam ruhiger Stimme. „Aber ich wollte dem Spiel einen besonderen Reiz geben. Weißt du was das ist?“

Er hielt ihr eine gesiegelte Rolle vors Gesicht und ein boshaftes Glitzern trat in seine Augen. „Ich habe dich gekauft, zum doppelten Preis, und du bist ab heute mein Eigentum. Das hier aber ist nicht nur einfach eine Besitzurkunde, es ist dein Freiheitsbrief. Du kannst sie haben, die Freiheit, wenn du sie dir verdienst.“

„Wie niederträchtig Ihr seid! Nie wird es dazu kommen!“

„Meine Zeit kommt früh genug! Ich kann warten. Hast du schon einmal eine Katze beobachtet, wenn sie eine Maus belauert? Obwohl die Maus weiß, daß es ihren Tod bedeuten kann, kommt sie dennoch heraus. So sehr fürchtet sie das Dunkel und so sehr liebt sie die Freiheit.“ Er lachte ein grausames Lachen und genoß seine Rache.

Gut gelaunt bestieg er am jenseitigen Ufer den Wagen und wartete, bis sie hinter ihm in den Wagen gestiegen war.

„Steig aus!“ sagte er plötzlich hart. Ich befehle es dir!“

Aus Werigas Gesicht war alle Farbe gewichen.

„Ich verabscheue Euch!“ zischte sie. Sie zuckte nicht einmal mit der Wimper, als ein Peitschenschlag die Luft neben ihr zerriß.

„Warte nur! Auch der störrischste Ochse lernt bei richtiger Behandlung aus der Hand zu fressen!“

# Der Besuch

Das neue Jahr war gekommen. Winterliche Eintönigkeit lag über der Insel und hielt die Menschen in ihren Hütten gefangen wie Tiere in ihrem Winterbau. Dennoch schienen die Bewohner rund um den See zu spüren, wie sich der Zeitenlauf beschleunigte und ungewöhnliche Ereignisse ihre Schatten vorauswarfen. Zwar war das Land äußerlich ruhig seit der Beilegung der Kämpfe zwischen Babenbergern und Konradinern, und außer in Daleminzien gab es nirgendwo neue Kämpfe. Aber aus Truppenbewegungen rund um alle größeren Städte und aus der Zahl der Kuriere, die trotz der Widrigkeiten der kalten Jahreszeit überall anzutreffen waren, konnte sich selbst der dümmste und uneinsichtigste Bauer seinen Reim machen.

Als wolle das Wetter diesen dunklen Mächten den Weg bereiten, war über Nacht das Frühjahr gekommen. Erleichtert beobachtete Chiemo, wie die Sonne langsam durch die Nebelbänke drang. Das Wasser, das von den Steinplatten der Dacheindeckung tropfte, war ein sicheres Anzeichen dafür, daß die Macht des Frostes gebrochen war. Chiemo genoß es mit allen Sinnen, nach dem rauchigen Dunkel der vergangenen Tage endlich einmal wieder frische Luft zu atmen.

„Gut, daß heuer nur wenig Schnee gefallen ist", hörte er Wigbert hinter sich sagen, als habe er seine Gedanken erraten. Seine Hand deutete zu den Bergen im Süden.

„Das Wetter schlägt um, morgen, vielleicht schon heute. Gefällt mir gar nicht, dieser Wärmeeinbruch so zeitig im Jahr! Gibt gerne Hochwasser und Spätfröste!"

Eine Weile standen sie stumm und schauten auf die Schneekulisse. Chiemo spürte die belebende Wärme der ersten Sonnenstrahlen auf seiner Haut.

„Macht es Euch etwas aus, hier draußen weiterzumachen, wenn ich Euch ein Fell bringe?" wandte er sich an Wigbert und legte die Anthropologia, eines der 37 Bücher des Plinius, auf den Tisch vor der Klause, um ein Sitzkissen und einen wärmenden Umhang zu holen. Chiemo setzte sich neben den Mönch auf die Bank und nahm seine Lektüre wieder auf, mit der er sich seit Wochen auseinandersetzte. Seit Beginn des Frühwinters war sein Tagesablauf klar gegliedert. Die Vormittage waren ausgefüllt mit Übungen und Studien der lateinischen Sprache, der Nachmittag gehörte der häuslichen Arbeit. Mit Genugtuung registrierte Wigbert, welche Fülle von Anlagen in seinem Schüler verborgen lagen, und wie deren Förderung den bohrenden Schmerz der Trennung und der Bitterkeit in fruchtbare Kräfte verwandelte. Es kostete Chiemo keinerlei Überwindung, sich über mehrere Stunden am Tag mit den Vorstellungsweisen und dem Gedankengut des antiken Gelehrten auseinanderzusetzen. Es hatte ihn erstaunt, daß Wigbert den Theorien dieses großen Denkers nicht widersprach, der es als unbewiesen, ja sogar als lächerlich ansah, daß es ein höchstes Wesen geben solle, das sich um die Angelegenheiten der Menschen kümmere. Er teilte vielmehr die Auffassung, daß es eine von allem Anfang an existierende Gottheit gebe, die unerschaffen und ewig während das All beseele. Chiemo las gerade eine Abhandlung über die Feldzüge in Südarabien. Plötzlich unterbrach er seine Lektion.

„Wie kann dieser Plinius Berichte mit anschaulichen Beschreibungen von Ländern verfassen, die er nie bereist und gesehen hat?“ fragte er Wigbert plötzlich verwundert. „Seine Dienstreisen als Offizier haben ihn doch vorrangig nach Germanien und Spanien geführt. Woher bezog er beispielsweise sein Wissen über die Hunnen?“

Wigbert lachte.

„Bist ein heller Kopf! Niemand weiß, wie es dieser Mann zuwege brachte, neben seinem arbeitsreichen Staatsdienst das Wissen aus 2000 Bänden von über 100 Autoren zusammenzutragen. Es ist vor allem sein Verdienst, daß er durch seine Bücher die verlorenen Schriften der Geographen Varro und Juba davor bewahrt hat, restlos in Vergessenheit zu geraten. Dennoch sind seine Beschreibungen sehr ungenau. Da sind die Schriften von Ammianus Marcellinus viel präziser.“

Er nahm ein Blatt aus einem Pergamentstapel und reichte es Chiemo.

„Das ist es doch, was du wissen willst!“ lachte er. „Lies!“

Chiemo überflog den Text und begann laut zu lesen: „Totius autem sementem exitii et cladum originem diversarum, quas Martius furor incendio solito miscendo cuncta concivit, hanc conperimus causam. Hunorum gens monumentis veteribus leviter nota ultra paludes Maeoticas glacialem oceanum accolens omnem modum feritatis excedit. Ubi quoniam ab ipsis nascendi primitiis infantum ferro sulcantur altius genae, ut pilorum vigor tempestivus emergens conrugatis cicatricibus hebetetur, senescunt imberbes absque ulla venustate, spadonibus similes, conpactis omnem firmisque membris et opimis cevicibus, prodigiosae formae et pavendi, ut bipedes existimes bestias ...“

Nun zeig, was du gelernt hast!“ forderte ihn Wigbert auf.

„Als Ausgangspunkt der ganzen Vernichtung ... habe ich folgende Ursache herausgefunden: Der Stamm der Hunnen, in alten Schriften nur wenig genannt, wohnt jenseits der Maeotischen Sümpfe und des Eismeeres und übertrifft jede Vorstellungskraft von Brutalität. Schon in früher Kindheit ritzen sie die Wangen tief mit einem Messer, damit der ungestüme Haarwuchs nach Vernarbung der Wunden gemindert wird. So wachsen sie bartlos heran, ohne irgendeine Schönheit, ähnlich Eunuchen, und alle zeigen sie gedrungene, kräftige Körperglieder. Mit ihren starken Nacken sind sie von furchterregender Gestalt, daß man sie für zweibeinige wilde Tiere halten könnte.“

„Deine Fortschritte in der lateinischen Sprache sind beachtlich“, zeigte sich Wigbert zufrieden. „Aber genug für heute! Wir sollten die Gelegenheit nutzen und, solange das Wetter noch mitspielt, unsere Holzvorräte auffüllen, ehe alles im Regen und Schmelzwasser ersäuft.“

„Erst unser Spiel!“ bat Chiemo energisch. „Ihr habt mich meine Lektion von gestern noch nicht abgefragt und mir noch keine neue Wortliste gegeben!“

„Bist mir schon ein seltsamer Kauz!“ schüttelte Wigbert den Kopf. „Wüßt zu gern, was dahinter steckt, daß du die Turk-Sprache der Ungarn lernst wie ein Besessener. Das hat mit Wißbegierde nichts mehr zu tun! Tust ja gerade so, als hinge dein Leben davon ab. Aber wenn du es nicht anders willst, soll es dein Geheimnis bleiben!“ sagte er, als er nur ein vielsagendes Lächeln von Chiemo erntete. Er schlug einen handgemalten Codex auf und deutete auf verschiedene Szenen auf dem Pergament, die mit großem Prunk ausgeführt waren.

*kereszt* (Kreuz), *barát* (Mönch), *imád* (beten), *ardög* (Teufel) zählte er die Worte auf, die Wigbert mit dem Finger aus dem Buch abrief.

„Das ist zu leicht! Wiederholt die Begriffe vom Königshof!“ forderte er ungeduldig.

*csasár* (Kaiser), *király* (König), *herceg* (Herzog), *vajda* (Heerführer).

„Du wirst mir langsam unheimlich!“ brummte Wigbert und schrieb eine Liste mit neuen Begriffen auf eine Wachstafel. Gemeinsam mit dem Mönch übte Chiemo deren Aussprache und variierte bereits nach kurzer Zeit die Reihenfolge.

Der Klausner hatte eine Art Spiel ersonnen: Täglich übten sie eine kurze Wortliste und bildeten damit einige wenige, einfache Sätze aus dem täglichen Erfahrungsbereich. Wigbert sprach ihm die Sätze vor, erklärte ihm den Sinn und ließ sie dann, Beispiel für Beispiel, von Chiemo mehrmals wiederholen. Wenn er das Gefühl hatte, daß Chiemo die Sätze vom Klangbild her zu unterscheiden vermochte, stellte er ihm von da an mehrmals im Verlauf des Tages eine einfache Frage oder forderte ihn in der fremden Sprache zu etwas auf. Bald schon war Chiemo in der Lage gewesen, auf das Spiel einzugehen und seinerseits, wann immer er es wollte, die Initiative zu ergreifen und so das Lerntempo selbst zu bestimmen. Wigbert konnte nur staunen über die Lernbereitschaft seines Schülers. Immer mehr kam er zu der Überzeugung, daß neben aller Begabung eine besondere Triebfeder hinter seiner Besessenheit stehen mußte.

Chiemo legte die Wachstafel zur Seite und zählte die Beispiele der neuen Lektion aus dem Gedächtnis auf.

„Eigenartig, daß manche Namen weich und melodisch klingen, andere aber kehlig und hart! Warum ist das Klangbild so anders als das der lateinischen Sprache?“

Erstaunt registrierte Wigbert den Einwand seines Schülers.

„Was du lernst, ist die Sprache der Vornehmen, die auch als amtliche Sprache dient. Sie ist türkischen Ursprungs, wie auch die Familie des Herrscherhauses und die Geschlechter der Vornehmen der Abstammung nach Türken sind. Daneben jedoch gibt es eine Volkssprache der Stämme der Uiguren, der Quai und der Cumul-Völker. Volks- und Amtssprache aber nehmen voneinander Worte zu leihen und beeinflussen sich wechselseitig. Daher die Unterschiede! Aber genug palavert jetzt! Mit Vokabeln läßt sich kein Feuer unterhalten!“

Chiemo wußte, wann es besser war, sich Wigberts Willen zu fügen.

„Bemüht Euch nicht! Unweit von hier liegt noch ein großer Haufen dürres Astholz in einem Borkenkobel. Bis zum Mittag sollt Ihr es herdgerecht neben der Klause haben!“

„Hast dir ein ordentliches Stück Arbeit vorgenommen!“ gab Wigbert zu bedenken, während Chiemo sich die schweren Bundstiefel aus weichem Leder schnürte.

„Das laßt nur meine Sorge sein!“ Er verzog den Mund zu einem breiten Lachen. „Dafür überlasse ich Euch die Küchenarbeit!“ rief er und schon war er mit einer Axt und mehreren Lederriemen ausgerüstet verschwunden.

Eine halbe Stunde später keuchte er mit seiner Last durch den schweren Schnee auf die Klause zu. Mit wenigen Mitteln hatte er es verstanden, aus zwei zurechtgehauenen Gleitstangen eine Art Zugschlitten anzufertigen und mit aller Kraft stemmte er sich gegen die Riemen des Zuggeschirrs.

„Etwas gegen ein wenig Hilfe einzuwenden?“ sagte plötzlich jemand hinter ihm. Ein eigenartiger und fremder Klang schwang in der Stimme mit. Überrascht wandte Chiemo sich um, ohne jedoch dabei stehen zu bleiben. Es war ein Mönch, vielleicht etliche Jahre jünger als Wigbert, und er hatte ihn noch nie zuvor auf der Insel gesehen. Die lebendigen Augen standen in seltsamem Kontrast zu den fahlen, ausgezehrten Gesichtszügen. Der Fremde mußte von weit her komen, denn sein Habit starrte vor Schmutz, bis hinauf zu den Knien, und das grobe Gewebe war von einer undefinierbaren Farbe.

„Man hat mir gesagt, ich könne hier einen Klausner finden", sagte er und schob dabei die Last mit beiden Armen kräftig an.

Chiemo wandte sich um und stemmte sich erneut ins Geschirr.

„Wenn Ihr Bruder Wigbert sucht, dann seid Ihr richtig. Seht Ihr, dort, das ist seine Klause."

Als sie näher kamen, fanden sie den Mönch an die Steinwand seiner Zelle gelehnt. Sichtlich genoß er die ersten wärmenden Strahlen der Sonne, die Hände auf einer Abschrift des Jordanes gelegt, die zwischen seine Knie in eine Falte des Habits gerutscht war.

„Vater, ein fremder Mönchsbruder ist gekommen und möchte Euch sprechen."

Wigbert schlug die Augen auf und blinzelte in die Sonne. Eingehend musterte er den Besucher. Plötzlich trat ein Ausdruck ungläubigen Erstaunens und überraschten Erkennens auf sein Gesicht. Seine Augen wurden groß, sein Mund öffnete sich, brachte aber kein Wort heraus.

„Ich kann es nicht glauben!" stammelte er schließlich. „Bist du es wirklich? Kiril? Du hier?"

Noch ehe der Besucher reagieren konnte, riß Wigbert den fremden Mönch an sich und schloß ihn in die Arme. Er küßte ihn auf beide Wangen, schob ihn, als zweifle er noch immer, von sich weg und umarmte ihn erneut.

„Kiril! Alter Steppenwolf! So rede doch endlich! Was führt dich hier zu uns auf den Wörth?

Über das Gesicht des Fremden schien sich ein Schatten zu legen.

„Es sind keine guten Nachrichten, die ich bringe."

„Das hat Zeit", wehrte Wigbert ab und schob ihn vor sich her. „Gehen wir in die Klause, dort haben wir es gemütlicher. So wie du aussiehst, brauchst du erst einmal einen kräftigen Schluck und eine ordentliche Stärkung. Lauf hinüber zum Kloster, Chiemo, und hole uns einen guten Tropfen! Das muß gefeiert werden! Du bleibst doch für heute?" wandte sich Wigbert an Kiril, während sich Chiemo auf den Weg machte. Er goß zwei Becher Wasser ein.

„Es wird eine Weile dauern. Laß uns auf unser Wiedersehen anstoßen!"

Ächzend ließ sich Kiril auf die Bank sinken.

„Ich kann nicht so lange bleiben, wie ich es gerne möchte. Die Sache, wegen der ich dich aufsuche, ist vertraulich und wichtig und duldet keinen Aufschub. Luitpold, der Graf der Ostmark schickt mich und außer dem Reichskanzler und dem Metropoliten von Salzburg weiß niemand von meiner Mission."

„Heraus damit!" forderte Wigbert seinen Besucher auf. „Spann mich nicht länger auf die Folter!"

„In aller Kürze: König Árpád ist tot." Er machte eine kleine Pause. „Ich brauche dir nicht zu sagen, was das bedeutet."

„Allmächtiger!" stammelte Wigbert.

„Tut mir leid, daß ich es dir nicht schonender beibringen konnte," entschuldigte sich Kiril, als er das Entsetzen im Gesicht des Klausners bemerkte.

Wigbert starrte an Kiril vorbei und schien mit einem Schlag um Jahre gealtert.

„Alles, was wir in jahrelanger Arbeit aufgebaut haben, ist mit einem Schlag vernichtet. Die Verträge, die Kaiser Arnulf mit den Ungarn ausgehandelt hat, sind damit bedeutungslos.

„Das ist noch nicht alles", hörte er Kiril wie von weitem sagen. „Die Ungarn weigern sich, jeden Gesandten des Königs zu empfangen. Wer es versucht und ihnen in die Hände fällt, den spannen sie wie eine Tierhaut zwischen die Bäume. Lediglich dich, als ehemaligen Vertrauten ihres Königs wollen sie als Unterhändler akzeptieren."

Wigbert schwieg und schien das ganze Ausmaß des Gesagten zu überdenken. Sein Gehirn arbeitete fieberhaft, auch wenn er äußerlich wie gelähmt schien.

„Nicht einmal uns und unsere Klöster haben sie geschont", fuhr Kiril fort. Veszprém, Zalavár, Torna, Zalabér, alle Besitztümer der Kirche östlich der Raab haben sie in Flammen aufgehen lassen. Nur wenige von uns konnten sich in den Sümpfen von Bakony in Sicherheit bringen."

„Als gösse man Öl ins Feuer", murmelte Wigbert tief in Gedanken versunken. „Die Vertreter der Kirche werden zum Krieg drängen, allen voran der Reichskanzler. Die Beendigung des Konfliktes mit den Babenbergern wird die Mächtigen des Landes in ihrer Entscheidung bestärken. Wir haben versagt, Kiril," sagte er schleppend. „Und wir hatten uns schon in Sicherheit gewiegt, in der Meinung, die Funken des Brandes ausgetreten zu haben. Wir waren zu voreilig." Bitterkeit klang aus Wigberts Worten. „Das Gleichgewicht der Kräfte gerät ins Wanken. Was meinst du, Kiril? Wie werden sich die Sachsen und die Schwaben verhalten? Wird Herzog Otto von Sachsen versuchen, Vorteil aus der Situation zu ziehen und neue Forderungen an den König stellen? Die Hochzeit seines Sohnes Heinrich mit Hatheburg hat den Liudolfingern nicht gerade die Sympathie der Kirche eingebracht, zumal Hatheburg bereits den Schleier genommen und die Gelübde abgelegt hatte. Wird er den König und seinen Kanzler, Bischof Salomon, unterstützen, wenn er wissentlich einen Konflikt mit ihm in Kauf nimmt und dadurch gleichzeitig König und Reich in die Schranken fordert?"

„Glaubst du wirklich, Otto von Sachsen oder sein Sohn würden Anspruch auf den Thron erheben?" Kiril sah Wigbert überrascht und verwundert an.

„Wer sollte ihn aufhalten, wenn sich Ludwig das Kind als zu schwach erweist, eine Marionette in den Händen seines Kanzlers. Was, wenn der Bischof selbst mit dem Thron liebäugelt?"

„Salomon? - Das würde er nicht wagen!"

„Fordern die Mächtigen mit ihren Intrigen die Ungarn nicht förmlich dazu heraus, ihre Kräfte mit uns zu messen, wo Kirche und König im Streit mit den Führern der Stämme liegen, wo kirchliche Machthaber um weltliche Ämter wetteifern und den Ausbau der eigenen Machtstellen über die Interessen des Reiches stellen?"

„Das sind schwere Anklagen, die du erhebst!" warf Kiril ein.

„Hüte dich, diesen Verdacht laut zu äußern! Es könnte dich den Kopf kosten!"

„Du zweifelst an meinen Worten? Du warst zu lange weg, um die Zusammenhänge ganz durchschauen zu können. Die Liste läßt sich beliebig fortsetzen: Liegt nicht Herzog Burchard im Streit mit dem Bischof von Konstanz, buhlen nicht der Metropolit von Salzburg und der Bischof von Passau um die Gunst des Königs, wer größere Ausgleichsentschädigungen erhält für Gebiete, die die Ungarn in ihren Kirchensprengeln verwüstet haben?"

„Genug! Du magst ja recht haben!" begehrte Kiril auf. „Aber wie können wir es verhindern, daß es zum Krieg mit den Ungarn kommt?

„Glaubst du ich kann es?" stöhnte Wigbert ohnmächtig auf. „Glaubst du wirklich, ich könnte die Ungarn bezüglich der Zerrissenheit des Reiches täuschen? Vergessen wir nicht! Die Ungarn kämpfen für ihr Land, für ihr Volk. Ihre Chakane haben einen Bund geschworen und ihn mit ihrem Blut besiegelt, daß sie für eine gemeinsame Sache kämpfen, unter einem Befehl, anders als die Führer unserer Stämme, von denen jeder nur auf seinen Vorteil achtet. Wann hat ein Sachse sein Schwert erhoben, um einem bedrängten

Nachbarn beizustehen, wann ein Schwabe, um einem Franken Waffenhilfe zu leisten? Und wir? Glaubst du bei uns liegen die Dinge anders? Kümmerte es uns, wenn der Ungar in Thüringen einfiel? Wir alle haben diese Situation heraufbeschworen. Glaubst du, man wird auf mich hören, wenn ich an das Pflichtbewußtsein der Verantwortlichen appelliere, Frieden zu halten, oder, wenn ich die Chakane der Ungarn auffordere, Verträge einzuhalten, die aus einer Situation des Gleichgewichts der Kräfte heraus geschlossen wurden? Wir selbst haben die Dämme eingerissen, und nichts wird die Völker daran hindern, ihren Weg nach Westen zu bahnen!"

Sie konnten ihr Gespräch nicht weiter fortsetzen, da Chiemo die Klause betrat und den Krug vor ihnen auf den Tisch stellte. Verwundert glitt sein Blick von einem zum andern. Instinktiv spürte er, daß etwas vorgefallen sein mußte, etwas, das selbst Wigberts stoische Ruhe erschüttert zu haben schien. Chiemo war feinfühlig genug, zu spüren, daß beide allein gelassen sein wollten.

„Ich hole das restliche Holz", sagte er nur und schon war er wieder verschwunden. Als er eine Stunde später erneut mit einem Bund Holz zurückkam, saß Wigbert allein vor der Klause. Dünne Wolkenschleier hatten sich vor die Sonne geschoben, aber er schien die aufkommende Kälte nicht zu spüren.

„Ist Kiril schon gegangen?" fragte Chiemo überrascht, aber Wigbert schien ihn gar nicht zu hören. Wie Schatten verdüsterten schwere Gedanken sein Gesicht, während sein Blick nachdenklich auf einen Gegenstand in seinen Händen gerichtet war.

„Fühlt Ihr Euch nicht wohl, Vater?" fragte Chiemo besorgt.

Statt einer Antwort stellte Wigbert einen Trinkbecher aus Gold vor sich auf den Tisch.

„Ein Geschenk Eures Freundes?"

„Das Geschenk eines Königs", sagte Wigbert nachdenklich.

Neugierig betrachtete Chiemo den Pokal. Die Außenschale des Bechers war prächtig gearbeitet, mit Szenen von grausamen Kämpfen. Zwei Tierköpfe beugten sich an den Seiten über den Rand, ein Vogel mit geöffnetem Schnabel und ein Katzenkopf mit aufgerissenem Fang.

„Die Zeichen eines mächtigen Mannes", erklärte Wigbert und deutete auf die beiden Köpfe. „Árpád, der Sohn des Álmos", murmelte er, „einer der größten unter den Königen. Eine Sage erzählt, ein heiliger Vogel habe seinen Vater und ihn gebracht, um ihre Stämme in ein neues Land zu führen."

„Ihr wart sein Freund?" fragte Chiemo zögernd.

Wigbert nickte. Seine Stimme klang müde und brüchig.

„Die ihn nicht kannten, nannten ihn eine Geisel der Menschheit, einen Eroberer, aber er nahm sich nur das, was andere achtlos weggeworfen haben. Die Nachwelt aber wird ihn als einen Großen bezeichnen, als den Held seines Stammes."

Fasziniert bewunderte Chiemo noch immer den Katzenkopf. Es war, als versuche er sich zu erinnern.

„Welche Bedeutung hat der?" fragte er. „Es ist das Zeichen der Gyula, aus dem auch Álmos und Árpád stammen."

Chiemo sprang auf und kam gleich darauf mit einem Gegenstand zurück. „Der gleiche Kopf", sagte er aufgeregt und drehte eine Armspange in den Händen.

„Wie kommst du dazu?" fragte Wigbert erstaunt.

Mit wenigen Worten erzählte Chiemo von der Begegnung mit den Ungarn im vergangenen Jahr, von der Verschleppung seiner Schwester und von dem Gefangenen auf Vochenwald.

„Daher also dein Drang, diese Sprache zu lernen", sagte Wigbert. „Vielleicht bekommst du früher Gelegenheit, dich darin zu üben als dir lieb ist." Die Art, wie er es sagte, klang wie eine Drohung.

Wigbert stand auf und Chiemo folgte ihm in die Klause. Unter der Tür blieb er stehen und wandte sich um. Der Klausner hatte recht behalten bezüglich des Wetters, denn dunkle Wolken schoben sich aus Westen über die Berge.

„Hättest du Lust, mich nach Ötting zu begleiten?" fragte Wigbert plötzlich.

Erstaunt blickte Chiemo auf. „Ihr macht Euch einen Scherz?"

„Warum nicht? Hast dir wirklich eine kleine Verschnaufpause verdient. Wirst dich leicht mit den Scholaren der äußeren Schule messen können, wenn euer Wissenstand an Ostern geprüft wird, dafür werd ich schon sorgen!"

Wigberts Stimme hatte wieder ihren gewohnten Klang. Dafür hatte es Chiemo die Sprache verschlagen. Er brauchte einige Zeit, bis er sich wieder in der Gewalt hatte. Er konnte es noch immer nicht fassen.

„Vielleicht läßt es sich einrichten, daß du auf dem Rückweg deine Familie einmal wieder sehen kannst!" Wigbert faßte den Erstarrten am Ärmel. „Komm!" sagte er. „Wir haben noch viel zu tun, bis es so weit ist."

Zum ersten Mal vergaß Chiemo an diesem Tag seine Lektion und seine Vokabeln. Er war zu aufgeregt, um sich auf eine Sache konzentrieren zu können. Zu sehr war sein Innnerstes aufgewühlt von den Ereignissen des Tages. Er würde eine Königspfalz betreten und einflußreiche Männer aus allen Teilen des Reiches sehen, wenn auch nur aus der Ferne. Was sein Vater wohl dazu sagen würde, wenn er davon wüßte? Ob sich sein Zorn schon gelegt hatte? Er sah das Gesicht seiner Mutter vor sich und das Erschrecken in ihren Augen, wenn er plötzlich unverhofft zu Hause auftauchen würde. Was war in der Zwischenzeit aus der Mühle und aus dem Rechtsstreit geworden? Immer neue Fragen stürmten auf ihn ein. Erst spät in der Nacht fand er endlich Schlaf, aber selbst dann noch wälzte er sich unruhig auf seinem Strohsack hin und her.

# Unerwartetes Wiedersehen

Ortnid war schlechtester Laune, wie meist, wenn er begann, sich zu betrinken.

„Wo steckt das Luder?“ herrschte er das Hausgesinde an. „Macht, daß ihr hinaus und an eure Arbeit kommt, ihr faules Pack! Glaubt wohl, daß ihr euer Brot umsonst essen könnt?“

Weriga, die gerade frische Streu in der Wohnhalle ausgebracht hatte, richtete sich auf. Sie wußte sofort, daß sie diejenige war, die mit Luder gemeint war, und daß gleich eine Flut wüster Beschimpfungen auf sie niedergehen würde. Sie war in den vergangenen Wochen und Monaten durch eine Hölle gegangen, ständig den Gehässigkeiten Ortnids ausgesetzt. Oft war sie am Ende ihrer Kraft gewesen, und mehr als einmal war ihr der Gedanke auf Unterwerfung verlockend erschienen. Ortnid hatte es Vergnügen bereitet, sie, wo immer sich dazu Gelegenheit bot, zu demütigen. Er hatte kein Geheimnis daraus gemacht, daß er ihr nachstellte, sie bedrängte und beleidigte, auch wenn er bis jetzt noch nie gewalttätig geworden war. Die Knechte mieden sie oder überschütteten sie mit unflätigen Zoten, die Mägde begegneten ihr mit Eifersucht und Mißgunst. Aber nichts hatte sie tiefer verletzen können, als die Tatsache, von Ortnid vor aller Augen wie Freiwild behandelt zu werden.

Ihr Gesicht verriet nichts über ihre Gedanken und Gefühle, als plötzlich, von einem kräftigen Fußtritt aufgestoßen, die Türe aufflog. Ortnid polterte herein und baute sich breitbeinig vor ihr auf, die Daumen hinter den Leibgurt gehakt. Sein aufdringlicher Blick blieb an ihr haften. Weriga fühlte, wie sich Grausamkeit und Gemeinheit in seinen Zügen breit machten. Sie wußte, daß es ihm gefallen hätte, sie in Angst zu sehen. Aber trotz aller Demütigungen, brachte sie noch immer die Kraft auf, ihre Selbstachtung zu bewahren.

Ortnid trat dicht vor sie. Er sah den harten Glanz in Werigas Augen.

„Sieh an, das Mäuslein traut sich aus seinem Loch! Suchst wohl die Wärme, die du so lange entbehrt hast, daß es dich gar einmal in meine Nähe treibt?“ höhnte er.

„Welche Wärme hättet Ihr schon zu bieten?“

Verachtung und Trotz waren aus Werigas Stimme zu hören.

„Gefühle, wenn Ihr überhaupt welche habt, zeigt Ihr doch nur bei Euren Pferden! Ihr seid wie einer Eurer Hengste!“

„Noch immer die gleiche scharfe Zunge!“ sagte Ortnid bitter und gereizt.

Noch ehe Weriga reagieren konnte, packte er sie am Arm und riß sie zu sich herum, daß sie seinen Atem auf ihrer Wange spürte. Er quittierte das Zucken in ihren Augen mit einem wilden Auflachen.

„Wie lange, glaubst du, hältst du es noch aus, den Kopf so hoch zu tragen? Was glaubst du, bezwecken zu können mit deinem Stolz? Früher oder später werde ich dich dort haben, wo ich dich haben möchte, wenn du genug hast von der Plackerei, wenn du ausgelaugt und verbraucht bist von der schmutzigen und kräfteraubenden Schinderei. Ich weiß, du hältst dich für zäh und widerstandsfähig. Aber hast du in den vergangenen Tagen schon einmal dein Spiegelbild betrachtet? In ein paar Monaten wird nicht einmal mehr ein brünftiger Bock nach dir die Augen verdrehen!“

Voller Genugtuung bemerkte Ortnid brennende Röte in ihrem Gesicht aufsteigen.

„Ihr seid gemein!“ keuchte sie und versuchte vergebens, sich aus seinem Griff frei zu machen.

Ortnid funkelte sie böse an.

„Du sollst spüren, was es heißt, gedemütigt zu werden, und dann, wenn ich will, werde ich dich haben! Ich werde dich nehmen, wann und wo es mir paßt, wie ein Kater eine streunende Kätzin.“

Er lachte roh.

„Ihr seid ein selbstüberhebliches, ekelhaftes Schwein! Ihr bildet Euch so viel auf Eure geile Männlichkeit ein, daß Ihr glaubt, alles was einen Rock trägt, müsse Euch zu Willen sein! Aber Ihr werdet es nicht schaffen, daß ich vor Euch zu Kreuze krieche, weder durch Drohungen, noch durch schöne Worte!“

„Wie du willst!“ zischte Ortnid. „Du machst mich neugierig, wie du das anstellen wirst.“

Weriga spürte, wie sich seine Fäuste wie Klammern um ihre Arme schlossen, aber wider Erwarten gab er sie plötzlich frei.

„Es wäre besser für dich, mich nicht zum Feind zu haben!“ fauchte er.

Noch ehe sie recht begriff, was geschah, hatte er sich vor ihr entblößt und pißte vor ihren Füßen auf die frisch ausgebrachte Streu.

„Gewöhn dich an den Anblick!“ lachte er.

Unfähig, etwas zu sagen, verfolgte Weriga, wie er anschließend zur Herdstelle ging und mehrere Handvoll Asche und Glutreste über den Boden verstreute und sie auf der Streu mit dem Fuß zu einer schmierigen Masse zerrieb.

„Und nun fang an, auszumisten! Wenn du fertig bist, wirst du drunten am See Schilf schneiden! Unsere Vorräte gehen zu Ende."

Weriga starrte ihn erschrocken an.

„Aber es gießt in Strömen und das Wasser steht auf dem Eis!"

„Eben darum", lachte Ortnid, „oder willst du warten, bis das Randeis ganz geschmolzen ist und lieber im Wasser herumwaten? Stell dir vor, du wärst mit mir im Bett, vielleicht wärmt dich der Gedanke ein wenig auf!"

Weriga wußte, daß jedes weitere Wort sinnlos war und machte sich schweigsam an ihre Arbeit. Eine Weile schaute ihr Ortnid genüßlich zu, wie sie in ohnmächtiger Wut die schmutzige Streu hinausfegte, und seine Augen schienen sie bei jeder Bewegung zu verschlingen.

„Herr, ein Bote vom Kloster!" riß ihn plötzlich die Stimme eines Knechtes aus seinen Gedanken, und wild fluchend verließ er den Raum.

Ein kalter Wind blies und trieb dichte Regenschleier über den Buchberg und den Heißenanger. Die Menschen beeilten sich, unter den Schutz eines Daches zu kommen. Weriga lief hinüber zu den Ställen. Eine der Mägde hastete an ihr vorbei, ein kleines Kind in einem groben Tuch schützend an sich gepreßt. Beinahe beneidete sie das Kleine um die behagliche Wärme in den Armen seiner Mutter. Die Kinder des Gesindes waren die einzigen, die ihr mit Offenheit und kindlicher Aufrichtigkeit begegneten, und sie waren neben den Pferden der einzige Lichtblick in ihrem trostlosen Dasein.

Ohne sich dessen recht bewußt zu werden, setzte sich das Bild wie ein glimmender Funke in ihren Gedanken fest. Ein Kind - ein Etwas, für das man Sorge tragen durfte, das Hoffnung in das trübe Dasein bringen konnte. Der Gedanke belebte sie, wuchs in ihr, erstarb aber sofort, als sie Ortnid damit in Verbindung brachte. Sie hatte auch so schon Probleme genug.

Weriga spürte, wie die Kälte durch ihre Kleidung drang, wie ihre lappenumwickelten Beine die Nässe aufsogen und die Feuchtigkeit in ihren Holzschuhen ihre Zehen gefühllos werden ließ. Sie schauderte bei dem Gedanken, knöcheltief im Eiswasser stehen zu müssen und mit der Sichel froststarres Schilf zu schneiden. Unwillkürlich zog sie ihren Umhang fester um ihren frierenden Körper. Für einen kurzen Augenblick sah sie verschwommen die Umrisse der Au aus den Dunstschleiern auftauchen. Um gegen ihre Niedergeschlagenheit anzukämpfen, versuchte sie, Chiemos Bild vor ihren Augen herbeizubeschwören. Es wollte ihr nicht so recht gelingen. Ihr war, als zerfließe alles vor ihren Augen im diffusen Nebel. Das leicht abschüssige Gelände erforderte zunehmend ihre ganze Aufmerksamkeit, denn mehrmals drohte sie auf dem nur oberflächig aufgetauten Boden ihr Gleichgewicht zu verlieren. Plötzlich hob sie verdutzt den Kopf. Zuerst glaubte sie, sich getäuscht zu haben, aber dann hörte sie den Hufschlag von mindestens zwei Pferden vom Gutshof her. Weriga kniff die Augen zusammen. Aus den Dunstschleiern löste sich ein Reiter, der ein zweites Pferd neben sich am Zügel führte. Sie konnte sein Gesicht nicht erkennen, denn als Schutz vor Wind und Regen hatte er die Kapuze tief über den Kopf gezogen. Die Nüstern der Pferde bebten, und beunruhigt durch die fremde Witterung, warfen sie die Köpfe zurück. Erst im letzten Moment bemerkte der Reiter den dunklen Schatten vor sich und zerrte an den Zügeln. Er schob mit der freien Hand die Kapuze zurück, um besser sehen zu können, aber plötzlich verhielt er in seiner Bewegung. Auch Weriga stand einen Augenblick wie gelähmt vor Schreck. Sie glaubte, ein Trugbild zu sehen, aber als sie den Blick erneut hob, las sie das gleiche ungläubige Staunen in den Zügen des Reiters. Für kurze Zeit starrten sie sich wortlos an.

„Allmächtiger, du bist es wirklich!“ stammelte er und ließ sich aus dem Sattel gleiten.

Weriga stand noch immer wie versteinert vor Überraschung. Als lösten seine Worte den Bann, stürzte sie endlich auf ihn zu und vergrub ihr Gesicht in den Falten seines Umhangs.

„Chiemo! Ich kann es einfach nicht glauben!“ stammelte sie und fühlte, wie er ihr Schultertuch zurückschlug und seine Hände zärtlich durch ihr Haar fuhren.

„Wenn du wüßtest, wie sehr ich diesen Augenblick herbeigesehnt habe!“ hörte sie seine gehauchten Worte an ihrer Wange.

Beruhigend strich er ihr über Kopf und Schultern, und erst als er ihr Gesicht zu sich hob und seine Augen aufleuchteten vor Freude und Glück, da wußte sie, daß sie ihre Sinne nicht genarrt hatten.

„Du also warst der Besucher aus dem Kloster, der heute morgen auf den Heißenanger kam“, sagte sie zwischen seinen Küssen und Zärtlichkeiten. „Und ich dachte schon der Tag ...“

Sie ließ den Satz unvollendet. Chiemo schob sie ein Stück von sich weg und musterte sie.

„Überhaupt, was machst du bei diesem Sauwetter alleine ...?“ Weriga verschloß ihm mit den Fingern die Lippen. Sie lehnte sich an ihn und fühlte, wie sich sein starker Arm um sie schlang.

„Ein gütiges Schicksal hat uns zusammengeführt“, flüsterte sie. „Laß uns hören, was es von uns will!“

Eng umschlungen gingen sie hinunter zum See, tauschten Küsse und Zärtlichkeiten, als gäbe es keinen Regen und keine beißende Kälte. Die Pferde trotteten mit hängenden Zügeln hinter den beiden her, blieben ab und zu stehen und schüttelten die Köpfe.

Eine Stunde später saß Weriga auf einem abgelegten Sattel, geborgen unter der schützenden Wärme einer Satteldecke, und beobachtete Chiemo, der auf dem Eis immer neue Bündel Schilf aufhäufte. Er schuftete wie ein Besessener, und Weriga war beeindruckt von seiner Kraft und seiner Ausdauer. Überhaupt war sie erstaunt, welche Veränderung mit ihm vorgegangen war, äußerlich wie innerlich. Er war nicht nur kräftiger geworden, auch reifer und männlicher. Während sie ihn beobachtete und Schnüre aus gespaltenem Schilf flocht, dachte sie nach über das, was er ihr erzählt hatte, und die Begeisterung, mit der er über Wigbert und sein Leben in der Klause gesprochen und erzählt hatte, ließ sie zu Recht vermuten, daß die Ereignisse auf der Insel seinem Dasein einen neuen Sinn gegeben hatten. Seine Art zu reden hatte sich verändert, er wirkte gebildeter, weltoffener und vor allem, er brannte darauf, mit Wigbert in wenigen Tagen nach Ötting zu reiten. Sein jetziges Leben schien ihn ganz in Anspruch zu nehmen. Ein neues Feuer brannte in ihm, dessen Licht sie noch nie zuvor an ihm bemerkt hatte. Beinahe beneidete sie ihn ein wenig um den freudigen Eifer. Wie unterschiedlich hatte sich ihrer beider Leben gestaltet. Wie trostlos war dagegen ihr Dasein. Sie hatte ihre Angst bisher gut vor ihm zu verbergen gewußt. Nichts war ihr anzumerken von den Ereignissen am Morgen. Wie lange würde sie sich in der Gewalt haben können? Das Bild der Magd mit dem Kind stieg vor ihr auf, und sie spürte, wie sie ein unzähmbarer Wunsch plötzlich mit Leben und Wärme erfüllte. War es das, wozu sie das Schicksal zusammengeführt hatte? Sie war sich der Antwort mit einem Male sicher.

„He, willst du mich alles alleine machen lassen?“
Chiemos Stimme riß Weriga aus ihren Gedanken.

„Ich schwitze, daß das Eis schon unter mir zu schmelzen beginnt!“ lachte er und dehnte seine schmerzenden Schultern. „Wenn du nicht gleich kommst, rufe ich Bed, dich zu holen.“

Er schlang sich feuchte Binsen um Kopf und Arme und stapfte auf sie zu wie ein Ungeheuer, das soeben dem See entstiegen war. Sie lachten und scherzten und tollten wie die Kinder über die Schilfbüschel. Wenig später jagten sie auf den Pferden über die flachen Moorauen, und das weiche Binsengras dämpfte das Trommeln der Hufe. Weriga wünschte sich, daß der Tag nie enden möge, als sie schließlich widerstrebend ihr Pferd verhielt und ihm mit der Hand über die schweißnasse Flanke strich. Er trieb seine Stute neben Weriga und zog sie zu sich herüber. Sie genoß es, seine Zärtlichkeiten zu spüren und mit dem Feuer seiner frisch entfachten Leidenschaft zu spielen. Ihre Gesichter strahlten vor Seligkeit und dennoch wußten sie beide, daß es nur ein kurzes Glück sein würde.

„Du mußt zurück, oder?“

Weriga nickte, und noch immer lag dieses Lächeln um ihre Mundwinkel. Ihre Finger spielten mit einer Locke aus seinem Haar.

„Was Wigbert sagen würde, wenn du heute nicht mehr auf die Insel zurückkommst?“

Chiemo zuckte leicht mit den Schultern.

„Nun, ich könnte sagen, daß Ortnid auf Kalsperg gewesen sei. Es wäre nicht einmal gelogen, denn als er erfuhr, daß wir nach Ötting geladen sind, machte er sich sogleich dorthin auf den Weg.“

Ihre Arme schlossen sich um seinen Nacken.

„Hast du gehört, was das Schicksal von uns will?“ sagte sie mit einem vieldeutigen Lächeln.

Chiemo war überrascht von der Offenheit ihres Begehrens.

„Ich könnte zurückkommen, wenn Ortnid nicht auf dem Hof ist“, hörte er sie sagen. „Niemand sonst wird mein Fehlen merken. Ich schlafe oft wie ein Tier in den Ställen. Lassen wir das Schicksal entscheiden. Nicht weit von hier ist ein Schober. Ich denke er ist für unsere Zwecke wie geeignet.“

Sie löste sich aus seinen Armen und ließ sich zu Boden gleiten.

„Du kannst ja inzwischen deinem Seegott ein Opfer bringen, um ihn für unsere Liebe gewogen zu stimmen!“

Sie stellte sich auf die Zehenspitzen und zog seinen Kopf zu sich herab. Als sie die fordernde Wärme seiner Lippen spürte, mußte sie sich gewaltsam von ihm losmachen, um ihr Vorhaben nicht gleich an Ort und Stelle in die Tat umzusetzen.

„Bis gleich!“ hauchte sie und war kurz darauf im Dämmernebel verschwunden.

Wenig später hatte Chiemo den Schober ausfindig gemacht. Nachdem er die Pferde versorgt hatte, entfachte er mit Astholz, das er nach einigem Suchen unter dem Stroh gefunden hatte, ein niedriges Feuer. Er vergewisserte sich, daß keine Halme mehr in der Nähe der Feuerstelle waren und keine Gefahr mehr bestand, daß durch Funkenflug etwas in Brand gesetzt werden konnte. Erst dann hängte er die Decken an zwei Stangen über dem Feuer zum Trocknen auf und machte es sich im Stroh bequem. Chiemo lauschte hinaus in das abendliche Dunkel, aber nichts war zu hören, außer dem leisen Schnauben der Pferde, dem Prasseln des Regens und dem Knistern des Feuers. Er wußte nicht, wie lange er so gelegen hatte, als er glaubte, leichte Schritte zu hören. Als er das Tor einen Spalt öffnete, sah er sie, wie einen Schatten. Regen lief ihr über das Gesicht, und ihr dunkles Haar klebte ihr in dicken Strähnen an Wangen und Hals. Chiemo zog sie herein und schloß das Tor hinter ihr. Einen Augenblick starrte sie überrascht in die Glut und ließ sich ihren regendurchnäßten Umhang abnehmen. Er hing ihr eine trockene Decke um die Schultern, während sie ihre Hände über dem Feuer aneinander rieb, um sich aufzuwärmen.

„Wie es scheint, ist es dir tatsächlich gelungen, die Geister für uns gewogen zu stimmen", sagte sie, und die Flammen warfen einen seltsamen Zauber auf ihr Gesicht.

Chiemo beugte sich über sie und begann, Haare und Schultern mit der Decke trocken zu reiben. „Du zitterst ja vor Kälte!"

Sorge klang aus seiner Stimme. Weriga ließ die Decke von ihren Schultern gleiten und schmiegte sich an ihn.

„Ein anderes Feuer soll mich heute wärmen!" flüsterte sie mit einem Blick voll begehrender Zärtlichkeit. Sie sah ihn kokett an, amüsiert von seiner momentanen Fassungslosigkeit.

„Was ist? Du schaust so überrascht. Benehme ich mich so schrecklich?"

Chiemo zog sie in seine Arme.

„Du benimmst dich genau so, wie ich es gerne möchte", sagte er, während er ihr half, die nassen Sachen abzulegen. Nur noch von einem Leinenhemd bekleidet, ließ sie sich auf die Decke neben dem Feuer sinken. Chiemo war fasziniert von ihrem Liebreiz.

„Wie schön du bist!"

Seine Finger glitten sanft über ihre Haut, als müßten sie sich ihrer Gegenwart vergewissern.

„Meine Augen sehen dich, meine Hände fühlen dich und doch kann ich es noch nicht fassen, daß ich dich wiedergefunden habe, so unwirklich scheint das alles für mich."

Weriga warf den Kopf zurück. Gespielte Entrüstung sprach aus ihrem Gesicht, und der Schalk blitzte aus ihren Augen.

„Unwirklich bin ich also?" fauchte sie und kniff ihn heftig in die Seite. „Ich werde dir zeigen, wie unwirklich ich bin!"

Sie kratzte ihn zärtlich, biß ihn in die Schulter, war überall, schneller als seine Hände ihr zuvorkommen konnten. Er machte den Versuch, sich zu wehren - umsonst. Chiemo ließ sich mitreißen von ihrem ungestümen Temperament. Ihr Spiel amüsierte und erregte ihn zugleich. Sie kicherten, alberten und beide genossen sie das Gefühl wunderbarer Unbekümmertheit. Schließlich breitete Chiemo schwer atmend die Arme aus.

„Du hast mich überzeugt!“ japste er. „Du bist so wirklich wie ein Haufen Ameisen, in den man sich nackt hineingesetzt hat, genau so fühle ich mich.“

Sie hob den Kopf und schaute ihn schmollend an.

„Ameisen!“ fauchte sie dann entrüstet. „Nimm das sofort zurück!“

Sie streifte sein Wams ab und zog ihm den Leibrock über den Kopf. Ihr Mund senkte sich auf seinen Hals, und er fühlte ihre Lippen und ihre Zunge auf seiner Haut.

„Eine Schlange bin ich, die sich ihr Opfer sucht“, zischelte sie im Scherz.

Er spürte ihre Hände, die an seinem Oberkörper hochglitten zu seinen Schultern. Er sah, wie ihre Augen die seinen fixierten, und wie ihr Kopf vor seinem Gesicht hin und her pendelte, als wolle sie ihn hypnotisieren.

„Du bist willenlos!“

Sie küßte ihn flüchtig, wie mit einem zärtlichen Hauch, um ihn gleich darauf an einer anderen Stelle mit einer flüchtigen Berührung ihrer Zunge zu erregen. Er hob die Arme und schlang seine Finger ineinander, daß sie ihren Hals einspannten wie ein Joch.

„Versetz mir den tödlichen Stoß!“ forderte er. „Ich kann mir nichts schöneres wünschen, als an deinem Gift zu sterben.“

Als ihr Kopf wie zum Schein zustieß, rollte er zur Seite und begrub sie unter sich. Sie bäumte sich auf, aber er parierte jede ihrer Bewegungen.

„Oh, wie hinterhältig!“

„Schlangen gegenüber muß man hinterhältig sein“, lachte er. „Du hast deinen Vorteil verscherzt! Jetzt ist es an mir, Forderungen zu stellen!“

Ihre Attacken und ihr gespielter Widerstand erlahmten. Immer deutlicher konnte Weriga spüren, wie sehr sie seine Gefühle und seine Sinne entflammt hatte. Die Berührung seiner Hände erzeugte eine kribbelnde Wärme auf ihrer Haut.

„Du bist alles, was ich mir je gewünscht habe, kleine Schlange!“ hörte sie ihn sagen.

Gemeinsam begannen sie, ihre Körper zu erkunden. Stumm genossen sie ihr gemeinsames Glück, mit einer Zärtlichkeit, die sich dem anderen durch Augen und Hände mitteilte und die keiner Worte bedurfte. Mehr und mehr überließen sie einander ganz den fordernder werdenden Zärtlichkeiten und im Gleichklang ihrer Körper versanken sie in einem Wirbel nie gekannter Gefühle.

Erschöpft lagen sie wenig später eng umschlungen beieinander, überwältigt von der Erfahrung, daß zwei Menschen wirklich eins sein können, wenn auch nur für eine Nacht. Als Chiemo den Versuch machte, etwas zu sagen, verschloß sie ihm mit ihren Fingern die Lippen.

„Sei still! Sag nichts! Kein Wort! Worte würden alles zerstören. Nur das Heute zählt, du und ich. Mich interessiert nicht, was gestern war und was morgen sein wird. Ich bin zufrieden mit meinem Leben, so wie es ist. Sie barg den Kopf an seiner Seite und spürte, wie sein Herzschlag sich mit dem ihren mischte. Eingehüllt in die Wärme seines Körpers starrte sie in die erlöschenden Flammen. Mehr und mehr sank die Glut in sich zusammen, aber sie weigerte sich, darin ein zukünftiges Zeichen für ihre Liebe zu sehen. Sie war ein Teil seines Selbst geworden, wie er von ihr, und sie hegte inständig die Hoffnung, daß sich sein Leben in ihr fortsetzen werde. Keine Macht der Erde würde das gemeinsam erlebte Glück je aus ihrer Erinnerung löschen können. Sie waren verbunden durch das, was in dieser Nacht zwischen ihnen gewesen war, ganz gleich, was noch passierte, und welche Hindernisse die Zukunft ihrer Liebe in den Weg stellen würde. Als sie den Blick hob, begegneten ihre Augen einander in stummer Zärtlichkeit, und als könne sie ihrem Glück nicht trauen, ergriff sie wieder die Initiative und verführte ihn erneut.

Bis tief in die Nacht lag sie und lauschte auf seinen gleichmäßigen Atem.

„Ich liebe dich", flüsterte sie leise. „Mein Gott - ich wäre bereit, alles für diese Liebe zu ertragen, für dich, mehr noch für das Kind, das ich mir so sehr von dir wünsche."

Gern hätte sie noch einmal sein Gesicht gesehen, den jungenhaften Zauber in seinen Zügen, aber in der erlöschenden Glut konnte sie nur die dunklen Umrisse neben sich erahnen. Vorsichtig löste sie sich aus seinen Armen und raffte im Dunkel ihre Kleider an sich. Es war, als versuchten ihre Sinne noch einmal jede Einzelheit in sich aufzunehmen, die Ausdünstung ihrer Körper, den Geruch von Heu und Stroh und den brandigen Dunst, der zunehmend erkaltete. Dann schlüpfte sie hinaus in die feuchtkalte Nacht, ohne sich noch einmal umzublicken. Sie klammerte sich an das bißchen Glück der vergangenen Stunden. Alles andere versank daneben zur Bedeutungslosigkeit. Sie war beseelt von einer neuen Kraft, die sie selbst den Schmerz der Trennung überwinden ließ.

## Unerwartete Wende

Seit Stunden waren Wigbert und Chiemo unterwegs. Sie folgten einem von Säumern ausgetretenen Pfad nach Norden, abseits der großen Wege. Schon nach kurzer Zeit hatte Dauerregen ihre groben Umhänge durchtränkt, und der feuchtkalte Wind ließ ihre Hände und Füße klamm und taub werden.

Nur mühsam kamen die Pferde auf dem aufgeweichten Boden voran. Über lange Zeit war nichts zu hören außer den schmatzenden Geräuschen, mit denen die Hufe der Tiere im tiefgründigen Morast versanken. Kein Wort fiel, und dieses Schweigen verstärkte die lauernde Stille.

Überhaupt schien Chiemo seltsam verändert, seit er vom Heißenanger zurück war. Sein ständiger Wissensdrang und seine lebhafte Art waren einer tiefen Nachdenklichkeit gewichen. Mehrmals wandte sich Wigbert im Sattel nach ihm um, aber Chiemos Blick ging an ihm vorbei, nahm ihn gar nicht wahr und schien sich irgendwo im Nebel zu verlieren. Trotzdem stand da etwas in seinen Augen zu lesen, das er nicht genau zu fassen und zu deuten vermochte. Wigbert war verwirrt und verunsichert, unterließ es jedoch, ihn mit Fragen zu bedrängen, da er spürte, daß Chiemo mit sich und seinen Gedanken allein sein wollte.

Plötzlich machte Wigbert ein seltsames Geräusch mit aller Deutlichkeit bewußt, daß sie gut daran taten, weniger sorglos zu sein, daß Gefahren drohten, die das Auge möglicherweise zu spät im Halbdunkel des Waldes ausmachte.

Wigbert hob die Hand und deutete auf mehrere Schatten, die er in den Nebelschleiern für Findlinge gehalten hatte. Der größte von ihnen rührte sich plötzlich und stieß ein dumpfes Grollen aus. Ruckartig flog der Kopf des Wisentbullen zu ihnen herum. Obwohl Chiemo die Augen des Tieres im diffusen Licht nicht erkennen konnte, glaubte er, dessen starren Blick auf sich gerichtet zu fühlen. Ein dumpfes Angstgefühl stieg in ihm auf und ließ seinen Mund trocken werden.

„Nicht rühren!“ hörte er Wigbert raunen. „Wenn sie uns angreifen, ist unsere Reise zu Ende.“

Die Pferde schienen die Gefahr instinktiv zu wittern und verhielten sich reglos. Es dauerte Minuten, bis die Herde langsam weiterzog und der Bulle ihr endlich folgte, Minuten, die Chiemo wie eine Ewigkeit vorkamen. Sie zögerten noch, als das dumpfe Drohen des Bullen nur noch undeutlich zu hören war. Auch Wigbert atmete erleichtert auf, als die Gefahr endlich vorüber war. Seit diesem Zwischenfall unterhielten sie sich halblaut miteinander, um keine Tiere unversehens aufzuschrecken und zum Angriff zu reizen. Nur allzu deutlich waren sie sich bewußt, daß von einem Wisent oder einem Eber eine mindestens ebenso große Gefahr ausgehen konnte wie von einem oder mehreren Strauchdieben.

Es war früher Nachmittag, und nach und nach klarte der Himmel auf, als sie aus dem Hügelland herausritten. Eine weite Senke öffnete sich vor ihnen. Menschen hatten hier den Wald zurückgedrängt, um sich Raum für Akkerland und Weiden zu schaffen. Eine gute Stunde später sahen sie aus der Ferne die Turmspitzen der Pfalz von Ötting vor sich aufragen. Die Aussicht auf ein warmes Essen und auf ein wärmendes Feuer ließ sie die Pferde zu einer schnelleren Gangart antreiben.

Erwartungsvoll näherten sie sich dem Ort. Noch waren sie zu weit entfernt, um Einzelheiten erkennen zu können, als Wigbert seine Stute unter die überhängenden Äste einer Tanne drängte und angespannt lauschte. Auch Chiemo verhielt sein Pferd im Schutz des Baumes. Deutlich hörten sie das wilde Kläffen von Hunden aus der Senke heraufschallen.

„Wie's scheint, vergnügen sich die Herren auf der Jagd", sagte Wigbert.

„Hörst du die Meute heranjagen?"

Das Trommeln von Hufschlägen ließ den Boden erzittern. Es wurde überlagert von den Schreien der Treiber und einem Hagel dumpfer Schläge, mit dem sie das Wild aus dem Dickicht zu treiben versuchten. Angespannt warteten Wigbert und Chiemo in ihrer Deckung. Die Luft war erfüllt von Lärm, Flüchen und Gebell. Es klang, als nähere sich ein ganzer Heerhaufen. Aber noch konnten sie nichts erkennen.

„Sie kommen direkt auf uns zu!"

Chiemo versuchte, sich in den Steigbügeln aufzurichten, als plötzlich ein dunkler Schatten unweit von ihnen aus dem Dickicht brach, einem Wechsel folgend, der eine Sumpfsenke querte und über einen freien Austreifen zu einem dichten Gehölz rechts von ihnen führte. Wasser spritzte auf, als ein Keiler in vollem Lauf durch eine seichte Stelle jagte. Schon flogen zwei Hunde mit weiten Sprüngen heran.

„Sieh nur! Er nimmt die Verfolger an!"

Wigberts Stimme klang heiser vor Aufregung.

Instinktiv hatte der Keiler seinen Vorteil erkannt. Gebremst durch das Wasser, warf er sich plötzlich herum. Schon klatschte einer der Hunde mit aufgerissener Flanke in den Morast. Der zweite nutzte den kurzen Augenblick der Wehrlosigkeit. Zweimal konnte er den zustoßenden Hauern des Keilers ausweichen und sich in die zottigen Tellerwülste am Ohr verbeißen. Dann aber fuhren ihm die Stoßzähne des Ebers krachend in den Fang. Mit schäumendem Wurf schlug der Keiler seine Hauer in die ungeschützte Flanke des Rüden, riß ihn von den Beinen und rammte seinen Gegner mit offenem Maul in den Morast.

Mit einem wilden Aufschrei flog ein Reiter heran. So sehr waren Wigbert und Chiemo von dem Kampf gefangen gewesen, daß sie ihn erst bemerkten, als er das Pferd auf dem glitschigen Boden zu parieren versuchte und zum Sprung ansetzte. Mitten in der Streckung knickten die Läufe mit einer seltsamen Bewegung ein und im Sumpf um sich schlagend, begrub das Pferd seinen Reiter bis zur Brust unter sich.

Chiemo achtete nicht die Gefahr und preschte vor, um dem Fremden zu Hilfe zu eilen. Der Keiler warf sich herum, unschlüssig, welchen der Gegner er annehmen sollte. Chiemo hatte nur einen Gedanken. Er mußte den Jagdspeer greifen, den der Reiter bei seinem Sturz verloren hatte, ehe es dem Schwarzkittel gelang, sich auf seinen Verfolger zu stürzen. Der Keiler blies wütend mit offenem Wurf, zögerte aber noch immer, während das Pferd um sich schlug, und der Reiter verzweifelt versuchte, unter ihm frei zu kommen.

Was dann geschah, ging zu schnell für Wigberts Augen. Eine jaulende Meute flog heran. Dunkle Schatten warfen sich auf den Bassen. Unter der Wucht des Aufpralls knickte der Keiler ein und wurde umgerissen. Von allen Seiten schlugen sich Zähne in seine Schwarte und rissen Wunden in Hals und Nacken.

Chiemo kam erst wieder zu sich, als er spürte, daß die Schläge am Schaft des Jagdspeeres erlahmten, den er dem Tier mit einem wuchtigen Stoß ins Blatt getrieben hatte. Keuchend richtete er sich auf, während die Hunde ihre Wut an der erlegten Beute austobten. Sein linkes Auge war von Dreck verschlossen, und erst jetzt spürte er, daß er bis zu den Lenden im Morast stand. Hinter sich hörte er den Gestürzten noch immer keuchen und prusten. Das Pferd hatte sich inzwischen aufgerichtet und versuchte, den Reiter im Steigbügel verfangen, festen Boden unter die Hufe zu bekommen. Wigbert hatte alle Mühe, es kurz am Zügel zu halten und zu beruhigen. Endlich bekam Chiemo den Fuß des Fremden frei. Er schien nur wenig älter als er selbst, war von großer Statur und kräftig gebaut. Aber noch ehe sie ein Wort miteinander wechseln konnten, jagten Berittene heran.

„Gott sei Dank! Ihr seid unverletzt“, stellte der Anführer erleichtert fest. „Früher oder später werdet Ihr den Preis für Euer Draufgängertum zahlen. Man fordert auf Dauer sein Schicksal nicht ungestraft heraus.“

„Beruhige dich! Wie du siehst, ist mir nichts passiert.“

Unbekümmertheit sprach bereits wieder aus der Stimme des Angesprochenen. Er ging auf Chiemo zu, wischte die Hand am Kragen seines Jagdrockes ab und bot ihm die Rechte.

„Ich stehe in deiner Schuld. Ohne dich läge ich vielleicht an Stelle der beiden Hunde unter dem Keiler.“

Der Druck seiner Hand war kräftig, sein Lachen unbeschwert, fast jungenhaft.

„Und Euch, Bruder ...“, wandte er sich an Wigbert, erstarrte aber plötzlich mitten in der Bewegung. Ungläubiges Erstaunen sprach aus seinem Blick.

„Hol mich der Teufel - ich werde verrückt! Bruder Wigbert! Seid Ihr es wirklich?“

„Mein Gott! Arnulf, du, der kleine milchgesichtige Bengel? Ich kanns nicht glauben!“

Sie lagen sich in den Armen wie altbekannte Freunde.

„Wenn das kein gutes Omen ist!“ wandte sich Wigbert kurz darauf an Chiemo. „Weißt du, wer das ist?“

Chiemo schüttelte den Kopf, noch zu überrascht von den Vorgängen um ihn her.

„Das ist Arnulf, der Sohn des Markgrafen Luitpold.“

Erneut musterte Arnulf seinen Retter anerkennend von oben bis unten.

„Das war Hilfe im rechten Augenblick! Du hast gehandelt wie ein Mann.“ Er sagte es mit einem Lächeln, das Dank und Sympathie ausdrückte und legte Chiemo freundschaftlich den Arm um die Schulter.

Zu dritt stapften sie aus dem Morast, während einige Treiber den Keiler auf festen Grund zogen und seine Läufe an eine Tragestange fesselten. Arnulf zog sein Jagdmesser, ritzte die Schwarte des Ebers mit einem kräftigen Schnitt auf und tauchte seine Hand in die Öffnung. Er ging auf Chiemo zu und bestrich dessen Hände mit dem Fett des Ebers. Verwundert blickte Chiemo auf.

„Es ist das Zeichen dafür, daß der Keiler von dir erlegt wurde und dir gehört“, erklärte ihm Arnulf. „Keine Angst!“ lachte er, als er Chiemos verlegenen Blick bemerkte. „Du brauchst ihn nicht alleine zu vertilgen. Es werden sich Helfer genug finden, wenn ich dir zu Ehren ein Festmahl damit ausrichte."

„Ich hoffe, die Pfalzwachen werden uns passieren lassen, wenn wir wie eine Schweineherde vor den Toren erscheinen", lachte Wigbert.

Gemeinsam saßen sie auf, starrend vor Schmutz, so wie sie waren. Wenig später sah Chiemo zum ersten Mal einen Königshof mit eigenen Augen. Viel hatte er schon von seinem Vater und seinen Brüdern davon reden hören, aber was sich seinen Augen darbot, stellte all seine Vorstellungen in den Schatten. Zwar war die Armseligkeit in den Vierteln der Bauern und Hörigen die gleiche wie überall sonst, meist primitive Hütten aus Holz und Lehm. Aber je näher sie der Pfalz kamen, umso mehr wichen sie den festeren und aufwendigeren Bauten des niederen Adels, der sich im Laufe der Zeit um den Königshof angesiedelt hatte. Schließlich öffnete sich die enge Straße zu einem Platz, dessen Mitte von der Pfalzkapelle eingenommen und auf der einen Seite durch das Klosterportal und auf der anderen Seite durch die Pfalz begrenzt wurde. Der Königshof selbst war ein zweistöckiges Gebäude von enormen Ausmaßen, das durch einen Quertrakt mit der Pfalzkirche verbunden war. Selbst die Wirtschaftsgebäude waren teils aus Stein gefügt, das Obergeschoß aus rohen Balken wuchtig gezimmert. Bedienstete und Angehörige des Adels eilten unter den vorgelagerten Säulengängen geschäftig durcheinander. Arnulf sprang aus dem Sattel und warf einem der Knechte die Zügel zu.

„Ich lasse Euch sofort bei meinem Vater melden", wandte er sich an Wigbert.

„Und du kommst mit mir", forderte er Chiemo auf.

„Es wird nichts schaden, wenn wir uns in der Zwischenzeit den Schweinegestank vom Leib waschen."

Noch ehe Chiemo etwas dazu sagen konnte, hatte ihn Arnulf am Arm gepackt und zog ihn mit sich. Wenig später standen sie in den Dampfschwaden einer der Badestuben. Wie selbstverständlich stieg Arnulf im Beisein der Bademägde aus seinen verdreckten Kleidern und ließ sich ungeniert mit einem Wohllaut in das Wasser gleiten.

„Was ist, wollt ihr nicht ein wenig zu uns ins Schaff steigen?" neckte Arnulf die Mägde und räkelte sich genußvoll im warmen Wasser. Die Mädchen lachten und zierten sich, aber nur zum Schein. Sie schienen den Anblick unbekleideter Edelleute gewohnt zu sein und zeigten nicht eine Spur Verlegenheit oder Scham.

„Nun komm schon!" forderte Arnulf Chiemo ungeduldig auf. „Oder hast du Angst, sie könnten blind werden, wenn du die Hose fallen läßt?“

Die Mädchen kicherten. Erst als Chiemo in den Badezuber gestiegen war, verließen die beiden Mägde den Raum, nachdem sie zuvor noch einmal heißes Wasser nachgegossen hatten.

„Erzähl mir ein wenig von dir!“ forderte ihn Arnulf ohne Umschweife auf. „Wie kommst du dazu, Wigbert an den Königshof zu begleiten? Bist du sein secretarius? Dafür siehst du noch reichlich jung aus.“

Chiemo schüttelte verneinend den Kopf.

„Eigentlich bin ich gar nichts. Man hat mich ins Kloster stecken wollen, aber ich habe das Aufnahmeersuchen verweigert. Als Wigbert davon erfuhr, hat er es beim Abt durchgesetzt, mich als seinen famulus mit in die Klause nehmen zu dürfen.“

„Ein alter und ein junger Wolf. Was für ein seltsames Gespann. Und was machst du am Königshof?“

„Nichts. Es war eine Laune Wigberts.“

„Eine Laune, die mir vielleicht das Leben gerettet hat“, lachte Arnulf.

„Wo hat deine Familie ihren Sitz?“ bohrte er weiter.

„Wir sind keine Edelleute“, berichtigte Chiemo. „Mein Vater ist Amtmann auf einem Zentralgut des Erzstiftes St. Peter.“

„Scheint ein strenger Herr zu sein, dein Vater, wenn er seinen Sohn so mir nichts dir nichts in ein Kloster steckt. Hast wohl recht den Röcken nachgestellt?“

Arnulf lachte und schlug Chiemo scherzend einen Schwall voll Wasser ins Gesicht. Beide mußten sie lachen.

„Darf auch ich eine Frage an Euch stellen?“

„Nur zu!“

„Stimmt es, daß die Großen des Reiches hier in Ötting versammelt sind?“

„Nun, wie du weißt, hat der König selbst Wigbert zu sich an den Hof befohlen. Es geht um Fragen, die die Sicherheit des Reiches betreffen, und deshalb sind eine große Zahl weltlicher und geistlicher Herren hier versammelt: Bischof Hatto von Mainz, Erchanbold von Eichstätt und Tuto von Regensburg sowie die Grafen Burchard, Egino, Luitfrid und mein Vater, um dir nur einige zu nennen. Wie es scheint, wollen sie zusammen mit dem Metropoliten von Salzburg die Vorgehensweise eines Feldzuges gegen die Ungarn beraten und Herzog Otto von Sachsen ein Angebot unterbreiten, das ihn und seinen Sohn Heinrich bewegen soll, sie im Kampf gegen die Feinde des Reiches zu unterstützen. Wigbert wird es schwer haben, als Vertreter der Gemäßigten die „Falken“ für ein friedliches Vorgehen gegen die Ungarn zu gewinnen. Wie wär's, würde es dich interessieren, die Großen des Reiches aus nächster Nähe zu sehen?"

„Aber ich kann doch nicht...", wollte Chiemo abwehren.

„Das laß nur meine Sorge sein!" beschwichtigte Arnulf. Es ist nur eine kleine Gefälligkeit im Vergleich zu dem, was ich dir schulde."

Am Abend ließ ihn Arnulf zu sich rufen. Er hatte ihm eine purpurne Tunika und weiche Stiefel bringen lassen, und gemeinsam verfolgten sie von einem Alkoven des Säulenhofes aus den Einzug des Königs und seines Gefolges in den Königshof, angeführt von einem langen Zug von Mönchen. Die Menschen liefen aufgeregt in den Gassen und rund um den Platz zusammen und reckten die Hälse, in der Hoffnung, einen Blick auf die Edlen werfen zu können. Stumm sahen Arnulf und Chiemo längere Zeit dem Treiben aus sicherer Höhe zu. Dann aber verlief sich die Menge auf dem Platz, nachdem sich die Pforten des Torhauses geschlossen hatten.

„Komm!" sagte Arnulf und zog Chiemo mit sich. Verwundert folgte er seinem Gefährten über den Platz vor dem Bethaus. Ohne gehindert zu werden, passierten sie die Wachen auf dem Vorplatz. „Wer zum Herrn geht, um zu beten, ist über jeden Verdacht erhaben", flüsterte Arnulf mit vielsagendem Lächeln. Der matte Schein unzähliger Kerzen tauchte die Kirchenhalle in ein warmes Licht. Der Gesang der Mönche hallte von den Mauern wider. „Sie begleiten die große Ratssitzung mit ihrem Gebet", erklärte Arnulf.

Er bückte sich und suchte nach einer geheimen Vorrichtung an der kleinen Pforte zum Turm. „Alle Mönche sind vergeßlich und neigen zur Bequemlichkeit", sagte er.

Er schien gefunden zu haben, was er suchte. Wirklich schwang die Türe auf, ohne daß sich Arnulf am Schloß zu schaffen gemacht hätte. Als sie die Pforte hinter sich schlossen, sah Chiemo die Vorrichtung, mit der man den Sperrbalken mittels eines Zugseiles heben konnte, wenn jemand den Schlüssel nicht bei sich hatte.

Gebückt schlichen sie durch eine Reihe niedriger Dachnischen und wenig später hörten sie gedämpfte Stimmen. Durch ein kleines Luftgitter konnten sie hinunterschauen in einen prunkvollen Saal. Arnulf zog Chiemo neben sich auf den Dachboden.

„Siehst du den König?" fragte er und deutete auf einen Knaben, der die Insignien des Reiches trug.

„Er ist ja fast noch ein Kind", wunderte sich Chiemo.

„Er ist fünfzehn. Der Mann daneben im Purpurornat ist Bischof Hatto von Mainz. Der Mann links, der die Reihen der Grafen anführt, das ist Luitpold, mein Vater." Stolz klang aus Arnulfs Stimme. Eine Weile schwiegen sie und lauschten. Plötzlich fühlte sich Chiemo in die Seite gestoßen.

„Wigbert ist an der Reihe!" flüsterte Arnulf.

Chiemo spürte, wie sich sein Herzschlag beschleunigte, als er in der angespannten Stille die vertraute Stimme hörte.

Wigbert verneigte sich vor dem König und dem Kanzler.

„Königliche Hoheit! Ihr habt mich hergebeten, um den hier Anwesenden meine Meinung und meine Einschätzung der Lage zu unterbreiten." Wigbert sprach ruhig und ohne jede erkennbare Gefühlsregung.

„Erwartet nicht von mir, daß ich die Argumente meiner Vorredner aufgreife, die die Ungarn als wilde Bestien bezeichnet haben. Ihr wißt, daß ich so lange wie kaum ein anderer der hier Anwesenden unter den ungarischen Stämmen gelebt habe. Steht uns wirklich das Recht zu, sie als blutrünstig und hinterhältig zu bezeichnen? Wer war es, der ihre Gesandten unter Zusicherung körperlicher Unversehrtheit vor wenigen Jahren in einen Hinterhalt lockte und sie samt ihrem Sakralfürsten, dem Kende Kurszán, töten ließ, obwohl sie sich unter Kaiser Arnulf, was die bayerischen Stammesgebiete angeht, als verläßliche Bündnispartner gezeigt haben?"

„Ein Bündnis, dem die Kirche nie zugestimmt hat!" rief Bischof Hatto empört.

„Seltsame Verbündete, die die Einhaltung geschlossener Verträge durch dreiste Tributforderungen und mit einem Durchzugsrecht durch unsere Stammesgebiete erpreßten!" schrie Erchanbold von Eichstätt.

„Lassen wir, was war!" schlug Wigbert ohne eine Spur von Erregung vor.

„Árpád ist tot, und mit ihm haben die alten Verträge ihre Gültigkeit verloren. Da sein Sohn unmündig ist, glauben nun viele, von einem großen Sieg träumen zu können. Ihr seid der Auffassung, mit der Beilegung des Babenberger Streites stünden die Zeichen günstig. Ihr, königliche Majestät, habt das alte Lager Lauriacum an der Enns neu befestigen lassen. Dagegen ist nichts einzuwenden. Was aber sollen die Ungarn glauben, wenn Ihr die Lagerbesatzung um ein Vielfaches verstärkt? Besitzt nicht jeder Bauer im Grenzland Verstand genug, zu ermessen, wie viele Truppen wir brauchen, um die Siedler, die Ihr als Kolonisten und Grenzwächter ins Land habt rufen lassen, zu schützen? Jede weitere Truppenkonzentration wird nur das Mißtrauen fördern und früher oder später zu Kampfhandlungen führen."

„Sollen wir untätig herumsitzen und darauf warten, daß die Flut der feindlichen Horden über unsere Grenzen hereinschwappt und sich erneut über die Grenzmark ergießt?" rief jemand aus den Reihen der Grafen.

„Darum geht es nicht!“ fuhr Wigbert unbeirrt fort, „warum nennen wir die Dinge nicht beim Namen? Was hier beschlossen werden soll, ist ein Truppenaufmarsch, den jeder Gegner als Provokation auffassen muß. Wir alle im Saal wissen, daß 20000 Mann ausgehoben wurden und in Kürze in den Lagern entlang der Donau bereitstehen, um in den nächsten Wochen mit dem bayerischen Heerbann nach der Ennsburg zu ziehen. Liegt darüber hinaus nicht eine ganze Flotte von Versorgungsschiffen in Regensburg und Passau bereit, um weitere Ersatztruppen nach Lauriacum bringen zu können?“

Betretene Stille machte sich breit.

„Ihr seid erstaunlich gut unterrichtet“, unterbrach Markgraf Luitpold, bemüht, durch seinen Einwurf das Erstaunen und die Verlegenheit auf den Gesichtern der geistlichen und weltlichen Würdenträger zu überspielen.

„Ich weiß nicht mehr, als sich jeder Kundschafter und jeder angebliche Händler zusammenreimen kann, wenn er mit offenen Augen durchs Land reitet. Wenn wir aber die Zeit nutzen, haben wir die Möglichkeit und die notwendigen Kontakte, mit den Führern der Árpádenstämme in Verbindung zu treten und mit ihnen zu verhandeln. Sie sind die „Tauben“ im Lager unserer Gegner, das bisher von einem besonnenen Fürsten angeführt wurde. Nun aber drängen junge Falken an die Spitze der Stämme, und wenn wir sie herausfordern, werden sie wetteifern, sich gegenseitig in einem drohenden Kampf mit Kriegsruhm zu übertreffen.“

„Herzog Otto von Sachsen wird nicht untätig zusehen, wenn es gegen die Ungarn zur Entscheidung käme“, warf Markgraf Burchard ein.

„Auch die Sachsen werden, wenn es überhaupt gelingt, sie als Bundesgenossen zu gewinnen, einen angemessenen Preis für ihre Hilfe fordern, zumal Ottos Sohn, Heinrich, die Ungarn erst jüngst die Stärke seiner Macht hat fühlen lassen. Hört auf mich! Ruft nicht den Bären, um den Wolf zu bekämpfen, sonst könntet ihr am Ende selbst die Beute sein!“ Wigbert wartete, bis seine Worte verklungen waren.

„Ihr habt mich um eine offene Einschätzung der Lage gebeten, und ich bin nicht hier, um euch nach dem Mund zu reden. Darum beschwöre ich euch, überlegt gut, wozu ihr euch entschließt und bedenkt: Wer Wind sät, wird Sturm ernten!

Es geht nicht um ein kleines Geplänkel, es geht um das Schicksal unseres Landes!“

Tumult brach aus unter den Anhängern Wigberts und den Beratern des Königs um Bischof Hatto. Da erhob sich Luitpold und gebot mit erhobenem Arm Ruhe.

„Ihr wißt, Bruder Wigbert, wie sehr ich Euch als Freund schätze, auch wenn wir in entscheidenden Fragen oft unterschiedlicher Meinung sind. Ich will mich nicht dem Vorwurf aussetzen, nicht alles Notwendige getan zu haben. Wärt Ihr bereit, mit den Ungarn zu verhandeln?"

Schlagartig erstarb alles Raunen im Saal. Alle Augen waren auf Wigbert gerichtet. Ruhig blickte der Mönch in die Augen der Würdenträger.

„Welchen Sinn sollte es haben, Verhandlungen zu führen, während ihr hinter meinem Rücken Truppen aufmarschieren lassen würdet? Die eigentliche Absicht soll durch dieses Verhandlungsangebot doch nur verschleiert werden, nämlich Zeit zu gewinnen."

„Bedenkt, was Ihr sagt und vor wem Ihr steht!"

Auch Luitpold war Zornesröte ins Gesicht gestiegen.

„Weder Zepter noch Krummstab können mich dazu bringen, daß die Wahrheit durch meinen Mund gebeugt wird!" entgegnete Wigbert.

„Wollt Ihr mich als Lügner bezeichnen?"

„Ich weiß, daß Ihr es nicht seid, und doch habt Ihr denen hier Euren Arm geliehen, die an dem Babenberger wortbrüchig geworden sind."

„Was erdreistet er sich? Werft ihn hinaus!"

Erneut gebot Luitpold Ruhe.

„Ich will mit diesen Rufen nichts zu tun haben. Zu tief ist die Freundschaft, die Euch und mich miteinander verbindet. Umso mehr schmerzt mich Euer Mißtrauen, Bruder Wigbert. Würdet Ihr das Leben meines Sohnes als Beweis für die Aufrichtigkeit meiner Absichten anerkennen?"

Erstaunt hob der Mönch den Blick. Auch Arnulf und Chiemo schauten sich verblüfft an.

„Nennt mir einen Mann unseres Vertrauens, und ich werde meinen Sohn als Garant für die Ehrlichkeit unserer Absichten mit ihm als Unterhändler zu den Ungarn schicken!"

Erregt sprang Arnulf auf.

„Er hat es tatsächlich geschafft, sie in ihre eigene Schlinge tappen zu lassen, dieser alte Fuchs!" raunte er anerkennend.

„Fast scheint mir, daß Wigbert von Anfang an diese Taktik verfolgte. Wie schafft er es nur immer wieder, selbst seinen Gegnern seinen Willen aufzuzwingen?"

Chiemo schwieg. In seinem Kopf arbeitete es fieberhaft. Nur wenige Augenblicke zeigte er sich vom Gang der Ereignisse überrascht.

„Ihr habt mir heute versichert, mich jederzeit mit einer Bitte an Euch wenden zu können", begann er zögernd.

„Nur zu!“ drängte Arnulf. „Ich stehe noch immer in deiner Schuld und stehe zu dem, was ich gesagt habe.

„Wäre es Euch möglich, zu bewirken, daß ich Euch auf dieser Mission begleiten könnte?“

Arnulf hob erstaunt den Kopf. „So sehr mir dein Mut heute imponiert hat. Bist du dir der Risiken, die damit verbunden sind, bewußt? Für mich ist es eine Gelegenheit, Erfahrung als Unterhändler zu sammeln und mich für größere Aufgaben zu empfehlen. Aber welchen Vorteil hättest du bei der ganzen Sache?“

„Es sind persönliche Gründe“, sagte Chiemo ausweichend.

„Wohl eher der Wunsch, die Klosterzelle gegen ein freies Leben einzutauschen“, ergänzte Arnulf und kam damit der Sache wohl am nächsten.

„Ich kann dir nichts versprechen“, sagte er und half Chiemo aufzustehen.

„Aber ich will sehen, was sich in der Sache tun läßt.“

Zwei Tage hatten sich Arnulf und Chiemo in das bunte Treiben des Pfalzhofes gestürzt. Wigbert war froh, zu sehen, wie ein neues Hochgefühl seinen Schützling zu verändern schien. Er erfuhr von den Abmachungen zwischen Arnulf und Chiemo erst, als sie alle zusammen vor Luitpold gerufen wurden.

„Der König hat meiner Bitte entsprochen und erlaubt, daß Euer Schüler meinen Sohn und den Grafen Aribo in die Ostmark begleitet, um mit den Ungarn in Verhandlungen zu treten. Der Metropolit hat deinen Zögling für diese Zeit aus der Zuständigkeit des Klosters freigestellt. Hier das Schreiben für den Abt. Ich hoffe, Ihr seid mit dieser Entscheidung einverstanden?“

Überrascht sah Wigbert den Markgrafen an, aber er konnte keine falschen Absichten in dessen Blick erkennen.

„Laßt ihn mitziehen, Bruder Wigbert! Er kann den beiden mit den Pferden zur Hand gehen. Er ist jung und kräftig und, was am stärksten wiegt, er kann vielleicht manches hören und erfahren, was nicht für unsere Ohren bestimmt ist, da er ihre Sprache beherrscht. Betrachtet es als Wink des Schicksals! Ihr selbst habt ihn doch darin unterrichtet.“

Wigbert wandte sich um. Bis jetzt hatte Chiemo selbst noch kein Wort dazu gesagt.

„Du bist noch jung und unerfahren und kannst die Sprache nur bruchstückhaft. Zudem ist dort, wo ihr hingeht, das Leben hart und gefahrvoll“, gab er zu bedenken.

Die stumme Bitte in Chiemos Augen und Arnulfs hartnäckiges Drängen ließ ihn schließlich doch zustimmen. Als er ihn an seine Schulter drückte, erkannte er, daß ihn Wigbert wie ein Vater liebte. Dann jedoch kannte die

Begeisterung keine Grenzen. Die beiden zukünftigen Weggefährten fielen sich lachend in die Arme und stürzten aus dem Gästehaus der Pfalz, um die notwendigen Vorbereitungen für ihre Reise in die Mark in Angriff zu nehmen. Begleitpapiere mußten ausgestellt, Vorräte zusammengetragen, Waffen ausgesucht und das Saum- und Sattelzeug überprüft werden. Es gab tausend Dinge zu tun, so daß Chiemo keine Zeit fand, sich der Vorgänge der vergangenen Woche zu erinnern.

Der Himmel war wolkenlos, und über dem Land lag schon der Geruch des anbrechenden Frühjahrs, als Arnulf und Chiemo, begleitet von einer vierköpfigen Eskorte, aus Ötting fortritten. Nach einem Tagesritt über Eching und Seekirchen folgten sie der alten Römerstraße nach Wels, wo Aribo als Graf des Traungaues seinen Stammsitz hatte. Eine neue Eskorte des Grafen begleitete sie über Kirchdorf, dem Lauf der Enns folgend, nach Leoben. Dort überwachte Aribo den Ausbau von Grenzanlagen, die den Siedlern des Mürz- und Pittentales vor den Überfällen feindlicher Reiterhorden Schutz und Zuflucht gewähren sollten. Nur die rauhe Unwirtlichkeit der Wälder hatte die Siedler hier zwischen dem Oberlauf der Mur und dem Quellgebiet der Raab vor größeren Übergriffen verschont, da die Reiterstämme die Ebenen zwischen Leitha und Donau als Aufmarschgebiet für ihre Beutezüge vorzogen.

Chiemo konnte nur erahnen, welche Kräfte es für die Siedler erfordert haben mußte, in diese Einöden vorzudringen und der Wildnis einen Siedlungsplatz abzuringen. Immer stärker wurde ihm die trostlose Verlassenheit der winzigen Dörfer bewußt. Das Hochwasser der Bäche und Flüsse zwang sie, immer weiter auf die Schotterkegel der Austreifen auszuweichen, die die Wassermassen alljährlich im Frühjahr zu höheren Wällen auftürmten. Zwischen Sonnwendstein und Hochwechsel führte sie schließlich ihr Weg einen steilen Bergpfad hinauf. Oftmals mußten sie absitzen und ihre Pferde am Zügel führen. Schließlich erreichten sie eine Paßhöhe. Steile Felswände ragten im Süden vor ihnen auf, während das Land nach Norden hin gleichmäßig geneigt abfiel. Arnulf deutete nach Osten.

„Siehst du das gewaltige Hügelland? Dort liegt der Wang. Die Bewohner, die Wangarii, nennen das Gebiet die Bucklige Welt. Jenseits davon beginnen schon die Siedlungsgebiete der Ungarn."

Noch am Abend desselben Tages trafen sie Aribo mit seinem Sohn Otakar auf dem Königsberg. Die mächtigen Gehöfte am Osthang waren durch zweifache Palisadenringe geschützt, deren Stämme durch Ketten miteinander verbunden und deren Zwischenräume durch Steine zu einer gewaltigen Mauer aufgeschüttet waren. Noch nie hatte Chiemo eine so stark befestigte Siedlung gesehen und er konnte ermessen, wie groß die Angst und der Respekt vor dem Gegner sein mußten.

Nachdem der Graf ihre Begleitschreiben gelesen hatte, führte er seine Gäste auf den Söller des Turmes.

„Auf uns wartet ein beschwerlicher Weg und eine noch schwierigere Aufgabe.“

Er deutete nach Osten.

„Dort liegt das Gyepüelye, das Wechselland, das eine natürliche Schutzzone zwischen uns und den ungarischen Stämmen bildet. Wenn wir vermeiden wollen, daß sie uns mit Argwohn begegnen und uns nicht auf der Stelle als Spione töten, haben wir nur die Möglichkeit, ihr Gebiet durch eines der Landestore zu betreten. Nur so erkennen sie unsere redlichen Absichten an, als Unterhändler mit ihnen in Verbindung zu treten. Was mit denen passiert, die ihr Land ohne ihr Wissen und ohne ihre Einwilligung betreten, werdet ihr bald genug erfahren.“

Die Freunde wurden schweigsam. Aus den Worten des Grafen hatte harte, leidvolle Erfahrung gesprochen, und unwillkürlich glaubten sie, den rauhen Atem des Grenzlandes auf ihren Gesichtern zu spüren.

# Entehrt

Die Stille, die Wigbert einhüllte, während er dem schmalen Weg folgte, der zu seiner Klause führte, gab ihm einen Vorgeschmack davon, wie einsam er sich in den nächsten Wochen fühlen würde. So sehr hatte er sich bereits an Chiemos Gesellschaft gewöhnt, daß er den Gedanken immer wieder verdrängt hatte, seinen Schüler einmal gehen lassen zu müssen. Wigbert war in Gedanken versunken. Ohne sich dessen recht bewußt zu werden, registrierten seine Sinne Einzelheiten der vertrauten Umgebung, während er im Geiste, nach den Anstrengungen der Reise und den lauten Tagen in Ötting, noch einmal die Ereignisse der vergangenen Woche auf sich wirken ließ. Wo mochten Chiemo und Arnulf jetzt wohl gerade sein? Er blieb einen Augenblick stehen und sog, prüfend wie ein Tier, die Luft tief in sich ein. Im Schein der höher steigenden Sonne leuchteten die schneebedeckten Gipfel der Berge zu ihm herüber, der Hauch des Frühlings stieg schon unverkennbar aus dem Boden, und zu seinen Füßen sah Wigbert bereits die ersten Blumen im Gras sprießen. Ihm war, als könne er in seinen alten Knochen die erwachenden Kräfte der Natur fühlen. Wigbert war froh, endlich wieder heimatlichen Boden unter den Füßen zu haben und nach der Betriebsamkeit des Hoflebens in Kürze wieder die Ruhe seiner Klause zu genießen. Er wechselte das Eßgeschirr, das ihm der Bruder Küchenmeister mitgegeben hatte, von einer Hand in die andere und setzte seinen Weg fort. Im Vorbeigehen musterte er kurz die Beetreihen mit der vermoderten Laubdecke, auf denen er in den letzten Jahren Untersuchungen angestellt hatte, wie man durch Düngung und Wechselfrucht die Ertragsfähigkeit des Bodens steigern konnte. Die Aussicht auf die in den nächsten Tagen beginnende Feldarbeit erfüllte ihn mit innerer Freude. Schon konnte Wigbert die Umrisse seiner Klause sehen, als er plötzlich stehen blieb und angestrengt lauschte. Täuschte er sich? Ihm war, als habe er ein leises Wimmern gehört. Seine Augen suchten den Platz um die Klause ab, aber so sehr er sich auch umblickte und spähte, er konnte weit und breit nichts entdecken, das er als Erklärung dafür hätte akzeptieren können. Schließlich kam er zu dem Schluß, daß er sich getäuscht haben mußte. Gerade wollte er das niedrige Tor im Zaun aufstoßen, als er erneut ein helles Wimmern vernahm. Erst jetzt, beim Nähertreten, fiel ihm auf, daß einer der Sperrflügel vor der Klause zur Seite geschoben war. Nichts war zu sehen. Leise und vorsichtig schlich Wigbert näher. Wer sollte schon versuchen, in eine armselige Klause einzudringen? War es vielleicht gar ein Kranker, der Hilfe bei ihm gesucht hatte? Ohne den geringsten Laut trat Wigbert in das Halbdunkel der Klause. Es dauerte einige Augenblicke, ehe sich seine Augen an das matte Licht gewöhnt hatten. Ein kläglicher Laut ließ sich von Chiemos Schlaflager her vernehmen und ließ ihn in der Bewegung innehalten. Erst als Wigbert aus dem durch die Tür einfallenden Lichtstreifen trat, erfaßten seine Augen die auf einem Fell liegende Gestalt. Es war eine Frau, daran gab es keinen Zweifel, eingerollt und zusammengekauert wie ein Tier, das sich verkrochen hat. Ein ständiges Zittern durchlief den Körper der Schlafenden. Ab und zu kam ein leises Stöhnen aus dem leicht geöffneten Mund. Wigbert beugte sich vor, um ihr Gesicht besser sehen zu können. Was er sah, machte ihn betroffen. Strähnig schwarzes Haar hing ihr in die Stirn, darunter war die Haut an Schläfen und Wangen dunkel verfärbt, die Lippen aufgeplatzt und schorfig von geronnenem Blut. Der Anblick krampfte Wigbert das Herz zusammen. Das ganze Gesicht war zur Unkenntlichkeit angeschwollen und durch Schläge brutal entstellt. Er spürte maßlosen Zorn in sich aufsteigen. Wer mochte die junge Frau so zugerichtet haben? Fassungslos starrte er auf die zerlumpte Fremde. Sein Blick glitt über das zerfetzte Kleid. Überall an Hals und Schultern sah er, daß die Haut dunkel verfärbt war. Unwillkürlich hielt Wigbert den Atem an. Eine Dienstmagd aus dem Kloster, schoß es ihm durch den Kopf. Doch dann kamen ihm Zweifel. Warum war dann ihre Gunna bis hinauf zu den Hüften durchnäßt? Sie mußte bis zum Bauch im Wasser gestanden sein. Ob sie von der Insel hatte fliehen wollen? Wigbert fand keine Antwort auf seine Fragen. Wigbert beugte sich über die Fremde. Ihre Lippen zuckten und stammelten wirre Wortfetzen.

„Armes Luder!" murmelte Wigbert leise vor sich hin. Vorsichtig berührte er ihr Kinn und drehte ihr Gesicht zu sich. Er betrachtete sie aus der Nähe und bemerkte Spuren von Tränen auf ihren Wangen. Für einen kurzen Augenblick öffnete das Mädchen leicht das unverletzte Auge, aber ihre Sinne schienen noch nicht in die Realität vorzudringen. Sie mußte einen großen Schock erlitten haben. Plötzlich weitete sich ihr Blick. Ein Ausdruck des Schreckens legte sich auf ihr Gesicht.

„Brauchst keine Angst mehr zu haben."

Obwohl Wigbert versucht hatte, seiner Stimme einen ruhigen Klang zu geben, fühlte er, wie sie bei seiner Berührung zurückzuckte. Schützend schlug sie die Arme über den Kopf und rutschte wimmernd in die Ecke des Schlaflagers, wo sie erneut in sich zusammenkroch. Unablässig redete Wigbert beruhigend auf sie ein, bis sie endlich am Klang seiner Stimme erkannte, daß ihr von ihm keine Gefahr drohte. Nach und nach löste sich die Anspannung und Erstarrung aus ihrem Körper. Aber noch immer blieb sie mißtrauisch. Wie ein Tier, das Geborgenheit in einer sicheren Höhle sucht, fuhr es Wigbert durch den Kopf. Er ging zur Herdstelle, tauchte ein Tuch in einen Krug mit Wasser und tupfte ihr Gesicht langsam und sorgfältig damit ab. Sie ließ es mit leerem Blick geschehen und zog verlegen die zerfetzte Gunna über die Knie. Wigbert blickte in ihr geschundenes Gesicht und legte seine Hand behutsam auf die ihre.

„Beruhige dich! Bist hier in Sicherheit."

Er spürte Verlegenheit und Scham in ihrem Blick. Verzweifelt suchte er nach Worten des Trostes - umsonst.

„Wirst Hunger haben", sagte er schließlich. Er verspürte eine gewisse Beklemmung, denn als Mönch war er es nicht gewohnt, sich mit Frauen zu unterhalten. Er holte den Feuerstein aus einer Nische neben der Herdstelle und schlug Funken, die den Zunder in Brand setzten. Bald züngelten helle Flammen auf.

„Wirst sehen! Etwas Warmes wird dir gut tun."

Er holte das irdene Eßgeschirr und schüttete den Inhalt in einen rußgeschwärzten Topf. Bald füllte der Duft aufgekochter Gemüse und Kräuter die Klause. Wigbert reichte dem Mädchen eine Schüssel mit Suppe. Er setzte sich neben sie und sah ihr zufrieden zu, wie sie den Eintopf begierig in sich hineinschlürfte. Die wärmende Suppe schien ihr zu bekommen.

„So ist's gut", sagte Wigbert, als sie die Schale auf den Boden stellte.

„Ruh dich noch ein wenig aus! Brauchst mir nichts zu sagen, wenn du nicht willst."

Er setzte sich zu ihr ans Lager und zog ihr die Decke zu ihren Füßen bis zu den Hüften. Stumm blieb er eine Zeit lang neben ihr sitzen, bis er Erschöpfung in ihren Augen bemerkte.

„Können später darüber reden, wenn ich zurück bin", sagte er. „Hab noch etwas zu erledigen, drüben am Heißenanger."

Als habe sie einen Schlag erhalten, war das Mädchen bei dem Namen zusammengezuckt. Wigbert nahm ihre schmale Hand in die seine.

„Mußdir nicht bang sein! Kannst mir vertrauen! Von mir erfährt niemand ein Wort."

Wenige Minuten später war das Mädchen erneut vor Erschöpfung eingeschlafen. Während der ganzen Überfahrt mußte Wigbert ständig an die Fremde in seiner Klause denken. Wer mochte sie so zugerichtet haben? Noch immer fühlte er in sich Entsetzen und Abscheu über die Brutalität, mit der das Mädchen scheinbar mißbraucht worden war. Eine Leibeigene des Klosters, so viel war ihm inzwischen klar geworden, konnte sie nicht sein, sonst wäre sie kaum so töricht gewesen, bei ihm in der Klause Zuflucht zu nehmen. Unweigerlich hätte man früher oder später dort nach ihr gesucht. Nachdenklich schob Wigbert die Zille mit einem kräftigen Stoß auf festen Grund. Während er sich einen Weg durch das Schilf bahnte, beschäftigte er sich mehr und mehr mit dem Gedanken, warum das Mädchen bei der Nennung des Gestütshofes so erschrocken war. Ob der Vorfall am Ende gar etwas mit dem Heißenanger zu tun hatte? Wußten nicht alle in der Umgebung nur zu genau, daß Ortnid im Umgang mit Frauen nicht gerade die besten Manieren zeigte?

Mit gemischten Gefühlen stieg Wigbert die leichte Anhöhe des Erlbichl hinauf, der dem Buchberg vorgelagert war. Verwundert sah er sich vor der Auffahrt zum Hof um. Wo an sonstigen Tagen unablässig Menschen ihren Beschäftigungen nachgingen, herrschte heute seltsame, beinahe bedrohliche Ruhe.

„He!“ rief Wigbert zu zwei Hirtenjungen an den Pferdekoppeln hinüber, die erregt aufeinander einredeten.

„Ist's auf dem Heißenanger jetzt schon Brauch, den Werktag wie den Sonntag zu halten?“

Die Burschen hoben nur kurz den Kopf.

„Geht nur hinein zu den anderen, Vater!“ rief der ältere Wigbert zu.

„Den Adalhard und die Seinen haben sie in Ketten hierher gebracht. Haus und Hof haben sie ihm genommen und die Herdstatt haben ihm die Schergen des Klostervogtes eingeschlagen. Gero, sein Sohn, ist ihnen aber entwischt. Jetzt traktieren sie Adalhard in der Tenne mit glühenden Eisen, um ein Geständnis von ihm zu erpressen.“

Wigbert hatte genug gehört. Hastig lief er über den menschenleeren Hof. Er brauchte nur dem Klang von Ortnids glatter, kalter Stimme zu folgen, die aus dem halboffenen Tor der Tenne über den Hof schallte.

„Los, nun sag uns die Wahrheit! Wo ist Gero? Wo hält er sich versteckt?... Los, mach schon! ... Wie lange, glaubst du, hältst du das noch aus? Wenn du glaubst, ich hätte Mitleid, dann hast du dich verrechnet! Die Klosterschergen magst du täuschen können, mich nicht!“

Wigbert stieß das Tor kräftig auf. Die Dreschtenne war voll gaffenden Gesindes. Wigbert spürte ein instinktives Unbehagen, als er mit einem raschen Blick die Gesichter der Knechte und Mägde überflog. Auf allen Mienen, in jedem Auge lag die gleiche animalische Gier. Wenn es stimmte, was er gehört hatte, stand es schlecht um Adalhards Sohn. Wigbert wußte auch als Mönch nur zu gut, was mit Leibeigenen geschah, die den Versuch wagten, ihren Lehensherren zu entlaufen. Entweder man knüpfte sie am nächsten Baum auf, um andere davon abzuschrecken, es ihnen gleich zu tun, oder man brannte ihnen ein Zeichen auf die Stirn. Kaum einer gab einem Menschen, der so gezeichnet war, Arbeit und Brot, geschweige ein Dach über dem Kopf. Überall wurde er davongejagt; die Menschen mieden ihn, als hätte er eine ansteckende Krankheit.

Wigbert fühlte Wut und Zorn in sich aufsteigen. Urplötzlich stand er unter der Menge. Sein Erscheinen kam so unerwartet, daß einige der Knechte die Mütze vom Kopf zogen.

„Was ist das für ein Spektakel?“ schrie er.

„Macht Platz!“

In dem allgemeinen Gedränge und Durcheinander konnte er sich nur schwer Gehör verschaffen, aber schließlich öffneten die Menschen vor ihm zögernd eine Gasse.

„Woher nehmt Ihr das Recht, Euch als Klosterrichter aufzuspielen?“ wandte sich Wigbert zornig an Ortnid.

„Ist nicht das erste Mal, daß Ihr zur Selbstjustiz greift, Heißenbauer! Seht Euch vor! Könnt Euch sonst selbst schlecht bekommen!“

Wigbert war so erregt, daß er erst jetzt die Gestalt bemerkte, die sich wimmernd am Boden wälzte. Glühende Ketten hatten Adalhard häßliche Narben in die behaarte Brust gebrannt. Stöhnend versuchte der Geschundene sich aufzurichten, als er die Gestalt des Mönches erkannte.

„Helft meinem Sohn, Vater! Sie wollen Jagd auf ihn machen... Feuer soll er gelegt haben - und nun wollen sie aus mir herauspressen, wo er sich aufhält“, ächzte Adalhard.

Die Kräfte drohten ihn zu verlassen, und sein Kopf fiel hart auf den Boden zurück.

„Ich habe Gero zur Klause geschickt, Euch zu holen und zu vermitteln. Nie würde er so etwas Schändliches tun.“ Adalhards Stimme war zu einem Flüstern herabgesunken. Kraftlos rollte sein Kopf zur Seite. Speichel mit Blut vermischt floß aus seinem Mundwinkel. Wigbert sah mit Abscheu auf den geschundenen Körper des Mannes vor sich und dann auf seine Peiniger.

„Wo sind die Schergen? Sie waren verantwortlich für die Sicherheit dieses Mannes und seiner Familie.“ Wie ein drohendes Bellen hallte seine Frage über die Köpfe der Menge. Alle schwiegen.

„Wette sie sitzen drüben bei Euch in der Stube und ein paar Humpen Roten!“ wandte sich Wigbert an Ortnid.

Ortnid ignorierte den Vorwurf des Mönches.

„Worauf wartet ihr noch? Holt die Hunde! Jetzt wissen wir wenigstens, wo wir zu suchen haben!“

Ein seltsames Fieber schien in der Menge um sich zu greifen. Der Raum war erfüllt von Erregung und Geschrei. Wigbert wurde schlagartig klar, daß er handeln mußte, ehe sich die Stimmung noch weiter aufheizen konnte. Entgegen seiner sonstigen Art schäumte plötzlich eine unkontrollierbare Wut in ihm auf. Er riß einem der Männer neben Adalhard einen Knüppel aus der Hand und hob ihn drohend über die Köpfe der Menge.

„Schämen solltet ihr euch!“ schrie er voller Zorn.

„Aus eueren Augen spricht die Gier nach Gewalt und Haß! Wenn ihr unbedingt Blut sehen wollt, bitte, das könnt ihr haben! Der nächste, der Adalhard zu nahe kommt, macht mit meinem Freund hier Bekanntschaft! Mag sein, daß einige von euch Gottes Zorn nicht fürchten, aber ich kann euch die Furcht vor dem Arm Gottes auch auf andere Art lehren!“

Wigberts Entschlossenheit brachte die Menge schlagartig zum Schweigen. Mit finsteren Gesichtern und verunsichert standen die Knechte zusammengerottet um Adalhard und den Mönch, während sich die Mägde im Hintergrund hielten. Alle wußten sie, daß das keine leere Redensart war, sondern blutiger Ernst.

„Wer gibt Euch das Recht, Bruder Wigbert, so mit meinen Männern zu reden?“ Ortnids Stimme klang kalt und scharf und hatte ihre alte Festigkeit wieder gefunden.

„Wollt Ihr mir das Recht absprechen, auf meinem Hof, als major domus, jeden zu bestrafen, der sich meinen Befehlen widersetzt oder gar gegen Hofmarksrecht verstößt?“

Ortnid sah Wigbert herausfordernd an. Eine für jeden spürbare Spannung hatte sich zwischen den beiden Männern aufgebaut, und alle warteten nun gespannt darauf, wie der Mönch sich aus der Affäre ziehen würde.

Plötzlich wurde die Tür zur Tenne erneut aufgestoßen. Eine Magd stürmte aufgeregt herein und sogleich entstand um sie her Aufregung und Geschrei. Wigbert konnte nur Bruchstücke aufschnappen, denn das Mädchen mußte mehrmals absetzen, um Atem zu holen.

„Die Neue ..., sie ist weg! Keiner hat sie heute gesehen ... Sie ist verschwunden... spurlos... genau wie Gero!“

Überall erhob sich aufgeregtes Geraune. Die Augen aller richteten sich auf Ortnid. Auch er hatte einige Wortfetzen aufgefangen. Trotzdem genügte es, daß sich für einen kurzen Moment ein Anflug von Nervosität und Unsicherheit auf seine Züge legte. Aber schon hatte er sich wieder in der Gewalt.

„Da habt ihrs!“ schrie er. „Pack tut sich mit Pack zusammen. Gemeinsam haben sie das Feuer gelegt und gemeinsam haben sie sich auch aus dem Staub gemacht. Aber sie sollen uns nicht entkommen! Ich werde sie suchen und jagen lassen, und Ihr, Mönch, werdet mich daran nicht hindern!“

Wigbert glaubte ein anzügliches Grinsen in den Gesichtern zweier Männer zu bemerken, die sich stumm mit den Augen verständigten. Etwas sprach aus ihren Blicken, das bisher seiner Aufmerksamkeit entgangen sein mußte. Das Mädchen in der Klause, schoß es ihm durch den Kopf. Sollte sie ...? Er musterte Ortnid eindringlich, der seinen Blick nicht erwiderte und starr an ihm vorbeisah. Erneut spürte Wigbert Unruhe im Gesicht des Heißenbauern aufsteigen. Seine Rechte, die unter der scharlachroten Jacke den Leibgurt umspannt hatte, ballte sich zur Faust, und als er mit den Fingern der Linken unbewußt über den Handrücken fuhr, bemerkte Wigbert dunkel gerötete Kratzspuren auf seiner Haut. Wie Schuppen fiel es ihm von den Augen.

Ohnmächtiger Zorn stieg in ihm auf.

„Was seid Ihr doch für ein erbärmlicher Heuchler, Ortnid! Ihr versucht doch nur durch Lügen von Euch selbst abzulenken! Habt Ihr auch nur den geringsten Beweis für Eure Anschuldigungen gegenüber dem Mädchen und Adalhards Sohn? Braucht Ihr nicht vielmehr einen Sündenbock, um damit Eure eigenen Untaten zu vertuschen?“

Ortnid erwiderte Wigberts herausfordernden Blick.

„Als Lehensherr habe ich das Recht, mit meinem Gesinde zu verfahren, wie es mir beliebt. Ich habe kein Gelübde abgelegt wie Ihr. Ich kann mir eine Frau aus meinem Gesinde nehmen wann es mir paßt, vor allem, wenn auch ihr Vergnügen dabei nicht zu kurz kommt.“

Die Männer grinsten anzüglich.

„Ihr wißt genau, daß die Kirche dieses Recht nie gutgeheißen hat, von dem Ihr sprecht!“ fiel Wigbert Ortnid ins Wort.

„Kommt mir nicht so, Bruder Wigbert! Ihr verschwendet Euer Mitleid an die Falsche! Wißt Ihr denn, wer sie ist? Eine Schlampe von der allerschlimmsten Sorte! Nennt mir einen Grund, warum ich Rücksicht nehmen sollte auf ein schamloses Luder, das mich mit dem Messer bedroht hat. Warum sollte, wer andere mit der Waffe bedroht, nicht auch ein Feuer legen?“

„Geschah's wirklich ohne Grund?“ unterbrach ihn Wigbert.

„War's nicht eher reiner Selbstschutz einem Mann gegenüber, für den das Wort Ehrgefühl eine unbekannte Vokabel ist? Ich brauche doch nur in die Gesichter Eurer Leute zu sehen, um bestätigt zu sehen, daß Ihr es wart, der dem Mädchen Gewalt angetan hat, und daß jeder hier auf dem Hof um die Vorgänge weiß. Ihr glaubt besonders raffiniert zu sein, aber ich durchschaue Euch. Die Art und Weise, wie Ihr Eure Leute zur Hetzjagd anstachelt, beweist doch nur, daß triebhafte Begierde und verletzter Stolz Euch antreiben. Warum sollte ausgerechnet eine Frau Feuer legen, wo ich Euch Männer im Dutzend aufzählen könnte, von denen jeder Grund genug hätte, Euch das Dach über dem Kopf anzuzünden?“

Wigbert war dicht an Ortnid herangetreten. Offene Herausforderung sprach aus seinem Gesicht, als sich sein Blick in Ortnids Augen bohrte.

„Ich warne Euch, Ortnid! Untersteht Euch und fügt dem Mädchen noch einmal ein Leid zu! Ich werde dafür sorgen, daß Ihr von selbigem Tag an keinen Fuß mehr auf die Au setzt. Glaubt Ihr denn wirklich, die Klosteroberen würden weiterhin mit einem Frauenschänder Geschäfte machen, wenn ich öffentlich Anklage gegen Euch erhebe? Seid Euch dessen sicher! Es könnte mehr als unangenehm für Euch werden! Ein Wort von mir zu Bischof Theotmar oder Graf Adalbert und Ihr könnt Eure Rosse zur Feldarbeit vor den Pflug spannen!

Also besinnt Euch und überlegt, ob es nicht besser wäre, Gott um Vergebung zu bitten! Befehlt Euren Leuten, wieder an ihre Arbeit zu gehen und dann laßt die Schergen holen! Ich selbst werde darauf achten, daß Adalhard unverzüglich nach Herrenwörth gebracht wird. Worauf wartet Ihr noch?“ herrschte er die Knechte an.

Wigbert blieb stehen und sah ihnen nach, wie sie mit eingezogenen Köpfen davontrotteten. Dann ging auch er, ohne sich noch einmal nach Ortnid umzusehen.

Mehrere Tage hauste Weriga nun schon im Moor, verlaust, verwildert, ein menschliches Tier. Sie hatte nicht auf Wigberts Rückkehr gewartet, aus Angst, Ortnid könnte versuchen, sie erneut in seine Gewalt zu bekommen. Zudem wäre es ihr unerträglich gewesen, wenn Chiemo sie bei seiner Rückkehr in ihrem jetzigen Zustand zu sehen bekommen hätte. So sehr saß ihr die panische Angst vor etwaigen Verfolgern im Nacken, daß sie sich tagsüber im Schilf versteckt gehalten hatte und nur in den Dämmerungsstunden unterwegs war wie ein scheues Tier. Die meiste Zeit schlief sie oder saß sie unbeweglich und blickte gedankenverloren über das Schilfmeer hinüber zur Au. Lange Zeit war sie völlig apathisch. Das Gefühl, erniedrigt worden zu sein, hatte sie anfangs mit einer bleiernen Leere erfüllt. Andererseits wußte sie sehr wohl, daß sie selbst es gewesen war, die durch das offen zur Schau getragene Glück Ortnids Begierde angestachelt hatte. Noch tagelang nach jener gemeinsam verbrachten Nacht mit Chiemo war sie wie verwandelt gewesen. Ein Feuer der Seligkeit hatte sie durchglüht, das einen anderen Menschen aus ihr gemacht hatte. Ortnid war diese Verwandlung nicht verborgen geblieben und nie hatte er sie schöner und begehrlicher gefunden. Schließlich war er wie ein wildes Tier über sie hergefallen. Weder gute Worte noch heftige Gegenwehr hatten ihn abzuhalten vermocht. Selbst jetzt noch, Tage danach brachen des Nachts die Wunden der Erniedrigung immer wieder in Weriga auf. Schweißgebadet fuhr sie dann im Schlaf hoch und glaubte Ortnids heißen Atem auf ihren Wangen und seine derben Hände auf ihren Brüsten und Hüften zu fühlen. Umsonst setzte sie sich gegen seine Zudringlichkeiten und seine brutalen Schläge zur Wehr, bis ihre aufgepeitschten Sinne sie schließlich in die Wirklichkeit zurückholten. Nach und nach ließen jedoch die Stille des Moores, der leise Windhauch und die Lockrufe der Vögel ihre geschundene Seele wieder zur Ruhe kommen. Von Tag zu Tag erlag sie stärker der Faszination ihrer Umgebung. Tiere kreuzten ihren Weg. Anfangs nur schemenhafte Schatten im Schilf, gewöhnten sie sich von Mal zu Mal mehr an das neue Wesen und wurden zutraulicher, als sie spürten, daß ihnen keine Gefahr drohte. Der Friede in der Natur ringsum erfüllte sie mehr und mehr mit einer neuen Kraft. Sie entwickelte Sinne wie ein Raubtier, um in der Wildnis bestehen zu können. Immer vertrauter wurde ihr das Labyrinth natürlicher Spuren. Sie verfolgte Tiere und beobachtete ihre Lebensweise. Von ihnen lernte sie, sich von Wurzeln und Schilfsprößlingen zu ernähren. Zusammen mit Wildsalatblättern, Bärlauch und Kräutern ergaben sie ein gutes Gemüse.

Die Jahreszeit war günstig. Die Tage wurden wärmer, und sie brauchte nicht zu hungern. Gelege von Vögeln und Enten boten ihr eine willkommene Abwechslung. Je mehr sie vertrauter wurde mit ihrer Umgebung, desto mehr verstand sie es, sich aus der üppigen Fülle der Natur zu bedienen. Tag für Tag durchstreifte sie das Moor. Immer besser lernte sie, sich auf dem schwankenden Untergrund zu bewegen, den kaum sichtbaren Spuren der Tiere zu folgen und den offenen Moorfenstern auszuweichen, die jedes Lebewesen bei einem Fehltritt unweigerlich in die Tiefe zogen.

Wieder kam die Nacht. Weriga lag wach auf ihrem Lager aus Binsen und blickte durch ein Gewirr aus Dornenranken hinauf zu dem sternenklaren Himmel über sich. Nach langem Suchen hatte sie einen Platz gefunden, wo sie sich vor Verfolgern sicher glaubte. Er lag auf einer Moorinsel in einem schwer zugänglichen Gebiet, geschützt von einem ganzen Ring offener „Fenster", der nur dem Eingeweihten Möglichkeiten zur Flucht bot. Wie ein Biberbau lag er in einem Gewirr vieler kleiner Wasserläufe.

In mühsamer Kleinarbeit hatte sich Weriga in den letzten Tagen mit dem Messer in einer Hecke ein geräumige Wohnhöhle geschafffen, ein eigenes Zuhause, mit eigenen Händen. Die Arbeit hatte sie so in Anspruch genommen, daß sie alles um sich her vergessen hatte. Den Boden bedeckte eine dicke Lage aus trockenem Schilf. Ein Teil des Zweiggewölbes war mit einer Matte aus Binsengeflecht unterspannt, beschichtet mit einer Lage großblättrigen Laubs, um einen trockenen Schlaf- und Arbeitsplatz zu schaffen. Selbst eine kleine Herdstelle hatte sie sich mit Steinen ausgelegt, auf der sie Fisch oder das Fleisch gefangener Wasservögel garen konnte. Aber bisher hatte sie sich noch nicht getraut, ein Feuer anzuzünden, aus Angst, der Rauch oder der Lichtschein könnten sie verraten.

An manchen warmen und klaren Nächten so wie jetzt, zog sie es jedoch vor, den freien Himmel über sich zu sehen. Der Klang der Glocke, die die Mönche zur Prim rief, drang zu ihr herüber. Ihre Gedanken schweiften ab. Einmal mehr wanderten sie hinüber zu der Klause. Nur die Wasserfläche des Sees trennte sie von Chiemo. Wie gerne hätte sie ihm ihr neues Heim gezeigt. Warum nur war es den Tieren vergönnt, zusammen ihre Nester oder ihren Bau zu bewohnen und warum gab es bei den Menschen immer wieder trennende Hindernisse und Schranken?

Weriga fühlte eine seltsame Wehmut in sich aufsteigen. Nach Tagen rastlosen Schaffens wurde sie sich wieder ihrer selbst bewußt. Ein völlig neues, bisher nie gekanntes Gefühl hatte von ihr Besitz ergriffen. Ein eigenartiges Ziehen in all ihren Gliedmaßen schien sie all ihrer Kräfte zu berauben und in einem imaginären Punkt tief in ihr zusammenzufließen. Plötzlich, wie ein Schlag, traf sie die Erkenntnis, daß sie neues Leben in sich trug. Eine Welle der Seligkeit durchlief sie. Ihre Gedanken schweiften ab zu der Nacht, in der sich ihre Körper gefunden hatten und ließen den Keim ihrer Liebe bereits Gestalt annehmen. Im Geist wiegte sie das Kind schon in den Armen, doch als es ihr das Gesicht zudrehte, lag in seinen Augen nicht Chiemos warmes und vertrautes Leuchten, sondern Ortnids kalter Blick.

# Im Grenzland

Zwei Tage ließ ihnen Aribo Zeit, sich von den Strapazen des langen Rittes zu erholen. Inzwischen hatte er die Vorräte ergänzen und eine neue Eskorte zusammenstellen lassen. Am Morgen des dritten Tages brachen sie nach Osten auf. Ein kalter Wind blies über das Bergland zwischen Pinka und Güns, dem letzten Sperriegel vor dem weiten Tiefland der Sümpfe und Steppen. In trostloser Verlassenheit lagen die wenigen Dörfer und Weiler weit verstreut über das Grenzland, nur selten durch begehbare Pfade verbunden. Hatte sie bisher der Weg weitestgehend durch teilweise erschlossenes Land geführt, so erlebten sie hinter der Siedlungsgrenze die Wildnis in ihrer elementaren Unmittelbarkeit. Die Landschaft, durch die sie kamen, wirkte düster und feindselig. So weit das Auge reichte, erstreckten sich ungeheuere Wälder und verschmolzen am Horizont zu einem dunkel wogenden Meer. Erst jetzt begriff Chiemo den Sinn der ledernen Brustblenden am Zaumzeug der Pferde, mit deren Hilfe sich die Tiere ihren Weg durch scharfdorniges Unterholz brachen. Nur entfernt ließ sich erahnen, welche Anstrengungen es erfordert haben mußte, in diese Einöden vorzudringen und der Wildnis Siedlungsplätze abzuringen. Je weiter sie nach Osten kamen, umso mehr machte sich Unruhe unter den Männern breit.

„Zwei Tagesritte weiter im Südosten liegt der letzte befestigte Ort, die Burg am Rotenturm, ein Brückenkopf und Zufluchtsort für die Gebiete, in die der Feind immer häufiger auf seinen Plünderungszügen über die Seitentäler am Oberlauf der Raab einbricht“, erklärte ihnen der Traungraf.

„Von nun an hängt es vom Zufall ab, ob wir noch auf Ansiedlungen treffen. Es gibt keine verläßlichen Karten, an denen wir uns orientieren könnten.“

Mit Einbruch der Nacht wurde es empfindlich kalt, und die Männer beeilten sich, ein wärmendes Feuer anzufachen. Hatten sie in Kirchschlag und Pilgersdorf noch bei Grenzlandsiedlern Unterschlupf gefunden, mußten sie am Abend des dritten Tages ihr Lager im Schutz von Bäumen unter freiem Himmel aufschlagen.

Wie jeden Abend versorgte Chiemo die Pferde und kontrollierte Hufe und Saumzeug. Die Gefahren waren vielfältig. Umgestürzte Bäume, die den Weg versperrten und deren Äste oft bei der leisesten Berührung einbrachen, Steine, die plötzlich unter den Hufen der Pferde wegbrachen oder Steinschläge aus steilen Hängen und Rinnen waren die größte Gefahr für Pferd und Reiter. Chiemo hatte gerade die Inspektion beendet, als Aribo die Männer zusammenrief. Besorgnis lag auf dem Gesicht des Grafen.

„Morgen, wenn wir in die Ebene nach Steinamanger hinabreiten, betreten wir Siedlungsland der Ungarn. Wir können mit Sicherheit davon ausgehen, daß feindliche Kundschafter unser Feuer sehen und jeden unserer Schritte beobachten und überwachen werden. Wenn wir also im Verlauf des morgigen Tages auf eine gegnerische Grenzwache treffen, dann werde nur ich mit ihnen verhandeln. Auch du, Chiemo, solltest durch nichts zu erkennen geben, daß du ihrer Sprache mächtig bist. Wer weiß, ob es uns bei irgendeiner Gelegenheit nicht von Nutzen sein kann. Du mußt damit rechnen, daß sie mehrfach versuchen werden herauszufinden, wer von uns ihre Sprache spricht."

Chiemo hatte verstanden.

„Unser oberstes Gebot muß sein, nichts zu unternehmen, was ihren Unmut oder ihre Angriffslust herausfordern könnte. Seid euch stets darüber im klaren, daß jede unüberlegte Reaktion den Tod für uns alle bedeuten kann. Vergeßt am besten, was ihr über die Reiter der Steppe gehört habt! Es sind Menschen mit anderen Sitten und Gebräuchen, die wir nicht begreifen. Nur allzuschnell fühlen sie sich durch Geringschätzung in ihrem stolzen Selbstgefühl verletzt. Der Geleitbrief des Königs weist nur mich und Arnulf als Unterhändler aus, aber selbst uns garantiert es den Schutz durch das Gastrecht nur, solange sich keiner von uns zu einer unbedachten Handlung hinreißen läßt."

Nachdenklich rollten sich die Männer in der Nähe des Feuers in ihre Decken, und trotz der wachsenden Anspannung schliefen sie in kürzester Zeit vor Erschöpfung ein, begleitet vom Geheul der Wölfe. Nur Arnulf, der freiwillig die erste Wache übernommen hatte, saß aufrecht am Feuer und lauschte auf die Stimmen der Nacht.

Der Weg talwärts war beschwerlich. Immer näher schoben sich die Berge zu beiden Seiten der Güns an den Wasserlauf. Über kahle Felsen führte der Pfad steil nach unten. Aufschäumend stürzte das Wasser über die Steinbarrieren im Fluß, und wo sich die Fluten glätteten, zeigten sie die typische grüngraue Färbung der Schmelzwässer. Erst gegen Mittag erreichten sie eine Hangterrasse, die den Blick nach Osten freigab. Dünne Rauchfäden über den Wipfeln gaben zu erkennen, daß die Gegend besiedelt war. Wenig später stießen sie auf einen Weiler. Er bestand nur aus einer Handvoll Häusern, elenden strohgedeckten Hütten, die eher einen Wohnbehelf als eine dauerhafte Behausung darstellten. Nur ein Hof bestand aus einem festen Steingebäude, fensterlos, mit einer starken Türe, das Dach mit schweren Steinplatten eingedeckt. In ihm waren die Bewohner bei ihrem Erscheinen schlagartig verschwunden. Eine Rotte Hunde jagte heran und umsprang die Pferde mit wütendem Gekläff.

Vorsichtig wurde ein loser Stein von innen aus der Mauer entfernt.

„Wer seid ihr und was wollt ihr?" rief eine Männerstimme argwöhnisch.

„Unterhändler des Königs, auf dem Weg zu den Winterlagern der Ungarn."

Zögernd öffnete sich die Türe. Mit Schwert oder Lanze bewaffnet, schoben sich knapp ein Dutzend Männer nacheinander an die Längsseite des Wehrhauses. Bedrohliche Blicke richteten sich auf die Männer um den Grafen.

„Entschuldigt unser Mißtrauen!" sagte der Anführer der Gruppe, „aber wir müssen vorsichtig sein, wenn wir hier draußen am Leben bleiben wollen. Es ist nicht leicht, sich hier zu behaupten. Wir sind auf uns selbst gestellt, ohne Schutz durch einen Lehensherrn. Abgeschnitten vom Rest der Welt, sind wir wechselnden Gefahren und Übergriffen durch die Ungarn ausgesetzt. Anfangs mußten wir ständig um Leib und Leben fürchten, aber mit der Zeit haben wir gelernt, uns mit ihnen zu verständigen."

Interessiert beugte sich Aribo im Sattel vor.

„Ihr unterhaltet Kontakte zu den Ungarn?"

Der Anführer schien zu überlegen.

„Sprecht frei heraus! Niemand wird euch einen Strick daraus drehen", forderte Aribo den Mann auf.

Allmählich faßten die anderen Zutrauen. Trotzdem verfolgten sie jede ihrer Bewegungen mit angstvollen Blicken.

„Die Not, Herr, hat uns gelehrt, daß es besser ist, sich mit diesen Halbwilden aus den Steppen zu arrangieren. Früher fielen sie in regelmäßigen Abständen bei uns ein, raubten Korn und Vieh, und kein Weiberrock war vor ihnen sicher. Seit sie das Wechselland erobert und besetzt haben, lassen sie uns in Frieden, fordern regelmäßig ein Stück Vieh als Tribut und tauschen bei uns Felle gegen Werkzeuge aller Art. Wir verkaufen die Pelzwaren und Sehnen an einen jüdischen Händler, der uns einmal im Frühjahr und Herbst aufsucht und uns mit allem versorgt, was uns not tut und nützt."

Aribo musterte die Kinder, die sich neugierig um die Männer geschart hatten. Aus manchem schräg stehenden Augenpaar sprach das leidvolle Schicksal der Mütter.

„Könntet ihr uns den Weg zum nächsten Landestor der Ungarn zeigen oder einen Führer stellen?“ wollte Arnulf wissen.

„Wir würden euch den Dienst gut entlohnen.“

„Ich kann Euch den Ort, nach dem Ihr gefragt habt, sehr wohl beschreiben, aber niemand von uns wird Euch führen, da wir Euch nicht kennen. Wenn Ihr uns täuscht, dann findet man uns morgen mit durchschnittener Kehle irgendwo im Wechselland. Ihr müßt uns verstehen! Wir haben Jahre gebraucht und einen hohen Preis dafür bezahlt, ehe wir das Vertrauen der Steppennomaden gewonnen haben, und das setzt niemand von uns auf Treu und Glaube aufs Spiel. Wer hier überleben will, muß lernen, sich nicht um die Angelegenheiten anderer zu kümmern oder aus Sympathie für jemand Partei zu ergreifen. Wenn Ihr uns einen Gefallen tun wollt, dann bleibt in den Sätteln und laßt Euch den Ort beschreiben. Aber dann reitet Eures Weges! Ich bin mir sicher, daß man Euch schon längere Zeit beobachtet und von Eurem Kommen weiß.“

Ohne ein weiteres Wort ritten sie aus dem Weiler, schmerzlich angerührt von dem Mißtrauen ihrer eigenen Landsleute. Es war leicht, dem beschriebenen Weg zu folgen.

Sie waren keine Stunde unterwegs, als aus einer sanft auslaufenden Hügelwelle plötzlich Staub aufwirbelte. Gespannt lauschten alle auf das anwachsende Trommeln der Pferdehufe. Reiter tauchten auf, fünf, acht, mehr als ein Dutzend. Nur schemenhaft konnte man ihre Umrisse in der wehenden Staubfahne erkennen, und fast schien es, als würden die Hufe der Pferde den Boden nicht berühren.

„Ruhig bleiben! Keiner handelt unüberlegt!“ mahnte Aribo.

Chiemo hatte aufgehört zu zählen. Hinter jedem Felsen, jedem Strauch, brachen immer neue dieser kleinen Steppenreiter hervor. Der Boden dröhnte vom Donner der Hufe, und die Schreie der Angreifer erfüllten die Luft. Obwohl sich jeder in den letzten Tagen auf diesen Augenblick vorbereitet hatte, spürte Chiemo Angst in sich aufsteigen. Die Anspannung in ihm war so groß, daß er nur mühsam ein Zittern seiner Hände unterdrücken konnte. Wie ein Rudel jagender Wölfe flogen sie heran, hoch aufgerichtet in den Steigbügeln, den lederbezogenen Schild auf dem Rücken, die Krummschwerter blank gezogen. Einer der Reiter, größer an Wuchs und von hellerer Hautfarbe, trieb seinen Fuchs mitten unter die Schar hinein. Der Aufprall des fremden Pferdes ließ Chiemo fast das Gleichgewicht verlieren. Der kleine Wallach stieg auf die Hinterbeine. Die Rasse des Tieres, der Schmuck des Kriegers, seine ganze Haltung ließ erkennen, daß es sich um einen Offizier oder einen Anführer handelte. Hoch aufgerichtet saß er im Sattel, auf jede Deckung verzichtend. Chiemos Augen begegneten denen des Ungarn. Alle Geheimnisse seiner Rasse lagen darin. Sie faszinierten ihn auf seltsame Weise wie schon bei dem Gefangenen auf Vochenwald. Für einen Hetman war er noch verhältnismäßig jung, aber die Narben auf Gesicht und Armen wiesen ihn als mutigen und erfahrenen Kämpfer aus.

Er rief seinen Männern ein paar kurze Kommandos zu, ehe er sich an Aribo wandte. Was folgte, war ein Schwall kurzer Fragen, mehr gebellt, von denen Chiemo nur ein paar Brocken erraten konnte. Augen und Haltung des Grafen verrieten keine Regung. Ruhig begegnete er dem mißtrauischen Blick des ungarischen Anführers.

„Ich habe nicht viel von dem verstanden, was er sagte", erklärte er seinen Männern. „Er spricht ein Gemisch aus Ugrisch und Turk, das ich nur sehr schwer verstehe."

„Sprecht Ihr die Sprache der Edlen?" wandte er sich an den Hetman.

Der Ungar bejahte mit einem kurzen Nicken.

„Was wollt Ihr? Schon seit zwei Tagen beobachten und folgen wir Euch."

„Ich bin Aribo, Graf des Traungaues. Mein König, Herr der Ostfranken, schickt mich zu den Fürsten der Weststämme, einen neuen Frieden auszuhandeln."

„Ihr sprecht unsere Sprache recht gut, némez, aber Ihr lügt." Die Stimme des Ungarn war bedrohlich angeschwollen. „Spione seid ihr alle! Ihr seid nicht die ersten, die nach Árpáds Tod versuchen, die Lage unter den Stämmen auszukundschaften."

Eine Flut unübersetzbarer Schimpfworte folgte.

„Schweig!" schnitt der Hetman Aribo das Wort ab, als dieser zu sprechen ansetzen wollte. Seine Augen suchten die Packtaschen der Pferde ab.

„Ist Euer König so arm, daß er Euch mit leeren Händen zu uns schickt?"

Chiemo bewunderte die Haltung des Grafen, als dieser ruhig, ohne jede innere Regung, dem Offizier das Begleitschreiben überreichte. Mit einem verächtlichen Zug um die Mundwinkel löste der Hetman die Bänder, erbrach die Siegel und überflog das Schreiben. Abschätzig maß sein Blick den Grafen.

„Für wie dumm haltet ihr uns eigentlich? Zu oft schon haben wir unsere Erfahrungen mit den Winkelzügen und politischen Ränken von Unterhändlern gemacht, wie ihr euch selbst nennt. Eher würde ich einem jüdischen Händler trauen, als einem von euch!"

Mit einer verächtlichen Geste warf er das Schreiben in weitem Bogen zu Boden, als sei es ein Stück Dreck und spie vor dem Grafen aus. Noch immer bewahrte Aribo Haltung. Nur die Hände, die sich um den Sattelknauf spannten, ließen erkennen, was in ihm vorging.

„Nehmt ihnen die Waffen ab!"

Mit scharfer Stimme warf der Hetmann seinen Männern kurze Befehle zu. Unzählige Hände griffen nach ihnen und rissen an den Wehrgurten.

„Ist das das berühmte Gastrecht der Steppe?"

Schneidend hing die Frage des Grafen über der einsetzenden Stille. Wie auf einen stummen Befehl senkten sich die Arme der Angreifer.

„Ihr wagt es, Euch auf das Gastrecht zu berufen?"

Die Stimme des Anführers war zu einem Knurren abgesunken.

„Zum letzten Mal fordere ich Euch auf, die Waffen abzulegen. Mit eurem überheblichen Auftreten wird es rasch vorbei sein!"

Angespannt hatte Chiemo die Auseinandersetzung zwischen dem Grafen und dem Hetman verfolgt, ohne sich anmerken zu lassen, daß er große Teile der Auseinandersetzung hatte verstehen können. Er warf einen Blick hinüber zu Arnulf und Aribo und sah Besorgnis auf dessen Gesicht. Ruhig löste er den Gurt seines Wehrgehänges.

„Ich beuge mich dem Befehl des Fürsten, Euch aber mache ich darauf aufmerksam, daß ich Euch dafür zur Rechenschaft werde ziehen lassen, solltet Ihr eigenmächtig gehandelt haben."

Er stieg aus dem Sattel, händigte sein Schwert aus und bückte sich, um den Begleitbrief aufzuheben. Auch die Soldaten der Eskorte ließen ihre Waffen zu Boden gleiten. Nur Arnulf und Chiemo zögerten in jugendlichem Trotz.

„Sagt Euren Männern, sie wären gut beraten, es Euch gleich zu tun!" Ein warnender Unterton schwang in der Stimme des Anführers mit. Aber noch ehe Aribo seine Befehle übersetzen konnte, bellte der Hetman seinen Männern eine kurze Anweisung zu. Derbe Fäuste zerrten Arnulf und Chiemo aus dem Sattel. Urplötzlich blitzte die Schneide eines Krummdolches in der Faust des Ungarn auf, und noch ehe die beiden wußten, wie ihnen geschah, hatte er ihnen mit zwei kurz geführten Schnitten das lange Haupthaar gestutzt. „Sagt ihnen, sie hatten die Wahl, sich meinen Anordnungen zu fügen", schrie der Ungar den Grafen zornig an.

„Durch ihren Widerstand und Trotz zwingen sie mich dazu, sie wie Gefangene zu behandeln. So lange Eure Leute es herausfordern, wird jede Weigerung auf ähnliche Weise bestraft werden."

Als Aribo die Worte des Anführers übersetzte, funkelte Arnulf den Ungarn wütend an, aber er erntete nur ein spöttisches Lächeln. Heiß durchfuhr es ihn angesichts der Drohung des Ungarn. Nur mühsam gelang es ihm, Fassung zu bewahren.

„Beherrscht Euch!" preßte Aribo mühsam hervor.

„Wollt Ihr wirklich Euer und unser aller Leben gefährden?"

„Euch, Graf, werde ich diese Demütigung ersparen, weil Ihr Euch meinen Anordnungen nicht widersetzt habt", fiel ihm der Ungar ins Wort.

„Aber seid Euch im klaren darüber! Ihr allein tragt letztlich die Verantwortung für Eure Männer."

Ein teuflisches Grinsen spielte um die Lippen des Ungarn.

„Ihr habt verlangt, vor Solt, den Sohn Árpáds, oder Tétény, den Anführer der Stämme, geführt zu werden. Ich werde Euch zu ihnen bringen, aber die beiden werden die erste Etappe zu Fuß zurücklegen!"

Er deutete auf Arnulf und Chiemo.

„Bindet jeden von ihnen zwischen zwei Pferde!" rief er seinen Männern zu und warf laut lachend den Kopf in den Nacken.

„Mal sehen, ob es uns nicht doch gelingt, den fränkischen Hochmut zu brechen!"

Im Handumdrehen fanden sich Arnulf und Chiemo mit ledernen Handfesseln an die Sättel zweier Pferde gebunden. Auf einen kurzen Zuruf hin, setzten sich die Tiere in Bewegung. Von da ab hatte jeder alle Kräfte aufzubieten, mit dem Trab der Pferde Schritt zu halten und nicht zu Tode geschleift zu werden.

Es war bereits gegen Mittag. Chiemo spürte, daß seine Kräfte nachließen. Seine Lungen schmerzten, und die Lederriemen hatten seine Gelenke wund gescheuert. Lange würden Arnulf und er es nicht mehr aushalten. Er hob den Kopf. Unversehens hatte sich die Umgebung geändert. Hatte sie der Weg bisher durch weites Ödland mit winterhartem Steppengras geführt, dehnten sich plötzlich weite Austreifen vor ihnen aus. Die Luft wurde frischer und zeigte ihm, daß ein Fluß in der Nähe sein mußte. Wenig später tauchten wie Pilze die ersten Jurten und Schilfhütten vor ihnen aus dem Auengebüsch auf. Eingekeilt zwischen die Pferde, versuchte Chiemo mehrmals Augenkontakt zu Arnulf oder Aribo zu bekommen, aber ohne Erfolg. Er brauchte seine ganze Aufmerksamkeit und Willenskraft, um nicht jetzt, so kurz vor dem Ziel zusammenzubrechen. Eine Horde Hunde jagte ihnen entgegen und umsprang sie kläffend. Neugierige rannten von überall her zusammen und begleiteten sie in das Winterlager des Stammes. Wie Vieh trieb man sie auf den Freiplatz vor den Hütten, eingekeilt zwischen Menschentrauben. Vor einem Zelt, größer und schöner als alle anderen, hielt der Zug. Erschöpft ließ sich Chiemo zu Boden sinken. Als er nach einiger Zeit die Augen hob, starrte er in eine Mauer neugieriger Gesichter. Zottig gekleidete Gestalten waren es, mittelgroß, das dunkle Haar zu einem kräftigen Zopf geflochten. Alle sahen sie zum Erschrecken wild aus. Erdfarbene Gesichter, schräge Fuchsaugen, und von allen ging die gleiche, widerlich ranzige Ausdünstung aus. Erst jetzt bemerkte Chiemo hinter sich Arnulf und die übrigen Gefährten. Trotz der schier unmenschlichen Anstrengung straffte der Sohn des Ostmarkpräfekten seine alle überragende Gestalt und warf in grimmigem Trotz den Kopf zurück, als wolle er dem Hetman beweisen, daß er mit seiner jugendlichen Kraft jeder Herausforderung gewachsen sei.

Aufgeregt wurde die Grenzwache von ihren Landsleuten mit Fragen bedrängt, während Hunderte von Augenpaaren den Ankömmlingen finster entgegenblickten. Neugierige Hände betasteten sie und rissen an ihrer Kleidung. Erst als der Anführer kurze Befehle in die Menge schrie, legte sich der Aufruhr. Lediglich ein paar Posten blieben zu ihrer Bewachung.

Nur wenig Zeit verblieb den Männern um Aribo, um wieder zu Kräften zu kommen. Zwei Frauen brachten einen Krug mit Stutenmilch und mehrere Fladen Brot. Heißhungrig stürzten sich die Männer darauf.

„Die beiden nicht!“ befahl der Ungar schneidend, die Hände mit dem Arkan auf dem Rücken verschränkt.

Beinahe wäre Chiemo in einem ersten Impuls aufgesprungen.

„Na, was ist?“ hörte er den Anführer herausfordernd fragen.

„Kein Aufbegehren?“

Chiemo zwang sich, unbeteiligt zu wirken und nickte mit einem dümmlichen Grinsen. Er wußte die Augen Aribos auf sich gerichtet.

„Wollt ihr noch immer lieber zu Fuß gehen?“

Obwohl Chiemo die Finte des Ungarn durchschaute, zwang er sich erneut zu einem Nicken. Im gleichen Augenblick traf ihn das aufgerollte Fangseil, das am Ende mit einer Eisenkugel beschwert war, mitten auf die Stirn. Er hatte Mühe, nicht in die Knie zu gehen und das Gleichgewicht zu verlieren, während sich die Ungarn vor Lachen schüttelten. Die einzige Befriedigung, die ihm blieb, war die Tatsache, daß er mit seltener Überzeugungsgabe den Tölpel gespielt hatte, und das linderte seine Schmerzen, wenn auch nur ein wenig.

Im schnellen Galopp ritten sie nach Nordosten. Noch nie in seinem Leben hatte Chiemo, trotz der äußeren Umstände, einen Ritt so genossen. Gegen

Abend des nächsten Tages erreichten sie das Gebiet jenseits der Bakony-Sümpfe. Hier im Stammesgebiet der Árpáden liefen die Heerstraßen zusammen, die durch die Täler von Waag, March und Donau von West nach Ost und von Süden nach Norden führten. Vor allem, um Truppenbewegungen auf diesen Straßen kontrollieren zu können, hatten sich die Weststämme hier auf den Ruinen alter Römersiedlungen niedergelassen, wo sie sich von strategisch günstigen Punkten aus gut gegen Angriffe ihrer Nachbarn verteidigen konnten.

Mehrmals bereits war das Gebiet in der Vergangenheit Schauplatz großer Ereignisse gewesen. Schon unter Kaiser Karl waren fränkische Truppen über die Raabmündung hinaus vorgedrungen und nur wenig später hatten Mönche ihr Bekehrungswerk begonnen. Aber auch schon Jahrhunderte zuvor hatte sich auf den Heerstraßen entlang des Flusses ein stetiger Strom neuer Völker und Kräfte aus Osten über die Länder des Abendlandes ergossen. Seit Árpád jedoch die Landnahme der ungarischen Stämme abgeschlossen hatte, waren die Flußtäler der Donau und ihrer Nebenflüsse ein sicheres Refugium der Hirtennomaden aus den Steppen geworden.

Waren sie jenseits des Bakony-Waldes immer häufiger auf größere Sippenverbände mit ihren Herden gestoßen, zeigten ihnen immer neue berittene Truppenkontingente, daß sie sich dem Kernland der Sippe um das Gebiet von Aqiuncum näherten. Mit Einbruch der Dunkelheit erreichten sie den wichtigen Furt- und Fährort mit den beiden Inseln im Strom, die seit alters her ein Übersetzen erleichterten. Wenig später trommelten die Hufe der Pferde über die Brücke hinauf zu einer riesigen steinernen Wehranlage, mit Ausmaßen, wie sie Chiemo bisher noch nie zu sehen bekommen hatte. Sollte das das einstige Amphitheater von Aquincum sein, von dem Wigbert schon erzählt hatte, und das der Kende Kurszán zur mächtigsten Burg aller Stammesfürsten hatte ausbauen lassen? Verwundert sahen die Männer um Aribo sich um, aber noch ehe sie Einzelheiten in der einbrechenden Dunkelheit wahrnehmen konnten, polterten schwere Sperriegel zu Boden, klirrten Ketten und schwangen eisenbewehrte Tore ächzend auf.

Wildes Geschrei empfing die Ankömmlinge. Immer neue Gesichter tauchten im Schein der Fakeln aus der Dunkelheit auf. Unter Befehlen und Zurufen ergoß sich ein Menschenstrom durch das Tor in ein riesiges Ovalrund, das in Notzeiten mehreren Tausend Menschen und Tieren Platz bieten konnte. Umschlossen von einer mächtigen Schutzmauer lag vor ihnen dunkel und drohend die eigentliche Wehrburg, Zufluchtsort des Stammes und seit dem Tod Kurszáns Sitz des horka Tétény. Die geduckte, breite Bauweise der

Burg betonte die drückende Wucht der Anlage. Wenig später standen sie im Innenhof, der von so breiten Wehrgängen umschlossen war, daß ein Wagen darauf hätte fahren können. Sie mußten eine Zeit warten, ehe man sie in ein massiv gemauertes Wachhaus führte. Eine schwere Eisenstange wurde von draußen vorgeschoben und zwei Wachen bezogen vor der Tür Posten. Arnulf ging zur Tür und hämmerte wiederholt dagegen, aber er erhielt keine Antwort. In grimmigem Schweigen verging die Zeit. Der neue Tag stieg herauf und nichts geschah. Vergebens warteten sie darauf, vor den Fürsten gerufen zu werden.

„Glaubt Ihr, daß man uns eine Audienz gewähren wird?" fragte Arnulf schließlich den Grafen. Der antwortete nicht. Wie ein gefangener Bär im Käfig hatte er begonnen, vor den schmalen Sehluken auf und ab zu gehen.

„Ich habe ein ungutes Gefühl", sagte er nach einer Weile.

„Man will uns mürbe machen, indem sie so tun, als hätten sie uns vergessen. Aber irgend etwas geht da draußen vor, etwas das mir Angst macht."

Nur kurz wagten die Augen der Männer seinem Blick zu begegnen. Draußen im Lager griff eine fieberhafte Unruhe um sich. Chiemo beobachtete an einer der Luken, wie ständig neue berittene Abteilungen eintrafen. Von Stunde zu Stunde wuchs der Aufruhr. Plötzlich winkte er Arnulf und Aribo neben sich. Eine Gruppe hochgewachsener Reiter passierte das Tor. Es waren auffallend gut aussehende Krieger mit prächtigem Silberschmuck auf Brustpanzer, Armen und Saumzeug. In ihren Gesichtszügen hoben sie sich deutlich von den Männern aus ihrem Gefolge ab. Während bei der Masse der mongolische Einschlag dominierte, zeigten die Gesichter der Vornehmen eher die Merkmale der kaukasisch-türkischen Rasse. Aribo studierte ihre Ausrüstung und ihre Waffen.

„Es sind die Vertreter der verschiedenen Stämme, der Nyék, Megyer, der Jenö und Kér. Selbst Angehörige der Kulpa-Sippen und der Kawaren sind erschienen."

Die Reiter kamen rasch näher.

„Seht ihr das Löwenwappen? Das Zeichen der Árpáden und auch Fürst Tétények."

„Was hat das alles zu bedeuten?" fragte Arnulf, ohne den Blick von den Reitern abzuwenden.

„Nun, ich bezweifle, daß sie sich unseretwegen hierher bemüht haben."

Was Aribo sagen wollte, ging in dem wilden Geschrei unter, das sich erhob, als die Abgesandten in den Kreis der Krieger einritten, die sich vor dem Fürstenhof zu einem dichten Haufen drängten.

„Endlich sind sie vollzählig", hörten sie eine der Wachen sagen, als der Lärm verebbte.

Chiemo drehte sich um, aber die tiefe Besorgnis in Aribos Gesicht ließ ihn seine Frage sogleich vergessen. Wortlos warf er sich auf die Pritsche und versuchte, sich selbst einen Reim auf die Vorgänge draußen zu machen, während vieles in seinem Kopf wirr durcheinander ging.

Es schien um wichtige Beschlüsse unter den Vertretern der verschiedenen Stämme zu gehen, denn es dauerte noch zwei Tage, ehe Aribo mit seinen Männern vor die Ratsversammlung des Fürsten Tétény gerufen wurde. Die Unruhe am Fürstenhof, die Beratungen des großen Rates, das alles ließ auf große bevorstehende Ereignisse schließen.

„Laßt uns die Ruhe bewahren!" flüsterte Aribo Arnulf und Chiemo zu, während ihnen die Wachen einen Weg durch die Menge der Krieger bahnten.

Als sie die Stufen hinaufstiegen, wandte sich der Graf noch einmal um und warf einen Blick zurück auf die Scheibe der aufgehenden Sonne, als befasse er sich mit der Vorstellung, was geschehen würde, wenn seine Mission mißlang. Schon schwangen die Tore vor ihnen auf. Es dauerte eine Weile, bis sich ihre Augen an das Halbdunkel gewöhnt hatten, denn der Fürstensaal, eine mächtige Halle, wurde vom trüben Licht nur spärlich erhellt. Selbstsicher begegneten Aribo und Arnulf den Blicken der Menge, aus denen ihnen Ablehnung und Feindseligkeit entgegenschlug. Sie hatten erwartet, von den Vertetern der bö, den Mitgliedern der Sippenoberhäupter, empfangen zu werden, was sich jedoch hier versammelt hatte, war die gesamte Führungsschicht der Stämme. Verdutzt blickten sie über die vielhundertköpfige Menge.

„Selbst die Hetmanen des jobbágy-Gefolges erweisen uns die Ehre", raunte der Graf Arnulf zu.

Die Menschenmauer teilte sich vor ihnen. Chiemo und die Männer der Begleiteskorte wurden durch eine Doppelreihe von je sechs Wachen umstellt. Nur Aribo und dem Sohn des Ostmarkpräfekten wurde es erlaubt, sich der treppenartig erhöhten Sitzreihe zu nähern.

Chiemo sah sich um. Wohin er auch schaute, überall schimmerten kostbare Beutestücke von den Wänden, zeugten wundervoll gearbeitete Kriegswaffen, kostbare Wandbehänge und Felle sowie eine Vielzahl wertvoller Sakralgegenstände von erfolgreich abgeschlossenen Raubzügen. Dennoch konnten ihn all diese Kostbarkeiten an Wänden und Decken nicht von den finsteren Blicken um sie her ablenken.

Aribo und Arnulf verharrten in leichter Verbeugung vor zwei erhöhten

Thronsesseln. Ohne ihre Anwesenheit zur Kenntnis zu nehmen, setzten die beiden Fürsten ihre Unterhaltung fort. Der jüngere von beiden war wie ein Heerführer gekleidet, in vollem Waffenschmuck. Das mußte Großfürst Tétény sein. Eine Aura von Macht umgab ihn. Der Mann zu seiner Linken war prunkvoller gekleidet. Er erinnerte Chiemo an die Kirchenfürsten, die er in Ötting in ihrem Ornat bewundert hatte. War das der Priesterkönig der Schamanen aus der Dynastie der „blauen Kende", von dem ihm Wigbert erzählt hatte? Einst war es das führende chazarische Geschlecht. Aber Árpád hatte dessen frühere Machtstellung mit der Gründung seiner eigenen Familiendynastie gebrochen und überflügelt. Chiemo bemerkte, wie Aribo an sich halten mußte, um sich nicht durch die eisige Herablassung der Fürsten provozieren zu lassen. Aber er war nicht so dumm, unaufgefordert das Wort zu ergreifen. Er besaß Erfahrung als Unterhändler, insbesondere im Umgang mit den Sippenoberhäuptern der westlichen Stämme, deren Sitten und Eigenarten ihm durch mehrere Verhandlungsmissionen vertraut waren.

Endlich stellte Großfürst Tétény seine Unterhaltung mit dem Kende ein. Er beugte sich vor und faßte seinen Besucher ins Auge. Schlagartig erstarb das Geraune unter den Kriegern im Saal.

„Aribo, Graf des Traungaues, welches Anliegen führt Euch diesmal als Bittsteller an den Fürstenhof?" ergriff Tétény in ironischer Herablassung das Wort.

Belustigt schien der Fürst zu registrieren, daß Arnulf sich höchst unbehaglich fühlte durch den verächtlichen Ton der Begrüßung.

„Wer ist der junge Falke an Eurer Seite?"

Im Gegensatz zu Arnulf begegnete Aribo den Augen des Fürsten ruhig und gelassen. Er wußte, daß ein beherrschtes und selbstsicheres Auftreten Voraussetzung war für das Gelingen seiner Mission.

„Wir danken dem obersten Kriegsherren der Ungarn sowie dem ehrwürdigen Kende und den hochwohlgeborenen Fürsten der Sippen und Stämme, daß sie uns empfangen. Jedoch bin ich überrascht, auch die Hetmanen der jobbágy-Krieger hier versammelt zu sehen."

Tétény traf keine Anstalten, dem Grafen zu antworten.

„Mein König, der Herr der Ostfranken hat mich zusammen mit Arnulf, dem Sohn des Ostmarkpräfekten, zu Euch gesandt, um Euch, Fürst Tétény, und die Fürsten der Stämme aus dem Zwischenstromland als Freunde und Verbündete unseres Volkes zu gewinnen und Euch ein Verhandlungsangebot zu unterbreiten. Hier das gesiegelte Schreiben des Königs und unser Begleit- und Beglaubigungsschreiben."

Er reichte dem Fürsten zwei gesiegelte Pergamentrollen.

„Ein Schreiben, mit dem versucht werden soll, die Fürsten der Stämme zu spalten und uns mit leeren Versprechungen abzuspeisen", wandte sich Tétény an die Stammesältesten, nachdem er das Siegel erbrochen und den Inhalt des Schreibens kurz überflogen hatte.

„König Ludwig wünscht friedliche Koexistenz mit den ungarischen Stämmen. Als Zeichen unseres guten Willens fordert er den Schutz der Grenzlandsiedler vor Übergriffen durch unsere Hilfstruppen, den Schutz aller ehemaligen und bestehenden Königsgüter im Bergland zwischen Enns, Traisen und Mürz, sowie die Zusage, die königlichen Stapel- und Handelsplätze wieder befestigen zu können. Dafür ist der König bereit, höhere Tributzahlungen zu leisten und uns an den Zolleinnahmen zu beteiligen. Als weitere Gegenleistung gewährt er unseren Stämmen weiterhin das Recht auf freien Durchzug bei allen kriegerischen Unternehmungen außerhalb Ostfrankens sowie Verzicht auf jede kriegsvorbereitende Maßnahme."

Der Fürst machte eine Pause. Aufgebrachtes Gemurmel erhob sich aus der Menge.

„Was glaubt der König, mit wem er es zu tun hat, daß er es wagt, solche Forderungen zu stellen?"

„Warum sollen wir über Ländereien verhandeln, die wir siegreich erobert haben? Sollen wir uns wie Bettler abspeisen lassen, wo wir uns nur zu nehmen brauchen, was wir wollen?"

„Auf diese provokante Forderung gibt es nur eine Antwort!" übertönte ein Rufer die anderen.

„Töten wir ein paar von diesen Hunden! Warum sollten wir sie nicht ebeno behandeln, wie sie mit Chusal und Kurszán verfahren sind? Standen nicht auch sie unter dem Schutz des Gastrechtes, als sie schändlich hinterrücks erschlagen wurden? Ihr Blut schreit nach Sühne!"

Entsetzt hörte Chiemo die Drohrufe der aufgebrachten Menge. Schlagartig hatte sich die Stimmung im Saal gewandelt. Fäuste reckten sich drohend in die Luft. Immer enger schob sich die Mauer aus finsteren Gesichtern um sie zusammen. Chiemo suchte die Augen des Grafen. Wie es schien, hatten die Drohungen auch seine Selbstsicherheit erschüttert. Unruhe und Betroffenheit sprach aus seinem Gesicht. Die Muskeln seiner Kiefer spannten sich unablässig in nervösem Spiel.

Mit einer herrischen Geste brachte Tétény die Menge zum Schweigen. Seine Autorität und die wachsame Intelligenz seiner Augen erinnerten Chiemo an einen Jagdfalken.

„Ihr habt die Antwort gehört, wandte sich Tétény erneut an Aribo.

„Die Höflichkeit und das Gesetz des Gastrechtes gebieten mir, die Botschaft Eures Königs zur Kenntnis zu nehmen. Aber ich frage mich und auch euch, die ihr hier anwesend seid: Was soll man von einem König halten, dessen Berater und Heerführer uns zwar ein Friedensbündnis vorschlagen, im gleichen Atemzug aber Kriegsvorbereitungen treffen und darüber hinaus im Grenzland durch Agenten zum Aufruhr und Widerstand gegen uns aufrufen? Glaubt ihr wirklich, uns täuschen zu können, Graf, indem Ihr versucht, uns süßen Honig um den Mund zu schmieren?"

Alle Farbe war aus Aribos Gesicht gewichen, der sichtlich nach Fassung rang. Auch wenn Fürst Tétény schnell und in Turk gesprochen hatte, so hatte Chiemo genug verstanden, um den Sinn des Gesagten im wesentlichen zu begreifen.

„Ich weiß nicht, wovon Ihr sprecht, Fürst", sagte Aribo wie betäubt. „Ich verstehe nicht... nichts von dem, was Ihr sagt."

„Haltet Ihr uns wirklich für so naiv, Euch das zu glauben? Ihr kennt die Ränke am fränkischen Königshof so gut wie ich, Aribo, um zu wissen, daß ich die Wahrheit sage. Erst lassen der König und seine Berater zu, daß sich Neukolonisten im Grenzland zwischen Enns und Günz ansiedeln, obwohl das Grenzland seit mehreren Jahren nicht mehr zum ostfränkischen Herrschaftsbereich zählt. Nun aber fordert er von uns Sicherheiten für das Leben der Siedler und spricht uns das Recht ab, von ihnen nach eigenem Gutdünken Tributzahlungen zu erheben. Im gleichen Atemzug, da Ludwig und seine Berater den Frieden wollen, verschiffen sie immer neue Truppenkontingente in die grenznahen Garnisonen. Gleichzeitig verhandeln fränkische Agenten mit Sachsen und Slawen, um sie zu einem gemeinsamen Vorgehen gegen uns zu gewinnen. Welcher Schluß liegt also näher, als daß der König beabsichtigt, durch überzogene Forderungen einen Krieg vom Zaun zu brechen?"

Aribo stand wie vom Donner gerührt.

„Ihr gehört nicht zu diesen Höflingen und zudem weiß ich, daß Ihr Euch durch Tapferkeit auszeichnet und Euch der Ruhm eines großen Namens vorausgeht", fuhr Tétény fort.

„Aber tut nicht so, als ob Ihr nicht wüßtet ..."

„Glaubt Ihr wirklich, ich hätte mich wissentlich auf eine so verrückte Mission eingelassen? Haltet Ihr den Markgrafen Luitpold für so töricht, seinen Sohn Arnulf als Unterhändler zu Euch zu schicken, um die Zeit dazu zu nutzen, einen Krieg gegen Euch vorzubereiten und das Leben seines Sohnes absichtlich aufs Spiel zu setzen? Nicht einmal ein erklärter Narr würde einen solchen Streich zuwege bringen."

„Nun Ihr kennt die Berater Eures Königs wohl selbst am besten. Es sollte mich nicht wundern, wenn es dem Erzkanzler gelungen wäre, den König von der Notwendigkeit eines Krieges zu überzeugen, um so die Herzöge unter seine Oberhoheit zu zwingen und die rivalisierenden Feudalgewalten auf diese Weise in Schach zu halten. Je länger ich darüber nachdenke, umso mehr trägt dieses Ränkespiel den Stempel des Kanzlers und der übrigen Berater. Sie treiben den König förmlich in den Krieg, um von der inneren Zerrissenheit zwischen Bayern, Schwaben und Franken abzulenken, und es sollte mich nicht wundern, wenn ihnen sein Tod auf dem Schlachtfeld nicht sogar gelegen käme."

Er machte eine Pause, um die Worte auf Aribo einwirken zu lassen, der sie Arnulf verkürzt übersetzte. Beide standen wie betäubt, und Chiemo hatte für einen Moment den Verdacht, Fürst Tétény könnte recht haben, mit dem was er sagte. Woher bezog er nur ein derart detailliertes Wissen über die Vorgänge am fränkischen Hof?

„Der Ruhm der Karolinger ist verblaßt", fuhr der Fürst fort, noch ehe Chiemo weitere Überlegungen anstellen konnte.

„Überall zeigen sich Zeichen des Zerfalls und drohen Anarchie und hinterhältige Parteienkriege. Seit Jahrhunderten glaubten die Könige des Westens nach ihrem Gutdünken Grenzen ziehen zu können. Doch nun haben sich die Zeiten geändert. Während sie satt und träge geworden sind, hat uns die Auseinandersetzung mit unseren Nachbarn im Osten groß gemacht. Wir kontrollieren die Flußübergänge an der Donau, über die die Handelsstraßen von der Ostsee ans Mittelmeer und aus Westen nach Byzanz führen und erheben Zölle. Wir gewinnen unser eigenes Salz in den Bergen nördlich der Steppe und wir beherrschen die Sklavenmärkte auf der Krim und auch der Fellhandel ist zur Gänze in unserer Hand. Noch vor wenigen Jahren haben sich die Franken geweigert, unsere Gesandten bei Hofe zu empfangen. Nun aber ist ihnen unser Wohlstand und unsere Macht ein Dorn im Auge, vor allem deshalb, weil es uns in die Lage versetzt, fremde Hilfsvölker Kriegsdienste für uns leisten zu lassen.

Sagt also Eurem König, daß niemand das Recht hat, an einem ungarischen Fürstenhof Forderungen zu stellen. Glauben die Franken wirklich, wir feilschen wie die Bauern auf den Märkten mit Euch um ein Almosen aus seinen Händen? Wenn sie uns anzugreifen versuchen, werden alle Stämme des Ostens, Slawen, Böhmer, Mährer, Szekler und Kawaren sich mit uns erheben und über sie herfallen. Sollen sie nur den Dämon des Krieges entfesseln! Sie werden schon sehen, wie sie unsere Kraft zu spüren bekommen! Wir, der Rat der Fürsten, verweigern die an uns ergangene Aufforderung. Wir halten sie für unannehmbar und fordern im Gegenzug König Ludwig auf, alle Truppen östlich der Enns zurückzunehmen und die gemeinsam vereinbarte Grenzlinie zu akzeptieren. Wir sind nicht länger bereit, uns hinhalten und mit falschen Versprechungen abspeisen zu lassen. Noch immer schuldet uns Ludwig den Tribut für das vergangene Jahr."

„Schickt ihm seinen Kopf als Antwort!" schrie es wütend aus der Menge.

„Rache für Chusal und Kurszán!" wurden erneut Rufe laut.

Chiemo spürte Angst in sich aufsteigen, als er sah, wie Aribo die Lippen aufeinanderpreßte und sichtbar gegen seinen Zorn ankämpfte, während sich die Erregung der Menge in wildem Geschrei Luft machte. Schlagartig brach der Lärm ab. Der Kende hatte sich erhoben und war nach vorne getreten. Er hob die Hand und die letzten Stimmen verstummten. Der blaue, mit silbernen Fäden durchwirkte Umhang hob den Sakralfürsten weithin sichtbar von allen anwesenden Fürsten ab. Verschiedene Amulette reihten sich an goldenen Ketten über seiner Brust. Sie waren Zeichen seiner Macht über die Schamanen und wiesen ihn als Mittler zu anderen Geistwelten aus.

„Hört mich an! Schon lange fordern die Götter von uns ein Zeichen. Die Geister der Erschlagenen verlangen Sühne und werden nicht Ruhe finden, bis sie Genugtuung erfahren haben für die erlittene Schmach und den schändlichen Verrat. Solange ihr Tod nicht gesühnt ist, sind sie und ihre Gefährten im Jenseits Knechte der német und ehe sie nicht ein Blutopfer und Beigaben erhalten, die die Geister versöhnlich stimmen, werden sie Unglück über die Lebenden bringen."

Rufe wurden laut, die forderten, den Vorschlag des Kende aufzunehmen, und Erregung machte sich in wildem Geschrei Luft.

„Man sollte sie töten! Am Ende werden sie uns doch alle betrügen!"

Die Fürsten begannen untereinander erregt zu diskutieren. Immer lauter wurde das Stimmengewirr. Chiemo und die Männer wußten zwar nicht genau, was das zu bedeuten hatte, aber es genügte, in die Gesichter der Anwesenden zu schauen, um zu erkennen, woran sie waren.

Aribos Gesicht war wie versteinert. Protest lag auf seinen Lippen, auch wenn er sich im Gegensatz zu Arnulf bemühte, sich seinen Zorn nicht anmerken zu lassen. Endlich gab Tétény ein Zeichen, das Schweigen forderte, und der Lärm verstummte.

„Wir werden weder auf die Ermordung von Chusal und Kurszán, noch auf die Provokation des Königs mit einem ähnlichen Schurkenstreich reagieren. Vielmehr werden wir abwarten und Geduld zeigen, bis unsere Gegner die Maske der Täuschung ablegen und ihre wahren Absichten erkennen lassen. Das, was ihr vorschlagt und fordert, ist genau das, was unsere Gegner zu erreichen hoffen. Ich bin nicht gewillt, durch eine unbesonnene Handlung den Franken die Gründe für einen Krieg in die Hände zu spielen. Ich bin nicht irgend jemand. Seit Árpáds Tod bin ich gyula und horka in einer Person, und eine solche Tat würde dem Ansehen der Fürsten mehr schaden als nützen. Warten wir ab, was sie weiter unternehmen und lassen wir sie die Fehler begehen, die sie von uns erwarten."

Aufmerksam beobachtete Tétény das Gesicht des Grafen.

„Ich werde Euch Gelegenheit geben, die Wahrheit Eurer Behauptung zu beweisen, auch wenn viele Vorzeichen das Gegenteil besagen. Laßt die Schamanen ein Opfer bringen und den Willen der Götter erkunden!" wandte er sich an den Kende.

„Veranlaßt alles Notwendige!"

„Morgen werden wir die Orakel befragen", fuhr er zu Aribo gewandt fort.

„Dann werden wir sehen, ob Ihr in ehrlicher Absicht gekommen seid oder versucht, uns durch trügerisches Geschwätz zu täuschen. Morgen, wenn der Kende und die Schamanen die Geister beschworen haben, werden wir über Euer weiteres Schicksal entscheiden."

Mit einer gelangweilten Handbewegung bedeutete er ihnen, daß die Audienz beendet war.

„Geht!" entließ er sie. „Alles weitere liegt in der Hand der Götter."

Nach einer für alle ruhelosen Nacht hörten sie draußen schon seit Beginn des frühen Morgens die Vorbereitungen für das Fest. Erneut kamen die Stammesältesten, die dem engeren Rat angehörten, in pelzverbrämten Jakken, mit Krummschwert und Langdolch bewaffnet. Chiemo, der mit Arnulf an den Luken ihres Gefangenengelasses stand, verfolgte schon länger das Treiben zwischen Tor und Palast. Was würde der Tag ihnen allen wohl bringen, schoß es ihm durch den Kopf, als er plötzlich eine auffällig gekleidete Gruppe in den Hof einreiten sah. Ihre roten, lammfellgefütterten Kutten hoben sich weithin leuchtend von der Menge ab. Was aber noch stärker ins Auge fiel, war ihre grelle Gesichtsbemalung. Chiemo winkte Aribo zu sich.

„Was sind das für seltsame Gestalten, die weder den Schmuck der Fürsten noch die Waffen der Krieger tragen und vor denen sich doch alle anderen ehrerbietig verneigen?"

„Schamanen, heidnische Priester, die den Göttern Weiheopfer bringen und magische Riten vollziehen. Ihre Aufgabe ist es, den Mysterien der Natur und der Geister zu lauschen und die Vorzeichen für die Zukunft des Stammes zu deuten. Der Sakralfürst, der gestern unseren Tod forderte, ist ihr oberster Herr“, erklärte Aribo, wobei er die Ankömmlinge aufmerksam musterte.

„So liegt unser aller Leben in ihrer Hand?“

„Nicht ganz“, unterbrach der Graf Arnulfs Frage.

„Noch unter Almos genossen die Kende die höchste Autorität unter den Fürsten, denn sie leiteten ihren Machtanspruch aus der Dynastie chazarischer Kagane ab, die bis in die Zeit Attilas zurückgeht. Seit dem Ende der Landnahme jedoch haben sie neben den Geschlechtern der gyula, zu denen auch Árpáds Sippe gehört, an Ansehen und Bedeutung verloren, denn die Heerführer erhielten die besten Siedlungsplätze, haben die größten Hilfskontingente, sie kontrollieren den Fellhandel und sie erheben die Fährzölle an den wichtigsten Übergangsstellen. Dennoch dürfen wir den Einfluß des Kende nicht unterschätzen. Solange die Weissagungen der Schamanen zutreffen und es dem Kende gelingt, den Einklang zwischen Himmel und Erde zu bewahren und die Götter gewogen zu stimmen, so lange ist sein Ansehen und seine Macht auch unter den Fürsten groß. Kommt es aber zu Störungen zwischen den Geistern der Ahnen und den Lebenden oder zu Katastrophen, vielleicht gar zu militärischen Niederlagen, verliert der Sakralfürst sein Charisma, und nicht selten fordern die jobbágy seinen Kopf, denn im Gegensatz zu den Priestern der Kelten genießen sie keine uneingeschränkte Immunität.

Aber was immer auch der Kende im Schilde führt, es will mir ganz und gar nicht gefallen, daß diese Vogelscheuchen über unser Schicksal entscheiden sollen, indem sie ein paar Knochen werfen, die Eingeweide von Opfertieren untersuchen oder die Zeichen der Sterne deuten.“

„Ich wollte, es wäre schon vorbei!“ stieß Arnulf gepreßt hervor und hieb in einem Anflug von Zorn mit der Faust an die massive Tür.

„Dieses ungewisse Warten ist schlimmer als alles andere.“

Ihre Geduld wurde auf eine harte Probe gestellt. Mehrere Stunden dauerten bereits die zeremoniellen Feiern. Dumpf dröhnten Paukenschläge, und seltsam monotone Gesänge klangen vom Fürstenpalast zu ihnen herüber. Endlich hörten sie Stimmen und Schritte, die sich näherten. Die Türe flog auf, und noch ehe sich ihre Augen an die hereinbrechende Helligkeit gewöhnen konnten, fühlten sie sich ergriffen und von Lanzenstößen vorangetrieben.

Mit Verwunderung sahen sie, daß Tétény zur Feier des Tages eine Prunkjurte im Innenhof hatte aufstellen lassen. Die Gesänge und das Gemurmel der Menge verstummte, als sie in den Kreis der Krieger traten und zu einem überhöhten Podest geführt wurden, wo die Fürsten im Halbkreis mit überschlagenen Beinen auf kostbaren Sitzkissen Platz genommen hatten. Vor ihnen glühten in einem flachen, vier oder fünf Schritte langen Kupferbecken glimmende Holzkohlestücke auf. Aus dem Glutstock verbreitete sich ein seltsamer, beißender Geruch, ähnlich dem von Weihrauch.

Ein ungutes Gefühl beschlich Chiemo, als Aribo und Arnulf nach vorne vor den Kende geführt wurden. Mit kaltem Schauder hörte er, wie dieser ein Prunkschwert aus einer kostbaren Scheide zog und es ehrfüchtig auf beiden Handflächen wog.

„Ihr wißt, warum Ihr hier seid", hörte er den Kende sagen.

„Legt Eure Hände auf die Schwertschneide und sprecht die Eidformel für Euch und den Sohn des Markgrafen, ehe der oberste der Schamanen sich in den großen Traum versenkt und uns allen den Willen der Götter kund tut, um über Euer weiteres Schicksal zu entscheiden."

Ohne Zögern wiederholte Aribo die Eidformel, die der Kende ihm vorsprach. Plötzlich schwoll die Stimme des Sakralfürsten an.

„Ihr habt die Aufrichtigkeit Eurer Absichten bestätigt. Jetzt schwört beim Schwerte Árpáds auf Eure Ehre und bei Tängri, dem Gott des Himmels und der Steppe. Die Schärfe dieses Schwertes soll euch und euer beider Geschlechter vernichten, wenn ihr die Unwahrheit gesagt habt. Tängri möge Feuer auf euch herabschleudern, die Wälder und Berge sollen euch unter sich begraben, die Flüsse sollen aus den Ufern treten und die tiergestaltigen strigae der Wildnis sollen euch bis an euer schändliches Ende verfolgen. Nun verneigt euch vor den Fürsten und berührt mit Knien, Händen und Stirn den Boden und gebt kund, daß ihr euch selbst verflucht, solltet ihr absichtlich die Unwahrheit gesagt haben!"

„So sei es!" hörte Chiemo Aribo mit fester Stimme sagen.

Nur zögernd folgte Arnulf dem Beispiel des Grafen und wiederholte in gebrochenen Worten die Formel in der Sprache des Landes. Der Kende wandte sich um und überreichte das Schwert Árpáds an Tétény. Auch der Fürst legte seine Hände auf die Schneide und schwor als oberster Kriegsherr, auf die Einhaltung des Schwures zu achten.

Zum Erstaunen des Kende nahm er ihm das Schwert aus der Hand und hielt es dem Sakralfürsten mit offenen Handflächen entgegen.

„Nun leistet auch Ihr den Schwur, uns nichts als den Willen der Götter kund zu tun und daß, was immer Ihr sagt, nicht der Spiegel Eurer eigenen Wünsche ist.“

„Ihr mißtraut mir?“

Auch wenn die Worte kaum hörbar gezischt waren, konnte doch jeder ihre Bedeutung aus dem Gesicht des Kende lesen.

„Auch Schamanen sind Menschen, und die Götter drücken ihren Willen oft in geheimnisvollen Worten aus. Denkt also daran, daß auch ihr nicht unfehlbar seid und sprecht zu uns nicht in allzu schwer verständlichen Rätseln!“

Widerstrebend berührte der Kende die Schneide und wiederholte, wie zuvor der Fürst, den Schwur.

Beide nahmen sie ihre Plätze ein. Begleitet vom dumpfen Klang von Tuben und Trommeln geleiteten Männer mit Tiermasken und Tierschädeln an ihren Umhängen den Schamanen mit tänzerischen Bewegungen zu den Fürsten. Chiemo war nervös, voll banger Erwartung. So sehr hatte ihn das Geschehen vor ihm gefangen, daß er alles um sich her vergaß. Gebannt folgten seine Augen den rituellen Handlungen des Magiers, dessen besonderer Sinn ihm geheimes Wissen über die Dinge eröffnete.

Schon die Zeichen auf seinem Mantel wiesen ihn auch für einen Nichteingeweihten als Hüter der Wahrheit aus. Aus dem wellenartigen Saum seines Umhanges erwuchs ein Baum mit neun Ästen, der sich aus einer Säule auf einem Hügel erhob. Der Baum war das Symbol der Stämme, der sich aus einem Talbecken emporreckte, der Hügel Sinnbild der natürlichen Begrenzungen, die das Siedlungsbecken der Stämme umschloß. Der Lebensbaum reichte hinauf bis zu Sonne und Mond auf den Schultern des Weisen, und Vieh weidete unter seiner Fächerkrone. Alle Symbole deuteten darauf hin, daß sich auf dem Träger das geheime Wissen vereinte, das ihm von Tängri, dem Gott des Himmels im großen Traum eingeflüstert wurde.

Erst jetzt, als der Schamane Platz genommen hatte, bemerkte Chiemo, daß die Handauflagen des Thrones aus zwei knochigen Fohlenschädeln bestanden, deren Stirnplatten und leere Augenhöhlen mit einer goldenen Kopfmaske geschmückt waren. In immer enger werdenden Kreisen umtanzten die Männer den Schamanen, dessen Blick zeitlos und inhaltsleer zu werden schien. Augenscheinlich symbolisierten die Masken der Tänzer böse Geister und machten ihre Träger zu Austreibern böser Omen. Sie steckten Weihrauchzweige in Brand und schwenkten sie mit knisternden Flammenzungen über Kopf, Arme und Oberkörper des Priesters. In einem monotonen Singsang raunten sie Beschwörungsformeln in einer unverständlichen Sprache, die ihren Ursprung bis hin zu den Skythen in den Anfängen der Steppenvölker genommen haben mochte. Plötzlich durchlief ein Zittern den ganzen Körper des Orakelpriesters. Er hatte den Kopf weit in den Nacken geworfen, die Augen weit aufgerissen, das Gesicht in seltsamen Zuckungen verzerrt. Für einen Augenblick war Chiemo versucht, zu glauben, ein Dämon müsse in den Schamanen gefahren sein, denn er erhob sich und ging auf das Kohlebecken zu. Hanfsamen, von den Tänzern hineingeworfen, knisterten auf und verbreiteten einen strengen Geruch. Schon oft hatte Chiemo von Feuerproben gehört, aber daß ein Mensch freiwillig versuchen würde, durch einen noch glimmenden Glutstock zu gehen, erschien ihm geradezu als ein gotteslästerliches Unterfangen.

Der Feuerritus schien der für alle sichtbare Beweis zu sein, daß der Schamane in den großen Traum gefallen war und mit den Geistern der Ahnen Verbindung aufgenommen hatte.

Der Mantel wurde ihm abgenommen. Ohne jede Regung trat er an die Glutpfanne. Sein Blick war vollkommen leer, die Zuckungen, als er in Trance gefallen war, hatten aufgehört. Ruhig, als gehe er über natürlichen Boden, setzte der Priester seinen bloßen Fuß auf den noch leicht glimmenden Glutstock, wobei er ohne Schmerzreaktion einen Schritt vor den anderen setzte. Chiemo glaubte ein Trugbild zu sehen. Aber es war keines.

Ein Raunen ging durch die Menge, als der Kende sich erhob, um sich von der körperlichen Unversehrtheit des Schamanen zu überzeugen und ihn auf seinen Platz zurückzugeleiten. Der Blick aller ruhte auf der seltsam erstarrten Gestalt. Die weit aufgerissenen Augen zeugten von einem einsamen Kampf, den Körper und Geist miteinander ausfochten.

„Du kennst den Willen der Götter, du hörst die Stimmen der Ahnen“, begann der Kende leise.

„Du siehst die Zukunft unseres Volkes, und die Wahrheit liegt vor dir, durchsichtig wie das Wasser eines Sees, offen und ohne Geheimnisse. Du weißt, ob die Fremden in ehrlicher Absicht gekommen sind, oder ob sie versuchen, uns durch trügerisches Geschwätz zu täuschen. Sprich!“

Beinahe beschwörend hatte der Kende die Worte an den Schamanen gerichtet. Er beugte sich vor, das Ohr nahe an dessen Mund. In unzusammenhängenden Lautfolgen begann der Priester mit müder Stimme zu stammeln, und obwohl Chiemo absolut nichts verstehen konnte, sah er, wie sich das Gesicht des Kende aufhellte. Nur er schien die Prophezeiung zu verstehen. Chiemo fühlte eine unerträgliche Anspannung in sich aufsteigen und wiederholt warf er einen Blick hinüber zu Arnulf und Aribo. Aber auch sie schienen von den Vorgängen vor ihnen gefangen.

Plötzlich beobachtete er alarmiert, wie ungläubiges Erstaunen auf das Gesicht des Kende trat. Er beugte sich vor und richtete erneut eine Frage an den Priester, ohne ihn scheinbar in seiner Schau zu stören. Als er sich aufrichtete, stand noch immer maßlose Überraschung in seinem Gesicht zu lesen.

„Hört die Stimme der Ahnen, die die Geschicke unseres Volkes lenken!" wandte sich der Kende an die Versammelten.

„Hört, was sie uns im großen Traum verkündeten!"

Eine erwartungsvolle Stille senkte sich über die Versammlung.

„Die Zeichen für die Zukunft stehen günstig. Wir dürfen zuversichtlich sein, denn die Götter zeigen sich unseren Unternehmungen gewogen. Der Turul zog im Traum nach Westen. Er zeigte und zeigt seit jeher unseren Stämmen den Weg. An den Ufern des großen Stromes im Westen schlug er reichlich Beute und baute sich seinen Horst. Ihr selbst wißt, was das bedeutet. Hat uns nicht der Bote unserer Ahnen hierher ins Zwischenstromland geführt und sind wir nicht bis auf den heutigen Tag siegreich geblieben gegen unsere Nachbarvölker? Noch in diesem Jahr werden wir das Tor zum Westen aufstoßen, und wehrlos werden die Städte des Feindes vor uns liegen bis an die Küste des großen Meeres. Tausendfach werden wir Rache nehmen für Chusal und Kurszán!"

Wildes Geschrei erhob sich, und ungeheuer wurde der Aufruhr. Fäuste reckten sich in die Luft, und auf zahllosen Klingen brach sich das Licht. Nur mit Mühe konnte der Kende das Tosen der Begeisterung unterbrechen.

„Was die Männer hier angeht, die angeben in ehrlicher Absicht zu uns gekommen zu sein, so werden wir ein Zeichen erhalten. Ein Zeichen von Árpád selbst, das für oder gegen sie entscheiden wird."

Er machte eine Pause, als fiele es ihm schwer, weiter zu sprechen.

„Der Schamane beschrieb mir im Traum einen Ring mit den Symbolen des Stammes von Kurszán. Ich weiß den Ring nicht anders zu deuten, als ein Zeichen der Freundschaft, auch wenn es mir nicht plausibel erscheint. Der diesen Ring besitzt, wird uns auch das Zeichen Árpáds geben und er wird lautere Absichten gegenüber unserem Volk haben und uns stets wohlgesinnt sein, auch wenn er mehrmals das Schwert gegen uns führen wird."

Tétény hob die Hand zum Zeichen, daß er sprechen wollte.

„Geben es die Götter, daß es so kommen möge, wie du uns die Bilder gedeutet hast..."

Chiemo vernahm den Sinn der Worte nicht mehr. Er stand wie vom Donner gerührt. Alles um ihn herum stürzte zusammen in einem wilden Wirbel von Gedanken und Gefühlen. Noch ganz im Bann dessen, was er soeben gesehen und gehört hatte, fuhr seine Hand an den linken Arm, als müssse er sich vergewissern, das Metall zu spüren, das seinen Arm umspannte. Er konnte dem, was um ihn her vorging, nicht mehr folgen, hörte nicht mehr die Rufe aus der Menge. Seine Hand tastete zu dem Trinkbeutel an seiner Hüfte, in den ihm Wigbert zum Abschied den Becher Árpáds hatte einarbeiten lassen, und der jetzt die Antwort auf alle Fragen zu geben schien. Wie war es nur möglich, daß der Schamane von diesen Dingen wissen konnte und sie dem Kende in Trance beschrieben hatte. Nie waren ihm die Kräfte der Geisterwelt eindringlicher vor Augen getreten, auch wenn sich alles in ihm dagegen sträubte, das Geschehene als Wirklichkeit zu akzeptieren.

Trotz aller inneren Widerstände wurde Chiemo sich mehr und mehr bewußt, daß das Schicksal aller möglicherweise in seinen Händen lag. Er wußte nicht, ob er Wigbert für den vorausschauenden Weitblick danken sollte oder nicht. Sein Herz klopfte ihm bis zum Hals. Die Ungewißheit, ob er der Situation gewachsen war, lag auf ihm wie eine Zentnerlast und ließ seine Knie weich werden. Schließlich faßte er sich ein Herz. Er wußte jetzt, was er zu tun hatte.

„Erlauben bitte zu sprechen“, wandte er sich in der Sprache des Landes an den Kende und den Fürsten.

Erstaunt richteten sich die Augen aller auf ihn, als sie einen einfachen Mann in ihrer Sprache reden hörten. Auch Aribos fragender Blick begleitete ihn, als Tétény ihm durch Nicken und Winken bedeutete vorzutreten.

„Wie kommt es, daß du unsere Sprache sprichst, auch wenn die Art, wie du es tust, unsere Ohren beleidigt?“ fragte er.

„Wigbert, ein Mönch, mir haben gelernt. Verzeihen meine Dummheit, aber haben verstanden, was Priester sagen im großen Traum. Hier Zeichen, von denen er sprechen!“

Er nahm den Beutel aus Leder und zerschnitt ihn mit einem Messer, das einem der Wachen gehörte.

„Zeichen von Árpád und hier der Ring.“

Er streifte sich die Armspange ab und reichte sie zusammen mit dem Trinkbecher Fürst Tétény.

„Sein von Gefangenen auf Hof meines Vaters zuhause.“

Plötzlich entstand Bewegung in der Menge, während er die beiden Gegenstände dem Fürsten aushändigte.

„Chiemo?“

Beim fremdartigen Klang seines Namens fuhr Chiemo wie von der Tarantel gestochen herum.

„Bist du es wirklich? Chiemo? Du - hier?“

Ein kräftiger Mann schob sich durch die Reihen der jobbágy.

„Aitony!“

„Ihr kennt euch?“ hörte Chiemo Tétény verwundert fragen.

Er brauchte Sekunden, um sich zu fangen, aber dann stürzte er los, und sie lagen sich in den Armen wie altbekannte Freunde.

# Aitony

Es war noch still auf dem Hof vor dem Landgut, als sich Chiemo am Morgen nach dem Fest erhob, das Aitony ihm zu Ehren ausgerichtet hatte. Niemand war zu sehen, als er auf den umfriedeten Vorplatz hinaustrat. Umgeben von einer starken Mauer und gesichert mit mächtigen Toren, mußte der Landsitz noch aus der Zeit stammen, als Romanen hier am Fluß gesiedelt hatten, denn das Haupthaus selbst war im Stil römischer Landvillen ganz aus Stein aufgeführt. Nur die Dächer schienen vor nicht allzu langer Zeit mit neuem Gebälk versehen und mit Ried eingedeckt worden zu sein. Zusammen mit den umliegenden Erdhütten der Hofknechte lag das Gut an den Osthängen des Hügellandes, westlich der Donau, hoch über der Furt zwischen den beiden Inseln im Strom. Es war ein schöner, majestätischer Platz, an dem die Hügel mit dem zarten Grün der Uferauen und mit dem Fluß einen reizvollen Kontrast schufen. Hier hatten schon von alters her verschiedene Völker gesiedelt und zuletzt Römer und Awaren den Handelsplatz Aquincum an der strategisch wichtigen Stelle der Donau kontrolliert, wo vom Eisernen Tor im Südosten und aus dem Karpatenraum die wichtigsten Handelsstraßen über Mosapurc, Arrabona und Carnuntum durch Pannonien nach Westen führten. Chiemo erschien noch immer alles wie im Traum. Wie sehr war er erstaunt gewesen, zu hören, daß der Gefangene von Vochenwald kein anderer als ein Vetter des ermordeten Kende, Kurszán, gewesen war. Und nun hatte er in diesem Mann einen Freund und Fürsprecher gefunden, der ihn in seinem Haus unter den Schutz des Gastrechtes gestellt hatte.

Trotzdem fühlte er seit dem Erwachen, daß ihn das Wiedersehen mit Aitony in einen tieferen Konflikt zu stürzen schien, als er sich selbst eingestehen wollte. Was sollte werden, wenn sich die Situation zwischen ihren Völkern weiter zuspitzte? Wie würden Arnulf und Aribo, die sich zwar auf Kurszánburg frei bewegen konnten, ansonsten aber wie Geiseln gehalten wurden, auf die Tatsache reagieren, daß er mit einem Feind freundschaftlich verkehrte? Chiemo hatte Mühe, den Aufruhr seiner Gefühle niederzukämpfen. Überrascht und verwirrt, wurde er sich des Zwiespalts in seinem Inneren bewußt. Als trage er an einer schweren Last, atmete er gepreßt und füllte seine Lungen mit frischer Luft. Gerade wollte er die Treppe zum Umlauf an der Mauer hinaufsteigen, von wo man einen herrlichen Blick hinaus über das Flußtal hatte, als er Aitony zusammen mit Sarolt an der Brüstung stehen sah. Sie war die Tochter eines Awarenfürsten und seine zweite Frau, wie Chiemo am Vorabend erfahren hatte. Ein seltsamer Ausdruck der Vergessenheit lag auf ihren Zügen, und im Schein der aufgehenden Sonne schienen ihre Gesichter zu glühen. Wie oft hatte Chiemo in den vergangenen Wochen und Monaten an den namenlosen Gefangenen gedacht? Wild und fremd hatte er in seiner Erinnerung ausgesehen. Jetzt aber entdeckte er tiefe Runen in seinem Gesicht, Spuren eines durch schwere Prüfungen gezeichneten Lebens. Dennoch strahlte Aitony eine eiserne Ruhe aus, einen Hauch von Unantastbarkeit, wie man sie nur durch strenge Selbstbeherrschung erlernen konnte.

Eine lose Steinplatte klapperte plötzlich unter Chiemos Tritten und riß die beiden aus ihren Gedanken. „Ich bin es", sagte er.

„Ich wollen euch nicht stören."

Er sah, wie sich ein Lächeln auf das Gesicht des Blinden legte.

„Du? So früh schon auf? Ich hoffe, du hast eine gute Nacht verbracht?"

„Wein machen schweren Kopf und Sinne nebelig", lachte Chiemo und trat neben die beiden an den Mauerkranz.

„Ich liebe es, hier den Tag erwachen zu spüren", sagte Aitony nach einem Moment des Schweigens.

„Diese Augenblicke sind mir und Sarolt kostbar."

Chiemo fühlte den Arm des Freundes auf seiner Schulter.

„Schau hinab auf den Fluß! Siehst du die Nebelstreifen über den Inseln treiben? Siehst du die Boote der Fischer? Seit dem ersten Morgenlicht sind sie draußen und holen ihren Fang ein. Jetzt treiben sie mit der Strömung langsam auf die Engstelle zwischen der oberen Insel und dem Ufer zu. Sie können nicht mehr weit vom Anlegeplatz entfernt sein. Ich höre es am aufgeregten Bellen der Hunde. Sie warten darauf, die Abfälle zu bekommen."

Aitony hatte sich der einfachen Ausdrucksweise Chiemos angepaßt, und nur ab und zu mußte Sarolt, die der fränkischen Sprache mächtig war, behilflich sein.

Verwundert schüttelte Chiemo den Kopf. „Wenn ich nicht wissen, du sein blind, ich glauben, du können sehen."

„Auch durch Hören oder Fühlen kann man manches wahrnehmen, was anderen verborgen bleibt. Ich weiß und fühle zum Beispiel, daß du dich nach Kräften bemühst, dieses Land verstehen zu lernen ebenso wie die Menschen, die darin leben."

Aitony wartete, bis Sarolt ihm die Worte übersetzt hatte. „Wie bei niemand anderem zuvor spüre ich in dir die Bereitschaft und den Willen, die Vorurteile gegen uns überwinden zu wollen. Ist es nicht seltsam, daß wir beide Freunde geworden sind, obwohl immer nur das Schwert zwischen deinem und unserem Volk gesprochen hat? Glaubst du nicht auch, daß uns eine tiefere Bestimmung zusammengeführt hat? Nur so kann ich mir erklären, daß zwischen uns beiden keine Feindschaft besteht und du als Ehrengast in meinem Haus weilst."

Wieder machte er eine Pause, ehe er sich mit seinem ganzen Körper Chiemo zuwandte, als wolle er ihn ansehen. Aitonys Finger umschlossen seine Hände mit festem Druck.

Durch die geschlossenen, blicklosen Augen glaubte Chiemo zu fühlen, wie Aitony sein Gesicht in seiner Vorstellung erstehen ließ. „Wir sind nicht die Bestien, für die eure Landsleute uns halten, sagte er leise, aber mit Nachdruck. Wieder wartete er, bis Sarolt Chiemo den Sinn seiner Worte übersetzt hatte.

„Unser Dasein spiegelt nur die rauhe Wirklichkeit in der Steppe wider. Wie die Herden seit jeher von den schnellen und gewandten Räubern des Graslandes bedroht waren, so mußten auch wir uns jahrhundertelang unter den gärenden Nomadenvölkern der Steppe behaupten. Wie oft im Wechselspiel der Geschichte waren wir mal Beute, mal Jäger? Das Gesetz der Steppe ist einfach: Das Stärkere setzt sich gegen das Schwächere durch. Wenn du nur länger bleiben könntest, würdest du viele Eigenarten meines Volkes und vieles von dem, was ihr an uns barbarisch nennt, besser kennen und verstehen lernen. Wir haben einen anderen Glauben als ihr. Die Geister der Ahnen sprechen aus den Quellen der Bäche, aus den Bäumen und aus den Tieren zu uns. Wir hören den Willen der Götter aus dem Raunen der Dämonen, aus den Zeichen des Himmels und aus dem großen Traum der Schamanen. Aber was uns von euch am meisten unterscheidet, ist die Tatsache, daß wir noch fremd sind auf dem Land, das wir vor Jahren in Besitz genommen haben. Unsere jungen Krieger sind unruhig und wild, weil man sie aus den Weidegründen am Don und am Dnjepr vertrieben und auf der Flucht vor den Feinden all ihres Viehs beraubt hat. Seither haben sie nichts besseres zu tun, als sich ständig mit kriegerischen Großtaten zu übertreffen und neue Eroberungen ins Auge zu fassen, um ihre Ehre, ihre Macht und ihr Ansehen wiederherzustellen. Ein Stamm aber, dessen Krieger ständig auf Eroberungszüge bedacht sind, besitzt kein dauerhaft bebautes Land und kennt daher, ähnlich wie das Vieh, keine feste Bindung an den Boden."

Chiemo nickte zum Zeichen, daß er auch ohne Sarolts Hilfe verstanden hatte.

„Anders als ihr", fuhr Aitony fort, „haben unsere jungen Krieger nie eine wirkliche Heimat gekannt, aufgebaut auf einer jahrhundertealten Tradition und Ordnung, wie dein Volk sie besitzt. Eure Fürsten und Könige haben ihre Herrschaft und Autorität mit Wort und Schwert gefestigt. Wir aber sind und bleiben noch für lange Zeit ein Volk aus Bauern und Kriegern. Trotzdem dürfen wir es nicht versäumen, neben all unseren Eroberungszügen ein gemeinsames kulturelles Fundament für alle Stämme zu schaffen, wenn unser Volk überleben will."

Chiemo schaute Sarolt fragend an und lauschte dem, was sie sagte, mit wachsendem Interesse. Er war überrascht von Aitonys vielschichtiger Persönlichkeit. Schon im Verlauf des gestrigen Abends hatte er Gelegenheit erhalten, die große Sachkenntnis seines Gastgebers sowie sein scharfes Urteil zu bewundern. Überhaupt schienen sich in Aitony Wissen und Intuition in einer vorteilhaften Mischung glücklich zu ergänzen. Auch jetzt erwies er sich als ein Mann, der mit seinem regen Geist Dinge und Entwicklungen vorauszuahnen schien.

„Ich nie solche Worte bei Euch vermuten", sagte Chiemo erstaunt.

„Denken mehr im großen Rat so wie Ihr?"

Aitony quittierte die Verwunderung in Chiemos Stimme mit einem Lächeln.

„Auch ich habe nicht immer so gedacht. Anfangs habe ich mich abgesondert und war verbittert und voller Haß. Ich sehnte mich danach, mit eigener Hand Rache zu nehmen für die erlittene Schmach."

Er warf einen vielsagenden Blick hinüber zu Sarolt.

„Aber nach und nach fand ich hier Kraft und Ruhe. Ich züchte nur noch Pferde und treibe Handel mit Fellen und bin heute wohlhabender, wie ich es als Krieger je sein könnte. Mehr und mehr fing ich jedoch auch an nachzudenken über die Veränderungen in meinem Volk und den Lauf der menschlichen Dinge. Inzwischen habe ich nicht nur gelernt, mit meiner Blindheit zu leben, sondern auch mit dem Herzen zu sehen. Wenn die Sinne frei sind, wird der Geist beweglicher und schärfer. Ich höre mir die Menschen an, und in den Hoffnungen und Ängsten, von denen sie sprechen, erlebe ich das Leben unmittelbarer, als mit den Augen."

Aitony machte eine Pause und schien hinauszulauschen auf die Geräusche die vom Fluß zu ihnen heraufdrangen.

„Ich habe erkannt", fuhr er wenig später fort, „daß es nur Minderheiten sind, die sich immer wieder in neue kriegerische Unternehmungen stürzen, getrieben von Ruhmsucht und zur Befriedigung der eigenen Machtgier. In ihrem überspitzten Stolz gehen sie sogar so weit, die eigenen geschichtlichen Wurzeln zu vergessen und die Sitten und Gebräuche fremder Hilfsvölker anzunehmen. Die Masse des Gemeinvolkes aber sehnt sich nach einem friedlichen Zusammenleben. Sie möchten aufhören, ruhelos herumzuziehen. Wie alle Völker spüren sie die Sehnsucht, eine Bindung zu entwikkeln zu dem Ort, an dem sie sich niederlassen möchten. Hier in der Steppe hat mein Volk seine Seele wiedergefunden, hier fühlt es das Herz seiner zukünftigen Freiheit schlagen. Deshalb trete ich heute mit der gleichen Entschlossenheit, mit der ich einst zum Schwert gegriffen habe, für eine friedliche Lösung zwischen uns und den uns benachbarten Völkern ein.

Wenn ich über die Ruinen Aquincums reite, entsteht vor meinem Geist das Bild einer mächtigen Stadt, einer Stadt mit Mauern umgeben, die Handwerker und Händler beherbergt, die über den Fluß hinweg den Westen mit dem Osten verbindet und von der aus der verdienteste Mann aus unserer Mitte ein starkes und freies Reich regiert, in dem alle Stämme vereint leben."

Sarolt lehnte sich in einer vertrauten Geste an Aitony, während sie seine Worte übersetzte. Dann herrschte einige Augenblicke Schweigen. Als lausche er der Vision von Aitonys Worten, starrte Chiemo hinaus auf das Land, wo sich jenseits des Stroms, ganz am Horizont, die dunklen Waldstreifen in den Weiten der Steppe verloren.

„Dort irgendwo vielleicht noch leben Sina, meine Schwester. Ich hoffen, sie leben bei Menschen so wie ihr."

„Aitony wird alles daransetzen, etwas über den Verbleib deiner Schwester in Erfahrung zu bringen", sagte Sarolt und hakte Chiemo vertraulich unter. Gemeinsam, als seien sie eine Familie, standen sie und schauten hinunter auf das Treiben am Fluß. Dort drunten auf dem großen Zeltplatz begann das Leben im Lager und auf den Weiden. Der Wind wehte das Brüllen der Weidetiere in Wellen zu ihnen herauf. Chiemo spürte in sich ein seltsames Gefühl. Plötzlich wurde all das lebendig, wovon ihm Wigbert in langen Winterabenden erzählt hatte. Er spürte, wie er mehr und mehr Gefallen fand an der Wildheit und Urtümlichkeit dieses Landes und seinen Menschen, und wie eine unbestimmte Sehnsucht in ihm aufstieg.

Rings um sie auf dem Landsitz herrschte bereits emsige Betriebsamkeit, als Sarolt sie aus ihren Gedanken riß und sie aufforderte, ihr zum Frühstück zu folgen. Mit sicheren Schritten stieg Aitony neben seiner Frau die Stufen in den Hof hinab. Einem kleinen Weg aus Trittsteinen folgend, ging er am Haupthaus vorbei zu einer Freifläche hinter den Stallungen.

„Auch wenn ich seit Jahren ein festes Haus bewohne, so habe ich mich doch noch nicht ganz von unseren einstigen Lebensgewohnheiten in der Steppe trennen können", sagte Aitony und deutete auf einen zeltförmigen Rundbau neben der Koppel, in dem seine Lieblingspferde grasten.

„Hast du schon einmal eine Jurte betreten?" fragte er und bedeutete ihm, näher zu treten.

„Weißt du, ich muß den Boden unter mir fühlen und den Windhauch auf meiner Haut, um zu wissen, daß ich lebe und um Kraft zu schöpfen für jeden neuen Tag. Deshalb habe ich mir diese Jurte aufstellen lassen und nehme wenigstens die erste Mahlzeit am Tag hier im Freien in der Nähe meiner Pferde ein."

Chiemo sah sich um, während Sarolt sich an der Herdstelle zu schaffen machte. Das Stützgerippe des Zeltes bestand aus beweglichen Holzgitterteilen. Ausgezogen trugen und stützten sie die Filzbespannung, konnten jedoch leicht zerlegt und zu kleinen Gitterbündeln verschnürt werden, wenn der Besitzer das Weidegebiet wechselte. Das Dachwerk bildeten biegsame Holzstangen, die mit dem oberen Rand der Wand verbunden waren und über die sich das Dach kugelförmig um einen Dachring wölbte. Die Wände ringsherum waren mit festen Matten bespannt, während der Fußboden und die Außenbespannung mit dicken, aus Tierhaaren verfertigten Filzbahnen ausgeschlagen waren. Alle Teile waren lediglich mit Seilen und Riemen an den Streben und Stangen verschnürt.

Aitony und Sarolt hatten viel Sorgfalt auf das Ausschmücken der Jurte verwandt, und Chiemo schien sie geräumiger, luftiger und sauberer als viele Hütten , die er zuhause gesehen hatte. Kostbare Felle schmückten die Wände, lederne Polsterkissen luden zum Sitzen um einen niedrigen Tisch ein, und allerlei Zier- und Gebrauchsgegenstände waren in schöngeschnitzten und wertvollen Truhen verstaut oder in Wandgestellen untergebracht. Obwohl die Einrichtung des Zeltes außer der Feuerstelle ansonsten nur aus zwei Wandbänken bestand, zeugte alles von anspruchsvollem Geschmack.

„Ich können Euch verstehen. Schöner als manches Haus bei uns", sagte Chiemo und drückte Aitony gegenüber seine Anerkennung aus. Auch Sarolt registrierte sein Lob mit Befriedigung. Sie stellte ein Tablett auf dem Tischchen ab, hob das Tuch, das die Speisen bedeckte und forderte Chiemo auf, Platz zu nehmen. Jetzt, bei Tageslicht, sah er, daß ihre Züge nicht die Merkmale der Steppennomaden aufwiesen. Ihr lebhaftes Gesicht zeigte vielmehr die feineren Linien der Völker des Westens. Hinter ihrer ansprechenden Erscheinung schien sich eine ruhige Frau zu verbergen, willensstark und mit eigenen Ansichten, obwohl sie geduldig ihre Arbeit im Haus tat und jeder Verrichtung ihre volle Aufmerksamkeit schenkte. Sie war eine von den Frauen, denen alles, was sie anpackten, zu gelingen schien.

Chiemo bedankte sich und genoß die scharf gewürzten Speisen, zartes Geflügel und gebratenen Fisch. Auch Aitony griff herzhaft zu, während Sarolt sich im Hintergrund hielt. Eine zeitlang saßen sie in vertrautem Gespräch. Plötzlich drang von draußen eine kräftige Stimme zu ihnen herein. Fájsz, der zweitälteste von drei Söhnen, stürmte herein. Der Junge mochte zwölf bis dreizehn Jahre alt sein. Er war von kräftiger Statur und trug die Gesichtszüge seiner Mutter. Die Haare fielen ihm wirr in die Stirn, und die Lebenskraft und das Ungestüm des Jungen schienen die Jurte wie mit einem frischen Windstoß zu füllen.

Liebe und Vaterstolz spiegelten sich auf Aitonys Gesicht, als er seinen Sohn auf sich zustürmen hörte.

„Du hast mir versprochen, mich heute mit auf die Jagd zu nehmen", bestürmte er ihn. „Morgen oder übermorgen wird der ganze Stamm zu den Sommerweiden aufbrechen; dann wird es zu spät sein!"

Er verstummte, denn erst jetzt bemerkte er den Fremden am Tisch seines Vaters, den er am Vorabend nur kurz einmal zu sehen bekommen hatte.

„Was ist, willst du meinen Gast nicht erst begrüßen, wie es der Brauch ist?"

Fájsz kam dem Wunsch seines Vaters augenblicklich nach und musterte Chiemo mit der kindlichen Neugier für alles Fremde, doch gleich darauf begann er seinen Vater erneut zu bestürmen.

„Schon gut! Schon gut!" lenkte Aitony ein. Es bleibt mir ja gar nichts anderes übrig. Geh und laß drei Pferde satteln!"

„Wie ist es?" wandte er sich an Chiemo.

„Hättest du Lust mit uns zu reiten und zu jagen? - Wunderst dich wohl, daß ein Blinder den Wunsch hat, auf die Jagd zu gehen?" sagte er, als er merkte, daß Chiemo zögerte.

„Laß mir tör bringen!" trug er Sarolt auf, um sich gleich darauf an Chiemo zu wenden.

„Weißt du, ich habe einen Gehilfen, der für mich das Wild aufspürt und erlegt."

Er stieß ein rauhes Lachen aus, als vor dem Zelt ein leises Klingeln zu hören war und gleich darauf ein Höriger Aitony einen verkappten Falken zutrug und auf einer Stange absetzte. Liebevoll fuhr er dem Greifvogel über das Gefieder.

„Der Vogel hier ist meine Jagdwaffe und er trifft die Beute so genau wie der sicherste Bogenschütze.“

Als habe das Tier die Worte verstanden, begann der Falke unruhig mit den Flügeln zu schlagen und beruhigte sich erst wieder, als Aitony ihn auf der behandschuhten Faust aufnahm und zusammen mit Chiemo und Fájsz aufsaß.

Die Zeit verging wie im Flug. In den darauffolgenden Tagen zeigte Aitony Chiemo den weitläufigen Besitz. Sie ritten durch die Hügel der Umgebung und wo immer sie auf eine Siedlung oder Ansammlung stießen, umringten die Menschen den Fremden mit dem auffälligen Aussehen. Ob zu Fuß oder zu Pferd, überall hob sich Chiemo durch seine im Vergleich riesenhafte Größe und die rotblonde Haarfarbe weithin sichtbar von den hunderten kleiner braunhäutiger Menschen um ihn herum ab. Die Vorgänge während der Ratsversammlung hatten sich in Windeseile verbreitet. In jeder Jurte, wo sie auch hinkamen, überall sprach man davon. Feindseligkeit, Argwohn, alles war mit einem Schlag wie weggewischt. Chiemo selbst zog die Menschen mit seinem breiten Lachen, seiner lustigen Sprechweise und seinem offenen Blick an. Unbefangen trat er an die Menschen heran, unterhielt sich mit ihnen und stellte seine Fragen so, daß sie ihm bereitwillig Auskunft gaben. Bei den Händlern und Handwerkern drunten am Fluß fragte er einen Schmied nach der Herkunft des Stahls für seine Klingen. Prüfend wog er ein Krummschwert in der Hand. Mit gespannter Aufmerksamkeit lauschte er den Erklärungen des Schmiedes, während der mit dem Hammer gegen die Flachseite der Klinge schlug. Anerkennend schwang er die Waffe, kniff dann ein Auge zu und folgte mit dem anderen der gekrümmten Schneide, um ihren Schwung und die Schärfe abzuschätzen. Er erkundigte sich bei den Frauen nach dem Namen der Getreidesorten und Samen und prüfte die Körner auf ihren Zustand und ihren Geschmack. Ihn interessierte, welcher Art das Saumzeug, die Sättel und die Steigbügel waren, und wie die Frauen das Leder durch veschiedene Bearbeitungsmethoden einmal hart und steif, dann wieder weich und geschmeidig machen konnten.

Langsam fügte sich für Chiemo das Leben und Treiben in der Zeltstadt drunten am Fluß zu einem bunten Bild zusammen, das er mehr und mehr begreifen lernte und das ihm immer vertrauter wurde. Aitony wiederum beeindruckte die Unbefangenheit seines Gastes ebenso wie seine rasche Auffassungsgabe und sein Streben, tiefer in das Denken und die Lebensgewohnheiten der Menschen einzudringen. Auch Fájsz war in wachsendem Maße fasziniert von der einnehmenden Art des Fremden und nutzte jede Gelegenheit, um mehr über die geheimnisvollen Länder des Westens und die Lebensart der Menschen dort zu erfahren.

„Stimmt es", wollte er wissen, „daß es an den großen Flüssen im Süden und im Westen fest ummauerte Städte gibt, in denen mehr Bewohner als in der Zeltstadt drunten am Fluß in festen Häusern leben können, und ist es wahr, daß die Klöster in eurem Land tatsächlich so reich sind, daß alle Bewohner dort täglich Fleisch zu essen und Wein im Überfluß zu trinken haben?"

„Es geben große Städte an Flüssen und große Gebirge im Süden. Ich selbst haben noch nicht mit eigenen Augen gesehen", gestand Chiemo wahrheitsgetreu. Anschließend erzählte er von seinem Leben auf der Au. Chiemo hielt sich dabei hauptsächlich an das wenige, das er selbst gesehen und erlebt hatte und verzichtete darauf, seine Erzählungen und Schilderungen phantasievoll auszuschmücken. Trotzdem lauschte Fájsz aufmerksam Chiemos Worten und bedrängte ihn zwischendurch immer wieder mit neuen Fragen. Er war ein kritischer Zuhörer. Dort, wo er Vergleiche ziehen konnte, war er sogleich mit intelligenten Bemerkungen zur Hand und trotz seines noch eher kindlichen Alters setzte er Chiemo mit seinem Wissen oft in Erstaunen.

„Erzähl mir von euren Königen und von den Burgen auf denen sie leben!" forderte Fájsz Chiemo eines Abends auf. Als dieser zögerte, einzugestehen, nur mit einem vagen Wissen darüber dienen zu können, sprang Fájsz plötzlich auf und holte eine Handschrift aus einer der Truhen. Chiemo glaubte zu träumen, als er den ledernen Deckel hob und sein Blick auf kunstvoll gefertigte Bilder fiel, die Helden im Krieg und auf der Jagd darstellten. Fasziniert starrte er auf die Darstellungen. Noch nie hatten seine Augen etwas derart Kunstvolles gesehen. Auf feurigen Rossen jagte eine Schar von Fürsten durch eine fremdartige Landschaft. Die Pferde waren in deckenartige Schabraken aus kostbaren Stoffen gehüllt und bewegten sich samt ihren Reitern mit einer artistischen Geschicklichkeit. Mehrere Gruppen von Jägern und Gehilfen trieben, nur mit Knüppeln bewaffnet, ihnen die Jagdbeute zu.

„Was sein das für Wesen wie Menschen mit furchterregenden Fratzen und langen Schwänzen, die fliehen auf Bäume?" wollte Chiemo wissen.

„Haben Männer keine Angst vor diesen Dämonen des Waldes?"

„Es sind Tiere, die auf Bäumen leben", erklärte Fájsz lachend. „Bei vielen Völkern des Ostens werden sie als Tiergötter verehrt. Dort ist es ihnen sogar erlaubt, in den Tempeln der Gottheiten zu wohnen."

Mit bewundernden Blicken maß Chiemo den Knaben. Nie hätte er so viel

Wissen bei diesen einfachen Steppennomaden vermutet und immer mehr kam er sich Fájsz gegenüber dumm und ungebildet vor. Erneut wurde seine Aufmerksamkeit von dem Bild gefangen genommen.

„Wer sein Mann auf feurigem Hengst?“ fragte er und deutete auf einen prächtig gekleideten Reiter, der gerade mit der Lanze eine katzenartige Bestie erlegte.

„Es ist der Sah, und das hier ist das Sah-name, das Buch der Könige“, sagte er voller Stolz und hob die Handschrift.

„Mein Vater hat es während eines Sklavenmarktes auf der Krim von einem arabischen Händler für den hohen Preis von zwanzig Hengsten und mehreren hundert Marderfellen für mich gekauft. Es erzählt die Geschichte der Völker und besingt berühmte Helden: Tur und Salm, Dahhak ohne Glauben und Gerechtigkeit, Rostam, den berühmten Helden mit ehernem Leib, Godarz und die achtzig erlesenen Prinzen, die Ritter des Turnierplatzes und die Löwen der Schlacht.“

In tiefer Überraschung zog Chiemo die Augenbrauen hoch und lauschte verwundert den Geschichten der Helden, die Fájsz erzählte. Es war, als verströme sich das ganze Wesen des Knaben in seinen Worten, und der Blick seiner Augen war wie ein Lichtstrahl.

„Hat dein Land auch solche Helden, die sich mit diesen an Ruhm und Tapferkeit messen können?“ fragte Fájsz, nachdem er geendet hatte.

Diesmal nickte Chiemo ohne zu zögern und begann von Heliand zu erzählen, und hingerissen lauschte Fájsz der Botschaft des Evangeliums. Staunend hörte er vom Gottessohn, Christus, der als berühmter Gefolgsherr mit seinen treuen Recken durch das Land zog, der mit dem nordischen Bugschiff das aufgepeitschte Meer befuhr und der die Macht besaß, selbst den Stürmen Einhalt zu gebieten, so daß er selbst die trotzigen Germanen für die geheimnisvolle Friedensbotschaft empfänglich machen konnte.

Als Chiemo am Morgen des nächsten Tages über den Hof ging, bemerkte er vor dem Landsitz Aitonys einen seltsamen Karren, ähnlich denen, wie er sie bei den Kaufleuten auf der Fernstraße nördlich der Au nach Salzburg gesehen hatte.

„He, geht vorsichtig mit den Ballen um!“ herrschte ein braunhäutiger, untersetzter Mann zwei Knechte an. Er schien der Besitzer des Wagens zu sein, und sein wettergegerbtes Gesicht wies ihn als Mitglied der handelnden Zunft aus. Chiemo musterte den Fremden eingehender. Er schien nicht das erste Mal auf dem Hof zu sein, denn er gab den Knechten genaue Anweisungen, in welchen Teil der Wirtschaftsgebäude die Ware gebracht werden sollte, zudem beherrschte er die Sprache der Ungarn fließend. Unbefangen trat er näher.

„Gott zum Gruß!“ richtete er das Wort an den Fremden.

Der hob nur kurz den Kopf.

„Gott laß außerhalb dieser Mauern besser aus dem Spiel!“ sagte er knapp und erwiderte den Gruß mit einer knappen Kopfbewegung.

Chiemo war nicht erstaunt, als er den Fremden ohne Übergang aus der Sprache des Landes ins Fränkische wechseln hörte. Erst jetzt, als er die Geschirre der Pferde ausgehängt hatte, wandte sich der Ankömmling Chiemo zu und betrachtete ihn genauer, ohne jedoch Überraschung und Neugier erkennen zu lassen. Er hatte ein junges Gesicht, in dem zwei unruhige Augen blitzten. Das dunkle Haar ringelte sich ihm in wilden Locken unter einer pelzverbrämten Mütze in die Stirn und verlieh seinem Aussehen einen Hauch von Draufgängertum.

„Gehörst du zur Gesandtschaft, die zur Zeit an Tétény's Hof weilt?“ fragt er ohne Umschweife.

„Nur noch selten trifft man hier auf Männer aus dem Westen, die das Risiko nicht scheuen, sich das Fell mit Pfeilen spicken zu lassen, seit es mit Árpáds Tod mit der Sicherheit für Fremde nicht mehr weit her ist.“

Chiemo nickte. „Schöne Tiere habt Ihr“, versuchte er das Thema zu wechseln.

„Muß schön sein, mit zwei so kräftigen und ausdauernden Pferden durch das Land zu ziehen.“

„Im warmen Bett bei einer hübschen Frau zu liegen finde ich aufregender, als Tag für Tag zwei schwanzwedelnde Ärsche vor mir zu sehen“, sagte der Fremde trocken. Ich bin Tarhos, Händler aus Nitra. Dies ist meine erste Handelsreise in diesem Jahr. Ich bin aus Böhmen hierher gekommen, um Felle und Pferde zu kaufen, ehe die Stämme zu den Sommerweiden weiterziehen. In zwei Tagen fahre ich gegen Westen. Ich will schauen, daß ich möglichst rasch wieder aus dem Grenzland herauskomme. Überall wimmelt es von ungarischen Agenten, und wenn mich nicht alles täuscht, wird es über kurz oder lang zwischen den *jobbágy* und den Grenzlandsiedlern zu Zusammenstößen kommen. Es braut sich etwas zusammen. Wo man auch hinkommt, brodelt es unter der Oberfläche. Keiner weiß etwas Genaues, aber überall spricht man hinter vorgehaltener Hand von einem bevorstehenden Krieg.“

Verwirrt und nachdenklich stieg Chiemo die Stufen zu Aitonys Lieblingsplatz hinauf, aber er traf ihn zu seiner Verwunderung dort nicht an. Sollte Wigbert mit seiner Einschätzung der Lage wirklich den Nagel auf den Kopf getroffen haben und der Krieg unter den Großen des Reiches schon beschlossene Sache sein? War das Verhandlungsangebot wirklich nichts anderes, als der Versuch, den Gegner zu reizen und Zeit zu gewinnen, um alle notwendigen Vorbereitungsmaßnahmen zu treffen?

Eine seltsame Unruhe stieg in Chiemo auf, während sein Blick hinunter wanderte zu der Zeltstadt am Fluß. Verwundert stellte er fest, daß über Nacht ein Großteil der Jurten verschwunden war oder die Besitzer gerade im Begriff waren, die Stangengerippe auf Karren zu verladen. Wohin er auch blickte, überall herrschte das gleiche hektische Treiben, trieben Hirten Pferde von den Weiden in Sammelkoppeln, schleppten Frauen frisch gemolkene Milch in Kesseln und Zubern zu zentralen Feuerstellen, und verluden Halbwüchsige in Filzbahnen eingeschnürte Packen, während die Kleinen lärmend auf den Karren herumturnten. Der ganze Zeltplatz schien ein einziges Gewirr aus Tier- und Menschenleibern. Selbst über die Entfernung von mehreren hundert Schritten war das Getöse noch immer ohrenbetäubend.

„Immmer wieder ein faszinierender Anblick, zuzusehen, wenn die Stämme zu den Sommerweiden aufbrechen“, hörte Chiemo plötzlich die Stimme des Händlers neben sich.

„Nur die Alten und Knechte bleiben zurück, um bis zur Rückkehr des Stammes die Ernte einzubringen und Vorräte für den Winter anzulegen.“

Die beiläufige Art, mit der Tarhos die Vorgänge drunten am Fluß erklärte, zeigte, daß dieses Schauspiel für ihn nichts Neues mehr war.

„Warte, bis die Gyula, die Nyék und die Megyer dazustoßen, dann werden sich die Flußauen in einen brüllenden Hexenkessel verwandeln.“

Die Sonne hatte ihren höchsten Stand schon überschritten, als Aitony Chiemo durch einen Knecht zu sich rufen ließ.

„Mein Herr möchte, daß du in seine Jurte kommst“, sagte er knapp. Als Chiemo wenig später durch die offene Zeltklappe trat, bemerkte er zu seiner Verwunderung, daß auch Fájsz und Tarhos mit zu Tisch saßen. Aitony wirkte nachdenklich. Tiefer Ernst überschattete sein Gesicht, so sehr er sich auch mühte, entspannt zu erscheinen. Er hob nur kurz den Kopf und bot Chiemo wortlos durch ein Handzeichen einen Platz an. Chiemo spürte die angespannten Blicke der anderen auf sich gerichtet und schlagartig wurde ihm klar, daß eine Entscheidung gefallen sein mußte.

„Nun ist es also so weit“, wandte sich Aitony schließlich an Chiemo.

„Wie sehr habe ich jeden Gedanken an diesen Moment verdrängt. Der Rat hat Graf Aribo und Arnulf heute seine Entschlüsse mitgeteilt und wünscht, daß ihr seine Forderungen dem König überbringt." Er machte eine Pause und wartete, bis Tarhos übersetzt hatte, ehe er fortfuhr. Chiemo spürte, wie sein Herz schneller zu schlagen begann.

„Haben die Fürsten angenommen die Vorschläge des Königs...?"

Er verstummte, als er in Aitonys versteinerte Miene blickte.

„Die Bedingungen sind hart", sagte der.

„Ich fürchte, es wird über kurz oder lang zum Krieg kommen, und dieser Waffengang wird hart und blutig werden. Unsere Kundschafter haben von Unruhen im Grenzland berichtet, und die Heerführer haben beschlossen, in eurem Beisein ein Exempel zu statuieren. Im Verlauf des morgigen Tages werden die übrigen Stämme vom Unterlauf hier an der großen Zeltstadt eintreffen und Fürst Tétény wird die Gelegenheit nutzen, zusammen mit den hiesigen Clans, euch einen Eindruck von der Kampfstärke unserer Truppen zu demonstrieren. Mehrere Truppenkontingente werden euch bis an die Enns begleiten, um den Forderungen des Rates Nachdruck zu verleihen. Man hat Graf Aribo aufgefordert, an allen befestigten Plätzen des Grenzlandes längs der Donau bekannt zu machen, daß jede Siedlung, die den Franken Waffenhilfe zu leisten beabsichtigt, ohne Rücksicht auf Frauen und Kinder dem Erdboden gleich gemacht wird."

Wieder machte Aitony eine Pause. Es fiel ihm sichtlich schwer, weiterzusprechen.

„Ich wünschte, Chiemo, die Zeit ließe uns mehr Spielraum. Du weißt, ich hasse den Krieg und schätze den Frieden höher ein als jeden mit Blut erkauften Sieg. Die Führer unseres Volkes jedoch wollen eine Entscheidung herbeiführen und den Zustrom von Grenzsiedlern unterbinden. Sie fürchten, daß im Schutz befestigter Handelsplätze sich Priester in unser Volk einschleichen, die versuchen werden, uns unsere Götter auszureden und unsere Lebensart zu verändern. Im Gegensatz zu ihnen bin ich jedoch der Überzeugung, daß wir uns, wenn wir zwischen Franken und Byzantinern überleben wollen, uns früher oder später den Bestrebungen der Kirchenpolitik und ihrem Drang nach Osten öffnen müssen. Wie sonst sollten wir bestehen können, wenn sich die beiden Nachbarvölker eines Tages über den Strom hinweg die Hand reichen?"

„Ihr mich immer wieder machen staunen durch die Kühnheit Eurer Gedanken", unterbrach ihn Chiemo mit einem Anflug von Bewunderung in der Stimme.

„Müssen nicht fürchten, wenn so freizügig sprechen über eigene Gedanken?"

Plötzlich schien ein Ruck durch Aitonys Körper zu gehen und entschlossen richtete er sich auf.

„Wenn jemand Einsichten in seinem Denken für wahr befunden hat, muß er sie durch Zeichen erproben“, sagte er fest.

„Wer dies tut, ist mutig, wer es unterläßt ist feige. Aus diesem Grund habe ich einen Entschluß gefaßt, und deshalb sind auch Fájsz und Tarhos, ein alter Freund unserer Familie, zugegen. Was ich dir vorschlage, mag dir verrückt und unmöglich erscheinen, aber seit heute weiß ich, daß mir das Schicksal mit unserem Zusammentreffen einen Fingerzeig geben wollte.“

„Sprecht!“ forderte Chiemo Aitony voll Ungeduld auf. Angespannt hob er den Kopf und musterte ihn mit wachsendem Interesse.

„Stürmische Zeiten mit ihren großen Umwälzungen verlangen von uns ein neues Denken und Wege außerhalb getretener Bahnen“, fuhr der fort. „Aber ich will es kurz machen und gleich zur Sache kommen. Ich möchte dich bitten, Arnulf, den Sohn des Markgrafen zu ersuchen, Fájsz, meinen zweitältesten Sohn, mit an die Hofschule nach Regensburg zu nehmen und ihm dort eine Ausbildung zu verschaffen.“

Er machte eine kurze Pause, um seine Worte wirken zu lassen, denn er war sich über die Tragweite seiner Bitte sehr wohl im klaren.

„Im Gegenzug verspreche ich dir, alles Menschenmögliche zu tun, deine Schwester Sina wiederzufinden. Betrachte ihr Leben als Faustpfand für das Wohlergehen meines Sohnes. Ich verspreche dir, daß deine Familie sie wiedersehen wird, wenn sie noch lebt.“

Chiemo starrte Aitony an, als würde er an seinem Verstand zweifeln.

„Wir haben nicht mehr die Zeit, lange das Für und Wider zu überlegen“, fuhr Aitony unbeirrt fort, denn Tétény erwartet dich bis zum Abend auf Kurszánburg zurück. Nur muß ich dich bitten, die Sache vertraulich zu behandeln. Was ich jetzt sage, das bewahre für dich und verschließe es vor jedem unberufenen Ohr! Schwöre bei deinem Gott, zu niemandem, außer zu Arnulf, ein Wort zu sagen. Es könnte sonst für Fájsz und uns alle gefährlich werden.“

In Chiemos Kopf überschlugen sich die Gedanken. Ein heidnischer Steppennomade an einer abendländischen Domschule. Andererseits ließ ihn die Aussicht, mit Aitonys Hilfe Sina wiederfinden zu können, die Ungeheuerlichkeit des Vorhabens so gut es ging verdrängen.

„Werden alles tun, was in meiner Macht stehen“, sagte er nach kurzem Zögern. „Aber erlauben zu sagen: Auch wenn Vorschlag gutheißen, dann sicher werden Bedingungen stellen bei Hof.“

„Wir werden alle Bedingungen erfüllen“, wischte Aitony jeden Versuch eines Einwandes schon im Ansatz weg.

„Fájsz wird lernen, seinen Verstand in anderen Dingen zu bilden, als nur in kriegerischem Wettstreit oder im friedlichen Handel. Die beste Voraussetzung dazu wird er durch das in euren Klosterschulen vermittelte Wissen erhalten. Anders als meinen ältesten Sohn, werde ich Fájsz heraushalten aus dem verrohenden Einfluß der jobbágy. Sie verstehen einzig die Sprache der Gewalt. Eure Lehrmeister aber können ihm Einblick in eine Welt geben, von der sie nichts wissen. Was unser Volk braucht, ist eine Basis kultureller und geistiger Werte, die führenden Schichten unseres Volkes Wege der Bildung erschließt.“

„Ich werde meinem Vater keine Schande machen und tun, was man von mir erwartet“, sagte Fájsz voller Ernst und richtete einen fragenden Blick auf Chiemo, der beeindruckt war von der Haltung des Knaben.

„Ihr sicher haben einen Plan“, wandte sich der an Aitony, aber zu seinem Erstaunen ergriff jetzt Tarhos das Wort.

„Fájsz wird mich auf meiner Handelsreise nach Westen begleiten. Niemand wird Verdacht schöpfen, und alle werden glauben, daß Aitony seinem Sohn Einblick in seine geschäftlichen Unternehmungen geben möchte. Deine Aufgabe, Chiemo, ist es, Arnulf die Vorschläge Aitonys zu überbringen. Ich werde vor euch mit Fájsz in Regensburg sein, und wenn Arnulf die Billigung durch seinen Vater und das Einverständnis der entsprechenden Stellen erreicht, wird sich ein Weg finden lassen, uns darüber zu informieren und Fájsz in die Schule aufzunehmen. Ich habe von Aitony Vollmacht und Mittel, alle finanziellen Belange zu regeln. Wird sein Vorschlag abgelehnt, dann kehrt Fájsz mit mir hierher zurück.“

Chiemo mußte zugestehen, daß der Plan bis ins Kleinste gut durchdacht war und er versuchte sich vorzustellen, wie Arnulf auf diesen Vorschlag reagieren würde.

„Würdest du mir einen letzten großen Gefallen erweisen und mich ein kurzes Stück in die Berge begleiten?“ riß ihn Aitony aus seinen Gedanken.

„Ich will jemand besuchen, dessen Rat ich öfter für mich in Anspruch nehme.“

Verwundert wandte sich Chiemo Aitony zu.

„Wenn Ihr es wünscht, gerne“, willigte er ein.

Aitony schickte Fájsz mit dem Auftrag zu den Ställen, zwei Pferde für sie satteln und bereitstellen zu lassen. Nur wenig später ritten sie gegen Westen, wo der Wald die Felsen hinaufkletterte und sich ein gewundener Pfad durch

Felsabbrüche schlängelte. Lange Zeit ritten sie, ohne daß ein Wort fiel. Mit sicherem Instinkt fanden Pferd und Reiter den Weg.

Schließlich brach Aitony das Schweigen.

„Vielleicht wirst du dich über den Mann wundern, den ich aufsuche, aber Arsan, der Schmied, war mir schon oft ein wertvoller Ratgeber. Wie der Schamanen gilt bei uns auch der Schmied als ein Hüter der Geheimnisse. Von vielen unseres Stammes als Weiser verehrt, lebt er hier seit Jahren in völliger Abgeschiedenheit. Ich traue ihm und seinen Kräften mehr, als den Priestern, die doch nur Werkzeuge ihrer eigenen Wünsche und Begierden sind, Schlangen in den Händen der Mächtigen."

Noch immer kannte Chiemo nicht den Grund für ihren Besuch, aber er wußte. daß es unschicklich und unhöflich gewesen wäre Aitony mit Fragen zu bedrängen, wo er nicht von sich aus Auskunft geben wollte.

„Du mußt mir glauben, Chiemo!" nahm Aitony das Gespräch wieder auf. „Die Entscheidung, Fájsz in ein fremdes Land ziehen zu lassen, ist mir nicht leicht gefallen. Aber etwas in mir drängt mich dazu. Trotzdem will ich sicher gehen, daß mich nicht nur ein Traumgesicht narrt, und ich einer Spiegelung meiner eigenen Wünsche erliege."

Überrascht hob Chiemo den Kopf.

„Wovon sprechen Ihr?"

„Du wirst es gleich erfahren. Es ist nicht mehr weit bis zu der Stelle, wo der Schmied in seiner Höhle haust."

Wenig später hielt Aitony sein Pferd an und saß auf einem von dunklen Schatten scharf umrissenen Platz ab. Wäre nicht Rauch vor einer Felsöffnung aufgestiegen, hätte Chiemo die Umrisse des Mannes gar nicht wahrgenommen, der wie aus Stein gehauen vor seiner Höhle saß und in Trance in die Glut zu starren schien. Wangen und Stirn waren rot vom Widerschein des Feuers, und wilde Haarflechten umwehten sein Gesicht wie eine Löwenmähne. Als sie näher traten hob der Greis nur leicht den Kopf. Chiemo konnte sich des Gefühls nicht erwehren, als habe der Alte sie bereits erwartet. Jedoch fand er keine Gelegenheit, das Gesicht des Alten zu studieren, denn mehr noch als er, fesselten zwei Wölfe seine Aufmerksamkeit. Die Köpfe auf den Pfoten, lagen sie neben dem Greis am Feuer, die Augen unverwandt auf zwei Ruten geheftet, an denen zwei Fische über der Glut brieten.

Erst als die beiden Besucher unmittelbar in den Bereich des Feuers traten musterte sie der Schmied.

„Willkommen Aitony! Du kommst gerade recht."

Mit einer beinahe liebevollen Geste begrüßte er ihn und bot ihm einen Platz am Feuer an.

„Hast du einen neuen Knecht?“ musterte er Chiemo erstaunt und empfing ihn mit der gleichen Herzlichkeit.

„Komm her und setz dich!“ lud er ihn ein, während Aitony sie miteinander bekanntmachte.

Chiemo warf einen besorgten Blick auf den Wolf, ehe er am Feuer Platz nahm.

„Sie mögen es nicht, wenn ihnen jemand die Mahlzeit streitig macht, aber ich glaube, sie überreden zu können, daß wir die Fische untereinander teilen.“

Ein schelmisches Blitzen zuckte in den Augen des Greises. Als wären es zwei Kinder, die er zur Einsicht bringen wollte, redete er auf die beiden Tiere ein. Die Wölfe gähnten und gaben ein leises Jaulen von sich.

„Es kommt eben nur auf die Verhandlungstaktik an“, lachte der Alte, riß den Fischen Kopf und Schwanz ab und warf sie den Hunden vor, ehe er Aitony und Chiemo eine Rute mit gebratenem Fisch reichte.

„So, laßt es euch schmecken!“ fordert er sie beide auf. „Erst muß der Bauch zu seinem Recht kommen. Über den Anlaß eures Besuches können wir noch lange genug reden.“

Der Fisch schmeckte köstlich. Dennoch zog es Chiemo wie Aitony vor, sich den Wolf an seiner Seite mit ein paar weiteren Bissen zum Freund zu machen. Der Alte schob einen trockenen Ast in die Glut und setzte sich in gleicher Haltung wie zuvor mit untergeschlagenen Beinen an das Feuer. Er schien in sich selbst zu versinken, und in seine Augen trat das Licht einer anderen Welt.

„Ich fühle, daß du zu mir kommst, um mich in einer Angelegenheit um Rat zu fragen“, ermunterte er seinen Gast schließlich nach längerem Schweigen.

„Es handelt sich um ein Traumgesicht“, antwortete Aitony ohne lange Umschweife.

„Sprich! Vielleicht kann ich dir mit Hilfe der Götter die Zeichen deuten!“

Verwundert bemerkte Chiemo, wie es in Aitonys Gesicht zu arbeiten begann.

„Dreimal in den vergangenen Tagen sah ich im Traum Fájsz mit dem Führer eines fremden Stammes aus der Fremde zu unseren Zelten reiten.“

„Kannst du dich an besondere Einzelheiten erinnern?“ unterbrach ihn der Schmied mit einer Stimme, die aus weiter Ferne zu sprechen schien.

„Der Fremde trug ein Schwert, befleckt mit dem Blut unserer Krieger, denn die Ältesten waren sehr aufgebracht. Trotzdem gewährten sie ihm und seinen Männern Gastrecht in unseren Zelten."

„Versuche, mir den Fremden zu beschreiben!" forderte Arsan sein Gegenüber fast unhörbar auf.

Bestürzt lauschte Chiemo Aitonys Worten, denn je länger er versuchte, dem Unbekannten Gestalt zu verleihen, desto klarer glaubte er, Arnulf darin zu erkennen. Wie war das möglich, wo doch Aitony Arnulf nie mit eigenen Augen gesehen haben konnte?

„Ich sehe ihn", hörte er den Alten sagen. „Ja jetzt kann ich ihn klar erkennen. Ich sehe ihn in den Gedanken deines Freundes Gestalt annehmen." Er machte eine Pause. Chiemo sah im Blick des Greises die Anstrengung, mit dem er das Bild vor sein inneres Auge zu bannen suchte. Wie unter einem inneren Zwang begann er zu sprechen und Arnulfs Äußeres zu beschreiben.

Plötzlich begann der Greis wieder wie in Trance zu sprechen.

„Er ist der Mann, zu dem du deinen Sohn an den Hof schicken wirst. Der Weg, den du gehen willst, Aitony, ist ein steiniger Pfad, für dich wie für deinen Sohn. Du wagst einen hohen Einsatz, der dir viele Freunde zum Gegner machen wird. Aber du wirst dem Land in einem Feind von heute einen mächtigen Freund gewinnen, denn noch vor Wintersonnwend wird dieser Mann den Ahnenstab seines Stammes als Herzog in Händen halten."

In Chiemos Geist begann sich alles zu drehen. Wirklichkeit mischte sich mit Wort- und Gedankenfetzen, und vor seinen Augen löste sich das Gesicht des Greises in zahllose Winkel und Furchen auf und wurde eins mit den Spalten und Schatten der Felsen. Er registrierte nicht mehr Aitonys Abschied von dem Seher und kam erst wieder zu Sinnen, als das dunkle Massiv der Feste Kurszánburg in erdrückender Wucht vor ihnen auftauchte.

Erst nach und nach registrierte Chiemo das Geschehen um ihn her. Zu sehr noch stand er unter dem Eindruck der unglaublichen Geschehnisse, deren Zeuge er geworden war. Er versuchte, zu verstehen, zu analysieren, was geschehen war, aber es wollte ihm nicht so recht gelingen, in die Gegenwart zurückzufinden. Wie von weit her hörte er wenig später vertraute Stimmen in heimischer Sprache, konnte sie aber noch nicht unterscheiden. Erst als die Tür roh aufgestoßen wurde, und er die bärtigen und verwilderten Gesichter der Kameraden vor sich sah, fanden seine Sinne nach und nach in die Wirklichkeit zurück.

„Großer Gott, Chiemo! Wir glaubten schon wir würden dich nicht mehr lebend wiedersehen!" empfingen ihn alle mit überschwenglicher Freude.

Arnulf klopfte ihm freundschaftlich auf die Schulter.

„Zeit, daß du dich mal wieder blicken läßt! Wo hast du nur so lange geteckt?“

Langsam nur fand Chiemo Worte. Für den Rest des Abends wurde er von allen Seiten belagert und unablässig mit Fragen bestürmt.

Lange, bevor der Tag anbrach, schien am anderen Morgen die ganze Besatzung der Burg von einem Fieber ergriffen. Geschirre klirrten, Befehle schallten, und die Luft hallte wider von Fragen und Gebrüll. Die Sonne war noch nicht da, als Chiemo von Arnulf geweckt und zu einer der Sehluken gewunken wurde. Mehrere Hundertschaften voll ausgerüsteter Krieger sprengten in Doppelreihen durch das Tor in Richtung Fluß.

„Weißt du, was der ganze Aufruhr da draußen zu bedeuten hat?“

Chiemo sah die fragenden Augen der Gefährten auf sich gerichtet. Plötzlich wurde er stutzig und schlug sich mit der flachen Hand vor die Stirn.

„Natürlich! Die Zeltstadt! Ich habe es im allgemeinen Durcheinander des gestrigen Tages völlig vergessen. Die Stämme vom Unterlauf ziehen den Strom herauf zu den Sommerweiden im Norden.“

„Und deswegen der ganze Aufruhr?“ rief Arnulf erstaunt.

„Mein Gott! Wißt ihr überhaupt wie viele Menschen dort unten am Fluß ihre Zelte haben?“

Die finstere Miene des Grafen nahm Chiemo die Antwort vorweg.

„Unser Freilauf innerhalb der Festung war an den Mauern beendet. Aber auch so kann ich mir sehr wohl denken, welche Absicht Tétény damit verfolgt, daß er uns bis heute hier hat festhalten lassen.“ Wütend schlug Aribo die zur Faust geballte Rechte in die linke Handfläche. Sicher glaubt er, uns durch den Aufmarsch seiner Sippen beeindrucken und einschüchtern zu können, ehe er uns ziehen läßt. Aber diesen Gefallen werde ich ihm nicht erweisen. Und wenn er Tausende von seinen Reiterkriegern vor mir aufmarschieren ließe, könnten sie mich nicht dazu bringen, die Leute im Grenzland von ihrem Treueeid an den König zu entbinden.“

Für längere Zeit versanken alle in dumpfes Brüten, während draußen Hauptleute kamen und immer weitere Reiterkontingente die Burg verließen. Plötzlich wurde von einer der Wachen die Türe hart aufgestoßen. Für jeden von ihnen stand draußen gesattelt das Pferd bereit.

„Der Großfürst hat Befehl gegeben, euch zu ihm zu bringen. Er wünscht eure Anwesenheit beim Eintreffen der verschiedenen Sippen und Clans.“

Eskortiert von einer Wachabteilung, ritten sie über die Wehrbrücke zu einem der Burg vorgelagerten Hügel. Tétény erwartete sie bereits mit den Hauptleuten seiner Leibgarde und empfing sie mit eisiger Herablassung.

Mit sichtlicher Genugtuung registrierte er Aribos und Arnulfs Erstaunen über den Anblick, den die Zeltstadt bot. War sie schon in geordnetem Zustand nur schwer überschaubar, so bot sich jetzt dem Betrachter ein gigantisches Chaos an Menschen, berittenen Hirten, hochbepackten Karren, Pferden und riesigen Herden von Vieh, deren Brüllen und Stampfen ein einziges Inferno hervorrief.

Tétény trieb sein Pferd an und drängte es neben den Grafen, um sich besser verständlich machen zu können.

„Ich habe euch so lange hierbehalten, bis meine Kundschafter aus dem Grenzland zurückkamen“, schrie er gegen den Lärm an.

„Ich weiß nun sicher, daß die Führer Eures Stammes, allen voran der König und seine Berater, Euch nur benutzt haben, um von ihren langfristigen Vorbereitungen abzulenken, die alle auf eine kriegerische Auseinandersetzung hinzielen. Es trifft sich gut, daß unsere Stämme zu den Sommerweiden aufbrechen. So können unsere Krieger Euch stromaufwärts Geleit geben und Ihr Euch an Ort und Stelle überzeugen, daß ich die Wahrheit sage und Euer Verhandlungsangebot nichts war als Täuschung und leere Versprechungen.“

Aribos Antwort ging unter in einem Aufschrei der Hetmane. Zuerst glaubte Chiemo, das entfernte Grollen und Donnern eines Gewitters zu hören. Auch die Pferde gebärdeten sich unruhig und streckten die Köpfe in den Wind und sogen aufgeregt die Luft durch die geblähten Nüstern. Chiemo, der aus dem Sattel gesprungen war, spürte ein leises Zittern, das den Boden zu seinen Füßen durchlief. Im gleichen Augenblick richteten sich die Hauptleute wie auf ein Kommando schreiend in den Steigbügeln auf. Wild gestikulierend zeigten sie flußabwärts gegen den Horizont. Jetzt erst bemerkte Chiemo die wirbelnde Staubwolke, die rasch näher kam. Von allen Seiten brachen kurz darauf von Süden her Reiterhorden in das Flußtal. Wie eine Steinlawine wälzten sie sich mit lautem Grollen stromaufwärts, schemenhaft, in dichte Staubfahnen gehüllt. Zottige Umhänge aus Fellen flatterten den Kriegern um die Schultern und verstärkten die Verwegenheit und Wildheit ihrer Erscheinung. Sie waren bis an die Zähne bewaffnet und trugen Bogen, Köcher und Krummschwert. Hoch aufgerichtet jagten sie unter lautem Johlen heran und schwangen den Arkan, das Fangseil der Hirten, über ihren Köpfen. Immer näher kamen die berittenen Horden. Wind- und wettergegerbte Gesichter lösten sich für wenige Augenblicke aus der Masse, um gleich darauf wieder in dem Gewoge aus Pferdeleibern, Reitern und Staubwirbeln unterzutauchen.

Vom Zeltplatz her erhob sich lautes Geschrei. Frauen und Kinder schwärmten herbei, Pferde wieherten und Hunde umsprangen bellend die Ankömmlinge. Plötzlich wurde das Trommeln der Hufschläge dumpfer. Ein endloser Strom aus Tierleibern, Pferden, Kühen und Kälbern schob sich in wirren, brüllenden Knäueln wie eine Sturzflut das Flußtal herauf. Einem riesigen Ungeheuer gleich, wälzte es sich auf die Zeltstadt zu, fraß sich hinein bis in die letzten Winkel. Schließlich umfloß es das ganze Lager wie ein zäher Brei. In immer neuen Wellen donnerten die Herden heran, ein Gewirr von Hörnern und Hufen, ein Strom durcheinanderwirbelnder Schemen.

Aribo und die Männer um ihn erlebten das ohrenbetäubende Getöse wie einen Alptraum. Eine nicht enden wollende Völkerwanderung wälzte sich unter dem Hügel vorbei. Chiemo hielt den Atem an. Ihm war, als blicke er hinab auf Menschen außerhalb der Geschichte, Nomaden, wie in der Frühzeit der Völker, unstet und doch eins mit der zeitlosen Urnatur. Die ganze Ebene brodelte von Reitern, Tieren und Wagenkolonnen. Frauen und Kinder saßen auf plumpen Karren inmitten großer Packen mit dem Hab und Gut der Familien. Von schnaufenden Ochsen gezogen, rumpelte und schüttelte eine ganze Wagenstadt auf den Sammelplatz zu. Lange Zeit verging, ehe die letzten Nachzügler eintrafen und allmählich Ordnung in das Chaos kam. Die Krieger versammelten sich am Fuße des Hügels. Auf ein Zeichen hin schlugen sie ihre Hornbögen zum Gruß an den Schild. Aus Tausenden von Kehlen stieg wildes Geschrei zu dem Großfürsten auf. Die Luft vibrierte wie unter Paukenschlägen. Tétény wartete, bis sich der ohrenbetäubende Lärm gelegt hatte und grüßte die jobbágy mit erhobenem Arm. Den Kopf stolz erhoben wandte er sich herausfordernd an Aribo.

„Habt Ihr je solche Krieger gesehen? Es sind die Elitetruppen unserer Stämme. Glaubt mir, sie fürchten keinen Gegner, und wenn ihnen jemand mit dem Schwert in der Faust in den Weg tritt, werden sie ihm die passende Antwort nicht schuldig bleiben!"

Eine hörbare Drohung schwang in den Worten des Großfürsten mit, und mit wachsendem Unbehagen musterten die Männer um den Grafen die waffenstarrende Schar. Auch Chiemo erschauerte bei dem Gedanken daran, was passieren würde, wenn es gegen diese Männer zum Kampf kommen sollte. Er fühlte instinktiv, daß das, was sich vor ihren Augen abspielte, mehr war als der Aufbruch einiger Volksstämme. Es war keine Kriegsvorbereitung, aber irgendetwas anderes, nicht weniger Bedrohliches, auf das er sich noch keinen Reim machen konnte. Es war noch dunkel, als Aribo und Arnulf, begleitet von mehreren Hundertschaften ungarischer Krieger nach Norden ritten. Gleichzeitig mit ihrem Aufbruch hatten sich im frühen Tageslicht die ersten Wagen in Bewegung gesetzt. Peitschen knallten, Zugtiere brüllten, Räder gruben tiefe Furchen in den Boden und zogen eine weithin sichtbare Spur in die Flußauen. In weitem Bogen umritten die Hundertschaften den Wagenzug. Chiemo musterte die Männer im heller werdenden Tageslicht. Jeder von ihnen war bis an die Zähne bewaffnet und hatte Vorrat für mehrere Tage in einem Ledersack am Sattel befestigt. Sie ritten in lockeren Verbänden, weit auseinandergezogen. Die Männer ihrer Abteilung hatten einen Kreis um sie geschlossen. Wie Vieh trieben sie sie voran, ohne Notiz von ihnen zu nehmen. Dennoch spürte Chiemo, daß sich hinter dieser scheinbaren Gleichgültigkeit eine eher feindliche Haltung verbarg. Keiner sprach ein Wort. Wie Wolfsrudel, fuhr es Chiemo durch den Kopf, lautlos, immer auf der Hut und stets kampfbereit. Je weiter sie hinter Györ nach Westen kamen, umso sicherer wurde in Chiemo die Gewißheit, daß er seinem ersten kriegerischen Abenteuer entgegenritt. Er spürte ein Würgen in seinem Hals. So sehr er sich auch bemühte, gelang es ihm nicht, seine wachsende Beklemmung abzuschütteln. Als er sich umblickte, las er in den Augen seiner Freunde dieselbe Angst, die er sich nicht eingestehen wollte und die er vergebens zu unterdrücken suchte.

Nach drei Tagen erreichten sie das Grenzland. Wo sie Halt machten, mußten die dort lebenden Bauern Fleisch und Brotfladen für die Krieger und Heu für die Pferde beschaffen. Immer häufiger ritten nun kleinere Abteilungen voraus und brachten Kundschafter in regelmäßigen Abständen Meldungen. Die Reaktionen der Krieger ließen nichts Gutes erahnen. Von Stunde zu Stunde wuchs ihr Grimm und ihre Entschlossenheit. In scharfem Galopp jagten sie durch die weiten Donauebenen. Eine Rast dauerte nicht länger, als die Tiere zum Verschnaufen brauchten. Kaum ein Bissen, ein kurzer Schluck, schon ging es weiter.

Es war am Nachmittag des vierten Tages, als die jobbágy unweit von Traismauer in einen größeren Weiler einritten. Panische Angst stand in den Augen der Bewohner, als sie die Soldaten heranjagen sahen. Frauen und Kinder versuchten, sich schreiend in den Hütten vor den Fremden in Sicherheit zu bringen. Ohne ein Wort zu verlieren, ritt einer der Hauptleute auf einen Mann in den vordersten Reihen zu und setzte ihm kurzerhand das Schwert an die Kehle.

„Der Dorfälteste! Wo ist er?“

Ein alter Greis schob sich aus dem Hintergrund nach vorne. Seine Hände und Knie zitterten. Der Hetman winkte Aribo zu sich.

„Nun sollt Ihr sehen, wie wir mit Leuten verfahren, die es wagen, die Grenzsiedler gegen uns aufzuwiegeln!“

Ein Mann in der Kleidung der Bauern trieb sein Pferd aus den Reihen der jobbágy nach vorne. Die Bewohner schienen ihn zu kennen, denn blankes Entsetzen trat auf ihre Gesichter.

„Wie ihr seht, haben wir unsere Kundschafter überall.“

Der Hetman machte eine Pause und genoß sichtlich die Wirkung seiner Worte.

„Auch wenn ihr euch unbeobachtet fühlt, so kennen und überwachen wir doch jeden eurer Schritte.“

„Jenö, Ond, Örs ...“

Der Reiter rief mit unbeteiligter Miene eine lange Reihe von Namen. Die Schneide des Krummschwertes ritzte die Haut der Geisel und färbte sich mit dem Blut des Mannes.

„Wo sind sie alle?“ herrschte ihn der Hauptmann an.

„Auf der Jagd.“

„Lügner!“

Ein Hieb, schneller als das Auge dem Schwung der Klinge folgen konnte, trennte den Kopf vom Rumpf des Bauern.

„Für wie dumm haltet ihr uns? Wir wissen genau, daß sie sich an geheimen Sammelplätzen treffen, in der Absicht, die Truppenkontingente der Ennsburg zu verstärken!“

Entsetzt fuhren die Menschen zurück. Blutgeruch trieb über den Platz, und die Reiter hatten alle Mühe, die sich wild aufbäumenden Pferde zu bändigen. Völlig unbeteiligt wandte sich der Hauptmann an den Dorfältesten.

„Schick jemand, die Männer zu holen! Sind sie bis Einbruch der Dunkelheit nicht hier, sterbt ihr alle, Männer, Frauen und Kinder.“

Er wandte sich an die Umstehenden.

„Laßt euch das eine Warnung sein!“ fuhr er sie an und deutete auf den am Boden liegenden Leichnam.

„So geht es jedem, der versucht, uns zu täuschen! Lauf!“ schrie er und tippte einen der Bauern mit der Schwertspitze an.

„Eines noch! Jeder Versuch, Hilfe zu holen, ist zwecklos. Du bräuchtest ein ganzes Heer! Im Umkreis von einem halben Tagesritt findest du mehr Hundertschaften unserer Krieger als Weiler.“

Taumelnd begann sich der Mann in Bewegung zu setzen. Tränen liefen ihm über die Wangen. Wie ein Betrunkener wankte er davon, ohne noch einmal den Blick zu wenden.

Die Mehrheit der Reiter saß ab, während der Rest mit gezogenen Waffen zu Pferd einen Ring um den Weiler zog. Ohne daß einer der Krieger es gefordert hätte, kamen plötzlich zwei Frauen gelaufen. Sie hielten Brote in den Armen, so viel sie nur tragen konnten und begannen sie an die Krieger zu verteilen.

„Eßt und ruht euch aus!" rief der Hauptmann, als sei nichts geschehen.

„Die Rast wird euch und den Pferden gut tun."

Er gab einer der Frauen einen Tritt in den Hintern, daß sie über den staubigen Boden kugelte.

„Holt Wasser für die Pferde und dann sorgt für die Männer! Pflegt sie gut, damit sie bei Kräften bleiben zu eurer eigenen Freude."

Er sagte es mit einem hämischen Grinsen. Urplötzlich kam Leben in die Menschenmauer. Bauern schleppten Reisig herbei, entfachten Feuer, Frauen und Mädchen füllten Kessel mit Wasser. Hätte Chiemo und die anderen die Geschehnisse vor wenigen Minuten nicht mit eigenen Augen gesehen, sie wären versucht gewesen, zu glauben, daß man ein Fest hätte ausrichten wollen.

Je tiefer die Sonne sank, desto ängstlicher scharten sich die Bewohner des Weilers wie eine Schafherde vor einem Rudel Wölfe zusammen. Tödlich langsam verstrich die Zeit, während die Bauern vor ihren Hütten die Eindringlinge ängstlich anstarrten. Jeder Versuch des Dorfältesten oder Aribos, das drohende Unheil abzuwenden, wurde mit erhobener Waffe im Ansatz erstickt. Nicht weit von einem Feuer beratschlagten einige Männer. Ihre Gesichtszüge waren eingefallen und fahl, der Ausdruck ihrer Augen verzweifelt.

Als die Scheibe der Sonne am Horizont eintauchte, erhob sich der Hauptmann.

„Setzt die Felder in Brand!" befahl er.

„Laßt keinen Halm stehen!"

Verzweifelt sahen die Bauern, wie die Getreidefelder, von denen ihre Existenz abhing, in Rauch aufgingen. Eine Woge der Panik erfaßte die Bewohner, als die Krieger kurz darauf begannen, Fakeln auf die Hütten zu werfen. Wie geistesgestört blickten sie einander an, angesichts der Erkenntnis, daß keine Hoffnung mehr für sie bestand. Die Gesichter der Gegner ließen kein Erbarmen erkennen. Keiner von ihnen würde am Leben bleiben. Sie hatten nur die Wahl, in den Flammen oder durch das Schwert zu sterben. Einige begannen zu laufen. Schreiend versuchten sie, die Reihen der Krieger zu durchbrechen. Einer aufgescheuchten Herde gleich, begannen die

Menschen in panischem Schrecken durcheinanderzulaufen. Frauen schrien markerschütternd und versuchten verzweifelt, ihre Kinder davor zu bewahren, zu Tode getrampelt zu werden. Andere wurden von Pferden und Ochsen einfach überrannt, wieder andere warfen sich ohne Lebenswillen auf die Knie und winselten und bettelten um Gnade. Das Stöhnen der Sterbenden und Verwundeten ging unter im Gebrüll halb wahnsinniger Tiere. Hilflos schauten Arnulf und Aribo dem fürchterlichen Kesseltreiben zu. Ein Flammenmeer brandete auf vor dem nächtlichen Himmel. Garben von Funken schossen hoch und erloschen zischend und prasselnd. Nach und nach erstarb das Schreien der Kinder und das schrille Kreischen der Frauen. Verkohlte Menschenleiber lagen zwischen rauchenden Trümmern und dampfenden Tierkadavern. Entsetzt wandten sich Aribo und die anderen ab, die Hände in ohnmächtiger Wut zu Fäusten geballt.

„So geht es allen Dörfern, in denen Ihr Euch weigert, die Bewohner aufzufordern, dem König abzuschwören!“ hörte Aribo den Hauptmann hinter sich sagen, und jeder der Männer um ihn wußte, daß der Graf nicht noch einmal die Kraft finden würde, sich dem Befehl des Anführers der jobbágy zu widersetzen.

Drei Männer hatten das grausame Gemetzel überlebt. Doch nicht umsonst hatten die Krieger ihr Leben geschont. Man blendete sie und schickte sie in die Dörfer der Umgebung, als abschreckendes Beispiel für jene, die es wagen sollten, sich weiterhin den Ungarn zu widersetzen.

# Der Trugschluss

Es war Anfang Mai. Weriga war gerade mit dem Aufstellen von Fallen beschäftigt, als sie durch die Schlinge hindurch, die sie zwischen einer Astgabel aufspannen wollte, eine Bewegung im Schilf wahrnahm. Seit sie um das neue Leben in sich wußte, war sie doppelt vorsichtig geworden. Wie eine Raubkatze schnellte sie vom Boden auf, wich aus der offenen Lichtung in dichteres Strauchwerk und Gebüsch aus und kroch durch einen tunnelartigen Gang, den die Tiere als Wechsel benutzten. Sie glaubte, nicht weit vor sich das Hecheln von Hunden zu hören, und gleich darauf drang wildes Gebell aus dem Schilfgürtel zu ihr herüber. Dürres Geäst knackte, und wenig später erkannte sie am Rauschen im Schilf, daß die Hunde ausgelassen worden sein mußten.

„Sucht! Verdammte Biester, sucht!"

Beim Klang der Stimme kam ein leiser Schrei über Werigas Lippen. Kein Zweifel, es war seine Stimme gewesen. Schlagartig wurde ihr bewußt, daß sie um ihr Leben lief. Dennoch blieb ihr Kopf klar, obwohl ihr das Blut an den Schläfen hämmerte. Beinahe lautlos glitt sie durchs Moor. Das Leben in der freien Natur hatte ihre Muskeln gestählt und ihre Bewegungen geschmeidig gemacht wie die einer Katze. Kühl rechnete sie ihre Chancen durch. Wie oft hatte sie alle möglichen Situationen in Gedanken durchgespielt? Weriga beschrieb einen Bogen und übersprang einen Graben. Am Morgen hatte sie hier eine Fischreuse nachgesehen und war dem Wasserlauf nach Süden gefolgt. Die Hunde würden ihre alte Spur verfolgen. Das konnte ihr einen kleinen Vorsprung bringen. Sie schlug die entgegengesetzte Richtung ein und wenig später hörte sie Ortnid fluchen. Schwer atmend blieb sie einen Augenblick stehen. Eine urhafte Wildheit lag auf ihren Zügen, und eisige Entschlossenheit sprach aus ihren Augen.

Weriga hetzte weiter. Endlich stand sie vor einem Moorfenster, dessen Wasserfläche sich düster von dem satten Grün des Uferbewuchses abhob. Nur einen kurzen Augenblick zögerte sie, ehe sie auf das Moorauge zulief, als berge der heimtückische Grund keinerlei Gefahr. Mehrere Schilfbündel, die wie eine schwimmende Brücke an der Oberfläche trieben, zeigten ihr den Weg zu der einzig passierbaren Stelle. Leichtfüßig, das Gleichgewicht geschickt ausbalancierend, lief sie mit kleinen, schnellen Schritten über den Steg. Mit wenigen Handgriffen waren die Bündel herausgezogen und im Strauchwerk verschwunden, das Fenster für jeden Verfolger, selbst für die Hunde, unpassierbar.

Weriga atmete auf. Ein boshaftes Lächeln zuckte um ihre Mundwinkel. So leicht würde sie sich im Moor nicht in die Enge treiben lassen. Das Bellen kam näher. Weriga tauchte im Buschwerk unter, und gleich darauf brachen die Hunde auf der anderen Seite des Moorauges durchs Schilf. Unruhig rannten sie an der Stelle auf und ab, wo nur wenige Augenblicke zuvor ihre vermeintliche Beute das Fenster überquert hatte. Deutlich witterten sie Werigas Nähe. Schweißfrisch war die Spur, die ihre nackten Füße im Schilfgras hinterlassen hatten. Mit hängenden Zungen und halboffenen Fängen starrten sie zu ihr herüber und gaben Laut.

„Brav! Brav! Gut gemacht Jungs! Habt ihr sie endlich gestellt?"

Aus ihrem Versteck heraus sah Weriga Ortnid durch die Schilfwand brechen.

„Verflucht! Wo ist das Aas?"

Verdutzt sah er sich um und starrte unschlüssig vor sich auf die Wasserfläche.

„Sucht sie!" schrie er wie von Sinnen.

„Sucht, verdammte Köter, oder ich schlage euch die Schädel ein!"
Er packte seinen Jagdspeer kurz hinter der Schaftspitze und drosch wie ein Wahnsinniger auf die Hunde ein. Die Vorderläufe bis zu den Schultern im Wasser, machten beide ein paar klägliche Versuche, aber zu groß war ihre angeborene Angst vor der grundlosen Tiefe. Gerade als Ortnid die beiden Hunde mit Füßen traktierte, schnellte einer der Tierkörper wie von einer unsichtbaren Kraft emporgerissen in die Höhe und baumelte, den Hinterlauf in einer Schlinge, kopfüber über dem Sumpf. Das Gebell des Tieres ging in ein klägliches Jaulen über. Hilflos mußte Ortnid zusehen, wie der Hund mit verzweifelten Zuckungen versuchte, aus der Schlinge freizukommen.

„Ich weiß, daß du dort drüben bist! Komm heraus aus deinem Versteck!" schrie Ortnid rasend vor Zorn.

„Ich krieg dich, so oder so! Und wenn ich das ganze Ried abbrennen müßte!"

„Ja, aufs Feuerlegen verstehst du dich, du Leuteschinder! Komm nur und hol mich, Heißenbauer, aber sieh dich vor, daß es dir nicht ergeht wie deinem Köter!"

Augenblicklich trat Ortnid aus dem knietiefen Wasser und sah sich vorsichtig nach allen Seiten um.

„Wären wahrscheinlich nicht wenige, die mir eine Kerze aufstecken würden, wenn ich dich so baumeln ließe, bis nur noch deine Knochen im Wind schaukeln würden."

„Warum so giftig, Weriga?" änderte Ortnid plötzlich seine Taktik.

„Hättest du dich nicht gar so geziert, wir hätten einen Heidenspaß miteinander haben können."

„Geh in die Koppel und bespring deine Schafe und Geißen! Dort kannst du dich austoben nach Herzenslust!" höhnte Weriga und trat plötzlich zwei Schritte aus dem dichten Laubwerk nach vorn.

„Ich fürchte dich nicht mehr, Heißenbauer. Hier draußen bin ich dir in allen Belangen überlegen. Wenn ich wollte, ich hätte dich längst zu den Moorgeistern auf den Grund schicken können! Aber ich will das Leben, das in mir wächst nicht mit deinem Blut beschmutzen. Es soll aufwachsen hier im Moor wie die Tiere ringsum, frei und ohne Angst."

Für einen Augenblick stand Ortnid wie erstarrt, als könne er ihre Worte nicht fassen.

„Du lügst!" stammelte er.

„Du hinterhältiges Aas! Das ist doch nur wieder eine von deinen Finten."

Fast tat es Weriga schon leid, daß sie sich durch ihren Stolz zu diesem Geständis hatte hinreißen lassen.

„Bei allem, was mir heilig ist", sagte sie, „es ist die Wahrheit. Aber genauso wahr ist es, daß ich dieses Kind dazu erziehen werde, dich zu hassen und nicht eher zu ruhen, bis du bezahlt hast für die Schande und die Erniedrigung, die du über uns gebracht hast."

Die Schärfe in Werigas Worten hallte noch über das Wasser, als mit Ortnid eine seltsame Veränderung vorging. Alle Raserei, Wut und Zorn waren von ihm abgefallen. Wie ein einfältiges Kind, das sein Glück nicht fassen kann, so stand er da und starrte Weriga in ungläubiger Sprachlosigkeit an. Der Jagdspeer entglitt seinen Händen, und mit unsicheren Schritten wankte er knietief in den Morast.

„Tu´s nicht! Alles, nur nicht das! Hetze nicht mein eigen Fleisch und Blut gegen mich auf! Laß uns vergessen, was ungut zwischen uns war! Komm zurück auf den Heißenanger! Komm, und ich erkläre dich für frei. Jeden Wunsch will ich dir von den Augen ablesen. Laß mich sehen und erleben wie dieses junge Leben aufwächst, und du machst mich zum glücklichsten Menschen."

Weriga hätte nicht zu sagen vermocht, welcher Teufel sie ritt, daß sie Ortnid in dem Glauben ließ, in dem er sich selbst wähnte. Sie wollte ihren Triumph auskosten bis zur Neige.

„Es ist mein Kind!“ fauchte sie, „Fleisch von meinem Fleisch. Nie sollst du es zu Gesicht bekommen! Ich weiß, es wird schlimmer für dich sein, als im Feuer der Hölle zu schmoren.“

Weriga stieß ein verächtliches Lachen aus. Ein seltsamer Laut durchschnitt die Luft, und wie von einem Katapult geschleudert, landete der Hund kaum eine Armlänge vor Ortnid im Sumpf.

„Da, fang!“ rief Weriga und warf Ortnid das Seilende zu. „Hol dir deinen Köter, damit du nicht mit leeren Händen nach Hause kommst!“

# Der Bürge

Der Klang einer Lure hallte über die Felder rund um das Grenzlager. „Sie sind es! Ich kann sie deutlich erkennen! Los! Beeilt euch! Macht endlich das Tor auf!"

Aufgeregt klang den Ankömmlingen die Stimme des Torwächters der Ennsburg von den Wehrzinnen entgegen. Nur wenig später schwangen die mit breiten Schildnägeln bewehrten Torflügel vor Aribo und seinen Männern auf. Unter den Beifalls- und Willkommensrufen der Besatzung ritten sie in das Lager. Im Dunkel der Torwölbung sahen sie anfangs nur eine Mauer schemenhafter Schatten. Als sie jedoch, aus der Torhalle kommend, den Innenhof erreichten, geriet Bewegung unter die Männer. In dichten Trauben stürzten sie mit Freudengeschrei den Ankömmlingen entgegen.

Eine Welle der Begeisterung schlug über Aribo und Arnulf zusammen, aber die Freude fand keinen Widerhall im Gesicht des Grafen. Zu deutlich waren die Anstrengungen der letzten Tage aus seinen Zügen abzulesen.

„Gut, daß Ihr da seid, Aribo! Jetzt wird sich alles zum Guten wenden."

Die kräftige Gestalt des Lagerkommandanten löste sich aus der Menge.

„Nicht eine Woche länger hätte ich die Ungewißheit über Euren Verbleib ertragen."

„Eure Sorge ehrt mich."

Der Blick des Grafen glitt prüfend über die Gesichter der Männer und über die Wehranlagen ringsum.

„Ihr habt die Vorwerke verstärken lassen und Berge von Waffen angehäuft, als ob es in den nächsten Tagen schon gelte, gegen den Feind zu ziehen."

„Wenn es nach mir ginge", fiel ihm der Kommandant ins Wort, „hätten wir schon längst losgeschlagen. Die schwächliche Politik des Königs muß ein Ende haben! Zu lange schon haben wir uns nachgiebig gezeigt. Das hier ist die einzige Sprache, die den ungläubigen Wilden Achtung abnötigt", sagte er und führte die Hand zum Schwertknauf.

„Die Zeit ist reif, daß wir diesen Hunden die Stärke unserer Faust zu spüren geben und ihren räuberischen Übermut dämpfen. Gerade in diesen

Tagen wird überall in den großen Städten zum Heerbann gegen den Feind aufgerufen."

Er wandte sich Arnulf zu.

„Euer Vater, Luitpold, wurde für den Fall des Scheiterns Eurer Verhandlungen nach Regensburg gerufen. Er ist noch am gleichen Tag aufgebrochen, als Agenten Kunde von den Übergriffen der Ungarn an der Traisen brachten. Er verhandelt zur Zeit mit den Großen des Reiches darüber, nach welchem Plan gegen den Feind vorgegangen werden soll. Wartet nur, bis die Verstärkungen mit den Versorgungsschiffen eintreffen, dann sollen hundert ungarische Dörfer brennen für jeden Weiler im Grenzland, der in Schutt und Asche liegt. Aber wir reden hier, und Ihr werdet hungrig und durstig sein. He, Rigbert! Lauf hinüber zur Lagerküche und laß für den Grafen und seine Leute etwas Gutes vorbereiten!" Der Angesprochene löste sich aus der Menge und verschwand eilig am anderen Ende des Hofes.

„Entschuldigt, daß ich mich erst jetzt darum kümmere", wandte sich der Feldhauptmann an den Grafen. „Ihr seht wirklich danach aus, als könntet Ihr einen guten Tropfen und etwas zwischen den Rippen vertragen. Folgt mir in die Kommandantur! Dort können wir uns in Ruhe unterhalten. Zudem hat Markgraf Luitpold vor seiner Abreise darauf bestanden, unverzüglich von Euch einen Bericht zu erhalten. Ich werde ihn noch heute mit einem Boten nach Regensburg auf den Weg bringen."

Er ging voraus und forderte Arnulf und Chiemo auf, ihm und dem Grafen zu folgen.

„Sprecht endlich!" bedrängte er Aribo, als er allen einen Becher Etschländer eingeschenkt hatte. Entgegen seiner Gewohnheit stürzte der Graf den Inhalt in einem Zug hinunter, ehe er begann, von den Tagen ihres Aufenthaltes auf Kurszánburg und von den Verhandlungen mit den Stammesfürsten zu erzählen.

„Sie sollen die Antwort erhalten, die sie brauchen!" brauste der Kommandant schließlich auf. „Die Zeit ist reif für einen Entscheidungsschlag gegen die Bedrohung aus dem Osten!"

„Ich pflichte Euch bei, daß wir die günstige Gelegenheit nicht verstreichen lassen dürfen, den Feind in die Schranken zu weisen", erklärte Aribo.

„Die Zeit arbeitet gegen uns, denn mit jedem noch so kleinen Sieg laufen den Ungarn immer neue Hilfsvölker zu, die sie mit Beuteversprechungen für ihre kriegerischen Unternehmungen gewinnen und ihre Truppenstärke von Mal zu Mal vergrößern. Aber auch wenn die Zeit eilt, will unser Vorgehen wohl überlegt sein. Ich fürchte, die größte Schwierigkeit besteht darin, den

Gegner dort zum Kampf zu zwingen, wo wir es wünschen. Diese Reiterkrieger sind schwerer zu stellen als ein scheues Wild. Die Schnelligkeit ihrer berittenen Verbände, die Weite der Steppen, das sind ihre größten Vorteile. Glaubt mir, wenn Eure Männer da draußen wüßten, was ihnen bevorsteht, ihnen würde bei aller Tapferkeit der kalte Schweiß ausbrechen. Wir haben es nicht mit Bauern zu tun, die den Pflugsterz mit dem Schwert oder der Streitaxt vertauschen. Diese Steppenkrieger haben das Töten schon mit der Muttermilch im Blut. Von klein auf werden sie dazu erzogen. Schon als Kinder erlegen sie Wölfe und andere Raubtiere der Steppe, und wenn unsere Edlen die Klosterschulen besuchen, ziehen sie als vollwertige Krieger in den Kampf. Schon vor allem deshalb glaube ich, wird der Krieg länger dauern, als wir alle annehmen. Laßt mir Feder und Pergament bringen! Ich werde Luitpold neben meinem Bericht entsprechende Vorschläge machen, vor allem Versorgungsschiffe mit ausreichend Vorräten für Mensch und Tier bereitzuhalten. Der Gegner wird sicherlich eine Taktik der verbrannten Erde verfolgen und versuchen, unsere Nachschublinien weiter als uns lieb ist nach Osten auszudehnen."

Nachdenklich geworden, verließ der Feldhauptmann den Raum, während sich Aribo an die wenig geliebte Aufgabe machte, seinen Bericht an den Grenzmarkpräfekten abzufassen.

Am Morgen des nächsten Tages trennten sich Arnulf und Chiemo vor den Toren des Grenzlagers vom Grafen. Der Lagerkommandant hatte ihnen neue Wegpapiere ausstellen lassen, weil Aribo darauf bestanden hatte, die Aufstellung der Truppenkontingente im Traungau selbst in die Hand zu nehmen und zu überwachen. Scheinbar waren die Kunde von ihrem Erscheinen und die Übergriffe der Ungarn bei Traismauer das Signal dafür gewesen, im ganzen bayerischen Stammesgebiet den Heerbann auszurufen. Selten zuvor war nach Auskunft des Feldhauptmannes die Verpflichtung so streng gehandhabt worden, wie in diesen Tagen. Wer sich dem Ruf zur Heeresfolge entzog, wurde kurzerhand gehängt. Die Profosse des Königs machten kurzen Prozeß und ließen es nicht zu, daß auch nur ein waffenfähiger Mann vom Wehrdienst ausgenommen wurde.

Die Sorge um die Grafschaft stand Aribo ins Gesicht geschrieben. Im Falle einer kriegerischen Auseinandersetzung mit den Feinden jenseits des Wechsellandes war sein Herrschaftsbereich Aufmarschgebiet der bayerischen Truppen. Es gab eine Fülle von Maßnahmen, die angesichts der kritischen Lage zu treffen waren: Burgen mußten inspiziert und notfalls instandgesetzt, Brücken und Zollposten mußten verstärkt und die Handels- und Stapelplätze entsprechend gesichert werden, denn mit den Flüchtlingen aus den grenznahen Gebieten kam immer auch allerlei zwielichtiges Gesindel zu den befestigten Plätzen. Aribo wußte nur zu gut um die Fülle der Aufgaben, die auf ihn warteten.

„Geht mit Gott!" sagte er zu Arnulf „und kommt wohlbehalten nach Regensburg! Schade, daß unsere Bekanntschaft nicht in eine weniger bedrohliche Zeit gefallen ist! Gebe Gott, daß dein Vater zusammen mit den Würdenträgern des Landes die richtigen Entscheidungen trifft, und wir am Ende die Oberhand behalten werden! Noch etwas", sagte er und wandte sich dabei Chiemo zu. „Habe ein Auge auf deinen Freund hier! Er hat sich in den letzten Wochen bewährt wie ein Mann. Nicht viele haben die Gabe, mit Menschen umzugehen wie er. Es wäre schade, wenn sie unter einer muffigen Kutte verkümmern würde." Er umarmte zuerst Arnulf, dann Chiemo, ehe sie aufsaßen und die Pferde zu einem scharfen Galopp antrieben.

Am Nachmittag des nächsten Tages ritten Arnulf und Chiemo aus dem Bergland um den Mondsee hinab in das Tal der Salzach. Wenig später ragten die Türme der Bischofsstadt vor dem hitzeflimmernden Horizont auf. Überall auf den Straßen, die zur Stadt führten, begegneten ihnen berittene Abteilungen. Die Entschlosssenheit auf den Gesichtern der Männer stand in seltsamem Gegensatz zur Apathie und Niedergeschlagenheit, die aus Blick und Haltung vieler Unfreier sprach. Sobald sich ein Fremder den windschiefen und oft nur aus Flechtwerk erbauten Hütten näherte, verkrochen sich die Menschen ängstlich wie Ratten. Das änderte sich erst, als die Mauern der Stadt vor ihnen aufragten. Überall drängten sich ausgemergelte, zerlumpte Gestalten zwischen den Berittenen, Säumern und Karren der Händler, die darauf warteten, in die Stadt eingelassen zu werden.

„Gebt den Weg frei und macht, daß ihr hier wegkommt, freches Diebesgesindel!" versuchte eine der Torwachen erfolglos, eine Horde von Bettlern und Gesetzlosen vom Vorplatz des Stadttores zu vertreiben. Lachend sprangen zwei junge Burschen zur Seite, während der Lanzenstoß eines Wachpostens ins Leere ging. Die Narben im Gesicht und die Verstümmelungen an den Händen der beiden zeigten, daß sie ihre Erfahrungen im Umgang mit Torwachen und Bütteln nicht ohne entsprechendes Lehrgeld gemacht hatten. Die ganze Horde begleitete die Attacke mit Pfiffen und Gejohle und versuchte offenbar, während die einen die Wachen ablenkten und herausforderten, unter einem der Karren oder zwischen den Zugtieren in die Stadt zu kommen.

„Die Pest soll euch holen, lästiges Lumpenpack!"

Mit einer Geste hilfloser Wut warf einer der Posten einen Stein nach einer der Lumpengestalten, aber geschickt brachte sich das anvisierte Opfer mit einem Sprung aus der Wurflinie.

„Wißt ihr euch wirklich nicht anders gegen dieses Geschmeiß zu wehren?" fuhr Arnulf auf die Männer der Torwache los.

„Wir werden bezahlt, dafür zu sorgen, daß niemand unerlaubt die Stadt betritt und nicht dafür, uns mit diesem Gesindel herumzuschlagen", begehrte einer der Männer auf.

„Nur zu! Probiert Euer Glück, wenn Euch das Fell juckt!" schrie ein weiterer aus dem Halbdunkel der Torhalle.

Anstatt den Rufer zur Rede zu stellen, trieb Arnulf sein Pferd an und jagte auf eine Gruppe Berittener zu, die den Weg vom Fluß zum Stadttor heraufsprengten. Chiemo beobachtete, wie Arnulf ein paar kurze Worte mit dem Anführer wechselte, und kurz darauf standen gut ein Dutzend Gesetzloser jeden Alters mit dem Rücken zur Stadtmauer, von den Reitern mit Lanzen in Schach gehalten. Arnulf ritt die Reihe der verwahrlosten Gestalten ab und verhielt sein Pferd vor einem kräftigen Mann in zerlumpter Hose und zerschlissener Jacke.

„Du siehst mir so aus, als wärst du in der Lage, für die anderen zu sprechen. Was ist es, das euch das Stadttor belagern läßt wie die Katze das Mauseloch? Los, mach schon! Brauchst dich nicht zieren! Sag es frei heraus!"

„Das Petersbrot, Herr. Die Mönche verteilen es drüben vor dem Kloster am Fuße des Burgbergs."

Arnulf faßte die Männer der Reihe nach hart ins Auge.

„Wer dafür zu arbeiten gewillt ist, der gehe hinüber zu den Torwachen! Dort bekommt er ein Halseisen mit zwei schönen Armbändern. Nach getaner Arbeit kann er sich von den Mönchen ausspeisen lassen und am Abend ist er wieder ein freier Mann."

Die Männer blickten einander unschlüssig an und drängten sich verstohlen näher zusammen. Jeder von ihnen wußte instinktiv, daß das zweite Angebot Arnulfs keine besseren Aussichten eröffnen würde.

„Aber Herr!" gab eine der Wachen zu bedenken.

„Wir haben nicht so viele Halseisen, um ..."

„Keine Angst!" unterbrach ihn Arnulf. Bitterer Spott lag in seiner Stimme.

„Ich glaube, dem Pack ist die Lust auf Peterswecken bereits vergangen!"

„Wer gibt Euch das Recht, uns in Ketten zu legen?“ fragte der Sprecher der Gesetzlosen in aufgesetzter Kaltschnäuzigkeit.

„Das hier!“ sagte Arnulf und legte die Hand an den Schwertknauf.

„Zudem duldet es die gegenwärtige Lage unseres Landes nicht, daß man nutzlose Schmarotzer durchfüttert. Wenn ihr nicht arbeiten wollt, landet ihr alle doch früher oder später am Strick. Also, was ist?“

Alle starrten den Wortführer an, aber niemand machte Anstalten, auf Arnulfs Vorschlag einzugehen.

„Na gut! Ihr hattet die Wahl! Legt diese Männer in Ketten!“ wandte sich Arnulf an die Wachen „und schickt sie mit dem nächsten Versorgungstroß im Auftrag des Markgrafen in das Grenzlager an die Enns! Dort wird man froh sein, ein paar kräftige Arme mehr zu haben, um Schanzwerke aufzuwerfen und die Latrinen zu leeren. Ich werde alles Notwendige zur Überstellung der Männer beim Vogt selbst veranlassen.“

Während die Wachen den Männern Fesseln anlegten, richtete sich Arnulf, ungeachtet des Protests in seinem Rücken in den Steigbügeln auf und ließ seinen Blick über Büsche und Strauchwerk streichen, in denen der Rest des Gesindels verschwunden war. Er wußte, daß sie beobachtet wurden und daß man ihn gut würde verstehen können.

„Ihr habt gesehen, was mit euren Kumpanen passiert ist“, rief er.

„Wenn ich in den nächsten Stunden die Stadt wieder verlasse und ich sehe auch nur einen von euch vor den Toren herumlungern, kommt ihr nicht mehr so glimpflich davon! Ich lasse eine Treibjagd auf euch veranstalten, wie sie die Stadt noch nie erlebt hat, und noch am gleichen Tag werden eure Köpfe die Zinnen der Mauern schmücken. Laßt euch das eine Lehre sein und fordert meinen Zorn nicht noch einmal heraus!“

Raschelndes Laubwerk und das Knacken dürrer Zweige zeigten, daß seine Drohung nicht ungehört verhallt war.

„Komm!“ forderte Arnulf Chiemo auf. „Vielleicht läßt man uns jetzt ungestört in die Stadt.“

Ohne sich um die weiteren Vorgänge zu kümmern, händigte Arnulf den Wachen die Wegpapiere aus. Erstaunt musterten diese die beiden jungen Männer, die nach Auskunft der Begleitschreiben im Auftrag des Königs aus dem Grenzland zurückkamen, und hinter vorgehaltener Hand ging Arnulfs Name von Mund zu Mund.

Eine seltsame Unruhe hatte Chiemo befallen, seit sie durch die engen Gassen der Bischofsstadt auf St. Peter zuritten. Rastlos suchten seine Augen jeden Hof und jeden Winkel ab.

„Rechnest du damit, jemand Bekannten zu Gesicht zu bekommen?“ fragte Arnulf plötzlich geradeheraus, als er bemerkte, wie sein Begleiter jeden Fremden eingehend musterte. Chiemo schrak auf und fühlte sich ertappt, denn bis jetzt hatte er es angesichts der sich zuspitzenden Lage immer wieder aufgeschoben, mit Aitonys Ersuchen an Arnulf heranzutreten. Er wußte, daß er nicht mehr viel Zeit haben würde, aber er wollte erst sichergehen und versuchen, etwas über den Verbleib von Tarhos und Fájsz in Erfahrung zu bringen. Vielleicht hatten sie wirklich, wie vereinbart, an einer der Tavernen eine Nachricht für ihn hinterlassen können.

„Macht es dir etwas aus, wenn wir uns für kurze Zeit trennen und ich mich ein wenig bei den Händlern und Kaufleuten am Waagplatz umsehe, während du beim Bischof um eine Audienz ersuchst?“

Verdutzt über den Vorschlag verhielt Arnulf sein Pferd für einen Augenblick.

„Wie's scheint, verträgst du die Klosterluft nicht mehr!“ lachte er augenzwinkernd. „Hast recht! Bei den Fuhrleuten ist's kurzweiliger als bei den Mönchen. Nun gut, wenn du willst, treffen wir uns in einer der Schenken beim Umspann, sobald ich meine Angelegenheiten erledigt habe.“

Erleichtert darüber, daß Arnulf keinen Verdacht geschöpft hatte, trieb Chiemo sein Pferd in eine der Seitengassen und erreichte kurz darauf den Waagplatz im Norden der Stadt. Auf dem Hof mit dem Stapelplatz für die Waren herrschte reges Kommen und Gehen. Stallknechte spannten Pferde aus und hängten ihnen Hafersäcke um, während sie gestriegelt wurden. Säumer entluden die Lastgestelle ihrer Tragetiere und drüben in einem Seitenhof wurde für die nächsten Tage eine Kaufmannskarawane zusammengestellt. Im Vorbeigehen hörte Chiemo, daß Augsburg das Ziel sein sollte.

„Könntet Ihr mir helfen?“ sagte er zu dem Faktoristen, der eine Aufstellungsliste der einzelnen Warenposten überprüfte.

„Möchtet Ihr Euch dem Zug anschließen?“ sagte er, ohne den Blick von den Namen und Zahlenkolonnen vor sich abzuwenden, während die Gehilfen die Warenstapel auf einer hölzernen Rampe ausrichteten.

„Was noch fehlt, sind die zwölf Ballen Felle; den Abschluß bilden wie immer die Salzkarren!“ rief er ungeduldig zu den Knechten hinüber.

Erst jetzt hob er prüfend den Blick und musterte Chiemo erstaunt.

„Ihr seid kein Händler!“ stellte er in schroffem Ton fest.

„Ich suche einen Pferdehändler aus Nitra. Könnt Ihr mir sagen, wann die letzte Karawane mit Pferden auf dem Weg nach Regensburg hier durchgekommen ist?“

„Das dürfte nicht schwer sein. Am besten Ihr fragt drüben beim Stallmeister. Sind nicht mehr viele, die es in diesen unruhigen Zeiten wagen, mit Pferden aus dem Osten zu handeln."

Wenig später erfuhr Chiemo zu seiner Erleichterung, daß in den letzten beiden Wochen nur ein Handelszug mit Pferden aus dem Grenzland eingetroffen war. Der Stallmeister konnte sich sogar noch erinnern, daß sich der Händler mit seinem Sohn, trotz der allgemeinen Bedenken, nur von vier Pferdeknechten begleitet von der Karawane getrennt hatte und, entgegen der üblichen Route, über Laufen nach Norden aufgebrochen sei. Endlich hatte er einen verläßlichen Hinweis. Es war ein erster Erfolg. Jetzt mußte er nur noch Tarhos' Nachricht finden, um Gewißheit zu haben.

In den Schenken ging es am frühen Nachmittag schon hoch her und die Tavernen um den Waagplatz waren gut besucht. Die Wirte taten und duldeten alles, um ihre Kunden bei Laune zu halten. Im Gegensatz zu den billigeren Garküchen gab es an Stelle des auf den Straßen ausgeschenkten Dünnbiers das von den Mönchen gebraute Starkbier und für die Handelsleute, die ein gutes Geschäft zu begießen hatten, Weine aus Pannonien und Karantanien. Fahrende Musikanten zogen zusätzlich Schaulustige an und unterhielten die Gäste mit den unglaublichsten Geschichten.

Als sich Chiemo der ersten Taverne näherte, ging es auf dem Platz davor bereits lebhaft zu. Die meisten Kunden saßen wegen der angenehmen Wärme an einem schattigen Platz im Freien und lauschten gebannt den Versen eines fahrenden Sängers. Frauen in aufreizender Aufmachung schoben sich durch die Reihen der Gäste auf der Suche nach zahlungskräftigen Kunden, denen sie ihre Reize gegen Geld feilboten. Chiemo bahnte sich einen Weg durch die Menge, ohne den schmeichlerischen Verführungskünsten Beachtung zu schenken.

Vor dem Eingang zur Taverne schob sich eine erfahrene Hure dicht an ihn heran. Sie wirkte gepflegter als die jüngeren Mädchen, und ihr schien ein vorrangiges Platzrecht zuzustehen, denn die anderen räumten vor ihr unaufgefordert den Tisch.

„Machst dir wohl nichts aus diesen jungen Dingern?"

Sie musterte Chiemo herausfordernd. Aus ihren Augen sprach sinnliches Begehren.

„Suchst wohl ein ausgefallenes Vergnügen oder Vergessen beim Wein?"

Chiemo schüttelte den Kopf, obwohl er spürte, wie die samtig dunkle Stimme sein Blut schneller kreisen ließ.

„Zieht wohl glatthäutige Jungen vor, das Herrchen?"

Noch ehe er reagieren konnte, hatte sie sich eng an ihn gepreßt und ihm vor aller Augen unter die Tunika gegriffen.

„Na also!“ sagte sie ungeniert, als sich seine Männlichkeit zu rühren begann.

„Ich hatte schon Angst, bei dir sei gar kein Leben in der Hose! Fühlt sich vielversprechend an!“ raunte sie, und ihre Stimme klang wie das Schnurren einer Katze.

Chiemo machte sich aus ihrer Umarmung frei.

„Such dir einen anderen Freier!“ sagte er grob.

„Ich warte hier auf einen Freund.“

„Wenn er genauso gut aussieht wie du, soll mich das nicht stören. Wir können auch zu dritt unser Vergnügen haben.“

Sie stieß ein kehliges Lachen aus.

„Versprüh deinen Charme anderswo!“ sagte Chiemo, der inzwischen den Eingang zur Taverne mit raschen Blicken abgesucht hatte. Nirgendwo an den gefügten Balken war ein Hinweis von Tarhos zu entdecken, und die Balkenfugen waren so dicht mit Moos ausgestopft, daß eine eingeschobene Nachricht auf den ersten Blick hätte auffallen müssen. Er machte kehrt.

„Ersticken sollst du an deinen Depressionen!“ hörte er die Hure hinter sich zischen. „So etwas möchte den Ungarn Angst einjagen!“ schrie sie so laut, daß es alle hören konnten. „Du bist ja nicht einmal fähig, bei einer Frau deine Lanze einzulegen!“

Chiemo fühlte wie ihm das Blut in die Wangen schoß und verließ fluchtartig den Hof, während sich die Fuhrleute vor Lachen ausschütteten.

Im Schatten eines Baumes blieb er stehen und holte tief Luft, um sich wieder zu beruhigen, ehe er um die Ecke bog. Auch der Hof der zweiten Taverne war voll brodelnden Lebens. Die Schenke selbst war ein aus Stein gefügtes Haus, und vor der Türe herrschte reger Betrieb. Chiemo begrüßte im stillen das Gedränge. Es gab ihm Gelegenheit, sich in aller Ruhe umzusehen und die Mauerritzen abzusuchen. Wirklich entdeckte er ein gefaltetes Stück Pergament tief in einer der Steinfugen. Erstaunlich, wie leicht es ist, in all dem Getümmel jemand eine Nachricht zukommen zu lassen, schoß es ihm durch den Kopf, obwohl er sich nicht sicher sein konnte, daß der Zettel auch wirklich von Tarhos war. Er suchte sich einen ruhigen Platz im Schankraum und setzte sich mit dem Rücken zur Wand, um die Schankstube besser überblicken und von Arnulf leicht entdeckt werden zu können. Als er den Becher mit Rotwein hob, den er beim Wirt bestellt hatte, spürte er, wie seine Hände vor Anspannung zitterten. Die Augen auf den Fetzen Pergament gerichtet, fragte er sich zum wiederholten Male, wie er Arnulf Aitonys' Bitte nahebringen könne. Er war so in Gedanken vertieft, daß er nur wenig von der Unterhaltung an den Nachbartischen mitbekam. Schließlich konnte er seine Neugierde nicht länger unterdrücken und entfaltete vorsichtig das Stück Pergament. Wie gebannt starrte er auf die Zeichen. Die Zahlen bezeichneten Tag und Monat, der auf einen Kreis gerichtete Pfeil symbolisierte ihre Ankunft. Demnach waren Tarhos und Fájsz zwei Tage vor Ende des Heumonats in der Stadt eingetroffen und zwei Tage später nach Laufen weitergereist. Ob Tarhos von ihrem Eintreffen in der Ennsburg erfahren und auf sie gewartet hatte?

„Dacht ich mir's doch! Eine Verabredung! Deshalb also wolltest du allein sein!"

Überrascht hob Chiemo den Kopf. Er war so in das Studium der Nachricht vertieft gewesen, daß er Arnulf nicht hatte kommen hören. Es war zu spät, die Mitteilung verschwinden zu lassen oder die Hand darauf zu legen, denn schon hatte Arnulf sich niedergebeugt, um einen Blick darauf zu werfen. Verwundert betrachtete er die Zeichen.

„Also doch eine Verabredung! Deshalb wolltest du unbedingt alleine sein!

„War aber eine kurze Audienz!" versuchte Chiemo das Thema zu wechseln, ohne auf Arnulfs Frage einzugehen.

„Hab mich umsonst bemüht", sagte er. „Der Bischof hält sich zur Zeit in seinem Sommersitz in Laufen auf. Wenn wir sofort aufbrechen, könnten wir noch heute Abend dort sein. Aber erst noch einmal zu deiner geheimnisvollen Schönen!"

„Es ist nicht so, wie du denkst!" unterbrach ihn Chiemo. „Diese Nachricht hier ist von einem Händler aus Nitra."

Er machte eine Pause, als fiele es ihm schwer, sich zu erklären. Erstaunt zog Arnulf die Augenbrauen hoch.

„Du bist stets aufs neue für eine Überraschung gut. Na was ist, warum sprichst du nicht weiter? Du bist so seltsam geheimnisvoll."

„Nicht hier!" sagte Chiemo. „Laß uns aufbrechen! Vielleicht erreichen wir Laufen noch vor Einbruch der Dunkelheit. Unterwegs kann ich dir alles erzählen."

Wenig später hatten sie die Stadt hinter sich gelassen und ritten ohne Hast. Je länger Chiemo schwieg, umso deutlicher zeichnete sich eine Unmutsfalte auf Arnulfs Stirn ab.

„Nun sag schon, was es mit dem Pferdehändler aus Nitra auf sich hat, von dem du in der Taverne gesprochen hast!"

Der befehlsgewohnte Ton ließ Chiemo erneut zögern.
„Na, was ist? Traust du mir nicht mehr, nach all dem, was wir in den letzten Wochen zusammen erlebt haben?“
„Du wirst mich für verrückt halten, wenn ich es dir zu erklären versuche“, machte Chiemo einen letzten halbherzigen Versuch, vorzubeugen.
„Fang endlich an und höre auf, um den heißen Brei herumzureden!“
Arnulf zeigte durch eine unwirsche Handbewegung an, daß er mit seiner Geduld am Ende war. Chiemo wußte, daß ihm keine andere Wahl blieb, als mit der Wahrheit herauszurücken.
„Es geht nicht um den Händler aus Nitra“, sagte er und zwang sich, Arnulf dabei offen ins Gesicht zu blicken.
„Um wen dann?“
„Erinnerst du dich an den Blinden aus dem großen Rat?“
„Kurszáns Neffen? - Ja, du hast uns erzählt, daß ihr Freunde geworden seid, während er als Gefangener auf eurem Hof war.“
Chiemo bemerkte, wie Arnulfs Stimme einen leicht verächtlichen Tonfall annahm.
„Was hat er mit dem Händler zu tun?“
„Er wurde geschickt, Aitonys' Sohn nach Regensburg zu bringen, um sich dort mit dir zu treffen.“
„Wenn es um ein paar gute Pferde geht, können wir ins Geschäft kommen.“
„Es geht nicht um Pferde!“ erklärte Chiemo. „Er will an die Hofschule.“
„Wer?“
Überrascht hob Arnulf den Blick.
„Fájsz, Aitonys' Sohn.“
Als habe der Blitz neben ihm eingeschlagen, fuhr Arnulf im Sattel herum.
„Sag das noch einmal!“
„Aitony bittet dich, ein Wort dafür einzulegen, daß sein Sohn in die Hofschule aufgenommen wird“, wiederholte Chiemo, bemüht, seiner Stimme einen festen Klang zu geben.
„Du bist wirklich verrückt! Glaubst du allen Ernstes, ich würde mich dafür verwenden, daß man einem heidnischen Steppennomaden Zuritt zum Königshof in Regensburg gewährt? Erschlagen würde man ihn wie einen räudigen Hund.“
Trotzig warf Chiemo den Kopf zurück.
„Es wäre in deinem Interesse, das zu verhindern!“
„Warum sollte ich mich für diesen Bastard stark machen?“

Chiemo ignorierte Arnulfs aufkeimenden Zorn.

„Sprich nicht so über jemand, den du nicht kennst, und dessen Schicksal eng mit deinem verknüft ist!“

Er griff Arnulf in den Zügel und zwang beide Pferde zum Stehen. Ernste Entschlossenheit lag auf seinem Gesicht.

„He! Was soll das?“ begehrte Arnulf auf.

„Du solltest dein Schicksal nicht mit Füßen treten!“ warf Chiemo ein. „Ich war dabei, als ein Seher Aitony prophezeite, daß du vor Ablauf dieses Jahres zum Herzog ausgerufen wirst und daß Fájsz dich als Verbündeten zurück in sein Land führen wird.“

„Hirngespinste eines Irren!“ wischte Arnulf Chiemos Bedenken mit einer ungehaltenen Handbewegung weg, aber die Anspannung in seinem Gesicht verriet, daß ihn das soeben Gehörte doch mehr beschäftigte, als er zuzugeben bereit gewesen wäre.

Die sinkende Feuerkugel der Sonne warf ihr rotes Licht auf den Fluß zu ihrer Rechten, als sie beide die Türme des Kastells zu Laufen in der Ferne aus dem verschwommenen Dunst aufsteigen sahen. Der Weg, den sie ritten, schlängelte sich durch dichteres Buschholz. Lange Zeit war nichts zu hören, außer dem knirschenden Sattelleder und dem Hufgetrappel der Pferde auf dem staubigen Boden.

Je näher sie kamen, umso deutlicher zeichneten sich die Buchweizenfelder in den Talmulden der Hügel an den jenseitigen Uferhängen ab. Dichter werdender Baumbestand entzog jetzt den Wasserlauf selbst ihren Blikken. Aber auch ohne Sicht auf die große Flußschleife, die den Fähr- und Stapelplatz im großen Bogen umfloß, hörten sie immer deutlicher das Wildwasser, das sich mit reißender Kraft durch die Stromschnellen und Felsbarrieren unweit der Siedlung seine Bahn gebrochen hatte.

Schon seit Menschengedenken rankten sich unheimliche Geschichten um die „Nocken“, denen selbst die erfahrensten Bootsleute ihren Respekt zollten. Alle Schiffer waren zum Umladen und zum Stapeln der Waren gezwungen. Das brachte den Bewohnern ein Zubrot als Flößer und Treidler und dem Bischof, als ihrem Lehensherren, reiche Stapelzölle.

Arnulf war abgesessen und pißte gerade mit sichtlichem Wohlbehagen eine große Pfütze auf den trockenharten Boden, als plötzlich helle Hammerschläge vom Fluß zu ihnen herüberschallten. Gleich darauf mischte sich ein dumpfes Rumpeln und Poltern in das Gurgeln des Wassers, und beide spürten sie ein leichtes Beben durch die Erde laufen.

„Sie bringen Stämme zu Wasser!“ Rasch brachte Arnulf seine Kleidung in Ordnung und führte sein Pferd am Zügel durch das Buschwerk. Sie fanden seine Vermutung bestätigt. Männer mit nackten Oberkörpern und eisenbewehrten Stangen balancierten auf schwimmenden Stämmen und hängten die mit Haken versehenen Ketten zu langen Flößen zusammen. Unweit davon ließ eine Gruppe Leibeigener, bewacht von bewaffneten Reitern, immer neue Stämme in den Fluß rollen.

„Mein Gott! Sieh doch! Sie scheinen ganze Truppenverbände mit Flößen flußabwärts befördern zu wollen“, stieß Arnulf Chiemo aufgeregt in die Seite. Er deutete auf mehr als zwei Dutzend zusammengehängter Gefährte, die an weit in den Fluß hineinragenden Landungsstegen festgezurrt waren. Überall davor standen ausgespannte Fuhren mit Heu und Korn, und auf den Flößen selbst stapelten sich Kisten und Säcke mit Proviant, aber auch Harnische, Waffen und Schilde, Ausrüstung und Verpflegung, wie sie größere Truppenverbände brauchen.

„Mir scheint, hier gehen größere Dinge vor sich, als wir angenommen haben“, sagte Arnulf, ohne den Blick von dem Geschehen vor ihnen abzuwenden. „Allerdings sollte es mich wundern, wenn sich der Metropolit dazu herabließe, auf so unsicherem Gefährt zu reisen.“

Er verstummte und schob einen Ast zur Seite, um ein besseres Blickfeld zu haben.

„Das sind keine Männer des Bischofs!“ stellte er überrascht fest. „So weit ich es erkennen kann, tragen sie das Wappen des Grafen Sieghard.“

„Seine Leute scheinen nicht gerade schonend mit den Hörigen des Erzbischofs umzugehen“, warf Chiemo ein.

Als habe er Zweifel, kniff Arnulf die Augen zusammen.

„Wundert mich, daß der es duldet, daß ein Fremder auf seinem Territorium Befehle erteilt! Es ist doch allgemein bekannt, wie empfindlich er auf jede Einmischung in seine inneren Angelegenheiten reagiert!“

Der Knall einer Peitsche ließ Arnulf verstummen. Mit einer ganzen Salve von Schlägen dicht über die Köpfe trieb eine der Wachen die Männer an.

„Beeilt euch, daß ihr die letzten Stämme vertäut, ehe es dunkel wird, oder ihr bekommt alle den Riemen hier zu spüren! Ich würde euch nicht raten, Graf Sieghards Zorn herauszufordern! Er wird es Bischof Theotmar so schnell nicht vergessen, daß er ihn wie einen dummen Jungen hat stehen lassen und mit seinen Hundertschaften ohne ihn in guten Booten innabwärts gefahren ist!“ Als würde es sich um ihre Widersacher handeln, schlugen die Treidler und Flößer ihre hakenbewehrten Stangen in die letzten Stämme und vertäuten sie längsseits neben dem fast fertigen Floß. Schonungslos trieben die Wachen die Dörfler an, die ihre letzten Kräfte mobilisierten. Ihre Gesichter und ihre abgemagerten Körper waren gekennzeichnet vom harten Leben in arbeitsamer Dürftigkeit. Zu Chiemos Verwunderung schien Arnulf die Art und Weise, wie die Wachen mit den Hörigen umgingen, völlig unberührt zu lassen, während er in sich eine immer heftigere Wut aufsteigen fühlte. Schon wollte Chiemo aufbegehren, als endlich eine der Wachen ein Zeichen gab, daß die Arbeit beendet war.

„Bring unsere Pferde ins dichte Unterholz!" raunte Arnulf und deutete auf die Männer, die vom Fluß her geradewegs auf sie zukamen.

„Sieh zu, daß die Tiere keinen Laut von sich geben! Vielleicht kann ich etwas aufschnappen, was uns von Nutzen sein kann. Ich brenne darauf, aus dem Mund einfacher Leute zu erfahren, was sich in unserer Abwesenheit im Land getan hat, und wie die Menschen darüber denken."

Chiemo nickte wortlos und war kurz darauf mit den beiden Pferden im dichten Unterholz verschwunden. Ein hitziger Wortwechsel hatte sich unter den Männern entsponnen. Gereiztheit und Groll klang immer stärker aus ihren Stimmen. Als sie sich weit genug von den Reitern am Fluß entfernt hatten, die die Vorräte auf den Flößen bewachten, machten einige lautstark ihrem Zorn und ihrer Wut Luft. Je näher sie kamen, desto deutlicher konnte selbst Chiemo die einzelnen Stimmen unterscheiden.

„Wie lange sollen wir noch zusehen, wie sich Sieghards Männer einfach nehmen, wofür wir Bauern uns tagein tagaus abgerackert haben?"

„Wenn's nur das wäre! Keine Magd, nicht einmal unsere Frauen sind vor den Zudringlichkeiten von Sieghards Männern sicher!" schrie einer dazwischen.

Ein allgemeines Pallaver begann. „Monatelang haben uns die Steuereinnehmer des Metropoliten bis aufs Blut ausgepreßt. Dann haben sich die Reisigen des Bischofs vor ihrem Aufbruch an unserem Vieh und unseren Vorräten schadlos gehalten, und als sei das noch nicht genug, brechen nun auch die reichsunmittelbaren Herren wie die Wölfe mit ihrem Kriegsvolk in unsere Hütten und rauben uns die letzten Bissen vom Mund, gar nicht zu reden von den Dingen, die sie ganz einfach mitgehen lassen. Selbst der Ungar könnte nicht schlimmer hausen!"

„Den Tod sollen sie sich an die Gurgel fressen!" schrie einer dazwischen.

„Und wenn ihr zehnmal recht habt! Haltet euer loses Maul! Ihr redet uns alle noch um Kopf und Kragen."

„Mit welchem Recht bürden die Herren uns alle Lasten auf? Schaut nicht jeder von ihnen nur auf seinen eigenen Vorteil? Nicht einmal angesichts drohender Gefahr können sie untereinander Einigung erzielen! Sie kennen nichts als Gier, Intrigen und ihre Eitelkeit!"

Die Stimmen wurden leiser und entfernten sich, übertönt vom Rauschen des Wassers und dem Knarren der Stämme. Arnulf winkte Chiemo herbei.

„Hast du es gehört? Wie soll man das gemeine Volk dazu bringen, einen Krieg mitzutragen, wenn die Fürsten untereinander zerstritten sind wie Hund und Katz, und jeder nur auf seine Gelegenheit wartet, seinen Besitz zu mehren und sein Herrschaftsgebiet zu erweitern? Einzig mein Vater vermag sie mit seiner Kriegserfahrung zu beeindrucken! Er ist der einzige, dessen Autorität sich alle Edlen im Ostreich beugen. Eine eiserne Faust ist notwendig, die sie in ihre Schranken weist und sie zwingt, ihre Zwistigkeiten zu begraben, und alle Energie einzig darauf lenkt, die Feinde, die unser Land bedrohen, mit vereinten Kräften zu vernichten. Ich möchte nicht hören, wie sie schreien und aufheulen, wenn sie jemand zu den gleichen Opfern zwingen würde wie sie das niedere Volk! Hätte ich die Macht meines Vaters, ich hätte sie alle schon längst die Schärfe des Schwertes kosten lassen. Zu spät werden sie einsehen, daß ein selbst auferlegtes Joch leichter zu tragen ist, als eines, in das der Sachse oder der Ungar sonst eines Tages ihre stolzen Nacken zwingt!"

Erstaunt hob Chiemo den Blick. Das Gesicht Arnulfs wirkte hart, wie aus Metall gehämmert, und in seinen Augen glühte ein unbeugsamer Wille.

Sie ritten am Ufer entlang auf die große Flußschleife zu, welche die Landzunge mit dem Castrum umzog. Es war ein von der Natur begünstigter Platz. Hier hatten die Menschen seit alters her gefunden, was sie zum Leben brauchten: Fische, Wild, Wasser und guten fruchtbaren Boden. Die Eichen und Buchen auf den Uferwällen mochten schon gestanden haben, ehe sich Menschen in einer Dorfgemeinschaft hier niedergelassen hatten.

Sie näherten sich dem Plateau, auf dem sich die Umrisse der Dächer und Türme des befestigten Kastells abzeichneten, mit dem bereits unter den Karolingern die Herzöge den Salzhandel über die gefährlichen Stromschnellen gesichert hatten. Hinter hohen Flechtzäunen sahen sie die Strohdächer windschiefer Hütten. Fischer, Flößer und Treidler hatten sich hier am Fuß des Wallhanges im Schutz des Kastells angesiedelt. Auf den Pfaden zwischen den Hütten begegneten ihnen ausgemergelte, zerlumpte Gestalten. Wortlos und ohne aufzublicken wichen die Menschen den beiden Fremden aus. Aus ihrer Haltung sprach die Scheu von Dörflern, die nichts anderes konnten, als den Nacken zu beugen und für fremde Herren den Rücken zu krümmen. Arnulf und Chiemo lenkten ihre Pferde zwischen den lärmenden Kriegshaufen über den freien Platz vor dem Kastell. Aus zahlreichen kleinen Feldschmieden klangen Hammerschläge über das Lager. Von überall her brachte ein jeder seine Waffen, um sie schärfen oder instandsetzen zu lassen, während Zeugwarte genau darüber wachten, daß die Sattelgurte überprüft und das Zaumzeug eingefettet wurde. Wo Arnulf und Chiemo auch hinkamen, überall sah es so aus, als stehe schon morgen der Kriegsfall bevor.

Sehr oft mußten sie ausweichen oder einen Bogen schlagen. Viele der Männer hatten sich schon aus Zweigen und Nadelreisig ihr Lager unter freiem Himmel bereitet. Der Duft gebratenen Fleisches lag in der Luft, und der Anblick mehrerer Lämmer und Ferkel, die an Spießen über den Feuern brieten, ließen Chiemo schmerzlich den eigenen Hunger spüren und das Wasser im Mund zusammenlaufen. Es hätte nicht viel gefehlt, und er hätte sich wie die meisten der Männer einfach angestellt und sich mit dem Messer ein Stück Fleisch von dem sich drehenden Schwein geschnitten. Aber Arnulf packte Chiemos Pferd am Zügel und zog ihn weiter.

„Wir wollen uns erst beim Pfleger des Bischofs melden und fragen, ob er uns ein Lager für die Nacht anweisen lassen kann“, raunte er und drängte die Pferde aus dem Lichtschein der Feuer.

Immer höher wuchs das Kastell in der Dämmerung vor ihnen auf. Mit geübtem Auge musterte Arnulf die mit einem Wall geschützte und palisadenbewehrte Anlage. Die stabilen Wände aus dem Holz hundertjähriger Eichen machten das Castrum zu einer sicheren Festung.

Sie faßten den Zaum der Tiere und führten die Pferde durch das offene Tor in den Innenhof. Keine der Wachen nahm in dem dichten Gedränge von ihnen Notiz. Das offene Viereck von Pallas, Wehrhaus und Zehenthaus nahm sie auf, in das man nur durch das Wehrtor dazwischen gelangen konnte. Unweit der Torhalle, im Halbdunkel gelegen, plätscherte ein Brunnen. Unwillkürlich drängten die Tiere von selbst in die Richtung. Chiemo beugte sich über den Rand, schöpfte Wasser mit der hohlen Hand und wusch sich den Staub vom Gesicht. Plötzlich fühlte er sich in die Seite gestoßen, und als er den Kopf hob und sich mit den Händen über das triefende Gesicht fuhr, hörte er aufgeregte Stimmen vom Wehrhaus her über den Hof schallen. Unter den Beifallsrufen einer wilder Rotte Reisiger rollten zwei Männer ein lehmverschmiertes Faß in den Hof, beschimpft von einem dickleibigen Verfolger. Seine hilflosen Versuche, des Fasses habhaft zu werden, forderten den Spott der Männer heraus.

„Den Tod sollt ihr euch in die Gurgel saufen!“ schrie er mit sich überschlagender Stimme.

„So laß ich mir den Tod gefallen“, lachte ein grobschlächtiger Kerl und fuhr mit beinahe zärtlicher Geste über das Faß, ehe er es mit spielerischer Leichtigkeit auf eine Futterkiste wuchtete.

„Vergraben hat er es, der Geizkragen! - Eine Axt!“ schrie er.

„Her mit den Humpen! Wir wollen auf das Wohl seiner hochfürstlichen Gnaden anstoßen.“ Kienfakeln wurden geschwenkt, und in ihrem unruhigen Schein sah Chiemo die Gesichter der Männer aufzucken. Es waren ausnahmslos Hauptleute und Hundertschaftsführer in den Farben des Grafen.

„Sieghards eiserne Garde“, hörte Chiemo Arnulf neben sich in die Flüche und Verwünschungen des Verwalters sagen.

„Wilde Kämpfer, deren einziger Lebensinhalt der Krieg ist.“

Ein wuchtiger Schlag zertrümmerte den Deckel des Fasses. „Der erste Schluck für Euch, Feldhauptmann!“

Ein gedrungener Krieger im Lederkoller und mit mächtigen Schultern schöpfte einen Birkenhumpen voll. Unter den Zurufen der Umstehenden setzte er ihn an die Lippen und trank mehrere herzhafte Schlucke, ehe er die Kanne erneut eintauchte und die Holzbecher der anderen füllte.

„Ein guter starker Tropfen. Hier, stoßt mit uns an auf das Wohl seiner hochfürstlichen Gnaden!“ lachte er spöttisch und reichte dem Verwalter einen Becher mit Wein.

Mit einem wütenden Fluch schlug der Pfleger dem Hauptmann den Becher aus der Hand, wich jedoch zurück, als er seinen Gegner einen drohenden Schritt auf sich zukommen sah.

„Genug jetzt! Ihr habt euren Spaß gehabt!“ zerschnitt eine befehlsgewohnte Stimme die einsetzende Stille. Ein Mann mittleren Alters und im leichten Kettenhemd stand auf den Stufen des Aufgangs zum bischöflichen Pallas. Er war von hohem Wuchs und trug um den Hals eine Adelskette, die ihn als reichsunmittelbaren Gefolgsmann des Königs auswies. Das energische Kinn und die scharf geschnittenen Linien verliehen seinem Gesicht im Schein der Fakeln einen kraftvollen Ausdruck. Obwohl er den Grafen noch nie gesehen hatte, wußte Chiemo vom ersten Moment an, wen er vor sich hatte. Sieghard eilte der Ruf eines siegreichen Kriegsmannes voraus. Seine Familie war im Besitz zahlreicher Hofmarken und Dörfer zwischen Chiemsee und Salzach. Mit den größten Geschlechtern aus dem fränkischen Reichsadel versippt und verschwägert, verkehrten sie sogar als „consanguini“ am Hofe des Kaisers.

Sieghard selbst war ein mächtiger Grundherr und vom König persönlich als Vasall über den Reichshof zu Salzburghofen als königliche Domäne eingesetzt. Nicht nur, daß er in dessen Auftrag das Vogteirecht über das Erzstift in Salzburg ausübte, kontrollierte er auch die wichtigen Handelsstraßen und Brücken, über die Waren nach Süden über die Berge und in die grenznahen Siedlungen im Traungau liefen.

Die Stimme des Pflegers riß Chiemo aus der Erinnerung an die Berichte und Erzählungen seines Vaters.

„Zum Teufel mit Euch und Euren Männern! Was maßt Ihr Euch an, über fremden Besitz zu verfügen, und wer gibt Euren Männern das Recht, in meiner Pflegschaft zu hausen wie die Wölfe im Pferch? Ich werde Euch vor dem Landthing zur Rechenschaft ziehen lassen, und Bischof Theotmar wird bei dieser Gelegenheit Entschädigung für die entstandenen Verluste von Euch fordern."

„Muß ich Euch daran erinnern, daß nicht ich diese Situation herbeigeführt habe? Ihr wißt so gut wie ich, warum wir hier kampieren und auf Eure Gastfreundschaft angewiesen sind! Der Krieg verlangt nun einmal von allen seine Opfer!"

Die Stimme Sieghards klang herausfordernd ruhig.

„Gastfreundschaft! Daß ich nicht lache!"

Gallige Wut schwang in dem Zornausbruch des Pflegers mit.

„Eine Heimsuchung seid ihr für uns und alle Dorfbewohner. Ihr fordert, wozu Ihr kein Recht habt, und Eure Männer nehmen sich einfach, was ihnen nicht gehört. Selbst der Ungar könnte nicht schlimmer hausen. Wo immer Eure Leute auftauchen, rauben sie Früchte von den Feldern oder Tiere aus den Stallungen, und wenn unsere Hörigen nicht genügend trockenes Holz für die Feuer heranschleppen, dann reißen sie einfach Balken von den Dächern und holen alles, was Holz ist, aus den Häusern."

Chiemo sah, daß sich Sieghards Gesicht verdüsterte, obwohl er sich bemühte, seinen Zorn zu beherrschen.

„Ihr vergeßt, Pfleger, mit wem Ihr sprecht! Ich brauche Euch nicht darauf hinzuweisen, daß für die Bereitstellung zum Heerbann besonderes Recht gilt. Jeder ist verpflichtet, so weit er kann, Truppen auf seinem Territorium mit Vorräten zu versorgen. Ich kann Euch für unterlassene Hilfeleistung vor dem Sendbotengericht zur Rechenschaft ziehen lassen. Bischof Theotmar war es, der seine Truppen trotz gegenseitiger Vereinbarung noch vor unserem Eintrefffen in halb besetzten Schiffen nach Passau auf den Weg gebracht hat, obwohl Markgraf Luitpold unserer beider Truppen gemeinsam dorthin beordert hat. Wahrscheinlich wird sich der Bischof jetzt ins Fäustchen lachen bei der Vorstellung, wie sich meine Männer auf dem steinigen Weg dorthin die Füße wund laufen. Und das alles nur, damit er auf die Aufstellung der Heeresgruppen in seinem Sinne Einfluß nehmen und für sich den Oberbefehl über den Heeresflügel fordern kann, der von den Schiffen aus den letzten, ausschlaggebenden Stoß gegen den Feind führen soll."

„Das sind doch letztlich nur Vermutungen!"

„Aber sie treffen die Wahrheit ebenso wie die Tatsache, daß Ihr plötzlich versucht, Euch zum Fürsprecher der Dörfler aufspielen zu wollen. Ich möchte nicht wissen, wieviel von den Abgaben und Steuern an das Erzstift Ihr in die eigenen Taschen wirtschaftet. Aber ich kann Euch beruhigen."

Jede Gereiztheit war bei den letzten Worten aus der Stimme des Grafen verschwunden.

„Ihr sollt Entschädigung für jeden entstandenen Schaden erhalten, wenn es uns erst gelungen ist, den Ungar zu besiegen und ein für allemal aus dem Land zu verjagen."

Die Mundwinkel des Verwalters zuckten verächtlich.

„Und was, wenn der Ungar siegreich bleibt?"

„Wollt Ihr an der Aufrichtigkeit meiner Worte zweifeln?"

Die Frage Sieghards schwang noch über dem Hof, als plötzlich lautes Johlen und Freuderufe draußen an den Feuern aufstiegen. Durch das Tor drang lauter Tumult. Einer von Sieghards Männern stürzte herein.

„Der Tenglinger ist's mit einem großen Trupp Berittener!" keuchte er völlig außer Atem.

Überrascht wandte sich der Graf dem Tor zu, ohne sich um das Aufbegehren des Verwalters zu kümmern. Mit einer energischen Handbewegung brachte er den letzten Versuch eines Einwandes zum Verstummen.

Hufschläge brachen sich an den Mauern der Torhalle, und im gleichen Augenblick jagten Berittene in Kettenhemden und bis an die Zähne bewaffnet in den Hof. Hinter dem rasselnden Troß drängten unablässig Scharen von Kriegern und neugierigen Dörflern durch das Tor, und im Nu war der Platz von lärmenden Menschen erfüllt.

„Wo zum Teufel wart Ihr so lange, Emmerich?" wandte sich Sieghard mit sichtbarer Gereiztheit an den Anführer des Reitertrosses. „Wir hatten Euch früher erwartet! Ich hoffe Ihr habt triftige Gründe für Euer Zuspätkommen?"

Der Angesprochene sprang aus dem Sattel. Er ignorierte Sieghards Unmut und begrüßte ihn herzlich wie einen alten Bekannten.

„Ich weiß, Sieghard, daß Ihr es nicht gewohnt seid, daß man Euch warten läßt. Aber ehe Ihr mir weitere Vorhaltungen macht, werft erst einmal einen Blick hierauf!"

Der Tenglinger griff in die Satteltasche und reichte Sieghard eine gesiegelte Rolle, wie sie gewöhnlich als Geleitpapier ausgestellt wurde. Rasch überflog er den Inhalt und hob erstaunt den Kopf.

„Was soll das?" fragte er ungehalten und beugte sich etwas vor. „Nun macht schon endlich den Mund auf, Emmerich! Es ist jetzt nicht die Zeit, Rätsel zu lösen! Wir bereiten uns auf einen Krieg vor."

„Eben darum!" antwortete Emmerich mit einem triumphierenden Lächeln. „Wartet!"

Er stieß einen spitzen Pfiff aus und winkte einem der Männer hinter sich zu. Unruhe entstand in der Menge, die eine Gasse öffnete. Mit trommelnden Hufen brach ein Hengst mit flatternder Mähne in den Lichtkreis. Sich aufbäumend zerrte er an dem Seil, das ihn gefangen hielt. Wie Irrlichter funkelten seine Augen im Schein der Fakeln. Er war zartgliedrig und von kleinem Wuchs, rehbraun, mit schwarzem Schweif und dunklem Haarrist.

Wie gebannt starrte Chiemo auf das herrliche Tier, taub für die bewundernden Rufe aus der Menge. Er hatte Mühe, den Aufruhr in seinem Inneren niederzukämpfen und trotz der noch spürbaren Wärme des Tages fühlte er einen Schauer über den Rücken laufen.

„Na, was meint Ihr dazu?" hörte er den Tenglinger fragen. „Habt Ihr je ein Pferd mit einem solchen Feuer gesehen? Die Freiheit der Steppen pulsiert in seinem Blut, und es verlangt, mit dem Wind um die Wette zu galoppieren."

„Ihr kennt meine Vorliebe für gute Pferde, Emmerich. Aber wollt Ihr allen Ernstes behaupten, daß Ihr wegen eines Pferdes ...?"

Ein vielsagendes Lächeln um die Mundwinkel des Tenglingers ließ Sieghard verstummen.

„Verdammt, Emmerich! Nun sagt schon, ehe ich mich vergesse und jedes Wort aus Euch herausschüttele!"

„Nicht eins, es sind sechs Dutzend Pferde - eines so prächtig wie das andere. Seid Ihr nicht auch der Meinung, daß wir unsere Reiterei damit erheblich verstärken könnten?"

Das Raunen der Menge ging unter im trommelnden Hufschlag, der sich an den Wänden zwischen Torhalle und Wehrhaus brach. Unwillkürlich wich alles zur Seite, um sich vor den stampfenden Hufen in Sicherheit zu bringen. Auch Arnulf und Chiemo wurden samt ihren Pferden von der Menge in einen dunkleren Winkel des Hofes gedrängt. Das schrille Wiehern und die Ausdünstung der fremden Wildpferde hatte ihre Tiere in höchste Aufregung versetzt. Für geraume Zeit war Chiemos Aufmerksamkeit ganz davon in Anspruch genommen, sie zu beruhigen. Gerade schien sich das Gewühl der Menge etwas zu beruhigen, als aus der Mitte des Gedränges wüste Beschimpfungen laut wurden. Chiemo war die Sicht versperrt.

„Verfluchte Bastarde!“

„Erschlagt dieses Pack!“

„Gott möge uns beistehen!“ schrie eine Frauenstimme spitz.

„Was ist?“ Hörte Chiemo Arnulf neben sich gegen den Lärm anschreien. „Warum sind die Leute plötzlich so aufgebracht?“

Chiemo warf Arnulf einen fragenden Blick zu. Eine bange Ahnung stieg in ihm auf, und gleichzeitig überfiel ihn ein Gefühl der Angst und nahender Gefahr. Für wenige Augenblicke hatte er plötzlich freies Blickfeld. Ein klatschender Schlag lenkte seinen Blick auf eine Gruppe Gefangener, die in den Lichtschein der Fakeln torkelten. Es waren Menschen, am Ende ihrer Kräfte und von Schmutz und Staub überzogen. Keuchend und erschöpft sanken sie zu Boden, eine Hand schützend über den Kopf gehoben, um die Schläge abzuwehren, die auf sie einhagelten. Chiemo konnte ihre Gesichter nicht erkennen. Erst jetzt bemerkte er die Lederschlinge um den Hals der Gefangenen, mit denen sie an den Sattelknauf der Reitpferde gefesselt waren. Deutlich konnte er die dunklen Striemen erkennen, die die Seilschlingen in ihre Hälse geschnitten hatten.

Chiemo schob die Gaffer in den vordersten Reihen zur Seite. Einer der Männer des Tenglingers trat an die am Boden Liegenden heran.

„Steht auf, ihr dreckigen Spitzel!“ schrie er und stieß ihnen die Fußspitze in die Seiten.

Zwischen den Köpfen zweier Reisiger hindurch sah Chiemo wie er sich über einen der Gefangenen beugte und ihn mit Gewalt auf die Beine riß.

„Weißt du, wie wir mit Leuten verfahren, die mit den Ungarn gemeinsame Sache machen?“

Er zerrte an der Schlinge, die sich straff um den Hals des Gefangenen legte. Im spärlichen Lichtkreis einer Fakel konnte Chiemo nur die dunkle Silhouette des Mannes erkennen, nicht jedoch sein Gesicht. Langsam wendete er den Kopf. Im Halbprofil glaubte er plötzlich vertraute Züge zu erkennen.

„Mein Gott, laß es nicht wahr sein!“ keuchte er. Von panischer Angst getrieben schob er sich nach vorne, unfähig, die Ungewißheit noch länger zu ertragen.

„Hängt sie an den nächsten Baum!“ begann jemand aus der Menge zu schreien. Andere wütende Stimmen mischten sich dazwischen. Nichts Gutes ahnend trat Chiemo aus der Menschenmauer. Als er nur noch wenige Schritte von dem Gefangenen entfernt war, machte sich dieser unerwartet mit einem entschlossenen Ruck aus dem Griff seines Bewachers frei.

„Zum Teufel mit dir! Nimm deine Hände von mir! Ist es so mit der Sicherheit für Kaufleute in diesem Land bestellt?“ wandte er sich voll Selbstsicherheit an den Grafen.

Beim Klang der Stimme war Chiemo unwillkürlich zusammengezuckt. Wie ein Blitz traf ihn die Erkenntnis, und lähmende Angst krampfte ihm das Herz zusammen.

„Tarhos!“ flüsterte Chiemo kaum hörbar.

Der Anblick der schorfigen Wunden auf Gesicht und Armen erfüllte ihn mit ohnmächtiger Wut. Hilfesuchend wollte er sich nach Arnulf umsehen, aber er stand eingekeilt in der tobenden Menge, aus der viele wütend die Fäuste gegen die Fremden schüttelten.

Mit einer gebieterischen Geste brachte Sieghard die Drohungen und Beschimpfungen zum Verstummen.

„Wer seid Ihr?“

„Ich bin Tarhos, Händler aus Nitra in Böhmen.“

„Was werft Ihr ihnen vor Emmerich? Habt Ihr Beweise dafür, daß man sie zu Recht verdächtigt, in feindlichem Auftrag als Kundschafter unterwegs zu sein?“

Schlagartig war es still geworden.

„Es wäre nicht das erstemal, daß Leute wie die als Händler getarnt versuchen, Einzelheiten über die Kampfstärke unserer Truppen in Erfahrung zu bringen“, sagte Emmerich und deutete dabei auf Tarhos. „Wir haben sie drüben an der Seeleiten aufgegriffen, als sie versuchten, sich vor unseren Leuten in einem Auwald zu verstecken. Würdet Ihr es einen Zufall nennen, daß sie sich an unseren Sammelplätzen herumtreiben und dazu noch abseits der großen Handelswege und ohne den Schutz einer gesicherten Handelskarawane? Könnten die Pferde, die für den Verkauf auf den Märkten in Regensburg und Augsburg bestimmt sein sollen, nicht auch Kurierpferde für feindliche Agenten sein?“

Chiemo glaubte die Gefahr körperlich zu spüren, die für Tarhos und die anderen in der Beantwortung dieser Fragen lag.

„Zum Teufel, wenn Ihr recht hättet mit Euren Vermutungen, Emmerich! Nicht auszudenken, was für Folgen das haben könnte!“

Sieghard schien unentschlossen. Erneut flogen Fäuste in die Luft.

„Hängt sie, die Teufelsbrut!“

Die Gefangenen schienen die Gefahr zu spüren und drängten sich dichter zusammen. Plötzlich ließ der zuckende Schein einer Flamme ein Gesicht kurz aufleuchten. Es waren die Züge eines Kindes.

„Fájsz!“

Wie scharfer Stahl spürte Chiemo den verzweifelten Blick auf seiner Haut brennen. Für den Bruchteil eines Augenblicks trafen sich ihre Augen, ehe sich die aufgebrachte Menge erneut zwischen sie schob. Verzweifelt bahnte sich Chiemo einen Weg.

„Arnulf!“ schrie er immer wieder in hilfloser Ohnmacht und stieß die Menschen vor und neben sich grob zur Seite. Ein Pferd verstellte ihm den Weg.

„Arnulf! Mein Gott! Hilf ihnen!“ schrie Chiemo gegen das Toben der Menge . „Sie bringen sie um, wenn du ...“

Der Anblick seines Freundes ließ ihm die Worte auf den Lippen ersterben. Arnulf hatte sich in den Sattel geschwungen, um das Geschehen besser überblicken zu können. Den Kopf leicht geneigt, betrachtete er die Szene mit teilnahmslosem Blick. Sein Gesichtsausdruck war undurchsichtig, die Augen wirkten kalt. Wie der Blick eines Raubvogels, der seine Beute taxiert, schoß es Chiemo ungewollt durch den Kopf.

„Dein Händler?“ fragte Arnulf nur kühl und machte sich ohne den Blick zu senken aus dem Griff frei, mit dem Chiemo sein Handgelenk umspannt hielt.

„Kann es dich wirklich gleichgültig lassen, wenn Unvernunft und Habgier unschuldige Menschen das Leben kostet?“ schrie Chiemo an Stelle einer Antwort.

„Hast du dich eigentlich je gefragt, ob man dich nicht auch getäuscht haben könnte?“

Schneidende Kälte klang aus Arnulfs Stimme, und eine brutale Offenheit lag in dem Blick, mit dem er Chiemo musterte. Es war ein Messen und Ringen mit den Augen. Chiemo wußte nur zu gut, wie Arnulf auf den leisesten Schatten eines Zweifels reagieren würde.

„Schlag sie aus, diese Gelegenheit, mit der dich das Schicksal herausfordert! Ihre Zukunft ist verknüpft mit deiner. Wenn du Aitony gekannt hättest, du würdest nicht einen Augenblick zögern.“

Ein Ruck schien durch Mensch und Tier zu gehen. Eine seltsame Entschlossenheit lag auf Arnulfs Zügen, als er plötzlich sein Pferd antrieb, während sich die Menschen in den vordersten Reihen nach Steinen bückten.

„Hört sofort auf! Ich bürge für diese Männer!“ Der Ton seiner Stimme ließ die Menschen auseinanderfahren und eine Gasse öffnen. Verwundert starrten sie auf den Mann mit der Waffe in der Faust.

„Wer den ersten Stein wirft, stirbt durch mein Schwert. Oder ist einer hier, der es wagt, die Hand auf etwas zu legen, was dieser Mann in meinem Auftrag von Fürst Tétény an meinen Vater, den Markgrafen Luitpold, überbringt?“

# Flammen über dem Wörth

Die Aufregung und Anspannung wegen der Truppenaufmärsche entlang von Inn, Salzach und Donau hatte sich schon lange gelegt. Eine lastende Schwüle lag seit Tagen über dem Land, und die Erntevorbereitungen ließen die Menschen zu den gewohnheitsmäßigen Arbeiten zurückkehren, die der Jahreszeitenablauf ihnen vorschrieb.

Anfangs hatten sich die jungen Burschen noch gegenseitig mit kühnen Prognosen überboten, wie lange es dauern würde, bis die eigenen Truppen den Feind ein für allemal aus dem Grenzland in die Weite der Steppen verjagt haben würden. Stolz hatten sie sich mit Taten ihrer Angehörigen gebrüstet, noch ehe der Krieg begonnen hatte. Aber das war lange her.

Hatten es die Menschen in den ersten Wochen kaum erwarten können, jeden Fremden über die neuesten Nachrichten aus dem Osten auszufragen, so begegneten sie jetzt einander stumm, gesenkten Hauptes und mit abwesenden Blicken, getrieben von unruhigen Gedanken und eigenen Sorgen. Nicht einmal Gerüchte oder Mutmaßungen gab es, die die Menschen aus der drükkenden Ungewißheit hätten herausreißen können. Nach außen hin verlief das Leben unverändert, aber in ihrem Innersten vermochten die Menschen die wachsende Bedrohung nicht zu verbergen, die sie erschütterte und verwirrte. Zwar hoffte man noch immer, daß das Unternehmen gelingen möge, aber dennoch war zu spüren, daß sich jeder im stillen auf das Schlimmste gefaßt machte.

Wie die Hitze über dem Land, so lastete die Angst auf allem, was lebte und atmete. Beides konnte Chiemo körperlich spüren, während er von der Klause zum Kloster unterwegs war. Wo früher Kinderlachen und Rufe über den Klosteranger geflogen waren, war jetzt nur Gereiztheit in den Stimmen der Frauen zu hören, wenn sie die Kleinen zurechtwiesen oder das Vieh aus den Gärten und Beeten verjagten.

Gerade als Chiemo in den Weg zum Wirtschaftshof einbiegen wollte, schallte der helle Klang der Totenglocke über den Anger. Es war nicht ungewöhnlich, und er achtete nicht weiter darauf, dann aber, als die Schläge sich zu einem wilden Stakkato steigerten, wußte er, daß etwas Außergewöhnliches vorgefallen sein mußte. Er begann zu laufen. Überall, wo er hinschaute, gähnende Leere. Kein Mensch weit und breit. Plötzlich traf ein seltsamer Ton sein Ohr. Es klang wie das Summen eines Bienenschwarms, aber etwas störte ihn daran. Als er um die Ecke bog, wußte er warum. Aus der Basilika klang laut und vernehmlich Gebetsgemurmel, nur - es war keine Gebetsstunde, und außerdem konnte er neben dem dunklen Baß der Mönche deutlich helle Frauenstimmen hören.

„Libera nos, domine!"

„Erlöse uns! Erlöse uns!" antworteten die Menschen mit bestürmender Inbrunst.

Er bog um die Außenmauer des Klosters, als plötzlich erregtes Geschrei von der Lände herauf zu hören war. Umringt von einer Traube von Klosterhörigen redete der Meier der Hofmark auf zwei Mönche ein und schrie seinen Männern Anweisungen zu. Chiemo konnte nur Bruchstücke verstehen.

„Der Kalsperger - aus dem Feindesland zurück...! - Das Heer bei Preßburg geschlagen! - Der König auf der Flucht!"

Wie von Furien gejagt hetzte Chiemo zur Koppel, sprang auf die Kruppe eines Pferdes und zwang das Tier, die Hände in die Mähne gekrallt, zu einem irren Galopp. Nur wenig später stand er mit Wigbert in der Straßenschenke am jenseitigen Ufer, wo sich die Menschen erregt debattierend bis in den Hof drängten.

Der Schrecken des Todes, die Unfaßbarkeit der Niederlage, und die Aussicht auf ein Leben in Schande hatten Spuren im Gesicht des Grafen Adalbert von Kalsperg, hinterlassen. Die Umstehenden bedrängten ihn unablässig mit bohrenden Fragen, aber nichts, weder gutes Zureden, noch der Wein, den er wie Wasser in sich hineinschüttete, vermochten seine Zunge zu lösen. Obwohl noch jung, saß er wie ein Greis und unter einer schweren Zentnerlast zusammengekauert und starrte mit leeren Augen auf den Inhalt in seinem Becher. Es hatte den Anschein, als würde er von Fieberschauern geschüttelt und als erstünden vor seinem inneren Auge immer neue, furchtbare Bilder.

Angerührt von Mitleid war Wigbert an den Kalsperger herangetreten und legte ihm in einer tröstlichen Geste die Hand auf die Schulter.

„Hat also Gott seine schützende Hand von uns gezogen?" fragte er einfühlsam.

Schmerz überflutete das Gesicht des Grafen. Tränen der Scham stiegen ihm in die Augen, als er beim Klang der vertrauten Stimme kurz den Blick hob.

„Sie sind tot, Bruder Wigbert!“ stammelte er. „Mein Gott! Mehr als 40 000 Männer. Die Ungarn - sie haben jeden unserer Heeresteile einzeln vernichtet. Alle Großen des Landes sind bei diesem mörderischen Ringen gefallen: Markgraf Luitpold, der königliche Erzkanzler, Bischof Theotmar von Salzburg, die Bischöfe Udo von Freising und Zacharias von Seben sowie neunzehn Grafen und drei weitere Äbte. Nur wenige konnten entkommen, und wer überlebte, den haben sie gejagt wie Wölfe das Wild.“

Seine Stimme brach mit einem röchelnden Laut, und erneut wurde sein Körper wie von Fieberschauern geschüttelt. Fassungsloses Entsetzen spiegelte sich auf den Gesichtern der Umstehenden. Erst nach und nach wurden sich die Menschen der Tragweite des Gesagten bewußt.

„Ruhig!“ schrie Wigbert und hob die Hände zum Zeichen, daß er etwas sagen wollte.

„Wo steht der Ungar jetzt?“ wandte er sich an den Grafen.

„Sie ziehen die Donau herauf. Bis zur Enns stehen die Dörfer auf beiden Seiten in Flammen. In ihrer Wildheit und ihrem Blutdurst werden sie nicht eher ruhen, bis das ganze Land in Schutt und Asche liegt. Der Ungar metzelt alles nieder, Männer, Frauen und Kinder, und wen sie am Leben lassen, den schleppen sie wie Vieh auf die Sklavenmärkte jenseits des Eisernen Tores.“

Der Kalsperger hob den Kopf und sein durchdringender Blick tastete über die Gesichter der Menschen in der Schenke.

„Wenn Gott uns nicht beisteht, dann überrennt der Feind in den nächsten Tagen den Traungau, und in einer Woche werden diese Hunde unser Vieh und unsere Vorräte holen!“

Erneut wurden Stimmen laut.

„Fort! Bringt euch in Sicherheit!“

„Führt das Vieh in die Berge!“

„Laßt uns allein!“ gebot Wigbert. „Bleibt besonnen und geht an eure Arbeit!“ versuchte er die Männer zu beruhigen. „Wir werden uns beraten und entscheiden, welche Maßnahmen getroffen werden müssen.“

Die Nachrichten und Gerüchte, die mit den Flüchtlingen aus der näheren und weiteren Umgebung eintrafen, waren widersprüchlich. Mal hieß es, die Ungarn beabsichtigten, sich im Traungau festzusetzen, tags darauf hieß es, sie wären im Begriff in das fränkische Stammland aufzubrechen, und kurz darauf berichteten Neuankömmlinge, der Feind stehe bereits nur noch einen Tagesritt im Osten unweit der Salzach.

Die sich widersprechenden Nachrichten steigerten die allgemeine Verwirrung und die Angst der Menschen. Wo immer es befestigte Plätze im

Land gab, strömten sie zusammen und suchten, sich und ihre Habe in Sicherheit zu bringen. Mit jedem Tag wurde ihre Schar größer, und verdichtete sich die Ahnung tödlicher Gefahr.

Auch bei den Mönchen auf der Au wurden umfangreiche Vorbereitungen getroffen. Immer deutlicher drang den Menschen die Erkenntnis ins Bewußtsein, was in Kürze über die Bevölkerung rund um den See hereinbrechen würde. Jetzt, wo sich die schlimmsten Befürchtungen als Wirklichkeit herausgestellt hatten, wurde in fieberhafter Eile nachgeholt, was man jahrzehntelang versäumt hatte. Jeder wehrfähige Mann, der auf die Insel übergesetzt wurde, erhielt, soweit er sie nicht selbst schon besaß, Waffen und Wehr und wurde den Frohnschergen des Klosters zugeteilt. Gemeinsam mit ihnen mußten sie die maroden Schanzanlagen der alten Fluchtburg im Süden der Insel erneuern und verstärken, die der Bevölkerung auf der Au neben dem Kloster Schutz bieten konnte. Schon zu Zeiten der Hunnenstürme errichtet, war sie den Menschen um den See auch während der Awareneinfälle letzte Zuflucht gewesen. Wiederholt hatte die riesige Wallanlage das Kloster vor Eroberung und Brandschatzung bewahrt.

Fieberhaft hackten die Männer Pfahlhölzer und spitzten sie zu, während Frauen und Kinder Erdwälle aufwarfen und eine Freifläche rings um die Fluchtburg rodeten und abbrannten. In der sengenden Hitze des Frühsommers schleiften Ochsengespanne Stamm um Stamm auf die mit grobem Geröll befestigte Dammkrone. In wenigen Tagen waren der Palisadenring und die beiden Tore stark genug, daß sie auch einem Sturmangriff trotzen konnten. Der Zugang zum See war durch einen verfallenen Stollen, der neu abgestützt werden mußte, gesichert, und selbst für den Fall, daß der Feind die Palisadenwand zu erstürmen versuchen sollte, lagen Pechkränze und unzählige Reisigbündel bereit, die als Brandgeschosse für Verwirrung unter den berittenen Angreifern sorgen sollten.

Tagtäglich setzten immer neue Gruppen von Schutzsuchenden aus allen Weilern der Umgebung auf die Insel über. Es waren einige Tausend Menschen samt Vieh und Vorräten, die zwischen Kloster und Wallburg auf den Weideflächen unter freiem Himmel lagerten. Selbst als die Mönche wegen der zunehmenden Enge den Fährbetrieb einstellten, suchte noch immer ein unaufhaltsamer Strom verzweifelter Flüchtlinge Zuflucht auf der Insel zu erhalten. Mit Flüchen auf den Lippen zog die Mehrheit zu den umliegenden Fluchtburgen weiter oder floh nach Süden in die Berge, wo sie sich in den Wäldern der unzugänglichen Täler verkrochen. Ein trauriger Rest verzweifelter und jammernder Menschen drängte sich an der Lände, rottete sich in

Gruppen zusammen und begann, aus Schwemmholz und dürren Stämmen einfache Flöße zu bauen. Männer drohten mit Fäusten und Werkzeugen zur Insel herüber, Frauen hoben in ihrer Verzweiflung anklagend ihre Kinder in die Luft.

Den Menschen auf der Insel blieb keine Zeit, sich Gedanken darüber zu machen, was sich unter den Flüchtlingen am jenseitigen Ufer abspielte. Mönche und Waffenknechte sorgten unter den Schutzsuchenden, wenn es sein mußte, auch mit Waffengewalt für eiserne Zucht. Männer übten sich unter der Anleitung der Frohnschergen in jeder freien Minute im Umgang mit den Waffen, Frauen und Kinder bauten Herdstellen aus Stein oder Lehm und begannen, aus dem mitgebrachten Mehl Brote zu backen und Vorräte anzulegen.

Immer und immer wieder ließ der Meier alle Wehrfähigen jede nur denkbare Angriffssituation durchspielen. Gemeinsam wurde nach der besten Abwehrtaktik gesucht und die Bewaffneten in verschiedene Wehrgruppen eingeteilt.

„Jeder von uns muß wissen, wo sein Platz ist und was er zu tun hat!" bleute er ihnen immer wieder ein. „Merkt euch die Zeichen und was sie bedeuten, denn sollte es dem Feind gelingen, auf die Insel überzusetzen, werdet ihr in dem Angriffslärm das eigene Wort nicht verstehen", versuchte er die Menschen immer wieder auf den entscheidenden Moment einer etwaigen Auseinandersetzung vorzubereiten.

„Heda! Was ist mit euch?" schrie Engilmar, der Meier, eine Gruppe wild aussehender Gestalten an, die für alle Anweisungen und Befehle taub zu sein schien. „Habt ihr keine Augen im Kopf? Glaubt ihr die Ungarn warten mit dem Angriff, bis es euch einfällt, zu den Waffen zu greifen?"

Einer der Angesprochenen trat nach vorn. Sein Gesicht war von einem dunklen Bart umrahmt. Wild hing ihm das Haar in die Stirn. Mit finsterem Blick baute er sich vor dem Meier auf, die Hände hinter den Schwertgurt gehakt.

„Meine Leute und ich haben schon unter Kaiser Arnulf gegen die Ungarn gekämpft. Wir lassen uns nicht von Mönchen oder irgend welchen Möchtegernen herumkommandieren! Diese Männer hier hören ausschließlich auf meinen Befehl!"

„Mag sein, daß ihr kampferprobter seid als wir", erwiderte Engilmar, und ein gefährlicher Unterton klang in seiner Stimme. „Es würde mich reuen, solltet ihr uns zwingen, auf die Kraft eurer Arme und eure Erfahrung zu verzichten. Aber hier auf der Insel erteilen nur der Abt oder ich Befehle!

Wenn ihr euch dem nicht fügen wollt, dann geht!"

„Versucht es, uns von der Insel zu verjagen!" drohte der Anführer und legte die Hand an den Schwertknauf. „Man würde einige von euch unter die Erde bringen müssen, noch ehe ein Ungar seinen Fuß auf die Insel gesetzt hätte."

Es sah aus, als wollten es die Männer tatsächlich auf ein Kräftemessen ankommen lassen. Plötzlich flog ein Gegenstand mitten unter die Gruppe. Niemand wußte, wer den Korb geworfen hatte. Im Nu waren die Männer von dichten Trauben summender Bienen umschwärmt, während die Umstehenden eiligst das Weite suchten. Nur kurz dauerte der ungleiche Kampf. Am ganzen Körper zerstochen, wälzten sich die Opfer stöhnend am Boden.

„Seht ihr! Selbst die kleinsten Lebewesen nehmen Anstoß an so viel Dummheit!" Beißender Spott lag in den Worten des Meiers.

„Und nun verschwinde mitsamt deinem Sauhaufen, ehe wir die Hunde auf euch hetzen!"

Chiemo war nicht viel Zeit geblieben, sich um die Vorgänge drüben rund um die Wallburg zu kümmern. Zu sehr waren die Mönche um den Abt damit beschäftigt, wertvolle Folianten und geweihte Geräte in Kisten zu verpakken. In größter Eile wurde alles, was Wert besaß, in unterirdische Gewölbe gebracht und dort von den Mönchen eigenhändig eingemauert, in der Hoffnung, es dadurch dem Zugriff etwaiger Plünderer entziehen zu können. Es war erstaunlich, welche Schätze sich in den zwei Jahrhunderten seit Bestehen des Klosters auf der Insel angehäuft hatten.

„Wieviel Blutgeld mag an jedem dieser Stücke kleben, wieviel Schweiß und wieviel Tränen?" entfuhr es Chiemo ungewollt, während er mit Wigbert jedes Stück anhand einer Bestandsliste in einem Verzeichnis registrierte.

Überrascht hob der Klausner den Kopf.

„Genau das ist es, warum ich es in diesen Mauern nicht mehr ausgehalten habe. Frag mich heute noch oft, wozu ein Mönch all den Tand braucht. Wärs nicht so traurig, lachen müßte man, wie sie sich plagen und abschleppen mit all dem Zierat. Wie sehr sind sie doch alle schwache Menschen. Sogar in Zeiten der Not und höchster Bedrängnis kommt selbst bei Mönchen der Herrgott zum Schluß."

Er machte eine Kniebeuge vor einem großen Wandkreuz.

„Sieh ihn dir an!" forderte er Chiemo auf. „Einst wie heute lassen ihn die Menschen im Stich! Komm, hilf mir! Laß uns das Kreuz hinübertragen zu den anderen in die Wallburg! Wir alle werden seinen Schutz und seine Hilfe brauchen!"

„He, Bruder Wigbert! Was für ein Unsinn! Wo wollt Ihr mit dem schweren Kreuz hin?“ rief einer der Dekane aus einem offenen Fenster der Klosterkanzlei. „Helft uns lieber, die Stiftsbücher samt Güterverzeichnissen und Pachtverträgen in Lederhäute einzunähen, damit sie unbeschadet von Säumern auf den Sennalmen der Schafberge in Sicherheit gebracht werden können, ehe sie dem Feind in die Hände fallen! Nur sie garantieren Besitz und Wohlstand des Klosters!“

Manche Menschen bekreuzigten sich, während Wigbert und Chiemo unbeirrt ihren Weg fortsetzten, andere schüttelten die Köpfe oder wichen scheu zur Seite.

Erschöpft ließen sich beide wenig später auf die Bank vor der Klause fallen, während die einsetzende Dämmerung die Berggipfel im Süden in zartes Licht tauchte. „Wie lang wird es dauern“ sagte Wigbert und zeigte auf die mächtigen Felsgrate, „bis uns die Wachfeuer der Hirten das Strafgericht Gottes anzeigen?“

Lange Zeit saßen sie stumm und lauschten in die trügerische Ruhe. Die Sonne begann zu versinken, als sich Wigbert schließlich ächzend erhob und aus den Ärmeln seiner Kutte eine gesiegelte Rolle hervorholte und sie gedankenverloren betrachtete.

„Nicht, daß du denkst, ich wollt mich bereichern! Hab jemand versprechen müssen, sie zu hüten wie meinen Augapfel. Und jetzt, wo viele nicht mehr heimkommen, könnt’s gut sein, daß das Leben von zwei Menschen an diesem Papier hängt. Nicht einmal dem Abt hat er getraut und sich vor Zeugen eine Abschrift siegeln lassen.“

Chiemo spürte, wie eine seltsame Unruhe von dem Siegel auf ihn überging, das vor seinen Augen baumelte.

„Komm! Laß uns nach einem sicheren Platz suchen, ehe es völlig dunkel wird!“

Von all den Ereignissen, die sich außerhalb des Moores abspielten, erfuhr Weriga nichts. Die meiste Zeit ging sie ganz in ihren alltäglichen Verrichtungen auf, von denen ihr Überleben in der Natur abhing, ebenso wie das ihres Kindes. Immer stärker und intensiver spürte sie seine Bewegungen in ihrem Leib. Weriga hatte es sich zur Gewohnheit gemacht, mit ihm Gespräche zu führen wie mit einem ständigen Begleiter. Dieser dauernde Dialog machte es ihr möglich, das intensive Glücksgefühl der Freiheit mit jemandem zu teilen. Sie beschrieb ihm die Farben der Blüten, die Anmut des Fluges, wenn Schwalben hoch über ihnen durch das Blau des Himmels schossen und das sanfte Rauschen, mit dem sich das Röhricht im leichten Windhauch wiegte. Sie brannte schon vor Ungeduld, ihrem Kind einmal all die Schönheiten zeigen und erklären zu können.

Hatte sie alle Aufgaben erledigt, die Vorräte ergänzt und die Fallen kontrolliert, setzte sie sich irgendwo in Ufernähe auf den weichen Boden und ließ den Blick hinaus über das Wasser des Sees hinüber zum Kloster schweifen. Hier, die Insel vor Augen, wanderten ihre Gedanken und Träume mit den Strahlen des Lichts hinüber zu Chiemo.

Groß war ihre Enttäuschung gewesen, als sie nach ihrem Zusammentreffen mit Wigbert wochenlang nichts mehr von ihm gehört hatte. In ihrem Stolz verletzt, hatte sie sich ganz ins Moor zurückgezogen, bis vor wenigen Tagen, als sie zweimal kurz hintereinander seine Stimme ihren Namen hatte rufen hören. Schließlich aber war ihr Stolz Sieger geblieben. Mehrmals hatte sie Chiemo bis auf Wurfweite herankommen lassen, um die ihr so vertrauten Züge zu sehen, aber er war, ihren Namen auf den Lippen, ahnungslos an ihr vorübergegangen.

Wenn Weriga durchs Moor streifte, dann tat sie es mit den wachen Sinnen eines Tieres. Die ständige Nähe von Wasservögeln in der freien Natur hatte sie gelehrt, zu unterscheiden, wann die Warnrufe von Enten einem Marder oder Fuchs galten, oder ob das aufgeregte Geschnatter den größten aller Räuber ankündigte. Oft hatten die Rufe der Wächter sie rechtzeitig gewarnt und ihr gemeldet, wenn Fischer mit ihren Booten durch das seichte Wasser stakten, um ihre Reußen auszulegen oder den Fang zu bergen.

Das Geschrei der Rohrdommeln und das aufgeregte Geschnatter der Enten an diesem Morgen versetzten ihre Sinne in höchste Wachsamkeit. Noch war sie zu weit vom Wassersaum des Röhrichts entfernt, als sie plötzlich das schmatzende Geräusch zu hören glaubte, die eine Stakenstange erzeugte, wenn sie aus dem seichten Grund gezogen wurde. Zwei-, dreimal konnte sie das dumpfe Glucksen hören, dann war es ruhig.

Instinktiv wußte Weriga, daß jede schnelle Bewegung, jedes Brechen eines Halmes sie würde verraten können. Wie ein Otter ließ sie sich zwischen mannshohen Schilfbüscheln ins seichte Wasser gleiten, bis nur noch Augen und Stirn aus dem Wasser ragten. Enten flogen mit rauschendem Flügelschlag über sie hinweg, hinaus aufs offene Wasser. Weriga orientierte sich in die Richtung, aus der sie gekommen waren und verharrte lautlos.

Immer klarer hörte sie das Geräusch, mit dem sich ein Einbaum oder eine Plätte unweit von ihr durchs Schilf schob. Plötzlich versetzten kleine Wellen die Sonnenflecken auf dem Wasser in tanzende Schwingungen. Fast hätte sie aufgeschrien, als der Bug eines Bootes nur eine Körperlänge von ihr das Ried teilte, gefolgt von Kopf und Schultern eines Mannes, dessen Haut kupferfarben in der Sonne glänzte. Weriga glaubte den Abkommen eines wilden Dämons vor sich zu sehen. Wie bei einem Raubtier stachen die schräg geschlitzten Augen aus dem breitflächigen Gesicht hervor. Ein zweiter Mann schob sich ins Blickfeld, der, im Heck stehend, das Boot fast lautlos mit einer Stange vorantrieb. Zweifellos mußte es sich um feindliche Kundschafter handeln.

Ein eisiger Schrecken durchfuhr Weriga. Obwohl beide Männer den Blick über das Wasser hinaus zur Insel gerichtet hatten, hielt sie es für richtiger, für einen Augenblick ganz im Wasser unterzutauchen. Keiner der beiden hatte bisher auch nur ein Wort gesprochen. Unendlich langsam ließ sie ihren Körper eintauchen, um das Wasser an der Oberfläche so wenig wie möglich zu bewegen. Selbst unter dem Wasserspiegel behielt sie den dunklen Schatten des Bootsrumpfes ständig im Auge, während sie fürchtete, daß das Pochen des Blutes in ihren Ohren sie verraten könnte. Erst als sie spürte, daß sie wieder Atem holen mußte, tauchte sie lautlos auf und ließ die Luft langsam aus dem offenen Mund entweichen.

Das Boot war einige Längen weitergetrieben.

„... lassen wir, bis unsere Truppen hier sind, den Ochsen sich ruhig noch ein bißchen mästen und ihm dann das Fell über die Ohren ziehen", hörte sie einen der Männer in einer fremden und ihr doch vertrauten Sprache sagen. Danach fiel kein Wort mehr. So lautlos, wie das Boot aufgetaucht war, so verschwand es wie ein Schemen im Schilf.

Weriga wartete noch geraume Zeit. Kalte Schauer liefen ihr über den Rükken, während ihre Füße nach festem Grund suchten und sie mit einer mechanischen Bewegung ihr nasses Haar ausdrückte. Urplötzlich wurde ihr klar, daß die Kriegsfurie über das Land hereingebrochen sein mußte, während sie sich im Moor auf einem Eiland des Friedens gewähnt hatte. Ob die Menschen drüben auf der Insel von der Gefahr wußten? Der Gedanke an ihr Kind ließ sie zögern. Nach allem, was vorgefallen war, fühlte sie sich den Mönchen gegenüber nicht im geringsten verpflichtet. Es war ein egoistischer Gedanke, und augenblicklich rührte sich ihr Gewissen. Schließlich aber überwand sie ihren Stolz. Sie wußte, sie mußte handeln und die Menschen drüben auf der Insel warnen, selbst auf das Risoko hin, daß man ihr nicht glauben oder sie für ihre Flucht zur Rechenschaft ziehen würde.

Weriga wartete bis zum frühen Nachmittag. Es war drückend heiß, und noch stand die Sonne hoch am Himmel. Verborgen unter einem Geflecht aus

Zweigen und Binsen, wie es oft im seichten Wasser in Ufernähe trieb, ließ sich Weriga ins Wasser gleiten. Sie wußte, es würde ihre ganze Kraft und äußerste Energie kosten, die weite Strecke vom Südufer bis zur Insel zu schwimmen. Mit gleichmäßigen Bewegungen glitt sie hinaus auf den See, sorgsam darauf bedacht, die Oberfläche nicht mehr zu kräuseln als der leichte Wind. Obwohl das Wasser nicht kalt war, spürte Weriga, wie ihre Arme und Beine auf halber Strecke müde und gefühllos zu werden begannen. Erst auf dem letzten Stück getraute sie sich, ohne den deckenden Schutz des Büschels zu schwimmen.

Erschöpft und ausgelaugt zog sie sich schließlich ans Ufer. Einen kleinen Moment nur ausruhen, dachte sie, Stirn und Wange keuchend in den Sand gedrückt, während die Wellen ihre Beine umspülten. Angenehm fühlte sie die Wärme der Sonne auf den Schultern und schloß für kurze Zeit die Augen.

So fand sie Wigbert, die Finger in den Sand gekrallt.

„Alles in Ordnung?" fragte plötzlich eine besorgte Stimme nahe ihrem Ohr.

Eine kräftige Hand packte sie an den Schultern und drehte ihren Körper vorsichtig auf den Rücken. Verwirrt und benommen blinzelte Weriga in die schräg stehende Sonne. Ihre Augen mußten sich erst allmählich an das grelle Licht gewöhnen. Der feuchte Boden, auf dem sie gelegen hatte, fühlte sich plötzlich hart an, als sie sich aufzurichten versuchte. Wie in einem Traum nahm Weriga nach und nach das Gesicht des alten Klausners wahr.

„Du?" fragte er erstaunt und gleichzeitig erleichtert. „Wo kommst du plötzlich her? Wochenlang hat man überall nach dir gesucht?"

Benommen schob Weriga das sandverkrustete Haar aus der Stirn.

„Mein Gott! Ich muß eingeschlafen sein!"

Ungläubig wanderte ihr Blick zur sinkenden Scheibe der Sonne, die glutrot im Westen stand.

„Beruhige dich!" versuchte Wigbert sie zu beschwichtigen. „Du bist hier in Sicherheit!"

Mit einer jähen Bewegung richtete sich Weriga auf.

„Es geht nicht um mich! Es geht um das Kloster und die Menschen auf der Insel. Der Ungar ist im Land!"

Sie deutete hinüber zum Moor.

„Vor kurzem erst habe ich dort zwei feindliche Kundschafter belauscht. Morgen, spätestens übermorgen, werden sie versuchen, das Kloster anzugreifen."

„Mein Gott! Weißt du, was du da sagst? Bist du dir deiner Sache wirklich sicher?“ fragte Wigbert mit mühsam beherrschter Stimme. „Die Dämme brechen. Alles stürzt zusammen, und nichts und niemand wird sie aufhalten können. Und ich dachte, Gott könnte durch ein Wunder das Unheil noch von uns abwenden!“

Ungläubiges Erstaunen lag auf Werigas Gesicht.

„Wie? Ihr habt von der drohenden Gefahr gewußt?“

Mit knappen Worten schilderte Wigbert ihr die Ereignisse der vergangenen Tage und Wochen, während er ihr half aufzustehen, und seinen Blick irritiert über ihre durchnäßte Gunna gleiten ließ, unter der sich schon leicht das werdende Leben abzeichnete.

In Windeseile machte die Schreckensnachricht unter den Menschen auf der Insel die Runde. Es gab kaum Wehklagen oder Geschrei, nicht einmal unter den Kindern. Für einen Augenblick standen alle in starrem Schweigen, die Blicke niedergeschlagen in banger Furcht vor dem, was ihnen bevorstand.

Noch ehe es Chiemo gelang, Weriga zu sprechen, wurden alle auf der Insel in die Fluchtburg befohlen. In aller Eile wurde das Vieh in die Steinkoppeln getrieben. Frauen und Kindern war zwischen zwei Wirtschaftstrakten ein überdachter Hofbereich als Schlaf- und Aufenthaltsplatz vorbereitet worden, den zu betreten jedem der Männer außerhalb einer Kampfhandlung strikt untersagt war. Auch die Mönche und die Novizen hatten sich in wehrfähige Krieger verwandelt und nahmen zusammen mit den anderen ihre Plätze auf den Wehrgängen hinter den Palisaden und um die Waffendepots ein.

Mensch und Tier verharrten in angespannter Stille, als plötzlich der helle Schall der Glocke vom Kloster her über die Insel klang. Wider Anraten aller Mönche hatte sich Ulrich, der Bruder Pförtner, geweigert, das Kloster zu verlassen. Was auch immer geschehen mochte, er wollte es sich nicht nehmen lassen, die Stimme des Himmels zu jeder vorgeschriebenen Stunde zum Klingen zu bringen.

Auf Geheiß des Abtes sanken die Menschen in die Knie.

„Betet, daß der Herr die Gipfel der Berge ins Dunkel getaucht läßt und daß er uns diese Prüfung erspart!“ forderte er die Menschen um sich auf.

Jeder von ihnen wußte, daß die Feuer der Hirten auf den Gipfeln der Berge das Zeichen für das Anrücken der Feinde war. Es war ein erschütterndes Bild, Männer, Frauen, Alte und Junge in tiefer Inbrunst beten zu sehen, und manches stille Versprechen stieg auf in den Abendhimmel mit der Hoffnung, heil und unversehrt die nächsten Tage zu überleben.

Langsam senkte sich die Dunkelheit über die Insel. Schwarz und glänzend lag das Wasser des Sees am Fuße der Wallburg vor den schattenhaften Umrissen der Berge im Süden. Angst befiel die Menschen und ließ immer neue Schreckensvisionen vor ihren Augen entstehen. Verbarrikadiert hinter Wällen und Palisaden warteten sie in banger Hoffnung. Männer bekreuzigten sich im Schutz der Dunkelheit, da und dort begannen Frauen und Kinder still vor sich hinzuweinen. Aus dem Schilf drunten am Ufersaum klang das Geschrei und Gekrächz aufgescheuchter Tiere wie Vorboten kommenden Unheils. Erschöpft von den Anstrengungen der letzten Tage hatte Chiemo mit dem Rücken zur Palisade gesessen, den Kopf an einen der rauhen Stämme gelehnt. Er mußte für einen Moment an seinem Platz auf dem Wehrgang eingeschlafen sein. Der Schrei einer Kinderstimme gellte ihm noch in den Ohren, als er plötzlich erschrocken hochfuhr. Zuerst glaubte er den Schein von Fackeln vor sich zu sehen, dann aber zeichneten sich immer klarer die Wachfeuer der Hirten auf den Bergen vor dem Dunkel des Abendhimmels ab. Mit jedem Lichtsignal erlosch ein Funke Hoffnung auf den Gesichtern der Menschen. Fassungslos starrten sie nach Osten. Gipfel um Gipfel hob sich nach Westen fortschreitend im Schein der Feuer aus dem Dunkel. Stumme Benommenheit erfaßte alle und ließ sie in panischem Entsetzen erstarren.

Auch Chiemo fühlte, wie ihm die Angst in die Eingeweide fuhr, und ihm der Schweiß aus allen Poren brach. Bilder der Erinnerung, Gedanken an Vater und Mutter schossen ihm durch den Kopf und ließen sein Blut schneller zirkulieren, bis es schmerzhaft an Hals und Schläfen pochte. Als wolle sie ihm Trost und Zuspruch geben, tauchte wenig später Werigas Gesicht im Schein eines Feuerbeckens auf und verlor sich ebenso schnell wieder in der grauen Menge.

Niemand fand Schlaf in dieser Nacht. Bei jedem Laut schreckten Mensch und Tier ängstlich auf.

Zögernd wurde es heller. Plötzlich ließ ein gellender Schrei die Menschen auffahren.

„Sie kommen! Seht doch!"

Binnen weniger Augenblicke pflanzte sich der Ruf von Mund zu Mund fort. In wildem Durcheinander stürmte alles auf die Wehrgänge und starrte nach Osten, dem aufbrechenden Tag entgegen. Was mancher anfangs für eine Dunstwolke oder einen dichten Rauchschleier gehalten haben mochte, erwies sich nach längerem Hinsehen als eine Staubwolke, die rasch näher kam. Ihre Dimension wuchs von Minute zu Minute.

„Mein Gott!" flüsterte einer der Männer vor Chiemo mit rauher Stimme und schlug ein Kreuz. „Es müssen Tausende sein!"

Durch Chiemo zog es wie ein eisiger Hauch. Wer wäre noch vor wenigen Wochen auf den Gedanken gekommen, daß die Gefahr so schnell heraufziehen könnte, fuhr es ihm durch den Kopf. Es war, als habe Wigbert seine Gedanken erraten.

„Unglaublich, mit welcher Geschwindigkeit die feindlichen Verbände während der vergangen Nacht vorgestoßen sein müssen!" hörte er ihn neben sich sagen. „Vielleicht stimmt es, daß sie sogar in schnellem Galopp im Sattel schlafen können."

Chiemo hob den Blick zu Wigbert und erschrak. Das Gesicht des Klausners wirkte blaß und zerfurcht, als wäre er älter geworden während der vergangenen Nacht. Seine Augen wanderten wieder hinaus und suchten die Kammlinien der Hügelketten um den See ab. Es war ein ungutes Gefühl, die Nähe des Gegners zu spüren, aber keine Einzelheiten ausmachen zu können.

Plötzlich entstand Unruhe unter den Tieren in den Koppeln. Wenig später wußte jeder, warum. Mit Erschrecken wurden die Menschen inne, wie ein dumpfes Grollen im Osten anwuchs und sich mit immer lauterem Dröhnen näherte.

„Da seht!"

Wie einfallende Vogelschwärme nahmen sich die Reiterscharen gegen den hellen Horizont über den Hügeln aus, die von Grabanstatt her zum See hin abfielen. Am Seeufer teilten sich die berittenen Verbände. Noch sahen die Pferde wie winzige Punkte aus, aber immer deutlicher war das gellende Geschrei der Reiterkrieger zu hören, das dem Trommeln der Hufe vorauszueilen schien.

Die Zeit drängte. Chiemo sah in die Gesichter der Männer auf den Wehrgängen. Sie wirkten ängstlich, verschlossen und ratlos. Auch Wigbert schien es bemerkt zu haben.

„Ihr müßt zu ihnen sprechen und ihnen Mut machen!" forderte er den Abt auf. „Beeilt Euch, ehrwürdiger Vater, ehe die Angst vollends von ihnen Besitz ergreift!"

Der Meier hob die Hände. Sogleich verstummten die Menschen und richteten die Augen erwartungsvoll auf den Abt. In diesem ahnungsvollen Augenblick erwartete jeder Trost und Zuspruch von dem Mann, in dessen Händen die Geschicke der Insel lagen. Der Abt zögerte. Es war, als spüre er die Last der Verantwortung. Plötzlich trat Wigbert vor. Hoch aufgerichtet stand er auf den Stufen des Wehrganges, während ihn die Menschen aus schreckensstarren Augen ansahen.

„Ich habe Angst wie ihr. Angst vor diesem Krieg und Angst zu sterben!

Und doch macht mir etwas Mut! Gott ist mit uns. Wenn er uns diese Prüfung schickt, dann gibt er jedem von uns auch die Kraft, sie zu bestehen. Nicht wenige werden unter euch sein, die glauben, daß das, was hier geschieht, keinen Sinn hat. Und doch sage ich euch, daß es in Gottes Absicht liegt, das alles zuzulassen! Jeder von euch, der diesen Tag überleben wird, wird wissen, wofür er gekämpft hat. Und ihr werdet überleben, wenn einer für den anderen einsteht, wenn ihr kämpft und euch wehrt, als gelte es, ein Leben zu verteidigen."

Wigbert machte eine Pause, um die Sätze in die Herzen der Menschen einsickern zu lassen. Die Kraft seiner Worte und das Aufleuchten in seinem Blick, während er redete, zog die Menschen in seinen Bann. Alle lauschten sie stumm.

„In eurer Einheit liegt der Erfolg. Gegen entfesselte Gewalten ist der einzelne machtlos. Nur gemeinsam kann man sich ihnen erfolgreich entgegenstemmen. Mag sein, daß diese berittenen Horden dieses Paradies zerstören, niedertreten und mit blutigem Kampf überziehen. Aber glaubt mir! Gott wird es wieder aufblühen lassen, zu seinem Ruhm und seiner Ehre. Das ist es, wofür es sich zu leben und zu kämpfen lohnt und zu sterben, wenn er es will!"

„Wir wollen leben und kämpfen!" schrie jemand aus der Menge.

„Dann tut es, mit seiner Hilfe!"

Wigberts Worte klangen wie ein Kampfruf, und er durchdrang die Menschen wie ein Windstoß.

„An uns allen liegt es, daß wir nicht zu Verrätern an diesem Glauben werden und daß wir die Ehre Gottes und die unserer Vorväter nicht beschämen!"

Wie gebannt lauschten die Menschen der Stimme des Klausners. Ertrinkenden gleich, klammerten sie sich an jedes Wort. Hoffnung und Zuversicht machte sich auf ihren Gesichtern breit, und mancher, der noch vor kurzem zu verzagen drohte, fühlte eine unerklärliche Kraft in sich wachsen. Wie in einer Bewegung sanken die Menschen auf die Knie. Stumm empfingen sie den Segen des Abtes. Ohne daß ein Befehl dazu gegeben worden wäre, griffen die Männer wie neu belebt zu den Waffen und gingen auf die Plätze, die ihnen zugewiesen worden waren.

Chiemo stand noch immer wie gebannt unter dem Eindruck der Verwandlung die er soeben erlebt hatte, angerührt von der Macht des Wortes, unfähig etwas zu sagen oder etwas zu tun. Als er den Blick hob, sah er die Männer auf dem Weg zu den Wällen und zu den Wehrgängen sich um Wigbert drängen, um seine Hand zu berühren oder auch nur eine Falte seiner Kutte. Eine Gasse öffnete sich vor dem Abt.

„Ich möchte Euch danken für das Zeichen, das Gott durch Euch gewirkt hat“, hörte Chiemo den Abt sagen. „Gott wird ihre Hände führen.“

Für einen Augenblick glaubte Chiemo, der Vorsteher des Klosters wolle vor Wigbert das Knie beugen. Aber der Klausner kam ihm zuvor.

„Erteilt mir den Segen, ehrwürdiger Vater! „

Der Abt legte die Hand auf die Stirn des Klausners und umarmte ihn mit einer väterlichen Geste.

„Laßt mir ein Pferd satteln!“ forderte Wigbert und erhob sich. „Mit Eurer Einwilligung; laßt mich mit ihnen verhandeln. Ich kenne ihre Sprache und habe Erfahrung im Umgang mit ihnen. Vielleicht gelingt es mir, ein Blutvergießen zu verhindern.“

„Nein!“ wollte Chiemo schreien. Schlagartig wurden ihm Wigberts Gedanken und Absichten klar. Ihm war, als könne er darin lesen wie in einem Buch.

Wigbert sah den stummen Aufschrei in den Augen seines Zöglings, aber noch ehe ein Laut über seine Lippen kommen konnte, hatte er die Arme auf Chiemos Schultern gelegt.

„Unser Leben ist vorgezeichnet“, sagte er. Es hat keinen Sinn, dagegen aufzubegehren. Hat nicht auch dein Leben in den Augenblicken größten Widerstandes immer wieder eine Wende zum Guten erfahren? Wir dürfen den Glauben daran nicht aufgeben, nie! Jeder von uns spielt eine Rolle in Gottes Plan, auch du. Sollte mir etwas zustoßen, denk daran! Geh den Weg, der dir vorgezeichnet ist! Setz dich ein für die, denen Gott nicht deine Stärke gegeben und für die, die das Schicksal benachteiligt hat! Hab ein wenig Acht auf das Mädchen aus dem Moor! Sie ist ein Mensch mit einer seltenen Kraft. Aber sie wird es schwer haben, wenn sie alleine dasteht mit einem Kind, womöglich ohne Mann. Hüte sie und das werdende Leben in ihr und denk an die Siegelrolle, die ich dir gezeigt habe! Sie wird ihre Zukunft sichern und die ihres Kindes!“

Chiemo durchfuhr es, als sei er vom Blitz getroffen. Zu unvorbereitet trafen ihn Wigberts Worte, und tausend Fragen stürmten auf ihn ein. Wie in Trance nahm er wahr, wie Wigbert mit der gleichen Geste wie zuvor der Abt ihm die Hand auf die Stirn legte und dann die Stufen hinunterging, wo man ein Pferd bereitgestellt hatte. Sein Schritt war federnd, von beinahe jugendlich anmutender Spannung. Er drehte sich noch einmal herum, während er den Fuß in den Steigbügel setzte.

„Mit Gott!“ sagte er und ließ den Blick langsam über die Gesichter der Menschen gleiten, ehe er das Pferd antrieb.

Wigbert fühlte sich hellwach, als er am Kloster vorbei auf die Nordspitze der Insel zuritt. Sein Geist war von einer seltsamen Klarheit durchdrungen und doch der Wirklichkeit weit entrückt.

Schreie gellten vom jenseitigen Ufer her über den See an sein Ohr und erstickten im Wasser, niedergetreten von den Hufen der gegnerischen Reiter. Aber nur flüchtig prägten sich Wigbert diese Eindrücke ein. Kurz und grausam waren die Scharmützel gewesen. Wer nicht mehr die Zeit gefunden hatte, sich auf die Insel zu retten, war von der feindlichen Vorhut niedergemäht worden. Wie Spreu hatten die gegnerischen Horden die Flüchtlinge zur Seite gefegt und in den Staub getreten. Nur wenigen war es gelungen, sich schwimmend auf die Insel zu retten, viele ertranken nicht weit vom rettenden Ufer.

Wie durch eine unsichtbare Wand nahm Wigbert das grausame Treiben um sich her wahr. Alles erschien ihm unwirklich wie im Traum. Er fühlte sich in seinem Innersten gespalten, da er doch Haß und Schmerz hätte empfinden müssen. Aber er sah vor sich nur die Aufgabe, zu der ihn sein ganzes Sein drängte. Alle seine Sinne konzentrierten sich nur auf das eine, die Begegnung mit dem Mann, der den Befehl zu diesem grausamen Morden gegeben hatte.

Wigbert sah ihn aus dem Wasser steigen, während sich hinter ihm der See dunkel färbte von Tier- und Menschenleibern, die das Wasser aufwühlten. Welle um Welle schwappten sie ans Land. Sogleich warfen sich die Krieger in den Sattel, ordneten sich zu Reihen und trieben ihre Pferde im Galopp den Uferhang hinauf, um den Nachfolgenden Platz zu machen. In geschlossener Formation jagten sie heran, eingehüllt in Schwaden von Staub, den die Hufe der Pferde aufwirbelten.

Noch immer saß Wigbert regungslos im Sattel, als sei er aus Stein gehauen. Erst als er den Anführer über der Hügelkuppe ausmachen konnte, trieb er sein Pferd zu einem gemessenen Schritt an wie ein Feldherr, der eine kampfstarke Armee hinter sich weiß, selbstbewußt und mit äußerer Gelassenheit.

Wigbert sah die Umrisse des Mannes, sah wie der ungarische Heerführer sich überrascht aufrichtete und den Männern hinter sich mit der freien Hand ein Zeichen gab, während er mit der rechten sein Pferd zügelte. Eine animalische Wildheit ging von dem Krieger aus. Jede Bewegung des Reitpferdes brachte breite Goldketten zum Schwingen, die die halbe Brust über dem offenen Lederwams bedeckten. Unter- und Oberarme zierten wertvoll gearbeitete Armbänder und -spangen. Lauernde Wachsamkeit sprach aus den schräg gestellten Augen. Die Geschmeidigkeit, mit der sich der Mann auf dem Rücken des Pferdes bewegte, die sehnigen Gliedmaßen und der untersetzte, breitschultrige Körperbau vermochten jeden Kontrahenten allein schon durch das äußere Erscheinungsbild einzuschüchtern. Für Wigbert war dieser Eindruck zweitrangig. Er wußte, daß er diesen Gegner nur durch Unerschrockenheit beeindrucken konnte. Entschlossen ritt er auf den Anführer zu, mit leicht ausgestreckten Armen, die Handflächen wie zu einem brüderlichen Gruß nach außen gekehrt.

Wigbert spürte den forschenden Blick des Ungarn auf sich gerichtet. Gleichzeitig nutzte er die Gelegenheit, in den Ketten und Spangen nach Hinweisen über die Herkunft des Mannes zu suchen.

„Deine Haltung zeugt von Mut, Mönchlein!“ hörte er ihn in einem Anflug von Ironie sagen.

Die Tatsache, daß der Fremde ihn in seiner eigenen Sprache anredete, bestätigte Wigbert in dem Wissen, daß er es mit einem Krieger zu tun hatte, der mehr war als nur ein einfacher Nomadenkrieger. Wigbert straffte die Schultern.

„Ich kann Euch ... „

Weiter kam er nicht. Die Worte erstarben auf seinen Lippen. Der Stoß eines Lanzenschaftes traf ihn in die Seite und warf ihn aus dem Sattel. Benommen rappelte er sich auf und klopfte sich den Staub aus der Kutte.

„Nur hadnagy verhandeln miteinander vom Sattel aus! Zudem möchte ich dir raten, erst dann zu sprechen, wenn du gefragt bist!“ zischte der Ungar scharf. „Also was willst du? Sprich! Wir wissen, daß sich die Kuttenröcke gut aufs Betteln verstehen.“

„Ich komme nicht als Bittsteller zu Kál, dem Anführer der Bulcsu-Sippen.“

Überrascht runzelte der Ungar die Stirn.

„Ihr sprecht die Stammessprache der Edlen wie einer der Unsrigen und wißt die Zeichen der verschiedenen Stämme zu deuten. Woher? Wer seid Ihr?“

Mit innerer Genugtuung registrierte Wigbert, daß der Ungar die Anredeform gewechselt hatte. Ohne auf die Frage einzugehen, fuhr er fort.

„Tritt bei den Völkern der Steppe ein Schamane als Bittsteller vor einen Edlen oder deutet nicht vielmehr er den Fürsten die Stimmen und Zeichen der Götter für deren Unternehmungen?“

Herausforderung lag in der Stimme Wigberts, und sogleich drohten mehrere Krieger mit ihren Lanzen, erbost über die freche Rede des Mönches. Auch der hadnagy zog ein finsteres Gesicht, gebot jedoch den Männern Einhalt.

„Laßt ihn!"

„Auch ich kenne die Zeichen der Götter", fuhr Wigbert fort. „Bei Tängri, dem Gott der Steppen und dem eurer Väter, beschwöre ich euch. Nehmt euch, was euch nach dem Recht des Schwertes zusteht, aber laßt ab, auf dieser Insel sinnlos Blut zu vergießen! Der Boden, auf dem ihr steht, ist heilig wie der, auf dem ihr eure Götter verehrt. Der Ort hier ist eine Stätte des Wissens. Die Schätze, die ihr sucht, werdet ihr nicht finden, es sei denn ihr sucht den Schlüssel der Weisheit, das Wissen um jene Wirklichkeiten, welche die zeitlichen Dinge überdauern."

„Philosophisches Geschwätz eines greisen Narren! Genug damit!" fiel ihm der Ungar ins Wort. Du wirst uns zeigen, wonach wir suchen, oder du bezahlst mit deinem Leben!"

„Was ich euch zu zeigen hätte, würdet ihr nicht zu schätzen wissen. Es ist seltsam, daß der Mensch immer erst zerstört, wonach er über Generationen sucht, um es sich dann in mühevoller Kleinarbeit wieder zu erwerben", sagte Wigbert mehr zu sich selber.

„Er macht sich über uns lustig!"

Die Augen des hadnagy funkelten drohend. Er gab ein kaum wahrnehmbares Zeichen. Im gleichen Augenblick traf Wigbert die zielsicher geschleuderte Kugel eines Wurfseils, des Arkans, mit voller Wucht an der Schläfe und warf ihn zu Boden. Noch im Fallen hatten sich zwei Schlingen um Hals und Schulter gelegt. In vollem Galopp schleiften zwei Reiter den wehrlosen Körper des Klausners über den steinigen Boden, begleitet von dem gellenden Geschrei der Horden.

Schon seit über einer Stunde drangen Kampflärm und Todesschreie vom Kloster her herüber zur Wallburg. Die Hälfte der Zeit hatten die Glocken wie wild geläutet, aber umsonst hatten die Menschen hinter den Palisaden auf Wigberts Rückkehr gewartet. Lähmende Ungewißheit befiel alle.

Mit klopfendem Herzen kletterte Chiemo auf das Dach eines der Tortürme und suchte mit den Augen die Weiden und Hecken im Norden ab. Lange Zeit war nichts zu hören außer dem Kampflärm und den Schreien.

„Kannst du etwas sehen?" schrie der Meier, während er den Männern, die Pfeil und Bogen besaßen, ihre Plätze anwies, wo sie sich bereithalten sollten, um dem ersten Ansturm der Ungarn zu trotzen.

He, Bruder!“ rief er einen der Mönche an. „Kontrolliert noch einmal, daß überall verteilt Wasser bereitsteht und dann postiert ein paar Scholaren mit Schilden auf den Dächern, die sich um die Brandpfeile kümmern. Behaltet die Dächer immer gut im Auge! Von der Seite droht uns neben den Angreifern auf den Wällen vor den Palisaden die größte Gefahr.“

Chiemo sah nach unten auf die Schutzdächer zwischen den Wirtschaftsgebäuden, in deren Schutz sich die Frauen und Kinder, für die innerhalb der Gebäude kein Platz mehr war, gedrängt hatten. Die Dachträger waren nicht viel mehr als mannshoch, mit Stangen unterlegt, mit Rinde eingedeckt und mit einer Handbreit Erdreich überzogen, um Brandpfeilen keine Angriffsfläche zu bieten. Es war eine Idee Engilmars gewesen, der nicht nur ein guter Verwalter, sondern auch ein umsichtiger Kriegsmann zu sein schien. Alle anderen Baulichkeiten, selbst die ummauerten Viehkoppeln, waren mit Steinplatten eingedeckt und daher vor Brandpfeilen sicher.

Wieder und wieder suchte Chiemo die Weiden rund um die Fluchtburg nach Berittenen ab.

„Habt ihr auch genug Fässer mit Wasser auf den Türmen?“ hörte er Engilmar erneut unter sich schreien. „Was ist, Chiemo? Sind die Dächer sorgfältig mit Soden abgedeckt? Kontrolliert noch einmal die Halterungen der vorgesetzten Schutzwände an den Türmen, damit sie im Fall eines Brandes gekappt und abgeworfen werden können. Die Türme sind am stärksten gefährdet. Die Eichenbalken der Torflügel haben wir so mit Wasser getränkt, daß sie kaum in Brand gesetzt werden können.“

Geschrei unterhalb des Klosters ließ Chiemo plötzlich herumfahren. Mehrere Gruppen Frauen und Kinder jagten unterhalb des Klosterangers über die Viehweiden. Zweifellos gehörten sie zu den wenigen Flüchtlingen, die sich auf die Insel hatten retten können und die versucht hatten, sich im Kloster vor den Ungarn zu verschanzen. Halb wahnsinnig vor Angst versuchten sie, sich vor ihren Verfolgern in Sicherheit zu bringen. Eine Staubwolke hinter einer Hügelkuppe zeigte, daß sie ihnen dicht auf den Fersen waren. Und dann kamen sie. Einer aufgewühlten Brandung gleich, wälzte sich die Reiterwoge heran. Die Hufe der Pferde wirbelten Erdreich und Steine auf und ließen den Boden erbeben. Die Ungarn umkreisten die Flüchtenden wie Wölfe das Wild und jagten sie in einem grausamen Spiel bald hierhin, bald dorthin.

Von zwei Pfeilschüssen in die Schulter getroffen, brach eine der Frauen zusammen. Ihre Schmerzensschreie erfüllten die Luft. Eines der Kinder war stehen geblieben und lief auf die Mutter zu, um ihr zu helfen.

„Lauf!“ schrie sie wie von Sinnen. Mit einer verzweifelten Geste bäumte sie sich auf, aber noch in der Bewegung wurde ihr Körper von den Hufen der heranstürmenden Pferde niedergestampft. Erbarmungslos hieben die Verfolger auf die Flüchtenden ein. Eine Mutter, die ihren Säugling eng an sich gepreßt hielt, wurde von einem der Reiter an den Haaren gepackt. Wie eine Strohpuppe schleifte sie der Krieger mit und durchhieb ihr mit einem Schnitt die Kehle. Lautlos stürzten Mutter und Kind unter die Hufe der Pferde. Bis zuletzt hatte sie das Kleine mit den Armen umschlungen gehalten.

Voller Entsetzen verfolgten die Männer auf den Wehrgängen das schreckliche Gemetzel. Hilflos mußten sie mitansehen, wie einer nach dem anderen vor ihren Augen abgeschlachtet und von den Hufen der Rosse zermalmt wurde.

Vor Chiemo drehte sich alles. Die schaurigen Schreie, das Geheul und Wimmern von Sterbenden, die Schemen der vorbeijagenden Reiter, all diese Eindrücke ließen lodernde Wut in ihm aufsteigen. Eine eisige, tödliche Kälte hatte sein Denken und Fühlen erfaßt, das ihn antrieb, so viele von diesen Wilden zu töten wie er nur konnte. Ihm war, als sei die Erinnerung an die Tage mit Aitony in unendliche Ferne gerückt. Waren das wirklich Männer des gleichen Volkes, deren Gastfreundschaft er noch vor wenigen Wochen genossen hatte, die als Viehnomaden die Donau herauf zu ihren Sommerweiden gezogen waren? Seine eigenen Gedanken und Erinnerungen schienen ihm fremd und unwirklich.

„Du einfältiger Narr!“ hörte er plötzlich Arnulfs Worte beim Abschied. „Glaubst du wirklich, das Schicksal erlaubt dir, ungestraft Freundschaft mit unseren Erzfeinden zu pflegen? Die Zukunft wird zeigen, wie groß der Preis ist, den du und ich dafür zu bezahlen haben.“

Plötzlich verstand er, was Arnulf damals gemeint hatte. Er fühlte sich hineingestoßen in eine Hölle aus Gewalt und Blut. Der Krieg war aus der Ferne des Grenzlandes heraus mitten unter sie getreten und schreckliche Wirklichkeit geworden, die keinen Platz ließ für persönliche Gefühle. Die Wahl hieß nur noch töten oder getötet werden.

Ein dumpfes rhythmisches Dröhnen riß Chiemo aus seinen Gedanken. Die buntgewürfelten Horden, die das Blutbad unter den Flüchtlingen angerichtet hatten, waren nach Osten geschwenkt, um sich mit den nachrückenden Verbänden aufs neue zu vereinigen. Wachsam wie ein Wolfsrudel waren sie stets darauf bedacht gewesen, nicht in Reichweite der Bogenschützen hinter den Palisaden zu geraten. In Windeseile hatte sich die dunkle Masse aus ungeordneten Verbänden in tief gestaffelten Reihen zum Angriff formiert.

Und dann kamen sie: die ersten Reihen aufgerichtet in den Steigbügeln, mit dem Schildarm den Zügel führend, in der freien Hand Wurfspeer oder Kriegsaxt. Dahinter, tief in den Sattel geduckt, die Bogenschützen, nur mit einem kleinen Lederschild geschützt, der die Pfeile abfangen sollte. Wie eine Sturzflut jagten die Reiterscharen heran.

„Wartet! Laßt sie so weit herankommen, bis sie euren Pfeilen ein sicheres Ziel bieten. Erst wenn sie den Wall erreichen ... „

Obwohl der Meier wie ein Stier gegen den Kampflärm anschrie, ging seine Stimme in dem donnernden Getöse unter.

Dann brach die Hölle los. In zischendem Bogen schossen Brandpfeile und mit Werg umwickelte Lanzen gegen die Palisaden und zwangen die Verteidiger in Deckung. Nur Engilmar stand unbeweglich im Schutz seines Buckkelschildes aufrecht auf dem Wehrgang. Im gleichen Augenblick, als die erste Welle den Damm erreichte, gab er seinen Bogenschützen das verabredete Zeichen. Die erste Reihe schnellte ihre Pfeile ab. Die Wolke aufsteigender Geschosse riß erste Lücken in die gegnerischen Reihen. Während die einen neue Pfeile einlegten, trat die zweite Reihe an die Brüstung. Die Luft war erfüllt von einem rhythmischen Pfeifen und dem folgenden Aufschrei der Getroffenen. Die gegnerischen Reihen gerieten an den Flanken der Wälle ins Stocken. Sofort traten die Schleuderer in Aktion, um den Bogenschützen zu ermöglichen, ihre Köcher aufzufüllen und den Halbwüchsigen, um gegnerische Pfeile einzusammeln. Es hagelte Geschosse auf Schilder und Helme der Angreifer. Die größte Verwirrung aber stifteten brennende Pechkränze, die Feuerrädern gleich unter die Hufe der Pferde rollten. Erschrocken stiegen die Tiere auf, andere strauchelten auf den geröllübersäten Flanken des Erdwalls. Wütendes Kampfgeschrei mischte sich unter das schrille Wiehern. Manches Tier begrub seinen Reiter unter sich.

Wieder nutzten die Bogenschützen das chaotische Durcheinander dazu, aus der Nähe gezielte Schüsse abzugeben. Doch schon schwappte die nächste Welle gegen den Wall an. Der Schwung des Angriffs trieb unzählige Reiter auf die Dammkrone unterhalb der Palisaden. Immer öfter bissen sich lange Haken in das Holz der Pfähle oder legten sich Seilschlingen um die zugespitzten Pfahlenden. Auf den Wehrgängen und hinter den Schanzwerken wehrten die Verteidiger mit Schwertern, Lanzen oder einfachen Gabeln die Angreifer ab, die unablässig versuchten, sich über die Palisaden zu schwingen. Dort, wo der Kampf am heftigsten tobte, stand der Meier inmitten des Kampfgetümmels und schrie gleichzeitig seinen Nebenleuten Befehle zu.

Auch Chiemo kämpfte verbissen. Gleich mehrere Angreifer versuchten gerade über die Pfähle auf die Wehrgänge zu gelangen. Ungestüm warf sich ein Ungar mit kühnem Schwung gegen ihn. Chiemo mußte alle Geschicklichkeit aufbieten, um den wilden und ungestümen Angriff abzuwehren. Klirrend prallten ihre Schwerter gegeneinander. Gerade als der Angreifer zu einem mächtigen Schlag ausholen wollte, fuhr ihm ein verirrter Pfeil aus den eigenen Reihen in den Hals. Mit einem röchelnden Laut stürzte der Getroffene in die Tiefe.

„Paß auf!" hörte Chiemo einen Mönch keuchend neben sich schreien.

Erneut klatschten mehrere Sturmleitern an die Pfähle. Chiemo fand keine Zeit mehr, an irgendetwas zu denken. Seine Sinne waren vom Rausch des Tötens gefangen. Er schlug mit dem Schwert nach einem Gesicht und spürte, wie die scharfe Schneide den Lederhelm durchschlug. Zwei neue Hiebe und ein weiterer Kletterer stürzte mit abgehackten Händen auf den Wall.

Chiemo nahm keine Einzelheiten mehr auf. Seine Arme bewegten sich nur noch in tödlichen Reflexen. Es war heller Wahnwitz. Männer stürzten, andere schrien getroffen auf, und Tote lagen mit verstümmelten Gliedern auf den Wehrgängen und auf den Wällen.

Chiemo wußte nicht, ob der Kampf Minuten oder Stunden gedauert hatte. Ihm war, als habe er sich während des Kampfgetümmels in ein wildes Tier verwandelt. Erst als der Lärm um ihn her abebbte, kam er allmählich wieder zu Sinnen. Erschpöft lehnte er sich an einen Pfosten des Wehrganges, abgekämpft und verausgabt, weit über seine natürlichen Grenzen hinaus. So sehr er sich auch bemühte, war er nicht fähig, das Schwert in die Scheide zu schieben, da seine Schwerthand sich völlig verkrampfte und zitterte. Erst jetzt spürte er, daß sein linker Arm gefühllos war und sich eine Blutspur von der Schulter bis zum Ellbogen zog. Ansonsten war er unversehrt geblieben. Nicht jeder hatte das Glück gehabt. Als er den Blick hob, sah er Tote über den Pfahlspitzen hängen und eine Unzahl von Verletzten unter den Wehrgängen liegen. Mit vor Entsetzen glasigen Augen bemerkte er, wie Männer die leblosen Körper der Ungarn von den Palisaden hinunter auf den Wall stießen. Viele waren entsetzlich verstümmelt. Angeekelt wandte sich Chiemo ab.

„Ich glaube, wir haben ihnen gezeigt, daß sie sich nur blutige Köpfe holen, wenn sie weiter versuchen, gegen unsere Schanzwerke anzurennen", hörte er plötzlich Engilmar neben sich sagen und auf die Ungarn vor den Wällen hinausdeuten.

Trotz des Geschoßregens von den Wehrgängen versuchten die feindlichen Reiter alles, um die Gefallenen zu bergen. Sie sorgten sich um sie, als seien sie noch am Leben. Nicht ein einziger Leichnam blieb am Wall zurück.

„Auch wir wollen unsere Toten begraben und unsere Verwundeten versorgen", sagte Engilmar und zog Chiemo mit sich fort. „Die Ungarn haben uns zwar das Gefieder gehörig zerzaust, aber wir leben. Schau in die Gesichter der Menschen! Sie haben wieder Hoffnung gefaßt und neues Vertrauen in die eigene Kraft, auch wenn wir einen hohen Blutzoll bezahlen mußten."

Chiemo schwieg angesichts des vielen Elends um ihn her. Er ging durch die Reihen der Verwundeten. Suchend glitt sein Blick über die Gesichter der Frauen, die den Männern die Wunden auswuschen und provisorische Verbände anlegten. Erleichtert atmete er auf, als er Werigas Züge darunter entdeckte. Als habe ihn die Sorge um ihr Wohlergehen bisher aufrecht gehalten, sank er, wo er stand, zu Boden, von einer abgrundtiefen Müdigkeit übermannt.

Es war früher Abend. Die Dämmerung hatte sich bereits über den See gesenkt und warf lange Schatten. Von den Weidekoppeln südlich des Klosterangers drangen seltsame Laute herüber zur Wallburg. Es waren schaurig klagende Stimmen. Im Nu schnellte alles empor und stürzte zu den Wachen auf die Wehrgänge.

„Was soll das? Was haben die vor?" fragten die Menschen erregt durcheinander.

„Seht doch! Sie schleppen trockenes Holz, Säulen und Dachbalken, aus dem Kloster und aus den Wirtschaftsgebäuden herbei."

Etwa tausend Schritte entfernt in einer Senke unterhalb des Angers begannen die ungarischen Krieger mit Grabscheiten aus dem Kloster eine flache, schüsselförmige Mulde auszuheben. Verwundert verfolgten die Inselbewohner und Flüchtlinge das seltsame Treiben der Ungarn.

„Was soll das?" fragte jemand auf den Wehrgängen.

„Es ist der Begräbnisritus der Steppennomaden", erklärte einer der Mönche. „Sie verbrennen ihre Toten."

„Wir sollten Gott danken, daß sie das Holz als Scheiterhaufen verwenden und nicht versuchen, Feuer an unsere Palisaden zu legen", bemerkte Engilmar.

Tatsächlich begannen die Krieger damit, in der Erdmulde Sättel aufzustellen, über die man aus drei verbundenen Stützhölzern eine künstliche Lehne gestellt hatte. Leichnam um Leichnam wurde in den Sattel gesetzt, bis es aussah, als warte eine ganze berittene Horde auf das Zeichen zum Aufbruch. Über einer dicken Lage Stroh und Heu wuchs der Holzstoß zu beachtlicher Höhe. Von allen Seiten führten Krieger wenig später ungesattelte Pferde heran, allem Anschein nach die Tiere der Gefallenen. Plötzlich blitzten Lanzenspitzen im Schein der Fackeln auf. Blitzschnell wurden die Stöße ausgeführt. Beinahe im Gleichklang knickten die Vorderläufe der Pferde ein, und von einem einzigen Stoß gefällt, krachten die Tiere mit ihrem ganzen Gewicht zu Boden.

„Welch eine Verschwendung!“ knurrte Engilmar und stieß eine wüste Verwünschung aus. „Uns rauben sie alles Vieh und sie bestatten ihre Krieger samt Pferden und Wehr.“

„Seid froh, daß sie nicht den Tod eines Fürsten beklagen“, erwiderte Odo, ein Mönch. „Alte Schriften berichten, daß sie ihre Stammesoberhäupter samt ihren Frauen und ihren persönlichen Dienern bestatten. Ihre engsten Vertrauten und Gefolgsleute lassen sie strangulieren und rittlings auf gepfählte Pferde setzen, als Totenwache für ihren Herrn.“

Ungläubiges Entsetzen machte sich auf den Gesichtern der Umstehenden breit, aber was sie sahen, verlieh den Worten des Mönches Glaubwürdigkeit. Von vier Himmelsrichtungen her traten Krieger mit Fackeln an den Holzstoß und warfen den Brand in das Stroh. Rasch fraß sich das Feuer über den riesigen Scheiterhaufen. Das Knistern der Flammen schwoll an, und Feuergarben schossen in den Abendhimmel. Plötzlich erhob sich lauter Kampflärm, daß nackte Angst die Menschen auf den Wehrgängen ansprang. Mit ohrenbetäubendem Dröhnen schlugen die Krieger Schwerter und Speere an die Schilde. Nach einiger Zeit verebbte der Lärm. Die Ungarn begannen, alles Eßbare aus den Kellern des Klosters und aus den Wirtschaftgebäuden herbeizuschleppen und ihre Lebensmittelvorräte zu ergänzen. Das Totenmahl begann. In kürzester Zeit verwandelten sich die Weiden und Koppeln in unübersehbare Tafeln, an denen es hoch herging. Trunken vom Wein, tanzten viele Krieger um das Feuer und begannen, sich mit Messern Verletzungen in Gesicht und an den Armen beizubringen oder sich Pfeile durch die Haut zu treiben, bis sie erschöpft zusammenbrachen.

Angeekelt von dem grausigen Schauspiel und so viel Gefühlsroheit, wandten sich die Mönche ab.

„Nur Menschen, die auf einer primitiven Stufe ihrer Entwicklung stehen geblieben sind, verhalten sich so“, sagte einer der Dekane und spuckte verächtlich aus. „Wie kann man nur essen und feiern, während einem der Pesthauch des Todes in die Kehle steigt?“

Auch Chiemo erschien das Verhalten der Krieger immer rätselhafter. Zusammen mit Engilmar und den anderen verfolgte er die seltsame Totenfeier. Als sein Blick flüchtig den Meier streifte, entdeckte Chiemo einen Ausdruck wachsender Besorgnis auf dessen Gesicht.

„Glaubt Ihr, daß sie abziehen ohne uns noch einmal zu behelligen?“ wandte er sich an den Klosterverwalter.

„Wahrscheinlich waren sie überzeugt, keinen nennenswerten Widerstand auf der Insel anzutreffen. Deshalb werden sie die Demütigung von heute nicht so einfach hinnehmen und sich anderweitig schadlos halten.“

Wie auf ein Stichwort erhob sich wenig später aufgeregtes Geschrei von den Feuern.

„Da hast du die Antwort!“ hörte Chiemo Engilmar in nervöser Gereiztheit sagen. „Die Anführer haben das Kloster zur Plünderung freigegeben. In einer Nacht werden diese Barbaren vernichten, was Generationen mühsam aufgebaut haben.

Niemand hatte während der Nacht ein Auge zugemacht. Riesige Feuersäulen waren weithin sichtbar über der Insel gestanden und hatten weite Teile des Sees bis lange nach Mitternacht mit glutrotem Hauch erhellt. Erst am Morgen war Chiemo wie viele andere eingeschlafen.

Der Tag graute, als er von Hufgetrappel und Waffengeklirr geweckt wurde. Sein erster Gedanke war: Sie kommen! Die Ungarn - sie greifen an! Erschrocken fuhr er auf und stürzte mit den anderen zu den Wehrgängen. Die Waffen in der Hand erwarteten sie einen erneuten Ansturm. Alle starrten sie hinüber auf den Anger. Plötzlich bröckelte die Starrheit von den Gesichtern. Ungläubig sahen sich die Männer an, als ob sie ihren Sinnen nicht trauen könnten. Mit Altardecken über den Sätteln und allerlei Zierrat beladen zogen die feindlichen Truppen in ungeordneten Reihen ab. Der Rauch ließ ihre Umrisse schemenhaft erscheinen. Wo sich am Vortag noch das Kloster und der Meierhof samt Wirtschaftsgebäuden erhoben hatten, war nichts als dunkle Brandwüste. Verstohlen warfen die Männer einander unschlüssige Blicke zu, als hätten sie Angst, aus einem Traum gerissen zu werden.

„Traut ihnen nicht!“ flüsterte eine Stimme in der Menge. „Sicherlich ist alles nur Täuschung, um uns in falscher Sicherheit zu wiegen.“

Lange Zeit blieb es still. Sollten diese wilden Horden wirklich die Insel verlassen haben? Eine Stunde angespannten Wartens verging. Für geraume Zeit hörte man donnernden Hufschlag vom jenseitigen Ufer. Wenn doch alles nur ein raffiniertes Täuschungsmanöver war?

„Wir müssen Sicherheit haben!“ forderte einer der Mönche. „Meldet sich jemand freiwillig?“

Wenig später öffnete sich das Tor zwei Armlängen breit, und sofort fielen die schweren Sperriegel hinter Chiemo und zwei Begleitern in die Halterungen. Vorsichtig schwärmten sie aus. Nirgendwo Leben, nirgendwo ein

Hinterhalt - nirgends eine feindliche Regung. Ständig auf einen Überfall gefaßt, lenkte Chiemo sein Pferd in Richtung Meierei. Geborstene Mauerreste, glimmende Balken und schwelende Glutnester übersäten den Boden, wo einst der Wirtschaftshof gestanden hatte. Verkohlte Gliedmaßen ragten da und dort aus den Trümmern, Menschen unterschiedlichen Alters, bis zur Unkenntlichkeit verbrannt. Chiemo wandte sich ab. Ekelerregender Geruch schlug ihm entgegen und nahm ihm fast den Atem. Auf das Schlimmste gefaßt, trieb er sein Pferd weiter in Richtung Kloster.

Wo einst die Mönche unterrichtet und geschrieben hatten, war die Verwüstung am größten. Vom Kreuzgang ragten nur noch Säulenstümpfe aus den Trümmern, selbst der eingeschossig gemauerte Sagran, das Kleinod des Klosters, war eingestürzt und hatte die Kanzleistuben und den Kapitelsaal unter sich begraben. Chiemo ritt auf die ehemalige Pforte zu. Nur noch ein geborstener Bogen ragte aus dem Schutt. Der Gestank war hier noch stärker. Als Chiemo um eine Mauerecke bog, erkannte er den Grund. Mehr als ein Dutzend Leichen lagen angekohlt auf dem Anger, einige zusammengekrümmt wie kleine Kinder im Schlaf, andere, als habe sie ein Schwerthieb mitten im Lauf niedergestreckt. Chiemo sah sich um.

„Wie sieht es bei dir aus, Regino?“ rief er dem Reiter drunten am Fischwasen zu.

„Nichts! Kein Lebenszeichen! Überall nur Tote! Alles haben diese Hunde zerstört, selbst die Hütten und die Stege der Fischer.“

Chiemo drängte sein Pferd an den Rand des Angers. Urplötzlich gab der Rauch den Blick auf den See frei. Leichen trieben im knietiefen Wasser, und die Flüchtlinge, die verzweifelt versucht hatten, sich im Schilf zu verstekken, lagen erschlagen am Strand. Chiemo umritt den freien Platz nach Norden, um Blick auf die Lände zu bekommen. Friedlich und glatt lag der See. Nirgends eine Spur von den feindlichen Horden, als hätten sie nie die Insel betreten. Chiemo wendete sein Pferd und lenkte es erneut durch die Trümmerfelder rund um den Anger. Er mußte husten und wischte sich die Tränen von den Wangen, die ihm der beißende Rauch in die Augen trieb. Undeutlich zeichneten sich Mauerumrisse in den dichten Schwaden ab. Die Basilika, fuhr es ihm durch den Kopf. Das Dach der Kirche war eingestürzt, aber die starken Mauern hatten dem Feuer standgehalten.

„Da ist keiner mehr!“ hörte er plötzlich Regino hinter sich sagen.

Chiemo wandte sich im Sattel um. „Wie es scheint, haben sie keine Gefangenen gemacht.“

„Besser tot, als das Schicksal auf den Sklavenmärkten erleben zu müssen“, sagte Regino.

„Laß uns trotzdem einen Blick hinter die Mauern der Basilika werfen!“ schlug Chiemo vor und trieb sein Pferd an. Sie mußten die Apsis umreiten, denn das südliche Portal war von den Trümmern des Kreuzganges verschüttet. Die Nordfront der Fassade mit dem Lichtgaden schien größtenteils unversehrt.

„Sieh nur!“ rief Regino. „Diese Barbaren! Sie haben das Kirchenschiff als Pferdestall benutzt.“

Tatsächlich waren die Stufen über und über mit Pferdemist beschmutzt.“

Chiemo sprang aus dem Sattel. Überall roch es nach Exkrementen und fauligem, stinkendem Stroh. Als er den Aufgang erreichte und den Blick hob, prallte er entsetzt zurück. An einem der Torflügel hing der Klausner. Seine Kutte war zerrissen, Arme und Beine von tiefen Schürfwunden überzogen. Chiemo konnte den Blick nicht von dem blutverschmierten Körper lösen.

„Diese Bestien!“ stieß er hervor. „Sie haben ihn an seiner Kutte an das Tor genagelt!“

Er eilte die Stufen hinauf und hob vorsichtig den Kopf des Klausners, der vornüber gesunken war.

„Mein Gott! Bruder Wigbert! Ich bin es - Chiemo! Hört Ihr mich?“ stammelte er ein ums andere Mal.

Eine kaum wahrnehmbare Bewegung ging durch die Finger von Wigberts Hand.

„Gott sei Dank, Regino, er lebt!“

Chiemo umfaßte den Klausner mit einer zärtlichen Geste und barg dessen Kopf an seiner Schulter.

„Verrückter alter Kerl!“ stammelt er. „Ich werde darum beten, daß Gottes Gnade Euch am Leben bleiben läßt!“

# Das Komplott

Der Tag versprach heiß zu werden. Zusammen mit Bruder infirmarius ging Weriga durch die Reihen der Verwundeten. Manche der Männer lagen im Fieber und waren nicht ansprechbar, andere stöhnten und hoben erwartungsvoll die Köpfe oder murmelten einen achtungsvollen Gruß, wenn der Mönch an ihr Lager trat. Man hatte sie unter dem Notdach zwischen den Wirtschaftsgebäuden im Freien aufgebettet. Solange es warm und trocken blieb, war es die einfachste und beste Lösung, alle Verwundeten und Kranken hier im Schatten des Unterstandes auf dem blanken Boden zu lagern. Trotzdem die Sonne noch nicht hoch am Himmel stand, staute sich bereits die Hitze unter dem Dach, und die Luft war durchzogen vom Gestank eiternder, blutender Wunden, ungewaschenen Körpern und menschlichen Exkrementen.

„Du bist der einzige Lichtblick unter all den faulenden Knochen", brummte ein bärbeißiger, untersetzter Mann und musterte Weriga mit eindringlichem Blick.

„Schmerzen?" fragte der infirmarius und beugte sich über den Verwundeten mit einer tiefen Wunde am Arm. Mit besorgter Miene betrachtete er das blutdurchtränkte Leinen, das nachlässig um den Oberarm geschlungen und mit einer dicken Schorfschicht überkrustet war. Der Mönch verjagte mit der Hand ein paar Fliegen und begann vorsichtig, die Tuchstreifen zu lösen.

„Das haben wir gleich, Oudalrich. Wirst ein wenig die Zähne zusammenbeißen müssen!"

„Ah! Du grober Klotz!"

Der Verwundete stöhnte und bäumte sich auf.

„Nehmt Eure gefühllosen Finger weg! Das hält ja keiner aus!"

„Sei nicht so zickig!"

„Rührt mich noch einmal an, und ich trete Euch in den Hintern! Glaubt mir! Ich kann meine Füße noch recht gut gebrauchen. Quacksalbern und Mixturen herstellen, das könnt Ihr! Aber ich bin kein Pflänzchen, das Ihr mit Euren Pranken im Mörser zerstampfen könnt!"

„Wie du willst!" sagte der Mönch und seine Stimme klang plötzlich kalt und scharf. „Es ist dein Arm. Aber nicht mehr lange. Wenn der Wundbrand weiter um sich greift, werden nicht einmal die Hunde mehr deine Knochen haben wollen."

Oudalrich ließ sich zurücksinken und stieß einen gotteslästerlichen Fluch aus.

„Laßt es mich einmal versuchen", sagte Weriga besänftigend und begann, den Verband mit einem Kamillensud zu benetzen, ehe der Streit noch weiter eskalieren konnte.

„Sei dankbar, daß du noch lebst!" wandte sie sich an Oudalrich. „Hast du mir gestern nicht erzählt, wie sehr du darauf brennst, wieder hinaufzukommen über die Urfahr auf die Melkalpe? Glaubst du, dein Weib ist versessen darauf, dich als Einarmigen wiederzusehen? Du brauchst doch zwei gesunde Arme für das Schwenden und Roden."

Ein warmer Glanz trat in Oudalrichs Augen, während sein Blick über Werigas Gesicht und Schultern glitt.

„Wärst der rechte Zeitvertreib für einen Mann da oben", sagte er, ohne sich an der Anwesenheit des Mönches zu stören, und verzog das Gesicht zu einem vielsagenden Grinsen.

Verblüfft verfolgte der infirmarius, wie Weriga Oudalrich trotz aller Anzüglichkeiten weiter ins Gespräch verwickelte und ihm dabei die Tuchstreifen mit einer Lanzette ablöste, ohne daß er auch nur einmal mit der Wimper gezuckt hätte. Es war erstaunlich, welches Geschick die entlaufene Hörige im Umgang mit Kranken zeigte und wie schnell und mühelos ihr alles von der Hand ging. Ohne daß sie jemand dazu aufgefordert hätte, hatte sie sich in den vergangenen Tagen und Wochen zu einer guten Hilfe entwikkelt, und manche der von ihr angewandten Mittel mochte sie von Tieren abgeschaut haben, die ihre Wunden in der freien Natur selbst versorgten. Nicht selten zeigten sie genauso heilende Wirkung, wie die von den Mönchen angewandten.

„Was benutzt du da?" fragte der infirmarius, als Weriga eine eigenartig gefärbte Paste auf die Wunde aufzutragen begann.

„Zerstampfte Erlenblätter, die ich mit Lehm überschichte. Sie treiben den Eiter und das Gift aus der Wunde. Das Gute daran ist, daß sich der Verband von selbst ablöst, wenn der Lehm abtrocknet. Später können wir die Behandlung mit zerstoßener Lindenholzkohle fortsetzen."

Der Mönch hob erstaunt die Brauen. „Wo hast du das gelernt?"

„Eigenartig! Ich spüre kaum mehr Schmerzen in meinem Arm", stellte Oudalrich verwundert fest, noch ehe Weriga etwas antworten konnte.

„Kunststück!“ bemerkte eine Frauenstimme aus dem Hintergrund bissig. „Sie braucht nur ein wenig die Augen zu verdrehen und mit den Hüften zu wackeln, und schon werden alle wie von selbst gesund. Seht zu, Bruder infirmarius, daß dieses Heidenweib nicht böse Kräfte in den Männern weckt! Es könnte ein Feuer ausbrechen, an dem sich alle die Finger verbrennen.“

„Zahnlose alte Schlange!“ knurrte Oudalrich und warf eine hölzerne Trinkschale nach dem schattenförmigen Umriß. „Selbst die Ziegenböcke würden vor dir Reißaus nehmen!“

Weriga hob den Kopf. Angriffslust lag in ihrem Blick. Dann aber besann sie sich eines Besseren. Die offene feindselige Haltung der Frau gegen sie, eine Entlaufene, war ihr nichts Neues. Was sie weit schlimmer traf, war das versteckte Getuschel, daß sie mit bösen Mächten in Verbindung stehe, und daß mit ihrer Anwesenheit erst das Unglück über die Insel hereingebrochen sei.

Ein Stöhnen neben ihr riß sie aus ihren Gedanken.

„Gleich wird es dir besser gehen!“ sagte der Mönch über eine zusammengeschrumpfte Gestalt gebeugt. Der ungewohnt weiche Ton in der Stimme des Siechenmeisters ließ Weriga aufhorchen. Aus der kurzen Erfahrung im Umgang mit ihm wußte sie, daß dies in aller Regel das Eingeständnis an eine Macht bedeutete, die größer war als sein medizinisches Können. Ein kurzes Kopfschütteln des Mönches bestätigte ihre Vermutung.

„Hast es bald überstanden“, hörte ihn Weriga murmeln, während er mit seiner fleischigen Hand über das verzerrte Gesicht des Sterbenden fuhr und ihm den kalten Schweiß von Stirn und Schläfen wischte. Schließlich zog der Mönch die Decke über den Mann und erhob sich. Weriga raffte die gebrauchten Tücher und Bänder zusammen und folgte ihm hinaus auf den Vorplatz.

Nachdenklich ließ der Siechenmeister den Blick über den Platz wandern. Die Wehrburg mit den wenigen Hütten für die Fronschergen hatte sich in den vergangenen Tagen in ein wild wucherndes Dorf verwandelt. Armselige Hütten aus Knüppelholz, Brettern und geflochtenem Reisig schossen unterhalb der Wehrgänge wie Pilze aus dem Boden, mitunter wie über Nacht. Schweine rumorten in behelfsmäßigen Verhauen, Ziegen suchten zwischen Abfällen und verfaulender Streu nach Futter. Überall, wohin man schaute, nur Unrat und Dreck.

„Ich kann mir denken, was Euch bedrückt“, brach Weriga das Schweigen.

Der Mönch zeigte hinüber zu den Hütten.

„Unrat und Schmutz wachsen schneller, als wir ihn beseitigen können. Zu viele Menschen und Tiere leben hier zusammen auf immer enger werdendem Raum. Und in dem gleichen Maß, wie sich Ratten und anderes Ungeziefer vermehren, sterben die Menschen. Bereits der siebte Tote, der nicht an Wundfieber und ohne äußere Verletzung gestorben ist. Wenn wir nicht schnellstens etwas unternehmen, haben wir es mit einer Seuche zu tun, der mehr Menschen zum Opfer fallen werden, als bei den Kämpfen mit den Ungarn."

Der infirmarius krampfte in einer hilflosen Geste die Hände ineinander.

„Wenn wenigstens unsere Arzneien und Kräuter bei dem Feuersturm nicht mitverbrannt wären. Ich werde Abt Luitfrid bitten, sich um Hilfe an das Erzstift zu wenden. Wenn eine Seuche ausbrechen würde, wären wir ansonsten völlig hilflos."

„Wenn es nützt, kann ich mich nach Heilkräutern umschauen", bot sich Weriga an. „Sagt mir nur, woran es vor allem fehlt."

„Was wir dringend brauchen, sind in erster Linie Farn, Portulak und wilde Veilchen sowie Attichwurzeln, Fenchel und Zinnkraut. Erstere senken das Fieber, letztere stärken Magen und Darm und schwemmen Gifte aus."

„Noch etwas!" Der Mönch zögerte einen Augenblick. „Wenn ich dir einen Rat geben darf: Geh den Menschen so gut es geht aus dem Weg! Ich weiß, daß dich die Natur mit besonderen Gaben und Kenntnissen ausgestattet hat. Dennoch sehen es viele, vor allem Frauen, nicht gern, wenn du mir hilfst, die Kranken zu pflegen."

Überrascht hob Weriga den Kopf.

„Was wollt Ihr damit sagen?"

„Versteh mich nicht falsch!"

Ein mitfühlender Ton schwang in der Stimme des Mönches mit.

„Von Bruder Wigbert wissen wir, daß wir es deiner Warnung zu verdanken haben, daß die Mehrzahl von uns noch am Leben ist. Aber dennoch bist du für viele eine Entlaufene und eine Fremde. Deine Unerschrockenheit und Stärke läßt sie mißtrauisch werden, und hinter vorgehaltener Hand flüstern sie, daß du mit bösen Mächten im Bunde stehst. Vielleicht ist es besser, wenn du mich die nächsten Tage nicht auf meinem Gang zu den Kranken begleitest. Ich möchte nicht, daß sie dich für die rätselhafte Krankheit verantwortlich machen. Mit jedem Toten wird ihre Angst und ihr Mißtrauen wachsen. Du hast es heute bei Oudalrich selbst erlebt."

Weriga nickte stumm und wandte sich zum Gehen. Sie verspürte in sich plötzlich einen dumpfen Schmerz. Wie können sie es wagen? Ich habe all meine Kräfte für sie eingesetzt. Was ist es, das die Menschen so mißtrauisch sein läßt? Sie neiden mir meine Freiheit und meine Selbständigkeit, redete sie stumm in Gedanken. Natürlich, das ist es! Nur daran konnte es liegen! „Du sollst nie erfahren, was es heißt, verächtlich behandelt zu werden!" sagte sie leise zu dem werdenden Leben in sich und fuhr sich gedankenverloren mit den Händen über den leicht gewölbten Leib. „Nie soll dir das gleiche Schicksal widerfahren wie mir! Glaube mir, ich werde alles daransetzen, daß dir die Menschen mit Achtung begegnen müssen."

Es war heiß. Chiemo richtete sich auf und wischte sich mit dem Handrükken den Schweiß von der Stirn. Lange halte ich das nicht mehr aus, dachte er bei sich. Seit zwei Wochen schleppte er zusammen mit den Mönchen, Novizen und einem Großteil des Klostergesindes verkohlte Mauersteine, schaufelte Schutt beiseite oder riß eingefallene Mauerreste ein. Chiemo stützte sich auf die Schaufel, um zu verschnaufen und wandte den Kopf hinüber zur Wallburg. Plötzlich blieben seine Augen an einer Frauengestalt haften. Die Art, wie sie den Kopf aufrecht hielt, der leichte, federnde Gang, jede Bewegung an ihr war ihm vertraut. Nie hatte er sich mehr nach Weriga gesehnt, als jetzt, wo er sie ständig in seiner Nähe wußte. Aber er bekam sie nur selten zu Gesicht und manchmal kam es ihm so vor, als hielte sie sich bewußt von ihm fern. Weshalb war sie dann überhaupt auf die Insel gekommen? Andererseits war es bei der drangvollen Enge und der Fülle der Arbeit so gut wie unmöglich, mehr als ein paar belanglose Worte miteinander zu wechseln, ohne sogleich bei den anderen Argwohn und Aufsehen zu erregen. Was mache ich nur, dachte er gereizt, das sie so gleichgültig reagieren läßt? Auch als er sie wegen des Kindes zur Rede stellen wollte, hatte sie nur geschwiegen und war ihm ausgewichen.

„Wozu plagen wir uns hier wie die Zugochsen?" riß ihn eine Stimme aus seinen Gedanken.

Ächzend machte sich Bernhard, ein junger Novize, an einem Steinquader zu schaffen. Er keuchte unter der Last einer behauenen Türschwelle, die er aus dem Schutt freigelegt hatte.

„Laß dir helfen!" sagte Chiemo und bückte sich.

Gemeinsam gelang es ihnen, den glatten Steinblock aufzurichten. Nachdenklich wischte Bernhard den Aschestaub von der Trittseite. Eine schön gemaserte Steinfläche kam darunter zum Vorschein.

„Wer weiß, ob der überhaupt noch gebraucht wird? Was, wenn das Erzstift das Kloster aufläßt? Unter den Mönchen wird schon seit Tagen gemunkelt, daß bis auf ein paar Laienbrüder alle auf umliegende Klöster verteilt werden sollen, soweit sie nicht auch Opfer von Plünderung und Brandschatzung dieser wilden Horden geworden sind."

„Jeder weiß, daß sich in den nächsten Tagen etwas Entscheidendes tun muß“, entgegnete Chiemo.

Noch ehe er weitersprechen konnte, klang Hufschlag und helles Schnauben von der Lände her. Eine Gruppe Berittener kam den Hang herunter, vorweg ein Mönch auf einem feinen Roß. Er trug nicht das übliche härene Gewand der Benediktiner, sondern eine schwarz gefärbte Kutte aus glattem Gewebe. Ihm folgten zwei Schergen in den bischöflichen Farben.

„Ein Bote des Domkapitels“, bemerkte Bernhard.

Ganz offensichtlich war der Mönch in Begleitung der beiden Bewaffneten ein kirchlicher Würdenträger des Erzstiftes. Sein Erscheinen sorgte für gespannte Unruhe unter den Mönchen und Hörigen. Wie auf ein Kommando erstarb das Hämmern der Spitzhacken und das Poltern der Steine auf den Schaufelblättern.

Der Reiter in der Kutte fesselte Chiemos Aufmerksamkeit. Irgendwie kamen ihm die Züge des Mönches bekannt vor, nur woher? Er zerbrach sich den Kopf, während die Berittenen ihre Pferde durch das Trümmerfeld lenkten. Dieses unangenehm herablassende Benehmen. Natürlich! Jetzt konnte er sich deutlich des Mannes erinnern, der sich drüben am Högl seinem Vater gegenüber als Erzdiakon zu erkennen gegeben hatte.

„Seid willkommen auf dem Wörth, Bruder“, hörte Chiemo sich einen der Dekane an den Mönch wenden. „Was führt Euch zu uns?“

Der Angesprochene zögerte und ließ den Blick unbeteiligt über die Trümmerwüste schweifen.

„Wie es aussieht, hat es euch ziemlich schlimm erwischt.“

Er machte eine längere Pause, und es sah so aus, als versuche er, das ganze Ausmaß der Zerstörung abzuschätzen.

„Wie ich sehe, trefft ihr bereits Maßnahmen für den Wiederaufbau“, sagte er schließlich. „Haltet ihr das nicht für ein wenig voreilig, solange die Nachfolge für den Bischofssitz noch nicht geklärt ist?“

„Wollt Ihr damit sagen ... ?“ stammelte einer der umstehenden Mönche.

„Eben darüber wollte ich mich mit dem Abt besprechen. Wo ist er? Bringt mich zu ihm!“

Chiemo musterte den Erzdiakon eindringlich von der Seite. Er versuchte, aus der Miene des Mönches auf seine Gedanken und seine Absichten zu schließen. Was mochte hinter der anmaßenden Maske des Mannes vor sich gehen? Das Auftreten und die Redeweise des Archidiakons bestärkten ihn in dem unbestimmten Gefühl, daß es bei diesem Besuch um die Zukunft des

Klosters gehen mußte. Zudem hatte er die ungute Vorahnung, als stelle der Mönch eine Bedrohung für ihn dar. Er beschloß, ihn im Auge zu behalten.

„Wenn jemand nach mir fragt, dann sage, ich sei gegangen, um nach Wigbert zu sehen", wandte er sich an Bernhard und ließ die Schaufel zu Boden fallen. „Ich muß herausfinden, was dieser Besuch zu bedeuten hat."

Nachdenklich folgte sein Blick den Berittenen. Chiemo wußte, es war nur ein unbestimmtes Gefühl, das ihn trieb, aber es beunruhigte ihn trotzdem. Er hatte gerade das Tor der Wallburg passiert, als er plötzlich seinen Namen rufen hörte. Überrascht hob er den Kopf. Nur selten war er in den Monaten auf der Insel seinem Onkel, dem Zellerar, über den Weg gelaufen. Nun aber ließ ihn der Klang seiner Stimme aufhorchen.

„Mach schnell, Chiemo! Beeil dich!" drängte er.

Chiemo war, als zwinge Reinhard die Worte aus seiner Kehle. Irritiert forschte er in den Zügen seines Onkels. Er wirkte angespannt und nervös, eine Spur verlegen, ganz gegen seine sonstige Art.

„Ich habe mit dir zu reden", begann der Zellerar mit seltsam belegter Stimme und führte ihn zur Seite. „Man hat die Namen derer zusammengestellt, die im Grenzland gefallen sind. Er machte eine Pause, als koste es ihn Überwindung, weiterzusprechen. Chiemo spürte, wie sich der Druck von Reinhards Hand auf seiner Schulter verstärkte. Ein eisiger Schrecken durchfuhr ihn, als sich ihre Blicke kreuzten.

„Du mußt jetzt stark sein, Chiemo!"

Reinhards Stimme klang wie aus weiter Ferne.

„Ich habe es eben erst selbst erfahren. Aidulf und Sieghart sind im Kampf gegen die Ungarn gefallen."

Er machte eine Pause und zwang Chiemo, ihn anzusehen.

„Dein Vater wird schwer daran tragen, keinen seiner Söhne mehr um sich zu haben. Zudem wird ihm sein verdammter Stolz verbieten, als Bittsteller vor dem Abt zu erscheinen und um deine Freigabe aus dem Kloster zu ersuchen, zumal er große Verluste hat hinnehmen müssen."

Chiemos Augen weiteten sich vor Entsetzen.

„Die Ungarn ... ?" stammelte er und ließ die Frage unvollendet, als fürchte er sich vor der Antwort.

Reinhard nickte stumm.

„Alle Dörfer und Weiler das ganze Surtal herauf, und auch Vochenwald, alles liegt in Schutt und Asche. Einzig das Vieh und das ganze Gesinde haben eure Leute in den neuen Unterkünften um die Rodungszelle im Miesenbach in Sicherheit bringen können."

„Warum?“ schrie Chiemo auf und preßte die Fäuste gegen die Schläfen. „Warum all die sinnlose Zerstörung und das Leid?“

Er stockte. Tränen traten ihm in die Augen. Er wollte sich abwenden, aber Reinhard zwang ihn, ihm ins Gesicht zu sehen.

„Ich weiß, es ist schlimm für dich. Dabei hatte Marchward noch Glück im Unglück. Andere haben alles verloren. Er hat wenigstens noch seine Hörigen, die Mühle, Richardis und dich.“

Chiemo starrte zu Boden. Er mußte sich zusammennehmen, um nicht einfach wegzulaufen, sich zu verkriechen und sich seinen Schmerz von der Seele zu schreien. Er machte sich aus Reinhards Griff frei und wandte sich abrupt ab. Tränenschleier legten sich über seine Augen. Seine Sinne waren stumpf und taub für alles, was um ihn her vorging. Zu sehr hatte der Schmerz von ihm Besitz ergriffen. Er sah nicht die Menschen, die sich erwartungsvoll um einen Mönch drängten, der die Namen der Gefallenen verlas: „Hartwich, Edler vom Lenzin, Ortnid, Meier vom Heißenanger.“

Wenigstens im Tod gibt es eine höhere Gerechtigkeit, sagte eine Stimme tief in seinem Inneren.

Ziellos irrte Chiemo über den Hof der Wallburg. Er wollte allein sein. Die Vorgänge rund um ihn her, die Gründe für das Erscheinen des Archidiakons, alles war plötzlich nebensächlich geworden. Ohne recht zu wissen, wie er dort hingekommen war, befand er sich plötzlich im Mönchstrakt, einem riesigen, scheunenartigen Gebäude, dessen eine Hälfte den Mönchen als provisorischer Kapitelsaal und als Refektorium und zur anderen Hälfte als Schlafsaal diente. Auf der Längsseite bildeten einfache Strohsäkke ein Schlaflager, an einer der Querseiten bildeten von der Decke hängende Tücher behelfsmäßige Zellen für die Offizialen. Chiemo setzte sich in eine der halbdunklen Nischen, lehnte den Kopf zurück an die Blockwand und schloß die Augen. Er sah die Gesichter von Aidulf und Sieghart vor sich und die verhärmten Züge seiner Mutter. Er glaubte ihre Stimme zu hören, die seinen Namen rief. Chiemo verspürte ein Frösteln, trotz der Hitze im Raum. Eine lange nicht mehr gekannte Sehnsucht überfiel ihn. Längst vergessene Bilder stiegen aus seiner Erinnerung auf und doch wußte er, daß nichts mehr so sein würde wie früher. Was hatte der Krieg aus den ehrgeizigen Plänen seines Vaters und aus ihren Jugendträumen gemacht? Chiemo zog die Knie nahe an den Körper und grub verzweifelt den Kopf in die Arme. Er wußte nicht, wie lange er so gesessen haben mochte, als er plötzlich Schritte hörte. Er erkannte die Stimme des Abtes. Chiemo wollte aufspringen und schlug das Tuch zur Seite, um sich davonzumachen, aber es war bereits zu spät.

„Laßt uns alleine, Bruder Reinhard!“ gebot der Abt. „Sorgt dafür, daß wir ungestört sind!“

Verzweifelt suchte Chiemo nach einem Ausweg, aber er hätte den Raum durchqueren müssen, um zu einer der Wandluken zu gelangen. Es blieb ihm nichts anderes übrig, als sich still zu verhalten und zu hoffen, daß er unentdeckt blieb. Trotzdem konnte er es nicht unterlassen, eines der Trenntücher ein wenig zur Seite zu schieben, um freien Blick auf den Abt und den Erzdiakon zu erhalten, die an einem großen Tisch vor einer der Wandöffnungen Platz genommen hatten.

„Um bei dem Thema zu bleiben, von dem wir gerade gesprochen haben“, nahm der Erzdiakon das Wort wieder auf. Wie stellt Ihr Euch das vor? Ihr kommt nicht daran vorbei, der Realität ins Auge zu sehen!“

„Aber bedenkt doch, die Umstände! Auch wir wissen, daß es nur eine Übergangslösung sein kann.“

Der Archidiakon machte eine energische Handbewegung.

„Ihr könnt es drehen wie Ihr wollt! Wo Inselbewohner, Flüchtlinge und Hörige, Männer, Frauen und Kinder zusammen mit den Mönchen auf engstem Raum leben, ist es mit klösterlicher Disziplin bald vorbei. Zudem macht es wenig Sinn, über einen Neuanfang hier auf dem Wörth zu spekulieren, solange noch kein Nachfolger für den Bischofssitz bestimmt ist.“

Er machte eine Pause.

„Es sei denn ... „

Die Bemerkung fesselte Chiemos Aufmerksamkeit. Der Erzdiakon beugte sich vornüber, und seine Augen erinnerten ihn plötzlich an den Blick eines Raubvogels, der eine Beute erspäht hat.

„Was?“ fragte Abt Luitfrid ungeduldig.

„Nun, wenn Ihr willens wärt, meine Bewerbung für das Bischofsamt zu unterstützen und mir ein paar Überschreibungen zu bestätigen, die die entsprechenden Liegenschaften dem Erzstift überantworten, dann hättet Ihr in mir einen Verbündeten, der bereit wäre, sich für Euer Anliegen mit allen Kräften einzusetzen.“

Chiemo sah, wie der Erzdiakon eine gesiegelte Rolle aus einer Tasche zog und sie Abt Luitfrid über den Tisch zuschob.

„Werft einen Blick auf die Aufstellung, die unsere Kanzlei vorgenommen hat!“

Schlagartig war Chiemo hellwach. Was er gehört hatte, war nichts anderes als der Versuch des Archidiakons, die Wahl des Bischofs mit unlauteren Mitteln zu seinen Gunsten zu beeinflussen. Ihm wurde schlecht bei dem Gedanken, daß er soeben Zeuge eines Kuhhandels geworden war, über den sich die Mehrzahl der Klosteroffizialen zu Recht entrüstet hätte. Dieser hinterhältige, verlogene Pfaffe! Hinter der Fassade aufgesetzter Frömmigkeit verbarg sich die Durchtriebenheit eines Straßenhändlers.

„Was stört Euch an dem Vorschlag? Ist Euch der Preis zu hoch? Glaubt Ihr, mit ein paar Hufen und Weilern den Wiederaufbau des Klosters bestreiten zu können?“

„Das ist es nicht, was mir zu denken gibt“, hörte Chiemo den Abt erwidern, der sich sichtlich unwohl in seiner Haut fühlte. „Ganz abgesehen davon, daß meine Stimme bei der Wahl nur eine unwesentliche ist, kann ich die Freigabe des Heißenangers an das Erzstift nicht gutheißen.“

„Zweifelt Ihr etwa an Ortnids Tod? Mehrere Männer bezeugten, daß sie seinen Leichnam gesehen haben.“

„Das ist es nicht. Vielmehr hat Ortnid für den Fall seines Ablebens seinen letzten Willen in einem schriftlichen Testament hier im Kloster bekundet.“

„Ein Testament, dessen Abschrift bei dem Brand verloren ging, wie ich annehme“, ergänzte der Archidiakon ironisch.

„Ihr vergeßt die Zeugen!“

„... von denen nur noch zwei am Leben sind“, hörte Chiemo den Vertreter des Erzstiftes in gleicher Manier fortfahren.

„Wir werden sie dafür entschädigen, daß sie sich nicht mehr an ihre Bezeugung erinnern werden. Selbst wenn Ortnid das Kind als sein eigen Fleisch und Blut anerkannt hat, bleibt doch die Tatsache, daß diese Verbindung ohne kirchlichen Segen eingegangen wurde.“

„Dennoch ist es Betrug und unser nicht würdig“, warf der Abt ein.

„Wäre es Euch lieber, wenn der Gutshof an eine Hörige und ihren Bankert fällt? Überhaupt! Wo steckt dieses Weibsstück, wie war doch gleich ihr Name?“

„Weriga, eine Waise aus dem Grenzland.“

Wie ein Keulenschlag trafen Chiemo die Worte des Abtes. Fast hätte er aufgeschrien. Unheilvolle Gedanken wirbelten ihm durch den Kopf. Ihm war, als habe er den Verstand verloren. Daher also ihr seltsames Verhalten! Das also war der Grund für ihre abweisende Zurückhaltung und für ihr Schweigen. Weriga und Ortnid! Der Gedanke war so ungeheuerlich, daß er es noch immer nicht fassen konnte.

„Sagtet Ihr nicht“, wollte der Erzdiakon wissen, „daß diese Hörige keine Kenntnis von der Existenz dieser Verfügung hat?“

Der Abt nickte. „Und der Bankert ist noch nicht geboren, wenn ich Euch recht verstanden habe? Was zögert Ihr dann noch? Laßt das Weibsstück herschaffen! Sie kommt mit nach St. Peter! Niemand wird eine Waise vermissen, und unser Problem ist ein für allemal gelöst."

Der Abt erhob sich und trat an die Wandöffnung.

„Wir sind uns also einig? Wir müssen jede Möglichkeit ausschließen, daß jemand von dem Anspruch auf den Heißenanger Kenntnis erhält. Kann ich also mit Eurer Verschwiegenheit rechnen?" drängte der Erzdiakon.

„Na gut, wenn es keinen anderen Weg gibt."

Chiemo saß noch immer wie versteinert. Schwindel erfaßte ihn, und Übelkeit stieg in ihm hoch.

„Wie konntest du mir das antun?" flüsterte er leise. Abgrundtiefe Bitterkeit lag in seiner Stimme. Jedes Gefühl in ihm war erstorben. Er fühlte sich ausgelaugt und leer. Nicht einmal Werigas zukünftiges Schicksal konnte ihn mehr rühren. Er wankte. Seine Augen flackerten unruhig. Stöhnend suchte er nach einem festen Halt, als drohe er an einem inneren Schmerz zu ersticken. Chiemo rührte sich erst, als er von draußen durch die Blockwand die Stimme des Abtes hörte.

„Bringt die Hörige vom Heißenanger zu mir, unverzüglich!"

Das Wissen, daß Weriga in höchster Gefahr schwebte, und die Vorstellung, sie für immer zu verlieren, rissen ihn aus seiner Erstarrung. Wenn ihn ihr Schicksal noch vor wenigen Augenblicken gleichgültig gelassen hatte, trieb ihn plötzlich nackte Angst. Sein Entschluß stand fest. Er mußte sie finden, bevor man ihrer habhaft werden konnte. Er war zu allem entschlossen und bereit, für sie notfalls zu kämpfen.

Chiemo suchte fieberhaft nach einer Lösung. Verzweifelt zermarterte er sich den Kopf. Die Sorge um Weriga schien seinen Geist zu beflügeln, denn plötzlich hatte er eine Idee. Mit einem Mal wußte er, wie er vorgehen mußte. Er brauchte ein Ablenkungsmanöver, um mit ihr ungesehen die Insel verlassen zu können. Ein Feuer, groß genug, um die Aufmerksamkeit aller Inselbewohner vom See abzulenken, war genau das richtige. Er mußte nur Sorge dafür tragen, daß niemand dadurch unmittelbar zu Schaden kommen würde. Einen Augenblick lang erschrak Chiemo vor der Ungeheuerlichkeit seiner eigenen Gedanken. Er wußte nur zu genau, welche Strafe ihn erwartete, wenn man ihn auf frischer Tat ertappen würde. Nur allzu gut war ihm noch in Erinnerung, welche Strafen die Männer um seinen Vater gefordert hatten, als die Mühle im Vorjahr niedergebrannt worden war. Und nun war er selbst im Begriff, an den Besitz anderer Feuer zu legen. Die Vorstellung, dafür vielleicht zur Rechenschaft gezogen zu werden, erfüllte ihn mit Entsetzen. Er zögerte, aber nur einen kurzen Augenblick. Schließlich schob er alle aufkeimenden Skrupel entschlossen zur Seite. Er hatte keine Wahl. Mit wenigen Schritten war er an der Tür und zog sie vorsichtig auf. Überall zwischen Wirtschaftstrakt und Hofplatz drängten sich die Menschen auf engstem Raum. Es würde schwierig werden, einen geeigneten Platz zu finden, wo er sein Vorhaben unbemerkt in die Tat umsetzen konnte. Chiemo schlüpfte hinaus und sah sich unschlüssig um. Mehr aus Verlegenheit schlug er den Weg zu den Stallungen ein. Natürlich, fuhr es ihm plötzlich durch den Kopf. Überall hier lag trockene Streu. Wie leicht konnte von den zahlreichen offenen Feuerstellen ein Funke herübergeweht werden und einen Schwelbrand entfachen. Zudem waren tagsüber die Stallungen leer. Erst am Abend würden die Tiere wieder in die Unterstände getrieben.

Chiemo vergewisserte sich von der Richtigkeit seiner Annahme. Der Stall war leer. Niemand war zu sehen. Nach kurzem Suchen fand er, was er brauchte. Mit wenigen Handgriffen schob er einen Haufen leicht brennbaren Materials in einer Ecke zusammen und entzündete es mit Feuerstein und Zunder. Er fächelte über die trockene Streu und wartete, bis der Funke kräftig aufglomm. Wenig später begann die Streu zu schwelen.

Chiemo erhob sich. Wenn nicht zufällig jemand vorbeikam, würde es einige Zeit dauern, bis man das Feuer entdeckte. Jede Minute, die er gewann, war jetzt kostbar. Er drückte sich um die Ecke der Stallung und sah sich noch einmal sichernd um, ehe er sich von der Wand abstieß und in Richtung Tor ging.

Der Aufruhr in seinem Inneren legte sich erst, als er freies Gelände vor sich hatte. Er wählte den Weg nach Nordwesten und folgte einem schmalen Pfad, auf dem er Weriga vor der Ankunft des Erzdiakons zuletzt gesehen hatte. Die Sonne stand noch hoch im Süden und er spürte ihre stechenden Strahlen durch das grobe Leinengewebe der Tunika auf seiner Haut brennen.

Chiemo nahm sich zuerst das Westufer vor. Der Schilf- und Strauchgürtel war ein Vogelparadies und selbst in der Mittagshitze war der Ufersaum voller Leben. Hoch über seinem Kopf schrie gellend ein Falke, während er lautlos am Himmel seine Kreise zog. Plötzlich blieb Chiemo stehen und lauschte. Er glaubte, eine Stimme zu hören. Gespannt hob er den Kopf. Kein Zweifel! Irgend jemand summte leise eine Melodie. Augenblicke später entdeckte er Weriga an einer Uferböschung. Scheinbar auf der Suche nach Kräutern lief sie hangabwärts Richtung See, schlank und anmutig, das Haar durch ein Band zusammengehalten, wobei der Saum ihrer Gunna bei jedem Schritt im Wind um ihre braunen Beine schwang. Wachsam wanderte ihr Blick über den Boden zu ihren Füßen. Ab und zu pflückte sie ein paar Blätter, hob sie prüfend an die Nase und zog das Aroma ein, ehe sie die Kräuter in ein Tragetuch warf, das sie wie einen Korb in der Armbeuge trug. Eine heiße Welle stieg in Chiemo auf. Er spürte eine lange nicht mehr gekannte Zärtlichkeit in sich aufsteigen. Schlagartig wurde ihm bewußt, wie sehr er sich noch mit jeder Faser nach ihr sehnte.

Plötzlich verharrte Weriga mitten in ihrer Bewegung. Wie ein Tier, das einen Verfolger wittert, hob sie den Kopf und lauschte angespannt. Ihre Augen waren ständig in Bewegung, bis sie ihn streiften.

„Du?“ sagte sie verblüfft, als sie ihn entdeckte.

Der Klang ihrer Stimme brachte Chiemos Herz zum Stillstand.

„Was ist?“ fragte sie besorgt und spürte instinktiv an seinem Blick, daß von irgend einer Seite Gefahr drohte.

Chiemo ging auf sie zu.

„Gut, daß ich dich so schnell gefunden habe. Du mußt weg von hier, jetzt, sofort!“

Er faßte sie am Arm und zog sie mit sich. Weriga zögerte und widersetzte sich.

„Was soll das? Bist du verrückt?“

„Ich habe jetzt keine Zeit für lange Erklärungen. Es ist wegen dir und dem Kind.“

Chiemo erschrak selbst über die Schroffheit in seinem Ton. Mit einem Ruck machte sich Weriga frei. In ihren Augen funkelte es leidenschaftlich und wild.

„Seit wann sorgst du dich um uns?“

Chiemo war überrascht von ihrem plötzlichen Stimmungswandel. Eisige Kälte schnürte ihm die Brust ein. „Es stimmt also!“

Seine Worte klangen mehr nach einem Urteil als nach einer einfachen Feststellung.

„Was geht dich das an?“

„Mich nichts, aber den Abt und das Kloster.“

Überrascht hob Weriga den Kopf.

„Wie meinst du das?“

„Wenn ich den Erzdiakon von St. Peter richtig verstanden habe, hat Ortnid dir und seinem Kind den Heißenanger hinterlassen, erklärte Chiemo in knappen Worten. „Nun möchte das Erzstift scheinbar alles daran setzen, daß der Gestütshof nicht in fremde Hände gerät, indem sie dich und das Kind irgendwo hinter Klostermauern verschwinden lassen.“

„Ortnids Kind!“ zischte Weriga verächtlich und spuckte auf den Boden. Ihr Körper straffte sich, und offen blickte sie ihm ins Gesicht. „Ja, er hat mich mit Gewalt genommen, damals, kurz nach jenem Abend. Aber es ist nicht sein Kind!

Sie machte eine Pause und wartete seine Reaktion ab.

„Was ist? Warum schweigst du? Glaubst du vielleicht, daß ich wie eine geile Katze zu ihm gekrochen bin?“

Chiemo spürte die herausfordernde Schärfe in ihrer Stimme.

„Hör auf so zu reden!“ knurrte er am ganzen Körper bebend. Seine Finger verkrampften sich ineinander, daß die Knöchel krachten.

„Ich ersticke bei dem Gedanken, was der Saukerl dir angetan hat!“ stieß er keuchend hervor. „Wäre er noch am Leben, ich würde ihn mit eigenen Händen erwürgen.“

„So!“ fauchte Weriga und sprang einen Schritt nach vorn. „Es schmerzt dich also, die Wahrheit zu hören? Was glaubst du, wie ich mich gefühlt habe, als Ortnid wie ein wildes Tier über mich herfiel? Wer hat sich darum gekümmert, daß er mich die ganze Zeit über behandelt hat wie ein Stück Vieh?“

Erregung trieb ihr brennende Röte ins Gesicht, und in ihrem wilden Zorn erschien sie Chiemo schöner und begehrenswerter denn je.

Ohne sich dessen bewußt zu werden, starrte er sie an.

„Warum hast du nie ein Wort von all dem gesagt?“ brach Chiemo nach einiger Zeit das Schweigen.

„Wo warst du, als ich dich gebraucht habe?“ erwiderte Weriga aufgebracht. „Wochen habe ich vergebens auf dich gewartet!“

Chiemo spürte plötzlich ein Würgen im Hals, als er daran dachte, was geschehen war, während er mit Arnulf in Ötting aufregende Tage verbracht hatte. Er wußte nur zu gut, daß sie recht hatte. Immer stärker stürzten ihn ihre Vorwürfe in Unsicherheit und Ratlosigkeit.

Ein erstickter Schrei Werigas riß ihn aus seinen Gedanken.

„Sieh nur!“ stammelte sie und deutete hinauf zur Hügelkuppe, wo ein Rauchpilz schnell wachsend gegen den Himmel stieg.

„Es wird Zeit“, brummte Chiemo ohne ein sichtliches Zeichen der Überraschung, und packte sie erneut am Arm.

„Laß mich los! Das Feuer ...!“

„Ich weiß“, sagte Chiemo seelenruhig und sah dabei Weriga offen ins Gesicht. „Ich habe es gelegt, um unsere Flucht zu decken.“

Noch ehe Weriga etwas antworten konnte, ließ sie ein Geräusch herumfahren.

„Hier sind Spuren, ganz frisch. Sie kann nicht weit sein. Bestimmt ist sie hier vorbeigekommen.“

Geistesgegenwärtig riß Chiemo Weriga hinter einem Strauch zu Boden, konnte jedoch nicht mehr verhindern, daß ihr das Tragetuch vom Arm glitt. Noch ehe er es an sich ziehen konnte, tauchten Kopf und Schultern eines Mannes nicht weit über ihnen an der Böschung auf. Chiemo spürte, wie sein Blut schneller durch den Körper jagte und kauerte in gespannter Haltung neben Weriga, bereit, jede Sekunde aufzuspringen. Beide hörten sie das weiche Rascheln von Schritten im hohen Gras. Es war sehr nah, nur wenige Armlängen von ihnen entfernt.

„He! Kommt her! Ich habe ihr Tuch gefunden.“

Der Mann bückte sich. Es war ein vierschrötiger Kerl. Im Bruchteil einer Sekunde hatte sich Chiemo zum Handeln entschlossen und warf sich mit wutentstelltem Gesicht gegen den Mann.

„Lauf, Weriga!“ keuchte er.

Der Scherge war überhaupt nicht auf Chiemos Angriff gefaßt. Ehe er sich versah, hatte der ihm die Schulter in den Magen gerammt. Der Schwung des Ansturms ließ sie beide zu Boden gehen. Chiemo kämpfte mit allen ihm zur Verfügung stehenden Kräften, aber er mußte einsehen, daß der andere stärker war. Er wand sich unter den eisernen Griffen und stieß sein Knie in den Unterleib des Gegners. Er kam für einen Augenblick frei, als er plötzlich zwei Schatten neben sich wahrnahm. Schlagartig begriff er die Situation. Aber es war bereits zu spät. Er versuchte noch, die Arme schützend über den Kopf zu reißen, da traf ihn bereits ein sausender Hieb. Stechender Schmerz durchraste ihn; dann wurde es Nacht um ihn.

## Der Kontrakt

Als Chiemo zu sich kam, wußte er nicht ob er wachte oder träumte. Wie in Trance, glaubte er eine Gestalt in einer Kutte durch den Raum schweben und sich in einem hellen Lichtfleck auflösen zu sehen. Er versuchte, seine Sinne zu ordnen. Sein verworrener Verstand und sein Gefühl weigerten sich, zur Kenntnis zu nehmen, was er fühlte. Zärtlich fuhr eine Hand mit den Fingerspitzen über sein Gesicht. Er genoß die Berührung, konnte sich jedoch nicht erklären, warum gleichzeitig sein ganzer Körper schmerzte. Es dauerte einige Zeit, bis er sich darüber klar wurde, daß er mit dem Rücken auf hart gestampfter Erde lag. Dagegen sprach, daß er seinen Kopf leicht und weich gebettet spürte, trotz einer bleiernen Schwere. Es wollte ihm nicht gelingen, diesen seltsamen Widerspruch zu entwirren.

Als erneut die Hand über seine Wange fuhr, versuchte er, sich leicht zu bewegen. Ein feuriger Stoß durchfuhr ihn. In seinem Kopf brauste es wie ein riesiger Bienenschwarm.

„Ruhig! Nicht rühren!“ flüsterte eine sanfte Stimme.

Es kostete ihn all seine Willenskraft, die Augen zu öffnen. Im Schattenumriß sah er ein vertrautes Gesicht auf sich herunterschauen.

„Weriga“, flüsterte er.

Seine Lider zuckten unter ihrer erneuten Berührung. Ganz allmählich kam ihm zu Bewußtsein, was vorgefallen war.

„Großer dummer Held“, flüsterte ihr Mund zärtlich an seinem Ohr.

Chiemo ließ es geschehen, daß ihre Hand über seine Brust fuhr, obwohl er vor Schmerz hätte aufschreien mögen. Mit geschlossenen Augen genoß er ihre Zärtlichkeiten.

„Bald werden die schlimmsten Schmerzen vorüber sein“, murmelte sie sanft, als er leicht aufstöhnte, und ihre Stimme wirkte dabei so klein wie aus einem Mauseloch.

Sie beugte sich über ihn und küßte ihn sanft auf die Wange. Noch immer war Chiemo geneigt, an eine fieberhafte Phantasie zu glauben, während er ihren heißen Mund auf dem seinen fühlte. Er ließ es geschehen, daß sie seinen Kopf etwas höher in ihren Schoß bettete, und als sie sich vornüber beugte, um ihm das Haar aus der Stirn zu streichen, fühlte er ihre kleine, harte Brust an seiner Wange. Chiemo fühlte sich von einer Woge der Zärtlichkeit davongetragen und hätte für immer so liegen mögen. Ein klirrender Laut zerriß seine Träume. Krachend flog ein Sperriegel zurück und gleich darauf wurde die Tür aufgerissen. Gleißendes Licht blendete ihn.

„Los! Bringt das Weibsstück herüber! Beeilt euch!"

Chiemo wußte im ersten Moment nicht, ob er erneut ohnmächtig geworden oder nur in Schlaf gefallen war. Er fühlte, wie sich das Kissen unter ihm rührte. Stechender Schmerz durchfuhr ihn, und er brauchte all seine Willenskraft, um Hände und Füße zu veranlassen, ihm zu gehorchen. Unendlich langsam stützte er sich auf und schob sich mit dem Rücken zur Wand. Noch immer konnte er keine Einzelheiten erkennen, aber plötzlich spürte er eine kleine Hand in der seinen.

„Was immer auch geschehen mag, es wird gut für uns ausgehen!"

Schlagartig wurde sein Bewußtseinzustand klar. Er hatte also doch nicht geträumt.

„Weriga!"

Noch ehe er etwas sagen konnte, packte ihn jemand grob am Arm und zog ihn auf. Ein Flammenmeer schien seinen Körper zu durchrasen. Langsam wurde sein Blick klar. Die Umrisse eines Mannes zeichneten sich vor der Tür im hellen Tageslicht ab. Die kalten Augen des Mönches, die schwarze Kutte, die bischöflichen Farben; plötzlich ordnete sich alles wieder zu einem klaren Bild.

„Los! Worauf wartet ihr? Legt ihr ein Halseisen an!"

Die metallene Stimme, der herrische Befehl des Erzdiakons weckte Chiemos Lebensgeister. Werigas spitzer Schrei traf ihn bis in seine Seele und trieb seinen Zorn zu einem Punkt, der ihn all seine Schmerzen vergessen ließ. Er taumelte vorwärts und hatte nur noch Augen für dieses verhaßte Gesicht.

„Halt! Wer gibt Euch das Recht, jemand auf der Insel in Eisen schlagen zu lassen und wegzuschleppen wie einen Verbrecher? Nehmt ihr die Fesseln ab!" forderte die Stimme, ohne auf eine Antwort zu warten.

Chiemo blieb wie angewurzelt stehen. Verwundert fuhr er herum.

„Ihr?" stammelte er verblüfft.

Wie ein altersgrauer Wolf, der seiner Beute den Weg verstellt, stand der Klausner unter dem Tor des Wehrhofes neben der Wachstube.

„Wollt Ihr mich daran hindern, Bruder Wigbert?" Leichte Ironie schwang in der Frage des Mönches mit. „Seid Ihr hier etwa der Abt?"

Die Schultern des Klausners strafften sich und aus tiefliegenden Augen musterte er den Erzdiakon mit zwingendem Blick.

Wie konnte Wigbert nur so schnell von der Sache Wind bekommen haben, schoß es Chiemo durch den Kopf. Erst jetzt bemerkte er, daß die Sonne im Südosten im Aufsteigen begriffen war. Sie mußten demnach mehr als einen halben Tag auf der Wachstube in Haft gewesen sein. Ihm blieb keine Zeit, sich zu wundern.

„Und wärt Ihr der Bischof selbst!" hörte er Wigbert sagen. „Rechtshändel sind noch immer Sache des Vogtes!"

Dem Archidiakon schoß die Zornesröte ins Gesicht.

„Los! Herunter mit den Eisen! Auf der Stelle!" forderte Wigbert. Die Waffenknechte zögerten kurz, leisteten aber der Forderung des Klausners Folge. Sofort suchte Weriga in Wigberts Nähe Zuflucht.

Zornesröte ließ die Adern an den Schläfen des Archidiakons anschwellen.

„Wollt Ihr mir vorschreiben, wie ich mit einer Hörigen des Erzstiftes zu verfahren habe?"

Knechte und Mägde des Heißenangers unterstehen noch immer der Grundhörigkeit des Wörth", gab Wigbert ruhig zur Antwort. „Somit entscheidet in Rechtsfragen Graf Adalbert von Kalsperg. Legt Hand an dieses Mädchen und Ihr werdet Euch vor ihm zu verantworten haben!"

Wachsende Schärfe lag in Wigberts Worten.

Ein spöttischer Zug spielte um die Mundwinkel des Erzdiakons.

„Ihr irrt! Mit dem heutigen Tag zählt der Heißenanger zu den Liegenschaften des Erzstiftes, dem ich kraft meines Amtes vorstehe, bis ein neuer Nachfolger für den Bischofssitz bestimmt ist."

Die Unverfrorenheit und Selbstherrlichkeit des Archidiakons ließen hellen Zorn in Chiemo aufkeimen. Schon wollte er seinen Protest herausschreien und die wahren Hintergründe aufdecken, als ihn ein scharfer Blick Wigberts und ein leichtes Kopfschütteln zögern ließ.

„Euer Anspruch ist das Papier nicht wert, auf dem er steht!"

Chiemo mußte sich über die unerschütterliche Selbstsicherheit des Klausners wundern und nahm mit Genugtuung zur Kenntnis, wie der spöttische Zug im Gesicht des Mönches schlagartig erlosch.

Der Erzdiakon starrte Wigbert an, als wolle er ihn mit den Augen durchbohren.

„Was wollt Ihr damit sagen?"

„Nur, daß Ihr die Rechtmäßigkeit Eures Anspruchs noch einmal prüfen solltet und das in Anwesenheit eines autorisierten Zeugen! Aber laßt uns hineingehen! Außer uns und ihm soll niemand drum wissen! Wäre in unser aller Interesse, jedes unnötige Aufsehen zu vermeiden!"

Der plötzlich versöhnliche Ton des Klausners stürzte den Mönch für einen Moment sichtlich in Unsicherheit und Ratlosigkeit. Unruhig suchten seine Augen nach dem Abt, als könne er sich von dort Hilfe erwarten.

„Also gut! Wenn Ihr darauf besteht ...", lenkte der Erzdiakon schließlich ein.

„Gehen wir in die Behelfskanzlei, dort sind wir ungestört!" schlug Wigbert vor und wies dem Mönch den Weg.

Mit wenigen Schritten war Chiemo an Wigberts Seite. Erst jetzt, aus nächster Nähe, spürte er, welche Anstrengung es Wigbert kostete, mit den anderen Schritt zu halten. Er wirkte eingefallen. Scharfe Falten zogen sich von seinen Wangen abwärts zu den Mundwinkeln, und seine Augen lagen in tiefen Höhlen. Dennoch drückte sein Gesicht Entschlossenheit aus, vor dem Erzdiakon keine Schwäche erkennen zu lassen.

Chiemo bedachte den Klausner mit einem vorwurfsvollen Blick.

„Wie konntet Ihr nur so unvernünftig sein und Euer Krankenlager verlassen?

Wigbert tat so, als überhöre er den Tadel.

„Grün hinter den Ohren, selbst bis zum Hals im Schlamassel und anderen Ratschläge erteilen wollen. Tu mir einen Gefallen und halte jetzt wenigstens den Mund!"

Chiemo warf Weriga einen fragenden Blick zu, aber die zuckte nur wortlos mit den Schultern.

Der Klausner überholte den Erzdiakon mit energischen Schritten und öffnete die Tür zur „Kanzlei", die der Abt behelfsmäßig in einem Blockhaus des Wehrhofes hatte einrichten lassen, das dem Meier als Verwaltungsgebäude diente.

„Nur herein! Graf Adalbert und der Abt erwarten uns bereits!"

Überrascht hob der Archidiakon die Augenbrauen und musterte die Gesichter der Anwesenden. Vom ersten Augenblick an war er sich klar, daß er dem Klausner auf den Leim gegangen war, der es geschickt verstanden hatte, seine Fäden zu spinnen. Unwillkürlich zögerte er, als er den Mann sah, der die Vogteirechte auf dem Wörth ausübte. Er war sich bewußt, daß er vor einem Vertreter des weltlichen Gerichts und des höheren Adels stand, der mit den führenden Geschlechtern des Landes verwandt und verschwägert war.

Chiemo sah, wie der Erzdiakon schluckte, als der Klausner dem Grafen die Hand schüttelte und ihm wie einem alten Bekannten die Hand auf die Schulter legte.

„Komm!“ wandte er sich im nächsten Augenblick an Weriga. „Und du wartest draußen! Rühr dich nicht vom Fleck!“

Chiemo glaubte den Anflug eines Grinsens im Gesicht des Klausners zu entdecken und wußte, dies war seine Art der Strafe. Der letzte Blick, den er von ihm einfing, bevor sich die Türe schloß, war so vieldeutig, daß Chiemo das Gefühl hatte, als kenne Wigbert alle Geheimnisse, auch die verborgensten. Er atmete tief durch und setzte sich auf die Stufen, bemüht, seine wachsende Unruhe zu bezwingen. Er verstand noch ein paar Wortfetzen. Dann jedoch entfernte sich Wigbert von der Türe, und drinnen wurde leiser gesprochen.

„Müßt es mir nachsehen, daß ich Euch über die genauen Gründe Eures Kommens im Unklaren gelassen habe“, ergriff Wigbert das Wort und forderte Weriga durch eine Geste demonstrativ auf, ebenfalls Platz zu nehmen. „Die Angelegenheit, um die es geht, ist dringend und duldet keinen Aufschub.“

Gespannt neigte sich der Graf nach vorn und ließ den Blick vom Abt zum Erzdiakon und wieder zurück wandern.

„Warum so geheimnisvoll? Ihr macht mich neugierig, Wigbert.“

„Kommen wir zur Sache!“ sagte der Klausner ohne Umschweife und wurde sehr ernst. „Ich brauche Euch notwendig, um eine Entscheidung zwischen zwei Parteien mit gegensätzlichen Besitzforderungen herbeizuführen. Ihr, Philipp, vom Erzstift St. Peter, erhebt Anspruch auf den Gutshof des bei Preßburg gefallenen Meiers Ortnid.“

Zum ersten Mal hatte Wigbert den Erzdiakon beim Namen genannt, und allen Anwesenden war es, als habe er ihn mit leiser Verachtung ausgesprochen.

„So ist es und so steht es, verbrieft und gesiegelt!“

„Auch bezeugt?“ hakte Wigbert augenblicklich nach.

Empört fuhr Philipp auf.

„Wollt Ihr die Unterschrift und das Siegel Eures Abtes in Zweifel ziehen?“

Könntet Ihr mir die Urkunde aushändigen? forderte Wigbert, ohne auf die Frage einzugehen.

Er glaubte ein Zucken im Gesicht des Abtes zu bemerken.

„Ihr könnt sie augenblicklich wiederhaben, wenn ich mich von ihrer Echtheit überzeugt habe.“

Mit einem hämischen Grinsen holte der Erzdiakon eine gesiegelte Rolle aus seiner Reisetasche und überreichte sie dem Klausner mit einer herablassenden Geste.

„Wie steht es mit unserem Land, wenn Brüder des hl. Benedikt schon einander mißtrauen?

„Ausgestellt und gesiegelt am gestrigen Tag und von Euch unterzeichnet“, stellte Wigbert sachlich fest. Er ließ die Rolle zurückschnappen und überreichte sie dem Erzdiakon.

„Und doch habe ich meine begründeten Zweifel“, fuhr er nachdenklich fort. „Wie konnten die Besitzverhältnisse so rasch geklärt werden, wo Ihr uns doch erst gestern mit Eurem Besuch beehrt habt?

Wigbert machte eine Pause und ließ die Ironie in seiner Frage nachklingen. „Sicher habt Ihr es nicht versäumt, etwa bestehende Rechtsansprüche auf den Gutshof prüfen zu lassen?“

Amüsiert nahm Wigbert zur Kenntnis, daß Philipp dem Abt einen verdutzten Blick zuwarf, ehe er sich wieder an ihn wandte.

„Wie wir wissen, hat Ortnid keine Nachkommen.“

„Mehr als wir Hühner hier auf dem Wehrhof haben“, stellte Wigbert sarkastisch fest, nur hat er keinen seiner Ableger urkundlich zum Erben erhoben.“

„Wozu dann das ganze Palaver?“ fauchte Philipp.

Wigbert fühlte den fragenden Blick des Grafen auf sich gerichtet.

„Bis auf einen“, sagte er in das plötzlich entstandene Schweigen.

„Und Ihr wußtet davon!“

„Unverschämtheit, mich und den Abt des Betrugs zu bezichtigen. Das wird Euch teuer zu stehen kommen!“

Wigbert wandte sich an Weriga und veranlaßte sie aufzustehen.

„Das Kind, das sie trägt, hat Ortnid als sein eigen Fleisch und Blut vor Zeugen bekannt und für den Fall, daß es ein Sohn wird, zu seinem Erben bestimmt. Das Wissen um diesen Anspruch hat Euch auf den Wörth getrieben!“

„Lüge! Kein Wort davon ist wahr!“

„Nun! Wir können dieses Problem ganz einfach und schnell lösen.“

Wigbert zog seinerseits eine gesiegelte Rolle aus dem Ärmel seiner Kutte und händigte sie Philipp aus.

„Das hier wird alles aufklären, und dann entscheidet selbst, auf wessen Seite das Recht steht! Es wird Euch nicht entgehen, daß der Vertrag korrekt gesiegelt und bezeugt ist!“

Der Erzdiakon überflog den Text. Fahle Blässe überzog sein Gesicht. Seine Hände zitterten und seine Augen begannen zu flattern. Ungläubig starrte er auf das Dokument.

Wigbert verkniff sich ein Grinsen. „Warum so erstaunt? Ich war der Meinung, der Inhalt sei Euch bereits bekannt. Wundert Euch wohl, wie ich in den Besitz von Ortnids letztem Willen komme? Man kann von ihm sagen und denken, was man will, aber er besaß genug Menschenkenntnis, um zu wissen, daß man selbst Mönchen nicht vorbehaltlos trauen kann. Deshalb hat er sich ein Duplikat anfertigen lassen und es bei mir hinterlegt. Zu Recht, wie es sich gezeigt hat."

„Auch Siegel kann man fälschen!" fauchte Philipp und stieß das Dokument von sich, als brenne es ihn auf den Fingern.

„Genug!"

Die rauhe Stimme des Abtes zerschnitt das lastende Schweigen. „Treibt es nicht zu weit! Es ist meine Unterschrift und mein Siegel!"

„Was wird hier gespielt? Jeder weiß, worum es bei diesem Possenstück geht, nur ich nicht", wandte sich Weriga aufgebracht an Wigbert und nahm das Schreiben an sich.

„Graf Adalbert wird es dir vorlesen", sagte der Klausner, ohne die Augen von Philipp zu lassen. Der Erzdiakon wand sich unter dessen fordernden Blick.

„Mit welchen Hoffnungen hat er Euch getäuscht, ehrwürdiger Abt? Sicherlich hat er Euch in Aussicht gestellt, mit den Liegenschaften den Wiederaufbau des Klosters zu finanzieren. Kam es Euch nie in den Sinn, daß Philipp Euch nur Versprechungen machte, in der Hoffnung, mit Eurer Unterstützung Theotmars Nachfolge antreten zu können?"

„Genug! Ihr sollt Euren Triumph haben!" knirschte Philipp. „Ich erkenne die Gültigkeit des Dokuments an."

„Nein!" explodierte plötzlich Werigas gellender Schrei im Raum. „Nie werde ich mein Kind, bis es groß ist, dem Kloster überlassen, wie es Ortnid verfügt hat! Das sieht ihm ähnlich, diesem dreckigen Bastard! Ich pisse auf den ganzen Besitz! Glaubt jemand von Euch wirklich, ich würde mein Kind dafür eintauschen?"

„Womit wir beim letzten Punkt wären!" nahm Wigbert ungerührt das Wort wieder auf. „Ich schlage vor, als Wiedergutmachung für das erlittene Unrecht und angesichts der Machenschaften um den Heißenanger die Überlassung des Besitzes neu zu fassen und beurkunden zu lassen."

Erregt war Philipp aufgesprungen. „Was maßt Ihr Euch an?"

„Schweigt! Ihr habt nach allem, was vorgefallen ist, das Recht verwirkt, etwas zu fordern!“ schnitt Wigbert in hörbarer Schärfe Philipp das Wort ab.

Die eindringliche Mahnung brachte den Erzdiakon augenblicklich zur Vernunft.

„Ich bin ganz Eurer Meinung, Wigbert, vorausgesetzt, Ihr stimmt dem Vorschlag des Klausners zu“, wandte sich der Kalsperger an den Abt.

Der nickte nur stumm.

„Die Hörige, Weriga, soll mit dem heutigen Tag für frei erklärt werden.“

Wigbert machte eine Pause und verständigte sich mit einem bedeutungsvollen Blick mit dem Grafen.

„Als Wiedergutmachung für erlittenes Unrecht soll sie Zeit ihres Lebens den Heißenanger als Leibgeding erhalten“, fuhr er fort. „Jeder soll ihr mit Achtung und Respekt begegnen, wie es einer Freien zukommt. Bringt sie eine Tochter zur Welt, so ist auch sie frei und soll als leibliche Tochter Ortnids auf dem Heißenanger bleiben, bis ein Mann sie zur Frau nimmt. Schenkt sie aber einem Sohn das Leben, so soll er als Erbe die Nachfolge Ortnids antreten. In beiden Fällen wird das Kloster einen Verwalter als Sachverweser bestellen.“

„Ich glaube, Ihr könntet keinen besseren dafür finden als Wigbert, ehrwürdiger Abt“, wandte sich der Kalsperger an Luitfrid.

„So soll es sein! Noch heute werde ich die Urkunde ausstellen und siegeln lassen.“

Erregt war Philipp aufgesprungen.

„Ich hör mir das nicht länger mit an!“

„Wird nichts mehr zu hören geben, aber wie jeder der hier Anwesenden dürft Ihr durch Eure Unterschrift die Gültigkeit dieser Abmachung bezeugen“, ergänzte Wigbert.

Wenig später verließ der Erzdiakon mit seinen Waffenknechten den Wörth. Gemeinsam verfolgten Wigbert und der Graf, wie die drei Berittenen hinter einer Staubfahne auf dem Klosteranger verschwanden. In einer freundschaftlichen Geste legte der Kalsperger dem Klausner die Hand auf die Schulter.

„Den wird es, wie mir scheint, nicht mehr so schnell auf den Wörth ziehen.“ Zufrieden wartete Wigbert, bis alle außer Sicht waren.

„Und dabei haben wir es nur einem glücklichen Zufall zu verdanken, daß wir seine Machenschaften noch rechtzeitig durchkreuzen konnten.“

„Dem habt Ihr es ordentlich gegeben! Allerdings habt Ihr Euch damit einen erbitterten Feind geschaffen. Er könnte Euch gefährlich werden, wenn er oder einer seiner Mitbrüder den Bischofsthron besteigt.“

„Feinde hatte ich zeitlebens, aber nur wenige Freunde wie Euch. Wollt Ihr mich noch ein Stück begleiten? Hätte noch etwas mit Euch zu bereden.“

„Was ist? Warum plötzlich so ernst und nachdenklich?“

Für einen Augenblick suchte der Klausner nach den passenden Worten.

„In Notzeiten wie diesen gibt es sicher viele und einflußreichere als Philipp, die versuchen, im Trüben zu fischen. In den Wirrnissen der gegenwärtigen Lage reißen viele an sich, was sie bekommen können.“

„Heraus mit der Sprache!“ forderte Adalbert. „Ihr habt doch etwas auf dem Herzen!“

Wigbert faßte den Grafen fest ins Auge.

„Haltet Ihr es nicht für an der Zeit, die Geschicke unseres Landes in eine starke Hand zu legen, die es versteht, die zerfahrenen Kräfte zu sammeln? So lange sich Fürsten bekriegen, so lange sie nicht jemand mit starker Faust zwingt, den Interessen des Landes zu dienen, so lange werden wir mit dem Schatten der Bedrohung von innen wie von außen leben müssen. Es sind nicht nur die Ungarn, die in unserem Land verheerende Schäden anrichten. Viele streben nach der Macht. Die Konradiner und andere werden alles versuchen, ihren Einfluß geltend zu machen. Die Ereignisse der letzten Jahre haben deutlich genug bewiesen, daß sie vor keinem Mittel zurückschrekken.“

„Kommt zur Sache!“ forderte der Graf ungeduldig.

„Geht nach Regensburg und versucht, die Mächtigen des Landes dafür zu gewinnen, Arnulf zum Herzog auszurufen! Er soll und muß die Nachfolge Luitpolds antreten! Nach Rang und Abstammung ist er der einzige, der in Frage kommt. Zudem verkörpert er alles, was die Menschen fasziniert. Er ist waghalsig, unerschrocken, ist ein Mann, der Frauenherzen höher schlagen läßt und hat einen sachlichen Verstand.“

„An Mut fehlt es ihm gewiß nicht“, warf Adalbert ein, und Kriegserfahrung wird er schneller machen als ihm lieb ist.“

„Die Ungarn schätzen mutige Heerführer. Ich hoffe nur und wünsche, daß es Arnulf gelingt, ihre Achtung und ihr Vertrauen zu gewinnen. Es wird nicht immer Krieg sein. Aber in Friedenszeiten braucht es oft mehr Mut als im Krieg.“

„Ihr gebt die Hoffnung wohl nie auf, die Steppenwölfe für das Kreuz zu gewinnen?“

„Nur wer sein Leben lang hofft, hat Aussicht, daß Gott seine Hoffnung Wirklichkeit werden läßt.“

„Wenn Euch so daran liegt, warum kommt Ihr nicht selbst mit?"

Der Klausner schüttelte bedächtig den Kopf.

„Meine Knochen sind zu alt für eine so anstrengende Reise. Ich bin nur der Wahrer eines Traums. An anderen liegt es, ihn Wirklichkeit werden zu lassen."

Adalbert sah Wigbert offen ins Gesicht.

„Ihr spinnt doch schon wieder Eure Fäden."

„Wenn Ihr mir einen Gefallen tun wollt, nehmt Chiemo mit einem Schreiben an Arnulf an meiner Stelle als Begleiter mit. Das Leben bei Hof wird ihn seinen Schmerz schneller vergessen lassen. Zudem ist er Arnulfs Freund, und beide verbinden gemeinsame Erfahrungen und eine gemeinsame Bestimmung. Vielleicht gelingt es ihnen, den Lebensbaum der Völker wieder zum Blühen zu bringen."

Eine Woche später brach eine berittene Eskorte nach Norden auf. Zwei Männer, ein Bauer und ein Mönch, standen am Weg, der vom Wörth über die Alzauen nach Norden führte.

„Gottes Wege sind seltsam. Aus väterlichem Stolz habt Ihr Euren Sohn dem Kloster überstellt, und heute reitet er, um dem zukünftigen Herzog den Stab Tassilos zu bringen."

Wortlos rang Marchward mit seinen Gefühlen, während Richardis schreiend und wild gestikulierend hinter den Berittenen herlief, hin und hergerissen zwischen Stolz und Auflehnung gegen ein Schicksal, das ihr den Sohn wiedergegeben und sogleich wieder genommen hatte.

Immer weiter sah Chiemo Richardis zurückbleiben. So sehr er sich über das unerwartete Wiedersehen mit Vater und Mutter gefreut hatte, so sehr schmerzte es ihn, daß Weriga nicht gekommen war, um sich von ihm zu verabschieden. Er war sich der Aufrichtigkeit Ihrer Gefühle für ihn gewiß, aber dennoch wußte er, daß viel Zeit vergehen würde, bis die Mauer aus Zweifeln zwischen ihnen restlos abgetragen sein würde.

# Die Wahl

Einer Trauereskorte gleich, bewegte sich der Reitertroß um den Grafen von Kalsperg nach Norden durch eine schwarze Brandwüste. Wie Inseln lagen niedergebrannte Siedlungen zwischen den dicht bewaldeten Hügelrücken. Kaum ein Ort oder Weiler, der von der Woge des Verderbens verschont geblieben war. Schon von weitem verrieten sich die ehemals von den Menschen bewohnten Plätze durch den ekelerregenden, brenzligen Geruch, der noch immer über dem Land lag. Am schlimmsten war es in den Ortschaften, wo der Feind keinen Stein mehr auf dem anderen gelassen, und die Menschen ihre Siedlungen aufgegeben hatten. Hunde und Krähen machten sich an den Leichen Erschlagener zu schaffen. Die wenigen Überlebenden flohen angesichts der fremden Reiter schreiend ins Dickicht: Frauen, aus deren Gesichtern noch die Greuel des Erlebten sprachen, kraftlose Alte, die keinen Lebenswillen mehr hatten, und Kinder, deren Bäuche vor Hunger aufgetrieben waren.

Die meiste Zeit ritten die Männer stumm. Es fiel ihnen schwer, sich vorzustellen, daß Menschen der Umgebung noch vor wenigen Wochen hier Felder und blühende Gärten bestellt haben sollten, wo sich jetzt nur noch dunkle Brandflächen ausdehnten.

„Was für Bestien, die sinnlos zerstören, was Menschenhände über Generationen mühsam aufgebaut haben!" stieß einer der Waffenknechte neben Chiemo zwischen den Zähnen hervor. „Warst du nicht als Unterhändler bei diesen Wilden?" fragte er und drängte sein Pferd neben ihn, daß sich ihre Schenkel berührten. Sein Gesicht verzog sich vor Abscheu.

„Stimmt es wirklich, daß sie Fleisch roh verzehren und das Blut frisch geschlachteter Tiere aus den Hirnschalen erschlagener Feinde trinken?"

Chiemo schwieg. Erinnerungen an seinen Aufenthalt bei Aitony wurden in ihm wach. Er sah die Hirten auf den Weiden in den Donauauen, sah die Fischer die Netze mit ihrem Fang in die schmalen Boote ziehen und hörte die Stimmen der Händler in den Lagergassen der Zeltstadt. Fast fiel es ihm schwer, selbst daran zu glauben, was er gesehen und erlebt hatte. Wie konnte er angesichts der Zerstörung von dem Troßknecht verlangen, zu glauben, daß auch die Feinde Felder bestellten, Gärten bebauten und daß sie, bis auf die Kriegerkaste der jobbágy innerhalb ihrer Sippen ein geordnetes Leben als Steppennomaden führten?

Immer schmerzlicher wurde ihm die Kluft bewußt, die ihre Völker voneinander trennte. Einen Augenblick schwieg er.

„Was Schwert und Feuer anrichten, sehen wir allenthalben," sagte er schließlich, „aber schlimmer als beides sind Lügen und Vorurteile, die Menschen dazu bringen, zum Schwert zu greifen."

Verständnislos starrte ihn der Waffenknecht an und trieb sein Pferd vorwärts. Chiemo blickte ihm hinterher, wie er den anderen nachsprengte. Er wußte nur zu gut, daß es nach den Vorfällen der vergangenen Wochen keinen Menschen im Land gab, der seine Sicht der Dinge mit ihm geteilt hätte, Fájsz vielleicht ausgenommen.

Die Gesichtszüge des Freundes schoben sich vor das Bild der Zerstörung und ließen ihn die Eindrücke rundum für einen Augenblick vergessen. Wie fremd würde ihm in den ersten Wochen die neue Umgebung erschienen sein? Hatte er das Geheimnis seiner Herkunft wahren können? Würde Arnulf auch weiterhin zu ihm stehen und wie würde er sich in Zukunft verhalten? Fragen über Fragen, deren Beantwortung er immer ungeduldiger entgegenfieberte.

Von Weltenburg kommend, ritten sie zwei Tage später die Hügelrücken zur Donau hinab. Auch hier Zerstörung und Brandwüste, so weit das Auge reichte. Gegen Mittag sahen sie von weitem die Mauern der Königsstadt über dem Fluß aufragen. Das dumpfe Gurgeln der Strudel und das Rauschen des Wassers drang bis zu ihnen herauf und mischte sich mit dem Trommeln der Hufe. Im Näherreiten fanden sie den Brückenkopf am jenseitigen Flußufer zerstört, auch die Vorwerke um den oberen und unteren Wöhrd, zwei Landzungen inmitten des Stromes, waren dem Erdboden gleichgemacht. Rauchgeschwärzte Balkengerippe ragten aus der Uferböschung, wo einst Wasserräder die Mahlsteine der Mühlen bewegt hatten. Überall dort, wo sich außerhalb der Stadt die ärmlichen Hütten der Hörigen in den Schutz der Mauer gedrängt hatten, nur sinnlose Zerstörung, niedergetretene Zäune, eingestürzte Rieddächer und eingerissene Stützbalken. Auch zwei Kaufmannsschiffe, die sich nicht mehr rechtzeitig auf dem Fluß in Sicherheit hatten bringen können, lagen mit geborstenem Rumpf und halb ausgebrannt am Ufer vertäut. Besorgt trieb Chiemo sein Pferd unter den überhängenden Weiden neben den Hengst des Grafen.

„Sei unbesorgt!" sagte Adalbert, als habe er Chiemos Gedanken erraten.

„Niemand wäre ohne Kriegsgerät in der Lage, eine Bresche in die Mauern dieser Stadt zu schlagen, ohne sich dabei den Kopf blutig zu rennen. Nicht umsonst hat sie, die sie die königliche Stadt nennen, auch die stärksten Stürme der Geschichte schadlos überdauert."

Sie folgten der Biegung des Flußlaufes. Schon nach kurzer Zeit brachte sie die Uferstraße an den Resten der ehemaligen Gerbersiedlung zur großen Stadtmauer, die mit riesigen behauenen Steinen gut vier Mann hoch aufgeführt war, und deren Wehrgänge ein mächtiges, gewölbtes Tor überspannten.

Wieviele Menschen mochten in den vergangenen Wochen hinter dieser sicheren Steinwehr Schutz und Zuflucht gesucht haben? Auch jetzt war die Zufahrt zu den Toren mit Menschen, Tieren und Wagen verstopft. Wie ein riesiger Bienenbau, vor dessen Zugang sich die Ankömmlinge drängen, und die Wachposten alles kontrollieren, was in den Bau möchte, fuhr es Chiemo unwillkürlich durch den Kopf.

Aufgebrachtes Geschrei lenkte die Aufmerksamkeit der Berittenen auf einen freien Platz vor den Toren, den Schandanger der Stadt. Sechs Köpfe staken auf hohen, lanzenartigen Pfählen und starrten jedem, der die Stadt betreten wollte, aus leeren Augenhöhlen entgegen.

Sie passierten den Platz, während ein Trommler dem gaffenden Volk verkündete, daß die Büttel der Stadt mit jedem so verfahren würden, der in Notzeiten Häuser plündere oder Bewohner ausraube.

„Scheißkerle, Leichenfledderer!" schrie einer aus der Menge und warf mit Steinen nach den aufgespießten Köpfen. Aufgeregt unterbrachen die Krähen ihr schmutziges Werk und warfen sich mit lautem Gekrächz für kurze Zeit in die Luft.

Chiemo und die anderen dirigierten ihre Pferde an der gaffenden Menge vorbei.

„Weg da! Aus dem Weg!" schrie einer der Waffenknechte und ließ sein Pferd mit wirbelnden Hufen aufsteigen, daß die Menschen erschrocken auseinanderstoben. Sie hielten auf eines der niederen Seitentore zu, die für Wagen unpassierbar waren. Mächtig erhob sich dahinter die Stadt. Chiemo war gefangen von dem überwältigenden Eindruck. Es war ein municipium, reicher als die Stadt des Erzbischofs an der Salzach, und größer, als es sich sein Geist je hätte vorstellen können. Stolz reckten sich ihre Bauten im Schutz der Mauern gegen den Himmel. Wachtürme und Wehrtürme aus der Zeit, als die Römer hier am Fluß den Übergriffen der Kelten trotzten, Türme der Handelskontore, die Waren aus aller Welt in ihren Lagern bargen, und Türme von Gotteshäusern, die mit dem Klang ihrer Glocken die Kunde vom Reichtum der Stadt weit übers Land hinausriefen.

Sie ritten durch die mit Steinplatten ausgelegten und von mehrgeschossigen Häusern flankierten Gassen. Aus allen Himmelsrichtungen mündeten sie in einen großen freien Platz, der von einem mächtigen Kirchenbau beherrscht wurde. Bauhütten der Steinmetze klebten wie Schwalbennester an der Südfassade des Kirchenschiffes. Der ganze Platz war erfüllt vom hellen Klang, mit dem die Hammerköpfe der Hauergesellen auf die Stahlschäfte der Meißel fuhren. Als seien sie schwerelos, schwebten zugehauene Steine an Seilen, die über Rollen geführt wurden, in luftige Höhen. Fassungslos folgte Chiemo den kühn geschwungenen Linien der Außenfassade. Feiner Staub rieselte herab, und im gleichen Atemzug spürte er auf seiner Zunge den intensiven Geschmack des Steinmehles.

„Das ist etwas anderes, als die dunklen Klosterstuben zu Hause auf dem Wörth", hörte er die Stimme des Kalspergers neben sich. „Hier bauen kirchliche und weltliche Fürsten um die Wette, wer dem Himmel am nächsten kommt.

Adalbert wies auf das Ende einer sich verengenden Gasse. „Dort hinten findest du auf dem Wik, dem größten Handelsplatz weit und breit, den eigentlichen Reichtum der Stadt. Dort lagern in den Kontoren die edelsten Felle aus den Handelsplätzen um Kiew, die feinsten Tuche, Seide und Damast aus den Ländern des Orients, aber auch menschliche Ware von den Sklavenmärkten des Ostens, aus Breslau, aus Prag und von der Krim wird hier von jüdischen Händlern feilgeboten. Wie wärs mit einer mandeläugigen Schönen für die Nacht, Herzogsbote?" lachte Graf Adalbert.

Als habe er seinen Männern damit ein Stichwort gegeben, drehten sich die Gespräche der Troßknechte nur noch um ein Thema. Wenig später ritten sie durch einen Torbogen über den Kornmarkt. Er bildete ein fast quadratisches Geviert, umschlossen von einem riesigen Wehrturm und der Herzogspfalz im Westen, einem Kirchenbau im Süden und der Stadtmauer mit den davorliegenden Wachstuben im Osten. Sie saßen ab. Knechte übernahmen die Zügel ihrer Pferde und führten sie zu den Stallungen, während sich Adalbert beim Hauptmann der Pfalzwache melden ließ. Sie warteten in der Vorhalle. Kurz darauf wurde die Türe geöffnet, und ein Mann betrat den Raum, groß und kräftig. Sein Züge wirkten bäuerlich grob, aber seine Augen waren die eines Raubtieres. Er bewegte sich mit den kraftvoll gemächlichen Bewegungen eines Bären auf den Grafen zu und schüttelte ihm die Hand, daß es aussah, als wolle er ihm den Arm ausreißen.

„Tut mir leid", sagte der Vogt mit einer Stimme, die zu seiner ganzen Erscheinung paßte. „Graf Arnulf weilt noch im Nordgau, um nach dem Tode seines Vaters Fragen der Nachfolge zu regeln. Wir erwarten ihn erst in den nächsten Tagen zurück."

Als habe er schon mit dieser Möglichkeit gerechnet, ließ sich Adalbert auf eine Bank sinken und streckte genüßlich die Beine von sich.

„Laßt meinen Männern Quartier anweisen! Sie werden sich schon selbst in einer der Garküchen aufkochen lassen. Mir bringt einen Schoppen Roten und Pergament und Schreibzeug! Ich habe noch einige Vorbereitungen bis zu Graf Arnulfs Ankunft zu treffen."

Der Hauptmann gab Adalberts Wünsche mit knappen Anweisungen an seine Männer weiter.

„Na, was ist?" richtete Adalbert fragend den Blick auf Chiemo, als dieser zögernd in der Stube stehen blieb. „Nur zu! Vergnüg dich ein wenig mit den anderen und schau dir das Treiben in der Stadt an! Wer weiß, wann du dazu wieder einmal Gelegenheit hast."

Kurz vor Mittag des nächsten Tages war Arnulf mit einem großen Geleit am Hof eingetroffen. Jetzt stand er mit Adalbert und Chiemo zusammen auf dem Wehrgang des Turmes hoch über den Dächern der Stadt und schaute nachdenklich auf das Treiben zu ihren Füßen.

„Hier können wir reden, ohne fürchten zu müssen, daß uns jemand belauscht", sagte er ohne den Blick zu heben.

Chiemo musterte den Freund im hellen Tageslicht. Hoch aufgereckt stand er da, in einen prächtigen Überwurf gekleidet, die Züge reifer und ernster, als in früheren Tagen, und sich der Verantwortung und Hoffnungen bewußt, die viele im Land auf ihn setzten. Unvermittelt hob er den Blick und musterte den Grafen durchdringend.

„Ich habe Wigberts Zeilen gelesen. Ihr haltet also, wie er, die Zeit für reif, um mir die Führung des Stammes anzuvertrauen? Eine verlockende Vorstellung. Aber leider habt Ihr versäumt, die Zustimmung des Reichsverwesers einzuholen. Ich bin mir nicht einmal der uneingeschränkten Unterstützung der Edlen im eigenen Land sicher. Es gibt wahrscheinlich mehr als einen, der bereit wäre, mit mir um die Nachfolge Luitpolds zu kämpfen."

„Nicht, wenn wir sie vor vollendete Tatsachen stellen. Ich habe hier eine Liste all derer, mit deren Stimmen Ihr rechnen könnt. Wenn es Euch gelingt, sie und die Stadt geschlossen hinter Euch zu bringen, wird es niemand wagen, sich gegen diese Allianz aufzulehnen."

„Glaubt Ihr wirklich, die Verantwortlichen in der Stadt wären dazu bereit, sich mit uns gegen den König zu verbünden?“

„Ihr müßt die Gelegenheit nutzen! Der König hat viel Kredit bei den Bayern verspielt, als er beim Anrücken der Feinde die Stadt Hals über Kopf verließ, um sich in Sicherheit zu bringen. Er hat sich zum Gespött der ganzen Stadt gemacht und allen gezeigt, wie groß seine Liebe zu den Bayern ist. Ruft die Grafen und Vögte zum Landthing! Jeder, der ein Schwert führen kann und nicht fränkisch spricht, fühlt sich von alters her dem angestammten Herzogtum verbunden, auch wenn die fränkischen Kaiser seit Tassilo den Titel dux außer Kraft gesetzt haben. Glaubt mir! Das ganze Land ist Euch treu ergeben und bereit, notfalls für ein bayerisches regnum zu kämpfen.“

„Was sagst du dazu?“ wandte sich Arnulf plötzlich an Chiemo. Ein leicht spöttischer Zug spielte um seine Mundwinkel, und offen konnte Chiemo in seinem Gesicht lesen, was hinter seiner Stirn vorging. Er wußte, daß ihrer beider Gedanken bei derselben Person verweilten. Dennoch zögerte er.

„Mir steht es nicht zu, dem zukünftigen Herzog zu raten.“

„Nur zu! Du brauchst kein Blatt vor den Mund zu nehmen!“ forderte ihn Arnulf erneut auf.

„Nun gut! Wenn du darauf bestehst, dann sieh dich vor, damit sie dich nicht auf dem Amboß fremder Interessen verbiegen, sondern schmiede dein Schicksal selbst, wie es dir Arsan, der Schmied, prophezeit hat. Nichts und niemand kann dich aufhalten, wenn du selbst an deine Bestimmung glaubst.“

Überrascht sah Graf Adalbert auf. Instinktiv spürte er die Bedeutung des Geheimnisses, das Arnulf mit Chiemo verband. Als keiner der beiden Anstalten machte, ihn einzuweihen, nahm er seinen Gedanken dort wieder auf, wo ihn Arnulf unterbrochen hatte.

„Es ist nicht so, daß wir Bayern völlig allein gegen den Machtanspruch der Franken stehen. Liegt nicht auch dein Oheim, Erchanger von Schwaben, mit dem Reichskanzler, Bischof Salomo von Konstanz, in Fehde? Unter diesen Umständen kann es uns doch nur nützen, wenn, angesichts der Bedrohung von außen, Bayern und Schwaben zusammenrücken und ihre Kräfte vereinen. Zum einen zeigen wir dadurch den Steppenhorden, daß es leichter sein dürfte, über die nördlichen Tore nach Franken vorzudringen. Das wird uns den König und seine Heere zukünftig vom Leibe halten. Zum anderen werden viele Königstreue auch aus unseren Reihen erkennen, daß es besser ist, sich unter unseren Schutz zu stellen, als sich an einen schwachen König zu binden, der nicht einmal in der Lage ist, die Streitigkeiten seiner Vasallen unter Kontrolle zu halten.“

„Ihr seid Euch Eurer Sache sehr sicher! Wie ich sehe, steht mein Entschluß für Euch schon so gut wie fest."

Ein Aufblitzen in des Grafen Augen bestätigte Arnulfs Vermutung.

„Durch falsches Zögern wurden schon mehr Schlachten verloren, als durch entschlossenes Handeln", fuhr Adalbert unbeirrt fort. „Wir müssen erreichen, daß uns die Ungarn als ebenbürtigen Gegner fürchten lernen. Dazu ist es notwendig, überall befestigte Plätze anzulegen. Niemals mehr darf man uns so unvorbereitet antreffen!"

Ein Ausdruck fester Entschlossenheit legte sich auf Arnulfs Gesicht.

„Gebt mir einen Tag Bedenkzeit! Dann werde ich Euch meinen Entschluß wissen lassen und die Edlen zum Landthing zusammenrufen."

Nach diesen Worten wechselte Arnulf urplötzlich das Thema und brachte die Rede auf den Wörth. Lange noch standen sie auf dem Söller, und mit unbewegter Miene hörte er sich Chiemos Bericht über die Vorgänge auf der Insel an.

„Das sieht dem alten Wolf ähnlich", sagte er schließlich kopfschüttelnd, als er von Wigberts mutigem Auftreten hörte. „Stellt sich allein diesen Wilden entgegen und läßt sich wie einen Widder, den man schlachtet, an das Portal der Kirche spießen. Aber mehr noch möchte ich diese Frau kennenlernen, die den Mut hat, einem Meier und einem Abt die Stirn zu bieten."

Wenige Tage darauf versammelten sich am Namensfest des heiligen Ägidi die Edlen der verschiedenen Gaue am Herzogshof. Arnulf empfing sie mit großem Prunk und bewirtete sie fürstlich. Die ganze Stadt befand sich in Aufruhr. Jeder wußte um die Bedeutung des Tages, und die Bewohner, Handwerker, Marktweiber, Händler und Kaufleute schauten mit großen Augen und voller Erwartung auf die Edlen des Landes. Während sich der Herzogshof nach und nach bis auf den letzten Platz füllte, liefen überall in der Stadt die Vorbereitungen für ein großes Fest. Gespannt warteten die Menschen auf dem Kornmarkt vor den verschlossenen Toren der Pfalz.

Die Beratungen nahmen den ganzen Tag in Anspruch. Erst spät am Nachmittag öffneten sich die Tore. Zwei Grafen aus den ältesten Geschlechtern des Stammes trugen den Herzogssitz Tassilos vor den Zugang zum Fürstenhof. Ein freier Landmann, der Älteste eines bäuerlichen Geschlechts, in dem sich das Recht von alters her von Generation zu Generation vererbt hatte, nahm darauf Platz. Von Grafen der Landgaue geleitet, trat Arnulf vor den Stuhl. Kein Laut mehr regte sich auf dem weiten Geviert des Marktes.

„Räume den Platz für den Führer des Stammes!" forderte Arnulf.

Der Landmann schüttelte den Kopf.

„Ist, der dies fordert, es wert, diesen Stuhl einzunehmen?“ fragte er in die Menge. Zustimmungsrufe schallten allenthalben über den Platz.

„Ist, der dies fordert, ein guter und rechter Richter?“

Erneut ein Aufschrei aus allen Kehlen.

„Hat, der dies fordert, den rechten Glauben, so sollen die Grafen einen Eid darauf schwören!“

Wie mit einer Stimme sprachen die Edlen die Schwurformel und schlugen zum Zeichen ihrer Zustimmung den Knauf ihrer Schwerter an den Koller.

Vielstimmiger Jubel stieg auf, als der Landmann den Stuhl räumte, um dem neuen Herzog Platz zu machen.

Der Graf von Kalsperg trat vor.

„Ihr habt gewählt, nach alter Sitte, wie sie seit Agilolf weitergegeben wurde von Geschlecht zu Geschlecht.“

Mit ausgestreckten Armen, die Handflächen nach oben gekehrt, reichte er Arnulf das Zepter Tassilos. Er tat es, für jeden sichtbar, in ehrfürchtiger Scheu.

„Wir überreichen Euch den Stab Tassilos und ehren damit auch das Andenken und die Verdienste Eures Vaters.“

„Gott schütze unseren Herzog!“ rief einer aus der Menge, und die Umstehenden nahmen den Ruf auf.

Graf Adalbert trat mit ausgebreiteten Armen auf Arnulf zu und legte seine Hände in die seinen. Chiemo bewunderte Arnulfs gelassene Haltung, obwohl in diesem Augenblick alle Augen auf ihn gerichtet waren. Einzig die Unbeweglichkeit seiner Züge verriet ihm die innere Anspannung. Noch ohne ein Wort gesagt zu haben, schien es, als sei es Arnulf wie durch einen geheimen Zauber gelungen, die Menge für sich zu gewinnen. Einen nach dem anderen nahm er die Glückwünsche der Edlen entgegen. Anschließend ließ er den Blick über die Menge gleiten und hob die Arme, zum Zeichen, daß er das Wort an sie richten wollte.

„Ihr habt mich zu eurem Führer bestimmt“, begann er mit fester Stimme. „Ich werde versuchen, meinem Stamm zu dienen und alles daransetzen, die innere Ordnung wieder herzustellen und das Ansehen von Freund und Feind zu gewinnen. Vergessen soll sein, was an Streit und Mißgunst zwischen den Großen unseres Stammes lag. Ihr wißt, daß die Ungarn nicht ablassen werden, gegen unsere Grenzen anzurennen. Wir müssen unsere Vorkehrungen treffen und das erfordert die Tatkraft aller, der Landmänner, der Stadtbewohner, der Grafen und Vögte. Was wir brauchen, ist weniger ein Heer, als ein schlagkräftiges, wehrtüchtiges Volk und sichere Fluchtburgen überall im Land. Das wird nicht ohne Opfer abgehen. Auch die großen Siedlungsplätze müssen dazu ihren Beitrag leisten, denn ihr, die Händler und Kaufleute, werdet von dem sicheren Schutz auf unseren Straßen und Handelsplätzen profitieren."

„Es lebe der Herzog!" stiegen Rufe aus der Menge auf.

Einer der Vögte neigte sich zu Adalbert herüber.

„Wirklich, es ist ihm bereits gelungen, sie mit seinem Mut und seiner Entschlossenheit anzustecken", raunte er ihm zu.

Aus den Augenwinkeln heraus sah Chiemo, wie sich der Graf umwandte, um einer dunklen Gestalt Platz zu machen, die aus den hinteren Reihen nach vorne trat. Chiemo glaubte zu träumen.

„Jemand, der es sich nicht hat nehmen lassen, an diesem Tag bei Euch zu sein."

Zum ersten mal trat ein warmer Zug auf Arnulfs Gesicht.

„Bruder Wigbert! Ich bin froh, Euch gesund und wohlbehalten zu sehen. Hätte nicht gedacht, Euch noch einmal in den Mauern dieser Stadt zu treffen."

Ein jungenhaftes Lächeln spielte um seinen Mund.

„Hab schon gedacht, Ihr hättet Euch für immer rar gemacht."

„Nicht, ohne dir meinen und Gottes Segen zu bringen", sagte der Mönch, während Arnulf niederkniete und die Hände des alten Klausners an seine Stirn führte.

„Darf ich Euch noch jemand vorstellen, dessen Bekanntschaft Ihr Euch gewünscht habt", sagte Adalbert, als sich Arnulf erhob.

„Die Frau, die es wagt, Meiern und Äbten die Stirn zu bieten."

Wäre Chiemo nicht eingekeilt in der Menge gestanden, er hätte nach Halt suchen müssen, als Weriga mit wehendem Haar und leicht geröteten Wangen vor den Herzog treten sah. Dennoch vollführte sein Herz einen Sprung bei ihrem Anblick.

Arnulf musterte sie durchdringend. „Ein hübsches Gesicht, aber ungezähmt wie ein wilder Falke, wie mir scheint." Anerkennung schwang in seinen Worten mit.

„Ihr werdet mir hoffentlich keine Fangfesseln anlegen und eine Beizkappe über den Kopf ziehen", konterte Weriga mit spöttischem Augenaufschlag.

Die Umstehenden lachten mit Arnulf ob ihrer Schlagfertigkeit.

„Jetzt kann ich verstehen, warum sie sagen, man müsse sich vor dir vorsehen."

Arnulfs Augen fuhren flüchtig über die leichte Wölbung ihres Leibes. „Ich wünsche für dich, daß das Leben, das du trägst, ein Junge sein wird und daß er den Mut und die Stärke seiner Mutter besitzt. Das Land wird Menschen brauchen, die sich von nichts und niemandem einschüchtern lassen."

Das Fest dauerte bis tief in die Nacht. Draußen hörte man in regelmäßigen Abständen die Wachen, die durch die Gassen der Stadt patroullierten. Langsam wurde es still auf den Plätzen. In der Halle der Pfalz saßen fünf Menschen verschiedener Herkunft und unterschiedlichsten Alters, vom Leben zusammengeführt durch die Wehselfälle des Schicksals. Während der eine auf ein bewegtes und erfülltes Leben zurückschauen konnte, standen die anderen am Anfang, einem Wendepunkt zwischen zerstörerischem Chaos und hoffnungsvollem Neubeginn.

„Du bist mir noch eine Antwort schuldig", sagte Arnulf und musterte Chiemo eindringlich. „Das Land braucht Männer wie dich, aber nicht, verzeiht meine Offenheit, Wigbert, damit sie unter muffigen Kutten in dunklen Klosterstuben verstauben. Oder glaubt Ihr, die Kirche hat eine bessere Verwendung für ihn?"

„Jeder muß dem Ruf folgen, den er in sich verspürt", erwiderte der Klausner, ohne sich an Arnulfs Direktheit zu stören. „Ich gesteh, daß ich ihn nur ungern als meinen Schüler und zukünftigen Scholaren für das Kloster verliere, aber du hast sicher schon konkrete Pläne mit ihm vor. Ein Wort von dir an Abt Luitfrid und er ist frei von der Bindung an das Kloster."

„Nun schlag schon ein Chiemo! Ich könnte mir nichts Schöneres wünschen, als dir mit meiner ersten Amtshandlung einen Freundschaftsdienst zu erweisen! Ihr braucht doch sicher ein paar fähige Männer", wandte sich Arnulf an den Grafen, „wenn ich Euch den Auftrag erteile, eine berittene Truppe aufzustellen und Kalsperg zu einer befestigten Burg auszubauen."

„Für einen Mann wie ihn, werde ich immer Verwendung haben. Ich würde ihn halten, wie einen meiner Söhne."

Einen Augenblick noch zögerte Chiemo. Als suche er nach Hilfe bei ihnen, wanderte sein Blick von einem zum anderen. Als er Werigas Augen fragend auf sich gerichtet spürte und an ihren verkrampfenden Fingern ablesen konnte, wie wichtig für sie seine Antwort war, schwanden alle seine Bedenken und Zweifel dahin, und er wußte, daß es für ihn nur eine Entscheidung geben würde.

# Vorschau

Wird die Freundschaft zwischen Chiemo und Herzog Arnulf dem Intrigenspiel des Adels standhalten? Werden sich die Mächtigen des Landes dem Herrschaftsanspruch des jungen Herzogs beugen? Vor dem Hintergrund eines großen historischen Konfliktes zwischen zwei völlig unterschiedlichen Völkern bahnt sich ein spannungsreiches Geschehen an.
Wie es weitergeht, erfahren Sie in Kürze im Folgeband „Chiemo II“.

# Glossar

**Aquincum:** Ehemaliges Römerlager, späteres Kurszánburg im Komitat Pest, heutiges Budapest.

**Arkan:** Wurffessel zum Fangen von Pferden, auch Waffe von Steppennomaden.

**Barschalk:** Zinsbauer, der Abgaben ( Vogtstift) zu entrichten hatte und zu bestimmten Frondiensten verpflichtet war.

**Chakane:** Fürsten der bulgarisch-türkischen Volksstämme.

**Domäne:** Großes, dem König oder einem hohen Adeligen gehöriges Gut.

**Etter:** Zaun, Rutengeflecht, Abgrenzung einer Gemarkung.

**famulus:** lateinisch, Schüler.

**Farren:** Bei den Germanen Bezeichnung für junge weiße Opfertiere.

**Gunna:** Obergewand der Frau aus grobem Leinen.

**Gilde:** Zusammenschluß von Berufsgruppen, z.B. Kaufleute, Handwerker, Bauern.

**gyepü:** ungarisch, Verhau oder Sperre.

**gyepü-Tore:** Natürliche Schutzsperren, die den Ungarn als sogenannte „Landestore“ dienten.

**gyula:** Oberster Richter und Heerfürst der Ungarn.

**hadnagy:** Militärischer Oberbefehlshaber eines Stammes.

**Heiß:** Volksmund, Name für junges Pferd, Fohlen.

**Heiß(en)anger:** Gestütshof für Jungpferde.

**hetman:** Hauptmann

**Höriger:** Leibeigener, Unfreier.

**hrka:** Hoher militärischer Rang bei den Steppennomaden.

**Hufe:** Landmaß, kleiner Hof.

**infirmarius:** Ein Mönch, der Alten und Kranken unentgeltlich Hilfe vom Kloster brachte.

**jobbagy:** Kriegerisches Reitergefolge der Sippenoberhäupter bei den Ungarn.

**Kletzenfron:** Dienstleistungspflicht gegenüber dem Grundherrn in Form einer bestimmten Anzahl von Holzschindeln zum Eindecken von Dächern.

**Lauriacum:** Ehemaliges römisches Kastell bei Linz.

**Matutin:** Nächtliches Stundengebet der Mönche.

**Meier:** Verwalter eines Klostergutes.

**Nocken:** Umgangssprachliche Bezeichnung für Stromschnellen.

**Pidmarch:** Grenzmarkierung, meist Stein oder Grenzbaum.

**Presbyter:** Weltpriester, Priester einer Kirchengemeinde.

**Prim:** Erstes Morgengebet der Mönche.

**Solidus:** Mittelalterliches Pfund, der Gegenwert für 12 Stuten.

**St. Peter:** Kloster am Mönchsberg in Salzburg.

**Wörth:** Früher gebräuchliches Wort für Insel, hier Herreninsel im Chiemsee.

**Zehent/Stift:** Naturalabgabe, von der zur damaligen Zeit nur die Grundhörigen befreit waren, die für das Kloster Neurodungsland, Wald und Sumpf, urbar machten.

# Der Chiemgau

Schon zu Beginn des ersten Jahrtausends n. Chr. war das Voralpenland zwischen Inn und Salzach begehrtes Siedlungsland von Romanen. Bereits um diese Zeit existierte eine stadtähnliche Siedlung, Iuvavum, das heutige Salzburg. Aus dem Westen führte eine Straße von Pfaffenhofen her am Chiemsee vorbei über das verschollene Artobriga nach Salzburg und verband den südostbayerischen Raum über die Radstätter Tauern mit Norditalien.
Nach den Wirren der Völkerwanderungszeit und dem Abzug der römischen Grenztruppen im 5. Jahrhundert kamen rätische Einwanderer und Bajuwaren aus den pannonischen Gebieten nördlich der Donau in das weitgehend verödete Alpenvorland. Mit Beginn des 7. Jahrhunderts christianisierten iroschottische Mönche mit Unterstützung der Agilofinger den Chiemgau und gründeten auf den Inseln im Chiemsee eine irisch-kolumbanische Klosterniederlassung. Als Dobda, der erste Abt auf dem Wörth, auf die Insel kam, war das Land um den See noch dünn besiedelt, und die Alpentäler galten noch als wild und nahezu unbewohnbar. Schon zwei Jahrhunderte später erstreckte sich die Kultivierungstätigkeit der Klöster weit ins Umland und erschloß auch die Bergtäler bis an den Oberlauf der Salzach. Nach den unsicheren Aufbaujahren konnten von den Karolingern eingesetzte Grafen das Land umfassend reorganisieren und stabilisieren. Neben den Bischofssitzen in Salzburg, Säben und Brixen wurden die Klöster, und hier vor allem Herrenwörth und St. Peter in Salzburg, zu regionalen Kultur- und Bildungszentren. Auf dem Höhepunkt seiner kulturellen Blüte sank aber das alte Benediktinerkloster auf der Au unter dem Ansturm ungarischer Steppenkrieger in Schutt und Asche und geriet in Vergessenheit.

# Übersicht Chiemgau

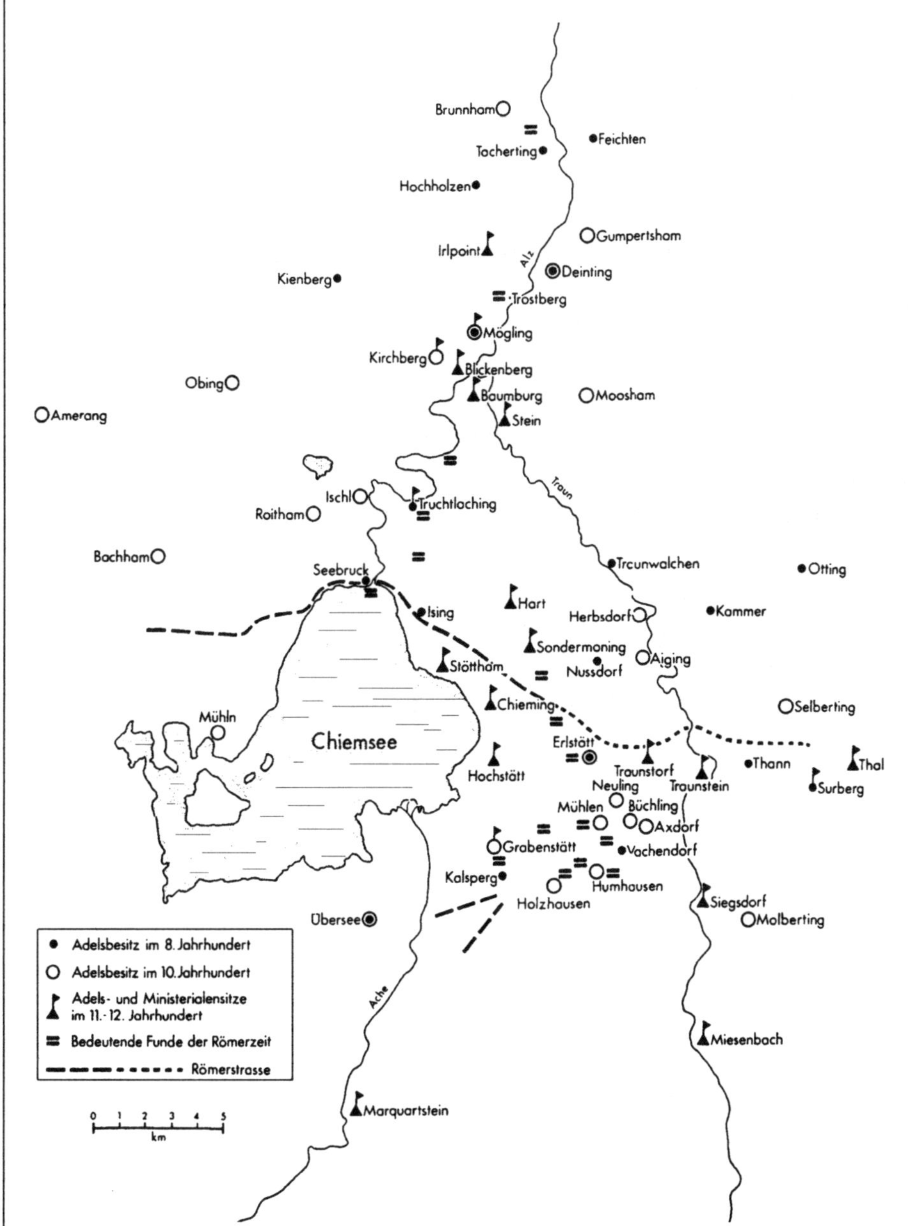

# Der frühmittelalterliche Ringwall auf dem Wörth

Abseits des Besucherstromes rund um den Chiemsee können geschichtlich und heimatkundlich Interessierte an der Südspitze der Herreninsel Reste einer alten Ringwallanlage entdecken. Mit Sicherheit wurde diese Wallburg entlang der steilen Südküste des Sees schon während der Awarenstürme im 8. Jahrhundert errichtet und dürfte den Bewohnern und Grundhörigen des Klosters rund um den See in Kriegszeiten als Zufluchtsort gedient haben. In ihrer West-Ost-Ausdehnung ist sie über 650 Meter lang und in der Nord-Südausrichtung knapp 200 Meter breit. Der hohe Erdwall dürfte mit einer Palisadenkonstruktion versehen gewesen sein, hinter dem ein hölzerner Wehrgang verlief. Nach Norden hin zeichnet sich noch heute der tiefe Wallgraben ab, zur Seeseite nach Süden hin bot die steile Böschung wohl ausreichend natürlichen Schutz. Zutritt zu dieser Anlage erhielt man einst durch eine Torgasse, dem sogenannten „Zangentor", das durch Wehrtürme und einen nach innen gezogenen Wallverlauf doppelt geschützt war. Aufgelassene Steinbrüche an der Seeseite deuten auf eine rege Bautätigkeit auf der Herreninsel hin. Mit den hier gebrochenen Steinen dürften schon die ersten massiven Klosteranlagen des 9. und 10. Jahrhunderts ausgeführt gewesen sein.

# Rekonstruktion des Ringwalls

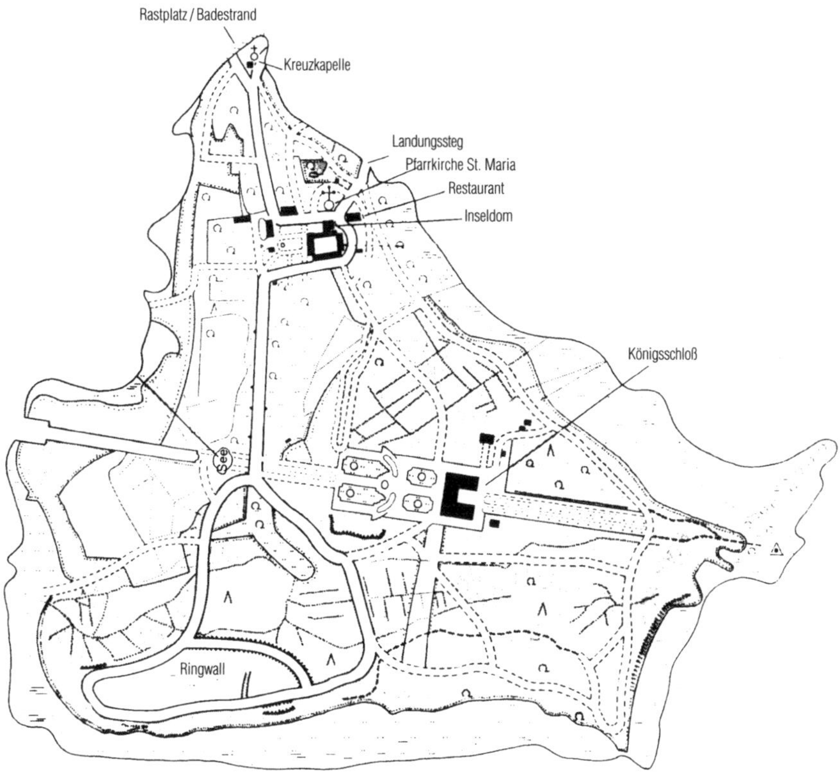


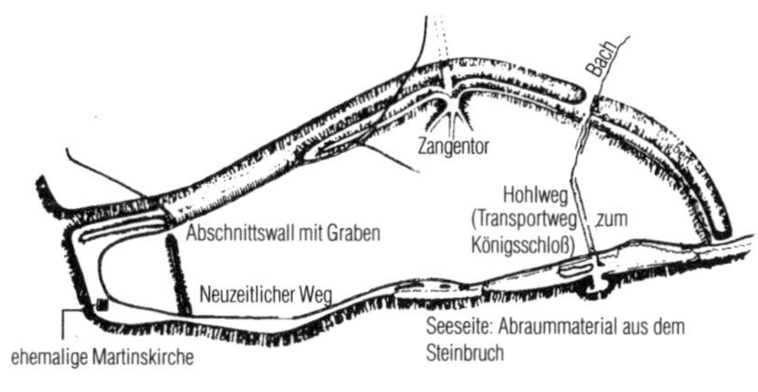

# VOM RÖMISCHEN LAURIACUM
# ZUM MITTELALTERLICHEN LORCH

Lorch, das einstige Loracha, gilt als eine der Mutterzellen des christlichen Bayerns. Über Jahrhunderte stand es im vorigen Jahrtausend im Brennpunkt des politischen und kulturellen Geschehens. Karl der Große hielt in der bayerischen Mutterkirche 791 ein Triduum ab, bevor er gegen die Awaren zog. Aber schon unter den Römern war das frühchristliche Lorch ein Bollwerk gegen die Völker aus dem Osten. 6400 römische Soldaten waren im Legionslager stationiert, und etwa 20 000 Bauern, Handwerker und Händler belebten die römische Zivilstadt im Westen des Legionslagers. Erst Hunnenkönig Attila zerstörte 451 das Kastell wie auch die Zivilsiedlung Lauriacum. Gut 400 Jahre später fielen die Ungarn donauaufwärts ziehend nach Bayern ein. Plündernd und sengend stießen sie nach Kaiser Arnulfs Tod 899 über die Enns in den Traungau vor. Gemeinsam mit Bischof Richar von Passau stellte sich Markgraf Luitpold, der Vater des späteren Herzogs Arnulf, den Feinden bei Lorch entgegen. Er errang einen glänzenden Sieg über einen Teil des ungarischen Heerbannes. In der Nähe von Enns ließ er aus den Trümmern des alten Römerlagers Lauriacum die mächtige Grenzfeste Ennsburg errichten.

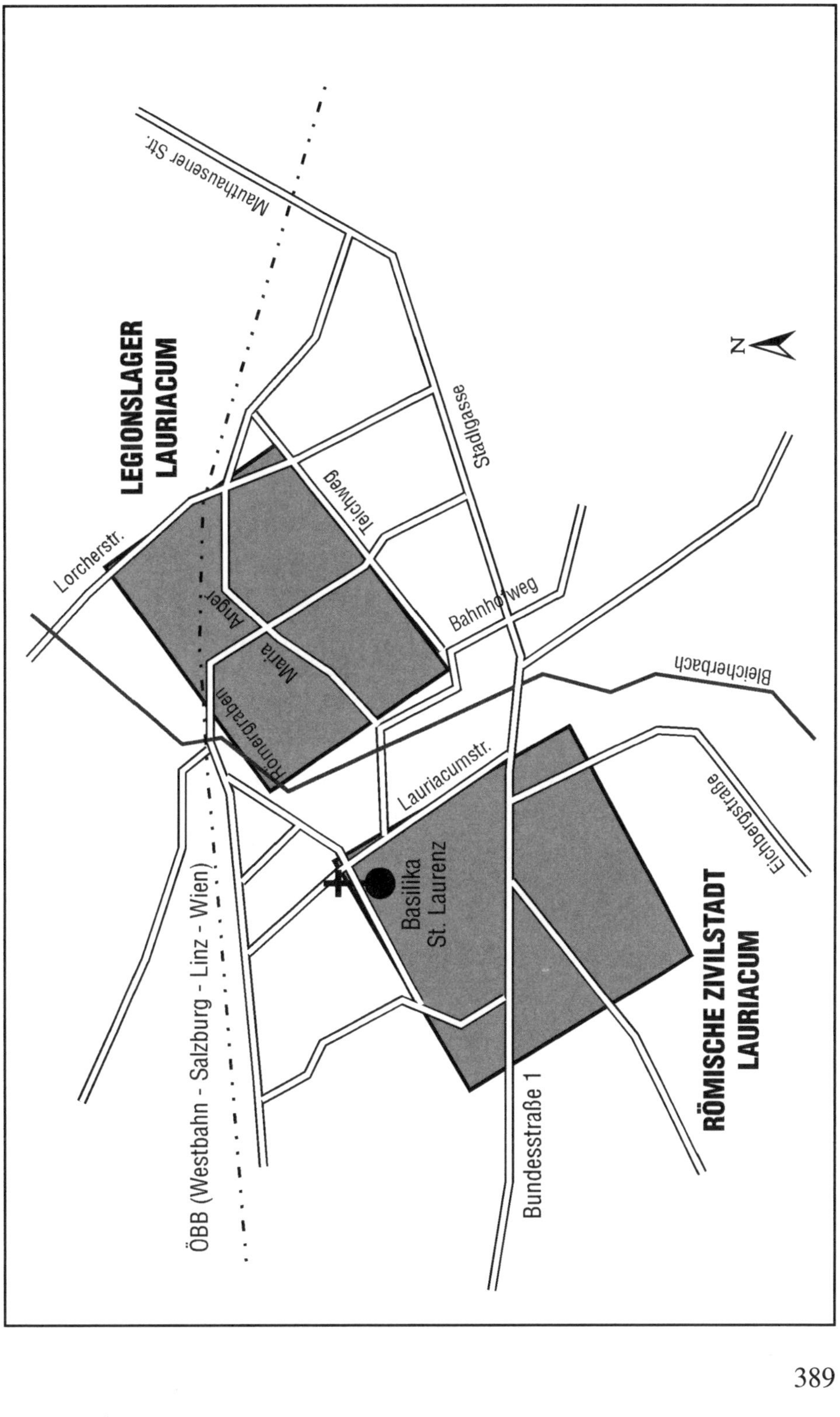
LEGIONSLAGER LAURIACUM
RÖMISCHE ZIVILSTADT LAURIACUM
Mauthausener Str.
Lorcherstr.
Teichweg
Stadlgasse
Bahnhofweg
Maria Anger
Römergraben
Lauriacumstr.
Bleicherbach
Eichbergstraße
Basilika St. Laurenz
Bundesstraße 1
ÖBB (Westbahn - Salzburg - Linz - Wien)
N

# Die Magyaren

Mit dem Niedergang des römischen Weltreiches geriet Bewegung in die großen Volksstämme Europas. Nach den Hunnen aus den Steppen des Ostens waren die normannischen Wikinger, die Awaren und die Magyaren die größte Bedrohung des Abendlandes. Die magyarischen Nomaden hatten ihren Ursprung in der Waldkultur der finnisch-ugrischen Völker. Später vermischten sie sich mit den Turkstämmen zwischen Schwarzem und Kaspischem Meer und wechselten aus dem Südrand der Waldzone in die Weiten der südrussischen Steppen. Um sich unter den Hirtennomaden mit ihren unterschiedlichen Interessenssphären behaupten zu können, mußten sie sich gezwungenermaßen gegen kriegerische Übergriffe benachbarter Völker verteidigen. Nach und nach bildete sich eine Kriegerkaste als aristokratische Oberschicht heraus. Trotzdem mußten sich die Magyaren im Verlauf des 9. Jahrhunderts dem Druck der Petschenegen aus dem Osten beugen und aus ihrem Siedlungsraum in den südrussischen Steppen über die Karpaten ins Donaubecken fliehen. Die Eroberung der großen Ebene zwischen Donau und Theiß war bereits nach knapp zwei Jahrzehnten abgeschlossen. Mit Beginn des 10. Jahrhunderts brachen die Ungarn mit Kriegern zahlreicher unterworfener Völker nach Süden in die Lombardei und donauaufwärts nach Franken und Sachsen ein. Auch Bayern und Schwaben wurden schwer verwüstet. Die schwerfälligen Heere des Abendlandes hatten den wendigen und leichtbewaffneten Steppenreitern nichts entgegenzusetzen. Über fünf Jahrzehnte terrorisierten sie als Geißel Gottes das Abendland. Erst 955, in der Schlacht auf dem Lechfeld, brach Otto I. mit einem gesamtdeutschen Heer ihren Nimbus der Unbesiegbarkeit.

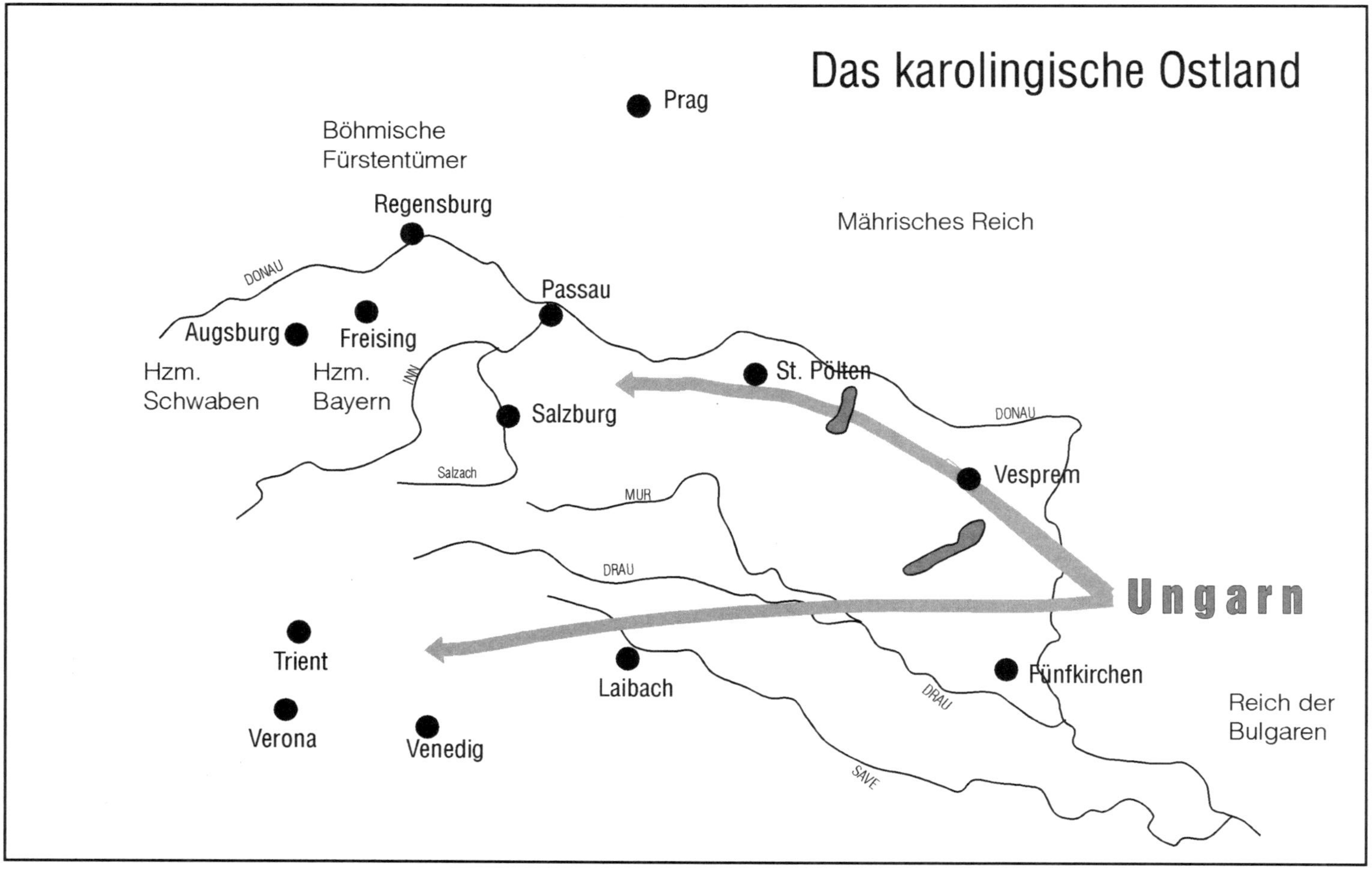
Das karolingische Ostland
Prag
Böhmische
Fürstentümer
Regensburg
Mährisches Reich
DONAU
Passau
Augsburg
Freising
St. Pölten
Hzm.
Schwaben
Hzm.
Bayern
INN
Salzburg
DONAU
Salzach
Vesprem
MUR
DRAU
Ungarn
Trient
Laibach
Fünfkirchen
DRAU
Reich der
Bulgaren
Verona
Venedig
SAVE

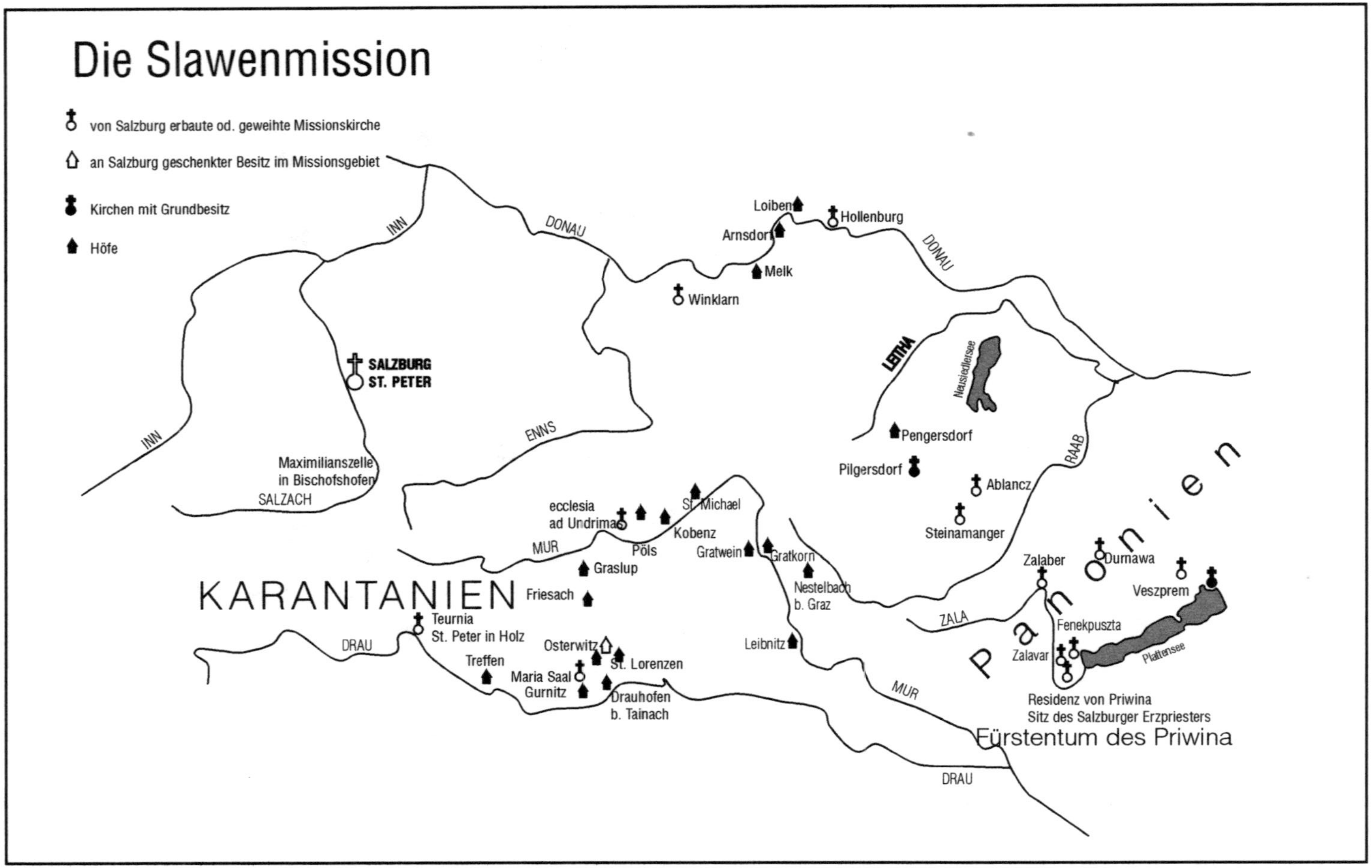
Die Slawenmission
von Salzburg erbaute od. geweihte Missionskirche
an Salzburg geschenkter Besitz im Missionsgebiet
Kirchen mit Grundbesitz
Höfe
INN
DONAU
SALZBURG
ST. PETER
Maximilianszelle
in Bischofshofen
SALZACH
ENNS
Loiben
Hollenburg
Arnsdorf
Melk
Winklarn
DONAU
LEITHA
Neusiedlersee
Pengersdorf
Pilgersdorf
Ablancz
Steinamanger
RAAB
ecclesia
ad Undrima
St. Michael
Kobenz
Pöls
MUR
Graslup
Gratwein
Gratkorn
Nestelbach
b. Graz
KARANTANIEN
Friesach
Teurnia
St. Peter in Holz
DRAU
Treffen
Osterwitz
St. Lorenzen
Maria Saal
Gurnitz
Drauhofen
b. Tainach
Leibnitz
MUR
DRAU
Zalaber
Durnawa
Veszprem
ZALA
Fenekpuszta
Zalavar
Plattensee
Pannonien
Residenz von Priwina
Sitz des Salzburger Erzpriesters
Fürstentum des Priwina